中國文學研究典籍叢刊

光宣詩壇點將録箋證

上册

汪辟疆 撰
王培軍 箋證

中華書局

圖書在版編目(CIP)數據

光宣詩壇點將録箋證/汪辟疆撰;王培軍箋證. —2版. —北京:中華書局,2025. 8. —(中國文學研究典籍叢刊). —ISBN 978-7-101-17285-0

Ⅰ. I207.227.49

中國國家版本館 CIP 數據核字第 2025X76V99 號

責任編輯:郭睿康
封面設計:周 玉
責任印製:韓馨雨

中國文學研究典籍叢刊
光宣詩壇點將録箋證
(全二册)
汪辟疆 撰
王培軍 箋證

*

中 華 書 局 出 版 發 行
(北京市豐臺區太平橋西里 38 號 100073)
http://www.zhbc.com.cn
E-mail:zhbc@zhbc.com.cn
河北品睿印刷有限公司印刷

*

850×1168 毫米 1/32 · 29⅜印張 · 4 插頁 · 628 千字
2008 年 9 月第 1 版 2025 年 8 月第 2 版
2025 年 8 月第 2 次印刷
印數:3001-5000 册 定價:168.00 元

ISBN 978-7-101-17285-0

《中國文學研究典籍叢刊》出版説明

中國古代學者對文學的認識、思考、研究和總結，是以多種形式書寫、流傳並發生影響的，有的是理論性的專著，有的是隨筆式的評論，有的是作品前後的序跋，有的是作品之中的評點。這些典籍數量豐富，種類衆多，涉及各個時期的不同的文學現象和文學思潮，以及不同的作家作品和文體文類。對這些典籍文獻的收集、整理，在近百年來，一直是學術界著力的重點，取得了很大的成績。

爲了進一步推動這一工作的進展，我們組織了《中國文學研究典籍叢刊》，選擇歷代具有代表性的、比較重要的典籍，採用所能得到的善本，進行深入的整理。因各類典籍情況差異較大，整理的方式也因書而異，不求一律，或校勘，或標點，或注釋，或輯佚，詳見各書的前言與凡例。《叢刊》的目的，是系統地爲學術界提供一套承載著中國古代學者文學研究成果的，内容更爲準確、使用更爲方便的基礎資料。我們熱切地期待學術界的同仁們參與這一澤惠學林的工作，並誠摯地歡迎讀者對我們的工作提出批評指正。

中華書局編輯部

二〇〇六年六月

目録

卷二

卷三

卷四

步軍頭領一十員

步軍將校一十七員

卷五

四寨水軍頭領八員

卷六

卷七

劉序

詩壇點將録之作，清詩人鐵雲舒氏所創也。其源蓋出自前代之《東林點將録》，而化宦海黨争之具，爲詞場評騭之資，猶演兵事而爲行棋，善哉，其誰曰不可哉？而談藝論文，自此遂别開一體。其取《水滸》渠魁以配當日詩流，雖游戲之舉，實比擬之道也。以比擬爲人倫，古人蓋有之矣。傳曰：「子貢方人。」方者比擬也。端木氏比擬之詳，今不可得而知矣。忖度之，想亦以人方人，不出「似之耶、不類耶、勝之耶、不如耶」四者範圍耳。此以同類爲比擬者也。比擬之用，取之以寓彰癉也。

亦有以異類爲比擬者焉，其旨亦猶是也。古人月旦之辭多喜爲之，如鍾仲偉《詩品》之「謝詩如芙蓉出水，顔詩如錯彩鏤金」，「范詩清便宛轉，如流風迴雪；丘詩點綴暎媚，似落花依草」。方於物矣，而未方於人。袁千里評書，則善以人方，如：「王右軍如謝家子弟，縱復不端正者，爽爽有一種風氣。」「羊欣書如大家婢爲夫人，雖處其位，而舉止羞澀，終不似真。」後世如張芸叟「梅聖俞如深山道人，草衣木食，王公大人見之，不覺屈膝」之句、敖器之「魏武帝如幽燕老將，氣韻沈雄；曹子建如三河少年，風流自賞」之言，皆紹其所爲也。然僉泛泛而比，未徑以今之某人擬諸古之某人也。爲之，則自《東林點將録》始。且採之小説，擬取其似，人逾於百，此誠前世所無者，甚矣小人之善創也。瓶水之《録》，師其造意則爲沿，用之詩壇可謂創。近世汪氏辟疆效而作《光宣詩壇點將録》，錢公仲聯更繼而作《近百年詩壇點將録》，沿其形而寓其創，諸談言微中處，亦每足令人頷首而笑也。今湖海之士亦有慕而賡揚者，兹體之沿誠未有已也。

弟子王培軍好讀近世詩，欲取汪《録》而箋注之，以爲博士學位論文。訪之於余，余告之曰：

「觀諸公點將之録，雖若弄狡獪然，而彼時以詩鳴者固歷歷然矣，其可忽乎哉！顧余於此蓋有不愜於心者數焉：

「擬於不倫，一也。夫梁山，揭竿以抗朝廷者也，故有部伍焉，有上下焉。以之擬東林猶可，黨人間固有綱紀部勒存焉。而詩人則猶散仙然，縱並世而居，固不相統屬也。指某人爲宋江矣，爲盧俊義矣，其能以金鼓指揮諸詩人之進退耶？舒《録》以袁簡齋爲及時雨，以其聲氣之盛，猶殆庶幾；汪《録》以陳散原爲宋江，學其詩者幾何耶？陳石遺固已先我而言之矣。

「擬之之道非一，二也。即以汪《録》言之，有以等第擬之者，如以詩壇都頭領天魁、天罡二星之擬陳伯嚴、鄭蘇堪是也，此猶可謂據詩之品第而定，餘則大不然矣，率取其自以爲似者而擬之耳。細繹之：有以諢名擬者，如以喪門神之配譚壯飛，鐵叫子之配惲薇孫是也。有以姓氏擬者，如黃信之比黃晦聞，劉唐之比劉裴村是也。有揣其身份者矣，如李梅盦爲道士，則配以公孫勝；寶竹坡爲宗室，則配以柴進是也。有以所操之業擬之者矣，如安道全之比王聘三，朱富之比張楞嚴是也。有以形貌擬之者矣，如美髯公朱仝之比梁節庵，白面郎君之比吴董卿是也。有以性情行止擬之者矣，如天速星之比康南海，王英之比廉惠卿是也。詩人有兄弟二人者，則每擬之以兄弟，如以解珍、解寶之配程伯翰、程子大，蔡福、蔡慶之配方地山、方澤山是也。苟不論詩而論人，以吹毛索瘢之心而務求其似，何處不可得「將無同」三字耶？縱肖矣、類矣、似矣，然則果何與於詩耶？果何與於詩藝之高下優劣耶？

「持門户之見，快恩仇之報，褒貶隨心，三也。如汪《録》以江西體爲尊，非公論也，言之者衆矣，如余則寧讀樊山、實甫耳。又如石遺，同光體之詩論家也，其時亦無足與並立者，而汪氏憎之，乃貶之爲地煞星中之朱武，人多以爲過也。其上散原而次弢庵，人亦有非之者。至其所甚惡者，則儕諸地賊、地狗、地耗之列。不特此也，汪氏且阿私友朋而自亂其例，程穆庵、胡翔冬輩民國詩人竟皆闌入其間。嘻，亦甚矣哉！

「之數弊者，皆其體之先天不足、作者之予智自雄有以致之。後之踵爲者，亦難以免乎此也。雖然，爲録者固熟諗當日之詩壇，而爲我詳列諸詩人之名氏矣。其中頗有遺集無傳、諸史不載者，賴以存其姓字。此吾之所以猶許其不可忽者也。且所記軼事，可備掌故。其評品雖未必公，亦可備一家言。既爲一家言矣，則必善弊兩存。吾子欲爲之箋，必留其善而去其弊而後可。舒《録》已去《東林録》蛇蝎之毒矣，君能藥方湖氏自聖之顛乎？」

培軍不以爲忤，乃下帷苦讀冥搜，傾全力以注其《録》，三年而書成。余覽之，喜其條例之善、注釋之精：汪氏所箪則究其出處，如是則沿創分矣；他人之説則取以糾偏，如是則平允得矣；簡略之處則補之以詳，如是則幽隱顯矣。汪氏則存其獨見之異，讀者則獲其兼聽之明，光宣詩壇，如視諸掌矣。茲《録》之增光加價，皆吾培軍之力也，猶裴松之之於《三國志》、劉孝標之於《世説新語》矣。辟疆而服善，地下有靈，吾知其必許爲後世子雲，肅衣冠而拜之也。

戊子三月龍游劉永翔序於海上之蓬遠樓

前言

一

在近代詩學研究中，汪辟疆（一八八七—一九六六）有較多的貢獻，他曾發表《近代詩派與地域》等重要論文，尤其撰寫一部《光宣詩壇點將録》，把晚清光宣以來的詩史作了簡明勾畫。汪辟疆與老派詩人不同，並不厚古薄今，相反，他對近代詩有很高的評價〔一〕。當然，他同時代的詩人或學者，如曹震、胡先驌、錢仲聯等，於近代詩也有較真切的認識。如曹震就説：「並世詩人，突過乾嘉。」〔二〕時代稍晚的胡先驌，在《四十年來北京之舊詩人》中説：「晚清末季，詩學甚爲發達，大家名家輩出。」又謂清末之詩，「遠邁康雍、乾嘉」〔三〕。這些都是大膽的議論。

而在這些肯定的批評中，汪辟疆實最具史家的自覺，其《近代詩派與地域》開篇即云：「晚清道咸以後，爲世局轉變一大關捩，史家有斷爲近代者。本文論詩，標題曰近代詩者，非惟沿史家通例，亦以有清一代詩學，至道咸始極其變，至同光乃極其盛。」〔四〕斷言清一代之詩，以同光間爲最高〔五〕。又云：「詩至道咸而遽變，其變也既與時代爲因緣，然同光之初，海宇承平，而西陲之功未竟，大局粗定，而外侮之患方殷，文士詩人，痛定思痛，播諸聲詩，非惟難返乾嘉，抑且逾於道咸。（中略）在此五十年中，士之懷才遇與不遇者，發諸歌詠，憫時念亂，旨遠辭文，如陳寶琛、張之洞、袁昶、范當世、沈曾植、陳三立諸人之所爲者，淵淵乎質有其文，海內承風，蔚爲極盛。」〔六〕并暢論其爲宋詩所不逮的四事：

宋詩承三唐之後，力破餘地，務爲新巧，大家如東坡、臨川，亦復時弄狡獪，以求屬對之工，使事之巧，如鴨緑鵝黄、青州從事、烏有先生之倫，已肇其端。南宋諸賢，迭相祖述，益趨新巧。近代諸家，雖嘗問途宋人，然使事但求雅切，屬對祇取渾成。其異一也。詩歌以藴蓄爲極致。漢魏如北海、曹瞞，微傷勁直，然雄厚足以救之；唐如昌黎、香山，亦嫌太盡，然韻味足以救之。兩宋詩家，力求意境之高，終鮮洄漩之致，才高體大，如坡公、山谷、放翁、誠齋，頗有譏其太放太盡之病。臨川早年意氣自許，晚年始造深婉不迫之境，則其他諸家傷於直率，更未能免。近代詩家雖嘗學宋，然力懲刻露，有惘惘不甘之情，故調高而思深，言近而旨遠。其異二也。晚唐詩家，極研聲律，一篇之内，音節諧美。宋人病其嘽緩，救以古調，專事拗捩，其運古入律者，往往古律不分。山谷、師川，以力避諧熟之故，間爲此體，末流所屆，逮於餘杭二趙、上饒二泉、江湖末派之倫，鉤章棘句，至不可讀，則力求生澀之過也。近代諸家，審音辨律，斟酌唐宋之間，具抑揚頓挫之能，有諧鬯不迫之趣。其異三也。其尤有進於是者：詩歌一道，原本性情，似與學術了不相涉，才高意廣與夫習聞西方詩歌界義者，尤樂道之；咸主詩關性情，無資於學。然杜陵一老，卓然爲百代所宗，彼固嘗言「讀書破萬卷，下筆如有神」，又云「熟精《文選》理」。昌黎亦言「餘事作詩人」。是詩固未嘗與學術相離也。兩宋詩家，承三唐聲律極盛之後，獨出手眼，別開面貌，其精思健筆，洵足驚人！然爾時作者，惜多不學：荆公《字説》，騰笑千古；東坡經學，尤甚粗疏；宛陵但汲流於樂府；後山祇丐馥於杜陵。新安泛濫六經百氏，然天縱餘事，時落理障；永嘉抗志内聖外王，然經籍鎔液，終鮮變化。他如永嘉四靈，江湖末派，敝精力於五言，窮物態於七字，空疏媕陋，更無論矣。近代詩家，承乾嘉學術鼎盛之後，流風未泯，師承所在，學貴專門，偶出緒餘，從事吟詠，莫不鎔鑄經史，貫穿百家。故淹通經學，則有巢經、默深；精研許書，則有⿰石曼⿰谷九、匹園；擅長史地，則有春海、寐叟；通達治理，則有湘鄉、南皮；殫精簿録，則有郘亭、東洲。其專爲《騷》《選》盛唐，如湘綺、陶堂、白香、越縵、南海、餘杭諸家，亦皆學術湛深，牢籠百氏，詩雖與宋殊途，要足與學相儷，則又兩宋諸詩家所未逮也〔七〕。

我們據此一節論説，認爲汪辟疆以清詩勝宋詩，應該是没有問題的。而認真説來，汪辟疆所舉四事，除最後一條即「資於學」外，其他未必均能爲人首肯。譬如用事、屬對，晚清的樊增祥、易順鼎，便是公認的大家，他們把傳統詩的用事、屬對技巧，發展到前無古人的境界。又如言及聲律，同光間諸詩人，也並非「諧暢不迫」，即以胡朝梁爲例，其詩便專學黄庭堅的拗體，音節幾無任何諧美可言〔八〕；再如陳三立的多數詩，音調也偏於啞，屬於陳衍所説的「柷敔之音」〔九〕，算不得「抑揚頓史的絶大眼光的。

挫」。但是，不管此説應否修正，及所舉理由是否足據，汪辟疆於晚清詩的「大判斷」，是確具有詩

二

在中國傳統的著述中，幾乎所有正經著述，都具有極謹嚴的形式，尤以史家論著爲然。汪辟疆自是深明此義的。他在四十年代中後期，曾供職於國史館，與柳詒徵等同編《國史館館刊》，並撰寫多篇近人傳狀。所以，他雖以集部之學名世，而史學修養也頗湛深，自能運用史家的著述體式，那麽，何以他又於撰寫晚清詩史時，採用「點將録」這一非正式體裁？或者説，他所撰寫的《光宣詩壇點將録》，是否仍爲一時游戲之作，不得與於「詩史著述」之林？

考察「點將録」的淵源，毫無疑義，應追溯至明代《東林點將録》。據《明史》卷三〇六《閹黨傳》，明末閹党中的王紹徽〔一〇〕，爲排擊東林黨人，曾戲仿《水滸傳》「英雄榜」，編排了一百零八名東林黨人，撰成一部《東林點將録》，獻給魏忠賢按名黜汰。其實質，則爲一「黑名單」。自然，如其僅爲一「名單」，便很難引起後世文人的雅興，或許也早已亡佚失傳，不致有此種種後話了。但恰是其別致形式，即仿擬「英雄榜」的智巧，使得其喧傳士林〔一一〕。而過了大約二百年後，至清代的乾嘉時代，舒位再次運用這一形式，評論與其同時的一百多名詩人，即晚清學人「詫爲秘笈」的《乾嘉詩

壇點將録》。很顯然，舒位撰寫《點將録》，是將其作爲游戲看的，故並不入集〔一二〕，但其中卻也不乏正經用意，因爲，其書不僅是乾嘉詩壇的粗筆勾勒，其中還有不少冷雋的詩評〔一三〕，故學者多目爲「詩文評」，而鄭重收入「詩學書目」類論著。

在《光宣詩壇點將録序》中，汪辟疆曾評述舒《録》云：

> 昔葉郋園氏早年於敗紙中得瓶水舊録，詫爲秘笈，一再刊布。又感時異事遷，舊録諸賢，非惟篇章散佚，取證末由，即姓氏里籍，亦難盡審。乃走廠甸，搜集乾嘉兩朝詩別集讀之，乃知比擬之工、措語之巧，真令人軒渠絶倒也。晚年發篋，葺《乾嘉詩壇點將録詩徵》若干卷，自熹〔意〕甚至，以爲可備一代藝林掌故。然則前人視爲游戲興到之作者，儻亦覘世運、徵文苑者所不能廢歟〔一四〕。

所謂的「徵文苑」，便有「詩史」之意在〔一五〕。而一九一九年，他應曹震等人敦促，有意效舒位之作而撰寫的《光宣詩壇點將録》，固然同樣也起於文人雅興，但其中「詩史」成分大爲增加；而在多年之後，汪辟疆再次修訂舊作，即在舊録的基礎上，又作了較大的增補，體例也更加謹嚴，終使此一游戲之作發生質變，而躋身於「詩史述作」之林。在這一意義上説，汪氏的《光宣詩壇點將録》，是勝過舒氏的《乾嘉詩壇點將録》的。

那麽，有何理由可以認爲，「點將録」這一形式，勝任描述一代詩壇，而適合於「詩史著述」呢？要回答這個問題，首須區分兩種「詩史」，或云「詩史」的兩種趨向，即：一，側重「壇變」的詩史；

二，側重「分佈」的詩史。前者的主座標爲「時間」，其首要的任務，是闡明詩隨時而變的規律，即「詩史之嬗變」；而後者，則側重於空間，意在描述一代詩壇的結構，即「詩史之分佈」。前者叙述的目標，是各代的詩風，所以非得宏觀叙述，各別的詩人便非所重；後者所叙述的重心，爲具體的詩人，所注重的是「歷史横斷面」，及此一「横斷面」中所分佈的詩人。從詩史撰述來説，任何著述必然有所側重，同時並重的「立體叙述」，也許從來没有過，因爲，這正如俗語所云「一張口難説兩家話」；解決的辦法，便只有：「花開兩朵，各表一枝。」即兩種「詩史」同時並存與互補。

而「點將録」所以能爲「詩史」，便因其原是一「人物位次録」，所以，恰能勝任描述「詩史之分佈」。同時，這樣一種「點將録」體裁，在傳統著述的發展中，實際醖釀時間已甚久，並非一次偶然的巧合。這一形式的遠源，可以上溯至班固《古今人表》〔一六〕，其以精確的表格形式，將歷代人物分爲「九品」，但因此表的作意難明，而所排人物又古今雜糅，故遭到後世史家的詬病〔一七〕。但其影響卻是深遠的。如後世官制的「九品中正制」，科第中所謂的「龍虎榜」，青樓中所謂的「花榜」，書譜、畫譜的「能品」、「神品」、「逸品」等名目，以及明清白話小説的結尾，通常可見的「封神榜」、「英雄榜」、「情榜」等，實際都與班氏《人表》有關。而傳統的詩學著述，又復有鍾嶸的《詩品》，曾用此一形式，把歷代詩人作了「品第」。至唐宋時期，又有張爲的《詩人主客圖》、吕本中的《江西詩派圖》，清代有劉寶書的《詩家位業圖》〔一八〕，等等，都屬於此類著述的衍變。而所有這些詩學著述，雖都曾被目爲詩話，收入歷代詩話類叢書，但其實並非「詩話之變相」，而是一種「詩人位次録」，或説一種

「分佈詩史」的雛形。同時，又因此類著述中，都不免帶有文人雅興，篇幅也往往不大，尚不足描述「分佈詩史」，所以，其在批評史上的影響，固然也不算小，卻都還難以同汪氏此《録》相比。

三

汪《録》較諸舒《録》，不僅篇幅增加，而且體例更爲完善，亦以此故，此一體裁，遂始可稱之爲詩史。兹分九事詳述之。

舒《録》原有位次，即一百零八人數，大概爲便於點將，而沿《東林點將録》之例，於位次並未悉遵原著，故多有與「英雄榜」不符處。汪《録》的位次排列，一依《水滸傳》原作，頭領座次、名稱、星名諢號，及所任山寨之職等，均無違改處。這就減少了隨意成分。此其一。

《東林點將録》的位次數目，與《水滸傳》「英雄榜」同，僅一百零八人，舒《録》增加一位，即「黄面佛」（按原不列於英雄榜），用與深研佛學的彭紹升相配。汪《録》亦保留此位，用配有「詩僧第一」之號的釋敬安；更爲説明晚清詩史淵源，復增設「教頭王進」一位（按原亦不在英雄榜），用與影響近代詩風甚巨的鄭珍相配，使「詩史」於結構上更趨完整。此其二。

較之《東林點將録》，舒《録》的體例，有一重要發明，即增出「一作」之例。换言之，即是一位可配二人。需要説明，「一作」之人，其詩的功力造詣，與居正位者應相當，或風格淵源有近似處，而其名望則稍有不逮。此一體例的意義，在於增多入録人數，而舒《録》所收人數，遂亦由一百零八位增至一百五十二位。汪《録》也沿用之，且於此基礎上更有增進，即舒《録》的「一作」，通例是僅附一人，而汪《録》的「一作」，則爲可同時附多人。並且，汪《録》又創爲「附及」之例，正位一人之後，又復能「附見」數人。此「一作」與「附及」，視其重要程度，而加以區别：如非特别重要，而又與正位關係密切，如正位之嫡派弟子或私淑傳人，詩又未能自成家數者，則往往入「附及」，若是較重要之人，則列爲「一作」。有此一新增體例，汪《録》的篇幅，遂再一次增大，所收詩人之數，竟至一百九十二人，幾爲《東林録》的一倍，而實際所增之人，亦爲舒《録》的四分之一〔一九〕。撰述詩史遂具足夠的篇幅。此其三。

舒《録》所列詩人，每有冷雋的贊語，不過，其贊多是品第其人，甚至及於水泊頭領，而於詩人詩作之評泊，頗嫌其少，詩學意義故不多。汪《録》亦仍其舊，增至每人一贊，或述其人，或評其詩，或亦及頭領、名號。如單贊詩人，陳衍、林旭、樊增祥等是；僅及山寨頭領，徐寧、楊增犖等是；而其中的大部分，則語出雙關，妙爲綰合。所以，觀其文則富機趣，究其實則爲詩史，「點將録」遂亦爲一種絶妙體裁。此其四。

舒《録》詩人小傳，所載俱極簡單，多屬開列字號、籍貫、官履等。汪《録》初稿無小傳，定稿增撰補入，因其爲未完之稿，故亦頗嫌簡略，而所缺的也不在少。據程千帆《汪辟疆文集後記》稱，汪曾接受李宣龔的建議，撰寫過較詳的詩人傳略〔二〇〕，其部分即爲《光宣詩人小傳稿》。於此可見其結撰的嚴肅態度。此其五。

汪《録》還新增論詩詩。贊爲每家所必有，論詩詩則或有或無，視具體情況而定。據我的統計，論詩詩凡六十二首，自撰絶句五十七首，援引他人者五首。所有這些論詩詩，大多涉及光宣詩壇軼聞，如論楊增犖一首云：「都官正字無偏嗜，始信多師是汝師。」即指楊與夏敬觀爲梅詩而起争執事〔二一〕。順帶而及於評騭的，如論梁鼎芬、柯劭忞等數首〔二二〕；舉及詩人名篇佳句的，如論俞明震、陳詩等數首〔二三〕。亦以此故，品評詩人，遂鐲去單一化之弊，而有了較多的角度。此其六。

汪《録》又增詩評。此一部分，爲汪《録》之爲「詩史」，提供了充足的内容。因爲，無論是贊語，抑或是論詩絶句，都或多或少會受體裁局限，於達意不免折扣〔二四〕，而難以擔當批評的任務。而散文的體裁，便無此弊端。汪《録》的詩評，是站在詩史的高度，所以，很注重綜合衆説，而尤多採用大家之評。他並不輕下雌黄，但每出一語，必有堅實的依據。此其七。

汪《録》更添「雜記」部分，即《光宣以來詩壇旁記》，然亦爲未完之作。據程千帆《後記》説，「點將録」於每人名下，有「贊、詩、評、雜記、小傳」〔二五〕，「旁記」即是「雜記」，用意是「存掌故」，而編爲「點將録」的外篇，相輔而行。據我猜想，「雜記」的次序，揆諸著述的體例，應該在「傳略」之後，而非之前，否則便是「躐等」，恐難免學人非議了。從「雜記」之作可知，汪辟疆是極留心於史家「知人論世」的。此其八。

汪《録》曾擬增「詩選」。據程千帆《後記》説，抗戰期間，汪辟疆擬編《點將録詩選》，約爲六卷，與《點將録》詩評相配〔二六〕；可惜亦未能完成。評詩自當不墮蹈空，舉例以明，自爲詩史著述的必要構成。此其九。

汪《録》的結構，略如上述，其足爲詩史之著，亦從可概見。具體説來，汪《録》較之舒《録》，好處不但在於篇幅，更在於結構，其所論述的角度、方式之多樣，涉及詩人的生平、性格、造詣及地位諸方面，好比今人所謂的「多維視角」，可進行有效的觀察和豐滿的描述。

四

汪《録》實施此種描述，勾畫出的光宣詩史，其大致輪廓又如何？或换言之，汪《録》描述了何種詩史，或云「詩史之分佈」呢？此亦可從兩方面説，即：一、「點將録」中詩人之數量；二、「點將録」中詩派之分佈。

據張寅彭先生云，《晚晴簃詩匯》所録晚清詩人凡八百四十餘家，加上陳衍《近代詩鈔》所録一百數十位，光宣之際有名詩人的總數，約在一千人左右，而汪《録》所取入「點將録」的一百九十二人，爲晚清名詩人總數的五分之一。由此可知，汪《録》實爲一經過嚴格篩選，數量上仍能充分反應詩史的詩人名録〔二七〕。此一論説是有道理的。我據《清詩紀事》之所録，重核光宣名詩人的數量，所得亦爲一千餘家〔二八〕，與張先生所計約略相當。

而此一數量所以適當，是以其既爲詩史，即不同於《紀事》、《詩匯》之囊括所有詩人，而必加以剪裁，纔能提挈綱領。同時，詩人之界定，在中國傳統中向爲模糊概念，如有詩傳世或有集刊行者一概目爲詩人，那麽，數量勢必會劇增，而撰寫「詩史」，亦必趨於所謂「計量」。如所周知，詩爲一種精神藝術，無法脱離「閱讀」，即讀者之「接受」，不被「閱讀」或罕被「閱讀」的詩，於詩歌史或文學史，是較少有實際意義的，所以，社會史的計量方法，於詩史研究是不適合的。但是，如若詩人數量過少，如近代以來的流行著作，那麽，我們所能讀到的，又僅爲一詩史的輪廓，自難充分反映史實，至少難以具體地反映。所以，適當的數量，於詩史撰述是必須的。就是説，詩史的叙述，應能「綱舉目張」，「點將録」、「骨肉停勾」，一邊的偏枯必然是欠妥的。

關於「點將録」中一百九十二人，其大致分佈爲：

一、詩壇舊頭領一人，附六人；額外頭領二人。凡九人。此一部分，爲同光體興起前的舊派，即所謂「湖湘詩派」。其所附見的，多爲時代較早的湖湘詩人，少數時代較後的詩人，分佈於其他頭領。額外頭領二人，一爲湖湘派的重要羽翼，一爲光宣詩壇的較近淵源。

二、詩壇都頭領二人；掌管詩壇機密軍師二人，附一人；一同參贊詩壇軍務頭領一人；掌管錢糧頭領二人，附一人。凡九人。此部分爲光宣詩壇的領袖人物。應稍加説明，李瑞清之爲領袖，錢仲聯是有異議的〔二九〕，這一異議也是有道理的，但此處姑勿深論。

三、馬軍五虎將五人，附五人；馬軍大驃騎先鋒使八人，附一人；步軍頭領十人，「一作」三人；總探聲息頭領一人，附一人。凡三十四人。此爲光宣詩壇第一流詩人，即詩壇的中堅。但是，其間位次仍有區别，若非同光體詩人，一般而言，縱令其影響較大，亦往往稍爲降格，配爲步軍頭領。這反映了汪《録》的宗宋精神。

四、馬軍小彪將十六人，「一作」十八人，附二人；守護中軍馬軍驍將二員。凡三十八人。此爲光宣詩壇名家，構成詩壇羽翼。其人於詩多能自立，而於詩壇影響則較小，尚不能與第一流人相比。

五、步軍將校十七人，「一作」十九人，附二人；守護中軍步軍驍將二員，附一人。凡四十一人。此亦爲詩壇羽翼。其人之大多數，並非專門詩人，而别有名世之業。此爲其與前類詩人的主要區别。

六、四寨水軍頭領八員，「一作」二人，附二人。凡十二人。此爲光宣詞壇的中堅。詞號詩餘，實爲廣義之詩，二者輔車相依，而且，有些詞人本身亦爲詩人。所以，此一撰法大有新意，也擴大了詩史的範圍。

七、四店打聽聲息邀接來賓頭領八員，「一作」三人。凡十一人。汪辟疆解釋此部分，云：「四店頭領，頗多汲引之勳。以言真實本領，固未易企馬步軍諸將也。今以光宣兩朝歷掌文衡諸賢屬之。」〔三〇〕大多數詩史著作，於掌文衡官員的影響，通常都缺少重視。故此節亦具卓識。

八、軍中走報機密步軍頭領四人；專管行刑劊子二人；專管三軍内探事馬軍頭領二人，「一作」二人；掌管監造諸事頭領十六人，「一作」八人，附五人。凡三十九人。此部分詩人，亦非專門詩人，而「詩功非淺」（陳衍語），多有合作可傳。此一部分時有游戲之筆。如湯隆配爲張登壽，因湯任「監督打造一應軍器鐵件」，張年輕時曾爲鐵匠，故有此種比附。又如朱富之配張宗楊，因朱任「監造供應一切酒醋」，張又爲陳衍之僕，妙擅烹飪之技，陳衍又將其詩選入《近代詩鈔》，而陳衍本人所配之朱武，亦朱富同姓人，所以，汪辟疆用此加以揶揄。自然，此一作法，亦有根據，於分寸尚未大失。因爲，中國歷代的詩人，嚴格説均爲業餘，如西方的職業詩人者，是較爲鮮見的。

此爲汪《録》所收詩人大概。那麽，「點將録」中的詩人位次，具體又如何？此可取汪氏另一文以爲印證。一九三四年，即《光宣詩壇點將録》發表後十年，汪辟疆受金陵大學中文系之邀，曾有一次關於近代詩史的演講。演講之内容，發表於中央大學《文藝叢刊》，題爲《近代詩派與地域》〔三一〕。又十年後，即一九四三年，汪流寓重慶，主編《中國學報》，又於其第一卷第一期重刊此文。至一九六二年，即大約二十年後，汪氏又重訂此文，易題爲《近代詩人述評》，刊於《南京大學學報》〔三二〕。此一歷時幾三十年之文，雖屢經修訂，而基本觀點迄未改變，則其可代表汪氏詩學，應該説是没有疑義的。而在這篇文章中，汪氏區劃近代六個詩派，提及凡一百餘家詩人。我即據此文，勾出其所列詩派名稱及詩人，用以檢查其在《光宣詩壇點將録》中的分佈。汪所分近代詩六派爲：一、湖湘派，二、閩贛派，三、河北派，四、江左派，五、嶺南派，六、西蜀派。於此篇重要論文中，汪氏勾畫各詩派的陣容，明確指出何人爲領袖，何人爲羽翼，何人爲該派之别子，又何人爲其桴鼓之應，等等。我也沿用其術語，而括弧中所注者，即是其《點將録》中的位次；作一互觀，自可瞭然其同異。

一、湖湘派。領袖一人：王闓運（按：詩壇舊頭領）。羽翼九人：楊度、楊叔姬、譚延闓、曾廣鈞、程頌萬、饒智元、陳鋭、李希聖、敬安（按：三人入天罡，爲詩壇中堅，即楊度、程頌萬、曾廣鈞；三人入地煞，爲饒智元、陳鋭、李希聖；一人附見，爲楊叔姬；一人入附録，爲釋敬安，亦天罡；一人不入《録》，爲譚延闓）。别子二人：樊增祥、易順鼎（入天罡，爲詩壇中堅）。桴鼓之應五人：高心夔、文廷式、李瑞清、章炳麟、劉師培（按：一人附見，爲高心夔；二人入天罡，即文廷式、李瑞清，爲詩壇領袖及詞壇中堅；二人入地煞，爲章炳麟、劉師培）。

按湖湘派陣容如上，凡十七人，其於《點將録》中的分佈，一人不入《録》，其餘位次高低，大致各半。此爲光宣詩壇之舊派。

二、閩贛派。領袖四人：陳寶琛、鄭孝胥、陳衍、陳三立（按：俱詩壇頭領，爲光宣詩壇領袖）。羽翼十五人：沈瑜慶、張元奇、林旭、李宣龔、葉大莊、何振岱、嚴復、江瀚、夏敬觀、楊增犖、華焯、胡思敬、桂念祖、胡朝梁、陳衡恪（按：三人入天罡，即沈瑜慶、林旭、楊增犖，爲詩壇中堅；其餘十一人入地煞，多屬馬步軍將校，爲詩壇名家；一人於初稿入地煞，即華焯，原評極高，定本删去，其故待考）。桴鼓之應四人：袁昶、范當世、沈曾植、陳曾壽（俱入天罡，爲詩壇中堅）。又，閩派九人：陳書、黄秋岳、梁鴻志、王允晳、林長民、陳懋鼎、黄懋謙、沈覲冕、陳聲暨（按：二人入地煞，爲陳書、陳懋鼎；一人附見，爲黃懋謙；三人入初稿，爲黃秋岳、梁鴻志、王允晳，後删去，黃、梁之删，以其後爲民族罪人，王當以年輩早故；三人不入《録》，爲林長民、沈覲冕、陳聲暨）。閩舊派三人：林壽圖、謝章鋌、王毓菁（年輩早，不入《録》）。贛派二人：曹震、王浩（一人入地煞，爲曹震；一人不入《録》，爲王浩，早死，年輩亦較晚）。鄂派五人：周樹模、左紹佐、傅嶽棻、謝鳳孫、周從煊（按：一人入天罡，爲周樹模；一人初稿入天罡，定稿則附見，爲左紹佐；三人不入《録》）。皖派八人：吴汝綸、姚永概、方守彝、吴保初、李世由、楊毓瓚、周達、陳詩（五人入地煞，即姚永概、吴保初、李世由、周達、陳詩，爲詩壇名家；三人不入《録》，爲吴汝綸、方守彝、楊毓瓚，吴年輩較早）。

按閩贛派陣容如上，凡五十人，其於《點將録》中的分佈，十四人不入《録》，四人爲詩壇領袖，八人爲詩壇中堅，其他爲馬步軍將校，亦有十五人之多。此爲光宣詩壇之正宗。

三、河北派。領袖三人：張之洞、張佩綸、柯劭忞（按：一人入天罡，爲詩壇中堅，即張之洞；其他二人，入地煞，爲詩壇名家）。羽翼八人：張祖繼、紀鉅維、王懿榮、李葆恂、李剛己、王樹枏、嚴修、王守恂（按：二人不入《録》，爲張祖繼、紀鉅維；一人入附見，爲王守恂〔三三〕；其他五人，入地煞，多詩壇名家）。受熏化二人：吴觀禮、黃紹箕（俱入地煞）。又，旗籍七人：寶廷、壽富、盛昱、楊鍾羲、志鋭、三多、唐晏（按：一人入天罡，即寶廷，爲詩壇頭領；一人附見，爲壽富；其他五人，入地煞）。

按河北派陣容如上，凡二十人，二人不入《録》，其領袖，亦僅入詩壇中堅，又入天罡者僅得二人。此爲光宣詩壇之别派。

四、江左派。領袖四人：俞樾、金和、李慈銘、馮煦（按：三人入天罡，金爲步軍頭領，李爲詩壇頭領，馮爲詞壇中堅；一人入地煞，爲俞樾）。羽翼十二人：翁同龢、陳豪、顧雲、段朝端、朱銘盤、周家禄、方爾咸、屠寄、張謇、曹元忠、汪榮寶、吴用威（按：十人入地煞，多馬步軍將校；二人不入《録》，爲陳豪、屠寄）。同風會七人：薛時雨、李士棻、周星譽、星詒、勒深之、王以慜、歐陽述（二人入地煞，爲王以慜、歐陽述；一人入初稿，定本删去，爲周星譽，或以年輩早故；四人不入《録》，爲薛時雨、李士棻、周星詒、勒深之）。逸出七人：梁菼、李詳、吴俊卿、俞明震、王存、諸宗元、朱聯沅（六人入地煞；一人不入録，爲朱聯沅）。

按江左派陣容如上，凡三十人，七人不入《録》，其領袖人物，雖亦入詩壇中堅，然亦有入地煞者。此亦光宣詩壇之别派。

五、嶺南派。領袖四人：朱次琦、康有爲、黄遵憲、丘逢甲（按：三人入天罡，爲詩壇中堅；一人不入《録》，爲朱次琦，年輩早）。羽翼七人：譚宗浚、潘飛聲、丁惠康、梁啟超、麥孟華、何藻翔、鄧方（按：二人入地煞，爲梁啟超、丁惠康；二人附見，爲麥孟華、何藻翔；一人入初稿，定本删去，爲鄧方；一人不入《録》，爲譚宗浚；一人存疑，爲潘飛聲）。同風會五人：夏曾佑、蔣智由、譚嗣同、狄葆賢、吴士鑑（按：二人入天罡，爲夏曾佑、蔣智由；三人入地煞，爲譚嗣同、狄葆賢、吴士鑑）。

按嶺南派陣容如上，凡十六人，二人不入《録》，五人爲詩壇中堅。此亦光宣詩壇之别派。

六、西蜀派。領袖四人：劉光第、顧印愚、趙熙、王乃徵（按：二人入天罡，爲劉光第、趙熙，一馬軍大驃騎，一步軍頭領；又二人入地煞，顧以書，王以醫）。羽翼八人：王秉恩、楊鋭、宋育仁、傅增湘、鄧鎔、胡琳章、林思進、龐俊（按：五人入地煞；三人不入《録》，爲王秉恩、楊鋭、胡琳章）。又，附及一人：程康（入地煞）。其他二人：蒲殿俊、向楚（一人入地煞，爲向楚；一人不入《録》，爲蒲殿俊）。

按西蜀派陣容如上，凡十五人，四人不入録，領袖二人，入於詩壇中堅。此亦光宣詩壇之别派。

綜上所列，《詩派》一文所及，凡得一百四十八人，其二十八人不入《點將録》，入《録》得一百二十人，故《録》中所有一百九十二人，其七十五人不見於《詩派》。而考其實際，不入《録》二十八人，在《詩派》中亦多屬附庸，又或以年輩較前，故不見載於《點將録》；不載《詩派》七十五人，於《點將録》中情形，亦略相仿佛，少數如梁鼎芬、楊深秀等，雖爲天罡，卻未列於《詩派》，當緣《詩派》重派别，覆蓋不如《點將録》全面，或一時掛漏，容亦有之。

五

汪《録》慘澹經營，其結構與用意，大致已如前述，而《録》中之人，自以閩贛派爲主，然亦包容其他各派，納衆派於一編，便是其具體的贊語、詩評，也力求具史家的公心。

按《甲寅》、《青鶴》本，原只有論詩詩，及少量的詩評，并無贊語一項。《光宣以來詩壇旁記》云：

> 余於己未撰《光宣詩壇點將録》，以海藏樓配玉麒麟。其贊語有「日暮途遠終爲虜，惜哉此子巧言語」之語。此本就「盧俊義反」四字及後身陷水泊而言之。厥後，義甯曹東敷、順德黄晦聞見之，以爲海藏不過自附殷頑耳，終身爲虜，何至於此？力主删去贊語。故《甲寅週刊》刊校時，遂此贊及全部贊語皆剔芟〔三四〕。

此説或許可信；但即令如此，若如以定本所有贊語，都是己未本之舊，則顯然亦非事實。因據《甲寅》、《青鶴》本，各頭領所配詩人，已與今本差別較多，據此以推，增補贊語亦必多有，文字削潤更所難免。贊語的體例，情形比較複雜，或論事、或品人、或指事，不一而足，大多今典、古典並用，其所涉及的本事，非熟於光宣詩史者，必多有莫名所指者在。

綜觀《録》中所有贊語，可歸納出六種體例，即：一、論詩，二、品人，三、指事，四、比擬，五、雙關，六、拈連。仍舉例以明之。

一、論詩。贊語之作，原非爲論詩，因其後有詩評專論，然汪贊仍多論詩，當緣其意本在批評，故論詩爲第一義。如贊樊增祥云：「細寫朝雲，篇篇綺密，多應秀師呵叱。」此專論樊詩，樊喜爲側豔之詞，其前後《彩雲曲》最有名〔三五〕，故特加標舉。又如贊陳懋鼎云：「不犯正位，切忌死語。是曹洞禪，是江西祖。」陳詩學後山，「不犯」句，爲任淵序語，故即借爲之贊〔三六〕。專論詩而不旁及者，其例不多，通常的情況，是論詩而兼及他事，如贊楊深秀云：「笑矣乎！悲來乎！空諸所有實所無。」「空諸」句，是用龐居士語，云楊學問雖富，卻能不爲「學人之詩」，而爲「詩人之詩」〔三七〕。「笑矣」、「悲來」，是就楊的身世説，陳衍所云「龍麟脯醢」是也〔三八〕。又論詩而及比擬的，如贊李瑞清云：「玉梅庵，紫虚觀。有時絶唱入雲漢。」李詩宗《選》體，汪謂其五古最好，又其所長在書，於詩不多作，故云「有時絶唱」。又「玉梅庵」、「紫虚觀」云云，是因二人均爲道士，故拈出以加比擬。

二、品人。品人之法，厥有二種：一論德行，一贊容止。亦有兼及者。如贊王鵬運云：「人世間齷齪曾不芥蒂於懷，此之謂獨往獨來。」據況周頤云，王鵬運「微尚清遠」，有晉宋間人標格〔三九〕，故借莊子、司馬相如語，爲其作贊。此爲專贊德行。又如贊陳寶琛云：「胸藏萬怪貌姁姁，是大宗師，是德充符。」此借《莊子》篇名，贊陳的道德人品，所謂「貌姁姁」，又語出《漢書·韓信傳》，兼寓「望之儼然，即之也温」之意，是并及容止了〔四〇〕。又如贊陳詩云：「五鹿岳岳，朱雲折其角。孰謂形體若槁木，遺物離人而立於獨。」「孰謂」句，用《莊子·田子方》語，雙關陳的襟懷古澹、形容枯瘦〔四一〕。此爲贊容止而及德行。

三、指事。指事亦有二：一專指詩人，一專指頭領。亦有兼及者。如贊康有爲云：「維新百日，出亡十年，周游二十一國。定君詩，視此鐫。」此用吴昌碩所刻印語，指康曾出洋游歷事〔四二〕。又如贊沈宗畸云：「好一把賤骨頭。」沈宗畸爲人放誕，早年於游北里時，曾語人云：「吾寧仰而企之難，不願俯而就之易。」友人戲謔云：「這叫做賤骨頭。」贊指此事言〔四三〕。此爲第一種。又如贊曾習經云：「鉤鐮槍，孰敢當？連環馬，仆且僵。何以致之時與湯。」曾習經配爲徐寧，然贊并不及曾，所説乃徐寧事。此爲第二種。更多的，爲兼及之例，如贊梁鼎芬云：「其髯戟張，其言嫵媚。梁格莊，小衙内。眼中事，心中淚。」梁位次在朱仝，朱有小衙内事，梁有梁格莊事〔四四〕，而此二事，又爲其人生平至緊要者，贊語遂兼及之。

四、比擬。所謂「比擬」，是明贊頭領，喻指詩人，其或評詩風格，或論人性情，而用譬喻之法，比擬出之，不落言詮，而令讀者有會於心。如贊曾廣鈞云：「一身好花繡，何如葉底彎弓殷血透。」曾配爲燕青，燕又嘗紋身，贊語所指爲此；而曾詩重詞藻，風格繁麗，恰如燕之滿身花繡，故此贊爲比擬〔四五〕。又如贊史久榕云：「製芰荷以爲衣兮，集芙蓉以爲裳。史竹坪，黄唐堂。」史久榕配爲侯健，侯爲裁縫，而史集名《麝塵集》，爲專集李商隱句而成，故用《楚辭》語比擬之〔四六〕。又如贊蔣智由云：「路見不平，拔刀相助。其人磊砢而英多，其事處心而積慮。君不見，翠屏山，盤陀路。」蔣智由配爲石秀，贊語所説爲石秀事，然蔣爲人亦磊落不羈，非拘拘儒者之比〔四七〕，故特用比擬之。

五、雙關。如贊丘逢甲云：「孝於親，忠於友，以此爲詩詩不朽。」逢甲配爲雷横，雷横以孝稱，逢甲以忠名〔四八〕，忠、孝一途，故用雙關綰合。又如贊吴用威云：「美矣君哉！太原公子，裼裘而來。」吴配爲鄭天壽，天壽號「白面郎君」，吴亦相貌清秀，號爲翩翩公子，故用《虬髯客傳》語〔四九〕。又如贊廉泉云：「乃知好士如好色，遇合未必皆傾城。吁嗟乎！廉惠卿。」廉泉配爲王英，王好色，而廉亦性風流，故用陸游詩語〔五〇〕。又如贊吴俊卿云：「風流儒雅亦吾師，金石刻畫臣能爲。」

吴配爲金大堅，同以擅刻印名，故借義山詩綰合〔五一〕。

六、拈連。所謂「拈連」，即詩人、頭領間，原無甚可比處，爲使所配位次合乎情理，乃「搭天橋」，牽連字面或本事，添出關聯。如贊沈瑜慶云：「進於史矣，是爲詩史。濤園之言如是爾。」沈瑜慶配爲史進，沈詩多用《左傳》，又其嘗云：「人之有詩，猶國之有史。國雖板蕩，不可無史；人雖流離，不可無詩。」〔五二〕故贊即從此著眼，牽連而及史的名姓。又如贊黄體芳云：「芳蘭竟體，大類女子。孰知爲燒車之御史。」黄配爲顧大嫂，顧爲女子，而黄名「體芳」，故用《南史·謝覽傳》語〔五三〕，添出其合處。又如贊林紓云：「鐵笛裂，中情熱。」林配爲馬麟，馬麟號「鐵笛仙」，而林又著《鐵笛亭瑣記》，故拈連而合。又如贊況周頤云：「獨木橋邊乍解船，恰有三百青銅錢。還傾杯，阮郎歸。」況周頤配爲阮小五，贊所言亦小五事，然況又號阮盦，心賞晏幾道《阮郎歸》詞〔五四〕，故即爲拈出，而妙加綰合。

贊之體例大致如上述。至其中論詩詩，除引程康等數首外，自撰均論詩絶句，中亦多含本事、詩評，所不同者，贊兼及頭領，詩專論詩人，故就其性質言，亦無根本不同。爲省篇幅計，茲不復論。

六

汪辟疆所增的詩評，宗旨並不在獨抒己見，而是要力綜衆説、折衷一是。其所以如此，自亦非胸無智珠，不能別出心裁，乃是意在詩史，與詩話發抒己見，較然有別。其《編述中國詩歌史的重要問題》一文，曾於詩史、批評的不同，有明白的分疏：「文藝批評和詮述史實，是截然兩件事。批評家站在現代文藝的立場，爲他進退過去詩文家的標準，（中略）他們的目的，是在求文藝的進步，高下隨意，這也原無足怪。史家是在叙述過去詩文家努力所得到的總成績，叙述事實，在確實而詳贍，評品作家，要公正而平允。」（見《汪辟疆文集》第一三八頁）所以，其第一宗旨，便是蠲去私智，瀝液群言，博采衆説。宋人衛湜撰《禮記集説》，於後序云：「他人著書，惟恐不出於己；予之此編，惟恐不出於人。」（見胡渭《禹貢錐指略例》、《四庫全書總目·禮記集説》引）汪之用意，與此或不相遠。錢基博所撰《現代中國文學史》，亦多採他人之語，其書亦爲一名著，情形正復相類。考汪評之所采，以陳衍《石遺室詩話》爲最多，次之狄葆賢《平等閣詩話》，所以如此，是二家見識較高，影響亦較大，在當時已爲世所共許。

如評張之洞云：

> 廣雅尚書詩，才力雄厚，士馬精妍。至使事精切，坡公、亭林外，無與抗手。或有以紗帽氣少之者，亦興到之論，非定評也[五五]。

這一批評，即據《近代詩鈔》引《石遺室詩話》：

> （廣雅）相國生平文字，以奏議及古今體詩爲第一。古體詩才力雄富，今體詩士馬精妍，以發揮其名論特識。在南北宋諸大老中，兼有安陽、廬陵、眉山、半山、簡齋、止齋、石湖之勝。

古今詩家，用事切當者，前推東坡，後有亭林。公詩如《焦山觀寶竹坡侍郎留帶》云云，《挽彭剛直公》云云，《發金陵至牛渚》云云，《贈日本長岡子爵》云云，又《八旗館露臺登高》、《秋日同賓客登黃鵠山曾胡祠望遠》諸詩，用事精切，皆可以方駕坡公、亭林[五六]。

所謂「或有以紗帽氣少之」，是指陳三立，但這也是據《石遺室詩話》：

伯嚴論詩，最惡俗惡熟。嘗評某也「紗帽氣」，某也「館閣氣」，余謂亦不盡然。即如張廣雅之洞詩，人多譏其念念不忘在督部，時督武昌。其實則何過哉。此正廣雅詩長處。（中略）伯嚴不甚喜廣雅詩，故余語以持平之論，伯嚴亦以爲然[五七]。

此處隱去陳三立名，而代之以「或有」云云，是因尊崇陳三立，故不欲顯斥之。所謂「興到之論」云云，語氣之間，已頗見回護之意了。

這是明顯的採用，不必詳辯，可一覽而知的。又有採其語意，略加變化的，如評周樹模云：

達官能詩者，廣雅而外，當推泊園老人。其詩於奔放恣肆之中，有沖澹閒遠之韻。

「達官能詩」，是用易順鼎語，鄭孝胥《題孫師鄭吏部詩史閣圖卷》云：「近代詩才讓達官，曾聞實甫論詞壇。」自注：「易實甫言：近人官愈大詩愈好，南皮、常熟是也。」[五八]汪語即本此。而其評周詩，則據《石遺室詩話》：

沈觀近作，頗恣肆放，百態妍然，清真閒適處，每使人諷詠不厭，不專恃才氣見長也。（中略）大概滄趣詩喜謹嚴，沈觀稍馳騁，而出以閒適，則多同也[五九]。

汪所説的「奔放恣肆」，就是陳評的「頗恣肆放」；汪所説的「沖澹閒遠」，就是陳評的「清真閒適」。而陳評的「稍馳騁，而出以閒適」，即是汪評的主旨，也即是其所謂「六轡不驚揮翰手，也能恣肆也能閒」〔六〇〕。

但是有時候，汪評雖採用陳衍《詩話》，卻也能有所批評，并不亦步亦趨，隨人之後，全無自己的主張；如評袁昶云：

漸西村人詩，硬語盤空，遣詞命意，不作猶人語。或有議其僻澀者，要非定論。句如「大千人爲物之盜，十二辰蟲如是觀」，知「爲」訓「母猴」，則不嫌生造也。

這一議論，是據《近代詩鈔》引《石遺室詩話》：

爽秋詩根柢鮑謝，而用事遣詞，力求僻澀，則純乎祧唐抱宋者。句如：「日鑄一甌南埭汲，風漪八尺北窗涼。」「神禹久思窮亥步，孔融真遺案丁零。」「大千人爲物之盜，自注：爲，母猴也。故對實字。十二辰蟲如是觀。」此例甚多〔六一〕。

又《石遺室詩話》：

袁爽秋昶有《于湖集》，所著書皆署「漸西村舍」，作詩冷澀，用生典，與樊、易二君皆抱冰堂弟子，而詩派迥然不同〔六二〕。

又：

爽秋詩僻澀苛碎，不肯作猶人語，然亦多妍秀可喜者〔六三〕。

他家批評袁昶，亦多不能出此範圍，如由雲龍云：「漸西村人袁爽秋昶詩，亦學宋體者，而好用僻典，與嘉興沈乙庵有同調焉。」又云：「漸西、晚翠，亦不免於過爲奥僻。」〔六四〕葉景葵云：「讀袁忠節詩，取材甚富，佈局結體，似與蘇黄爲近。惟好用僻典，不免有艱澀處。」〔六五〕陳衍論詩宗旨，喜清切而不喜奥衍，故有此類議論；但汪辟疆力尊陳三立，宗尚與其有别，所以不以陳説爲然。

狄葆賢的《平等閣詩話》，光緒末連載於《時報》，後有鉛印本行世，中多評論晚清詩人，如黄遵憲、王闓運、文廷式、鄭孝胥、梁啟超等，於新舊兩派之間，無所偏倚，故在當時影響較大〔六六〕。汪辟疆於詩評中，除《石遺室詩話》外，採用其説最多；如合評宋伯魯、李岳瑞、陳濤云：

秦中近代以詩名者，有宋芝棟、李孟符二人。芝棟官侍御，儀度沖和。詩則沈著綿麗，翛然意遠。亦以風骨高騫，麗而不失於縟故也。（中略）孟符水部，熟於晚清掌故，嘗草《春冰室野乘》，言皆有據。其人襟懷散朗，詩亦藴藉如其人。惟俊偉之概，不能以博洽掩也。尚有三原陳伯瀾孝廉者，亦能詩。俊朗豪邁，如見其人。（中略）伯瀾，大儒劉古愚弟子。

即本《平等閣詩話》卷一：

陝西有兩詩人，一醴泉宋芝棟侍御伯魯，一咸陽李孟符水部岳瑞。宋儀度和雅，詩以沈著緜麗勝；李襟期蕭散，詩以俊偉博洽勝。

三原陳伯瀾孝廉濤，乃秦中大儒劉古愚先生高足，與余相識有年，而未見其詩。近得其《滬江病中秋感》數首，乃乙巳歲君將作嶺表游，臥病滬瀆旅邸，述羈愁邊事者。（中略）豪邁俊朗，儼肖其人〔六七〕。

二家所評毫無不同，用語雖略有變更，脱化之跡還是顯然的。又如評鄭文焯云：

叔問雅善倚聲，知名當世，有《比竹餘音》詞集，彌近清真、白石。詩亦神韻綿邈，張祜之遺也。

也是據《平等閣詩話》：

北海鄭叔問中翰文焯，一字小坡，雅善倚聲，知名當世。有《比竹餘音》詞集，彌近白石、清真。昨以《楊柳枝詞》見示，乃庚子之亂，感黍離、麥秀而作於都門者。（中略）辭意淒婉，神韻邈緜，上足以比肩張祜，近可以方軌漁洋〔六八〕。

不但意思全同，亦擷取其語，如「雅善倚聲」、「神韻邈緜」、「張祜」，云云。不過需要説明，狄評鄭詞，所説「近清真、白石」，亦有所本，易順鼎《瘦碧詞序》早云：「論其身世，微類玉田，其人與詞，則雅近清真、白石。」〔六九〕

汪評採用諸家序跋，也往往屢見；如評林旭云：

晚翠軒詩，精妍博贍，雖從後山、涪皤入手，漸亦浸淫蟬蜕於昌黎、臨川之間。偶爲晚唐，不讓韓致光。精思健筆，世罕其儔。

其「精思」句前，即據李宣龔《晚翠軒詩集序》：

皦谷論詩，雖以澀體爲主，然其宗旨，在乎能驛衆派，不欲妄生分别。爲道之大，於此可見。且其詩精妍博贍，雖從後山、涪翁入手，漸亦浸淫蟬蜕於昌黎、臨川之間。偶爲晚唐，自謂不讓韓致光。其自命爲何如者？至若五言古、七言絶，則無一不深得宛陵、誠齋之家法〔七〇〕。

又如評秦樹聲云：

右衡年未三十，誓不讀齊梁以下書，由是塵根所觸，香味溢襟袖，更參之揚馬以振其采；尋之《莊》《騷》以婉其情；根之於經子以豐其骨，自負其文甚至。詩乃餘事，然書味外溢，真氣内充。中州詩人，右衡爲冠。

其「中州」句前，即據秦樹聲《乖庵文録自叙》：

僕自壬午偕計，自少博涉，顧妄以年未踰三十，誓不讀齊梁以下書，由是根塵所觸，香味溢衿袖，下筆不能自已，又苦無似，要潘陸范沈間，時一中之。然如是而已。豈妍而不能無媸，得而不能無失，疚於内省者爲已多，固非盡文之罪乎。亦孳孳焉欲參之揚馬以振其采，尋之《莊》《騷》以婉其情，根之於經子以豐其骨，稠適而上遂，會迫風埃，此事幾廢〔七一〕。

承襲之跡宛然，亦無待分説。

以上所採用的，多爲其前輩之説，間亦有採及同儕的，如評譚嗣同云：

壯飛三十以前詩多法杜韓。三十以後，乃有自開宗派之志。惟奇思古豔，終近定庵。且喜摭西事入詩。當時風尚如此，至壯飛乃放膽爲之，頗有詩界彗星之目。

其「終近定庵」一語，即據胡先驌《評劉裴村〈介白堂詩集〉》：

譚壯飛之詩，則代表當時浪漫風氣，仿佛似龔定庵〔七二〕。

胡先驌的這篇文章，一九二四年發表於《學衡雜誌》，而汪《録》刊於《甲寅週刊》，爲一九二五年。汪説之採於胡，自不難斷言。不僅於此，胡氏的這一批評，後來也爲錢仲聯所襲，録入其《夢苕庵詩話》〔七三〕，而同樣未標所出。

那麽，是否録中所有詩評，均是出諸他人，那自然也不是，汪故非目迷五色之人，其所評論，也每有精當之説，而爲他家所引用的。如評羅惇曧、惇㬊兄弟云：「二羅皆一時健者。瘿公蒼秀，敷庵精嚴；瘿公氣體駿快，得東坡之具體；敷庵意境老澹，有後山之遺響。跡其成就，其在散原，亦猶蘇門之有晁、張也。」此一批評，分別二羅之詩，確極精當，後來錢基博的《現代中國文學史》，就曾加以採録〔七四〕。又如評趙熙云：「香宋詩蒼秀密栗。其遣詞用意，或以爲苦吟而得，實皆脱口而出者也。石遺、昀谷咸極推服。」這一節，同樣亦爲錢書所採，後有人撰文論趙詩，徵引及錢，而誤爲錢氏的評述〔七五〕。錢書所採也不僅此〔七六〕，限於篇幅，不備舉。又徵引其説者，亦不乏前輩，如評李宣龔云：「拔可詩雋逸處似簡齋，高秀處似嘉州，孤往處似後山。」此數語，即曾爲陳詩《頑果亭詩序》所引〔七七〕，於此尤足見其影響。

七

當然，汪辟疆追求「史家之公心」，也只能在大體上實現，其所及的詩人位次與批評，當時激賞者固甚多，認爲欠妥的也不乏人。如錢仲聯《近百年詩壇點將録》即云：「汪國垣先生《光宣詩壇點將録》，以『同光體』爲極峰之點將録也。鄙意不能苟同。」〔七八〕又《夢苕盦詩話》云：「汪國垣《光宣詩壇點將録》，大致尚切合，惟其文詞了無生氣，爲詩話之變相。持較鐵雲山人《乾嘉點將録》，瞠乎後矣。楊旡恙勸余重作，近乃戲爲《近百年詩壇點將録》，可與汪作互參。」〔七九〕又佚名《後孫公園雜録》云：「《光宣詩壇點將録》上散原而次弢庵，似疑失置。」〔八〇〕亦有少數以友朋之私，雖然年輩稍後，如程康、曹震、胡俊等，也名登「點將録」中，諸如此類，均爲白璧微瑕。然《録》中另有一重公案，尤不可不提，即其將陳衍抑置地煞，而引起陳的大不滿，致其後來重定此稿，益變本加厲，於陳衍更加貶斥，至數番肆爲攻擊之詞，則不免爲大失公心了。

《光宣詩壇點將録》（《甲寅》本）：

一同參贊詩壇軍務頭領一員

地魁星神機軍師朱武　陳衍

一燈説法懸孤月，五夜招魂向四圍。記取年時香宋句，老無他路欲何歸？

這一節，是陳衍生前所見到的。論詩絶句，首二句爲趙熙詩，即《石遺室詩話》卷一六所録《讀石遺室詩話記慨》〔八一〕。趙熙與陳衍關係至佳，此詩爲其歸蜀後作，詩中推服之意，溢於言表，故陳氏亦極爲滿意，遂全首録入《詩話》，稱爲「讀之使人累欷」，「『一燈説法』二句，括余十數卷詩話許多議論，許多生死交情，沈摯心思，出以深透筆力」〔八二〕。據此可知，趙的這兩句詩，是搔到了陳衍的癢處，而汪辟疆於此亦甚了然，所以，他雖與陳衍位次較低，充滿了貶低意味，而贊中卻又借此揄揚，以掩蓋其貶抑色彩，預留他所説的「後日見面地」〔八三〕。

但是這一位次究亦過低，故陳衍大爲不悦，且至頗失風度，公開表示不滿。夏承燾《天風閣學詞日記》（一九三四年十一月三十日）云：

> 十二時石遺來，長身鶴立，瘦顴短鬚，貌悴而神猶健。（中略）談汪辟疆詩，談《點將録》以散原爲宋江，謂散原何足爲宋江，幾人學散原詩云云。言下有不滿意〔八四〕。

夏承燾此處所記，著墨不多，卻不乏絃外之音。陳衍談《點將録》，固未一語及於自身，僅云陳三立「何足爲宋江」，於自己位次似無異議，但不滿之意，實已呼之欲出；所以，夏承燾忍俊不禁，添了一句：「有不滿意。」然「不滿」具體爲何，夏氏亦終未説明。這當是夏氏行文的藴藉處。而在此之前，還有一句「談汪辟疆詩」，其所談爲何語，夏氏同樣未記，所以也不得而知，但想來自不會動聽〔八五〕。而一九四四年汪辟疆的《定本跋》中也説：

> 不謂此書甫刊，舊京及津滬老輩名流，大爲激賞，且有資爲談助者。而陳散原、康南海、陳

蒼虬、王病山、李拔可、周梅泉、袁伯揆諸公，輒舉此以爲笑樂。惟陳石遺以天罡自命，而余位以地煞星首座，大爲不樂[八六]。

據此，不難推知，陳衍表示其不滿，必不限於一時一地。而這一不滿，又復引起汪氏新的反感，故在其後來的定稿中，就更加重其貶斥云：

取威定霸，桐江之亞。《近代詩鈔》，《石遺詩話》。

石遺老人初治經，旁及許洨長，多可聽。中年以詩名，顧非甚工。至説詩，則居然廣大教主矣。朱武在山寨中，雖無十分本事，卻精通陣法，廣有謀略。

即此猶意有未盡，又於章士釗論詩絶句後，特加一「方湖注」云：

石遺詩非極工，而論詩卻有可聽，自負甚至。余早年遇於回子營鄭叔進座上，談及編《元詩紀事》甚悉。及甲戌來金陵，一日余與石遺登豁蒙樓煮茗，因從容詢曰：「君於有清一代學人位置可方誰氏？」石遺曰：「其金風亭長乎？」時黄曾樾亦在座，因問余：「君撰《光宣點將録》，以陳先生配何頭領？」石遺不待余置答，遽曰：「當爲天罡耳！」余笑。石遺豈不知列彼爲地煞星首座耶！殆恐余一口道破耳。時座中僅三人，想蔭亭尚能憶及之。此一事與《點將録》有關，因記之以諗來者。

此處所説的「甲戌來金陵」，甲戌是一九三四年，也即是夏承燾日記之年。何以此年同及此事？其實没有别的，不過是因《青鶴》重刊《點將録》，時間就在此年[八七]，所以，這一時隔十年的舊録，又重新引起陳的不悦。

幸好後來的定稿，陳再無機會見到了，否則他的不滿，不知又要如何？因爲後來的論定，已不限於詩文評述，而已是在大揭其短，復又加以人格上的輕蔑。姑不論其所謂的「桐江之亞」，是將其比於人格猥劣的方回，即以「方湖注」所記，其揭短之意已足令人難堪：在後進面前，陳衍高自位置，自比清初的朱彝尊，而弟子卻於無意間，道破《點將録》的位次，幾乎形同揭底，陳衍也只好謊語搪塞，局面之尷尬，情景之可笑，都不難於言外得之。想來這必是得意之筆，所以，於此節文字結尾，汪辟疆復掉一筆，拉出黄曾樾——陳的弟子——來做旁證，並解釋爲「事與《點將録》有關，因記之以諗來者」。

何以汪必以陳衍配地煞，是否真以其詩不足道，或以其《詩話》真僅是「有可聽」，如朱武一般「無十分本事」呢？不用説，陳衍詩的真實造詣，自及不上陳三立、鄭孝胥，也不能與於「五虎上將」，但有一點似可確定，即他因妙擅説詩，於當時詩壇的巨大影響，是不可輕易抹殺的〔八八〕。即是汪辟疆本人，其《近代詩派與地域》一文，也還是將其與陳寶琛、鄭孝胥、陳三立等三人，同列爲「閩贛派」領袖，并於該文評價云：

石遺老人與其兄木庵先生，皆以詩負盛譽。木庵所作，極似楊誠齋。石遺初則服膺宛陵、山谷，戛戛獨造，迥不猶人。晚年返閩，乃亟推香山、誠齋，漸趨平淡。其名滿中外者，實以交游多天下豪俊，又兼説詩解頤。所撰《石遺室詩話》，近二十萬言，妙緒紛披；近人言詩者，奉爲鴻寶，則沾溉正無窮也。日人鈴木虎雄撰《支那文學》，列《石遺詩説》一章，認爲近代詩派中堅，洵非無故〔八九〕。

如此語實出真心，那麽，前後的矛盾，也就很顯然了，而其配陳衍爲朱武，亦屬不合。考察《點將録》座次，山寨頭領恰有四人，一鄭三陳正可分居，而必以陳衍降一格，配地煞朱武，又臨時拉李瑞清配公孫勝，則其屬詞用意，大有值得玩味之處。汪辟疆於李瑞清詩，評價固不爲低：

李梅菴以贛人而久居江左。壬子改步，以布政困處江寧，及所志未遂，乃自託黄冠。爲詩頗多，顧深自祕惜，實皆淵源《選》體，澤古甚深；即偶爲絶句，得李東川、王少伯之遺，非貌襲也。

然僅據此一評説，李瑞清是難居領袖的，況且，《録》中明以宗宋爲主，其所謂宗《選》體者，多已歸諸舊派，即其主要的詩人，亦多附於王闓運之後，配爲天罡的甚少。所以，如僅以「清道人」之故，而位李瑞清於「四頭領」，揆諸其慘澹經營之用心，必不致有此粗疏之筆，後來錢仲聯《夢苕庵詩話》論此，云：

汪國垣《光宣詩壇點將録》以李瑞清當入雲龍，豈以其爲清道人之故乎。梅庵雖宗法漢魏，功力甚深，究未能變化自成一家。以掌管詩壇機密軍師推之，似太過〔九〇〕。

錢氏的猜測，實未能中的，因所謂「清道人」名號，也只是「點將」之「契合處」，絶非「點將」的主要依據，「點將」的主要依據，自是詩人的造詣高低，否則，《點將録》便真爲游戲，而難入詩史著述之林了。自然，「點將録」的好看處，確也多賴「契合」、「巧似」，但這也并非難事。如《甲寅》本的：

天究星没遮攔穆弘　沈曾植

寐叟詩學宛陵、山谷，間出入韓、蘇，遣詞屬事，多取内典，用意深微處，最耐細讀。今詩人之最精悍、最横鷙者，無出其右也〔九二〕。

配沈曾植爲穆弘，其「契合處」爲「精悍、横鷙」，汪評沈詩，謂其「精悍、横鷙」，穆弘爲人亦「精悍、横鷙」，其諢號即爲「没遮攔」。而定本則改爲：

天暗星青面獸楊志　沈曾植

十八般武藝高强，有時誤走黄泥岡。

寐叟詩，初學涪皤。陳石遺在武昌，勸其誦法宛陵，詩境益拓。劬書嗜古，淹博絶倫，晚年出入杜、韓、梅、王、蘇、黄間，不名一家，沈博深厚，斯其獨到也。惟喜用僻典，間取佛書，使人知其寶而莫名其器。散原嘗語予：「子培詩多不解，只恨無人作鄭箋耳。」

此處的「契合」，已不復是「精悍、横鷙」，而易爲「十八般武藝」、「誤走黄泥岡」。沈曾植「淹博絶倫」，自然是「十八般武藝高强」；同時，他又深喜僻典佛書，於詩家不可謂正宗，故比之爲「誤走黄泥岡」。改易後的「契合處」，仍然是巧妙的。但其真正改易之故，自非源於其「契合」，而是沈爲同光詩人中堅，穆弘山寨位次卻較後，爲「馬軍先鋒使八員」之殿，與沈曾植的詩壇位置，不十分相副之故。

所以，「點將」之「契合處」，并非「點將」的關鍵，關鍵在於位次，中堅詩人尤其如此。汪辟疆位李瑞清於「四頭領」，而降陳衍爲地煞首座，必是另有他因。而汪辟疆於陳詩評價，也并非始終就低，汪辟疆初悉《石遺詩話》論及己詩，便有一首論詩絶句及自注，云：

尋詩亭角陳居士，刻楮燈前眼最明。我幸牽連書玉海，蒼頭特起太憨生。自注：閩縣陳石遺詩文，海内宗匠，近與弢老爲文字骨肉。趙堯生、羅癭公、梁任甫尤推服之。近著《石遺室詩話》，風行一時，亦采舊製，且多獎飾之語。余初未見，蘅意舉以示余，及之〔九二〕。

考《石遺室詩話》有云：

江西近日多詩人，陳伯嚴、楊昀谷、胡漱唐外，既識夏敬觀、胡詩廬、陳師曾，又有彭澤汪辟疆國垣、南豐劉伯遠鎬。辟疆年少好學，有《贈胡詩廬》句云：同光二三子，差與古澹會。骨重神乃寒，意匠與俗背。又如振霜鐘，清響度林外。又云：吾鄉散原翁，吐語多姿態。排奡出恢詭，瑰麗遂無對。狀散原及詩廬詩頗肖。《送聚厂歸永新》句云：石潭瀉落琴亭水，疑帶蘆溝嗚咽聲。潑墨遠天人獨往，凝寒小閣醉初成。《伯遠宦閩有年造余寫一詩送友人之海上者》云：子雲校書忘朝夕，泄柳閉門甘獨處。咫尺之間稀往還，不如任君長别去。春江正好理舟楫，江關應不喧鼙鼓。鶯飛草長近何如，倘憶故人一傳語〔九三〕。

汪氏所謂「采舊製」、「多獎飾」，即指這一條詩話，其撰寫時間爲一九一五年，而所説的「年少好學」、「狀詩頗肖」，其實也不算怎麼「獎飾」。但後來的許多場合，汪評論陳，便多施以苛刻之評了：

陳氏蚤年草《石遺室詩話》，不無可取。晚年自爲之詩，自謂兼香山、誠齋之長，實則才退筆孱，非往時刻意苦吟之作可媲。取儷木庵，瞠乎後矣〔九四〕。

石遺説詩頗可聽，詩筆早澀晚易，不及阿兄遠矣〔九五〕。

石遺詩早年最高，晚年學長慶、誠齋，不免滑易。此公晚年爲秋岳、纕蘅、鶴亭所誤，往來京滬嶺表間，頗近似宋末方虚谷，則甚可惜也〔九六〕。

即使與陳衍無關，評論他人的詩文時，亦每多迂回帶及：

己卯四月，行嚴囑緦丞以此册集見貽。《北山樓集》余曩從廠甸得一鉛印本，久已棄置都中。今鶴柴補葺全帙，視舊印更爲詳備，然如陳衍《近代詩鈔》有《和石遺論詩》一首、《答石遺》一首，皆爲此集所未收，不知何故。豈薄陳氏而有意去之耶〔九七〕？

而肆其「誅心之論」，可爲定本贊「桐江之亞」一句注腳的，是下面這一節：

余嘗謂近人侯官陳衍平生著述頗近桐江，方氏喜言理學，陳氏喜談考據，實皆藉以裝點門面，而所造皆不深。方氏文推韓、歐，陳氏文法桐城，實則僅有外表，而皆未能造微。方氏主「一祖三宗」之説，陳氏唱「三元」「同光」之論，頗爲人所信從，實則兩家自爲之詩皆未能與其説相副。方氏晚年極推陶公，陳氏晚年極推香山、誠齋，淺人或以爲高詣，實則生硬野滑，去之甚遠。方氏守嚴州，倡死封疆之説，而首先迎降；陳氏則倡國府不用鄭孝胥遂有瀋陽事變之謬論，而其徒黄濬、梁鴻志則爲出賣民族之罪人。至方氏晚節不修細行爲周密所舉發者，陳氏亦頗類之。要之，方、陳實遥遥相契也。至陳氏之以詩話體行文，尤與方類。陳氏爲鄭孝胥作《海藏樓詩集序》，連篇累牘，雜引古今人詩句，與桐江此集諸序尤爲酷似。豈叔季之文果有此一種體製乎〔九八〕？

這篇文字原是批評古人，大可不必提及陳衍〔九九〕，但汪辟疆於陳衍，念兹在兹，遂繞路及之，痛罵之而後已。此實已越出正常論學範圍，而見出其深恨陳衍之情了，如此也就失去詩史所必具的公心，而終於爲其著述付出代價。

在《讀常見書齋小記》中，汪辟疆批駁《近代詩鈔》，口氣之間，尤似大有憤恨：

陳衍《近代詩鈔》，甄録道咸後詩家凡三百七十一人。以籍貫計之，八旗八人，直隸六人，山東一人，山西三人，奉天一人，河南四人，安徽二十七人，四川十六人，湖南三十七人，湖北十七人，江西二十人，江蘇五十四人，浙江四十三人，福建九十七人，廣東二十七人，廣西四人，貴州四人。雲南、陝西、甘肅、吉林、黑龍江，則無一人入選，而閩籍詩人，至九十四人之多，收入詩篇，幾占全書三分之一以上，此真鄉曲之私也。其尤可異者，凡例中有云：「此鈔不録擬古詩、詠物詩、壽詩，而長慶體、柏梁體、長短句體，亦在少鈔之列。」不知詩至明清以後，不出唐宋窠臼。題不擬古，詩固未嘗戾古。學漢魏固擬古，學六朝三唐亦擬古。即學宋，亦何嘗非擬古？陳氏自言學宋，必欲舉漢魏六朝三唐而空之，使天下詩人，盡祖兩宋，抑何所見之不廣耶？即以宋論，派别亦多。陳氏步趨，不過宛陵、山谷、後山、簡齋、誠齋諸家，又未能得其真實本領，但以粗率生硬爲老境耳。它如永叔之《廬山高》、朱子之《感興》、文山之《指南録》、皋羽之《晞髮集》，陳氏皆不足以知之。詠物之詩，實得比興之旨，且多自攄胸臆之言。許汶長釋詞字，言内意外，惟詠物詩與宋人長短句足以當之。並此割棄，亦不可解。至於壽詩本無足取，然亦視其人而定。陳氏于林長民卷，仍附録林氏壽梁卓如詩一首，雖未入正選，然未能拋棄之意可知。此又自亂其例也〔一〇〇〕。

按汪辟疆此處所痛駁的，其實亦非不可原諒，如此非出陳衍，即令不以其説爲然，汪辟疆的言語之間，亦絶不致有此種火氣。其實，他這一節所駁的，除選人方面「鄉曲之私」外，也只有一條「凡例」，即：「不録擬古詩、詠物詩、壽詩，而長慶體、柏梁體、長短句體，亦在少鈔之列。」〔一〇一〕若單就詩學而論，這一條「凡例」，非但没有不妥，相反，還是言之成理、卓有見識的，無須大驚小怪。歷代詩人别集，收存「擬古詩、詠物詩、壽詩」，是通常的慣例，但也並不可以説，作爲一家詩學選本，就該將其視爲定律，恪守不逾。且就是這節駁論，汪辟疆行文匆促，還犯了「偷换概念」之病，把「擬古詩」的範圍擴大，説「學古亦是擬古」，「學宋，亦何嘗非擬古」。這已同逞口强辯之辭了。

而對於所謂「鄉曲之私」〔一〇二〕，由雲龍曾有一解釋，也許可以關汪氏之口：

先生所選近代詩，斷自道光朝起，而是時之詩家，如祁壽陽、曾湘鄉、何東洲輩，皆名高望重，以半山、山谷、東坡、後山諸家爲祈向者。故宋詩之盛，非僅人力，亦風會致然也。《近代詩鈔》首録《䊵飢亭詩》一百二十餘首，何東洲詩録至一百七十餘首，曾湘鄉詩亦録至數十首。

其他如鄭子尹、莫子偲及近代之散原、海藏、弢庵、乙盦，皆推挹甚至。其他如晚翠、吷庵、拔可、貞壯、晦聞、詩廬、仁先、衆異、宰平，宗宋派者，采輯甚備。而閩人録至數十家，以爲宋詩最早而最多也。全鈔三百餘家，而滇人無一焉，以滇人之爲宋詩者少也。先生詩話中，雖一再言無論爲唐爲宋，要取詞必己出、意不猶人者，固舍宋詩莫屬矣。于長慶體少鈔，以其骨少肉多也。柏梁體少鈔，以其詞勝於義也。推陳出新，補偏救弊，先生其無愧今之宗匠乎〔一〇三〕。

這一節的解釋，自爲中肯之説，頗得《詩鈔》的精神。由雲龍爲滇人，「全鈔三百餘家，而滇人無一焉」，且他論詩也不宗宋，所以，這一節所説的，應該是並無意氣、近於客觀的。

《近代詩鈔》編成於一九二三年，由商務印書館印行，據説當時即招來怨詞。《陳石遺先生年譜》卷七云：

李拔可促成《近代詩鈔》甚急。日編數卷。客歲在里時，拔可以公舊有詩友詩録百十家，因此議編《近代詩鈔》行世，乃搜集咸同以來已刻未刻詩稿寄閩。編纂略就緒，而兵亂起。至是促就滬編之。期以上半年告竣。於是求選者麇至，披沙而難以揀金，用頗招怨。迨刊成，賦五言古六首以釋衆議〔一〇四〕。

所提到的六首五古，題爲《近代詩鈔刊成雜題六首》，今收入《石遺室詩續集》卷一，其第六首云：

少年每好名，沾沾近自喜。於志本無惡，獎成藉牙齒。一枝采桂林，片玉崑山美。勉其所不足，毋作半途止。師資固自多，粲然列前軌。急遽若求益，請以他日俟〔一〇五〕。

那時候，汪辟疆已三十六歲，自不復是「好名少年」，而且，與章士釗不同[一〇六]，在《近代詩鈔》中，陳衍也録有汪辟疆數首詩作，所以，汪辟疆之有意貶陳，便很難説與《詩鈔》有關；而汪辟疆與陳衍交往，亦因汪《日記》已毁[一〇七]，所以，縱有蛛絲馬跡，也難於考索了。但不管如何，陳以擅説詩而風動天下，其於光宣詩壇的巨大影響，自不下於乾嘉時的袁枚，而絶非位在朱武的法式善可比，但汪辟疆必欲其爲地煞首座，有意貶抑之意較然可見，而因此亦遂失其史家的公心。錢鍾書先生於所記《石語》中，提及此一公案時，説：「余亦以爲辟疆過也。」[一〇八]我認爲是可爲此事的定讞的。

八

汪辟疆的《光宣詩壇點將録》，就上所述而言，可爲一部簡明的近代詩史，或者近代詩史的一個大綱，我想不致有太多的異議。而如所周知，評述近代詩的著述，最具參考價值的，學人公認凡有三家，即：一、陳衍《石遺室詩話》；二、汪辟疆《光宣詩壇點將録》；三、錢仲聯《夢苕盦詩話》。比較三家而言，陳氏《詩話》的缺點，是其隨意性較多，且品評有時不免應酬，所以儘管在詩人、作品的具體評量上，其參考價值遠過汪《録》，但作爲詩史的簡明大綱，因其不具備謹嚴的結構，所以不能與汪《録》相比。錢氏的《詩話》，篇幅不特别大，也無自覺承擔詩史之意，其所品評的近代詩人，較之陳氏的《詩話》，範圍要狹窄許多，所以其參考價值，更不能相提並論。只有汪氏《光宣詩壇點將録》，扼要勾畫了一代詩壇，所涉及詩人凡一百九十二家，也基本覆蓋此一時期的作者，而且，通過「點將録」這一有效形式，仔細區别了一百九十二名詩人的位置高下、風格派别。就此一點而言，作爲一部近代詩史，汪《録》的學術價值，便爲他家著述所不能及了。

不過，汪《録》内容的不足，也還是很明顯的。與陳、錢《詩話》相比，其評論相對薄弱，更缺少豐富具體的作品批評。所以，儘管可將其視爲詩史大綱，但因其中詩史材料的不足，而準之以現代學術的要求，同時，考慮汪氏亦爲江西作者，派别的局限也還不可避免，則此《録》之難以饜足學人之望，也是不待言而自明的。這樣，基於史綱、史料兩方面考慮，我遂決定將汪《録》加以箋證，并輯録汪氏著作的相關材料，復以《點將録》爲大綱，輯録有關詩人的論評材料，附於《點將録》所列詩人之後，彙之以資學人參考，則詩史、史料，可具於一編，互爲表裏，而《點將録》的内容，遂可極大地增加豐富，參考價值也更加可觀。不僅於此，近代詩史中的「同光詩派」，就其内部而言，還有福建、江西之别，即錢鍾書所説的「福建江西森對壘」[一〇九]，也就是陳衍、陳三立兩派的分歧，這從陳氏《詩話》可以看出，從汪氏的《點將録》中，同樣也有許多表現。這是汪《録》的另一價值。

關於汪《録》的版本，目前我所知見的，凡有十三種：一、《甲寅週刊》本，連載於一九二五年第一卷第五至九號；二、龐鏡塘校、李贊熙書鈔本（國圖藏），據題簽署「丙寅夏月」，知爲一九二六年鈔本；三、《青鶴雜誌》本，連載於一九三四年第三卷第二期至次年同卷第七期；四、佚名鈔本（國圖藏），見楊揚《〈光宣詩壇點將録〉早期鈔本兩種參校記》（《三百年來詩壇人物評點小傳彙録》）；五、沈雲龍輯《近代中國史料叢刊》影印本，臺灣文海出版社，一九七四年版；六、高拜石斠注《光宣詩壇點將録斠注》本，臺北市河洛圖書出版社，一九七六年版；七、周駿富輯《清代傳記叢刊》影印本，明文書局，一九八五年版；八、高拜石斠注、周駿富補《光宣詩壇點將録斠注》本（《清代傳記叢刊》本）；九、《光宣詩壇點將録》（合校本），油印本；十、楊揚編校《三百年來詩壇人物評點小傳彙録》本，程千帆整理，中州古籍出版社，一九八六年版；十一、《汪辟疆文集》本，程千帆整理，上海古籍出版社，一九八八年版；十二、《汪辟疆説近代詩》本，上海古籍出版社，二〇〇一年版；十三、張寅彭輯《民國詩話叢編》本，上海書店出版社，二〇〇二年版。自第九種後，俱爲程千帆合校本。據汪辟疆《題成都鄧守瑕鎔〈荃察余齋詩存〉再續本卷首》，知汪曾自撰《光宣詩壇點將録箋注》[二〇]，但或未能成書。又據汪辟疆《光宣詩壇點將録·小序》及《定本跋》，民國年間，已有人爲此《録》作箋注，前後凡三人，即日人某、山西原某與馬騄程，馬注當未成，日人及原某注，汪評云「皆漏略不具」，亦不知其仍在天壤間否。

王培軍

二〇〇七年冬序於説荷簃

【注釋】

〔一〕汪辟疆的看法不是孤立的，他受到歐陽述、曹震等人影響，參見注五引。

〔二〕汪辟疆：《光宣詩壇點將録序》，見《汪辟疆文集》，第三二五頁，上海古籍出版社一九八八年版。

〔三〕見胡先驌《胡先驌文存》（上卷），第四七〇頁，江西高校出版社一九九五年版。

〔四〕見《汪辟疆文集》，第二七五頁。

〔五〕按此説當出歐陽述。歐陽述《浩山詩鈔自序》：「猶記壬寅三月，與文道希學士同寓滬上，深夜談詩，學士舉鄭公蘇龕、沈公子培之句，相與吟味。述因言近賢詩境，似非雍乾諸家所及。」（見《浩山詩鈔》卷首，光緒間刻本）陳澹然《彭澤歐陽笠儕墓表》：「嘗謂本朝之詩，極古今之奇變。」（見《浩山詩集》卷首，一九一六年彭澤歐氏刻本）又，陳詩《上鄭海藏先生》：「海藏與散原，壇坫峙二派。勢若決江河，孰能窺其際。（中略）光宣勝嘉道，二公實振旆。」（見《鶴柴詩存》卷四，一九二四年尊瓠室刻本）亦可參。

〔六〕同〔四〕，第二八三至四頁。

〔七〕同〔四〕，第二八五至七頁。此節所論，亦見汪《論近代詩》（《時代公論》第一〇號），時爲一九三二年六月。

〔八〕參觀陳衍《石遺室詩話》卷一五第一六條，《民國詩話叢編》本。

〔九〕黄曾樾輯《陳石遺先生談藝録》：「所謂高調者，音調響亮之謂也，如杜之『風急天高』是矣。《散原精舍詩》則正與此相反。」錢仲聯《夢苕盦詩話》第一三三條：「時賢散原，從山谷入，而不爲山谷門户所限，故是健者。然恨其音調多啞。」（俱《民國詩話叢編》本）又，《聽冰室詩話》：「詩道至於清季，囿於古人而不能自創新格，（中略）造句以苦澀爲尚，音節喑啞不復成誦，此效宋詩者末流之弊也。」（《實報半月刊》第二年一九期）亦可參。

〔一〇〕見第二六册，第七八六一頁，中華書局一九七四年版。又，《東林點將録》作者，另有五説，即：韓敬、鄒之麐、魏廣微、阮大鋮、崔呈秀。均不足據。參觀朱倓《東林點將録考異》，見《國立中山大學文史學研究所月刊》第二卷一期。

〔一一〕參觀閻若璩《潛邱劄記》卷六《與王山史書》，《四庫全書》本。

〔一二〕王汝玉《梵麓山房筆記》卷六：「舒鐵雲仿《東林點將録》爲《詩壇點將録》，因游戲之筆，未免略肆雌黄，故未明著姓氏。」（《己卯叢編》本）

〔一三〕陳中嶽《俠龕隨筆》卷上：「往見大興舒位有『水滸傳詩壇點將録』之作，以洪稚存喻花和尚魯智深，贊曰：『好個莽和尚，忽現菩薩相，六十二斤鐵禪杖。』以黄仲則喻行者武松，贊曰：『殺人者，打虎武松也。』以胡稚威喻豹子頭林冲，贊曰：『十八武藝俱高强，有時誤入白虎堂。』以姚姬傳喻混江龍李俊，贊曰：『家住潯陽江上，欸乃一聲，有時晚（絶）唱。』皆確切不移。至以沈歸愚喻托塔天王晁蓋，以袁子才喻及時雨宋江，甚且推爲都頭領，則予意終謂未當耳。」（一九二六年鉛印本）是賞其比擬之工、贊語之妙。

〔一四〕見《汪辟疆文集》，第三二六頁。又，葉德輝《重刻足本詩壇點將録叙》云：「故雖游戲之作，能使讀者於百世之下，想像其生平，斯固月旦之公評，抑亦文苑之别傳矣。」（《足本乾嘉詩壇點將録》卷首，《雙楳景闇叢書》本）與汪説亦略同。

〔一五〕如所周知，傳統史學體裁中，向來只有「文苑傳」，而無「詩史」。所以，説「徵文苑」，即略等述「詩史」。

〔一六〕舒位《乾嘉詩壇點將録序》：「夫筆陣千人，必謀元帥；詩城五字，厥有偏師。故登壇而選將才，亦修史而列《人表》。」（《乾嘉詩壇點將録》卷首，《雙楳景闇叢書》本）即早以《點將録》與《人表》相比。

〔一七〕如劉知幾《史通》卷一六《雜説下》：「如班氏之《古今人表》者，唯以品藻賢愚，激揚善惡爲務爾。既非國家遞襲，禄位相承，而亦複界重行，狹書細字，比於他表，殆非其類。」見《史通通釋》下册，第四六六至六七頁，上海古籍出版社一九八二年版。

〔一八〕按劉寶書《詩家位業圖序》，自述其書體例，云：「唐張爲《主客圖》列白居易、孟雲卿、李益、鮑溶、武元衡爲主，皆有標目；餘有升堂、入室、及門之殊，即所謂客也。其書蓋承鍾嶸《詩品》分古今作者爲三品之意，而下開宋人詩派之説。（中略）至宋吕居仁作《江西詩派圖》，自豫章以降，列陳師道輩二十五人爲法嗣，（中略）予乃取嚴氏之意，推而廣之；取張氏之圖，變而通之。録《騷》《辨》以來作者，迄於國朝咸同之際，共得三百有餘家。」（見《詩家位業圖》卷首，光緒十八年張善育刻本）可以參觀。又，汪辟疆於《江西詩派圖》，嘗有重訂之志，其《方湖日記幸存録》「荆公詩摘句」條云：「余舊讀吕本中《江西詩派圖序》，頗以吕專推黄雙井，心竊非之。實則江西詩派，淵明啟其宗風；唐無大家，至天水一朝，則歐陽修、曾鞏、王安石、三孔（武仲、文仲、平仲）、曾幾、楊萬里、姜夔、裘萬頃；迄元則虞集。江西詩派乃極盛。今時閱八百年，當爲重訂《詩派圖》，此志他年必一償也。」（見《汪辟疆文集》，第八三七至八頁）蓋亦視其爲詩史也。

〔一九〕張寅彭：《汪辟疆〈光宣詩壇點將録〉與晚清民初舊體詩壇》，《復旦國際學術會議論文集》，上海古籍出版社二〇〇二年版。

〔二〇〕見《汪辟疆文集》，第一〇六五頁。

〔二一〕見本箋證稿楊增犖篇注六。

〔二二〕見本箋證稿梁鼎芬篇、柯劭忞篇。

〔二三〕見本箋證稿俞明震篇、陳詩篇。

〔二四〕參觀錢鍾書《談藝録》（補訂本），第三七一頁。

〔二五〕同〔二〇〕，第一〇六三頁。

〔二六〕同〔二〇〕。

〔二七〕同〔一九〕。

〔二八〕按《清詩紀事》同治朝卷收一七八家，光宣朝卷收六八五家（俱不計無名氏），合計共八六三家。若王闓運、翁同龢等，皆在咸豐朝卷，而汪録歸入光宣，加上此一部分，總數亦略近。又，汪録有五十餘家，皆《清詩紀事》所不收，此或以《紀事》重史，而《點將録》重詩，遂有此不同也。

〔二九〕見本箋證稿李瑞清篇後按。

〔三〇〕見本箋證稿翁同龢篇。

〔三一〕見《文藝叢刊》第二卷二期。

〔三二〕見《南京大學學報》一九六二年第一期。

〔三三〕按王守恂原附范當世下，後改爲入「一作」，見本箋證稿王樹枏篇。

〔三四〕見《汪辟疆文集》，第五四九頁。按汪録原序：「一夕，被酒初醒，乃援筆逐一釐定，并各繫贊語，或論人，或論詩，遇感輒書，難以例範。」序署乙酉六月，爲一九四五年。又《定本跋》：「瓶水齋舊例，間附贊語，或論人，或論詩，或論其比附之旨，隨筆所至，不主故常，極見風趣。今定本仿而補之。」跋署甲申十一月，爲一九四四年。均謂是後來所補。《旁記》作年不詳，而據程千帆《汪辟疆文集·後記》，亦在抗戰前後。汪説前後牴牾。

〔三五〕見本箋證稿樊增祥篇注一、二。

〔三六〕見本箋證稿陳懋鼎篇注一。

〔三七〕見本箋證稿楊深秀篇注二。
〔三八〕見《近代詩鈔》第一八册引《石遺室詩話》。
〔三九〕見本箋證稿王鵬運篇注三。
〔四〇〕見本箋證稿陳寶琛篇注一、二。
〔四一〕見本箋證稿陳詩篇注二。
〔四二〕見本箋證稿康有爲篇注一。
〔四三〕見本箋證稿沈宗畸篇注一。
〔四四〕見本箋證稿梁鼎芬篇注三、四。
〔四五〕見本箋證稿曾廣鈞篇注一。
〔四六〕見本箋證稿史久榕篇注一。
〔四七〕見本箋證稿蔣智由篇注二。
〔四八〕見本箋證稿丘逢甲篇注一。
〔四九〕見本箋證稿吴用威篇注一。
〔五〇〕見本箋證稿廉泉篇注一。
〔五一〕見本箋證稿吴俊卿篇注一、二。

〔五二〕見本箋證稿沈瑜慶篇。

〔五三〕見本箋證稿黄體芳篇注一。

〔五四〕見本箋證稿況周儀篇注四。

〔五五〕見《光宣詩壇點將録》。以下凡出此者,不另注。

〔五六〕見《近代詩鈔》第八册。

〔五七〕見《石遺室詩話》卷一。

〔五八〕見《海藏樓詩集》卷七。參觀本箋證稿周樹模篇注四。

〔五九〕見《石遺室詩話》卷一六。

〔六〇〕見本箋證稿周樹模篇注二。

〔六一〕見《近代詩鈔》第一一册。

〔六二〕見《石遺室詩話》卷一。

〔六三〕見《石遺室詩話》卷一一。

〔六四〕由雲龍:《定庵詩話》卷下。

〔六五〕葉景葵:《卷盦雜記》,見《卷盦賸稿》,一九六一年鉛印本。

〔六六〕參觀蔣寅《清詩話考》,第六四九至五〇頁,中華書局二〇〇五年一月版。

〔六七〕據有正書局鉛印本。

〔六八〕見《平等閣詩話》卷二。參觀本箋證稿鄭文焯篇注二。

〔六九〕見《樵風樂府》卷首，《大鶴山房全書》本。

〔七〇〕見《碩果亭文賸》，一九五〇年商務印書館鉛印本。

〔七一〕見《乖庵文録》卷首，光緒三十四年刻本。

〔七二〕見《學衡》第三四期。

〔七三〕見《夢苕盦詩話》第二〇條。

〔七四〕見《現代中國文學史》上編「李宣龔」節，第一九一頁，上海書店出版社二〇〇四年版。又，楊定煩《同光詩體》一文中，亦襲此數語，見《光華大學月刊》第二卷八期。

〔七五〕見唐振常《直聲在天地、詩名滿人間——記香宋趙堯生先生》，《川上集》，第二八二頁，生活·讀書·新知三聯書店一九九七年版。

〔七六〕又如《甲寅》本評黄秋岳、梁鴻志詩，亦爲《現代中國文學史》所採，俱見其上編「李宣龔」節。又，王森然《近代名家評傳》中，所採汪録之評尤夥，並可參。

〔七七〕見《碩果亭詩》卷首，一九二九年排印本。

〔七八〕見《夢苕盦論集》，第三五六頁，中華書局一九九三年版。

〔七九〕見《夢苕盦詩話》第一八〇條。

〔八〇〕見劉成禺《洪憲紀事詩本事簿注》卷一引,《洪憲紀事詩三種》,上海古籍出版社一九八三年版。

〔八一〕詩見《香宋詩集》卷四,王仲鏞編《趙熙集》,巴蜀書社一九九六年版。參觀本箋證稿陳衍篇注五。

〔八二〕參觀本箋證稿陳衍篇注六。

〔八三〕見《光宣詩壇點將録定本跋》。

〔八四〕見《夏承燾集》第五册,第三四〇至四一頁,浙江古籍、浙江教育出版社一九九七年版。

〔八五〕參觀《石遺室詩話續編》卷四,《民國詩話叢編》本。又,《天風閣學詞日記》(一九三四年十一月二六日)云:「過大石橋十號訪林公鐸,(中略)值其酒後,見汪君書(按指汪辟疆《目録學研究》),讀首二句,即斥爲不通。」其時老輩文人,意氣相争,每好狂詆,多有出論學外者。

〔八六〕見《汪辟疆文集》,第四一六頁。

〔八七〕見《青鶴雜誌》第三卷二號。

〔八八〕見本箋證稿陳衍篇後按。

〔八九〕見《汪辟疆文集》,第三〇〇頁。

〔九〇〕見錢仲聯編《清詩紀事》第一九册引,第一三七五八頁,江蘇古籍出版社一九七九年版。今本《夢苕庵詩話》無此節。

〔九一〕見《甲寅週刊》第一卷五號。

〔九二〕汪辟疆：《論詩絶句十一首》之六，《汪辟疆文集》，第八一三頁。又，汪不僅説詩襲陳，即其所作詩，亦頗剽陳句。如同前之五小注中，自引一聯：「近來海内爲長句，樊山實甫雙嶙峋。」即仿陳《次韻損軒》：「君看經師出大令，金壇曲阜雙嶙峋。」（《石遺室詩集》卷二，參觀《石遺室詩話》卷五第一條）又同前之一一：「羌無利禄荒寒路，肯與周旋定自奇。」即活剥陳《贈仁先》：「羌無利禄荒寒路，肯與周旋定是賢。」（《石遺室詩集》卷四）均是顯例。

〔九三〕見《石遺室詩話》卷一五。

〔九四〕見《讀常見書齋小記》「評陳石遺《近代詩鈔》條」，《汪辟疆文集》，第八二二頁。

〔九五〕見《讀常見書齋小記》「展庵醉後論詩」條，《汪辟疆文集》，第八一一頁。

〔九六〕見《讀常見書齋小記》「再評近人詩」條，《汪辟疆文集》，第八一一至一二頁。

〔九七〕汪辟疆：《題北山樓集卷首》，見《汪辟疆文集》，第六三五頁。

〔九八〕汪辟疆：《評方回〈桐江續集〉》，見《汪辟疆文集》，第二五一至五二頁。

〔九九〕按陳詩作序，亦喜雜引斷句，如《今覺庵詩序》等。汪辟疆即不提。參觀本箋證稿陳衍篇注二一。

〔一〇〇〕見《汪辟疆文集》，第八二〇至二一頁。

〔一〇一〕見《近代詩鈔·凡例》。

〔一〇二〕按黄侃亦嘗斥《詩鈔》「不通」，微生《論黄季剛先生的詩》云：「有一次，他拿着陳衍編的《近代詩鈔》來看，他就連罵『不通』『不通』，馬上把它丢了。固然陳編的《詩鈔》，有鄉曲之私，入選的不是同鄉，就是師友，而没有選到他的詩，也是一個大原因。」（《國聞週報》第一二卷三〇期）又王森然《黄侃先生評傳》亦引此節，略有删改，見《近代名家評傳》（二集），第三二九頁，生活·讀書·新知三聯書店一九九八年版。

〔一〇三〕由雲龍：《定庵詩話》卷下。

〔一〇四〕陳聲暨等：《陳石遺先生年譜》卷七，陳步編《陳石遺集》本。

〔一〇五〕陳衍：《近代詩鈔刊成雜題六首》之六，見《石遺室詩續集》卷一，《陳石遺集》本。

〔一〇六〕章士釗《論近代詩家絶句》：「石遺老子吾不識，自喜不與廚師鄰。」是於陳不採己詩，顯有不滿。見陳衍篇。參觀劉衍文《石語題外·章太炎與黄季剛》，見《寄廬茶座》第一二五頁，漢語大詞典出版社二〇〇四年版。

〔一〇七〕見《汪辟疆文集》，第一〇六七頁。又，陳衍亦有《日記》，其子聲暨所撰《年譜》，即據其日記編成，今亦不知尚存否。

〔一〇八〕見《石語》，第四二頁，中國社會科學出版社一九九六年版。又，徐凌霄《兩期詩壇點將録合評》：「『神機軍師朱武』在水滸之軍師中，人物又下於公孫勝，此録則爲陳石遺衍，詩贊平平。石遺於詩最自負，曾撰《石遺室詩話》，登於《庸言雜誌》，月旦同時詩人，老氣横秋。其自己所作，有時極沉鍊，如送江春霖回里之『四海争傳真御史，九重命作老翰林。當誅臣罪非今日，待養親年值萬金』，不愧實大聲宏。惟這位陳翁，常有怪句如『半人燕市醉眠偏』，費解之至，真『神機軍師』之神機也。」（《中國公論》第二卷四期）揆其意，亦不以其擬爲然，特未顯言之。

〔一〇九〕見《槐聚詩存》，第三〇頁，生活·讀書·新知三聯書店一九九五年版。

〔一一〇〕見《汪辟疆文集》，第二七五頁。

凡例

一、是箋以程千帆校輯《汪辟疆文集》本爲底本，校以楊揚輯《三百年詩壇人物評點小傳彙録》本，復以《甲寅》本、《青鶴》本、張寅彭編《民國詩話叢編》本爲參校，擇是而從。

一、是箋所重在注，於句字衹校正誤，不校異文，以前後所改者夥，幾判若兩書矣。且《彙録》本所附《校記》，已略載異同，可備參觀。又校勘之文，不另寫，而附入各注。若明顯誤敚，則隨文標出補正，補用圓弧，正用方弧。亦不另撰校記，用省煩文也。

一、録中詩人，凡近二百家，泰半闕小傳，有亦至簡，多寥寥數語，僅具名號、籍貫。是箋於注文之前，必先列新撰小傳，傳文之後，亦必詳注出處，用便讀者檢覈。

一、録中之贊，多用故典，亦藴本事，皮裏陽秋，意指難明。是箋力圖一一注出，其有文義較晦者，亦必加簡明疏解，務使一編在手，勿待旁求。

一、録中之評，或旁采他人，折中衆説，或師心獨運，别抒新見，要皆語能中肯，少許勝多。是箋於有所本者，務爲考朔尋源，於其自撰者，亦輯録他家之説，或相近、或相反，用爲參較。

一、是箋之注，頗用「以汪注汪」之法，故多録汪氏他著，以爲旁證，相互發明之。復多引陳衍説，因衍於説詩，一代宗匠，影響廣被，汪亦在其牢籠也。

一、録中正文之後，原附章士釗《論近代詩家詩絶句》，是箋亦仍舊貫，然爲免枝蔓，均不加注。又後所附《甲寅》本，乃欲存其初，明早晚説之不同也。

一、是箋於注文後，復加後按，或綜述衆説，提斯大指，或增引論評，用爲參觀，或摘謬糾誤，聊發孔見，俱不可一例均也。

一、是箋所引近代文獻，多僅列書名、作者、版本概從略，其詳見《參考文獻》。若歷代文獻，則據通行之本，亦不另注。

一、是箋所引文字，如中有删節，必著「中略」字樣，若在前後，徑省之；又若所省爲詩，前有篇名，則後用「云云」，從舊例也。至如考辨，或糾補，或商榷，均加按語，隨文附於後。

一、是箋於評詩，祇及近人，不涉當代，亦不闌入語體，偶有破例，必至有關係者。若評量詩人，偶有議論，亦多事徵引，不欲攙己説，非不能也，宗旨不在是耳。

一、是箋注文稱名，後按稱字號。注以考爲主，較近於客觀，從質家言；後按故私説，行文之際，用示禮敬，亦其宜也。

一、是箋大膽妄説處，亦必多有，然求是求真，商量學術，自所難免，非敢輕議前人，逞快於心也。讀者諒之。

原序

曩與義寧曹東敷同客南昌，又同寓簡庵、思齋昆仲家，昕夕論文，極友朋之樂。東敷詩學黄陳，頗爲當代名流所推許，與愚一見即定交。蓋愚早年言詩，夙服膺元祐諸賢，與所論不謀而合也。東敷言：「並世詩人，突過乾嘉。昔瓶水齋主人曾有《乾嘉詩壇點將録》之作。子於並世諸賢，多所親炙，盍續爲之，亦藝林一掌故也。」愚即具草，至媲擬洽合，萬不可移易處，東敷、簡庵、思齋皆撫掌不置。竭一晝夜之力，而當世諸詩人，泰半網羅斯册矣。乙丑在都門，章行嚴取而布諸《甲寅》週刊；後十年，上海《青鶴》雜志又據而轉載。日人及山西原某，並有爲箋注者，皆漏略不具。愚亦不復憶及之。及避寇居渝州，行嚴、旭初偶談及此，乃取篋藏原稿覆按之，覺有原稿合而刊本不合者，亦有刊本漏略而今本宜補入者。寇鋒日挫，受降匪遥，心境恬適。一夕，被酒初醒，乃援筆逐一釐定，並各繫贊語，或論人，或論詩，遇感輒書，難以例範。要之，别有事在，非無謂而作也。百年之間，國運之盛衰，人才之消長，以及詩派之變遷，略繫於此。昔葉郎園氏早年於敗紙中得瓶水舊録，詫爲秘笈，一再刊布。又感時異事遷，舊録諸賢，非惟篇章散佚，取證末由，即姓氏里籍，亦難盡審。乃走廠甸，蒐集乾嘉兩朝詩别集讀之，乃知比擬之工，措語之巧，真令人軒渠絶倒也。晚年發篋，葺

《乾嘉詩壇點將録詩徵》若干卷，自熹〔憙〕甚至，以爲可備一代藝林掌故。然則前人視爲游戲興到之作者，儻亦覘世運、徵文苑者所不能廢歟？乙酉六月，廷玉。

光宣詩壇點將録箋證卷一

詩壇舊頭領一員

托塔天王晁蓋　王闓運　附嚴咸、鄧輔綸、高心夔、陳兆奎、夏壽田、楊莊

我欲避君天不肯，不然搥碎湘綺樓〔一〕。湘綺論近人詩句，謂嚴咸也。當仁不讓乃如此〔二〕。似我者拙，學我者死〔三〕。湘綺自云：「今人詩莫工於余。余詩尤不可觀，以不觀古人詩，但觀余詩，徒得其雜湊摸倣，中愈無主矣。」〔四〕吁嗟乎！遏八音，曾頭市〔五〕。袁思亮云：「湘綺爲湖湘派領袖，然及身而後，闃乎不聞，而散原私淑遍天下。以湘綺配晁天王，百世莫易矣。」按本録諸贊或論人，或論事，或論詩，隨所感及之，不可一例均也。〔六〕

陶堂老去彌之死，晚主詩盟一世雄〔七〕。得有斯人力復古，公然高詠啟宗風〔八〕。

湘綺老人，近代詩壇老宿，舉世所推爲湖湘派領袖也。享名六十餘年〔九〕。入民國，尚蒲輪入京，出長國史〔一〇〕。項城權勢傾一時，而湘綺玩之股掌，且稱爲袁世兄矣〔一一〕。其詩致力於漢魏八代至深，初唐以後，若不甚措意者。學贍才高，一時無偶〔一二〕。門生遍湘蜀，

而傳其詩者甚寡〔一三〕。迄同光體興，風斯微矣〔一四〕。

王闓運，字壬秋，號湘綺，湘潭人。咸豐乙卯舉人，晚欽賜翰林院檢討。入民國，任國史館館長。民國五年卒，年八十五。有《湘綺樓全集》、《杜若集》、《夜雪集》、《八代詩選》、《唐詩選》、《湘綺樓日記》。

嚴咸，字受庵，漵浦人。咸豐□□舉人。年二十五，自經死。

鄧輔綸，字彌之，武岡人。咸豐辛亥附貢生，官浙江候補道。光緒十九年卒，年六十六。有《白香亭集》。

高心夔，字伯足，號碧湄，一號東蠡，又號陶堂，湖口人。咸豐庚申進士，官江蘇吴縣知縣。光緒九年卒，年四十九。有《陶堂志微録》。

〔原附〕論近代詩家絶句　章士釗

湘綺寧爲蜀秀樓，故山箘桂及身休。平生卻善帝王學，親見門人作故侯。

故侯，謂楊度也。

頻將紅綫當華簪，省識周嫣買弄心。六十餘年談笑慣，祁門洹上等閒尋。

名家人屬杜陵孫，黼黻三唐別有源。搜得東川作元后，陳詞應愧兩當軒。

唐詩推挹東川，裁抑杜陵，乃湘綺得意之筆。惟黄仲則《詩評》云：「杜固詩之祖，而李東川實可謂祖所自出。

後人法門亦遂無所不備。篇幅雖少，而渾然元氣，已成大觀。」見《兩當軒集》。不知湘綺曾見之否？

千帆謹案：三首屬王湘綺。

善爇王翁一瓣香，五言高渾跨瀟湘。餐詩須得療飢骨，俊語飛揚服海藏。

君贈海藏詩云：「世人無此骨，餐之不療飢。」

早炫聲華萬象侵，晚窮經論入沈深。倦游一到烏尤寺，暗把詞心换直心。

資州變後，君游烏尤寺，有詞，自號直心翁。

千帆謹案：二首屬夏午詒。

【箋證】

○王闓運（一八三三—一九一六），字壬秋，湖南湘潭人。咸豐七年（一八五七）舉人。幼好學，質魯，日誦不及百言。遂發憤，刻苦勵學，終通諸經。學成出游。咸豐九年（一八五九），入都，會試報罷，就尚書肅順聘。後參曾國藩幕，胡林翼、彭玉麟等均禮敬之。自負其才，所如多不合，乃退歸。四川總督丁寶楨聘主尊經書院。又爲長沙思賢講舍、衡州船山書院山長。江西巡撫延爲高等學堂總教。光緒三十四年（一九〇八），湖南巡撫岑春煊上其學行，特授檢討。鄉試重逢，加侍讀。晚睹世變，與人無忤，唯阿自容。民國初，嘗一領國史館，遂歸。生平著書極富，以經學爲多，刊者有《周易説》、《尚書義》、《詩經補箋》、《禮記箋》、《春秋公羊傳箋》、《穀梁傳箋》、《周官箋》、《論語注》、《爾雅集解》。

他有《湘軍志》、《湘綺樓詩集》、《文集》、《日記》等。見《清史稿》卷四八二、汪辟疆《王闓運傳》(《國史館館刊》第二卷一號)、王代功《湘綺府君年譜》。

〇嚴咸(一八四一—一八六五),字受安,一作壽安,湖南溆浦人。父正基,官河南布政使。幼穎悟,工騷賦文。年十六,三試第一,入縣學。咸豐八年(一八五八)舉人。其應試文,横恣不守常法,人目爲湖外奇才。明年,入京覆試,考官睹其卷,俱驚怪。不會試而歸。入左宗棠閩浙幕。嘗請領一軍,赴行陣,未獲允。未幾發狂,歸,自經死。性介猛,長脊多力,面如削瓜。又行止不恒,無間冬夏,著一布單衣,磬掉而行。其絶俗多類此。著有《受庵詩鈔》、《文鈔》。見王闓運《嚴咸傳》(《湘綺樓文集》卷五)、杜俞《嚴咸陳良燧傳》(《元俞文鈔》)、陳三立《畸人傳四首》(《散原精舍文集》卷四)。

〇鄧輔綸(一八二八—一八九三),字彌之,湖南武岡人。父仁堃,官江西按察使。五歲能詩。十三入州學,十五補廩生。肄業長沙城南書院。爲左宗棠所賞。與王闓運、弟繹、李篁仙、龍汝霖,號「湘中五子」。道光二十九年(一八四九)拔貢。咸豐(一八五一)元年,入京會試,舉恩科副榜。叙用内閣中書。太平軍興,請假赴南昌,佐父守城。以賦詩譏某翰林,爲提學所劾,撤軍還官。旋用城工勞,授浙江候補道員。復被劾免職。後執教觀瀾、東洲、鶴山諸書院,並任希賢精舍、金陵書院山長。卒於金陵。著有《白香亭詩》。見王闓運《鄧彌之墓志銘》(《碑傳集補》卷五一)。

〇高心夔(一八三三—一八八三),字伯足,號碧湄、東蠡,又號陶堂,江西湖口人。咸豐元年(一八五一)舉人。會試被黜。入肅順幕,與王闓運相契。旋歸侍親。太平軍起,父被殺,憤而組鄉兵,投曾國藩麾下。會攻撫州,傷左骽。九年(一八五九),再入都,應禮部試,明年補殿試,列二甲。銓選知縣不赴。肅順誅,遂南歸,走楚粤間。同治末年,入李鴻章德州幕,參軍事。尋以直隸知州用,分發江蘇,署吴縣縣令。以事罷去。爲人性剛峻,負才自喜,牢落不合。著有《陶堂志微録》、《恤誦》、《碑執》等。見湯紀尚《高陶堂先生傳》(《槃薖文甲集》卷上)、楊峴《直隸州知州高君墓志銘》(《遲鴻軒文棄》卷二)、朱之榛《故賜進士出身江蘇候補直隸州知州署吴縣知縣高先生事狀》(《常慊慊齋文集》卷下)。

〇陳兆奎(一八七九—一九一五),字完甫,一作完夫,湖南桂陽人。王闓運弟子。光緒間孝廉。民國初,官平政院評事。卒於北京。輯有《王志》。著有《隱庵詩鈔》、《隱庵文集》。見孫雄《道咸同光四朝詩史》乙集卷六、張翰儀輯《湘雅摭殘》卷八、王闓運《隱庵文集序》(《隱庵文集》卷首)、李毓堯《隱庵文集跋》(《隱庵文集》附)。

〇夏壽田(一八七〇—一九三五),字午詒,一作午彝,號耕父,湖南桂陽人。父旹,官陝西巡撫。王闓運弟子。年十三,以神童游庠。十九舉鄉試。光緒二十四年(一八九八),中一甲二名進士。散館授編修。侍父節署,不亟進取。既終養,入都,供職清禁。又嘗入端方幕。民國初,爲袁世凱所重,任總統府内史、約法會議議員。晚居上海,耽佛法。工書,擅填詞。著有《涿州戰紀》。見高毓浵《夏太史墓銘》（《民國人物碑傳集》卷二）。

○楊莊（一八七八—一九四○），字叔姬，湖南湘潭人。楊度妹，鈞姊。適王闓運四子代懿。亦從闓運請業，所爲詩文，駸駸入古，闓運奇其才，稱爲才女。清季，從兄游學日本。返國後，置身社會教育。中歲後，以多病，學佛。著有《楊叔姬詩文詞録》。見汪辟疆《近代詩人小傳稿》（《汪辟疆文集》）、夏壽田《湘潭楊莊詩文詞録序》、楊敞《湘潭楊莊詩文詞録跋》（俱《湘潭楊莊詩文詞録》）、楊度《虎禪師偈并序》（劉晴波編《楊度集》）。

〔一〕句見王闓運《論同人詩八絶句》之四（《夜雪集》）。

〔二〕按：謂自負其詩文。《論同人詩八絶句》之四：「嚴受菴幼有穎慧，賦擬《楚詞》，詩逼昌谷，文兼唐魏之勢。十七歲至京師，相遇論交，余云：『君詩文未入格。』因論古法。又問余所不及者，言五言必期似漢人，今且不能似子建，欲學子建，且先似士衡。幡然遂歸。逾年，訪余長沙，出示新作，沈博絶麗，有士衡之意。余驚喜傾倒，私獨畏之，相約諧隱讀書，適遘家變，又逾年，則君死矣。誰使我肆恣而無畏者，非君死之故耶。」又按闓運此語，頗流傳人口，如陳三立《畸人傳》云：「咸既死，其友王闓運以文辨名天下，嘗持語人曰：『孰使我縱肆而無忌者，非咸死之故乎。』」

〔三〕宋釋覺範《石門文字禪》卷二三《昭默禪師序》：「李北海以字畫之工，而世多法其書，北海笑曰：『學我者拙，似我者死。』」亦見《李北海集》附《遺事》。

按：汪作「似我者拙，學我者死」，與原文不同，當是失檢。舒位《乾嘉詩壇點將録》：「没羽箭舒鐵云：棄爾弓，折爾矢，高固王翦有如此。似我者拙，學我者死，一朝擊走十五子。」知其沿舒誤也。

〔四〕見陳兆奎輯《王志》卷二《論詩法答唐鳳廷問》。略云：「古之詩以正得失，今之詩以養性情，雖仍詩名，其用異矣。故余嘗以漢後至今詩即樂也，亦足感人動天，而其本不同。古以教諫爲本，專爲人作；今以托興爲本，乃爲己作。史遷論詩，以爲賢人君子不得志之所爲，即漢後詩矣。詩主性情，必有格律，不容馳騁放肆，雕飾更無論矣。情動於中而形於言，無所感則無詩；有所感而不能微妙，則不成詩。生今之世，習今之俗，自非學道有得，超然塵壒，焉能發而中、感而神哉。就其近似求之，觀古人所以入微，吾心之所契合，優游涵詠，積久有會，則詩乃可言也。其功似苦，其效至樂。究而論之，如屠龍刻棘，無所用之。人生百年，幸有可樂，殊不必勞心於至苦，運神於無用。故余之論，未嘗勸人學詩，誠見其難也。然余平生志趣、學問皆由詩入，則天性所近，功夫自然，初亦不料其通於大道，有如是效驗也。孔子稱夔不習於禮，則神於樂者尚有不達，斯古人之異與。學詩當遍觀古人之詩，唯今人詩可不觀。今人詩莫工於余，余詩尤不可觀，以不觀古人詩，但觀余詩，徒得其雜湊模仿，中愈無主也。總之，非積三四十年，不能盡知古人之工拙。以三四十年之功力，治經學道必有成，因道通詩，詩自工矣。若性好文采，樂於吟詠，則由詩悟入，亦自捷徑，而非可强求也。」（馬積高編《湘綺樓詩文集》）

按：汪辟疆《方湖日記幸存録》「湘綺論詩」條，亦節録此數語，未注出處。據《甲寅》本初稿，此篇僅有一詩，知評語後來所增，或即録自《日記》。

〔五〕〔遏八音〕《尚書·舜典》：「二十有八載，帝乃殂落，百姓如喪考妣。三載，四海遏密八音。」傳：「遏，絶；密，静也。八音，金、石、絲、竹、匏、土、革、木。」〔曾頭市〕晁蓋死地。見《水滸傳》第六〇回《公孫勝芒碭山降魔、晁天王曾頭市中箭》。

按：二句謂晁蓋死。喻指詩壇風氣嬗變，意謂湖湘派之後，即有同光體代興。參後汪評。又，《乾嘉詩壇點將録》：「托塔天王沈歸愚：衛武公，文中子。風雅有篇，隋唐無史。然而築黄金臺以延士者，則必請自隗始也。吁嗟乎！東溪村，曾頭市。」汪仿其句法。

〔六〕〔袁思亮〕别見他篇。

〔七〕羅惇曧《呈伯嚴丈》：「散原品節匡山峻，老主詩盟一世雄。」（《石遺室詩話》卷一九第六條引）

按：陳衍編《近代詩鈔》亦録此詩，次句作「老主詩盟一世宗」。汪詩據《詩話》。又據鄧、高傳狀，高死於光緒九年（一八八三），鄧死於十九年（一八九三），後高十年，而至鄧死時，闓運年六十二，故云「晚主詩盟」。「老去」，亦死也。參觀注九、一二。

夏敬觀《裒碧齋集序》：「咸同間湘人能詩者，推武岡鄧先生彌之、湘潭王先生壬秋。鄧先生祖陶禰杜，王先生則沈潛漢魏，矯世風尚，論詩微抑陶。兩先生頗異趣，然皆造詣卓絶，神理緜邈，非若明七子、清乾嘉諸人所爲也。」（《裒碧齋集》卷首，又《忍古樓文》第二册）姚錫鈞《生春水簃詩話》：「近來詩派，大别爲三宗。王湘綺氏崛起湘潭，與鄧彌之相唱和，力追魏晉，上窺風雅，無唐以下語，是一大宗。而《白香亭詩》彌之著，高秀實出湘綺樓之上，湘綺自謂至鮑謝已無階可登，而彌之和陶，深嚌神味，集中如《湖湘大水》、《送弟繹》、《鴻雁篇》、《休洗紅》諸作，沖澹微遠，非王所幾，余《論詩絶句》所謂『解識太羹玄酒味，陶琴自古已無絃』者也。」（《二雞餘墨》）

〔八〕陳三立《肯堂爲我録其甲午客天津中秋玩月之作、誦之歎絶、蘇黄而下無此奇矣、用前韻奉報》：「得有斯人力復古，公然高詠氣横秋。」（《散原精舍詩》卷上）按：據徐凌霄《兩期詩壇點將録合評》（《中國公論》第二卷四期），此亦本王自挽聯：「縱横計不就，空留高詠滿江山。」

〔九〕《近代詩人小傳稿》：「湘綺爲湖湘派領袖，享名六十餘年。生平造詣，經史、諸子、文翰，皆有獨到，而詩尤高。與鄧輔綸、高心夔並推爲湖湘三大家。」《方湖日記幸存録》「湘綺論詩」條：「湘綺爲近代詩壇老宿，湖湘派領袖，世無異議。才雄學贍，不肯作開天後語。其自定《湘綺樓詩集》皆樂府、五言、七言古，間存五言律詩；而晚年偶爲七言律、絶，今刊於蜀中《杜若集》、《夜雪集》者，概不濫入，則其嚴立界限可見矣。」(《汪辟疆文集》)

《杶廬所聞録》「湘綺樓佚事」條：「王壬秋闓運以經學文章名壇坫者，歷咸、同、光、宣至於民國。享名之久，又值變局，蓋古今所稀逢。先生本孤寒，道光之末，年甫弱冠，與鄧彌之等結社長沙，作漢魏六朝詩，手鈔《玉臺新詠》，當時人皆異之。至今遂成湖南詩派。」《瓶粟齋詩話》：「有清咸同間，湘潭王湘綺闓運詩名傾朝野，世所稱湖湘派者也。湘綺才大而思精，寢饋漢魏六朝諸家集，於樂府、歌行、宫體、山水之作，無所不擬。窮源竟委，迄於三唐，屹然爲晚清一大宗。然其五言實未能盡脱漢魏面貌。平湖張金鏞提學湖南，論湘人文章如高髻雲鬟，美而非時。其後曾氏提倡江西，力矯摹擬之弊，於是湘綺詩漸不爲世所重視。」(《清詩紀事》第一六册引)《近百年詩壇點將録》：「王闓運爲近代湖湘派魁首，標榜八代，一意摹擬，爲世詬病久矣。」(《夢苕盦論集》)

〔一〇〕《湘綺府君年譜》卷六：「民國三年甲寅。二月，還山塘，兩得北京電報及袁總統書，促府君北行。城鄉賓客往來，日夕不絶，乃復至長沙。三得袁電，詞旨謙抑。府君念遭世亂離，無地可避，始允北行。湖南都督湯公薌銘，遽以入告。」「三月二日，長沙諸生鍾西樵來，年七十矣，貧老病瞽，踵門求謁，請執贄爲弟子。府君叩其來意，即言不宜北行。彭石愚言孝，姻家子也，亦深惜府君之往。言辭婉曲，發於至誠。且言袁性猜忌，宜俟至鄂後，即日引疾告歸。府君聞其言，喟然而歎曰：『我生不辰，命也奈何！今已戒行期，八十之年，何能輕脱？袁招辭誠肯，亦宜於相見後，一窮其情，如用吾言，或能救世。今干戈滿眼，居此能安乎。』遂命代功等侍行。五日乘輪舟，七日至漢口，十一日乘輪車，十二日至京，十四日謁袁公。問史館事，府君謂宜就殿閣令諸翰林纂修，不必設館，袁不悟其諷己也，言俟再見時籌商。府君以初見，亦未語及國政。」「五月十一日，與書袁總統，論史館事。」「八月朔日，清史館送凡例來，并請議修史事。」「（十一月）十二日，乘夜車南旋。十四日至漢口。作書別袁總統云：『前上啟事，未承鈞諭。緣設立史館，本意收集館員，以備咨訪，乃承賜以月俸，遂成利途。按時支領，又不時得，紛紛問索，遂至以印領抵借券，不勝其辱。是以陳情辭職，非畏寒避事也。到館後，日食加於家食，身體日健。方頌鴻施，故欲停止兩月經費，得萬餘金，買廣夏一區，率諸員共聽教令，方爲廉雅。若此市道，開自鯫生，曾叔孫通之不如，豈不爲天下笑乎。前擬將頒印暫存夏内史處，又嫌以外干内，因暫送敝門人楊度家，恭候詢問，必能代陳委曲。闓運於小寒前，由漢口還湘，待終牖下。奉啟申謝，無任悚愧。』十七日至長沙。二十六日，袁總統復書，屬府君遥領史職。」

按：闓運與袁世凱書，見《湘綺樓日記》（民國三年十一月十四日），《湘綺樓箋啟》卷九題作《與袁慰庭》。又，王森然《王闓運先生評傳》：「民國元年十二月，爲袁世凱所强邀，入北京任國史館總裁，但不久仍歸隱於長沙。」（《近代二十家評傳》）年月有誤，據《日記》、《年譜》，當作「民國三年五月」。

〔二〕《湘綺樓日記》（一九一四年三月十四日）：「申初，楊生來迎，同至西苑，入新華門。坐船至長房小坐。午詒出陪，更有三祕書出見。用名片謁袁世兄，在客房外迎入洋坐，坐客位。談久之，無要話。換茶乃出。坐小車行隄邊，出新華門，新開便門也。坐袁送車還寓。」按：汪云「稱袁世兄」，當指此類。別參楊鈞《草堂之靈》卷四「斥孫」條、李肖聃《星廬筆記》第八二頁。

陳鋭《褭碧齋雜記》：「湘綺翁徇端方之請，重游江南，年已七十餘矣。余時攝靖江縣事，同人電招往會，文酒過從無虚晷。翁日見客數十起，赴宴四五處，或小車徑往，未嘗言疲。陶榘林進言曰：『久違先生，而滿臉春氣，爲壽無量。』翁曰：『凡當名士的，必帶幾分秋氣，爾謂我有春氣邪。』一日，宴於袁氏寓園，翁獨後至，入門即言曰：『頃從某處席散，人謂我何往，我笑曰：中和園耳。』中和園，本普通飯館之名，而是日主人，則同鄉唐子中、秦子和、陳子元三觀察公宴也。辛亥國變次年，翁年八十，賀客皆短衣翦髮，作洋人裝束。翁蟒袍貂褂，道貌偉然。人有諫者，翁曰：『客輩皆著外國衣服，吾獨不可耶。』後爲項城强起入都，車至新華門，翁搴帷曰：『嚇，新莽門！』其發言成趣類如此。翁長髯鳳目，儀觀甚偉，雖言談詼恣，造次必有檢則。以余所知，翁訓迪子女，不稍寬假，從學諸生，罔敢悖慢。每至人家，主人未出，未嘗説坐。余嘗官湘潭訓導，每有書牘，或聯扇，輒題稱老夫子以示別，以其時諸子皆在學籍也。及余攝桂陽州學正，舟過衡陽，時翁主講船山書院，每謁必加款留。書院頻有請業，歡然指授，凡所圈點，朱粲如印模。哲人其萎，流風未沫，蓋文章之淵海，亦禮學之宗師也。」（《青鶴雜誌》第一卷一〇期）

按：《光宣以來詩壇旁記》「記王湘綺」條録此，未注所出。

〔三〕《近代詩人小傳稿》：「其詩直造漢魏，而與陸謝爲近，七古略涉初唐，決不肯作開天後人語。晚年偶戲爲七言近體，類皆急就酬應之作，不以入集也。」（《汪辟疆文集》）

《近代詩鈔·石遺室詩話》：「湘綺五言古，沈酣於漢魏六朝者至深，雜之古人集中，直莫能辨，正惟其莫能辨，不必其爲湘綺之詩矣。七言古體必歌行，五言律必杜陵秦州諸作，七言絶句則以爲本應五句，故不作，其存者不足爲訓。蓋其墨守古法，不隨時代風氣爲轉移，雖明之前後七子，無以過之也。然其所作，於時事有關繫者甚多。」《麗白樓詩話》上編：「後人喜爲漢魏六朝之詩，有辭無意，觸目皆是。此以古人之情感與意境爲情感意境，其本已撥，縱令爲之而盡工，亦不外魏晉人之於《三百篇》，又其次則如四靈、七子之學唐，下焉者，直是晚近詩人之學宋者流，可一笑也。王闓運五言律學杜陵，古體詩學魏晉六朝，亦坐此病。」下編：「晚清詩，自《巢經巢》迄《海藏樓》諸集，皆高言杜、韓，而出入於南北宋、中晚唐之間。王壬秋獨標榜魏晉六朝，顧僅貌似。其七言古亦有效長慶體者，如世所傳誦之《圓明園詞》是也。壬秋一生，毀譽參半，貴池劉慎詒《讀湘綺樓詩集》七言律云：白首支離將相中，酒杯袖手看成功。草堂花木存孤喻，芒屩山川送老窮。擬古稍嫌多氣力，一時從學在牢籠。蒼茫自寫平生意，唐宋溝分未敢同。持論最公允。《今詩選》所録，皆壬秋學杜陵而酷似梅村者。」按：錢仲聯《近百年詩壇點將録》中，評王闓運，亦録劉慎詒此詩，當據林。參觀《石遺室詩話》卷一七第一三條、《陳石遺先生談藝録》及《石語》。

〔三〕《近代詩派與地域》：「湖湘派近代詩家，或有目爲舊派者。其派以湘潭王闓運爲領袖，而楊度、楊叔姬、譚延闓、曾廣鈞、程頌萬、饒智元、陳鋭、李希聖、敬安羽翼之。樊增祥、易順鼎則别子也。王氏爲晚近詩壇老宿，得名最盛。生平造詣，乃在心橅手追於漢魏六朝，而稍涉初盛。（中略）今所傳《湘綺樓詩》，刻意之作，辭采巨麗，用意精嚴，真足上掩鮑謝，下揖陰何，宜其獨步一時，尚友千古矣。惟及身以後，傳者無人。」《方湖日記幸存録》「湘綺論詩」條：「湘綺弟子有湘、蜀二派：湘則楊度、楊莊、楊鈞、夏壽田、譚延闓、陳兆奎；蜀則尊經書院諸生，皆祖師説，後亦不盡效其體。」（《汪辟疆文集》）

又，《小奢摩館脞録》「王湘綺爲絶代佳人」條：「湘潭王壬秋闓運治樸學，有前清乾嘉諸老風，海内群推爲碩果。顧守舊殊甚，人頗議之。江西陳伯嚴曾從壬秋問奇字，伯嚴爲陳右銘寶箴子。或傳右銘撫湘時，壬秋嘗往來署中，與伯嚴互爲講習。伯嚴一日侍父側，父顧問：『王先生爲何如人？』伯嚴對曰：『東方歲星游戲人間一流也。』父笑而頷之，已而作諧語告之曰：『我初不解古絶代佳人作何狀，若王先生者，真箇一絶代佳人矣。汝幸自持，慎勿被其鈎引到舊學窩中，溺而不返也。』人或謂右銘此諭可續《世説新語》。」（《汪辟疆文集》）亦見《方湖日記幸存録》。按：「絶代」云云，即謂不能傳嗣，雖佳，必有代興者起。其語雖謔，足耐尋味。

〔四〕《近代詩派與地域》：「湖湘風重保守，有舊派之稱，然領袖詩壇，庶幾無愧。閩贛則瓣香元祐，奪幟湖湘，同光命體，儼居正宗，抑其次也。」（《汪辟疆文集》）按：此擬，陳衍不謂然，錢仲聯則騎牆，無定説。錢《近百年詩壇點將録》：「近百年詩壇，足當梁山舊頭領者，汪國垣以屬王闓運，陳衍不謂然，以爲當屬張之洞。余意俱不敢附和。王僅能爲湖湘詩派之領袖，張則官高而初非舊派詩人多奔走其門者。托塔天王其人，李慈銘庶足當之。」（《三百年來詩壇人物評點小傳彙録》）又《論近代詩四十家》：「近人汪國垣《光宣詩壇點將録》以托塔天王晁蓋當之，誠然。」（《夢苕盦論集》）

培軍按：近代詩派嬗變，咸同以來，詩人多宗宋詩。其端發自祁春圃、程春海，至曾湘鄉力倡山谷，宗宋乃蔚爲風氣，而湖湘詩人則别派也。方湖所云，湘綺乃詩壇舊派，同光諸子其奪幟者，恰爲顛倒矣。《石遺室詩話》卷一云：「道咸以來，何子貞紹基、祁春圃寯藻、魏默深源、曾滌生國藩、歐陽磵東輅、鄭子尹珍、莫子偲友芝諸老始喜言宋詩。何、鄭、莫皆出程春海侍郎恩澤門下。湘鄉詩文字皆私淑江西。洞庭以南，言聲韻之學者稍稍改步，而王壬秋闓運則爲騷選、盛唐如故。都下亦變其宗尚張船山、黄仲則之風，潘伯寅、李蒓客諸公稍爲翁覃谿，吾鄉林歐齋布政壽圖亦不復爲張亨甫，而學山谷。」提斯近代詩風嬗變，如綱在綱，要言不煩，後來論者多韙之。《晚晴簃詩匯》卷一五五《詩話》亦云：「自曾文正公提倡文學，海内靡然從風。經學尊乾嘉，詩派法西江，文章宗桐城。壬秋後起，别樹一幟。解經則主簡括大義，不務繁徵博引；文尚建安典午，意在駢散未分；詩擬六代，兼涉初唐。湘蜀之士多宗之，壁壘幾爲一變。」方湖爛熟同光詩史、石遺詩説，未嘗昧於道咸以來詩風遞變，而此必以湘綺爲舊派，同光諸人爲起而奪幟者，蓋不過欲爲「點將録」撰一結構，爲散原之出作一鋪墊也。

詩壇都頭領二員

天魁星及時雨宋江　陳三立

見一善，嘗挂口〔一〕。退而視之無所有〔二〕。江湖上，歸恐後〔三〕。閲世高談闢户牖〔四〕。

撐腸萬卷饑猶饜〔五〕，脱手千詩老更醇〔六〕。雙井風流誰得似，西江一脈此傳薪〔七〕。

陳三立，字伯嚴，號散原，修水人。右銘中丞子。光緒己丑進士，官吏部主事，戊戌革職，任南潯鐵路總辦。民國二十七年卒，年八十六。有《散原精舍詩集、續集、别集》、《文集》。

〔原附〕論近代詩家絶句　章士釗

詩癖堂堂徵在今，新詩改罷復長吟。骨頭輸與海藏叟，大戟長矛相向森。

海藏爲詩，一成不改，自言：「骨頭有生所具，任其支離突兀。」

山公知賞語肫肫，邁迨文章各有神。三世親承君子澤，並看躬拜振奇人。

光緒丁酉，湖南時務學堂招考，中丞公監臨收卷。吾交卷時，公詔語移晷。振奇人，先生挽外舅北山先生所用語。來弔時，跪拜涕泣，口呼彦復，觀者均極感動。

羔雁何能盡瑋奇，枝辭苦語偶難知。至情不礙開雲手，第一崝廬謁墓時。

千帆謹案：一本「瑋」作「瑰」。

【箋證】

○陳三立（一八五三—一九三七），字伯嚴，號散原，江西義寧（今修水縣）人。寶箴子。與譚嗣同、丁惠康、吴保初齊名，稱「四公子」。光緒十五年（一八八九）進士。授吏部主事。二十一年（一八九五），寶箴撫湖南，侍親長沙，預新政，多所贊畫。二十四年（一八九八），政變作，父子俱被革職，歸南昌。旋移家江寧。三十年（一九〇四），詔以黨案獲咎者，悉予復原職，有薦請起用者，堅謝之。三十三年（一九〇七），爲鄉人所推選，任南潯鐵路總理。不耐煩劇，旋退。民國後，客寓金陵、杭州，間游上海，與諸遺老往還。二十二年（一九三三），移居北京。二十六年（一九三七），蘆溝橋事變，憤而絶食死。著有《散原精舍詩文集》。見吴宗慈《陳三立傳略》（《國史館館刊》創刊號）、宋慈抱《陳三立傳》（《國史館館刊》第二卷一號）、歐陽漸《散原居士事略》（《歐陽竟無集》）。

〔一〕汪辟疆《憶昔一首呈散原丈》：「後生一善嘗挂口。」（《方湖詩鈔》）「見一善」，語見《孟子·盡心上》。按：指其獎掖後進。《近百年詩壇點將録》：「三立工詩而不以論詩稱，然散見於其詩文集及並世詩家專集題識中者，微言奥旨，妙緒紛披。如於黄遵憲、沈曾植、陳寶琛、陳曾壽諸家，俱加推許，不拘江西偏見。少年後生，得其一言褒贊爲榮，弘獎風流，詩家水鏡。」（《夢苕盦論集》）《藏齋詩話》卷下：「（散原）老人獎勵後學，有褒無貶也。」均可證。

〔二〕按：謂其爲人，襟懷澹曠，蕭散無俗慮。《宜秋館詩話》：「（散原）吏部胸襟沖澹，志趣高尚，既不役志干時，且復敦崇風義，識與不識，皆以文章氣節稱之，宜其詩境敻絶，非淺學之士可窺肩也。」《睇嚮齋逞肊談·陳三立》：「（散原）歲逾八十，高臥匡廬，雖尺箋之微，罕與人通殷勤，澹曠殊似魏晉間人也。」《當代名人小傳》卷下：「國變後，日與諸逸老詩酒流連，然不求聲譽，猶嶺際白雲，只自怡悦。（中略）疏曠似魏晉間人，不解治生，而篤於友誼，真摯纏綿，足風末俗。」

〔三〕按：指其主盟詩壇。《近代詩派與地域》：「（散原）及流寓金陵，詩名益盛，同輩習聞所説，歸禮涪皤，偶事篇章，并邀時譽，而後生末學，遠近向風者，更無論矣。」（《汪辟疆文集》）袁思亮《滄江詩集序》：「吾師義甯陳先生，以詩古文辭巍然主壇坫，爲大師數十年。詩名所被尤廣，海内後進之治詩者，往往效其體。」（《蘉庵文集》卷一）葉玉麟《陳散原先生八十壽序》：「今先生在匡山，天下士慕望其風規者，莫不欲一登廬阜爲歡，蓋不事講學，物望自歸焉。」（《青鶴雜誌》第一卷八期）

又按：此説，錢仲聯有所議，不以爲然。《近百年詩壇點將録》：「陳三立爲晚清江西派首領，汪《録》點爲天魁星，此鄉人私言。江西派僅晚清詩派之一，未足以冠冕各派也。」（《三百年來詩壇人物評點小傳彙録》）又《論近代詩四十家》：「其（散原）詩近代宋派詩人奉爲宗祖。汪國垣《光宣詩壇點將録》以都頭領天魁星宋江當之。蓋晚清詩承嘉道以來舒鐵雲、陳文述詞華極敝之後，宋詩派起而救其敝。誠如金天翮《答樊山老人論詩書》所云：『夫口饜粱肉，則苦筍生味；耳倦箏笛，斯蘆吹亦韻。西江傑異，甌閩生峭，狷介之才，自成馨逸。』散原之所以能執一時騷壇之牛耳者，職是之故。如欲朝諸夏、撫萬方，南面而王詩國，成大一統之業，則散原於此，力尚有所未逮也。」（《夢苕盦論集》）

〔四〕鄭孝胥《海藏樓雜詩》之一三：「義寧賢父子，豪傑心所歸。伯嚴不急仕，峻節如其詩。棲遲對蔣山，睥睨鬱深悲。（中略）高談闢户牖，要道祕樞機。」（《海藏樓詩集》卷七）《散原精舍詩序》：「伯嚴詩，余讀至數過，嘗有『越世高談、自開户牖』之歎。己酉春，始欲刊行，又以稿本授余，曰：『子其爲我擇而存之。』余雖亦喜爲詩，顧不能爲伯嚴之詩，以爲如伯嚴者，當於古人中求之。伯嚴乃以余爲後世之相知，可以定其文耶。大抵伯嚴之作，至辛丑以後，尤有不可一世之概。源雖出於魯直，而莽蒼排奡之意態，卓然大家，未可列之江西社裏也。」（《散原精舍詩》卷首）

按：汪贊即據鄭説。「越世高談、自開户牖」，語見《文心雕龍·諸子篇》：「自六國以前，去聖未遠，故能越世高談，自開户牖。」謂能自出機杼、自開宗派也。又，《讀常見書齋小記》「展庵醉後論詩」條云：「散原能生，能造境。能生故無陳腐詩，能造境故無猶人語。鑿開鴻濛，手洗日月，杜陵而後，僅有散原。」（《汪辟疆文集》）「鑿開鴻濛」云云，亦此意。又錢仲聯《近代詩評》：「陳散原三立如五老匡廬，自開奇境。」（《學衡》第五二期）「開奇境」，亦「開户牖」也。又，吴宗慈《廬山志》卷一二《近代詩存》：「有清三百年來，詩壇作者踵起，類多趣於神理聲調，不敢少越新城、秀水、甌北、樊榭諸子之繩武。及至同光間，遵義鄭子尹、獨山莫子偲、長州江弢叔輩出，始稍稍矯其趣。至先生而益皎明昌大，天下靡然嚮風，稱爲『陳鄭體』。然世尚多以先生之詩，瓣香其鄉先輩山谷，爲江西派中宗匠。及至先生之集出，方曉然如鄭君序先生之詩，所謂『越世高談、自開户牖』，不僅隸於江西社裏也。先生之文，金石銘誌，早已光燭四裔，其不拘拘於桐城，亦正如其詩之不可囿於雙井也。」亦取鄭説。

〔五〕〔萬卷撑腸〕謂其書卷富。元方回《送天目吴君實館越》：「土毛未負將軍腹，萬卷撑腸定不枯。」（《桐江續集》卷二四）蘇軾《試院煎茶》：「不用撑腸拄腹文字五千卷。」（《蘇軾詩集》卷八）〔饑猶饜〕猶言「猶饜饑」，倒裝語。蘇轍《和子瞻宿臨安浄土寺》：「不知禪味深，但取飢腸饜。」（《欒城集》卷四，《蘇轍集》）「飢腸饜」，即今語「飽飢腸」。因上云「撑腸」，遂蒙省避複，并與「老更醇」對。

吴宗慈《陳三立傳略》：「先生一生爲學，綜貫百家，著述弘富，既笁於舊，亦諳於新。其爲文章，沈博閎麗，出入范書，如驂與靳。文之緒餘，演而爲詩，融以至性，繹以至情，故能鉥劌心目，掐擢胃腎，而自成一家言。」楊聲昭《讀散原詩漫記》：「古今文人，未有無才者，而學爲尤要。無書卷，不足以言學，有書卷而不極鍛煉之工，仍不足以言學。知此，乃可與論散原之詩。」又：「散原七律，氣勢驅邁，古詩工組織，富詞采，似從漢賦得來。與世之以儉腹學西江者迥異。」

（《青鶴雜誌》第五卷一四期）按：「出入范書」，謂文類范曄，其説出李希聖。見《石遺室詩話》卷一第一一條。後宋慈抱《陳三立傳》亦云：「工者似范曄《後漢》傳贊。」

〔六〕〔脱手〕謂作詩敏捷。蘇軾《次韻答參寥》：「新詩如彈丸，脱手不暫停。」（《蘇軾詩集》卷一八）《次韻王定國謝韓子華過飲》：「新詩如彈丸，脱手不移晷。」（同前卷二六）陳師道《寄提刑李學士》：「脱手新詩萬口傳。」（《後山詩注補箋》卷六）〔老更醇〕指詩味、詩格言。王安石《上西垣舍人》：「學問文章老更醇。」（《臨川先生文集》卷二〇）《近代詩派與地域》：「初讀但驚奥澀，細味乃覺深醇。」（《汪辟疆文集》）亦同此意。王瀣《冬飲廬藏書題記·匡廬山居詩》云：「集中詩，以七言律及七言絶爲最佳，格老而韻遠。」（《南京文獻》第二一號）亦云「格老」。汪、王交頗篤，議論亦相投（見汪《題〈惜抱軒詩集〉後》、《光宣以來詩壇旁記》「俞恪士」條），其説足相印可。梁啟超《飲冰室詩話》第一〇條：「（伯嚴）詩不用新異之語，而境界自與時流異，醲深俊微，吾謂於唐宋人集中，罕見倫比。」「醲深」、「深醇」，意亦略同，均謂其詩味醇厚也。《石遺室詩話》卷一二：「近人賦詩之速者，樊山、實甫外，有伯嚴、堯生。二人詩格不相同，與樊、易尤不相同，其爲速則同。嘗見伯嚴遇有燕集，於一夕間以七言律徧贈坐客。」按：陳灨一《新語林·捷悟》亦載此，云：「伯嚴遇宴集，於一小時間，以七言律遍視坐客。」當即據陳説，而改「一夕」爲「一小時」，掌故家之誇張，不足憑也。

〔七〕宋周紫芝《送元具茨歸黄山》：「具茨人物真奇偉，雙井風流未寂寥。」（《太倉稊米集》卷一三）按：謂其效山谷詩、宗江西派也。楊增犖《柬散原》云：「江西詩派祖山谷，五百年來此紹衣。」（《楊昀谷先生遺詩・補録》）亦可參。

《宜秋館詩話》：「義甯陳伯嚴吏部三立，天下久震矜其詩，以爲足紹西江詩派。」《藥裹慵談》卷六「陳散原評樊易兩君」條：「陳君詩宗江西，標舉興象，莩甲新意，妙罄言詮，而不墮入南宋誠齋、後村一派，在當今爲藥庸腐清雋上劑也。」楊聲昭《讀散原詩漫記》：「姚惜抱謂山谷兀傲磊落之氣，足與古今作俗詩者澡濯胸胃。散原樹義高古，掃除凡猥，不肯作一猶人語，蓋原本山谷家法，特意境奇桀，有非前賢所能囿耳。」（《青鶴雜誌》第五卷一四期）李肖聃《星廬筆記》：「梁璧園焕奎謂伯嚴詩文初無宗主，中年文擬廬陵，詩宗山谷，其原皆出江西。予謂近世論詩宗黄，倡之者湘鄉曾公，大之者伯嚴也。所詣詞雄而思深，非同時輩流所及，固爲一代大家。」（第六頁）《夢苕盦詩話》第一〇七條：「今日做宋人一派，以鈎輈格磔爲山谷者，皆淺嘗者也。惟陳散原爲能參山谷三昧。其《題豫章四賢像搨本》第三絶云：駞坐蟲語窗，私我涪翁詩。鑱刻造化手，初不用意爲。又《爲濮青士觀察丈題山谷老人尺牘卷子》云：我誦涪翁詩，奥瑩出嫵媚。冥搜貫萬象，往往天機備。世儒苦澀硬，了卻省初意。粗跡撏皮毛，後生渺津逮。所論足與曾説相發。」又第一三三條：「七律自老杜以後，義山、東坡、山谷、遺山，變態已盡。時賢散原，從山谷入，而不爲山谷門户所限，故是健者。然恨其音調多啞。」

培軍按：散原詩學山谷，在當時蓋爲公論，亦有不謂然者。如石遺以爲初學昌黎，中年似薛季宣，晚歲始參以山谷。《石遺室詩話》卷一云：「見其《游廬山詩》一卷，學韓，與實甫諸人同作者。」卷一四云：「余舊論伯嚴詩，避俗避熟，力求生澀，而佳語仍在文從字順處。世人祇知以生澀爲學山谷，不知山谷乃槎枒，並不生澀也。伯嚴生澀處，與薛士龍季宣乃絶相似，無人知者。嘗持浪語詩示人，以證此説，無不謂然。然辛亥亂後，則詩體一變，參錯於杜梅黄陳間矣。」《近代詩鈔·石遺室詩話》云：「（散原）少時學昌黎、學山谷，後則直逼薛浪語，並與其鄉高伯足極相似。然其佳處，可以泣鬼神、訴真宰者，未嘗不在文從字順中也。」（按錢默存《容安館札記》第二八四則，駁石遺之説，云：「《石遺詩話》謂散原詩似士龍，耳食之徒，轉相稱述。予二十年前，即不解其説，今再籀繹，益信爲無稽之談。散原詩竟體艱深，士龍則斑駁不純；散原多用澀字，士龍則偶用澀事；散原自是詩人之詩，士龍則經生之尚有詩情者，蹇吃笨重，氣不能舉，詞不能達，風格遠在止齋、水心之下。」默存尊人子泉《現代中國文學史》上編「陳三立」節，即引石遺此説，是「耳食之徒」之譏，子泉恐亦難免也。）樊山亦不以其學山谷，《伯嚴歸自江西出詩十五首屬爲勘定書後四十韻》云：「世以耳爲目，詫君學涪叟。」狄平子謂其效巢經巢。《平等閣詩話》卷一云：「鄭太夷先生曰：作詩當求獨至處。孟詩勝韓，正在此耳。真氣旁薄，奇語突兀，橫空而來，非苦吟極思那能到？千古一人而已。近人惟鄭子尹稍稍近似。今能效子尹者，則惟陳伯嚴耳。」而尤足詫怪者，則其夫子自道，亦明確否認，不自承學涪翁。《辰子説林》「韭菜」條記云：「先生不喜人稱以『西江派』，嘗與其門人故胡翔冬教授談：『人皆言我詩爲西江派詩，其實我四十歲前，於涪翁、後山詩且未嘗有一日之雅，而衆論如此，豈不冤哉？』」方湖所撰《近代詩派與地域》，亦論散原詩淵源，云：「（散原）平生論詩，惡俗惡熟。又嘗言：『詩必宗江西，靖節、臨川、誠齋、白石皆可學，不必專下涪翁拜也。』蓋散原詩亦經數變，早年專事韓黄，大篇險韻，盡成偉觀。辛壬避地海上，又兼有杜陵、宛陵、坡、谷之長，憫亂之懷，寫以深語，情景理致，同冶一罏，生新奥折，歸諸穩順，初讀但驚奥澀，細味乃覺深醇。晚年佐以清新，近體參以圓海，而思深理厚，尚不失自家面目。此其過人者也。」（亦見《近代詩人小傳稿》）所謂「專事韓黄」，即沿《石遺室詩話》，視此顯然區别，則「雙井風流」云云，姑從衆之泛論耶。

天罡星玉麒麟盧俊義　鄭孝胥

慷慨北京盧俊義，金裝玉匣來深地。太平車子不空回，收取此山奇貨去。盧俊義旗上語。〔一〕吁嗟乎！日暮途遠終爲虜，惜哉此子巧言語〔二〕。

肯向都官拜路塵〔三〕，花間着語老猶能〔四〕。祇緣英氣平生誤，未信寒蛟竟可罾〔五〕。

蘇戡急功名而昧於去就，陳弢庵、張孱之嘗論及之〔六〕。陳弢庵見後。張孱之，名孝謙，商城人。光緒己丑進士，官翰林院庶吉士。〔七〕蓋以自託殷頑，而不知受庇倭人，於清室爲不忠，於民族爲不孝。吾友程穆庵聞鄭死，有句云：「片語救亡臣有策，終身爲虜我何尤。」嚴於斧鉞矣。千帆謹案：先君《哀鄭重九》云：「高名一代海藏樓，晚節千秋質九幽。片語救亡臣有策，終身爲虜我何尤。寧將國命酬孤注，未必行藏不贅疣。誰識南臺起長夜，陸沈久已志神州。」注云：海藏早歲讀書福州，有詩云：「山如旗鼓開，舟自南臺下。海日生未生，有人起長夜。」夜起之號，蓋以此也。〔八〕若就詩論詩，自是光宣朝作手〔九〕。《海藏》一集，難可泯没。孔子不以人廢言。兹仍舊録，而並爲著論於此〔一〇〕。

〔原附〕論近代詩家絶句　章士釗

詩人邊帥不嫌狂，漢箭朝飛事豈常？王道縱知非樂土，後清未必勝宏光。

先生每以建立後清自詡，然非滿州國也。

八里莊前傅相祠，蒲荷重氣浄秋期。松蘿百尺無安處，願作青青澗底絲。

指天津李園登高事，吾學詩始於是時。

也曾高詠氣横秋，劣企蘇黄與共游。開口便云數千歲，蘇黄應是客西周。

吾以《示姪》五古一首呈先生，極承推許，謂與蘇甚近，二十年中未見此作。贈詩有「不妨即以文爲詩，勿與時賢較升斗」。乃指此。惟散原歎賞范伯子中秋玩月詩云：「吾生恨晚數千歲，不與蘇黄數子游。得有斯人力復古，公然高詠氣横秋。」蘇黄去今不過千歲，乃云數千，未解何故。

千帆謹案：一本「劣」作「敢」，「開口便云」作「但若早生」，「是客西周」作「使拜前修」。

又案：《散原精舍詩》卷上《肯堂爲我録其甲午客天津中秋玩月之作，誦之歎絶，蘇黄而下無此奇矣，用前韻奉報》起句云：「吾生恨晚生千歲」，非「數千歲」也。章先生偶誤記耳。

【箋證】

〇鄭孝胥（一八六〇—一九三八），字蘇堪，一字太夷，號海藏，又號蘇盦，福建閩侯縣人。光緒八年（一八八二）舉人。同榜有陳衍、林紓。三赴會試不第。十五年（一八八九），考取内閣中書。旋改官同知，分發江南。十七年（一八九一），東渡日本，爲使館秘書。明年，升任東京領事，旋調神户、大阪總領事。二十年（一八九四）歸國。二十四年（一八九八），以同知擢用道員，充總理各國事務衙門章京。戊戌政變後，往武昌，入張之洞幕。明年，任京漢鐵路南段總辦，兼辦漢口鐵路學堂。二十九年（一九〇三），赴上海，任江南製造局總辦。旋調充廣西邊防督辦。三十一年（一九〇五），退歸上海，築海藏樓以居，於詩益用力，詩名益盛。宣統元年（一九〇九），赴東北，督辦錦璦鐵路。三年（一九一一），授湖南布政使。民國初，仍隱居上海，與諸遺老游。民國十三年（一九二四），入京覲見溥儀，授内務府大臣職。二十一年（一九三二），僞滿洲國成立，任僞國務總理職，兼僞軍政部、文教部總長等職。病腸疾卒。著有《海藏樓詩集》。見鄭禹等《哀啟》、葉戎《鄭孝胥傳》（俱《蘇戡公最後遺稿》附）、傅嶽棻《鄭孝胥先生行狀》（《味道腴齋文稿》）、葉參《鄭孝胥年譜》（《鄭孝胥傳》附）。

〔一〕見《水滸傳》第六一回《吴用智賺玉麒麟、張順夜鬧金沙渡》。

〔二〕《史記》卷六《伍子胥傳》：「伍子胥曰：『爲我謝申包胥曰：吾日莫途遠，吾故倒行而逆施之。』」卷一一二《主父偃傳》：「丈夫生不五鼎食，死則五鼎烹耳。吾日暮途遠，故倒行逆施之。」韓愈《感春四首》之四：「惜哉此子巧言語，不到聖處寧非癡。」（《韓昌黎詩繫年集釋》卷四）

按：此亦本陳寶琛所作詩鐘，許寶蘅《夬廬雜記》：「宣統初，陳弢庵太傅入都，亦時有吟集。及壬申度遼，太傅每至，復舉斯會。太傅有句云：『日暮可憐途尚遠，中乾其奈外猶强。』意指海藏。」

《光宣以來詩壇旁記》「談海藏樓」條：「余於己未撰《光宣詩壇點將録》，以海藏樓配玉麒麟。其贊語有『日暮途遠終爲虜，惜哉此子巧言語』之語。此本就『盧俊義反』四字及後身陷水泊而言之。厥後，義寧曹東敷、順德黄晦聞見之，以爲海藏不過自附殷頑耳，終身爲虜，何至於此？

力主删去贊語。故《甲寅週刊》刊校時，遂將此贊及全部贊語皆剔芟。實則屬筆時，以忠於覺羅即是爲虜。孔子雖有不以人廢言之訓，而於其人出處大節，不可不以《春秋》之筆著之。不意甲子溥儀出走津沽，張園會議，海藏即主附倭以延殘喘。辛未，倭入瀋陽，寢佔東省，而海藏果奉溥儀託庇虜廷矣。殷頑猶可恕，託命外族不可恕，而身敗名裂，至此益顯。然則吾言驗矣。」（《汪辟疆文集》）

〔三〕張良暹《贈汪辟疆》：「肯向曾郎拜路塵，後山衣鉢火傳薪。」（《小奢摩館脞録》「京洛題襟集」條引，《汪辟疆文集》）金元好問《論詩三十首》之六：「高情千古閑居賦，争信安仁拜路塵。」（《元遺山詩集箋註》卷一一）按：都官指梅堯臣，「肯向」猶言「豈肯向」。此當爲駁陳衍。參見注四。

《石遺室詩話》卷一〇：「初梅宛陵詩無人道及。沈乙盦言詩夙喜山谷，余偶舉宛陵，君乃借余宛陵詩亟讀之，余並舉殘本爲贈。時蘇堪居漢上，余一日和其詩，有『著花老樹初無幾，試聽從容長醜枝』句，蘇堪曰：『此本宛陵詩。』乃知蘇堪亦喜宛陵。因贈余詩有云：臨川不易到，宛陵何可追。憑君嘲老醜，終覺愛花枝。自是始有言宛陵者。」

〔四〕句見陳師道《寄晁無斁》（《後山詩注補箋》卷六）。按：此或指鄭《梅花》詩事。參觀劉衍文先生《陳石遺與鄭海藏》（《寄廬茶座》）。

〔五〕韓愈《秋懷詩十一首》之四：「其下澄湫水，有蛟寒可罾。」（《韓昌黎詩繫年集釋》卷五）按：此反用其語，意謂如此之人，終爲英氣所誤，而自投於彀中，蓋惜其晚節也。參見注六。

〔六〕《光宣以來詩壇旁記》「談海藏樓」條：「憶宣統季年，余在商城晤張畀之孝謙，偶與評品藝事，遂及海藏。畀之曰：『孝胥書初學蝯叟，近則一變爲刻露，不蘇不黄，字變而人品亦變矣。』及民國乙丑夏秋間，侍坐陳弢菴師。師言：『太夷功名之士，儀、衍之流，一生爲英氣所誤。余早年贈詩有「子詩固云然，英氣能爲病」二語，並非泛談。』已而又曰：『彼尚欲有所爲。』余大驚詫，因從容詢曰：『彼既不肯作民國官，尚欲何爲乎？』師言：『此當觀其後耳。』時在九一八之前六年，附逆尚未大著。蓋張園會議，弢菴最反對附日，海藏頗銜之。而與弢菴不相能，即始於此。及弢菴逝世，海藏挽詩猶有微詞。至以『功名士』稱弢菴，則反唇之譏也。」（《汪辟疆文集》）

按：「子詩固云然，英氣能爲病」，見陳寶琛《滬上晤蘇盦、出視新刊考功詞、并海藏樓詩卷、感賦留贈》（《滄趣樓詩集》卷三）。「英氣」句，指鄭詩「英氣殊爲害」，見《西合興夜飲》（《海藏樓詩集》卷三）。又，輓寶琛詩，題爲《陳文忠公輓詩》，見《海藏樓詩集》卷一三。詩不具録。

《睇嚮齋逞肊談·鄭孝胥》：「鄭孝胥之得名也，不以書，復不以詩。世獨以善書工詩稱之，斯固然矣。而於清季政事之起伏，固數數預謀，實一政客也。壬午舉於鄉，官中書，恥爲下僚，有去志，語人曰：『仕官而任微秩，無日不趨承上司，在外猶得温飽，居内有貧不能自存者，吾不欲久於其位矣。』遂去，改官江蘇，後以領事駐神户。孝胥之接交日人自此始。鄂督張之洞耳其名，招入幕。具疏稱其才堪大用，得旨賞道員。當時湖北官場，言必稱鄭總文案，其勢可見矣。之洞宿交王可莊仁堪，其子某，以通判詣省，思入督幕自表襮。梁節菴鼎芬爲言於之洞，之洞默然。固請，怒斥之。某營進甚亟，不得請不休。嘗以此悄告鼎芬。鼎芬曰：『必報。』會有事詣制府，如前言。孝胥適在座。之洞俟其辭畢，恚曰：『吾幕非無人才，某或未能也。子掌兩湖書院，待人治事，曷引爲助乎？』鼎芬唯唯。孝胥攙言曰：『帥之言，余獨不謂然。天下人之文章孰若帥，天下人之公牘孰若帥？爲他人之記室易，爲吾帥之記室難。惟其難也，某必欲得之，將以求學耳。可莊固才士，其子當是通品，不可不察。』語已，以目視鼎芬。鼎芬曰：『蘇堪妙語，實獲我心，欲言而未敢出口。』之洞微笑曰：『蘇堪言婉而諷，節菴亦復言外有意。不從，二子必皆不悦；從，則當試某以事，容吾熟審之。』未三日，令下。人情好褒惡貶，之洞何莫不然。孝胥善於詞令，使鼎芬累求而不得者，寥寥數語諧其事，誠解人也。孝胥之佐之洞也，百政無不預，軍事亦參贊機密。岑春萱在蜀，疏請遣孝胥往，朝命報可，之洞尼其行，乃止。已而春萱移督粵，廣西匪亂熾，蔓延至滇邊，舉孝胥充邊防督辦。旨予四品京堂以寵之。孝胥遂率在鄂久練之師，赴龍州。居是將二載，以故退。簡廣東按察使，辭不赴。家於上海，約張謇、湯壽潛之流，設立憲公會，被推爲領袖。時清室已下詔預備立憲，期以九年而成。孝胥多所陳述，一時輿論從而附和之，聲譽益著。錫清弼良督遼東，辟爲錦朝鐵路督辦，并任胡蘆島開埠事。款絀，事莫舉。良去，孝胥南還。其時盛杏蓀宣懷入掌郵傳部，故交也，孝胥宿主借外債築鐵路，宣懷頻與計議，遂有鐵路國有之説。宣統末造，起端午橋方督辦漢粤川鐵路，授孝胥湖南布政使，方力薦也。孝胥對方曰：『吾欲行其志，匪疆吏不爲。』方亟謀於宣懷，同請於樞府，畀以湘撫。樞府以余壽平誠格蒞任未久，尚無劣蹟，俟有缺出，將誠格他遷，即以孝胥擢任。孝胥因而之官。既至，亂作。倉皇遁滬，居海藏樓，鬻書年獲萬錢。書者，神氣骨肉血，缺一不可，全則上品矣。孝胥能書，氣足骨露，晚年忽變瘦體，有時率意漫塗，慣作斜行，而筆劃不整。世震其名，争寶之，不可解矣。詩則宗宋，人罕及者。五年前，余居海上，偶見福山王漢章手執孝胥所書箑自爲詩一首，句云：泱泱渤海意如何，騰碧翻金眼底過。出世祇應親日月，浮生從此藐山河。南歸不用懷吾土，東去誰能挽逝波。愛煞滔天露孤島，棄船聊欲上嵯峨。讀此詩，想見其人其志。世方屬目，吾不欲言。」（《青鶴雜誌》第一卷二〇期）按：《光宣以來詩壇旁記》「談海藏樓」條引此文，加按語云：「陳氏謂孝胥此詩可以想見其人其志。按此詩爲宣統三年四月二十四日渡海作。是年孝胥正往來京滬間，策畫鐵道國有之説。睥睨一世之氣，冥心孤往之懷，感慨於中，情見乎外，不必即心馳三島也。」

〔七〕張孝謙(一八五七—一九一二?),字劈之,河南商城人。光緒十五年(一八八九)進士。授編修。嘗入李鴻章幕。二十二年(一八九六),改官知府,分發湖北。二十九年(一九〇三),應經濟特科試,列優等。後任職天津官報局。又署通永道。旋以母老歸,不復出。見吴士鑑《書張劈之遺事》(《含嘉室文存》)、《清代人物生卒年表》。

〔八〕《讀常見書齋小記》「夜起」條:「『山如旗鼓開,江自南塘下。海日生未生,有人起長夜。』此鄭太夷早年居福州南臺山詩也。旗山、鼓山爲南臺附近山名。此詩太夷甚自負,以爲有英雄氣也。鄭在滬時,嘗自署名爲夜起,本此。」《光宣以來詩壇旁記》「談海藏樓」條:「吾嘗見孝胥爲其姪孫彦綸書箑一詩云:『山如旗鼓開,舟自南塘下。海日生未生,有人起長夜。』此爲其早年居福州南臺山之作,凌厲無前,寄意深遠。細細味之,頗有劉越石聞雞起舞之意,而其人之不甘寂寞,低首扶桑,真可以窺其隱微矣。此詩未收入《海藏樓集》,蓋不輕示人也。」(《汪辟疆文集》)按:鄭詩亦見《孑樓詩詞話》,題作《烏石山題石》,字句稍不同。

又,《近百年詩壇點將録》:「林庚白《今詩選》,附録元惡巨憝三人,謂『皆不與同中國者』,『蓋寄斧鉞於詩史之中也』(按見《今詩選凡例》)。」(《夢苕盦論集》)林庚白《三逆詩評》之二:「海藏晚年詩,意與筆俱敗。有時真感出,負氣難怨艾。翁詩甚奔放,所惜知識隘。才力非不宏,不出古人界。色厲作豪語,辭遁終必懈。若但觀面目,勇士起無賴。」(《麗白樓自選詩》)

〔九〕《近代詩人小傳稿》：「其詩始爲大謝，繼爲韋柳、爲孟郊、爲臨川、爲文與可、米元章，晚乃亟推江弢叔。真氣外溢、韻味旁流是其所長，而英氣未除，衍、儀是競。」亦見《近代詩派與地域》（《汪辟疆文集》）。

〔一〇〕按：汪説云云，與林庚白頗近，「不以人廢言」云云，語尤近似。或亦無心闇合。《孑樓詩詞話》：「僞國務總理鄭孝胥，負詩名，其有文無行，與明之阮圓海仿佛。然阮之詩，至晚近始爲世所知，而鄭則《海藏樓詩集》，早傳誦於時。吾人倘不以人廢言，如鄭者故是一代作者。曩見其少日狎妓之作，有『燈花紅處人初見，簷雨涼時夢不成』句，殆似阮鬍子《燕子》、《春燈》之跌宕矣。」

又，《光宣以來詩壇旁記》「談海藏樓」條：「徐又錚被刺身死，孝胥聞訊，有一詩云：江哀漢怒此争流，斷送才人又暮秋。今日中原應失望，莫將淚眼更登樓。此詩甚佳，然用意不可測也。劉太希嘗過余，亦寫其二律云：寥寥詩卷寄平生，慙媿才人意盡傾。已逼晚年成定論，那堪低唱换浮名。彌天縱有逢辰恨，倒海難爲變徵聲。誰惜英雄袖中手，枉教弄筆掣長鯨。又：絶勝張園二十年，消磨人物作雲煙。繁華事散空餘恨，兒女情移莫問天。詞客有才應賦此，老夫無夢亦悽然。後村穠至清真麗，爲汝傷懷到酒邊。此當爲關外之作。其自傷與自負之情，不難玩味而得也。晚年嘗東游，有詩數卷，已刊。余丙子春間在上海曾見之。詩自是射雕手，然晚節不終，非惟不可與鈐山堂並論，且下阮圓海、馬瑶草一等矣。」（《汪辟疆文集》）按：此誅心之論，實不然。所録二詩，考《鄭孝胥日記》（《海藏樓詩集》不收），前題爲《答周梅泉》（作於一九二二年一月九日），後題爲《張園》（作於一九二二年一月二三日），均作於上海，非所謂「關外之作」也。

掌管詩壇機密軍師二員

天機星智多星吴用　陳寶琛 附黄桝謙

胸藏萬怪貌姁姁〔一〕，是大宗師，是德充符〔二〕。

閩海詞壇鄭與嚴，老陳風骨更翩翩〔三〕。詩人到底能忠愛，晚歲哀辭哭九天。陳可毅。〔四〕

弢庵太傅，高風亮節，士林楷模。當溥儀被挾至津門，弢庵伏地陳七不可，且言：「上必去，臣亦不能相從矣。」痛哭而返〔五〕。有詩數首，詞至哀慟〔六〕。蓋深知託命倭人，匪惟速亡，且無以對宗邦，上父母丘隴也。弢庵詩，初學黄陳，後喜臨川〔七〕。晚以久吏世變，深醇簡遠，不務奇險而絶非庸音，不事生造而決無淺語。至於撫時感事，比物達情，神理自超,趣味彌永。余嘗以「和平中正」質之,弢庵爲首肯者再,以爲伯嚴、節庵所未道也〔八〕。弢庵太傅有手録《滄趣樓詩》七巨册,余乙丑侍太傅,曾命余細閲一過,分别存芟。余謝不敏,因原稿有散原、節庵批注也。此稿,余攜至張家口,留一月,乃還之。〔九〕

陳寶琛,字伯潛,號弢庵,又號橘隱、聽水老人,閩縣人。同治戊辰進士,官至太保。民國二十四年卒,年八十八。有《滄趣樓詩》。

黄琳謙,字嘿園,永福人。宣統己酉拔貢,民國官總統府秘書。

〔原附〕論近代詩家絶句　章士釗

清議同光一簇新,螺江應是主盟人。簣齋既死圭庵歿,老眼頻低看甲寅。

辟疆語余:《甲寅》雜誌,弢庵通閲一過,并稱《週刊》之文視《雜誌》有進。惟作官與辦報爲二事,不當同時兼營。

檻虎籠猿劇可憐,祇觀校獵不張弦。多應解協滄洲趣,收取詩名六十年。

太邱門户絶寬饒,亭館平原亦見招。文似不須憑客薦,儻緣無論美新朝。

弢庵而外,趙次帥亦見賞《甲寅》,曾向余云:「《甲寅》除談墨學,殆無一字不讀。」

八十緣何不杖朝,有人持議誚文饒。小朝廷内分牛李,詩派相同卻解嘲。

「八十杖朝真好漢」,蘇戡美王雪澄詩也,同時昂〔即〕以不贊同滿洲國咎弢庵。張國陳鄭兩派,顯同牛李。弢庵逝後，鄭作《陳文忠公挽詩》，仍有微辭。

【箋證】

○陳寶琛（一八四八—一九三五），字伯潛，號弢庵，福建閩縣人。同治七年（一八六八）進士。改庶吉士，授編修。光緒五年（一八七九），擢侍講，充日講起居注官。累官内閣學士。直言敢諫，疏凡數十上，與寶廷、張佩綸、張之洞等，號爲「清流」。十年（一八八四），中法戰事起，迭疏論和戰利害，派會辦南洋。十七年（一八九一），被黜歸居螺江，與陳衍兄弟交，以詩文相唱和。自是遂以詩名世。又嘗興辦學堂，倡教育，貢獻綦多。宣統元年（一九〇九），起復原官，命掌禮學館。旋充資政院議員、實録館副總裁。三年（一九一一），簡山西巡撫。更命以侍郎候補，授讀毓慶宫，兼弼德院顧問大臣。民國後，多隨溥儀左右，以故臣自命。卒於北京。著有《滄趣樓詩集》、《文存》、《聽水齋詞》等。見陳懋復等《誥授光禄大夫晉贈太師特謚文忠太傅先府君行述》（《辛亥人物碑傳集》卷一二）、陳三立《清故太傅贈太師陳文忠公墓誌銘》（《散原精舍文集》卷一七）、陳衍《陳寶琛傳》（《學術世界》第一卷一二期）、張允僑《閩縣陳公寶琛年譜》。

○黄懋謙（一八七七—一九五〇），字默園，福建永福人。宣統元年（一九〇九）拔貢。入民國，官總統府秘書。見陳衍編《近代詩鈔》第二二册、夏敬觀《疑年録六續》（《西南古籍研究》（一九八七年））。

〔一〕按：此本陳三立詩。陳《題歐陽潤生觀察丈畫像》：「翁笑指腹萬怪藏。」（《散原精舍詩》卷上）《戲柬小魯》：「捫腹詩書萬怪藏。」《南昌青雲圃馬道人遺像題示住持》：「胸腹傲萬怪，龍虎黿蛇藏。」（同前卷下）又「貌姁姁」，語本《漢書·韓信傳》：「項王見人恭謹，言語姁姁。」顔師古注：「姁姁，和好貌也。」

《花隨人聖盦摭憶·補篇》「尖語快論」條：「鄉前輩如陳弢庵先生，少日即喜爲尖語快論，早年登第，其所抨擊，尤鋒厲不可一世，及其晚年，恂恂儒默，語若不能出口，此實年齡與位望，兩使之然。」

〔二〕〔大宗師〕《莊子》篇名。晉郭象注：「雖天地之大，萬物之當，其所宗而師者，無心也。」〔德充符〕亦《莊子》篇名。郭象注：「德充於内，應物於外，外内玄合，信若符命，而遺其形骸也。」

按：此均僅借其字面，不必用郭注。

陳宗蕃《滄趣樓詩集跋》：「即以詩文論，清雅簡古，實爲一代之宗。」（《滄趣樓詩集》附）《藏齋詩話》卷上：「日前聞弢庵太傅仙逝，老成凋謝，爲之黯然。弢老官庶子時，直言敢諫，一時無兩。晚年聲望益重，海内奉爲大師。」《洪憲紀事詩本事簿注》卷一：「陳伯潛寶琛先生，碩學清望，名節文章，均足爲一代人文師表，不僅僅師傅溥儀，具大臣進退風度也。」又：「清室既覆，世續、徐世昌管理清室，伯潛與梁節庵兩先生爲師傅。世昌相袁，伯潛先生以師傅兼理清室。

南北壇坫，奉爲泰斗。《光宣詩壇點將録》上散原而次弢庵，似疑失置。」(《洪憲紀事詩三種》)

〔三〕〔鄭與嚴〕指鄭孝胥、嚴復。徐凌霄《兩期詩壇點將録合評》：「(太傅)詩之内容，不及散原之充實，氣象卻出乎其上，『風骨翩翩』四字頗確。惟首句忽及嚴幾道，未知何意。」(《中國公論》第二卷四期)《近百年詩壇點將録》：「陳寶琛雖身爲帝傅，而其詩在閩派中並不被推爲首領，實則太夷、石遺諸家，皆不能駕其上也。暮年值僞滿洲國竊據，屢徵不出，世重其風節。」(《夢苕盦論集》)

〔四〕見陳曾《讀近人詩三十首》(《道咸同光四朝詩史》甲集卷六)。按：陳名曾，字可毅，即陳家鼎(一八七五—一九二八)。湖南寧鄉人。有《半僧齋詩文集》、《百尺樓詩集》等。

〔五〕按：一九三一年，溥儀被日人誘挾，自津赴旅順，寶琛力諫阻之。此當指其事。《閩縣陳公寶琛年譜》：「(一九三一年)宣統帝自出居天津以來，初猶寄希望於恢復清室優待條件。適民國政局動盪不定，政地亦屢屢易人，當政者席不暇暖，殊無暇及此，故迄無成就。(中略)會九一八事變後，日軍佔據東三省，派土肥原來津誘挾清帝赴旅順。鄭孝胥勸帝從其請，勿失良機。公時適有事在都，聞訊，即遄返津沽，欲加諫阻。帝知公忠而病其迂腐，乃陽集諸遺臣御前議。公與孝胥至動色力争，面斥其但使私圖，罔顧君上利害。實則帝意已早決，翌日秘不告公，遂與孝胥父子潛附日輪至營口。公聞，乃於十月亟赴旅順，猶思諫勸。時帝已入日人及鄭、羅等掌握，不令多見外人。公至，僅得在肅王府一見，欲有所陳，亦不能多達，僅謂帝曰：『若非復位以正系統，何以對列祖列宗在天之靈？』旋鄭孝胥即假口旅邸須作會場，迫公返津。」陳曾植等《局外局中人記》：「（一九三二年二月四日）聞弢老歸，往坐。談其赴旅情形如下：弢老十八日到連，（中略）上派人召弢老復入見。知板垣見上，言擬建滿蒙共和國，請上爲總統。上未允。弢老痛陳其不可，請上堅持。臨辭言：臣風燭餘年，恐未能再來；即來，亦恐未必能見。願上珍重。悽然而行。」（《文史資料選輯》第一九輯）

〔六〕按：溥儀被挾離津後，寶琛所作諸詩，如《次韻仁先將之大連留别并示愔仲》、《疊韻答愔仲》、《以丁巳藏酒分餉仁先有懷愔仲》（俱見《滄趣樓詩集》卷一〇），多寓孤臣之感，或即汪所指者。又，《閩縣陳公寶琛年譜》：「（一九三二年）時胡愔仲已在大連。公歸後，以丁巳藏酒分餉仁先，因懷愔仲，有詩云：『開瓮難忘造釀年，酙君今夕且酣眠。國人刻意薰丹穴，術者公言幸奉天。此局倘非孤注博，故鄉合有一成田。崎嶇最念人從後，可許持荷寒日邊？』公之心事從可見矣。」

〔七〕陳寶琛《陳君石遺七十壽序》：「予初學詩於鄭仲濂丈，謝丈枚如導之學高、岑，吴丈圭庵引之學杜，而君兄弟則稱其類荆公，木庵且欲進之以山谷。曩歲有作，非經木庵及吾弟叔毅商可，終不自釋。搔癢鍼痼，惟習處者喻之，今獨君在耳。」（《滄趣樓文存》卷上）

按：汪云「喜臨川」，參陳衍説，詳後引。云「初學黄陳」，亦似有據，惟陳似添出，師心之説，他家所未及也。（《近代詩人小傳稿》：「體雖出於臨川，實兼有杜、韓、蘇、黄之勝。」亦可參。）汪嘗云親炙陳，熟聆其議論，評詩卻不從，反取陳衍説，豈未睹此序耶。參觀劉永翔先生《滄趣樓詩文集·前言》。

《近代詩鈔·石遺室詩話》：「弢菴年未四十，丁内艱歸里，不出者二十餘年。撫時感事，一託於詩。棄斥少作，肆力於昌黎、荆公，出入於眉山、雙井。」《石遺室詩話續編》卷二：「往者陳弢菴閣學屏居里門，詩始留稿，前後且三十年，積至千首。逸塘久屏居與相似，廿年來，詩亦裒然成巨集。二人興趣，俱在荆公、白傅間，大略弢老較近荆公，逸塘較近白傅耳。」

《宜秋館詩話》：「福建陳伯潛學士寶琛，耆宿靈光，與海藏樓鄭蘇龕均以詩鳴當代。詩學臨川，機杼縝密。其《謝琴南寄文爲壽》七律云：不才社櫟敢論年，刻畫無鹽正可憐。萬事桑榆虚逐日，半生草莽苦憂天。身名與我何曾與，心跡微君孰與傳。獨愧老來詩不進，嗜痂猶説近臨川。」（按：「嗜痂」句，指林《滄趣先生六十壽序》，其略云：「所爲詩，體近臨川，而清靖沈遠，挹之無窮，臨川未能過也。」見《畏廬文集》。）《麗白樓詩話》下編：「陳弢庵丈早達，負清望，與張佩綸、張之洞齊名。（中略）丈詩以昌黎、荆公、眉山、雙井爲依歸，落筆不苟，而少排奡之氣。不甚似荆公，於其他三家，皆有所得。詆之者，病其有館閣氣，非篤論也。」按：林説亦本陳衍，而稍有商榷。《論近代詩四十家》：「滄趣帝王師，餘事爲詩宗。平生所祈向，驢背鍾山翁。」（《夢苕盦論集》）「鍾山翁」，即王安石。

〔八〕陳三立《滄趣廔詩集序》：「《滄趣廔詩集》若干卷，爲吾師陳文忠公晚近所手定也。公薨逾一歲，孤子懋復等將授刊，督三立識其端。公早歲官禁近，已慷慨以身許國，勇於言事，章疏數十上，動關匡拂朝廷、培養元氣大計，直聲風節傾天下，初未遑狃章句求工於詩也。法蘭西犯邊，詔移公由江西學政會辦南洋防務，坐微罪被譴，廢居鄉里竟二十餘年。戢影林壑，繫心君國，蓋抱偉略，鬱而不舒，袖手結舌，無可告語，閒放之歲月，遂假吟詠自遣。又嘗出游江南、廣州暨南洋群島，紀程之作亦稍多焉。及垂老召還，輔導沖主，國勢已岌岌不可爲。俄迫禪讓，坐睹淪胥，處維繫綱紀、斡旋運會之地，萬變襲撼，瘏瘃交瘁，偶就餘閒寫胸臆，即集中後數卷所得詩是也。公生平遭際如此，顧所爲詩終始不失温柔敦厚之教，感物造端，藴藉緜邈，風度絶世，後山所稱『韻出百家上』者，庶幾遇之。然而其純忠苦志，幽憂隱痛，類涵溢語言文字之表，百世之下，低徊諷誦，猶可冥接遐契於孤懸天壤之一人也。」（《散原精舍文集》卷一七）

〔九〕陳衍《書滄趣樓詩後》：「（滄趣）先生往者退居三十年，詩益陗，有作必與木庵先兄商榷之。先兄没，余偶歸里，必以質余。舊歲同在都門，先生尚爲清帝師傅，裒生平所爲詩，使余删存圈點。爲删數十首，存六百首。往往先生在坐，余操不律，存一首，必再三問：『果可存乎。』密圈一句，則若色然以喜。豈余之臧否果足據乎？何虛懷之至於此也！與寒兄弟文字性情狎習之久，痛癢所在，知之較他人親切耳。余屢勸先生以詩付梓，久之，謙讓未決。余曰：吾閩詩學，至有清而衰，先生清詩人之最後勁也。不爲己詩計，獨不爲清詩生色計乎。」（《石遺室文集》卷九）陳曾壽《聽水齋詞序》：「歲庚午，曾壽赴天津行在所，與年丈陳文忠公朝夕相見於直廬者，歷三年之久。公嘗以詩稿四册示觀，屬爲去取，且謂勿以耄而棄我。既不獲讓，則竊以己意擇藏若干卷，公欣然謂：『即以此爲定本矣。』」（《聽水齋詞》卷首）《忍古樓詩話》：「閩縣陳弢庵太傅寶琛，有《滄趣樓詩集》。曾自訂稿，將刊行，先寄陳伯嚴吏部審定。伯嚴吏部，其壬午主試江西所拔士也。太傅就商，辭極謙退。吏部遂爲删汰多篇。師弟之間，皆有古人風誼，傳爲佳話。然以是生前卒未鋟版，近始由其哲嗣乞吏部序而刊之。比於眉山之序《居士集》，殆未遑多讓。」《花隨人聖盦摭憶》「陳弢庵題張簣齋小像詩」條：「弢庵先生《滄趣樓詩》六卷，聞已付鋟，散原爲序，凡三百餘言。先生生平於所爲詩，珍吝千萬，不惜百遍改竄。初以付散原翁評定，翁爲先生及門，而詩境不同，見解亦微異，故簽定以爲可删者較多。别有二稿，爲石遺師及梅生評定，則存者衆，今不知以何稿剞劂也。」

培軍按：方湖評弢庵詩，大抵亦不違衆説，其《近代詩派與地域》中，所言視此尤詳，云：「弢庵行輩最尊，詩名亦最著。（中略）及受譴家居，築滄趣樓、聽水齋，與陳書酬倡往來，無間晨夕，而詩日益工。體雖出於臨川，實則兼有杜、韓、蘇、黄之勝，平生所作，思深味永，心平氣和，令人讀之，如飲醇醴。蓋修養之功既深，饜心之語斯赴，宗風大啟，重若斗山，非無故矣。詩篇甚富，其經散原、節庵點定者，趙世駿嘗請以精楷書之行世，弢庵謙退不允。又云：『詩必經數改，始可定稿。』宜其精思健筆，避易千人矣。」可以互參。而其比附用意，從此數語，亦略可覘焉。又，石遺評默園云：「嘿園詩酷似其師弢菴先生，蓋皆私淑荆公也。」（《近代詩鈔》引《石遺室詩話》）又云：「默園爲弢菴詩弟子，《滄趣樓詩》大半能背誦。七言律久稱入室，清雋句居多。」（《石遺室詩話》卷五）取黄附陳，當參此。

天閒星入雲龍公孫勝　清道人李瑞清

玉梅庵〔一〕，紫虚觀〔二〕。有時絶唱入雲漢〔三〕。
來往金陵又幾時，久聞人説李梅癡〔四〕。過江名士知多少，争誦臨川古體詩〔五〕。陳可毅。
海雲寫影一黄冠〔六〕，來往金陵歲月寬。四海聲名歸把筆〔七〕，勸君古調莫輕彈〔八〕。
梅庵於清遜國後，服道士服，往來寧、滬間，鬻書畫自給，署「清道人」〔九〕。兒童走卒，皆知有李道士矣〔一〇〕。詩五古最高，七言絶句有東川、龍標格意〔一一〕。惜爲書名所掩，人亦不能盡知也〔一二〕。

李瑞清，字梅庵，臨川人。光緒乙未進士，官江寧布政使。民國九年卒，年五十四。有《清道人遺集》。

【箋證】

〇李瑞清（一八六七—一九二〇），字仲麟，號梅盦，江西臨川人。光緒二十一年（一八九五）進士。既通籍，念母切，請假歸省。三十一年（一九〇五），改官道員，分發江蘇，攝江寧提學使。任兩江師範學堂監督。又嘗赴日本考察教育。辛亥後，爲道士裝，匿姓名隱滬上，自署「清道人」。遂以書畫名世。體素碩，健啖，喜持螯，因號「李百蟹」。丁巳復辟，授「學部侍郎」職。與曾熙交篤，熙亦擅書，名相埒。著有《清道人遺集》、《圍城記》。見《清史稿》卷四八六、柳肇嘉《清道人傳》、蔣國榜《臨川李文潔公傳略》（俱《清道人遺集》附）、黄維翰《江寧布政使李公瑞清傳》（《稼溪文存》卷二）、吴宗慈《李瑞清傳》（《國史館館刊》第一卷四號）。

〔一〇〕〔玉梅庵〕即玉梅花盦，瑞清號也。吴昌碩《清道人畫松歌》：「畫此者誰臨川李，玉梅花庵清道士。」（《缶廬集》卷三）其自著有《玉梅花盦臨古各跋》、《玉梅花盦書斷》等，見《清道人遺集佚稿》。胡嗣瑗有《壽玉梅花盦道士》詩，見《清道人遺集》附録。均可證。參觀《魚千里齋隨筆》卷上「紀清道人」條。又，《臨川李文潔公傳略》：「群以公遺愛在江寧，挽葬牛首。曾公（熙）嚴寒犯冰雪，爲公卜兆。既葬，復於牛首雪梅嶺羅漢泉旁，築『玉梅花盦』以祀公。」

〔二〕〔紫虚觀〕入雲龍學道處。見《水滸傳》第五三回《戴宗智取公孫勝、李逵斧劈羅真人》。

〔三〕晉陸雲《爲顧彦先贈婦往返四首》之四：「華容溢藻幄，哀響入雲漢。知音世所希，非君誰能讚。」（《陸雲集》卷四）《乾嘉詩壇點將録》：「混江龍姚姬傳：家住潯陽江上，欸乃一聲，有時絶唱。」按：此論清道人詩，云其擅五言古，並雙關公孫諢號。

〔四〕〔梅癡〕亦瑞清號。《臨川李文潔公傳略》：「公幼受知武陵余公祚馨，妻公女，受聘遽卒。以六女妻公，先逝，繼配以七女，又先公卒。公遂鰥終身，更字『梅癡』，以誌隱痛。」《平等閣詩話》卷一：「李梅菴太史未第時，有武陵余公測其必以文章顯，以長女字之，未嫁卒。復字以次女，又卒。更字以三女名梅者，既婚數年逝。梅菴感其風義，因自號曰『梅癡』，終身鰥居，不更娶。」《裒碧齋詩話》：「李梅盦同年瑞清，江西臨川人。其封翁蘭生觀察必昌，初官武陵知縣，故梅盦曾以武陵籍中式。後改歸原籍，成進士。初，邑人余蓉初先生祚馨以女妻之，既再續再卒，皆余女，遂不復娶。其夫人字梅，故以『梅癡』自號。」《世載堂雜憶》「清道人軼事」條：「常德余公，爲長沙學官，（中略）以其長女妻之。成婚歲餘，余氏病卒。余公又以次女妻之。未成婚，先死，余公又以三女妻之。三女名梅貞，結褵三四年，又死，時梅翁已成進士，入翰林矣。梅翁原字仲麟，因感余公知遇之恩，又傷梅貞夫人不能同到白頭，誓不再娶。先改字曰梅癡，後易字曰梅菴，不忘梅貞夫人也。」《單雲閣詩話》：「（清道人詩）如《鄧尉看梅悼逝》云：餘生已如贅，蚤死甯非祥。覩此冰雪姿，起余卅載傷。花氣澹如烟，恍惚見容光。夙申偕隱誓，今餘同穴望。魂兮倘翩來，與子將翱翔。年衰懷轉新，世亂悲彌長。亦知生有涯，念懷殊未央。此清道人別字『梅癡』之影事也。」（《校輯近代詩話九種》）

按：據前引《傳略》、《墓誌銘》，知瑞清之號「梅癡」，乃以夫人梅仙故。梅仙序六，《平等閣詩話》云「三女名梅」，乃屬誤傳。又《魚千里齋隨筆》卷上、《世載堂雜憶》，亦云梅序三，並道聽塗説，不足據也。李瑞清有《亡室余梅仙墓誌銘》，記梅夫人事甚詳，云：「梅仙姓余氏，湖南武陵人也。父祚馨，以舉人官浙江、廣東縣令同知。母氏龍，繼范，均封淑人。梅仙序居六，范淑人出也，年十七歸余。明年之廣西，又明年返長沙，寓城南之帶郭園，又明年以産難卒。時光緒丁亥八月六日，距適余裁二載餘也。」（《清道人遺集攟遺》）知傳聞多不確。又檢《清道人遺集》，有爲梅夫人作者，曰《春日元配余梅仙墓下作》，是亦一旁證。至季鳳書《清道人歌》云：「才人例合得佳偶，郎如逋老妻則梅。自來清福天所忌，瓊枝一折心已催。夫人有妹許膠續，不圖鏡破重分釵。黄門悼逝一而再，青鬢俄染霜皚皚。種梅三百雪成海，枝柯不許侵莓苔。茆庵鰥守願終老，屏棄軒冕藏蒿萊。」(《清道人遺集》附録)則未及「受聘遽卒」，而其所云「妻則梅」，亦當指梅仙夫人言。

〔五〕見陳曾《讀近人詩三十首》(《道咸同光四朝詩史》甲集卷六)。按：此詩作者，《光宣詩壇點將録斠注》誤爲「陳士可毅」。陳毅字士可，湖北黄陂人，亦近代名家，然與陳曾字可毅者，固非一人也。陳可毅，别見「陳寶琛篇」注四。

〔六〕句見陳三立《清道人卜葬金陵哭以此詩》(《散原精舍詩續集》卷下)。

〔七〕按：此句亦脱胎陳詩。《清道人卜葬金陵哭以此詩》：「中外聲名歸把筆，煩冤歲月了移棺。」

〔八〕孫雄《哭翁瓶叜協揆師同龢七律四首》之三：「四十鬢絲漸零落，伯牙古調莫輕彈。」(《鄭齋類稿》)唐劉長卿《聽彈琴》：「古調雖自愛，今人多不彈。」(《劉長卿詩編年箋注》上册)按：此謂其格高古，不能爲世俗所賞，前首「臨川古體詩」云云，持論略相髣髴。參見注一一。

〔九〕李瑞清《鬻書後引》：「辛亥秋，瑞清既北鬻書京師，皖湘皆大饑，所得資盡散以拯饑者。其冬十一月，避亂滬上，改黄冠爲道士矣。」《復中國道教會書》：「瑞清塵俗人也，非欲求金丹、慕長生、思輕舉也。辛亥國變，刀斧餘生，伏處海濱，以求苟活，寒家四十餘人，賴以爲生。入地獄便足爲幸，尚何面目談大道、樂神仙乎？其云道人者，不過如明之大滌子自稱石濤和尚，假道號

聊以自娱耳。以名瑞清，故自稱『清道人』。」（《清道人遺集佚稿》）

〔一〇〕《臨川李文潔公傳略》：「公既賃廡上海，貧至斷炊，門人醵金供之，公曰：『安可以口腹累人？』遂鬻書畫自給。於是兒童走卒，皆知有李道士矣。」按：此爲汪語所本。李詳《贈李梅庵》云：「走卒識道士，出入隨兒童。」（《學製齋詩鈔》卷三）亦其意也。又，《傳略》云卻「門人醵金」事，見李瑞清《與諸門人謝寄錢米書》（《清道人遺集》卷二）。

〔一一〕《近代詩派與地域》：「李梅菴以贛人而久居江左。壬子改步，以布政困處江寧，及所志未遂，乃自托黄冠。爲詩頗多，顧深自祕惜，實皆淵源《選》體，澤古甚深；即偶爲絶句，得李東川、王少伯之遺，非貌襲也。」《近代詩人小傳稿》：「其詩宗漢魏，下涉陶謝，吐語擒詞，自然高秀，偶爲絶句，亦在李東川、王龍標之間，惜深自謙抑，又爲書畫所掩，流布不多，故世人亦無從盡知也。」（《汪辟疆文集》）

按：《當代名人小傳》卷下：「（梅盦）熟於《文選》學，所爲詩頗肖魏晉。」陳三立《清道人遺集序》：「道人既書法號近古，所爲文章亦然，務摹太史公書，發舒胸臆，有所刺譏狎侮，欲以寄奇宕恢詭之趣與之合。他詩詞皆黜凡近。」（《散原精舍文集》卷一四）蔣國榜《臨川李文潔公傳略》：「文學《莊子》、太史公，詩摹漢魏。」柳肇嘉《清道人傳》：「爲文學司馬遷、范蔚宗，詩宗漢魏，古直蒼涼似曹孟德，絶句凄豔動人。」《平等閣詩話》卷一：「其書法似北魏，詩效《選》體。

有《游雞鳴寺與范季遠沈鳳樓程野梧夏劍丞集豁蒙樓登望》一首云云，憂深旨遠，似齊梁人之作。」並可參。

〔三〕按：瑞清書有大名，參觀諸家碑傳，不備引。其論書亦有卓識，具見《與陶心雲書》（《清道人遺集》卷二）、《玉梅花盦書斷》、《鬻書引》（《清道人遺集佚稿》）及《與研青論書書》（《清道人遺集攈遺》）等。

培軍按：此篇所擬，并非專從詩史論，固多筆墨游戲也。錢萼孫《夢苕盦詩話》云：「汪國垣《光宣詩壇點將録》以李瑞清當入雲龍，豈以其爲清道人之故乎。梅庵雖宗法漢魏，功力甚深，究未能變化自成一家。以掌管詩壇機密軍師推之，似太過。」李瑞清號「清道人」，公孫勝號「一清道人」，二人名號偶合，遂以配此位耳。是錢氏不以爲然，以爲若就詩言，清道人固不克當也。又徐凌霄《兩期詩壇點將録合評》云：「李梅菴以書法名，詩雖不惡，但與陳太傅並列軍師，似乎不夠。」（《中國公論》第二卷四期）亦甚佐錢説。實則方湖之評，著語亦尋常，並無特別推重，蓋李詩宗《選》體，雅非方湖同調。雖然，從詩史源流言之，此一位次故非甚當，然自「點將録」文章言，又不得不謂之生花妙筆也。

一同參贊詩壇軍務頭領一員

地魁星神機軍師朱武　陳衍

取威定霸〔一〕，桐江之亞〔二〕。《近代詩鈔》〔三〕，《石遺詩話》〔四〕。

一燈説法懸孤月，五夜招魂向四圍〔五〕。記取年時香宋句，老無他路欲何歸〔六〕？

石遺老人初治經，旁及許洨長，多可聽〔七〕。中年以詩名，顧非甚工〔八〕。至説詩，則居然廣大教主矣〔九〕。朱武在山寨中，雖無十分本事，卻精通陣法，廣有謀略〔一〇〕。

陳衍，字叔伊，又字石遺，號匹園，侯官人。光緒壬午舉人，官學部主事。民國任福建通志局總裁。民國二十六年卒，年八十二。有《石遺室詩文集》、《石遺室詩話》、《近代詩鈔》、《元詩紀事》、《遼詩紀事》、《宋詩精華録》等。

〔原附〕論近代詩家絶句　章士釗

衆生宜有説法主，名士亦須拉纜人。石遺老子吾不識，自喜不與廚師鄰。

石遺編《近代詩鈔》，大半與己唱和之作，以廚師張宗楊之詩殿焉。

石遺詩非極工，而論詩卻有可聽，自負甚至。余早年過〔遇〕於回子營鄭叔進座上，談及編《元詩紀事》甚悉。及甲戌來金陵，一日余與石遺登豁蒙樓煮茗，因從容詢曰：「君於有清一代學人位置可方誰氏？」石遺曰：「其金風亭長乎？」時黄曾樾亦在座，因問余：「君撰《光宣點將録》，以陳先生配何頭領？」石遺不待余置答，遽曰：「當爲天罡耳！」余笑。石遺豈不知列彼爲地煞星首座耶！殆恐余一口道破耳。時座中僅三人，想蔭亭尚能憶及之。此一事與《點將録》有關，因記之以諗來者。方湖注。

【箋證】

○陳衍（一八五六—一九三七），字叔伊，號石遺，福建侯官人。幼從兄書學詩。光緒八年（一八八二）舉人。再試春官，不第，遂絶意進取。十二年（一八八六），入臺撫劉銘傳幕。越四年，湖南學使張燮鈞函聘總校。張之洞督兩湖，聞其名，聘入幕。二十八年（一九〇二），開經濟特科，之洞以之薦，爲他人所抑。學部創立，還爲主事，兼禮學館。旋應京師大學堂教職。民國後，教授廈門大學、無錫國專諸校。纂《福建通志》。著述弘富，凡數十種。有《戊戌變法榷議》、《貨幣論》、《金詩紀事》、《元詩紀事》、《石遺室詩集》、《文集》、《詩話》等。妻蕭道管，亦擅文學，著有《列女傳集解》等。見唐文治《陳石遺先生墓誌銘》（《茹經堂文集四編》卷八）、陳聲暨等《侯官陳石遺先生年譜》。

〔一〕《左傳·僖公二十七年》：「先軫曰：報施救患，取威定霸，於是乎在。」

〔二〕汪辟疆《評方回〈桐江續集〉》：「余嘗謂近人侯官陳衍平生著述頗近桐江，方氏喜言理學，陳氏喜談考據，實皆藉以裝點門面，而所造皆不深。方氏文推韓、歐，陳氏文法桐城，實則僅有外表，而皆未能造微。方氏主『一祖三宗』之説，陳氏唱『三元』『同光』之論，頗爲人所信從，實則兩家自爲之詩皆未能與其説相副。方氏晚年極推陶公，陳氏晚年極推香山、誠齋，淺人或以爲高詣，實則生硬野滑，去之甚遠。方氏守嚴州，倡死封疆之説，而首先迎降；陳氏則倡國府不用鄭孝胥遂有瀋陽事變之謬論，而其徒黄濬、梁鴻志則爲出賣民族之罪人。至方氏晚節不修細行爲周密所舉發者，陳氏亦頗類之。要之，方、陳實遥遥相契也。至陳氏之以詩話體行文，尤與方類。陳氏爲鄭孝胥作《海藏樓詩集序》，連篇累牘，雜引古今人詩句，與桐江此集諸序尤爲酷似。豈叔季之文果有此一種體製乎？」（《汪辟疆文集》）

按：陳衍《海藏樓詩序》，雜引古今人詩，乃取則於姜夔，并非效法《桐江集》。《石遺室詩話》卷二六云：「往寓上海，與蘇堪至書肆，見有《楊誠齋全集》二十餘册，問其價，曰二十餘餅金，未之購也。後在武昌，爲蘇堪詩集作叙，報書謂結構在姜白石、楊誠齋之間。白石自叙詩集，歷舉並世名人之評賞其詩者以爲言。余叙蘇堪詩，略仿其意矣。若誠齋文，則實未之見。後讀福山王氏所影刊《黄御史集》，前有誠齋一序，中一段云：『御史公之詩，如《聞新雁》「一聲初觸夢，半白已侵頭」、「餘燈依古壁，片月下滄洲」，如《游東林》「寺寒三伏雨，松偃數朝枝」，如《上李補闕》「諫草封山藥，朝衣施衲僧」，如《退居》「青山寒帶雨，古木夜啼猿」。此與韓致光、吴融輩並游，未知其何人徐行後長也。』宋人喜爲詩話，往往即以詩話爲文，爲今世講古文義法者所詬病。余叙中雜舉古人名句，與誠齋無意相似，見者必多非笑之。」又卷二七云：「余前謂詩叙而體似詩話者，有如楊誠齋之叙《黄御史集》。後細閲誠齋文集，乃知誠齋屢作此體。其《頤菴詩集序》云云，又《唐李推官披沙集序》云云。」是則汪氏之譏，陳早預爲之辯矣。又按錢鍾書《石遺先生輓詩》：「竹垞弘通學，桐江瘦淡詩。」自注：「先生詩學詩格皆近方虚谷，時人不知有《桐江集》，徒以其撰《詩話》，遂擬之隨園耳。」（《槐聚詩存》）亦可參。

〔三〕《讀常見書齋小記》「評陳石遺《近代詩鈔》」條：「陳衍《近代詩鈔》，甄録道咸後詩家凡三百七十一人。以籍貫計之，八旗八人，直隸六人，山東一人，山西三人，奉天一人，河南四人，安徽二十七人，四川十六人，湖南三十七人，湖北十七人，江西二十人，江蘇五十四人，浙江四十三人，福建九十四人，廣東二十七人，廣西四人，貴州四人。雲南、陜西、甘肅、吉林、黑龍江，則無一人入選，而閩籍詩人，至九十四人之多，收入詩篇，幾占全書三分之一以上，此真鄉曲之私也。其尤可異者，凡例中有云：『此鈔不録擬古詩、詠物詩、壽詩，而長慶體、柏梁體、長短句體，亦在少鈔之列。』不知詩至明清以後，不出唐宋窠臼。題不擬古，詩固未嘗戾古。學漢魏固擬古，學六朝三唐亦擬古。即學宋，亦何嘗非擬古？陳氏自言學宋，必欲舉漢魏六朝三唐而空之，使天下詩人盡祖兩宋，抑何所見之不廣耶？即以宋論，派别亦多。陳氏步趨，不過宛陵、山谷、後山、簡齋、誠齋諸家，又未能得其真實本領，但以粗率生硬爲老境耳。它如永叔之《廬山高》、朱子之《感興》、文山之《指南録》、皋羽之《晞髮集》，陳氏皆不足以知之。詠物之詩，實得比興之旨，且多自攄胸臆之言。許洨長釋詞字，言外意内，惟詠物詩與宋人長短句足以當之。並此割棄，亦不可解。至於壽詩本無足取，然亦視其人而定。陳氏於林長民卷，仍附録林氏壽梁卓如詩一首，雖未入正選，然未能拋棄之意可知。此又自亂其例也。」（《汪辟彊文集》）

按：《近代詩鈔》，民國十二年（一九二三）編成，商務印書館排印。收録自咸豐初迄辛亥後人，凡三百六十九家，收詩約三千餘首。其例仿《宋詩鈔》、《元詩選》，人各爲卷，次以科第、輩行。各家均繫以小傳，間綴《詩話》，略附評品。參觀陳衍《近代詩鈔叙》、《近代詩鈔凡例》（俱見《近代詩鈔》卷首）、《陳石遺先生年譜》卷七、唐文治《侯官陳石遺先生全書總序》（亦載《國專月刊》第一卷一、二號）。

又按：汪此節批評，甚苛，文字之間，頗見意氣。由雲龍《定庵詩話》卷下：「陳石遺詩老近有詩云：『偶沿東海人談藝，猥使西江派拜嘉。』自注云：『日本博士鈴木虎雄推余詩爲江西派，實不然也。』云云。先生雖不自承爲江西派，顧提倡宋詩甚力。自其所著《詩話》及所選之《近代詩鈔》出，海内之爲同光體者，益復靡然向風。蓋欲避俗、避熟、避膚淺，而力求沉厚清新，固非倡導宋詩不可。況先生所選近代詩，斷自道光朝起，而是時之詩家，如祁壽陽、曾湘鄉、何東洲輩，皆名高望重，以半山、山谷、東坡、後山諸家爲祈向者。故宋詩之盛，非僅人力，亦風會致然也。《近代詩鈔》首録《䙴劬亭詩》一百二十餘首，何東洲詩録至一百七十餘首，曾湘鄉詩亦録至數十首。其他如鄭子尹、莫子偲及近代之散原、海藏、弢庵、乙盦，皆推挹甚至。其他如晚翠、吷庵、拔可、貞壯、晦聞、詩廬、仁先、衆異、宰平，宗宋派者，采輯甚備。而閩人録至數十家，以爲宋詩最早而最多也。全鈔三百餘家，而滇人無一焉，以滇人之爲宋詩者少也。先生《詩話》中，雖一再言無論爲唐爲宋，要取詞必己出、意不猶人者，固舍宋詩莫屬矣。於長慶體少鈔，以其骨少肉多也。柏梁體少鈔，以其詞勝於義也。推陳出新，補偏救弊，先生其無愧今之宗匠乎。」與汪説箭鋒相拄，若代爲陳作辯護者。

又，錢仲聯於《詩鈔》，亦頗致不滿，然持説尚較平，不似汪多意氣。《夢苕盦詩話》第二九條：「閲陳石遺《近代詩鈔》一過，未能滿意。石遺交游遍海内，晚清人物，是集已得大半。然名家如丘逢甲等皆未入選，而選録諸家，如魏源、姚燮、朱琦、魯一同、王錫振、鄧輔綸、高心夔、黄遵憲、袁昶、沈汝瑾、范當世、劉光第、康有爲、金天羽，皆未盡所長，即鄭珍、陳三立、沈瑜慶、陳曾壽諸家，名篇尚多，皆從刊棄。至於樊增祥之《彩雲曲》，王國維之《頤和園詞》，皆譽滿藝林，無愧詩史者，豈得以長慶體之故，遂屏不録？況王闓運之《圓明園詞》，明明入選乎。此種不當人意處且不議，乃致有編輯之誤，人人共見者。如張之洞詩，十九頁載《中興一首答樊山》，二十六頁此詩又見，而省其題曰《中興》。陳三立詩《正月二十二日通州南郊外會送肯堂葬》，既見於二十頁，又見於二十五頁。此雖小疵，無害大體，甚可委過於手民，然并可知選輯之未盡具苦心矣。」後錢亦編《近代詩鈔》，於《前言》重申此說，而批評加厲，蓋意在取代陳書也。參觀《今傳是樓詩話》第一一一條。

〔四〕《近代詩派與地域》：「其名滿中外者，實以交游多天下豪俊，又兼説詩解頤。所撰《石遺室詩話》，近二十萬言，妙緒紛披；近人言詩者，奉爲鴻寶，則霑溉正無窮也。」《近代詩人小傳稿》：「（衍）平生廣交游，富聞見，又喜獎後進，爲人説詩，撰爲詩話，輯爲總集。海内識與不識，皆承風景慕，得其一言爲重。外邦如日本矢野仁一過閩相訪，鈴木虎雄撰《支那文學》，亦列《石遺詩説》一章，認爲近代詩派中堅，洵非無故。」（《汪辟疆文集》）

按：《石遺室詩話》，始刊於《庸言》，自民國元年（一九一二）迄三年（一九一四）；四年，廣益書局有石印行世，爲十三卷本。同年復繼作，連載於《東方雜誌》，成十八卷。十六年（一九二七），删併增益；十八年（一九二九），商務印書館排印，爲三十二卷本。《續編》六卷，部分刊載於《青鶴雜誌》，民國二十四年（一九三五），無錫國學專修館排印本。參觀陳衍《石遺室詩話敍》（《石遺室詩話》卷首，亦見《石遺室文四集》）、《石遺室詩話續編敍》（《石遺室詩話續編》卷首）、《陳石遺先生年譜》卷七等。

又按：《乾嘉詩壇點將録》：「入雲龍王蘭泉：盛名之下，一戰而霸。《湖海詩傳》，《隨園詩話》。」汪仿其句法。

《夢苕盦詩話》第一五八條：「石遺丈老矣，而精神矍鑠，卜居吴門胭脂橋。每來復日，猶能來無錫國學院講學，與唐蔚師有同年之誼也。丈故學者，詩特餘事。然所著《石遺室詩話》三十二卷，衡量古今，不失錙銖，風行海内，後生奉爲圭臬，自有詩話以來所未有也。近於三十二卷之外，復有續輯。海内詩流，聞石丈續輯《詩話》，争欲得其一言以爲榮。於是投詩乞品題者無虚日，至有千餘種之多。以杖朝之年，而辦此苦差，名之累人如此。」又第一七二條：「石丈續編《石遺室詩話》，已於浴佛節前刊竣，凡六卷。凡《詩話》前編所未收者，多見於此編。如金松岑、楊雲史、馮振心、夏瞿禪、黄公渚、王曉湘、柳翼謀、楊旡恙、靳仲雲、錢名山、顧佛影、許疑庵及王瑗仲與余，皆見採録。政界人物如胡展堂、邵翼如、陳樹人等，所收亦夥。欲知近十餘年來詩風者，於此求之足矣。丈自言海内詩人寄到之集，已閲過者，殆滿一間屋，而架上案頭，有已選佳句不及收入者，尚不可勝計。限於時間與篇幅，徒呼負負。俟補《續近代詩鈔》時，當次第收入云。」

〔五〕句見趙熙《讀石遺室詩話寄慨》（《香宋詩集》卷四）。全詩云：「故人各各風前葉，秋盡東西南北飛。今日長安餘幾箇，前朝大夢已全非。一燈説法懸孤月，五夜招魂向四圍。當作楞嚴千偈讀，老無他路别何歸。」按：此聯指衍晚歲撰《詩話》。又，《大中華雜誌》第一卷六號刊此詩，題作「讀石遺詩話記慨」。

〔六〕句見前引趙詩。《石語》：「趙堯生與余至交，恨近來音問不通。其詩沉摯淒涼，力透紙背，求之儕輩，豁焉寡儔。余前日於臥室懸其贈余楹帖，清夜夢回，忽思得聯語悲苦，大似哀輓。懸處適有余小像，則似遺容，非吉兆也，亟撤之。鍾書問曰：『聯語是「一燈説法懸孤月，五夜招魂向四圍」否？』丈曰：何以知之？曰：『讀公《詩話》知之。汪辟疆作《光宣詩壇點將録》，亦引此爲丈贊語也。』丈點首，因朗吟堯生此詩一過，於末語『老無他路欲安歸』，尤三復不置。」

〔七〕《陳石遺先生年譜》卷一：「二十一歲。始治小學，閲嚴鐵橋、段懋堂、王菉友諸先生書。」「二十三歲。仍治小學，成《説文舉例》七卷。」卷二：「二十八歲。是歲，成《説文辨證》十四卷。」卷三：「三十五歲。是歲治禮學，成《考工記辨證》三卷，《補疏》一卷，刻之。」「三十六歲。仍治禮學，撰《周禮辨證》。後孫仲容比部年丈詒讓聞有是作，寄書將以所著《周禮正義》就商榷，未果。後孫年丈没，久之《正義》始出版，家君爲糾正數十條，增在《辨證》中。」「三十七歲。成《禮記辨證》五卷。」「四十二歲。是歲成《尚書舉要》五卷。」按：衍治經學、許學，略具上引。參觀唐文治《石遺室叢書總序》。又，許洨長即漢許慎，慎爲洨縣長。見《後漢書》卷七九下《許慎傳》。

〔八〕《讀常見書齋小記》「評陳石遺《近代詩鈔》」條：「陳氏蚤年草《石遺室詩話》，不無可取。晚年自爲之詩，自謂兼香山、誠齋之長，實則才退筆孱，非往時刻意苦吟之作可媲。取儷木庵，瞠乎後矣。」（《汪辟疆文集》）又《近代詩人小傳稿》：「石遺初則服膺宛陵、山谷，戛戛獨造，迥不猶人；晚年返閩，乃亟推香山、誠齋，漸趨平澹。」亦見《近代詩派與地域》。

按：汪評陳詩，前後迥異，説詳後按。費行簡爲衍小傳，亦至輕其詩。《當代名人小傳》卷下：「（衍）舊工爲詩，專學宋賢，好爲險刻，凡前人昌明博大之作，皆訾爲膚熟，至謂有無、難易，舉不可作對。而所爲詩，雖能獨造，實鍛鍊未純。兼治經學古文，談經不泥恒解，間涉淺俚，由其未窺漢人家法，古文陳義蕪雜。綜其所學，詩爲最長，足俯仰乎半山、山谷之間。」可參。《石遺室詩集叙》：「余作詩三十年，所剩止此，所詣亦止此。乃分爲三卷刻之。第一卷凡八年，多閒居及游覽之作。第二卷凡十有三年，多行旅之作，有歌勞之思焉。第三卷凡八年，有悲傷之作，詩與人亦俱老矣。此後或三四年，或五六年、七八年，以至長辭人世，當更得一卷之詩，爲第四卷。其詩境未知何如？然得自放於山顛水涯，則幼時之流連景光、覽玩物華，意中有欲言而未能言者，將如獲故物、如履舊游焉，不亦既全其天矣乎。」（《石遺室詩集》卷首，亦見《石遺室文集》卷九）《石遺室詩話》卷一：「余九歲時，先伯兄講授唐詩。自秋徂冬，王、孟、韋、柳詩，成誦一二百首，上及陳伯玉、張曲江之作。次年乃及李杜與晚唐。十餘歲時，已習舉業，然有終年學爲詩，日課一首者。時閩人詩極陳腐，襲杜之皮，而木庵先兄年二十餘，出語高雋渾成，絶無所師承，天才超逸然也。」卷七：「辛亥歲暮，余在閩有懷人絶句。懷幾道云：昔讀君詩自太夷，五言長律極哀思。木菴道子吾摩詰，别有滄浪畫喻詩。蓋君嘗言：若以畫喻詩，則木菴先生爲吴道子，石遺室爲王摩詰也。」卷一四：「余請劍丞評余詩，則謂由學人之詩作到詩人之詩。」《石遺室詩話續編》卷三：「江右詩家，自陶潛以降，至趙宋而極盛。歐公、荆公、南豐、廣陵外，又有所謂江西宗派，祖山谷而禰彭城之後山。其甥徐師川，即不宗仰山谷，不足憑之説也。至前清而就衰。名者雖有蔣心餘、吴蘭雪、高陶堂，派别既不一致，力亦不足以轉移天下風氣。五十年來，惟吾友陳散原稱雄海内。後生英俊，謬以余與海藏儕諸散原，方諸北宋蘇、王、黄三家。以爲海藏服膺荆公，遂以自命；雙井爲散原鄉先哲，散原之兀傲僻澀似之，皆成確證。因以坡公屬余。」按：「後生英俊」云云，似指錢基博《陳石遺先生八十壽序》：「（先生詩）透闢生峭，與陳散原、鄭海藏一時争雄。同出宋賢西江，而蹊徑各别：散原奥峭，而出之以磊砢；海藏枯澀，而抒之以清適；丈則奥衍，而發之以爽朗。鑿幽出顯，力破餘地，此其所獨也。」（《青鶴雜誌》第三卷一三期）亦見《現代中國文學史》上編「陳衍」節。又，《定庵詩話》卷下：「近時詩家爲宋派主盟者，陳石遺、陳散原，皆耆年碩學，海内宗仰。」馮幵《夫須詩話》：「侯官陳叔伊衍，與鄭太夷齊名，近見其《石遺室詩》，踈宕湛雋，無惡作者。」（《民權素雜誌》第五集）林紓《寄石遺福州》：「海藏貽近著，灑灑富篇幅。雜詩尤工妙，（中略）足爲阮亭續。持以較石遺，莫辨絲竹肉。同譜獲二妙，襟靈冠閩越。」（《畏廬詩存》卷上）並可參。

〔九〕黄曾樾《陳石遺先生談藝録序》：「同光而還，（中略）吾師陳石遺先生，（中略）著《詩話》、編《詩鈔》，鼓吹之力，蓋自有説詩、選詩以來，得未曾有焉。（中略）然自先生出，而朋從氣類相感召，講壇著述所提倡，實有左右中原文獻之功，不特移易閩中宿習，開閩派之新聲，而勝清一代主持詩教如王文簡之僅標神韻、沈文愨之專主温柔敦厚者，先生殆有過之。」（《陳石遺先生談藝録》卷首）李肖聃《星廬筆記》：「近世閩士論詩，多宗陳師道後山，侯官石遺實爲宗師。主京師大學，學生中得朱芷青、梁仲毅，兼譯學館，得黄秋岳、曾次公。（中略）其友則鄭孝胥蘇堪、楊增犖昀谷、羅惇曧掞東、趙熙堯生，皆相與爲詩。著有《石遺室詩話》數十卷，其論晚清詩人之近作，治詩之艱苦，無乎不備，置之清代諸家無多讓也。」（第二七頁）《近百年詩壇點將録》：「陳氏爲『同光體』之鼓吹者。壽逾八旬，影響近代詩壇甚大。所選《近代詩鈔》及所著《石遺室詩話》，雖以『同光體』詩爲主，然亦廣涉各種流派，如湖湘派之王闓運、鄧輔綸，詩界革命之黄遵憲、康有爲、梁啟超、金天羽，南社之黄節、諸宗元、沈宗畸、林學衡等，亦皆涉及，蓋尚非墨守門户之見者。」（《夢苕盦論集》）

按：目衍爲廣大教主，乃當時公論，非汪氏一家言也。又多持與袁枚比。胡先驌《讀陳石遺先生所輯近代詩鈔、率成論詩絶句四十首、諸家頗有未經見録者》之十六云：「繼起隨園輯詩話，同光終見勝乾嘉。」（《懺盦詩》）錢鍾書《論師友詩絶句》云：「其雨及時風肆好，匹園廣大接隨園。」（《記錢鍾書先生》一一五頁）參觀錢仲聯等《袁枚與陳衍》（《江海學刊》一九九五年第一期）。

又按：陳衍主要詩説，及評詩之精語，參錢基博《現代中國文學史》上編「陳衍」節；其「三元」説，見《石遺室詩話》卷一第四條。又，《石遺室詩話》卷一三云：「余生平論詩，稍存直道，然不過病痛所在，不敢以爲勿藥；宿瘤顯然，不能謬加愛玩耳。至於是丹非素，知同體之善，忘異量之美，皆未嘗出此也。孫師鄭不厭其嚴，冒鶴亭則惡其刻，甚者叢怨成隙，十年之交，絶於一旦。故詩話之作，遲之又久而不敢出也。」據此，略覘其説詩風格。沈其光《瓶粟齋詩話瀋餘》云：「石遺老人論詩至苛刻。」與冒説印可。沈，冒弟子。

〔一〇〕《水滸傳》第二回《王教頭私走延安府、九紋龍大鬧史家村》：「且説少華山寨中三個頭領，坐定商議，爲頭的神機軍師朱武，那人原是定遠人氏，能使兩口雙刀，雖無十分本事，卻精通陣法，廣有謀略。」

培軍按：方湖之評石遺，配爲地煞星首座，是其得意之筆，亦《點將録》中一公案。其曲折原委，余此書《前言》中，已略有考述，此不復論。至石遺詩，多梲敌之音，近於枯槁，非詩家勝境，不足與散原、海藏匹，然其佳者，亦能生新雅健，爲當日一名家也。即方湖深惡其人，攻之不遺餘力，亦未許一筆抹殺。方湖早年，尤稱道之，云：「尋詩亭角陳居士，刻楮燈前眼最明。我幸牽連書玉海，蒼頭特起太憨生。」自注：「閩縣陳石遺詩文，海内宗匠，近與弢老爲文字骨肉。趙堯生、羅癭公、梁任甫尤推服之。」（《論詩絶句十一首》之六，《讀常見書齋小記》）後來交惡，遂肆口詆之，如云：「石遺説詩頗可聽，詩筆早澀晚易，不及阿兄遠矣。」（同前，「展庵醉後論詩」條）又云：「石遺詩早年最高，晚年學長慶、誠齋，不免滑易。」（同前，「再評近人詩」條）然玩其語，故多意氣，大失公心，要不足憑也。

掌管錢糧頭領二員

天貴星小旋風柴進　寶廷　附子壽富

金枝玉葉〔一〕，美無度兮。琨瑶竹箭〔二〕，豐其穫兮。夢覺高唐，借用。自朝暮兮〔三〕。吁嗟小旋風，無赫赫之功，甘送老於一節〔四〕。

親貴中能詩者，前有紅蘭主人，蘊瑞〔端〕〔五〕，字兼山，號紅蘭主人。安和親王子。有《玉池生稿》。近則推偶齋侍郎也〔六〕。偶齋門人，多當代豪俊〔七〕，鄭蘇庵、陳石遺、林畏廬、吴彦復、康步崖尤有名〔八〕。柴進在山寨中亦平平。其能爲人所推許者，亦以廣收亡命，濟人緩急也〔九〕。

寶廷，字竹坡，號偶齋，滿州鑲藍旗，鄭獻親王濟爾哈朗八世孫。同治戊辰進士，選庶吉士，授編修。光緒七年，授内閣學士，官至禮部右侍郎。出典福建鄉試，還途納妾，自劾罷。光緒十六年卒，年五十一。有《偶齋詩草》。

壽富，字伯茀，寶廷長子。光緒戊戌進士，官翰林院編修。光緒二十六年殉難，卒年三十六。有《讀經札記》、《菊客文集》。

【箋證】

○寶廷（一八四〇—一八九〇），字仲獻，號竹坡，又號難齋，晚號偶齋，隸滿洲鑲藍旗。鄭獻親王裔。同治七年（一八六八）進士。選庶吉士，散館授編修。累遷侍讀。光緒元年（一八七五），大考三等，降中允。尋授司業，歷遷侍講學士。五年（一八七九），轉侍讀學士。七年（一八八一），遷禮部右侍郎，授内閣學士。敢言事，負直聲，與張佩綸、陳寶琛等，號「清流」。時朝廷求治，詔詢吏治行政，上疏力抉其弊，諤諤數百言。八年（一八八二），出典福建鄉試，歸途納江山船女爲妾，返京後自劾罷。築室西山，以詩酒自娱。明年冬，西后萬壽祝嘏，賞三品秩。晚年貧甚，殁後，至無以爲葬。著有《偶齋詩草》、《庭聞憶略》等。見《清史稿》卷四四四、《清國史》第一一册《宗室寶廷列傳》、壽富《先考侍郎公年譜》（《嘉定長白二先生奏議二種》附）。

○壽富（一八六五—一九〇〇），字伯茀，號菊客，滿洲鑲藍旗人。寶廷長子。幼從父授七經。稍長，師事張佩綸、張之洞。泛覽群籍，熟精《周官》、《史記》，旁逮外國史、算學。光緒二十四年（一八九八）進士。入翰林。尋充大學堂分教習，派赴日本考校章程。既還，著《日本風土志》。戊戌政變，杜門京師，檢書蒔菊，自號菊客。及庚子亂起，聯軍入城，自題絶命詞，投繯死。贈光禄寺卿。著《讀經札記》、《菊客文集》、《東游筆記》、《天元演草》等。見《清史稿》卷四六八、林紓《贈光禄寺卿翰林院庶吉士宗室壽富公行狀》（《畏廬文集》）、趙炳麟《壽太史傳》（《柏巖文存》卷三）、唐晏《壽伯茀别傳》（《涉江文鈔》）。

〔一〕語見晉崔豹《古今注》卷上。《廣事類賦》卷四引《六帖》：「金枝玉葉，帝王之子孫也。」按：柴進、寶廷，均爲貴胄，故用此。

〔二〕《史記·夏本紀》：「瑶琨竹箭。」《集解》：「孔安國曰：瑶、琨，皆美玉也。」《爾雅·釋地》：

「東南之美者，有會稽之竹箭焉。」郭璞注：「竹箭，篠也。」按：並喻指人材。寶廷典試福建，得多士，故云。又，汪《題曉湘詩話》云：「蟹黄熊白齊升俎，竹箭琨瑶盡入奩。」（《方湖詩鈔》）是就評詩言，謂能選尤拔萃，可參。又寶廷號「竹坡」，或亦雙關之。壽富《先考侍郎公年譜》：「生公之夕，夢霜竹一叢，挺然干霄，故蓮溪公名之曰寶賢，號竹坡。」

〔三〕宋玉《高唐賦并序》：「妾在巫山之陽，高丘之阻，旦爲朝雲，暮爲行雨，朝朝暮暮，陽臺之下。」（《文選》卷一九）

按：此指寶廷性好色。寶廷風流韻事，當時朝野喧傳者，爲納江山船女。晚近筆記載之者夥，詳後引。又，寶廷亦有詩云：「江浙衡文眼界寬，兩番攜妓入長安。微臣好色原天性，衹愛蛾眉不愛官。」（見《花隨人聖盦摭憶》「寶竹坡兩番攜妓」引，亦見《慧因室雜綴》、《詩史閣詩話》、《攄懷齋詩話》、《新世説・黜免》引，文字稍異。）《緑天香雪簃詩話》卷七亦舉其《信陵》詩，云：「吁嗟信陵亦丈夫。世人不知，或疑其爲酒色之徒。一戰敗秦保趙都，再戰敗秦魏患紓。惜哉未三戰，避位淫佚喪其軀。吁嗟信陵真丈夫，世人不能知，或謂其爲酒色之徒。」謂「此詩實先生自況也」。又云：「寶竹坡先生罷官後詩，恒以信陵君自命，飲醇近婦，直言不諱，亦自可人。」並可參。

《越縵堂日記》（光緒八年十二月三十日）：「上諭：侍郎寶廷奏途中買妾，自請從重懲責等語。

寶廷奉命典試，宜如何束身自愛，乃竟於歸途買妾，任意妄爲，殊出情理之外。寶廷著交部嚴加議處。」「寶廷夙喜狎游，爲纖俗詩詞，以江湖才子自命。都中坊巷，日有蹤跡，且屢娶狹邪，别蓄居之，故貧甚至絶炊。癸酉典浙試歸，買一船妓，吴人所謂花蒲鞋頭船娘也。入都時，别有水程至潞河，及寶廷由京城以車親迎之，則船人俱杳然矣。時傳以爲笑。今由錢唐江入閩，與江山船妓狎，歸途遂娶之。鑒於前失，同行而北，道路指目。至袁浦，有縣令詰其僞，欲留質之。寶廷大懼。且恐疆吏發其事，遂道中上疏，以條陳福建船政爲名，且舉薦落解閩士二人，謂其通算學，請特召試。而附片自陳，言錢唐江有九姓漁船，始自明代，典閩試歸，至衢州，坐江山船，舟人有女，年已十八，奴才已故兄弟五人皆無嗣，奴才僅有二子，不敷分繼，遂買爲妾。明目張膽，自供娶妓，不學之弊，一至於此。聞其人面麻，年已二十六七。寶廷嘗以故工部尚書賀壽慈認市儈李春山妻爲義女，及賀復起爲副憲，因附會張佩綸、黄體芳等，上疏劾賀去官。故有人爲詩嘲之云：昔年浙水載空花，又見閩娘上使查。宗室八旗名士艸，江山九姓美人麻。曾因義女彈烏柏，慣逐京娼喫白茶。爲報朝廷除屬籍，侍郎今已壻漁家。一時傳誦，以爲口實云。」按：《花隨人聖盦摭憶》云：「蒓客與當時『四諫』張簣齋佩綸、寶竹坡廷、陳弢庵寶琛、鄧鐵香承修皆不睦，蓋蒓客本不滿於李高陽一系者，故竹坡此案，《越縵堂日記》中醜詆之。曾孟樸《孽海花》中所引『宗室八旖名士草，江山九姓美人麻』兩句，實有此事，以吾所聞，此詩即蒓客所作。今全詩載《越縵堂日記》三十九册中。」可參。

《小奢摩館脞録》「寶竹坡遺事」條：「茭白船即江山船，總名曰江山船，其實載貨者江山船，載客者曰茭白船也。船户九姓，不齒編氓。老婦曰同年嫂，少婦曰同年妹。同年者，桐嚴音之譌也。九姓皆桐廬嚴州人，故云。世傳陳友諒既敗，其將九人逃之睦杭間，其裔即今之九姓船也。常山至杭州，水木明瑟，客載其船者，江山絲竹，畫舫笙歌，而魂銷江上，往往墮其術中。寶竹坡廷在清宗室中，頗有才名，後以典試閩中，歸途娶江山船榜人女爲妾，入都覆命後，自行投劾罷官。近曾孟樸著《孽海花》，述之特詳。余曩在京師，亦頗聞都中人述其事。女名雨林，其妹名月林，當時皆爲竹坡所得。竹坡罷官後，日以詩酒自娱，常攜雨林姊妹往來西山，後益自頽放，家中落，幾貧不能自存。未幾雨林以不服北方水土，弱質苟延，香魂旋化。竹坡益無聊奈，一日大醉，外出訪友，醉後驚風，行至大街某肆門首，倒地遂没。次日始知之，乃舁歸邸寓。一時聞者，爲之嘆惜。繼余在大學翻《偶齋詩草》，於外集卷七中得竹坡《之江行》曲一章。自述娶江山船女事綦詳，惟與外間所傳《江山船曲》大異，不知即《江山船曲》改定之本，抑此外尚有《江山曲》而此本删去之者也。録其《之江行》詩，曰：多情萬古之江水，粉膩脂香六百里。照人有影總成雙，一片迷津連業海。漁船九姓溯前明，嫂妹同年舊著名。月卿星使往來慣，阿誰不樂之江行。之江女兒年二九，生性癡憨世無偶。强斟螺盞怯沾脣，勉學鵾絃慵上手。不善飲，琵琶粗解彈。緣慳難得周郎顧，主人偏愛工調護。小恙學成宋主妝，芳名偷取王丞句。微有麻，小字雨林。蘭因絮果歎離奇，觸目關心自不知。仙葩幾見世間有，花本尋常蝶太癡。萬點蓮心一盞羹，瓊漿錯認乞雲英。七月七日蘭谿水，兩岸青山半夜盟。初見小蓮羹爲贄，七夕泊上洋，蘭谿縣屬也。短緣八日迷真假，繫纜臨歧淚盈把。乘軺無計賦桑中，閉户有人希柳下。歡娱未暢悲離别，兩地迢迢消息絶。無諸山畔榜開花，姑蔑城邊船載月。旅愁阻隔情絲斷，赤繩一縷潛相貫。無端山水誤佳期，十旬契闊方重見。榜後游鼓山武夷諸勝，孟冬下旬始返衢登舟。繡衾夢好朝難起，阿妹嬌嗔阿母喜。妹名月林。月明蚌小易成珠，雨足花新先結子。封姨作美打頭吹，畫舸停橈不肯催。繡嶺錦峰雲恍惚，釣臺幾誤唤陽臺。富春江上集詩友，嘉會良宵忘老醜。舊情重握掌中珠，新淚頻沾襟上酒。舟至富陽，故人延小舫秀久候於此，良宵暢飲，極詩酒之樂。鄰舫有龍珠者，癸酉游雲棲，舟人女也，十年再見，苗條至此。又有杭州妹者，癸酉亦曾乘其舟，問已死矣。一帆風雪返杭州，已登彼岸不回頭。孤山月老良多事，愛與詩人作蹇修。癸酉舊姬亦見於杭州。湖山美處續前緣，扇墜攜來過别船。姬身短小。鵲巢暫借鴛鴦宿，兩覺杭州夢十年。自杭北上，所乘即癸酉舊舟。一誤何妨成再誤，纖縑果否能如素？使星從此化牽牛，之江改作銀河渡。東坡遷謫挈朝雲，越女招尤漫效顰。沼里西施應破涕，未能傾國枉佳人。狂奴故態天下傳，狂來竟欲聞上天。迴望之江四千里，虚船隨浪摇蒼煙。其《江山船曲》全首不記，僅記其零句云：乘槎指歸浙東路，恰向箇人船上住。鐵石心腸宋廣平，可憐手把梅花賦。

枝頭梅子豈無媒，不語詼諧要主裁。已將多士收珊網，何惜中途下玉臺。又云：那惜微名登白簡，故留韻事記紅裙。又云：本來鐘鼎若浮雲，未必裙釵皆禍水。均綿麗可誦。惟此詩遍翻《偶齋全集》不見。又都中人士因其曾以寶名齋案劾都御史賀壽慈去職，又自題詩集爲《名士草》，而所娶榜人女，則面有麻點也，乃戲贈以七言排律一首。其中警句，有『宗室八旗名士草，江山九姓美人麻。曾因義女彈烏柏，慣向京娃打白茶』二聯，尤爲膾炙人口云。」（《汪辟疆文集》）按：此事流播人口，載諸筆墨者亦多。參觀丁傳靖《江鄉漁話》卷一、劉體仁《異辭録》卷二「寶廷典試狎妓」條、金武祥《粟香隨筆》五筆卷五「寶竹坡侍郎」條、馬叙倫《石屋餘瀋》「錢江風月」條、郭則澐《十朝詩乘》卷二一、《今傳是樓詩話》第七六條等。

〔四〕蘇軾《戲子由》：「送老虀鹽甘似蜜。」（《施注蘇詩》卷四）陳師道《送鄭祠部》：「四著儒冠甘送老。」（《後山詩注補箋》卷一〇）林紓《畏廬瑣記》「送老」條：「『送老虀粥甘於肉。』此『送老』二字，似謂終老也。」按：指其晚歲耽游，詩多山水之作。亦本陳衍説。《近代詩鈔·石遺室詩話》：「竹坡先生壬午典閩試，歸途次取江山船女兒爲妾，自上書舉劾去官。在官喜言事，繼吴柳堂侍御後，爲穀廟爭繼嗣者蠭起，公言最切直，遂不復起用。生平嗜酒躭詩，好山水游，使車所至，必搜奇訪勝，流連旬月不能去。登泰岱，入武夷，泛太湖，上金焦，足跡徧兩峰三竺。罷官後，日與窮交數人，及伯福、仲福兩公子，徧游京東西諸山。屏居貧乏，不能自存，時賴友朋資助，得錢則買花沽酒，呼故人賦詩酣醉。囊中稍有餘，則攜兒命侶，裹糧入山，得詩二三百首以爲常。余嘗春初謁公，公著敝緼袍，表破殆盡，綿見焉。公處之泰然。偶游昆明湖，遇公湖上酒家，則酩酊而行跁跒矣。靈光寺爲翠微山八大處之一，公幼時嘗讀書寺中，出游輒憩，如王右丞之有輞川别業也。公詩天才豪宕，以曲達爲主，論者謂在長慶、擊壤間，余謂五言近體，時近右丞、嘉州，餘則香山、放翁、誠齋，近人則初白、隨園、北江、船山。長短數千首，游山者居其七八。《田盤》一集，尤爲劖刻可喜。罷官雖清貧，而沉酣於山水、友朋、文字之樂者，且十餘年。妙峰、香山、翠微、桑乾、戒壇、潭柘諸處，皆公之龍門八節灘也；冷家莊、三家店、廣化寺諸處，皆公之行窩也。天之位置詩人，不可謂不厚。公有《西山紀游行》、《田盤歌》及《七樂》三長篇，皆一二千言，可當游記古賦讀。」（按參觀《石遺室詩話》卷一第三一、三二條、卷二二第一二條。）又，亦有不以爲然，而議之於後者。如黄濬《花隨人聖盦摭憶》云：「比見石遺先生《詩話》，稱余游西山詩，殆如樊榭之於西湖，過譽良不敢承。然余頗信所作，視近賢中以西山詩名之竹坡侍郎寶廷，當能别出蹊徑。竹坡晚年隱於西山，所作以五言古詩爲夥，余則謂今日之西山，已不純宜於古體，蓋光景常新，非深入淺出之句法，不能畢肖。五言詩自陶、韋以還，寫景者無慮萬數，號爲清微澹遠，而字法意境，易涉雷同也。」

又，《冷禪室詩話》「寶廷」條：「寶竹坡侍郎廷，晚年喜游京師西山。鄭蘇龕懷先生云：西山晚歲饒還往，愁絶殘陽挂翠微。蓋紀實也。故先生集中詠西山各處者居强半。如《山中即景》云云（見後引）。《雨後登東峰望月》云：夜深雲散盡，露氣滿群峰。絶頂一登眺，林巒青萬重。天空惟有月，山静偶聞鐘。賴有兒扶杖，無須二客從。詩入化境，神味極似王、孟。然集中如《冬獵行》、《古劍篇》等作，又極雄壯，此所以不愧大家也。」《今傳是樓詩話》第七七條：「（竹坡）嗜游蓋出天性，罷官後清貧特甚，而沉酣於山水友朋文字之樂者，且十餘年。京西妙峰、翠微、桑乾、戒壇、潭柘諸處，皆時有足跡。今西山靈光寺、秘魔崖及滴水厓、八里莊各地，猶有君之題墨焉。集中游山之作居强半。《山中即景》云：暮色四圍合，峰巒漸杳冥。殘春寒間暖，薄酒醉如醒。月上花逾白，煙生山更青。泉聲在深澗，入夜尚泠泠。神味頗似王孟。又《望山》一首云：高山摩青山，仰視不見路。但見山腰人，入樹復出樹。寫出深山好景，畫工不能到也。君有《哀病馬》詩云：一自歸山成棄物，回思覂駕亦前因。《靈光寺溪上偶成》云：久看髮白寧中歲，纔見花紅已暮春。《寄羅椒生夫子》云：窮骨本天授，科第不能醫。皆不能無身世之感者。斷句如《陶然亭題壁》云：衰草寒蘆三面水，淡烟殘照一窗山。《摩訶庵石樓》云：夕照帶烟連野盡，遠山穿樹入樓來。《擷秀山房雨中夜坐》云：濕雲浸樹滴成雨，秋氣滿山旋作風。《南莊青龍寺》云：澗轉方流水，村連不斷花。《山寺秋夜》云：塔帶月光明水底，鐘隨風力上峰巔。《靈光寺》云：地濕蒼苔久，山晴紅樹多。皆佳。」參觀《清稗類鈔・文學》「寶竹坡詩豪宕」條。

〔五〕按：「瑞」當作「端」。藴端（一六七〇—一七〇四），即岳端，字正子，一字兼山，號玉池生，别署紅蘭室主人。清宗室，封多羅郡王。工畫。詩效西崑體，能得義山神韻，爲王士禛所稱。著有《玉池生稿》。編有《寒瘦集》。傳見《清史稿》卷四八四、李玉棻輯《甌鉢羅室書畫過目考》卷首、鄧之誠輯《清詩紀事初編》卷六。

〔六〕按：寶廷詩之評述，在當時不少見，各家詩話，多稱其才氣。《平等閣詩話》卷一：「寶竹坡少宗伯廷，鄭邸之裔，宗室之賢者也。負才玩世，脱略不羈，（中略）著有《偶齋詩草》。少作尚才氣，中歲以後，學陶、白二家，抒寫性靈，不落尋常窠臼。」《餘墨偶談》卷一「奇奇子」條：「寶竹坡廷，别號奇奇子，宗室，家奇寒。著作甚富，有《難齋文詩詞集》。日下聯唫者，四十餘人，君爲之最。詩各體皆工。余尤愛其《冬獵行》云云，又《古劍篇》云云，才力直逼少陵。」《今傳是樓詩話》第七八條：「《偶齋詩草》中，多古體及長短句。有《西山紀游行》、《田盤歌》及《七樂》三長篇，皆一二千言，可當游記古賦讀。又《冬獵行》、《古劍篇》等作，則以雄壯勝者。黄仲則詩云：自嫌詩少幽并氣，故向冰天躍馬行。君之詩境似之。」《緑天香雪簃詩話》卷七：「竹坡先生寶廷《望山》一首：高山摩青山，仰視不見路。但見山腰人，入樹復出樹。寫出深山妙景，畫工不能到也。先生工古體長短句，（中略）集中長篇《七樂》、《西山紀游行》、《田盤歌》，皆滔滔汩汩數千餘言，不在古人範圍中，極才人之能事。《之江行》一篇，前度劉郎重來感喟，有句云：鵲巢暫借鴛鴦宿，兩覺杭州夢十年。又云：一誤何妨成再誤，織練果否能如素？使星從此化牽牛，之江改作銀河渡。生平韻事，直陳不隱。可與杜司勳並傳。」

〔七〕陳詩《江介雋談録》「康步崖舍人詩」條：「竇（廷）門多當代豪俊，閩人則有鄭蘇堪廉訪、陳叔伊學部、林琴南主政、康步崖中書詠、卓芝南觀察孝復、高嘯桐太守、方雨亭大令澍，浙人則有夏滌菴主政震武，皖人則有吴北山法部師。茲録康君詩於此。康君，汀洲人也。爲人和雅静穆，爲詩恪守偶齋榘矱，蓋僑寄京師，親炙竹坡先生最久，故其詩多神肖焉。」（《國風報》第一年二九號）按：《道咸同光四朝詩史》乙集卷五引此，作：「竇竹坡侍郎，門下多當代豪俊，鄭蘇堪、陳叔伊、林琴南、康步崖諸君，尤著聲譽。」或即爲汪所據。參觀壽富《先考侍郎公年譜》、《陳石遺先生年譜》卷二。

〔八〕（康步崖）康詠（一八六二—一九一六），字步崖，號漫齋，福建長汀人。竇廷弟子。光緒八年（一八八二）舉人。官内閣中書。二十年（一八九四），歸里，任教龍山書院。二十八年（一九〇二），派赴日本，考察教育。次年返國，創辦同文學校。辛亥後，興辦實業，任潮州鹽業公司總經理。著有《漫齋詩稿》。見（新）《長汀縣志》卷三八《人物》。

康詠《漫齋詩稿自序》：「余詩法得自宗室寶竹坡侍郎，侍郎直聲震天下，不屑屑以詩名，其教諸弟子，亦不願其爲詩人也。然余居京師，輒以詩進質侍郎，未嘗不教且戒之。迨出都後，侍郎旋歸道山，余已痛請益之無從，而益念遺言之未遠，乃稍稍留心經世學，間作詩。」（《漫齋詩稿》卷首）

〔九〕按：此數語，是不重寶廷詩，亦自明比附之意也。《近代詩人小傳稿》：「偶齋工詩好飲，家極貧，之洞等時濟以資，到手即沽飲，或以贍其更貧者。其胸懷澹泊，物我俱忘，真詩人襟抱矣！詩篇頗富，門人蒐葺之爲《偶齋詩草》，曲達騐宕，兼而有之。」《近代詩派與地域》：「石遺嘗稱（其）五言近體，近右丞、嘉州，餘皆香山、放翁、誠齋，《田盤》一集，尤極巉刻。余謂偶齋詩格，在河北爲别派，和平沖澹，自寫天機，於唐宋兼有鄉先正邵擊壤之長，在《熙朝雅頌集》則與味和堂、太谷山堂爲近，語近代旗籍詩人，偶齋高踞一席無媿也。」（《汪辟疆文集》）並可參。

天富星撲天雕李應　李慈銘

錦障百步，落雕侍御〔一〕。能令公喜，能令公怒〔二〕。

餘事爲詩竟不群，别才非學總難論〔三〕。清詞合配金風長〔四〕，月轉觚棱夢未温〔五〕。

越縵詩，在小長蘆、春融堂之間〔六〕，雅潔春容〔七〕，且書卷外溢，尤熟史事〔八〕。孫同康謂與兩當並雄，推爲正宗，譽過其實矣〔九〕。

李慈銘，字炁伯，號蓴客，會稽人。光緒庚辰進士，官山西道監察御史。光緒二十年卒，年六十六。有《越縵堂集》、《白華絳跗閣詩》及《日記》等。

〔原附〕論近代詩家絶句　章士釗

誰把文章謁後塵，掉殘書袋向人人。東南名士幽燕客，成就狂名筆有神。

大言終不出喧卑，政事文章故異宜。越縵漫將湘綺比，高文疑並小儒爲。

千帆謹案：「高文一何綺，小儒安足爲。」江文通《雜體詩》句。壬老《湘綺樓記》引之以釋以綺名樓之義云：「余好爲文，而不喜儒生。綺雖未能，是吾志也。」越縵、湘綺夙相輕，故云。

越縵自是江左派魁傑，其以金石考證入詩，則沿復初齋也。此亦英雄欺人，或將以傲潘龜巢歟？　方湖注。

【箋證】

〇李慈銘（一八三〇—一八九四），字炁伯，號蓴客，晚號越縵老人，浙江會稽人。幼有異才，年十二、三，即工韻語。十一應南北闈試，同治九年（一八七〇）始中舉人。又數應禮部試，光緒六年（一八八〇）成進士，而年已五十外。補户部江南司郎中。十五年（一八八九）試御史。十六年（一八九〇），補山西道監察御史，轉掌山西道。巡視北城，督理街道。數上封事，請臨雍、請整頓台綱，大臣則糾孫毓汶、孫楫，疆臣則糾德馨、沈秉成、裕寬，均不報。二十年（一八九四），中日戰起，敗訊至，扼腕憤慨，咯血卒。性狷介，恥干謁，口多雌黄，故寡遇合。著述極富，有《孟晉齋古文内外篇》、《湖塘林館駢體文》、《白華絳跗閣詩》、《霞川花隱詞》、《桃花聖解盦樂府》、《越縵堂日記》等。見《清史稿》卷四八六、平步青《掌山西道監察御史督理街道李君蒓客傳》（《碑傳集補》卷一〇）、孫寶圭《會稽李慈銘傳》、宋慈抱《會稽李慈銘傳》（俱《廣清碑傳集》卷一四）。

〔一〕《新唐書》卷二二四下《高駢傳》：「（駢）事朱叔明爲司馬，有二雕並飛，駢曰：『我且貴，當中之。』一發貫二雕焉。衆大驚，號『落雕侍御』。」按：此爲雙關語。應號「撲天雕」，故曰「落雕」；慈銘官御史，故曰「侍御」。又二人俱姓李，亦合。

又按：《乾嘉詩壇點將録》：「撲天雕楊蓉裳：鏤金刻玉，落雕都督。」汪遂襲之。

〔二〕語見《世説新語·寵禮》。按：慈銘所撰《日記》，臧否同時人，不少假借，嬉笑怒駡，「令公怒」者多矣。

李詳《藥裹慵談》卷四：「蒓客好駡人，名位居其上者，務傾之以爲快；而於後生一節之士，殷殷求見，未嘗不推襟接納，教以詩文門徑，且時招集以杯酒示禮。故譽蒓客者參半，貴人大僚多陰疏蒓客。」文廷式《聞塵偶記》：「李蒓客以就天津書院故，官御史時，於合肥不敢置一詞。觀其《日記》，是非亦多顛倒。甚矣，文人託身不可不慎也。然蒓客秉性狷狹，故終身要無大失，視舞文無行之王闓運，要遠過之。」（《青鶴雜誌》第一卷二期）章炳麟《菿漢閒話》：「李蒓客、王壬秋，相傳並是肅順幕客，而李頗譏王爲江湖游食之徒。今謂博聞廣見，常識完具，李自勝王。若以文辭相校，李之不如王亦遠矣。蓋其天性妒媢，於並時學者，無不吹毛索瘢，非徒壬秋一人而已。余嘗謂宋代小説最知名者，莫如《容齋隨筆》；時俗小説最知名者，莫如《紅樓夢》。二者不可得兼，能兼之者，其惟《越縵堂日記》乎。」（《太炎文録續編》卷一）《黄侃日記・閱嚴輯全文日記二》（一九二八年六月廿二日）：「予觀慈銘生平，大抵以漢學考據、駢文、唐詩爲徽襮，然其漢學除獺祭經解外，往往忘忽正文，如云『夏、殷無尸』『春秋不出吴子乘卒』，於史亦然，如謂《三國・吴書・步騭傳》中載『潁川周昭著書』以下爲裴氏注文，而於傳後評語竟未寓目。皆極可笑。其駢文襲常州桎調，不古不今，詩本由鴻詞人入，畢世無真詣，乃輕忽凌傲，無日不駡人，無人不被駡，而於咸同朝士尤痛恨，則以慈銘時由諸生爲貲郎，於當時科甲中人不勝妒憤也。」

〔三〕韓愈《和席八十二韻》：「餘事作詩人。」（《韓昌黎詩繫年集釋》卷九）李詳《侯官陳衍石遺詩話載余數詩，謂非妙手空空可比、石遺殆未知余論詩之説見於拭觚者，記以一詩》：「心折長蘆吾已久，別材非學最難憑。」（《學製齋詩鈔》卷三）

按：汪詩當用此。「别才非學」，語見宋嚴羽《滄浪詩話》。參觀「黄紹箕篇」注五。又，李詩「心折」句，本厲鶚《論詞絶句十二首》之一〇：「偶然燕語人無語，心折小長蘆釣師。」（《樊榭山房集》卷七）又厲此語，近人頗喜用，如朱祖謀《望江南》：「南湖隱，心折小長蘆。」（《彊邨語業》卷三）李葆恂《論詩絶句》：「杜陵句法柳州筆，心折小長蘆釣師。」（郭紹虞等編《萬首論詩絶句》第四册）均是。

〔四〕（金風長）朱彝尊（一六二九—一七〇九），字錫鬯，號竹垞，别號金風亭長，浙江秀水（今嘉興）人。通經博學。著有《經義考》、《曝書亭集》等。生平詳《清史稿》卷四八四、陳廷敬《竹垞朱公墓誌銘》（《碑傳集》卷四五）。

按：慈銘博學似朱，詩又被評爲「明秀」，汪以二家相比，或以此。《越縵堂日記》（同治十一年四月六日）：「前日香濤言，近日偁詩家，楚南王壬秋之幽奥，與予之明秀，一時殆無倫比。『明秀』二字，足盡予詩乎。蓋予近與諸君倡和之作，皆僅取達意，不求高深，而香濤又未見予集，故有是言也。若王君之詩，予見其數首，則粗有腔拍，古人糟粕，尚未盡得者。其人予兩晤之，憙妄言，蓋一江湖脣吻之士。而以與予竝論，則予之詩，亦可知矣。香濤又嘗言：『壬秋之學六朝，不及徐青藤。』夫六朝既非幽奥，青藤亦不學六朝，則其視予詩，亦并不如青藤矣。以二君之相愛，京師之才，亦無如二君者，香濤尤一時傑出，而尚爲此言，真賞不逢，斯文將墜，予之録録，不可以休乎。逸山嘗言：『以王壬秋儗李悉伯，予終不服。』都中知己，惟此君矣。」又（同治十一年四月十九日）：「作書致香濤，示以昨詩（按指題秦宜亭所畫太華衡雪第二圖七古），得香濤復，言予詩『雄秀』二字，皆造其極，真少陵適派，其火候在竹垞、阮亭之間。竹垞、阮亭七古，皆學杜也。此語殊誤。阮亭七古，平弱已極，無一完篇，豈足語少陵宗恉；竹垞亦僅規東坡耳。若予此詩，儗之空同、大復，則殆庶乎。」

〔五〕杜牧《昔事文皇帝三十二韻》：「鳳闕觚稜影，仙盤曉日暾。」（《樊川詩集注》卷二）陸游《衢州道中作》：「耿耿孤忠不自勝，南來清夢遶觚稜。」（《劍南詩稿校注》卷一〇）觚稜，屋角瓦脊也。班固《西都賦》：「上觚稜而棲金爵。」吕向注：「觚稜，闕角也。」宋王觀國《學林》卷五「觚甪」條：「所謂觚稜者，屋角瓦脊，成方角稜瓣之形，故謂之觚稜。」棱、稜字同。後用指京城。按：汪用此語，當指其以憒國事卒，憫其孤忠也。又，近人詩每亦用此，如林旭《直夜》：「月轉觚稜成曙色，風摇燭影作清寒。」（《晚翠軒集》）楊鍾羲《題晚翠軒集》：「月轉觚稜直禁闈，寒生曉夢竟同歸。」（《聖遺詩集》）

〔六〕〔小長蘆〕亦指朱彝尊，朱晚號「小長蘆釣魚師」。〔春融堂〕王昶（一七二五—一八〇六），字德甫，號蘭泉，晚號述庵，江蘇青浦（今屬上海）人。乾隆十九年（一七五四）進士。官至刑部侍郎。著有《春融堂集》。生平詳《清史稿》卷三〇五、秦瀛《刑部侍郎蘭泉王公墓誌銘》（《小峴山人文集》卷五）、阮元《誥授光禄大夫刑部右侍郎述庵王公神道碑》（《揅經室二集》卷三）。

按：慈銘於《春融堂集》，故不甚推重，其自作詩，或未必即取之。《越縵堂日記》（同治二年正月二十八日）：「閲王述菴《春融堂詩詞》。述菴學詩於歸愚，詞則以竹垞、樊榭爲宗。其詩分《蘭泉書屋集》、《琴德居集》、《三泖漁莊集》、《鄭學齋集》、《履二齋集》、《述菴集》、《蒲褐山房集》、《聞思精舍集》、《勞歌集》、《杏花春雨書齋集》、《存養齋集》、《臥游軒集》，共十二集二十四卷，計二千餘首。自《蘭泉書屋集》至《述菴集》，雖氣格稍弱，而醇雅清切，律絶尤有風致，蓋皆其未仕以前所作，得於山水之趣者爲多。《蒲褐山房集》至《聞思精舍集》，則召試官中書直軍機房後所作，已不免塵滯沓冗。《勞歌集》三卷，乃罷官後從征緬甸金川時之作，戎馬閲歷，滇蜀煙雲，多入歌詠，詩又較前爲勝。《杏花春雨集》以後，則凱旋晉秩，自此敭歷中外，致位九卿，老手頹唐，可取者尠矣。總其大要，寔勝歸愚，蓋源流雖同，而讀書與不讀書異也。《琴畫樓詞》四卷，亦多清雅可誦。」又（同年三月九日）：「偶閲王述菴詩，略加評點。五古淵源《選》體，非不清婉，而意平語滯，故鮮出色。律詩殊有佳者，七絶尤多綺麗之作。晚年才情衰謝，又勞於官事，往往率易。惟《論詩絶句》四十六首，議論平允，詩亦藴籍可傳。其極推歸愚，則師生門户之見耳。嘗怪爾時姚姬傳非絶不知文，而力尊其師劉大櫆，比之昌黎；王述菴非竟不知詩，而極口其師沈德潛，比之老杜，雖情深衣鉢，然二君以爲一家之私言，能盡掩衆人之耳目耶。此亦不自量之過矣。」

〔七〕按：汪云「雅潔」，參張之洞云「明秀」，詳注四引；「春容」，參《石遺室詩話》說。《近代詩鈔·石遺室詩話》：「越縵身丁亂離，遇復蹭蹬，而聲詩極乎和平，不特不抑鬱牢愁，亦并不矜才使氣。題詠金石書畫，自其所長，而閒情之作，偶亦所喜。」《石遺室詩話》卷一一：「癸未春挈眷入都，小住陳汝翼編修處，數遇李蒓客户部慈銘，貌古瘦。（中略）時未見蒓客之詩，後得刻本，亦未細閲。識沈子培，乃亟稱其工。識樊雲門，則推服其師等於張廣雅。實則清淡平直，并不炫異驚人，亦絶去浙派餖飣之習。惟遇考據金石題目，往往精碻可喜。」

〔八〕《近代詩派與地域》：「李越縵喜談經學，實非所長，一生學術，乃在乙部，披閲諸史，丹黄滿帙。及浮沈郎署，侘傺無俚，月旦朝士，一秉恩怨，惟博聞强記，時流嘆服。又以其放言高論，漸失親暱。但發爲詩歌，則又辭旨安詳，聲希味永，題詠金石書畫之作，稍稍同於復初齋，要不失爲雅音也。」亦見《近代詩人小傳稿》（《汪辟疆文集》）。

按：慈銘自述其學，亦云長於史，於詩尤自負。《白華絳跗閣詩初集自序》云：「予之詩，亦凡幾變其格，丙午、己酉、壬子、乙卯、己未，凡五次删定其集，而始得此六卷詩，僅四百首，不其難而可感與？平生所作之詩，不啻數千首也。所讀之書與所爲之業，自經史以及稗説、梵夾、詞曲，亦無不涉獵而模倣之也。所學於史爲稍通。見於作者，有散體文，有駢儷文，有詞，有樂府，有雜説、雜考、雜志，綜之爲筆記而已。所得意莫如詩。其爲詩也，溯漢迄今數千百家，源流正變，奇耦真僞，無不貫於匈中，亦無不最其長而學之，而所致力莫如杜。嗚呼。來者之工，吾不得而窮之矣，往者則歷歷可指也。以吾絜之，不知其同與異與，過與不及與？後世誰爲論定吾文者？而並世悠悠之口，又不足恃，則還以吾定吾文而已。」（《越縵堂文集》卷二，亦見《白華絳跗閣詩集》卷首，題爲《白華絳跗閣詩甲集至己集初定本自序》）然有時亦有自謙語。《越縵堂詩話》卷下之下云：「座間談詩，（中略）若僕，則頗以五七律爲諸子所推。然自問諸體皆有佳處，亦皆有惡處，意欲籠罩一切，而涉獵馳驟於諸大家，皆排其户、闖其藩，而卒不能入其室，是則所自知者也。雪甌謂予近體，懸之國門，不能易一字，而古體獨未滿意。又謂余於七律，出手即工，足以獨立一代，而最不喜余七古。皆非深知余者。」又，《瓶粟齋詩話四編》卷上：「浙中詩派，乾嘉時多取法樊榭，山水清音，斯爲獨絶。道咸以還，定盦、越縵代興，風氣爲之一變。定盦驚才絶豔，原本於經，越縵佩實含華，汎濫於史，然二人負才而狂，則一也。」亦可參。

又，慈銘自負其詩，自評不憚煩，雖不必足據，要可爲學者參。擇録一二，備觀覽焉。《越縵堂日記》（同治十一年四月六日）：「作書致硯樵，極言作詩甘苦，以硯樵題予詩，謂初學温李，繼規沈宋。予平生實未嘗讀此四家詩也。（中略）硯樵溺志三唐，專務工語，故以此相品藻。予二十年前，已薄視淫靡麗製，惟謂此事，當以魄力氣體補其性情，幽遠清敻傳其哀樂，又必本之以經籍，密之以律法，不名一家，不專一代。疵其浮縟，二陸三潘，亦所棄也；賞其情悟，梅郵樊榭，亦所取也。至於感憤切摯之作，登臨閒適之篇，集中所存，自謂雖蘇、李復生，陶、謝可作，不能過也。硯樵之評，實深思之而不可解。以詩而論，世無仲尼，不當在弟子之列，而謂學温岐、規沈宋乎？」又（同治三年十月二十日）：「夜作送李爽階之天台令詩（按題爲《送武昌李爽階進士士塏出宰天台》，詩略），不難於奇思雋語，而難於音節自然，直起直落，不煩繩削。作詩到此地步，良非偶然。惜不令吾家太白見之，東坡、遺山，政恐未曾見及。東坡有其趣而乏遒警，遺山有其骨而乏風華，季迪有其神而乏沈實，空同有其力而乏頓宕，大復有其韻而乏開張，伽陵有其格而乏濃至。此事自有公道，吾不敢多讓。」又（同年十月二十四日）：「予前日自評送人宰天台詩，夸詡殆絶，見者幾以爲倡狂。而德夫欣然賞會，昨致予書，以爲此實奇作，自評已盡之。可知予之非妄言，德夫非妄許矣。」參觀同治十一年四月十八日、光緒二年閏五月二十九日、七年五月二十一日、七年十二月初七日所記。

〔九〕孫雄《夜讀越縵堂詩集、焚香謹賦二律、以質詞靈》：「別裁風雅師承在，拳石慙依太華岑。」自注：「僕嘗謂近賢詩，以兩當軒及越縵堂爲正宗，乾嘉以來，名輩雖多，實鮮堪鼎足也。」（《鄭齋類稿》）孫同康即孫雄，別見他篇。

光宣詩壇點將録箋證卷二

馬軍五虎將五員

天勇星大刀關勝　袁昶

地上蟣蝨臣〔一〕，未若髯之絶倫而逸群〔二〕。太常忠義世所許〔三〕，詩歌乃摩黄陳壘〔四〕。渺緜聲響獨所探，光瑩奥緩相依倚〔五〕。漸西村人詩，硬語盤空，遣詞命意，不作猶人語。或有議其僻澀者，要非定論。句如「大千人爲物之盜，十二辰蟲如是觀」，知「爲」訓母猴，則不嫌生造也〔六〕。

袁昶，字爽秋，又署重黎，桐廬人。光緒丙子進士，官户部主事、徽寧池太廣道、江寧布政使，至太常寺卿。庚子以言拳民不可恃，外釁不可啟，忤載漪、剛毅，被誅，年五十五。謚忠節。有《漸西村人集》。

【箋證】

○袁昶(一八四六—一九〇〇),字爽秋,一字重黎,號漸西村人,浙江桐廬人。年十四,補博士弟子員。後肄業龍門書院,爲劉熙載弟子。光緒二年(一八七六)進士。授户部主事。歷充陝西司雲南司主稿、北檔房總辦、則例館提調。九年(一八八三),補總理各國事務衙門章京。十八年(一八九二),充禮部試分校官。出任徽寧池太廣道。二十四年(一八九八),授江寧布政使,調直隸。明年,補光禄寺卿,改太常寺卿。二十六年(一九〇〇),義和團運動起,上「請剿匪書」。迨大沽陷,與許景澄合疏,劾釀亂大臣。忤慈禧,被殺。追謚忠節。著有《漸西村人詩初集》、《安般簃集》、《于湖小集》、《袁忠節公遺詩》等。輯刊有《漸西村舍叢刻》。見《清史稿》卷四六六、袁允橚《皇清誥授榮禄大夫二品銜總理各國事務大臣太常寺卿顯考爽秋府君行略》(《續碑傳集》卷一七)、譚獻《太常寺卿袁公墓碑》(《復堂文續》卷五)、章梫《袁昶傳》(《一山文存》卷三)。

〔一〕唐盧仝《月蝕詩》:「玉川子又涕泗下,心禱再拜,額搨砂土中:地上蟣虱臣仝,告愬帝天皇;臣心有鐵一寸,可刳妖蟇癡腸。」(《盧仝集》卷一,《畿輔叢書》本)

按:昶有《地震詩》,略云:「重黎氏小臣涕泣於庭而言曰:地行賤臣,再捧后皇武且神。皇地之示有災怖,賤臣敢愛血宍身。行將詔九閽,排金門。九閽虎豹當門居,無由有小臣蹤。小臣涕泗，走之南邦，小臣力能撞大鐘，考大鼓，無由上徹明堂聰。」（《漸西邨人初集》卷四）云云，頗效盧語。故汪即用盧詩。又，昶以上疏被殺，贊遂有比意，「蟣蝨臣」即指昶。

〔二〕語見陳壽《三國志》卷三六《蜀書六·關張馬黄趙傳》。略云：「亮知羽護前，乃答之曰：『孟起兼資文武，雄烈過人，一世之傑，黥彭之徒，當與益德並驅争先，猶未及髯之絶倫逸群也。』羽美鬚髯，故亮謂之髯。」

按：《乾嘉詩壇點將録》：「美髯公姚春木：隨陸無武，絳灌無文，未若髯之絶倫而軼群。」汪贊即沿之。

〔三〕《清史稿》卷四六六《袁昶傳》：「義和團起山東，屠戮外國教士。昶與許景澄相善，廷詢時，陳奏皆忼慨。上執景澄手而泣。昶連上二疏，力言奸民不可縱，使臣不宜殺，皆不報。復與景澄合上第三疏，嚴劾釀亂大臣。未及奏，已被禍。疏稿爲世稱誦。追謚忠節。」參觀羅惇曧《拳變餘聞》、李希聖《庚子國變記》。

《光宣以來詩壇旁記》「袁爽秋」條：「袁爽秋太常以抗言罹難。其未遇時，方應省試，祈夢於于忠肅祠。夢有冠服長髯者，所言皆天下事。袁急叩科名，于公曰：『爾異日即我，何患不達？』且教以更名重黎。嗣復叩未來大局，曰：『重黎之後，大局休矣。』太常恥更名，遂以重黎爲字。洎官京師，或薦其出使俄羅斯，怵於前夢，堅辭之。不意居朝列亦以危言死。是事，張潛若同年言之。太常巡皖南時，潛若僑居蕪湖，以試書院見賞得執贄門下，蓋親聞於太常者。」（《汪辟疆文集》）按：此節，出郭則澐《寒碧簃瑣談》（《青鶴雜誌》第三卷二四期）。

〔四〕《石遺室詩話》卷一一：「廣雅相國見詩體稍近僻澀者，則歸諸西江派，實不十分當意者也。（中略）其於伯嚴、子培及門人袁爽秋昶，皆在所不解之列。（中略）《過蕪湖吊袁漚簃》則云：江西魔派不堪吟，北宋清奇是雅音。雙井半山君一手，傷哉斜日廣陵琴。」

按：《過蕪湖吊袁漚簃》詩，見《廣雅詩集》卷四。「黄陳」，陳字挾句，非實指也，袁詩不學後山。又，陳崇禮《題安般續集》云：「作手西江攀魯直，浄名東寺契凝之。」自注：「往曾惠敏贈公詩云：私淑涪翁吾亦頗，輸君妙手得天成。」（《于湖題襟集》卷一）梁鼎芬《題漸西村人集》云：「昌黎分甯一治治，百家諸子恣所爲。」（《節庵先生遺詩》卷五）均謂其學黄。

葉昌熾《緣督廬日記》（光緒十六年八月一日）：「爽秋贈所著《漸西邨人詩》。自八卷至十六卷以上，尚在斠寫，俟刊。詩筆精清曠朗，不着塵氛。在宋人集中，於涪陵爲近。」《平等閣詩話》卷二：「袁爽秋太常，氣節文章，一世推仰，而尤以詩名。刊有二集，一曰《漸西邨人集》，爲擁膝邱樊及迴翔部曹之作；一曰《于湖小集》，爲游宦皖南時作。前集排奡，多肖山谷，亦間有似柳者。後集閒放，在東坡、臨川之間。」金天翮《再答蘇戡先生書》：「天翮於三子之外，尤稱漸西，以爲能從山谷泝太白，而得蒙莊之神。凡藝事有獨至，必真率互見，喬松怪石，不掩其

醜。漸西好用道藏佛典，乃爲累耳。」（《天放樓文言》卷一〇）

〔五〕袁昶《小漚巢日記》：「湘鄉曾公《題李義山集後》云：涉縣出聲響，奥緩生光瑩。太息涪翁去，無人會此情。　山谷律詩，最講崑體功夫，參以杜夔州後氣格。古詩亦源出浣花、玉溪。後來人不善學之，遂流爲江西惡札。　北宋初，錢惟演、楊億、劉子儀、宋祁、王禹偁，祖玉溪而爲西崑派，所得其皮骨耳。至『涉縣』、『奥緩』，時出新變之境，楊、劉似未夢見也。然和平舒麗，不失爲盛世之音。歐、梅變之，而未能復古。自此唐宋人遂分畛莚矣。荆公風趣，優入晚唐，最工唐體。東坡長於引喻，只用鎦、白格調，其筆勢所到，則往往枯處成妍，無中生有，能於寂處發起照用，字字《南華》、《華嚴》語妙，豈香山、夢得所能到其聖處哉。然杜韓多從正面寫，坡公多從反面側面寫，究非詩家正格，故山谷略獻機鋒云：『我詩如曹鄶，淺陋不成邦。公如大國楚，吞五湖三江。』曹鄶雖小，孔子删詩，列之國風；楚雖大，游於方外矣，爲尼山删訂所不及。此其微意也。然則『陶謝不枝梧，風騷共推激』，自開天以後，正軌要以杜爲鼻祖。偏得杜法者玉溪生，偏得玉溪法乳，能『以故爲新，以俗爲雅』，惟涪皤爾。」（《廣雅碎金》附）

按：曾詩見《曾文正公詩集》卷三，題作《讀李義山詩集》。其抉發黄詩淵源，頗爲晚清人所推。如李希聖《題山谷集》云：「曾侯老眼分明在，解道涪翁學義山。」（《雁影齋詩》）何振岱《讀曾文正集》：「樊南發軔自三間，獨揭光瑩與聲響。」（《覺廬詩草》卷一）又陳三立《爲濮青士觀察丈題山谷老人尺牘卷子》云：「我誦涪翁詩，奥瑩出嫵媚。」(《散原精舍詩》卷上)亦用其語，可徵賞心。實則宋人已有其説，不昉自曾詩。錢鍾書《談藝録》(補訂本)云：「山谷學杜，人所共知；山谷學義山，則朱少章弁《風月堂詩話》始親切言之，所謂：『山谷以崑體功夫，到老杜渾成地步。』少章《詩話》爲羈金時所作；遺山敬事之王若虚《滹南遺老集》卷四〇已引此語而駁之，謂崑體功夫與老杜境界，『如東食西宿，不可相兼』，足見朱書當時流傳北方。(中略)少章《詩話》以後，持此論者不乏。許顗《彦周詩話》以義山、山谷並舉，謂學二家，『可去淺易鄙陋之病』。《瀛奎律髓》卷廿一山谷《詠雪》七律批云：『山谷之奇，有崑體之變，而不襲其組織。其巧者如作謎然，疎疎密密一聯，亦雪謎也』；《桐江集》卷四《跋許萬松詩》云：『山谷詩本老杜，骨法有庾開府，有李玉溪，有元次山。』即貶斥山谷如張戒，其《歲寒堂詩話》卷上論詩之『有邪思』者，亦舉山谷以繼義山，謂其『韻度矜持，冶容太盛』。後來王船山《夕堂永日緒論》謂：『西崑、西江皆獺祭手段』，又斥楊文公『詠史詩如作謎』。《曾文正詩集》卷三《讀義山詩》云：『太息涪翁去，無人會此情。』楊維屏《翠巖山房偶存稿》卷二《素愛玉溪生近體詩、讀山谷古風、覺與玉溪生異貌同妍、因書所見》一七古。」(第一五二至三頁)考此説源流，最爲精核。又陳曾壽《讀廣雅堂詩隨筆》中，亦引《小漚巢日記》此節，駁之云：「按此條《咕嗶學語》已先言之，潘四農《養一齋詩話》辯之甚是，蓋不免以文人相輕之心，妄測前賢，況以加之山谷之於東坡哉。

漸西服膺山谷，故不免尊黄而抑蘇，仍是門户之見未除。文襄不喜山谷，亦不甚似玉溪，無所用其牽合。永叔不喜杜詩，無礙其爲永叔也。」（《東方雜誌》第一五卷三號）所辨亦是，可參。

〔六〕《近代詩鈔·石遺室詩話》：「爽秋詩根柢鮑、謝，而用事遣詞，力求僻澀，則純於祧唐抱宋者。句如：『日鑄一甌南埭汲，風漪八尺北窗涼。』『神禹久思窮亥步，孔融真遺案丁零。』『大千人爲物之盜，自注：爲，母猴也。故對實字。十二辰蟲如是觀。』此例甚多。」

按：汪説即據此。「大千」句，見《觀鼉池口舊胡神祠中所藏鳥獸蟲豸數百具，胡巫以藥絮裝漬，毛骨未腐，植立如生，亦異觀也，戲綴以詩》八首之二（《安般簃集詩續》丁集）。「爲，母猴也」，見《説文解字》爪部。「十二辰蟲」，見《酉陽雜俎·蟲篇》。諸家評袁詩，多有與此印證者。如《定庵詩話》卷上：「漸西、晚翠，亦不免於過爲奥僻。」卷下：「漸西村人袁爽秋昶詩，亦學宋體者，而好用僻典，與嘉興沈乙盦有同調焉。」又葉景葵《卷盦雜記》：「讀袁忠節詩，取材甚富，布局結體，似與蘇、黄爲近。惟好用僻典，不免有艱澀處。評者謂七律頗似惜抱。」《石遺室詩話》卷一：「袁爽秋昶有《于湖集》，所著書皆署『漸西村舍』，作詩冷澀，用生典，與樊、易二君皆抱冰堂弟子，而詩派迥然不同。」卷一一：「爽秋詩僻澀苛碎，不肯作猶人語，然亦多妍秀可喜者。如《池上》云：微風裁動竹，積雨欲生魚。萍合皴逾緑，榴疎綻更朱。道經攤晚几，秃幘引晨梳。吏散喧中寂，書妍直復紓。忘懷去來際，朝市一江湖。《夕坐》云：修篁已生孫，苦柏未餐子。纂纂棗壓籬，瀲瀲荷貼水。濕雲乍歸嵐，飛電俄照几。餘清含疎林，衆籟夕未起。涼生簟漪碧，潤入苔紋紫。蕭然坐捐書，自適而已矣。《偶書》云：幾莖瘦筍闖籬根，無數纖蘿上短垣。漫士聽經曾踞竈，貧家曬藥亦當門。紅蓮綻水香猶沁，緑竹摇窗影自翻。欲治幽憂仍未得，飛蟲粘網不聞喧。《野望》云：渼陂樹樹生秋色，杜曲山山罨落暉。甚欲西游石壁寺，還憑御者問何之。自注：此楊景度語。《失馬戲作絶句》：『老來行步本難工，誰悟盈虚塞上翁。爾欲賦閑胡不告，瞥然收拾市朝鞚。』『絡頭似厭金籠苦，此去逃空不可馴。倘與晝牛同一韻，隨方水草得閒身。自注：用陶弘景事。』《小漚巢不寐作》云：夜窗岑寂少清娱，一似霜松意味枯。暗壁已瘖蟲唧唧，高枝乍挹露塗塗。鬼嗤人作千年調，佛與魔空一句無。深媿長年未聞道，湖樓但憶飯雕菰。《寄輓歸善鄧公》云：文昌潘老久無書，况悼鴻臚性韻疎。勁竹摧殘顔不改，名山樵採約仍虚。幽光翳蝕終當曜，浩氣風霆縱所如。祇惜元封文武盡，金庭屈軼久應儲。譚仲修云：『微言幽思。』《久不歸禮掃先墓書示弟姪》云：儀曹摧颯南遷日，漸叟支離北去時。迴望長傾寒食淚，荒林猿鳥隔山陂。《宿留》云：墓前告誓竟何如，員石臺卿遠遜渠。寒夜起挑將炧檠，齋心嬾對半殘書。懸疣來日終須決，病葉經秋偶未除。縱挈鴻毛難比並，何方針孔一逃虚。譚仲修云：『深雋。』《憶舊山》云：山雨山風落翠微，溪晡溪曉破森霏。夢中腸繞吴閶闕，陌上花熏錦樹衣。溪挾百霆迴箭激，山垂兩乳勒驂騑。枉帆若遺過山下，莫笑横江一鶴歸。《欲倚》云：欲倚句文爲鼓吹，翻嗤陶謝尚枝梧。天游六鑿環相困，囊粟三年錐也無。不使廷争酬造化，何當樸直乞江湖。無人寄與疏麻訊，惟聽昏簷凍雀呼。」又：「《久溷》云：久溷諸曹梐楯郎，尚能弄筆映窗光。過江預想扁舟穩，幾點晴雲指歷陽。《漫書四絶句排悶》云：『長安日嗽風沙客，老得監州作幸民。想見謝家山一曲，明窗棐几潤無塵。』『解脱涪翁十日留，自注：崇寧元年壬午夏，黄文節以吏部郎領太平州事，九日而罷。真成無柁一虚舟。石牛谷裏深深寺，絶澗春淙自在流。』《過野寺擬題》云：平生頗領物外趣，迴向叢藍心地空。試問疲牛溺泥裏，豈殊鈍鳥宿蘆中。早知衆累生靈府，晚悟浮緣障主翁。洞下試拈穿鼻孔，門風真妄兩俱融。《戲詠懷寧土風》云：滑滑春泥不放晴，翛翛梅雨打窗聲。天於古井闌中見，人在彈棊局上行。房屋天井極小，街道隨坡高下，無一平直。甜酒無緣澆白墮，香秔聊當飯青精。皖公山小眉痕淺，那有千巖疊翠成。」又：「《清晨偶書》云：滄江號秋蟲，輕陰籠淡日。秋花雖爛漫，氣象亦蕭瑟。蕉林匝地暗，翠扇展横逸。曾無修竹彈，任障層軒密。欲唤臨池僧，孯窮草書律。汝豈任刻琱，中堅無一實。會看霜風至，真態萎黄出。吏舍乏佳興，周旋窘一室。既尠度世姿，慚無理人術。深齋抱微明，隙景難究詰。今固未必是，昨亦豈全失。得喪付混同，外物不可必。惟當假至言，齋心養衰疾。《和友人夜至湖堤小橋上望月》云：水南鬱森沈，灌木秋氣斂。微茫辨遠岫，薄煙霏冉冉。搴攜清夜游，佳氣欲泛剡。潭馨荷蓋殘，村火松明閃。徘徊略彴上，璧月葉復掩。坼雲合鱗皺，龕燈射星點。奔泉注江閣，澌澌穿蘆崦。即目娱清景，意行脱拘檢。惠能雕萬物，莊亦離諸染。何似濠梁語，會心不應減。譚仲修云：『此入山谷老境。』余謂爽秋五言古，實以潘、陸、顔、謝骨格，傅以北宋諸賢面目，故覺其僻澁苛碎，然工力甚深，終不愧雅音也。」

培軍按：錢默存先生《談藝録》（補訂本）云：「張孝達之洞《廣雅堂詩》下册《過蕪湖吊袁漚簃》之四云：江西魔派不堪吟，北宋清奇是雅音。雙井半山君一手，傷哉斜日廣陵琴。陳石遺丈謂斥江西派爲魔道，而又撇開黄雙井爲北宋雅音，不免語病。余謂此即本遺山『論詩寧下涪翁拜』一首之意，丈領以爲的解。」補訂云：「此余二十二歲時淺見妄言，石遺丈恕其稚騃，姑妄聽之耳。袁氏《漸西村人集》之學山谷，儕輩共見周知，無可諱飾。故張氏詩不得不道。觀《廣雅堂詩集》上册《憶蜀游》第七首《摩圍閣》：黄詩多槎牙，吐語無平直。三反信難曉，讀之鯁胸臆。如佩玉瓊琚，舍車行荆棘。又如佳茶荈，可啜不可食。云云，其薄山谷詩甚矣，豈『寧下涪翁拜』者哉。泛稱『北宋』而以山谷儷荆公，『清奇雅音』之稱，遂分減及之；江西派爲『魔』，而山谷『是雅音』，亦猶《封神演義》中『截教』門下妖怪充斥而通天教主尚不失爲『聖人』。雖諛死之曲筆，亦評詩之微文也。袁氏未沉浸於荆公之詩，然『半山』與『雙井』現成巧對，自難放過。苟曰『雙井、東坡君一手』，亦復成章，而『東』非數目，不如『半』之承『雙』起『一』，且張氏自作詩師法東坡，正如其作字也，未肯濫許他人爲蘇門耳。」其説極確。而陳蒼虬《讀廣雅堂詩隨筆》云：「又《過蕪湖弔袁漚簃》詩云云，是公未嘗不取山谷，特不喜西江末派耳。予平日未嘗呈詩，戊申九日，公招飲於海澱之劉郎莊，屬即席賦詩。予呈七律一首，公甚以爲佳，云是宋詩，屬録舊作以進。公閲後，許爲清剛幽秀。陳弢厂先生入都，問近日都中能詩者，公首舉賤名以對，予固學山谷者也。自後公餘侍座，嘗從容論詩，公謂山谷並無不可解者，學博意廣，自是大家，但我意學山谷，不如學荆公，較爲雄直耳，若歐陽則氣象更寬博。」（《東方雜誌》第一五卷四號）略同錢先生少時之見。其據一時獎借之語，而論廣雅平生詩學，非篤論也。

天雄星豹子頭林冲　林旭

斷頭旭，血化碧〔一〕。其心苦，其詞迫〔二〕。百夫之特〔三〕。東市朝衣更莫論〔四〕，棄繻才氣誤高軒〔五〕。當前苦語誰能會〔六〕，欬唾人天萬劫存〔七〕。

晚翠軒詩，精妍博贍，雖從後山、涪皤入手，漸亦浸淫蟬蜕於昌黎、臨川之間。偶爲晚唐，不讓韓致光〔八〕。精思健筆，世罕其儔。

林旭，字暾谷，號晚翠，侯官人。光緒癸巳解元，官内閣中書。戊戌參與新政，加四品卿銜，充軍機章京。政變誅，年二十四。有《晚翠軒詩》。

〔原附〕論近代詩家絶句　章士釗

厚重吾鄉杜翰林，喜擎初桂炫知音。蒼茫閩海東升日，射似長沙萬里陰。

光緒癸卯，吾讀書長沙鄉塾杜翰林宅。翰林名本崇，與吾家有連。是歲主閩闈，得十六歲生作解頭，以程墨寄歸，炫耀鄉里。題爲「吾猶及史之闕文也」一節。時吾年已十三，爲亡兄鉅年刻責，文思頗進。

死名夸士本堪珍，晚翠題軒亦勝因。吾信端人李元禮，同舟定是墊巾人。

太炎著論，謂林旭素佻達，先逮捕一夕，知有變，哭於教士李佳白之堂。此説近刻，疑未必然。元禮，指李拔可。往過京沽訪傅彩雲，余詢曾見暾谷否，傅曰：「從海外歸來，在上海見過。」拔可云：「『君王自失河南地，顏色能驕西海花。』即林爲傅作也。但暾谷卻無佻達事。」不知其人視其友，當可信。方湖注。

【箋證】

○林旭（一八七五—一八九八），字暾谷，號晚翠，福建侯官人。少孤，從塾師學爲律賦，驚其長老。喜流覽群書。沈瑜慶賞其才，妻以女。年十九，舉鄉試第一。入都，遍交當世知名士，如黃紹箕、沈曾植、梁啟超等。入貲爲内閣中書。時值中日構釁，京師强學會興，旭奔走其間，與張亨嘉興閩學會。又與王儀通、張元濟興通藝學堂。後以薦，特旨召見，命與楊鋭、劉光第、譚嗣同等，以四品銜充軍機章京，同參新政。十日而難作，戮於市。著有《晚翠軒詩集》。見《清史稿》卷四六四、陳衍《林旭傳》（《石遺室文集》卷一）、梁啟超《林旭傳》（《戊戌政變記》）。

〔二〕李宣龔《晚翠軒詩序》：「今者暾谷往矣，回憶戊戌冬，義僕朱德貴間關歸其喪，囧車過城東門，鄰舍兒爲之歌曰：『斷頭旭，血化碧。日未落，河水涸。』嗚呼，是何聲也！吾不忍思之矣。」（《碩果亭文賸》）

〔三〕按：謂旭詩多苦語也。參注六、八。《平等閣詩話》卷二：「李拔可近輯林暾谷《晚翠軒遺詩》，編爲二卷，且附以厥配沈孟雅夫人《崦樓詩詞》，合刊一帙，寸縑尺璧，搜討無遺，其勤至矣。林詩多見道語。余愛其《即目與拔可》七律前半首云：牆陰地下瀦春潦，便被兒童唤作池。微雨復來時點綴，好風肯至亦漣漪。《滬寓即事》句：獨謡負手誰能喻，百計安心或未賢。戊戌《寄内》句云：六月長安無一事，借人亭館看西山。如此才乃戕其年，至可悲慨。其詩或有病其澀者，余謂正如橄欖回甘，於此間彌見風味。」又：「林暾谷貌儁而神清，綺年搆難，作詩喜爲苦語，深造有得，意味雋永，真解個中之三昧，殊不似少年人作也。録其《無題》云：海上今年二月寒，出門何地有花看。思先清曉車輪轉，意共黄昏燭本闌。世界愁風復愁雨，肝脾爲苦亦爲酸。東鄰巧笑頻相訝，倚柱哀吟故未寬。《北行雜詩》云：道旁千萬柳，能作幾多春。明歲還如此，行人非去年。《感秋》云：清晨負手行，蟋蟀鳴我門。因知秋氣厲，感此悲流年。病夫日掩户，一月不窺園。頗聞梧桐樹，飄葉聚其根。歲寒皆黄落，而汝胡爲先。我將種長松，不與時推遷。小庭數盆花，青青亦堪憐。但覺淒清意，莫向西風前。」

〔三〕《詩·秦風·黄鳥》：「交交黄鳥，止於棘。誰從穆公，子車奄息。維此奄息，百夫之特。臨其穴，惴惴其栗。彼蒼者天，殲我良人。如可贖兮，人百其身。」毛序：「黄鳥，哀三良也。國人刺穆公以人從死，而作是詩也。」鄭箋：「三良，三善臣也。謂奄息、仲行、鍼虎也。」又：「百夫之中最雄俊也。」按：汪贇用此，哀旭寃也。又，李宣龔《哀瞰谷》云：「似憐黄鳥章，臨終徒惴惴。」（《碩果亭詩》卷上）亦用此典。

〔四〕《史記》卷一〇一《袁盎晁錯列傳》：「吴楚七國果反，以誅錯爲名，及竇嬰、袁盎進説，上令晁錯衣朝衣，斬東市。」按：李宣龔《讀晚翠軒遺札有感》云：「未容折檻辯齗齗，痛惜朝衣委路塵。」（《碩果亭詩》卷下）亦用之。

〔五〕語見陳衍《歲暮懷人絶句》（《石遺室詩集》卷六）。「棄繻」爲終軍事，見《漢書》卷六四《終軍傳》：「初，軍從濟南，當詣博士，步入關，關吏予軍繻，（中略）軍曰：『大丈夫西遊，終不復傳還。』棄繻而去。」注：「張晏曰：繻，音須，繻符也。書帛裂而分之，若券契矣。蘇林曰：繻，帛邊也。舊關出入皆以傳，傳煩，因裂繻頭，合以爲符信也。」「高軒過」爲李賀事，見《新唐書》卷二〇三《李賀傳》：「(賀)七歲能辭章，韓愈、皇甫湜始聞，未信。過其家，使賀賦詩，援筆輒就，如素構，自目曰《高軒過》」並年少才高者。

按：旭亦才高年促，故云。陳衍《林旭傳》：「旭少孤，從塾師習爲律賦，出語驚其長者。喜流覽群書。家貧，閱市借人，人見其强記，樂與之。同邑沈瑜慶者，以道員需次江南，有女鵲，聰穎能文詞，貌英爽，瑜慶必欲以字佳士。省墓歸，從旭塾師見旭文字，異其博贍，觀其少不颺，意猶豫，然終妻之。贅於金陵。從游武昌，徧識一時所謂名流，若陳寶箴、三立父子，梁鼎芬、蒯光典、屠寄之倫。歲癸巳旋里，應童子試，三試冠其曹，爲邑諸生，旋領鄉薦第一，闈作傳誦天下，年十有九耳。」「戊戌，衍寓京師蓮華寺，康有爲、梁啟超寓上斜街，方上萬言書開保國會。旭日至衍所談藝談國事，衍語以子向習詞章，經濟非所長，時局會有變，盍姑少俟。既下第，强使出都，同游杭州。湖廣總督張之洞、湖南巡撫陳寶箴皆欲致之。而中朝方令京外官四品以上薦舉人才，翰林學士王錫蕃奏薦旭，召見，特命與楊鋭、劉光第、譚嗣同以四品卿銜充軍機章京，參與新政。日夜謀變更，一切甚亟，欲盡斥耄老諸大臣，舉用新進，十日而難作矣。」參觀《今傳是樓詩話》第四九條。

〔六〕方回《十一月十四夜、聽雨爲霰、聽霰爲雪、久之雪復爲驟雨、自昏達旦無寐》：「苦語知誰會，應堪泣鬼神。」（《桐江續集》卷十四）《近代詩人小傳稿》：「《晚翠》一集，得力實在後山，故吐語深而用意曲。初看若枯澀，久味乃名雋，非究探其内心者，不能識其命意高處。及相喻以解，乃覺他人所有，直小兒女語耳。然苦語總覺酸鼻，豈言爲心聲耶？」（《汪辟疆文集》）按：「苦語」云云，亦參陳衍説。見注八引。錢仲聯《近代詩評》：「林晚翠旭如漫郎文格，苦澀見奇。」（《學衡》第五二期）亦可參。漫郎，唐元結也，文以澀稱。

《石遺室詩話》卷二：「暾谷言其將深探釋典。未幾，暾谷寄余一詩，蓮池大師塔下作者，詩意悲苦，心甚惡之。自是遂成佛生天，萬古一瞑矣。（中略）暾谷詩云：天外飛禽逐磬音，石壇幡影見深深。詩人宿具開山手，世難旋移卜隱心。老樹刺天青自直，空潭留日緑還沈。有情多是栖栖者，初地微茫豈易尋？」卷一六：「又（暾谷）《直夜》云：鳳城六月微涼夜，省宿無眠思欲殫。月轉觚棱成曙色，風摇燭影作清寒。依違難述平生好，寂寞差欣咎眚寬。身鎖千門心萬里，清輝爲照倚闌干。《呈太夷丈》云：聞命書思既竭才，池亭起早獨徘徊。寒生曉夢知方雨，雷轉秋陰喜漸開。救僞未妨行督責，乘時自合仗雄才。先生平日吾師事，試問如何區畫來。此二詩，暾谷參與新政時所作，去被逮不及十日，暾谷爲章京纔十日而難作也。詩意清悽，似雲栖謁蓮池大師塔之作，而踧踖不寧處過之。曰『無眠』，曰『思欲殫』，曰『依違』，曰『差欣咎眚寬』，曰『既竭力』，曰『獨徘徊』，曰『如何區畫』，其自知力小任重，自憂自危者至，而已不得脱也。『身鎖』二句，思其婦；『寒生』二句，尚望事機可轉。言爲心聲，哀哉！」又：「暾谷頗事治游，後識孟德後人，歡場中時有身世之感。《與石遺丈大興里飲罷、過宿有歎》云：往日矜詩一任謾，遠來共醉事殊難。高樓罷酒天初雨，短榻挑燈夜向闌。流落傾城同一歎，忖量終歲得多歡。此懷恐逐晨鐘盡，留遺回腸報答看。是夜座中所述，矜奇俶詭，又足悽斷。」卷二四：「暾谷詩印本有兩種，而苦覓不得，昨又檢出手稿一紙，急録之。云：河干風月足情文，暫與追涼清賞分。夾岸人多俱有役，當樓曲好與誰聞？傷春日往心猶在，興利時迂議尚紛。不遺詩人憂世事，還能迴眼醉紅裙。此則的是宋人筆意。『憂世事』、『醉紅裙』，心中事自道盡之。遽喪其生，傷哉！」按：《藏齋詩話》卷上云：「林暾谷先生《與石遺大興里飲罷》詩：高樓罷酒天初雨，短榻挑燈夜向闌。流落傾城同一歎，忖量終歲得多懽。俗事能雅。《寄内》詩：六月長安無一事，借人亭館看西山。鹿車甚處堪同挽，留滯何因卻未還。起兩句高邁。又《禮塔》詩：老樹刺天青自直，空潭留日緑還沉。又《直夜》詩：依違難述平生好，寂寞差欣咎眚寬。身鎖千門心萬里，清暉爲照倚闌干。詩格清迥，而無形中有淒苦之音。」可參較。

〔七〕李白《妾薄命》：「咳唾落九天，隨風生珠玉。」（《李太白全集》卷四）清王琦注：「夏侯湛《抵疑》：咳吐成珠玉，揮袂出風雲。」按：據瞿蜕園等《李白集校注》，此語本《莊子·秋水》：「子

不見夫唾者乎？噴則大者如珠，小者如霧。」又，漢趙壹《刺世疾邪賦》：「欬唾自成珠。」（見《後漢書》卷八〇下《趙壹傳》）

〔八〕李宣龔《晚翠軒詩集序》：「暾谷論詩，雖以澀體爲主，然其宗旨在乎能驛衆派，不欲妄生分別。爲道之大，於此可見。且其詩精妍博贍，雖從後山、涪翁入手，漸亦浸淫蟬蜕於昌黎、臨川之間。偶爲晚唐，自謂不讓韓致光。其自命爲何如者。至若五言古、七言絶，則無一不深得宛陵、誠齋之家法。授命之日，春秋纔二十有四耳。求其造詣於古人，視王廣陵猶有過無不及。」

按：李序此節，即汪評所自出，然李氏持論，實亦有所本。陳衍《重刻晚翠軒詩叙》云：「暾谷力學山谷、後山，寧艱辛勿流易，寧可憎勿可鄙。吾友沈子子培，謂其近體雜之廣陵集中，或未能辨者，可信也。廣陵天下才，瓌奇崛嵂，力追韓孟，次者乃儕山谷，其輩行固稍先於山谷也。後山學杜，其精者突過山谷，然粗澀者往往不類詩語。暾谷學後山，每學此類，在八音中，多柷敔少絲竹，聽之使人寡懽。」（《石遺室文集》卷九）此即所謂「從後山、涪翁入」也。《詩叙》又云：「唐以來，年少工詩、卓然成家者，李賀外惟宋王逢原。（中略）後數百年乃復見吾暾谷。」此即所謂「過於王廣陵」也。然李朋好之情篤，譽語多於批評，似不免過當。鄭孝胥《題晚翠軒詩》云：「子詩實早成，流宕可毋畏。試回刻意功，一極才與思。」（《海藏樓詩集》卷三）周達

《叔子詩稿跋》釋其意云：「蓋許其成，而又惜其成家太早也。」（《叔子詩稿》附）周、鄭過從較密，此語自得其解。又陳衍《林旭傳》云：「（旭）發憤爲歌詩，取路孟郊、賈島、陳師道、楊萬里，苦澀幽僻，喜從鄉人鄭孝胥、葉大莊、陳書、陳衍討論，自擇百十首刊之，孝胥以爲如啖橄欖，大莊以爲似袁昶，衍以爲春夏行冬令非所宜。」「似袁昶」云云，參觀後按。據此，知當日名大家，於其詩仍不免有所憾也。

《石遺室詩話》卷一：「林暾谷旭年二十餘，即自刊其《晚翠軒詩》，余實主張之，因乞爲序，草草不成文章也。尚有未刻詩數十首，視已刻者尤勝，稿多在余處。《張園即目呈石遺丈》云：深篁傍水飄蛛網，中有拒霜照眼明。窮巷幽姿端可比，秋風斜日若爲情。殘荷前日看猶在，遠客臨行思自生。聊欲吟詩當報禮，仁人新叙敵連城。《海西菴憶梁伯烈》云：端坐能窮萬物妍，江波日日看洄漩。信知丈室維摩詰，得傍瓜廬焦孝然。賢守早亡長遠客，山僧深閉亦安眠。枇杷千樹真過我，來值繁霜十月天。自注：節菴愛晚翠軒之名，欲爲作記。又言：『焦山此樹最多，宜以軒屬我。』鄭蘇堪有《幕中枇杷》詩，皆繁霜身世也。《無題》云：錦車使者歸來日，霧閣雲牕又起家。楚岫夢回洵美矣，漢宮望久詎非耶。君王自失河南地，顏色能驕西海花。生不逢時尚傾國，肯將薄命續琵琶。《南塘》詩三首云：『南塘水漲多新景，河瀆神祠厭淼潺。桅影梃梃過屋角，水鷗跕跕下花間。鋪行雜器堆船賣，士女春衣上冢還。風物荒城惟有此，卻思歸路可追攀。』『南塘水漲多新景，連日無妨取醉吟。窮眼難逢花滿院，春愁誰見柳成林？依依酒半將移晷，采采闌前欲去心。上巳清明歸併了，只除行樂總休侵。』『南塘廟裏花争好，我與櫻桃獨有情。來度清明思略似，回尋詩句夢頻更。』『誰念離人愁欲絶，櫻桃花下過清明』，甲午京寓詩。柁樓驚豔闌前過，紘柱含聲醉後鳴。併合要將愁力勝，不堪風景滿前生。』《南堤桃花紅白雜開》云：堤根數樹對泱泱，傅粉施朱自試妝。淮水東流思不盡，春陽欲暮日初長。山僧栽種開誰管，游女經過折亦强。自被詩人誚輕薄，柳陰不妒有鳴榔。《送春擬韓致光》云：循例作詩三月盡，眼遭飄落太驚心。折成片片思全盛，綴得疎疎祝久經。肯記帽簷曾競戴，無情屐齒便相侵。冬郎漫把傷春酒，早日池塘已緑陰。全是後山集中學杜得意之作。第三首稍爲别調，爲賽金花賦也；賢守謂王可莊。」按：關於學後山詩例，參觀卷七第五條。又，《近百年詩壇點將録》云：「閩派詩人學後山者，未有能突過之。」（《夢苕盦論集》）亦可參。

培軍按：石遺云晚翠學後山，諸家之論，亦莫不皆然。晚翠《露筋祠》詩云：「詩成不得詩神韻，只好從人笑鈍根。」自注：「漁洋斥後山爲鈍根。」（《晚翠軒詩》）亦自道似後山。沈濤園《題崦樓詞卷》云：「詞女得所適，食貧宜清門。名聲忌藉甚，論詩耽鈍根。」（《濤園集》卷一）當即指此。晚翠詩意苦澀，亦有詩自及，題爲「寫經居士贈詩、盛道閩派、而病予爲澀體、謂學蕪湖袁使君、因答及之」。寫經居士即葉大莊。可爲石遺説詩之佐。梁任公亦謂「孤澀」，而云此乃學楊誠齋所致，《飲冰室詩話》第五二條云：「林暾谷烈士旭，少好爲詩，詩孤澀似楊誠齋，卻能戛戛獨造，無崇拜古人意，蓋肖其爲人也。」按誠齋詩輕鬆活潑，有「生擒活捉」、「死蛇活弄」之能（見《宋詩選注》第一五八頁），并非以「孤澀」稱，此真目迷亂道也。雖然，晚翠之學誠齋，自亦非虛語，顧偶一爲之耳。石遺亦嘗論及。《石遺室詩話》卷一六云：「後世袁簡齋多學誠齋，近人則竹坡先生、木庵先生，林暾谷亦時爲之。」并舉其《暑夜泛姜詩溪》、《荷葉洲雜詩》、《將去大通、久雨始晴、治詩就畢》諸首，以爲「神似誠齋」。其言是也。晚翠《舟中讀誠齋詩》云：「裝中一卷荆溪集，拂拭船窗得蹔披。不道霞光侵漆几，忽看赤鯉出清池。」亦足徵其好誠齋。然《晚翠軒詩》中，學誠齋者究少，石遺所舉數首外，有《柳屏在寧波、度其必過此、得書已歸太倉矣、因寄》云：「隨俗蹉跎會面違，坐才奔走寄聲稀。徒勞設伏遮歸路，不覺平明敵潰圍。」余亦以爲「神似誠齋」者也。又石遺所引《南堤桃花紅白雜開》、《送春擬韓致光》二首，石遺亦歸於學後山，晚翠自評殊不爾，云乃意擬韓冬郎也。其《與李拔可書》云：「右二詩新作，（按即此二首）似不惡，意擬致光詩格，較彼爲高矣。後首尤勝。然覓解人寔難，足下知者，故寫寄一賞之。後詩使星海見之，必將欷歔太息，亦裛楚草黄之流也。」（《晚翠軒遺札》）其自負從可概見。李拔可序所稱，「偶爲晚唐，自謂不讓韓致光」云云，即本此。

天猛星霹靂火秦明　范當世　附妻姚蘊素、子罕、王賓基、李剛己、王守恂。

當其下手風雨快〔一〕，誰其敵手花知寨〔二〕。

霹靂列缺，吐火施鞭。揚雄《羽獵賦》〔三〕。又贊。

盤空硬語真能健〔四〕，緒論能窺萬物根〔五〕。玩月詩篇成絶唱〔六〕，蘇黄至竟有淵源〔七〕。

散原見無錯《中秋玩月》詩，歎爲蘇黄以來，六百年無此奇矣〔八〕。

范當世，原名鑄，字肯堂，又字無錯，南通州人。歲貢生。光緒間客直督李鴻章幕。光緒三十年卒，年五十一。有《范伯子詩集》、《文集》。

姚蘊素，桐城人。姚永概姊，當世妻。有《蘊素軒詩集》。

范罕，字彦殊。當世長子。有《蝸牛舍詩》。

王賓基，字叔鷹，號堇廬，海鹽人。光緒癸卯薦舉經濟特科，官江西石城縣知縣。有《堇廬遺稿》。弟甯基亦能詩。

李剛己，字剛己，南宫人。光緒戊戌進士，官山西大同縣知縣。肯堂弟子。民國三年卒，年四十三。有《剛己遺集》。

王守恂，字仁安，天津人。官河南巡警道。肯堂弟子。有《王仁安集》。

〔原附〕論近代詩家絶句　章士釗

陳琳書記有平生，霸氣千秋共一鳴。五十年間餘事了，劣容詩客出桐城。

秋老梧寒動客悲，詩爲境縛亦何辭。兩當軒内尋知己，奇數君優〔猶〕偶遜之。

千帆謹案：二首屬范肯堂。

【箋證】

○范當世（一八五四—一九〇五），原名鑄，字無錯，一字肯堂，號伯子，江蘇通州（今南通市）人。少孤貧，力學。補諸生。屢試不第，遂棄去。與朱銘盤、張謇携所爲文，往江寧鳳池書院，謁張裕釗問文法。張一見大喜，自詫「一日得三士」。繇是名大顯。嗣後，弟鐘、鎧並起，號「通州三范」。吴汝綸聞其名，邀至冀州，任教蓮池書院。又與賀濤齊名，稱「南范北賀」。續娶桐城姚蘊素，爲姚永概姊。旋入北洋李鴻章幕。後南游，客於鄂、滬，晚歸鄉里。著有《范伯子詩集》、《文集》。見《清史稿》卷四八六、金鉽《范肯堂先生事略》（《續碑傳集》卷八〇）、姚永概《范肯堂墓誌銘》（《慎宜軒文集》卷六)、徐昂《范無錯先生傳》(《范伯子文集》附)。

○姚蘊素(一八六四—一九四四),字倚雲,安徽桐城人。永朴妹,永概姊。幼喪母,侍父山中,與兄弟共讀書。年二十六,適范,入侍姑嫜,有賢媛名。性廉毅,當世歿,戚友致賻,俱堅辭。後創公立女學校。歷任女子師範學校、女子職業學校校長。晚歲避亂,居馬塘,賦詩自遣。著有《蘊素軒詩集》、《滄海歸來集》。見徐昂《范姚太夫人家傳》(《滄海歸來集》卷首)。

○范罕(一八七四—一九三八),字彦殊,當世長子。光緒三十三年(一九〇七),留學日本東京,習法律。歸國後,執教南通農校。著有《蝸牛舍詩集》、《蝸牛舍説詩新語》等。見陳衡恪《蝸牛舍詩集序》、黄元蔚《蝸牛舍詩集跋》(俱《蝸牛舍詩集》)、《清代人物生卒年表》。

○王賓基(一八七四—一九〇三),字叔鷹,號菫廬,浙江海寧人。附生。范當世詩弟子。嘗創會文學堂。後謁選,官江西石城令。光緒二十九年(一九〇三),以孫家鼐薦,應經濟特科試。旋病死。著有《菫廬遺稿》。見《道咸同光四朝詩史》乙集卷六、孫葆田《菫廬遺稿序》、范鎧《菫廬遺詩序》、孫家鼐《菫廬遺稿序》(俱《菫廬遺稿》卷首)、《清代人物生卒年表》。又,王寯基,字季亮,賓基弟。亦當世弟子。見《范伯子詩本事注》(《范伯子先生全集》)。

○李剛己,别見「王懿榮篇」。

○王守恂(一八六四—一九三六),字仁安,晚號拙老人,天津人。少從范當世學。光緒二十四年(一八九八）進士。以主事分刑部。充刑部山西司主事、法律館纂修。嘗編刑律草案。三十一年（一九〇五），派出洋考察刑律。明年，補巡警部員外郎，升郎中。旋改民政部。宣統二年（一九一〇），放河南巡警道。民國初年，充内務部顧問、僉事。六年（一九一七），簡浙江會稽道道尹，調錢塘。九年（一九二〇），任直隸煙酒事務局會辦。晚仍回天津，參與地方志纂修，提倡國故研究。著《仁安詩稿》、《詞稿》、《文稿》、《筆記》等，合刻爲《王仁安集》、《續集》、《三集》。見《阮南自述》（《杭州雜著三種》）、王貽潛《王守恂訃告》（國圖藏）。

〔一〕句見蘇軾《王維吴道子畫》（《蘇軾詩集》卷三）。

〔二〕按：花知寨即花榮，秦明、花榮，武藝略相伯仲。見《水滸傳》第三四回《鎮三山大鬧青州道、霹靂火夜走瓦礫場》。

〔三〕見《文選》卷八。李善注：「應劭曰：霹靂，雷也。烈缺，閃隙也。火，電照也。善曰：言威德之盛，役使百神，故霹靂烈缺，吐火施鞭，而爲衛也。」「霹靂」，《漢書》卷八七上《揚雄傳》作「辟歷」。按：此關合秦諢號，并喻指范詩風格。

〔四〕《平等閣詩話》卷二：「范肯堂先生遺詩，曰《范伯子集》，都十九卷。其詩有得於《小雅》，能奄有宋諸大家之勝。盤空硬語，爲其特長。」宋伯魯《和肯堂祀竈前一日詩》：「范公下筆江海長，萬里秋濤自輪送。真思砭骨人莫測，硬語盤空孰能動。」（《海棠仙館詩集》卷九）韓愈《薦士》：「横空盤硬語，妥帖力排奡」（《韓昌黎詩繫年集釋》卷五）。

按：云「盤空硬語」，是就范詩風格言，後來錢仲聯亦承此，於《夢苕盦詩話》中，舉例頗夥。並足與汪説參。

《夢苕盦詩話》第一四二條：「肯堂七律，硬語盤空，全得力於山谷。《留別新緑軒》云：籃輿側放山門下，我作山人盡一餐。芳樹如聞啼鳥怨，殘英猶戀去年看。百年香火崇碑在，四海煙濤一劍寒。莫復殷勤爲後約，還山古有萬千難。《贈顧滌香》云云（按見後引《生春水簃詩話》，後同）。《送周彦升之山東戎幕》云云。《過泰山下》云云。《大橋墓下》云：草草征夫往月歸，今來墓下一霑衣。百年土穴何須共，三載秋墳且汝違。樹木有生還自長，草根無淚不能肥。泱泱河水東城暮，佇與何人守落暉？《守風至六七日之久、夜不復成寐、百慮交至、起眺書懷》云云。《舉足一首》云云。《次韻恪士并懷至父先生》云：世事又隨春草换，隔年還是腐儒心。爲周有此迢迢夢，不禹何須寸寸陰。倚壁半檠孤照在，當門一雨九河深。正令曉入平津閣，只向青天耐苦吟。《果然》云：一紙相看事果然，朝娱旰哭到窮年。游絲忽落三千丈，錦瑟真成五十絃。老寡可憐垂涕晚，大僚應記受恩偏。愚生自把春王筆，載自堯天入舜天。《香濤尚書將移鎮湖廣，而余從之、乞近館、再呈二詩》云：『詔以尚書還治楚，細民垂泣欲攀轅。帝將雨澤無分土，臣懼風波有閉門。近海倘移盃水活，極天終讓一山尊。韓書三上吾能恥，華髮淒其不可言。』『文章自昔争微尚，顔色於今試一看。那便驚心到譽毁，可堪合眼露飢寒。龍非碌碌諸公好，鶴有飛飛八海寬。正苦低回惜同命，斷無長鋏向君彈。』《況兒以伯嚴叔節皆在滬、請速就醫、夜出江、口占示内子》云：一病艱危歲再遷，尚能攜手到江邊。帆檣出没滄桑地，星斗迷離上下天。豈有神方通絶域，但教死友值生年。明朝涕笑申江浦，應使陳姚有俊篇。時賢學山谷，但得其清瘦之致，肯堂獨得其莽蒼之態，嗣響頗乏其人。」又第一三八條：「肯堂五古，横亘萬里，捫之起棱。録其極工者長短各二首，皆《近代詩鈔》所未選。《上吴先生》云：撓撓龍虎争，萬年域此海。空文在空中，知有幾何在？孔聖已囊括，諸公復君宰。所得非孔疆，一君各千載。後來開創稀，臣多吏更猥。空中還自生，蕭散無人采。吾見殊爛然，生人目無彩。生人徒日茫，其實亦崔磊。班馬點竄之，一一堪鼎鼐。精靈吁草間，晻昧獨何罪？萬行耳此名，前知則已怠。那況洪壚機，兩儀坐相待。一朝風火微，色曜盡衰改。山川本無能，諸神日就餒。真麟獷不回，蛟龍變儗佁。滿地狐鼠鳴，仁者聞之悔。嗟嗟夫子心，虚明復悌愷。方且博我文，矜狂策其駘。寧肯九仞山，蒼然不復累？大哉欲無言，百倍我咍噫。小子升堂來，萬事棄如蓓。念此非世資，操刀試求豈。勝固無所殘，敗亦不爲醢。何況夫子豪，遷雄舉而迨。九天星辰敷，九州萬花蕾。罄翮未可翱，殫聲不成咻。安得和琴聲，一對南風颽。《狼山觀海》云：狼山若金山，丹碧迎飛蓋。孤高又不同，非我必自大。亂後繁華空，今此亦爲最。亭亭大觀臺，江海之所會。少小習於斯，手口俱能繪。惟獨閩中人，長年鬱塵壒。徒有千秋心，無由得知外。一日登於天，酣然淚滂霈。微生天地間，離群復何賴？此意深難言，我亦愁無奈。焉知後五年，君已如蟬蜕。登高痛哭之，風浪自硼磕。離魂不可招，酌水吾何酹？留影丹青間，璘斌亦何害。《徐椒岑先生壽詩》云：雷霆震山嶽，不能驚浮漚。臨深莫不懼，湛鱗獨不憂。融風拂膏壤，草木青紅稠。樓臺遞歌吹，惜晚又驚秋。崇高若政徹，極縱復何求？一言不死藥，墮淚東海頭。流光卷人去，大智莫能廋。切身有多寡，苦樂斯不侔。豪門金玉海，日暮恐見收。園傭販水賣，弛擔東西游。以兹悟生理，萬金買無愁。含靈媚天則，冥漠亦不羞。曷況一身外，仍有幾希留。觥觥徐夫子，達識高其儔。行藏入迂叟，亦復通王侯。有文之萬世，不與民爲讎。家貧任子債，老至無身謀。親朋惜情話，忽聚天一陬。城根菊花酒，上壽争帣韝。賤子亦何語，但用平生投。公毋再拒我，謂子奚湛浮？憂端太無際，生人當自由。古之適性者，龜鶴寓蜉蝣。六十化理遂，四十疑團休。但悲吾道細，無地良悠悠。《次韻王義門景沂見贈之作》云：江湖是何風，漂流滿蓬梗。豈無回瀾才，使汝不得逞。寒星夜相照，餘曜自耿耿。殘陽入九地，曾無繫天綆。路逢傷心人，欲語輒悲哽。灑泣念所私，往復共酩酊。王生爾何來，華燈照癯影。淮南有草廬，曷不遂幽屏？烈烈好丈夫，飢來失剛鯁。四民皆瘠痍，國成定誰秉？海隅多大風，午夜寒入頸。好會寧弗珍，死喪在俄頃。造物畀我能，犀通木有癭。真當學老漁，生計一竿箸。」又第一三九條：「肯堂七古，氣骨峻嶒，直欲負山嶽而趨，晚清學宋諸家，皆不能及。其起調之工者，如『有文支柱山與川，恍人有脊屋有椽。我立此語非徒然，眼下現有三千年』，如『詛汝三年不去口，相逢那不五六斗』，如『昔我提心常在口，山有泰山天北斗。非我大言驚愚頑，也自朝山拜斗還』，如『雷公半夜張饞口，攫我當門二酒斗。轟然一醉天河翻，驅走風雲更不還。我往從之點滴盡，只令陷我污泥間』，如『江海既會聲喧豗，雙流竟地生民災。狼山如闥當江開，能喝海若驚濤回』，如『李白韓愈浪得名，子瞻山谷皆平平。不然嵚崎歷落如我者，安得置之世上鴻毛輕』，皆奇横無匹。其轉接處，往往突兀峥嶸，不墮恒蹊，如『玉階仙露三千年，一樹瓊華長婀娜。中有彩鸞非帝驂，朱户沈沈下青瑣』，如『范子何爲書十上，屠龍有技無人賞』，如『狼山一塔公見無，寒家即在山城隅』，如『山中之人氣如虎，帝旁魁梧多好女。悾憧一世真有餘，萬歲千秋不愛渠。千秋萬歲渺茫事，問渠政亦不汝須』，皆奇峰聳天，倏忽轉變。結語如『四海瘡痍今若何，九重雲物皆如夢。不能暖竈取一歡，醉死樽前氣猶洞』，如『嗟吾不自惜其詩，割雞焉用牛刀爲？正苦天人墮塵溷，再三珍重話臨歧』，如『明朝便叱玉皇退，何能一帝專諸天』等，皆悲痛沈鬱。此非真通古人消息者，不易辨也。」

姚錫鈞《生春水簃詩話》：「聞蘇戡傾服肯堂，有『我於伯子得其鱗爪』之説。蘇戡始治大謝，浸淫柳州，伯子則直入蘇黄，窺伺老杜，取徑似微有不同。然伯子《酬方子箴廉訪》七律云：昔聞邗上題襟處，今過高齋得見公。江左文章諸老盡，淮南鐘鼓幾人同。青天酒盞無弓影，夕照軒窗有緒風。一序深慚負滕谷，江關庾信尚西東。感喟横生，逸氣飆舉，所謂霜鐘出林，使人意遠，蘇戡七律都入此種，宜其交契也。古詩伯子遒勁生動，才氣横溢，前無古人，蘇戡則高澹閒雅，得味外味，亦未遽讓也。」又：「伯子古體，長吟大句，無篇不佳；近體骨勢峻嶒，欲負山嶽而趨，而語多沉痛，則所遭然也。七律如《贈顧滌香》云：三十爲詩顧工部，登臺才氣並諸崑。大行南下青歸袖，淮水東流緑到門。愛日林亭長蘐艸，好風裾佩結蘭蓀。人間此會曾稀有，珍重瑶篇異候論。《送周彦升之山東戎幕》云：君有遠行二千里，山欙海舶總艱難。何曾帷幄須奇策，使汝氊裘犯苦寒。羞鳥户蟲生計在，伏龍雛鳳歲時寛。諸公相見鈴轅下，莫作山中處士看。《舉足一首》云：舉足能歸歸不得，惱人天氣復晨昏。日光晝軟來穿户，風力宵沉自打門。家弄近知黄菊好，堉鄉空憶短籬存。不如海凍江河涸，雪地冰天得自温。《過泰山下》云：生長海門狎江水，腹中泰岱亦峥嶸。空餘攬轡雄心在，復此當前黛色横。蜒蜿癡龍懷寶睡，蹒跚病馬踏砂行。嗟予即逝天高處，開闔雲雷儻未驚。《題顧蒓溪畫蘭》云：八月西風人氍毹，不堪顔面對吾真。當時老輩能知我，眼底清才亦絶倫。碧草尚能爲畫計，芳蘭衹合媚吟身。人生涉筆甯須此，等是千秋紙上塵。《守風書懷》云：宵來夢覺更相因，數數肝腸變苦辛。旅病江湖拋弱弟，歲寒門户累衰親。朝昏兀兀成何事，生死茫茫只負人。欲把愁心散空闊，開門稠疊雪花新。七絶《江心晚泊》云：江北江南路總非，江心一蜨背人飛。空波不長浮萍長，夜色蒼茫何處歸？伯子自評詩曰：『沉而質。』沉則語重而意隱，質則力遒而亡藻，宜世人多張茂先我所不解也。」（《二雛餘墨》）按：《夢苕盦詩話》第一三九、一四二條，均襲此。

〔五〕陳詩《挽范肯堂》：「彌留瞬息仍耽道，緒論能窺萬物根。腐骨何須問卿國，大文至竟有淵源。」自注：「范先生病亟時，有勸其歸者，先生曰：歸死、客死，等耳。奚爲故鄉，奚爲道路乎？」（《平等閣詩話》卷二引，《尊瓠室詩》不載）按：汪句從此脱胎。又，其《閲舊作書名詩、不及老子、不覺失笑、再題二絶句解嘲》之二：「道大能窺萬物根。」亦襲陳句。

〔六〕按：指《中秋次韻高季迪張校理宅玩月》，見《范伯子詩集》卷九。詩云：「我來四换霜林藍，魂夢已失江邊嵐。江月沈沈山月小，今皆淪落無人探。浪説吐茵不宜逐，坐對丞相車龕鬖。偷有此廬樂今夕，天與月我相濡涵。月之團團定何物，疑非我與天能參。一片寒冰照人世，卻有功用無求貪。著向青天不可掃，朗若大字題空嵌。所以賢愚各頂禮，豈有駡語聞詁諵。我之摶摶定何物，語大足比書中蟫。當年亦欲舍此相，春山夜雨縈苔龕。固知早成定虚願，不得緑髮尋歸庵。鬱蹙錦瘤要人採，百計不售成枯枏。平生思之但負月，捫心愧對秋江潭。人間佳節復有幾，淪失八九鍾阜南。身獨何爲入囚舍，翻覆自縛真如蠶。祇能磊落對天笑，老死寂寞吾何慚。

焚香徑下嫦娥拜，臣於萬物靡所耽。朝吟莫吁有述作，書生例許爲空談。李彪設具范雲啗，豈論明日無黄柑。天有雨風月有闕，惟獨臣言無二三。祝拜而起婦亦拜，拜罷一笑千愁含。謂余披寫既如此，孰爲偃蹇停歸驂。天寒海昏怒濤動，孤客坎壈真能堪。嗟子斯言吾豈昧，飛霰既集誰不諳。丈夫行止有尺寸，但惜玉貌非好男。長年與人共煙火，能無一日同苦甘。何況東兵大蠚手，曾不責我謀平戡。糈台丈人亦無事，正用此際窮幽覃。勸君努力清光下，不惜沈醉宵酣酣。博得有情無智慧，歲與草木無邊毵。」參觀注八。

〔七〕范當世《除夕詩狂自遣》：「我與子瞻爲曠蕩，子瞻比我多一放。我學山谷作遒健，山谷比我多一鍊。」（《范伯子詩集》卷一三）《與俞恪士書》：「吾詩其實無意於學人，出手類蘇、黄，亦所謂近焉者。」（《范伯子文集》附，《范伯子先生全集》本）金鉽《范肯堂先生事略》：「先生自傷時命坎軻，侘傺發憤，一寄之於詩。仰天浩歌，泣鬼神而驚風雨。世之稱先生詩者，謂先生蓋合東坡、山谷爲一人也。」歐陽溥存《食字居談録》：「（肯堂）先生爲詩，用曾文正之論，由山谷、東坡以止於杜陵，及其變而自成，雄博精深，卓然大家，元遺山以後，一人而已。」（《大中華雜誌》第二卷二期）《夢苕盦詩話》第一三七條：「伯子窮儒老瘦，涕淚中皆天地民物，發爲歌詩，力能扛鼎，震蕩翕辟，沈鬱悲壯，能合東坡之雄放與山谷之遒健爲一手。吴中詩人，江弢叔後，未見其匹。」按：「伯子窮儒」云云，出金天翮《答蘇堪先生書》（《天放樓文言》卷一〇）；錢仲聯《論近代詩四十家》，亦引此數語，云：「斯論能得其實。」又，汪此句，亦從陳詩脱胎，見注五引。又按：范詩取徑師法，或以爲在山谷，如《近代名人小傳》云：「（伯子）工爲詩，菲薄唐賢，而思力深鋭。發爲篇章，兀傲健舉，沉鬱悲涼，匪第超越近世學宋諸家，其精者直掩涪翁。」或以爲似東坡，如《忍古樓詩話》云：「肯堂效東坡特工。」金天翮《藝林九友歌序》云：「晚清詩人學蘇最工者，推何蝯叟、范伯子。」（《天放樓詩集・雷音集》卷四）或以謂鎔合蘇、黄，如金鉽、錢仲聯所云，不一而足，要皆以爲宗宋人，（如《尊瓠室詩話》卷三云：「（伯子）文學桐城，詩肖宋人，以布衣名滿天下。」《皖雅初集》卷九引《静照軒筆記》云：「肯堂先生詩宗宋人，文學桐城，以布衣名動公卿間。」馮幵《夫須詩話》：「通州范無錯明經當世，亦主張宋人者，思想筆力，亦復空世所有。」）乃同光體之先聲（《天風閣學詞日記》一九三五年十二月一日）也。

〔八〕按：事在光緒二十八年（一九〇二）。時范、陳俱在金陵，約同中秋夜游，范有七言古一篇，題爲《秣陵中秋，伯嚴以城間勝處在復成橋，約諸公櫂小舟往會，至則風甚，月不瑩，不能望遠，伯嚴遂欲出馬路窮探，而陶公所携妓尼之，及返櫂至四象橋，月色轉瑩徹，余與伯嚴徘徊良久，述以此詩》；陳亦次韻一首，題爲《中秋夜，同肯堂喆甫恪士泛舟青溪，渠林次申亦各攜妓至，遂登復成橋步月，次肯堂韻》。後數日，陳復有七律一首，題爲《中秋夜，攜客櫂舟青溪看月，獨江叔澥從監臨使者入試院，不獲與游，後二日，承示是夜所作，次韻答之》，所次韻乃江瀚詩。其後范爲録舊作，即甲午於天津所爲《中秋玩月》，陳再用江瀚前韻，作《肯堂爲我録其甲午客天津中秋玩月之作，誦之歎絶，蘇黄而下無此奇矣，用前韻奉報》。而范亦次江韻唱和，作《爲伯嚴録天津甲午中秋詩，至人間佳節復有幾淪失八九鍾阜南之句，覺向時所惋惜能償以此日之游，而今此所悲哀復絶異於當年之事，伯嚴愈有旦莫承平更百憂之作，感痛可勝言哉，次韻盡意》。關於中秋月詩本末如是。而前所及兩家詩，均見《范伯子詩集》卷一八、《散原精舍詩》卷上。又，《一士類稿·談陳三立》：「綜覽《散原精舍詩》，所最推許者，當屬通州范當世肯堂，集中投贈獨繁而摯。一作云：公知吾意亦何有，道在人群更不喧。又曰：萬古酒杯猶照世，兩人鬢影自摇天。此『使君與操』之勝概也。於范作《甲午天津中秋玩月》，歎爲『蘇黄而下無此奇』，報以『得有斯人力復古，公然高詠氣横秋』，恰與范之兀傲健舉相稱。」參觀徐凌霄《兩期詩壇點將録合評》（《中國公論》第二卷四期）、《凌霄漢閣筆記》（《正風半月刊》第一九期）。「六百年無此奇」，據陳詩題及《一士類稿》，均作「蘇黄而下無此奇」，汪偶誤憶。

培軍按：方湖論范詩，著語較詳者，見《近代詩派與地域》，云：「范當世以一諸生名聞天下，久居合肥幕中，所交多天下賢俊，而吴摯甫、湯伯述、姚叔節、王晉卿、陳散原，尤多切磋之益；晚歲抑塞無俚，身世之感，家國之痛，悉發於詩，苦語高詞，光氣外溢，蓋東野之窮者也。然天骨開張，盤空硬語，實得諸太白、昌黎、東野、東坡、山谷爲多。《玩月》一篇，陳散原嘗歎爲蘇、黄以來，六百年無此奇矣。」又《近代詩人小傳稿》云：「（先生）以久不第，抑鬱牢愁，詩境幾於荆天棘地，不啻東野之詩囚也。工力甚深，下語不肯猶人。讀之往往使人不懽。其淵源所在，則得力於李、杜、韓、孟、蘇、黄爲多，故能震蕩開闔，變化無方。」均綜取衆説，務爲折中，視作此篇之評，不中亦不遠矣。

天威星雙鞭呼延灼　張之洞

指麾若定〔一〕，清真雅正〔二〕。抱冰堂上坐人豪〔三〕，時復商量一字高。盡掃淫哇歸雅正，不妨蘇海得韓濤〔四〕。廣雅每勸人由坡公直溯韓杜。又句云：「政無大小皆有雅，凡物不雅皆是妖。」〔五〕

廣雅尚書詩，才力雄厚，士爲〔馬〕精妍。至使事精切，坡公、亭林外，無與抗手〔六〕。或有以紗帽氣少之者，亦興到之論，非定評也〔七〕。

張之洞，字孝達，又字香巖，號壺公，又署廣雅、無競居士，晚號抱冰老人，南皮人。同治癸亥探花，官至體仁閣大學士，軍機大臣。宣統元年卒，年七十三，謚文襄。有《廣雅堂詩集》。

〔原附〕論近代詩家絶句　章士釗

使盡平生紗帽氣，耗盡眉間精悍色。搜羅少作付磨光，一筆稿成才易簀。

文襄塗改少作，俾成一色。病亟促刊，仍然不及，從者只得陳諸靈几而已。

達官名士一身兼，一味矜名卻又嫌。見説鷄鶋冠下客，不教陳衍炫依嚴。

集中無與石遺詩。聞已詩亦不令陳和。

【箋證】

○張之洞(一八三七—一九○九)，字孝達，號香濤，晚號抱冰老人，河北南皮人。同治二年(一八六三)進士。授編修。六年(一八六七)，充浙江鄉試副考官，旋督湖北學政。十二年(一八七三)，典試四川，授學政。奏請設尊經書院。光緒六年(一八八○)，擢侍講，再遷庶子。敢言事，與寶廷、陳寶琛等，號「清流」。七年(一八八一)，授山西巡撫。十年(一八八四)，移督兩廣。恥言和，陰自圖强，設水陸師學堂，創槍砲廠，開礦務局。復立廣雅書院。在粤六年，調任湖廣總督。修鐵路，設紗廠，以振興工業。二十年(一八九四)，代爲兩江總督，尋還任湖北。二十四年(一八九八)，政變作，著《勸學篇》。二十八年(一九○二)，充督辦商務大臣，再署兩江總督。明年，充經濟特科閲卷大臣，釐定大學堂章程。三十二年(一九○六)，晉協辦大學士。擢體仁閣大學士，授軍機大臣，兼筦學部。三十四年（一九〇八），督辦粤漢鐵路。帝、后相繼崩，以顧命重臣，晉太子太保。宣統元年（一九〇九），充實録館總裁，旋因病假歸。卒，謚文襄。著有《廣雅堂駢體文》、《詩集》、《廣雅碎金》、《抱冰堂弟子記》等，合刊爲《張文襄公全集》。見《清史稿》卷四三七、陳寶琛《清誥授光禄大夫體仁閣大學士贈太保張文襄公墓志銘》（《碑傳集補》卷二）、陳衍《張之洞傳》（《石遺室文集》卷一）、《書張廣雅相國逸事》（《石遺室文集》卷四）。

〔二〕杜甫《詠懷古跡五首》之五：「伯仲之間見伊吕，指揮若定失蕭曹。」（《杜詩詳註》卷一七）按：張爲封疆大吏，生平以事功顯，又每自比孔明、陶侃，故用此語贊之。陳曾壽《讀廣雅堂詩隨筆》：「文襄平生以陶桓公自況，蓋經濟學問，所步趨者在此。其《過桓公祠》詩云：虚譽回翔殊庾亮，替人辛苦覓愆期。蓋慨時無人，實自傷也。予挽公詩有云：彌留天下計，繼座孰愆期。亦是此意。公彌留時，命余代擬遺摺，遺摺之始見於史册者，即桓公之疏也。」又：「公公忠純白，盡瘁國家，苦心孤詣，有非世人所知者。《入對恭紀》詩云：高寒天鑒一生心。又《新舊》一首云：調停頭白范純仁。《白日一首示樊山》云：詩才已爲塵勞盡，霜鬢空教海内知。所感有獨深者。蘇堪一日雅坐便談，謂公方之古人，所謂『忠順勤勞似孔明』也。公爲之起立，謙讓不遑，而慨歎首肯者再。蓋深知公之心者。故公於蘇堪之詩，獨歎賞不置也。」(《東方雜誌》第一五卷四號)按:「忠順勤勞似孔明」,梅陶贊陶侃語,見《晉書》卷六六《陶侃傳》。

〔二〕張之洞《輶軒語·語文三》:「一、時文。宜清、書理透露,明白曉暢。真、有意義,不剿襲。雅、有書卷,無鄙語,有先正氣息,無油腔濫調。正。不俶詭,不纖佻,無偏鋒,無奇格。」「四字人人皆知,然時俗多誤解,今特爲疏明之。不惟制義,即詩古文辭,豈能有外於此? 今人誤以庸腐空疏者當之,所謂謬以千里者也。」

按:「清真雅正」,爲清代制舉衡文標準,始見雍正十年(一七三二)曉諭,後乾隆三年(一七三八)、十四年(一七四九),並有飭令重申之,見梁章鉅《制藝叢話》卷一所考。參觀方苞《欽定四書文·凡例》、章學誠《爲梁少傅撰杜書山時文序》(《章學誠遺書》卷二九)。此借爲之洞贊,乃就其詩學宗趣言,而亦寓「紗帽氣」之説。詳見注六。又,《緑天香雪簃詩話》卷二云:「南皮張相國,文章典贍,爲一代宗工。詩亦淹博沉麗,平易近人,具休休有容氣象,洵堪啟迪後生。論詩以雅正爲旨,故初刻詩集,以『廣雅堂』名之。」亦可參。

《近代詩派與地域》:「近代河北詩家,以南皮張之洞、豐潤張佩綸、膠州柯劭忞三家爲領袖,(中略)此派詩家,力崇雅正,瓣香浣花,時時出入於韓、蘇,自謂得詩家正法眼藏;頗與閩贛派宗趣相近。惟一則直溯杜甫,一則借徑涪皤,斯其略異耳。南皮相國,以廷對名動公卿,初居京職，抗疏敢言，中朝側目。及歘歷中外，宏獎風流，尤殷殷以經史世務有用之學，誘導後進；累掌文衡，得士最盛，偶出緒餘，播諸歌詠，淹雅閎博，世推正聲；然以力闢險怪生澀之故，頗不滿意於同光派之詩。嘗云：『詩貴清切，若專事鉤棘，則非余所知矣。』又云：『詩家當崇老杜，何必山谷？』又有詩云：『江西魔派不堪吟。』蓋指袁爽秋、陳散原輩言之也。」（《汪辟疆文集》）

〔三〕句見鄭孝胥《廣雅留飯談詩》之二（《海藏樓詩集》卷四）。按：鄭句，亦脱胎於姚鼐《登永濟寺閣，寺是中山王舊園》：「江天小閣坐人豪。」（《惜抱軒詩集》卷六）。又，陳三立《瞻園譏集次抱冰宮保韻兼呈花農布政》：「花下坐人豪。」（《散原精舍詩》卷上）沈瑜慶《題龔懷西太史蘧莊畫卷》：「江山勝處坐人豪。」（《濤園集》卷三）亦用姚句。

〔四〕祁寯藻《春海以山谷集見示再疊前韻》：「胎骨能追李杜豪，肯從蘇海乞餘濤。」（《䜱䜪亭集》卷一四）《四庫全書總目·文章精義》：「世傳『韓文如潮，蘇文如海』，及『春蠶作繭』之説，皆慣用而昧其出處，今檢核斯語，亦具見於是書。蓋其初本爲世所傳誦，故遺文剩語，口授至今。」

按：李耆卿《文章精義》云：「韓如海，柳如泉，歐如瀾，蘇如潮。」與《提要》所引稍異。參觀王文誥《蘇海識餘》卷一（《蘇文忠公詩編注集成》）。又，「韓濤」，出孟郊《戲贈無本》：「詩骨聳東野，詩濤湧退之。」（《孟東野詩集》卷六）

〔五〕句見張之洞《哀六朝》(《張文襄公詩集》卷二)。全詩云:「古人願逢舜與堯,今人攘臂學六朝。白晝埋頭趍鬼窟,書體詭險文纖佻。上駟未解昭明選,變本妄託安吳包。始自江湖及場屋,兩漢唐宋皆遷祧。神州陸沈六朝始,疆域碎裂羌戎驕。鳩摩神聖天師貴,末運所感儒風澆。玉臺陋語紈袴鬪,造象别字石工雕。亡國哀思亂乖怒,真人既出歸烟消。今日六合幸清晏,敗氣胡令怪民招。睢水祆祠日衆盛,蠟丁文字煩邦交。笛聲流宕伶歎樂,眉髻愁慘民興謡。河北老生喜常語,見此蹙額如聞梟。政無大小皆有雅,凡物不雅皆爲妖。願告禮官與祭酒,輶軒使者頒科條。文藝輕浮裴公擯,字體不正漢律標。中聲九寸黄鐘貴,康莊六達經途遥。寶籙緜緜億萬紀,吾道白日懸青霄。」

按:陳曾壽《讀廣雅堂詩隨筆》云:「《哀六朝》一首,乃公平生學術宗旨所在。」(《東方雜誌》第一五卷三號)是也。《抱冰堂弟子記》云:「最惡六朝文字。謂南北朝乃兵戈分裂、道喪文敝之世,效之何爲? 凡文章本無根柢詞華,而號稱六朝駢體,以纖仄拗澀字句,强湊成篇者,必黜之。書法不諳筆勢,結字而隸楷雜糅,假託包派者,亦然。謂此輩詭異險怪,欺世亂俗,習爲愁慘之象,舉世無寧宇矣。果不數年而大亂迭起,士大夫始悟此論之識微見遠也。」參觀姚大榮《惜道味齋説詩》「説張廣雅哀六朝詩」條(《庸言》第一卷一二號)。《晚晴簃詩匯》卷一六二《詩話》:「文襄詩不苟作,自訂集僅二百餘首,瑰章大句,魄力渾厚,與玉局爲近。晚喜香山。有句：能將宋意入唐格。蓋自道其所得也。平生不喜昌谷，謂其才短，非其格高。亦不嗜山谷之詩。（中略）公詩皆黄鐘大吕之音，無一生澀纖穠、枯瘦寒儉之氣，故其所論如此。」胡先驌《讀張文襄廣雅堂詩》：「自來以勳業著者，鮮以文章顯。（中略）張文襄獨以國家之柱石，而以詩領袖群英，頡頏湖湘、江西兩派之首領王壬秋、陳伯嚴，而别開雍容雅緩之格局，此所以難能而足稱也。」「公詩宏肆寬博，汪洋如千頃波，典雅厚重，不以高古奇崛爲尚，然復不落唐人膚泛平易之窠臼。」（《胡先驌文存》上卷）《夢苕盦詩話》第五三條：「張南皮詩與翁常熟字，筆墨各有千秋，二公瓣香同屬東坡，惜晚節與人家國事耳。南皮詩晚年尤工。」《近代詩評》：「張文襄之洞如臨戎緩帶，彌見從容。」（《學衡》第五二期）並可參。

〔六〕《近代詩鈔·石遺室詩話》：「相國生平文字，以奏議及古今體詩爲第一。古體詩才力雄富，今體詩士馬精妍，以發揮其名論特識，在南北宋諸大老中，兼有安陽、廬陵、眉山、半山、簡齋、止齋、石湖之勝。古今詩家，用事切當者，前推東坡，後有亭林。公詩如《焦山觀寶竹坡侍郎留帶》云：我有傾河注海淚，頑山無語送寒流。用放翁祭朱子文語。《悲懷》云：霜筠雪竹鍾山老，灑涕空吟一日歸。用荆公悼亡詩語。輓彭剛直公云：天降江神尊，氣吞海若倍。用清河公事及東坡詠錢武肅事。《發金陵至牛渚》云：東來温嶠曾無效，西上陶桓抑可知。《贈日本長岡子爵》云：爾雅東方號太平。又：齊國多艱感晏嬰。云云。又《八旗館露臺登高》、《秋日同賓客登黄鵠山曾胡祠望遠》諸詩，用事精切，皆可以方駕坡公、亭林。」《石遺室詩話》卷一一：「廣雅詩之最清切者，如《焦山觀寶竹坡侍郎留帶》第三首云：故人宿草已三秋，江漢孤臣亦白頭。我有傾河注海淚，頑山無語送寒流。第三句用陸放翁祭朱子文語，放翁語又本《世説》也。《拜寶竹坡墓》二首云：『翰苑猶傳四諫風，至尊能納相能容。楓林留得愁吟老，長樂疎星獨聽鐘。』『子政忠言日月光，清貧獨少化金方。市樓一盞良鄉酒，那得魚頭共此觴。自注：君貧甚，官侍郎時，余嘗凌晨訪之，惟新熟良鄉酒一罌，與余對飲，更無鮭菜，鹹齏一碟而已。』用魯宗道事。公與竹坡先生交情甚篤，故情文兼至若此。《悲懷》云：霜筠雪竹鍾山老，灑涕空吟一日歸。用荆公悼亡詩語。《挽彭剛直》云：天降江神尊，氣吞海若倍。用清河公及東坡詠錢武肅事。用事精切，皆可方駕坡公、亭林者。《登采石磯》云：艱難温嶠東征地，慷慨虞公北拒時。衣帶一江今涸盡，祠堂諸將竟何之？衆賓同灑神州淚，尊酒重哦夜泊詩。霜髩當風忘卻冷，危闌煙柳夕陽遲。自注：磯上有太白樓，彭剛直、楊勇慤祠。嘗評公詩，古體財力雄富，今體士馬精研〔妍〕。古體如《銅鼓歌》、《送莫子偲游趙州》、《送王壬秋歸湘潭》、《九日慈仁寺毘盧閣登高》、《秋興》、《憶蜀游詩》、《嘉州酒歌》、《登牛首山望終南曲江樊川輞川作歌》、《花之寺看海棠》、《戒壇松歌》、《湖北提學官署草木詩》、《憶嶺南草木詩》、《金陵游覽詩》、《慈仁寺雙松猶存往觀有作》，皆集中之工者。近體則已録諸首外，如《人日游草堂寺》、《送吴秋衣往西川爲道士》、《輓吴子珍》、《濟南雜詩》、《題許海秋母山水畫卷》、《此日足可惜絶句》、《九日登天寧寺樓》、《武備學堂絶句》。諸作有安陽、半山、石湖之勝。此論曾刊印《師友詩録》中，公薨前數月，特取閲之。」

按：汪説當本此。「才力雄厚，士馬精妍」，語見鮑照《蕪城賦》（《鮑參軍集注》卷一）。又，陳曾壽亦有此説，其《讀廣雅堂詩隨筆》云：「用事有二類：一神化無跡，一比附精切。自古善用事者，斷推老杜，所謂『讀書破萬卷，下筆如有神』也。（中略）其次如東坡《大風留金山二日》詩：塔上一鈴獨自語，明日顛風當斷渡。用佛圖澄事。而『明日』句即是鈴語，想入非非，尤妙在『顛當』兩字雙聲，恰是鈴聲，人巧極而天工錯也。此等用典，不能復以用典論，我用典而非典役我也。至如比附精切者，如東坡《元豐六年正月二十日復出東門仍用前韻》詩，（中略）東坡而後，則推亭林。取材經史，無事新奇奥博，而自然雅切。（中略）近世則爲文襄，用事極不苟作。如《連鎮僧忠親王戰壘》詩：秺侯只畫麒麟閣，請看中原百廟堂。用金日磾事，同以異姓封王者也。湖北學政時，弔諸生賀人駒詩，賀兄弟四人，皆以才名，公詩云：弟兄多才宋韓氏，縝絳綜維皆國器。蒲圻賀氏亦不惡，駒驤駿騄俱儁異。《送王壬秋歸湘潭》詩：談經何異動紅陽，獻策豈能感楊素。又云：梁鴻過闕獨哀歌，哀歌莫被中朝怒。皆確切王壬秋獲知於肅順事。而梁鴻之《五噫》，爲感新莽而作，用事尤爲警策。蓋梁鴻作歌時，漢已中興，鴻如有漢室之思，當作於新莽竊位之時，不應在業復五銖之後，故史云明帝聞而惡之，殆惡其中郎之歎也。鴻此事，後人多不察，而漫稱其高尚有故國之思。此等處，尤見公讀書之細密，比附之精當也。此類不可枚舉，聊舉一二以發凡耳。」（《東方雜誌》第一五卷三號）可以參印。

〔七〕《近代詩派與地域》：「散原亦不喜廣雅詩，嘗云：『張詩語語不離節鎮，此紗帽氣也。』衡情而論：詩貴有我，廣雅久居督部，東來温嶠、西上陶桓以及牛渚江波、武昌官柳，正是眼前自家語。散原老人惡俗惡熟，深致譏彈，觀感不同，無取害意。至廣雅之精探流略，胸羅雅故，餘事作詩人，故能才力雄富，士馬精妍，比事屬辭，歸諸雅切，則正與閩贛派詩家異曲同工也。」（《汪辟疆文集》）

按：汪此節議論，亦據陳衍説。《石遺室詩話》卷一：「伯嚴論詩，最惡俗惡熟。嘗評某也『紗帽氣』，某也『館閣氣』，余謂亦不盡然。即如張廣雅之洞詩，人多譏其念念不忘在督部，時督武昌。其實則何過哉？此正廣雅詩長處。如《正月十七日發金陵夕至牛渚》云：牛渚春波濺漲時，武昌官柳已成絲。東來温嶠曾無效，西上陶桓抑可知。《九曲亭》云：華顛文武兩無成，羞見江山照旆旌。只合巖棲陪老衲，虚樓掃榻聽松聲。其二云：矜此勞人作少留，卻煩冠蓋滿汀洲。隔江欲唤楊夫子，載酒攜書伴我游。自注：黄岡教諭楊君守敬。《胡祠北樓送楊舍人》云：煙攪離腸酒易醒，搴蓉緝芷送揚舲。鬢邊霜雪秋催白，山勢龍蛇雨洗青。剩有讀碑思峴首，不辭攢淚灑新亭。淒清喜有寥天雁，且破愁顏北向聽。《秋日同賓客登黄鵠山曾胡祠望遠》云：群公整頓好家居，又見邊塵戰伐餘。鼓角猶思助飛動，江山何意變凋疏。三年菜色災仍澮，一樹巖香老未舒。我亦浮沈同湛輩，登盤愧食武昌魚。《九月十九日八旗館露臺登高賦呈節菴伯嚴諸君》云：磯上嚴城晚吹涼，凌風壯觀補重陽。柳仍婀娜秋生色，荷已離披水吐光。風動白波寒楚佩，夢回青瑣在江鄉。寒煙去雁窮懷抱，强爲群賢一舉觴。以上數詩，皆可謂緜邈尺素，滂沛寸心，《廣雅堂集》中之最工者。然『東來温嶠』、『西上陶桓』、『牛渚江波』、『武昌官柳』，『文武』也、『旆旌』也、『鼓角』也、『汀洲冠蓋』也，以及峴首之碑、新亭之淚、江鄉之夢，青瑣湛輩之同浮沉，秋色寒煙之窮塞主，事事皆節鎮故實，亦復是廣雅口氣，所謂詩中有人在也。伯嚴不甚喜廣雅詩，故余語以持平之論，伯嚴亦以爲然。」

培軍按：據甲寅、青鶴本，廣雅配張青，其評略云：「廣雅平日自譽其詩，以謂高出時賢，面貌學杜韓，比辭屬事，要歸雅切，尚不失爲廟堂黼黻、春容大雅之音。其自負在是，其失亦在是也。」定本大有改易。比觀前後，位次雲泥。嘗試論之：初稿之作，方湖正當盛年，熏習於散原者深，門户遂牢不可破，而廣雅又嘗語譏江西，故遂亦反唇，加以貶抑。其後學與年進，宗派雖仍在散原，而已知異量之美，又欲以載一代詩史，故更張改弦，列廣雅爲河北領袖。其《近代詩派與地域》云：「近代河北詩家以南皮張之洞、豐潤張佩綸、膠州柯劭忞三家爲領袖，而張祖繼、紀鉅維、王懿榮、李葆恂、李剛己、王樹枏、嚴修、王守恂羽翼之。若吴觀禮、黄紹箕，則以與北派諸家師友習處之故，受其熏化者也。」述此派詩人，殊簡括。至具體評量，則參取石遺者多，要亦非此一處也。不復具論。

又廣雅不喜散原，前已有述及（見「陳三立篇」），而散原譏評廣雅，亦當日詩壇之公案，爲諸家詩話所樂道者。其故當緣詩派不同，非有何恩怨於其間也。散原嶄向在山谷，廣雅每自比東坡，於山谷則加輕詆。其《摩圍閣》詩云：「黄詩多槎枒，吐語無平直。三反信難曉，讀之梗胸臆。如佩玉瓊琚，舍車行荆棘。又如佳茶荈，可啜不可食。子瞻與齊名，坦蕩殊雕飾。」可以知其旨趣。再參之《哀六朝》，廣雅生平詩學，可概見矣。而亦有爲彌縫其間者。如由夔舉《定庵詩話》卷下云：「散原與南皮均學宋詩，而兩人旨趣各别。南皮《過蕪湖吊袁漚簃》詩，至詆江西詩爲魔派，然亦崇拜半山、雙井，自有别擇。南皮詩雖力求沉著，而仍貴顯豁。散原亦不乏文從字順之作，而恒涉艱深。」陳仁先《讀廣雅堂詩隨筆》云：「公詩主宋意唐格，取於宋者，歐陽、蘇、王三家爲多。平日爲詩文宗旨，取平正坦直，故不甚喜山谷。（中略）而其《過蕪湖弔袁漚簃》詩云：『江西魔派不堪吟，北宋清奇是雅音。雙井半山君一手，傷哉斜日廣陵琴。』是公未嘗不取山谷，特不喜西江末派耳。」云云。參觀「袁昶篇」後按。又，「宋意唐格」，語見張之洞《四生哀》之四《蘄水范昌棣》：「平生詩才尤殊絶，能將宋意入唐格。」（《張文襄公詩集》卷二）亦廣雅詩學之有創見者也。

天立星雙槍將董平　樊增祥

細寫朝雲〔一〕，篇篇綺密，多應秀師呵叱〔二〕。英雄雙槍將，風流萬户侯〔三〕。樊美人〔四〕，殆若人之儔歟？董平箭壺上小旗，有「英雄雙槍將，風流萬户侯」十字。樊山詩尚側豔〔五〕，自少至老，不變其體〔六〕。京滬間多稱爲樊美人。又贊。

天琴老人詩，整密工麗〔七〕，能取遠韻。詩篇極富〔八〕，合長慶、婁東爲一手〔九〕。晚年尤恣肆，亦猶風流雙槍將有名於山東河朔間也〔一〇〕。

樊增祥，字嘉父，號雲門，又號樊山，又號天琴，恩施人。光緒丁丑進士，官至江寧布政使。民國二十年卒，年八十六。有《樊山集》、《續集》。

〔原附〕論近代詩家絶句　章士釗

鬱律蛟蛇四萬篇，子孫無力任雕鐫。彩雲曲外尋餘味，差抵〔牴〕盧仝月蝕賢。

白髮摩登卻未聞，老餘雙鬢緑如雲。只嫌生擇文姬婿，董祀粗材不解文。

白髮摩登，《彩雲曲》中語。君八十餘髮無白者。婿指桐城張某。

【箋證】

○樊增祥（一八四六—一九三一），字嘉父，號雲門，又號樊山，晚署天琴老人，湖北恩施人。生而岐嶷。十一歲能詩，十三通經義，稱奇童。張之洞典試宜昌，賞其文，薦主潛江書院講席。光緒三年（一八七七）進士，入翰林，爲庶吉士。博雅之士，如盛昱、寶廷等，皆争與交。自之洞還京師，與相見，曰：子其終爲文人邪。遂棄詞章，講經世學。五年（一八七九），散館外放。丁父憂歸，終服不出。旋謁選，得陝西宜川令。歷任咸寧、富平、長安縣令。諳世故，擅治獄，所爲判詞，海内傳誦，曰《樊山判牘》。二十六年（一九〇〇），簡授皖北道道員。明年，授陝西按察使，行布政使事。二十九年（一九〇三），調浙江。任江寧布政使、代理兩江總督。辛亥後，避居上海，以遺老自命。民國四年（一九一五），去之京師，充參政院參政。晚以詩人老。著有《樊山集》、《續集》等。見錢海岳《樊樊山方伯事狀》（《海岳文編》）、冒廣生《樊增祥傳》（《國史館館刊》第二卷一號）。

〔一〕宋玉《高唐賦并序》：「去而辭曰：『妾在巫山之陽，高丘之阻，旦爲朝雲，暮爲行雨。朝朝暮暮，陽臺之下。』旦朝視之如言。故爲立廟，號曰朝雲。」（《文選》卷一九）。按：樊詩多豔體，又作《彩雲曲》，故用此。《彩雲曲》見《樊山續集》卷九；《後彩雲曲》見《樊山集七言豔詩鈔》乙卷。別見注七。

〔二〕黄庭堅《小山詞序》：「余少時閒作樂府，以使酒玩世，道人法秀獨罪余以筆墨勸淫，於我法中當下犁舌之獄。」（《小山詞》卷首，《彊村叢書》本）釋惠洪《冷齋夜話》卷一〇「邪言罪惡之由」條：「法雲秀關西，鐵面嚴冷，能以理折人。魯直名重天下，詩詞一出，人争傳之。師嘗謂魯直曰：『詩多作無害，豔歌小詞可罷之。』魯直笑曰：『空中語耳，非殺非偷，終不至坐此墮惡道。』師曰：『若以邪言蕩人淫心，使彼逾禮越禁，爲罪惡之由，吾恐非止墮惡道而已。』」（《津逮秘書》本）按：樊詩擅豔體，故云。

〔三〕見《水滸傳》第六九回《東平府誤陷九紋龍、宋公明義釋雙槍將》。

〔四〕《凌霄一士隨筆》：「樊氏詩詞，好爲美人寫照，故嘗有『樊美人』之目云。」（《國聞周報》第八卷一二期）日人今關天彭《現代詩界·樊增祥派》：「其容貌頗具風姿，想其少年時，定爲翩翩之佳公子也。北京人稱之爲易公子、樊美人，目翁與易順鼎爲一雙佳偶。」（《同聲月刊》第一卷四號）按：陳鋭《裦碧齋雜記》云：「樊雲門詩，如六十美女，蓋自少至老，搔首弄姿，矜其敏秀，爲一時諸名士所不能及。」（《青鶴雜誌》第一卷七期）姚錫鈞《生春水簃詩話》：「樊山詩如美女簪花。」（《二雛餘墨》）並可參。

〔五〕《石遺室詩話》卷一：「樊山詩才華富有，歡娱能工，不爲愁苦之易好。余始以爲似陳雲伯、楊蓉裳、荔裳，而樊山自言少喜隨園，長喜甌北，請業於張廣雅、李越縵，心悦誠服二師，而詩境並不與相同。自喜其詩，終身不改塗易轍。尤自負其豔體之作，謂可方駕冬郎，《疑雨集》不足道也。嘗見其案頭詩稿，用薄竹紙訂一厚本，百餘葉，細字密圈，極少點竄，不數月又易一本矣。余輯有《師友詩録》，以君詩美且多，難於選擇，擬於往來贈答諸作外，專選豔體詩，使後人見之，疑爲若何翩翩年少，豈知其清癯一叟，旁無姬侍，且素不作狎斜游者耶。」《陳石遺先生談藝録》：「樊山詩真所謂作詩矣。生平少山水登臨之樂，而閉門索句，能成詩數千首；無歌舞酒色之娱，能成豔體詩千百首，亦奇矣。」

按：汪説當參此。「樊山自言」云云，見注七引《樊山續集自叙》。又陳此説，不乏附和者，如《瓶粟齋詩話續編》卷二：「石遺評樊山詩，謂爲歡娱之能工，不爲愁苦之易好，然也。而樊山亦自負其豔體，謂可方駕冬郎。余謂樊山《無題》、《閨情》等什，止宜於鏡匳脂盝間誦之；若其《鐃歌》、《邊塞》之詞，則終乏鐵馬金戈氣象，譬之女優學參軍蒼鶻，雖力鼓嚨胡，總恨其聲雌耳。」又，《湘綺樓日記》（光緒三十二年正月二十三日）：「看樊山豔詩，大要爲小旦作，故無情致。裒思亦有品限。」《忍古樓詩話》：「（樊山）詩詞皆以側豔擅長。」並可參。

《瓶粟齋詩話續編》卷二：「樊山詩酌奇玩華，世莫不驚其取材之鴻富，而終不逮温、李者，何也？流麗而欠端莊、婀娜而乏剛健故也。劉彦和亦云：『繁華損枝，膏腴傷骨。』」又：「讀《樊山詩鈔》竟，摘録數十聯，樊山詩之體象備矣。清綺者云：『井桃淡白清明雨，水柳微黄上巳天。』『二月輕寒猶有雪，一溪新緑已平橋。』『兩三小鴨眠花熟，一二流螢點竹輕。』『緑槐高處尋知了，紅藕香中聽活東。』典雅者云：『冠樣嶔崎方子夏，甌香黯淡瀉翁春。』『桃葉生男工寫榜，梅花有壻不能棋。』『睡棠頗似楊妃面，帶草長於謝客鬚。』『劉蜕十文十如意，王筠一集一遷官。』『游揚修竹爲君子，拾舉梅花作相公。』新穎者云：『松煤弆久除膠性，丸藥藏多損蠟衣。』『卯時酒暈花雕盞，午日衣香艾虎紗。』『縹色自循茶盞釉，硃臕添拌印池泥。』『生菜入湯供皛〔皛〕飯，野梅和雪點茸裘。』『楊花白後成春服，豆子紅來作念珠。』『兩弓苕帚菴中地，一個簑衣社裏人。』『期會不愆惟海燕，風情略少是山茶。』工巧者云：『桑葉油油分雨色，榴花醋醋弄晴暉。』『幕職汝勝酸棗尉，勞生我似苦瓜僧。』『寒生九月初三夜，淚盡雙文第二書。』其干支對之工者云：『但得閉門從子柳，不須賽社攫庚桑。』『酒盡丁娘惆悵夜，詩吟壬子亂離年。』『雲笈蠹穿倭子本，雨牆蝸篆臘丁文。』俳體云：『涼瓶怕飲荷蘭水，京訊常封茉莉茶。』『跳舞會宜夔一足，測量學要羽重瞳。』至其使用冷僻之書，如『丹穴乳泉皆異境，黄甘陸吉是幽人』、『御陶瓷病無茅篋，正透犀紋有豆椒』等，集中甚多。故其句云：『古書静坐常思誤，僻典酬勞孰勸斟。』上用《北齊書·邢卲傳》語，下句自注：『趙甌北晚年，每就洪北江質一事，則勞酒一壺。』云云。余戲效其體，題其集云：吴女簪花意太嬌，時人評其詩如是。風流不數玉山樵。胸中文史馬三代，眼底滄桑郭四朝。頗有閒情評手柳，樊山官渭南頗久，有《渭南感柳詩》。好於險韻鬥腰橋。放翁出處新安惜，跡近才高不自聊。樊山絶句，余最愛其《邯鄲》一首，云：仙家頓悟由來少，朝貴憂勞自昔然。我怪盧生太僥倖，睡爲卿相醒神仙。」按：「丹穴」一聯，乃汪琬作，非樊詩也。樊有《庚寅歲居京師，摘汪鈍翁句爲爽秋書楹帖，云丹穴乳泉皆異境黄甘陸吉是幽人，然不解下句之義，以問弢師子培，亦未憭也，頃閲避暑録話，乃知宋人所爲緑吉黄甘傳，指柑橘言，蓋仿毛穎而作，時弢師已下世，愴然久之，作詩寄爽秋子培》，見《樊山集》卷二五。

〔六〕《陳石遺先生談藝録》：「樊山與實甫雖均以詩豪，頃刻成詩，年月成集，各以萬首計。然樊則自幼至老，始終一格；易則時時更變，詩各一格，集各一調。」按：汪説似據此。又，樊增祥《無題》小序：「陳叔伊問余猶作豔詩否？因思前人宫闈體，因寄所託，不必皆緣麗情。滬寓乏書，惟有李義山詩及韓致堯翰林《香奩》兩集，偶一展閲，見獵而喜，聊復效之。本非枯禪，何嫌綺語？」（《樊山集七言豔詩鈔》己卷）亦可參。

〔七〕《近代詩人小傳稿》：「樊山生平論詩，以清新博麗爲主，工於隸事，巧於裁對。作詩萬首，而七律居其八九，次韻、疊韻之作尤多，無非欲因難見巧也。近代詩人隸事之精，致力之久，益以過人之天才，蓋無逾於樊山者。」《近代詩派與地域》：「樊山胸有智珠，工於隸事，巧於裁對，清新博麗，至老弗衰，跡其所詣，乃在香山、義山、放翁、梅村之間。惟喜摭僻書，旁及稗史，刻畫工而性情少，采藻富而真意漓，千章一律，爲世詬病。斯又賢智之過也。」（《汪辟疆文集》）

按：《小傳稿》語，取陳衍説。《近代詩鈔·石遺室詩話》：「（樊山）論詩以清新博麗爲主，工於隸事，巧於裁對。見人用眼前習見故實，則曰：『此乳臭小兒耳。』」又，袁昶《小漚巢日記》：「讀樊雲門詩，隊仗層出，鎔裁麗密，無不達意之句，而又善達曲折難狀之意，令人散朗多雋懷。」（《廣雅碎金》附）《石遺室詩話》卷三一：「近來詩派，海藏以伉爽，散原以奧衍，學詩者不此則彼矣。若樊山之工整，祈嚮者百不一二，六橋、闇公其最也。」林庚白《孑樓隨筆》：「清代遺老樊增祥，擅駢儷文，屬辭隸事，並極精警，於詩亦然。」《今傳是樓詩話》第二二〇條：「近代詩人，其隸事之精，致力之久，益以過人之天才，蓋無逾於樊山者。」陶在銘《樊山續集序》：「（君）自少至老，口誦之書，殆逾萬卷；手鈔之牘，不啻百本，腹笥充積，俯拾即是。每見人苦吟，三日不成一字，或積學半生，箸書不盈寸許者，輒目笑之，以爲鈍士。昔劉後村有言：『古人好對偶，被放翁用盡；今人不能道語，被誠齋道盡。』若吾雲門者，其殆兼之歟。」（《樊山續集》卷首）並可參。

〔八〕《近代詩鈔·石遺室詩話》：「樊山生平以詩爲茶飯，無日不作，無地不作，所存萬餘首，而遺佚蓋已不少矣。（中略）萬餘首中，七律居其七八，次韻疊韻之作尤多，無非欲因難見巧也。安石碎金，樊榭、冬心諸家視之，當羨其沈沈夥頤矣。」《凌霄一士隨筆》：「（樊山）生平爲詩最夥，蓋無日不作也。（中略）比卒，存詩達三萬餘首，並詞計之，逾四萬。其量之豐良可驚。」（《國聞周報》第八卷一二期）《藏齋詩話》卷下：「予在崇化學會，與華壁臣、高彤皆、王仁安、趙聘卿諸人公宴，（中略）談及樊樊山翁詩稿如何整理，（章）式之云：『多至三萬，無法整理，可爲太息。』」《今傳是樓詩話》第一六一條：「近人存詩之多，似無逾袁爽秋、樊樊山二公。樊山天假大年，躭吟尤力，他日或當突過白、陸矣。」

樊增祥《樊山續集自叙》：「余九歲始就傅，七歲已能屬對，時方讀唐詩，先君曰：汝能對『開簾見月』否？余應聲曰：『閉户讀書。』先君心喜之，而慮其狂也，訶曰：書可對月耶？時架上所有，自太白、香山、放翁、青邱而外，惟袁、蔣、趙三家，余不喜蔣而嗜袁、趙，放言高詠，動數百言，長老皆奇賞之。十五以後，專攻舉業，而不廢歌詠。自丁巳訖己巳，積詩千數百首，大半小倉、甌北體，自餘則香奩詩也。庚午歲，從南皮師游，始有捐棄故技、更授要道之歎，舉前所作悉火之。故存稿斷自庚午。時迭主潛江、江陵講席，稍稍以餘金買書，或從人借讀，且讀且鈔且作，夙昔下筆千言，至是七言八句，或終夕不成，或脱稿斤斤自喜，閲時又焚棄之。自庚午至乙亥所作，又千餘首，痛自芟薙，存其十之一，釐爲上下二卷，曰《雲門初集》。丙子報罷，居李恣伯師宅過夏，與師及子珍、彦清迭相唱酬。既而假榻蓮池，黄子壽師實爲盟主，褚叔寅、方子謹並同硯席，賡和愈多。丁丑通籍，侍南皮師於京邸，教以經世之學，書非有用勿讀，卒亦未廢吟嘯。起丙子春訖丁丑秋，得詩一卷，曰《北游集》。丁丑秋仲出都，冬仲歸覲，承色笑、居里門者，凡九閲月，涉歷江海，偃息家林，命其所作，曰《東歸集》。戊寅秋，入倪荆州幕。是冬，入方武昌幕，歲盡始歸。己卯春，游滬上，其夏歸漢口，憩陳氏江樓。沿溯風潮，流連朋酒，裒其詩，曰《涉江集》。己卯冬入都，庚辰散館，改知縣，選司注牒，燕市行歌。是時言路方開，清流奮起，余坐聽批鱗之論，間同歌酒之筵，譏之者曰遨游隴蜀之間，譽之者曰趨步申屠之後，皆弗恤也。庚辰、辛巳，周一歲，得詩如干篇，曰《金臺集》。辛巳春，以外憂歸，伏處堊廬，青琴絶韻，大祥將届，觚翰始親。自壬午冬迄癸未，凡十閲月，與子珍同在鄂中書局，子珍歎余詩益高澹，因憶宋人『詩須放淡吟』之句，命之曰《淡吟集》。癸未冬，謁選入都，偕壽平居萬明寺，寺在前明曰水浙，與悉師、敦夫、辛楣、爽秋、會生、伯熙昕夕過從，飛箋賭韻。南皮師自晉入覲，又日與再同侍側，朋簪之樂，於斯爲盛。命其所作，曰《水浙集》。甲申春，得宜川令，秋孟出都，悉伯師謂余曰：『子之詩，信美矣，而氣骨少弱。關中漢唐故都，山川雄奥，感時懷古，當益廓其襟靈，助其奇氣。老夫讓子出一頭矣。』重九後至秦，其行役之作，曰《西征集》。自甲申冬訖丁亥，星紀再週，余自宜川而咸甯，而富平，而長安，易地者四，勞形案牘，掌箋幕府，身先群吏，並用五官，猶以餘閒結興篇章，怡情書畫。嘗以《春興》八首寄悉伯師，報書曰：『子詩日益遒上，曩所許不虚矣。』辛長安六閲月，以禮去官，在官所作，曰《關中集》。余以積瘁之身，洊丁大故，遂得咯血疾。寅僚慰解，方藥將護，至戊子春，杖而能起，僑居三輔，自比桐鄉，將及小祥，瑟居無俚，乃結青門萍社，同志十許人，更唱迭和，裒其所作，曰《關中後集》。己丑四月，歸營窀穸，由丹江沿漢而下，至於彝陵，途次所作，曰《還山集》。是時南皮師督粤，子壽師撫蘇，皆飛電見招。六月如吴，寄家滬上，七月從子壽師至金陵，監臨鄉試。九月返滬，十月如粤，會南皮師移節兩湖，相從還鄂。明年庚寅二月釋服，八月入都。兩歲之中，經行萬里，命其詩曰《轉蓬集》。在金陵時，與子壽師摭闈中雜事詠之，以備掌故，别爲《紫泥酬唱集》一卷，附《轉蓬集》後。入都，與毖伯師相見，别七年矣，執手悲喜，文醼無虚日。時則漱蘭丈喬梓、子培昆季、敦夫、漁笙、弢甫、紫潛、伯循、再同、伯熙、廉生，結駟連鑣，朋簪雲合，自秋徂春，唱和至數百首，分爲二卷，曰《京輦題襟集》。是歲十月，嘗與内子奉外姑游西山，得詩如干首。憶甲申三月，曾偕朱舍人往游，題詩靈光寺塔之巔，内子時猶未聘，隨母燒香，見之，内兄謂之曰：『汝履危即怯，彼題詩者當何如？』内子微哂曰：『岳正膽大。』時亦不知誰何也。比五月即來歸，偶話其事，余曰：『膽大者老奴也。』相與大笑。及庚寅偕往，則粉堊詩壁矣。爰合兩游西山詩爲一卷，曰《西山集》，附《題襟集》後。辛卯二月出都，歷晉入秦，凡所經由，皆甲申故道也。命其詩曰《後西征集》。時定興公再撫關中，命掌箋奏，所作曰《淥水集》。壬辰元日，再履咸甯任，咸甯在唐爲萬年縣，所作曰《萬年集》。以上三集，合爲一卷。癸巳二月，到渭南任，邑爲白太傅故里，所在曰紫蘭村，余因以『紫蘭』名堂。是歲裒録叢稿，付之剞劂，在渭所作曰《紫蘭堂集》。余三十以前，頗嗜温、李，下逮西崑，即《疑雨集》、《香草箋》，亦所不薄。閒情綺語，傳唱旗亭，化身億千，寓言什九。别爲一册，如古人外集之例，附於諸集之後，曰《染香集》殿焉。此《樊山詩集》初刻也。余宰渭南六年，邑大政煩，又遥領幕府事，歲嘗六七詣省門，深形況瘁。居既久，吏民翕然，訟獄稀簡，乃稍葺治官舍，其聽訟之所曰鏡煙堂，用陸平原『我静如鏡，民動如煙』語也。治事之舍曰『身雲閣』。署東偏有隙地，繚牆葺宇，以爲東園，闢『紫蘭堂』之東廂與園通，兩面綺錢，夾蒔花樹，曰『交花舫』。舫之外曰『畫妃亭』，與舫相接者曰『連心花簃』，其堂屋曰『晚晴軒』，東曰『夜話齋』，與軒相對者曰『東風亭』。每以政暇，觴詠其間。自甲午刻集後，逾二年，至丙申秋，又得詩若干首，分爲四卷，曰《鏡煙堂集》，曰《東園集》，曰《東園後集》，曰《身雲閣集》。付諸槧人。此《樊山詩集》二刻也。丙申以後，再入都門，不次之遷，留參軍事。已而烽煙轉徙，間道歸秦，意外風雲，眼中桑海，感時述事，贈影答形，七年之間，積稿盈尺，乃復裒而梓之。自丙申秋至丁酉夏，有詩百許篇，居京師時，爲爽翁持去，遂不復還。亂後畢力蒐求，得四十餘首，題曰《身雲閣後集》。丁酉計薦入覲，五月去渭，瓜疇避暑，篇詠遂多，兩月之中，可盈一卷，曰《青門銷夏集》。八月發西安，重九抵都，故交則伯熙、廉生、午橋、壽平，朝夕相見，長白相國、嘉定尚書、南海侍郎，命酒賦詩，月嘗數集。而婦家群從，並在門牆，竹延兄弟，繡漪姊妹，立雪受書而稱弟子，典釵沽酒而奉先生。出則角逐雲龍，歸則滿懷珠玉。流連半載，乃始西還，凡所賡酬，釐爲三卷，曰《朝天集》。戊戌三月，回渭南任。七月内召，八月解任，在渭所作，曰《晚晴軒集》。是年十月，還西安。倦馬脱繮，徘徊不進，典屋於東柳巷，爲寄孥計，而勞薪暫息。明詔連催，戀兹一畝之宫，藉卒三冬之業，命其所作曰《柳下集》。小除日發西安，己亥二月至都，途次所作，曰《赴召集》。既入對，遂以道府參武衛軍事。于時竹篔、爽秋、伯熙、廉生、壽平，並集輦下，文酒之醼，不減甲申、丁酉。時余卜居北池，屋後起臺曰『北臺』，内苑垂楊，玉河紅藕，倚欄斯見，觴客無休。起己亥三月，迄庚子五月，得詩二卷，曰《北臺前後集》。既而都下奇變，搆釁西鄰，似典午之阽危，甚揚州之妖亂，乃獻書府主，潛備西巡，願效前驅，脱身虎口，徑宣府，歷大同，入雁門，涉代郡，崎嶇兩月，復歸於秦。身非杜陵，沈吟天寶；才慚陸九，遭遇興元。命其所作曰《執殳集》。是年七月還秦，依午橋幕府。未幾而京師瓦解，萬乘西行，霸上迎鑾，西京駐輦，萬方珍貢，四海衣冠，鱗集青門，於斯爲盛。雖復時丁板蕩，運際顛冥，而舊雨紛來，陽春迭和，幽憂鬱結，篇詠滋多。自秋徂冬，得詩一卷，曰《西京酬唱集》。十一月，余蒙恩備兵皖北，有詔仍留行在，慈聖諭府主曰：『自今機要文字，可令樊增祥撰擬，仍當祕之，勿招人忌也。』聞命感泣，黽勉馳驅。是冬設政務處，與陳侍郎立充提調。故備兵以後，陳臬以前，彙其所作，曰《掌綸集》。辛丑春暮，城東道院緑牡丹作花，中使翦以進御，遂邀同志作牡丹詩。竟三月一月，得詩六十餘首，命之曰《洛花集》。是年夏，與顧五、易五、子修、笏卿唱和尤數，裒爲一卷，曰《西京酬唱後集》。六月朔，除陝西臬司。八月，署藩司。壬寅四月，復還柏臺藩署，爲唐中書省故址，音聲樹在焉。余往復薇柏之間，不少汀蘋之興，彙其所作，曰《音聲樹集》。是歲科舉改章，秦晉合闈。故事，科場提調以糧儲道領之。吉甫中丞倚畀過深，奏派斯役。入闈伊始，昕夕不遑，既畢三場，詠觴間作。今之監試，昔之府公，首唱雅音，四星繼和，周旋鞭弭，投報瑶琚。蠶葉有聲，想見歐梅當日；驪珠在手，居然劉白同時已。命其詩曰《煎茶集》。自丙申迄今，爲詩十七卷，盡以付梓，此《樊山詩集》三刻也。」（《樊山續集》卷首）

〔九〕按：此指其歌行言。樊作《彩雲曲》，爲當時所傳誦，人稱足追樂天、梅村，故汪評云云。又，《清代軼聞》卷一〇「樊樊山後彩雲曲」條：「樊山先生自評云：近作《後彩雲曲》，自謂視前作爲工，然俗眼不知。惟沈子培云：『的是香山，斷非梅村，亦不是牧齋。』真是行家語。」《宜秋館詩話》：「樊雲門方伯增祥詞章卓絶，蔚爲大家。《彩雲》一曲，傳誦一時，（中略）此曲人比之梅村《圓圓曲》，似無多讓焉。」《在山泉詩話》卷三：「京都名妓賽金花，原名傅彩雲，洪文卿侍郎鈞携之使泰西，生一女。洪卒於都，彩雲復至滬，名曹夢蘭，流轉至京，又更名賽金花。樊雲門方伯增祥爲撰《彩雲曲》，於其一生歷史，搜括無遺。原稿散見於津滬各報，因録之，俾與欲知狀元夫人歷史者談豔跡，況余在柏林，於侍郎使署中曾作公幹平視耶。（詩從略）聞雲門此稿甫脱，傳誦京師，一時比之爲梅村之《圓圓曲》。」孫雄《眉韻樓詩話》卷七「樊雲門彩雲曲」

條：「傅彩雲故事，見於近人所著《孽海花》小説，樊雲門方伯有《彩雲曲》七古，篇中名章俊句，幾與梅村《圓圓曲》相頡頏。」王蘧常《國恥詩話》卷二：「樊山方伯有前後《彩雲曲》，《後彩雲曲》序瓦德西、傅彩雲事。（中略）沈子培中丞師嘗謂先大夫曰：『樊山不過梅村，子作則真長慶體，不可同日而語矣。』」參觀《石遺室詩話》卷一九第七條、《夢苕盦詩話》第一條。

〔一〇〕《水滸傳》第六九回《東平府誤陷九紋龍、宋公明義釋雙槍將》：「原來董平心靈機巧，三教九流，無所不通；品竹調絃，無有不會。山東、河北，皆號他爲『風流雙槍將』。」按：樊詩以巧名，與董爲人略似，汪比附意在此。《近代詩派與地域》：「（樊山）晚年與易實甫並角兩雄。余嘗戲擬實甫爲黑旋風，樊山爲風流雙槍將，頗自爲不易云。」（《汪辟疆文集》）

培軍按：樊山詩，恒爲人所稱者，厥有二事：一擅爲豔體，一工於隸事。熟聆其説者，遂不免誤會，以爲樊山詩法，略盡於此，舉此亦足概之矣。此故非知樊山者。樊山詩學，向不畫唐界宋，拘守宗派，其平生宗旨，乃欲轉益多師，而八面受敵者也。其《金松岑天放樓集書後》云：「向來詩家，率墨守一先生之集，其他皆束閣不觀。如學韓、杜者，必輕長慶；學黄、陳者，即屏西崑。講性靈者，則明以前之事不知；尊《選》體者，則唐以後之書不讀。不知詩至能傳，無論何家，必皆有獨到之處，少陵所謂『轉益多師是汝師』也。人所處之境，有臺閣，有山林，有愉樂，有憂憤。古人千百家之作，濃淡平奇，洪纖華樸，莊諧斂肆，夷險巧拙，一一兼收並蓄，以待天地人物形形色色之相需相感，吾即因以付之。此所謂八面受敵，人不足而我有餘也。所蓄既富，加以虛衷求益，旬煅季鍊，而又行路多，更事多，見名人長德多，經歷世變多，合千百古人之詩，以成吾一家之詩。此則樊山詩法也。」（《樊山詩詞文稿》卷十二）夫子自道，亦至詳矣。同時諸人，稱其詩法家數，卻多在三唐。如《漸西村人日記》（光緒二十年十二月三日）云：「閲《雲門集》竟。唐人言：太白仙才絶，昌谷鬼才絶，香山人才絶。雲門頗出入於昌谷、香山、飛卿、玉溪之間。」又張幼樵《樊山詩集序》云：「君自言初涉温、李，後溯劉、白，於此事頗具甘苦。余玩其名篇，以情經文，以辭緯理，殆能取四家之長，而不囿於四家者也。」（《澗于集·文集》卷上）俱非無見，然此成詩後面目，非學詩之取徑也。譚復堂、李㤅伯，又云其似明七子，異乎衆説。《復堂日記》（光緒十五年九月三日）：「審定樊雲門《樊山詩集》。朗詣嫖姚，骨韻不凡，調出嘉隆七子。」李《題雲門十鞬齋詩集》：「自有高歌動鬼神，樊英才調信無倫。誰言北地多浮響，未許東川説替人。」自注：「雲門詩得力於信陽，而兼取北地，其七律足追蹤唐之東川、義山，而古體勝之。」（《樊山集》卷首）見仁見智，説自難齊，要亦可參。至越縵所云：「若精深華妙，八面受敵而爲大家者，老夫與雲門不敢讓多。」（見陶在銘《樊山續集序》引）則過相標榜矣。

馬軍大驃騎兼先鋒使八員

天英星小李廣花榮 陳曾壽

用如健鶻風火生，學語小兒知姓名。杜陵老子歌花卿〔一〕。諫果回甘味逼真，嘔心字字出艱辛〔二〕。百篇脱口吾能誦，萬卷撑腸筆有神〔三〕。每見淚痕悲象魏〔四〕，晚完臣節許逃秦〔五〕。懷賢一代推晞髪〔六〕，抗手詩雄祇二陳〔七〕。謂滄趣、散原兩丈。程康《題蒼虬閣詩》〔八〕。

漫説淵源出二陳〔九〕，臨川深婉李精純〔一〇〕。口中風雅垂垂盡，天啟斯文作替人〔一一〕。蒼虬爲太初裔孫〔一二〕。詩屢易其體〔一三〕。中年以後，取韻於玉谿、玉樵〔一四〕，取格於昌黎、東坡、半山〔一五〕。晚年身世，又與王官谷、野史亭爲近〔一六〕。忠悃之懷，寫以深語，深醇悱惻，輒移人情〔一七〕，滄趣、散原外，惟君鼎足焉〔一八〕。

陳曾壽，字仁先，自署蒼虬，蘄水人。光緒癸卯進士，官監察御史。一九四九年卒，年七十二。有《蒼虬閣詩》。

〔原附〕論近代詩家絶句　章士釗

本是龍拏虎擲身，翻成寂寂度殘春。空王禮罷無人覺，風送鐘聲報了因。

好詩不在鈍根中，絶世聰明卻愛聾。灰已寒時撥寧益，歡從墮處拾何從。

此讀君《舊月簃詞》有感而作。

【箋證】

○陳曾壽（一八七八—一九四九），字仁先，號耐寂、復志、焦庵，别署蒼虬，湖北蘄水人。陳沆曾孫。少肄業兩湖書院。光緒二十九年（一九〇三）進士。用主事分刑部。旋應經濟特科，得高等，調學部。累遷員外郎、郎中。宣統三年（一九一一），授廣東道監察御史。辛亥後，遁歸湖北，旋挈家至滬。母病，移居杭州，構屋於南湖，與俞明震比鄰，時以詩唱酬。民國六年（一九一七），張勳復辟，授「學部右侍郎」。事敗南還。十四年（一九二五），北赴天津，隨溥儀至長春，命管陵園事。晚歲仍南歸。卒於滬。著有《蒼虬閣詩》、《續集》、《舊月簃詞》等。又編有《古今戰事圖説》。見陳曾則《蒼虬兄家傳》（《雙桐一桂軒續稿》）、陳祖壬《蘄水陳公墓志銘》（《蒼虬閣詩續集》卷首）。

〔一〕杜甫《戲作花卿歌》：「成都猛將有花卿，學語小兒知姓名，用如快鶻風火生。」（《杜詩詳注》卷

一〇）

按：此用杜甫詩，關合花榮姓，謂其武藝出群，并喻指陳詩造詣。後程康詩及自撰絶句，則論其風格、淵源。花卿，即花敬定，唐崔光遠部將。

〔二〕歐陽修《水谷夜行寄子美聖俞》：「初如食橄欖，真味久愈在。」（《歐陽修全集》卷二）參觀《六一詩話》第一四條（《歷代詩話》本）。諫果即橄欖，見元王禎《農書》卷九。〔嘔心〕語見李商隱《李賀小傳》（《樊南文集詳注》卷八）。王安石《題張司業詩》：「看似尋常最奇崛，成如容易卻艱辛。」（《臨川先生文集》卷三一）

按：此聯上論陳詩風格，下論其才性，揆諸實際，皆不切。「諫果」句，陳曾壽《蔣蘇盦新刊簡齋集見贈》：「諫果存迴味，寒花發古春。」（《蒼虬閣詩》卷四）或爲其所本。别參注一四、一五、一七。

〔三〕「萬卷撐腸」，謂其書卷富，但此語亦不切。參觀「陳三立篇」注五。

〔四〕按：謂其眷懷清室。陳曾則《强志齋記》：「辛亥以後，蒼虬兄自號曰復志，蓋取《易》『復其見天地之心』，《書》『復子明辟之文』，不忘本朝也。」（《御詩樓續稿》）《蒼虬兄來書評余詩文、作詩答之》：「閒讀蒼虬詩，掩卷多涕淚。鬱鬱君國情，惘惘骨肉思。」又：「世亂心未死，窮愁託文字。」（《雙桐一桂軒續稿》）又《讀蒼虬閣詩》：「骨肉恩誠厚，君臣義未遺。情哀有佳句，思冷得新詩。」(同前)「象魏」,代指朝廷,見《周禮·天官·太宰》。後云「忠悃之懷」,亦指此。

〔五〕按:指諫阻溥儀、辭僞職歸事。陳曾則《蒼虬閣詩續集序》:「丁巳後,兄隨扈析津,及上幸旅順,屢疏諫阻,爲大力者所迫,無可如何。上謂兄曰:『患難君臣,猶兄弟也。』感激涕零,而不能離去。既至長春,命侍讀於椒堂。壬午,因病請假,歸養舊京,遂不復出關。」《蒼虬兄家傳》:「及日人欲挾上(按指溥儀)至東北,謀益亟,兄諫阻云:『若仰庇鄰族,喪失主權,恐非列祖列宗之意。』列舉數條款,必如此而後可允。日人板垣、土肥原等,利誘威迫,鄭孝胥亦主之。駕東行時,兄未預聞,有旨命兄侍皇后。(中略)至長春,日人强上任執政,兄疏曰:『此貶號也,不宜允。』及執政府成立,命爲祕書,疏辭,即返津。傳諭曰:『同處患難之時,何可遠引乎。』屢召回長春,命侍后讀經。及上正大位,組宮内府,命爲近侍處長管陵園事務,諭曰:『此朕私人之事,與滿洲國政府無關也。』日人有組陵園事務管理會之議,欲以奉天福陵、昭陵闢爲公園,設茶座,任人游覽。兄以陵寢禁地,宜嚴肅。二陵松柏,古木葱鬱,綿延十餘里,日人陰有採伐之意,故疏持異議。上亦知之,抑其事不發。久之,知不可制止,遂辭職。近侍處亦有掣肘者,亦辭去。命爲宮内府親貴子弟教授。(中略)後因病請假,至舊都修養。未久事變,上蒙塵,后亦病薨。」(俱見《雙桐一桂軒續稿》)又,《蒼虬閣詩續集》卷下有《戊子除夕感述》,自述其在僞滿事,頗詳,亦可參。

〔六〕按：亦謂其爲遺臣。晞髮，宋謝翱號。翱字皋羽，福建長溪人。宋亡不仕。著有《晞髮集》。傳見宋方鳳《謝君皋羽行狀》（《存雅堂遺稿》卷三）、元鄧牧《謝皋父傳》（《伯牙琴》）、任士林《謝翱傳》（《松鄉集》卷四）。

又按：《蒼虬夜課》中，有《問散原老人疾》詩，陳三立批云：「沈思孤往似晞髮。」稱其詩類謝。亦可參。

〔七〕抗手二陳，詳見注一八。

〔八〕〔程康〕程千帆父，別見他篇。

〔九〕按：此處「二陳」，謂後山、簡齋，與前詩「二陳」，所指不同。陳曾壽《蔣蘇盦新刊簡齋集見贈》：「開卷久逾親，晚交惟二陳。待分一滴水，已負百年身。」（《蒼虬閣詩》卷四）可證。又，謂曾壽詩學後山，當時固有論者，如胡先驌《評陳仁先〈蒼虬閣詩存〉》：「近人治宋詩者，誰復爲《游仙》、《落花》諸題，不謂宗後山如蒼虬閣者，乃優爲之。」又：「其自謂拾後山之餘，此其所以爲後山歟。」又：「以學後山而能有此，殊不易也。」（《學衡》第二五期）

〔一〇〕陳曾壽《和左笏卿丈并簡泊園丈》：「要自黄巖入韓豪，更參李婉調王遒。」（《蒼虬閣詩》卷一一）

按：汪詩當據此。「深婉不迫」，宋人評王安石晚年詩語，見《石林詩話》；「精純」，本元好問《論詩三十首》（《元遺山詩集箋注》卷十一）。臨川，指王安石；李，指李商隱。前句云，所謂淵源二陳，實不確；此句云，陳詩學王、李，兼能「精純」與「深婉」。其《讀常見書齋小記》「展庵醉後論詩」條亦云：「海藏能盡，蒼虬能不盡。詞能盡而味不盡，故真摯；詞不盡而味内藴，故深婉。知海藏之能盡，乃知蒼虬之能不盡。」（《汪辟疆文集》）別參注一四、一五。

〔二〕陳三立《蒼虬閣詩序》：「余與太夷所得詩，激急抗烈，指斥無留遺。仁先悲憤與之同，乃中極沈鬱，而澹遠温邃，自掩其跡。嘗論古昔丁亂亡之作者，無拔刀亡命之氣，惟陶潛、韓偓，次之元好問。仁先格異而意度差相比，所謂志深而味隱者耶。嗟乎。比世有仁先，遂使余與太夷之詩，或皆不免爲傖父，則仁先宜有不可及，並可於語言文字之外落落得之矣。」（《蒼虬閣詩集》卷首）

按：據此序可知，三立隱以曾壽爲後起，所謂光宣詩壇之後勁也。汪詩當指此云。胡先驌《評陳仁先〈蒼虬閣詩存〉》：「綜而論之，蒼虬閣詩才氣似未及散原精舍與海藏樓，而以精嚴勝，與二家略有韓柳之比。近代詩人意境工力可與之匹者，殆不多覯。然作者正當年富力强之候，進境當未有艾，蘇黄之後，主中原壇坫者，不得不推張宛邱，則他日所謂『桂冠詩人』者，殆舍仁先莫屬也。」亦此意。又，錢仲聯《論近代詩四十家》云：「散原服蒼虬，自甘傖父譏。霜氣滿乾坤，千詩鬱深悲。何者共襟抱，花中有義熙。陳曾壽爲陳沆曾孫。陳三立序《蒼虬閣詩》，謂『比世有仁先，遂使余與太夷之詩，或皆不免爲傖父』。陳衍謂其兼『韓之豪、李之婉、王之遒、黄之嚴』。蓋自成其爲蒼虬之詩，而不同於並世墨守宋人一派者。集中詠松、詠菊以及游覽山水之作，最稱傑出。南湖諸作，足與觚庵争勝。」（《夢苕盦論集》）並可參。

〔二〕陳沆（一七八六—一八二六），字太初，號秋舫，湖北蘄水人。嘉慶二十四年（一八一九）進士。官至四川道監察御史。著有《簡學齋詩存》、《白石山館詩稿》、《詩比興箋》等。傳見《清史列傳》卷七三、周錫恩《陳撰修沆傳》（《碑傳集補》卷八）。

〔三〕陳衍《陳仁先詩叙》：「（仁先）肆力爲悽惋雄摯之詩。始爲漢魏六朝，筆力瘦遠，余慮其矜嚴而可言者寡也，意有未足。别去三四年，相見京邸，出所作一二百篇，無以識其爲仁先之詩。韓之豪，李之婉，王之遒，黄之奇〔嚴〕，詩中自道所祈嚮者，皆向所矜慎而不敢遽即者也。」（《石遺室文集》卷九，又《蒼虬閣詩存》卷首）《石遺室詩話》卷二五：「别仁先二年餘，海上相過，抱其《蒼虬閣詩》五巨册使定之，已見與未見者各半，多勃鬱蒼莽不可遏抑，如《挽李猛庵》，尤極煩冤。肝鬲手腕，有余前叙所未及道著者。嘗謂詩至曹子建、杜少陵，論者幾嘆觀止矣，然使子建享大年，少陵至七十，其詩境不知更當何如。所謂進境者，只問其視前之同不同，不問其視前之工不工也。前工於丹，後工於素，前工設色，後工白描，工同而所工不同矣。」按：「韓之豪」數句，指《和左笏卿丈并簡泊園丈》一聯，見注一〇引。參觀注一五引《石遺室詩話》卷三。

〔四〕陳曾壽《秋夜對瓶荷一枝、雨聲淙淙、偶題冬郎小像二首》之一：「爲愛冬郎絶妙詞，平生不薄

晚唐詩。」（《蒼虬閣詩》卷五）《尤物》：「詩中尤物成雙絶，惟有冬郎及玉谿。」（《蒼虬閣詩續集》卷上）

按：汪説當據此。玉樵，即玉山樵人，唐韓偓號，見《唐才子傳》卷七。鄭逸梅《藝林散葉》：「陳仁先於詩喜唐韓冬郎及李玉溪，稱爲詩中雙尤物。」亦本此。别參注一五。

〔一五〕《近代詩派與地域》：「《蒼虬閣集》兼有杜陵、玉谿、致光、臨川、東坡、遺山、道園之長，蓋晚而益工者也。」（《汪辟疆文集》）

按：此説，亦諸家所同，不過具體家數，稍有參差。陳祖壬《蒼虬閣詩序》：「侍郎之詩，出入玉谿、冬郎、荆公、山谷、后山諸家，以上窺陶、杜，志深味隱，怨而不怒，海内讀者，類能言之。」（《蒼虬閣詩集》卷首）由雲龍《定庵詩話》卷上：「太初曾孫仁先，五古詩雄深雅健，善學荆公、山谷。」胡先驌《評陳仁先〈蒼虬閣詩存〉》：「近人陳仁先曾壽之《蒼虬閣詩》，學黄、陳而不爲黄、陳門户所限者，則以早年得力於漢魏與義山也。其詩嚴密不下柳河東，而無晦澀之病，處境極逆，而出語凄婉，略無劍拔弩張之氣，無怪陳散原先生推重之也。」「蒼虬閣詩大體以謹嚴勝，恰與其人狷介之胸次合。其詠《菊花》有云：相賞必至精，愛極反成狷。落落隱逸圖，凜凜獨行傳。正自爲寫照，亦即爲其詩寫照也。故雖能爲大篇，雅擅七言古詩，非孟郊、李賀之但能以短兵相接取勝者，然究異於太白、東坡之矯健，子美、遺山之沉雄也。蓋雖不過於雕鑿傷氣，而精心結構之跡自在。」「七絶亦多佳者，（中略）其高秀處往往逼似王半山。」錢仲聯《近百年詩壇點將録》：「近人宗宋者，往往瘦勁有餘，麗澤不足，而《蒼虬閣詩》獨能以玉溪之神，兼韓、黄之骨，遂覺異彩飛揚。」（《夢苕盦論集》）而陳衍所評爲尤詳。

《石遺室詩話》卷三：「陳仁先爲太初先生曾孫，詩學自有淵源。初相見於武昌兩湖書院梁節菴山長座上，弱冠璧人，飲酒温克，喜就余言詩。出其所作，則皆抗希《騷》《選》，唐以下若無足留意者。余不敢深言置可否，但曰：『君甚似蘇堪年少不作七言詩之時，恐可言者尠耳。』自是相見不言詩者數年，别去不相見者又數年。丁未余入都，君已中甲科，官刑部，調學部。聞余至，約游棗花寺觀牡丹。稍談詩，知常與周少僕樹模、左笏卿紹佐兩侍御唱和，所祈嚮乃在昌黎、義山、荆公、山谷，大異昔日宗旨。繼讀近作，則古體雄深雅健，今體悱惻纏綿，不禁爲之狂喜。急贈詩云：昔讀君詩筆嶄然，祇愁寶劍罕成篇。豈知江海頻年别，忽覩雲霞變態妍。興會每從探討出，深蒼也要取材堅。羌無利禄荒寒路，肯與周旋定是賢。仁先有《游天寧寺同左笏丈作》云：驅車塵冥冥，隱見孤塔圓。大佛相接引，一徑凝蒼煙。升堂坐初定，微風度旃檀。開窗納遠秀，小幅横輞川。春芳滿秋砌，悴葉猶扶妍。想見腰鼓發，車馬何喧闐。暫榮悟常寂，愛此蕭境閒。茶餘恣游眺，奥複窮諸天。殿古金界壞，樹老秋陽殷。何代萬石鐘，横身卧高阡。出手試一擊，龍吼殷河山。煌煌乾隆碑，天筆矜如椽。明政移寺璫，狐鼠多功緣。真源一飄瀉，熏腐爲洗湔。惜哉灑掃缺，歲久生荆菅。園陵虚有神，運化悲循環。俯仰日向暮，勝蹟空流連。松風無世情，謖謖吹面寒。又《天寧寺聽松聲》云：斜陽紅滿地，雷雨忽在顛。仰看四沉寥，聲出雙松間。屬耳倏已遠，飛度萬壑泉。老龍動鱗甲，破碎還蒼堅。金剛萬豪毛，一一威神全。仰屈尋丈地，開闔成諸天。落落孤直胸，迴蕩生高寒。提挈四天下，度入太古年。想見陶隱居，擁衣但高眠。無聞兹未能，且證聲音禪。又《秋日同李伯虞侍郎左笏卿給事周孝甄御史往太清觀尋菊、不得、遂至龍泉寺、歸過酒樓小飲、次周孝丈韻》云：節寒氣逾爽，逸興當秋闌。輕車赴晚道，影墮蒼茫間。當年亭館地，今日斜陽寬。靈宫訪秋菊，落葉空池壇。人在菊成畝，人去餘荒園。因知隱逸士，豈不視所餐。迴步過蕭寺，著屐蒼苔乾。長松迤古徑，雜卉羅修欄。龍蛇動四壁，贊賞還微歎。文字爲小技，今成空谷蘭。歷歷鐘梵音，諸天度鳳鸞。地清坐忘暝，茶罷神愈完。妙境如追逋，瞬瞥跡已殘。歸車就市飲，嘈切千指彈。一心造喧寂，同境殊悲歡。百年非可知，放懷尋所安。《戒壇臥松歌》云：戒壇之松天下奇，尋常所見皆十圍。一松據臺獨下垂，横出十丈猶蠖蜺。健鵬探爪風在下，渴蛟飲澗鱗之而。縋幽欲引陰蟄出，承敧力負蒼崖危。萬鈞壓空不及殆，反走潛根應過倍。雨洗蒼骨未濡足，眼底渾河犯高塏。雲開穿枝落日黄，萬里暮色浮孤觴。欲憑咫尺精靈意，貫入冥搜百怪腸。前三首工於發端，嘉州、少陵《登慈恩寺塔》、《玉華宫》、《大雲寺贊公房》諸詩，皆其例。至全首音節高抗，如空堂之答人響，則以平韻古體詩，出句末字多用平音也。此祕韓、孟始發之。韓如《謔瘧鬼》、《示兒》、《庭楸》、《讀東方朔雜事》等篇皆是，孟尤多。『驅車塵冥冥』四句，寫往天寧寺一路如畫。『屬耳』二句，從淵明雪詩、昌黎琴詩得來。《臥松歌》透爪陷胸，全是杜骨韓濤矣。」卷一〇：「憶庚戌在都，仁先與茗雪徐思允、治薌傅嶽棻、季湘許寶蘅、儀真楊熊祥諸君，亦建詩社，各有和昌黎《感春》詩甚佳。（中略）仁先四首用昌黎原韻云：春之來兮自何所，雪澌冰泮兮悲故處。衆人熙熙登春臺，欲往從之意忽阻。今我不樂誦書史，其骨已朽空自語。驕氣淫志何益身，漫擲幽憂付來許。其二云：我聞先聖感春時，遲遲白日心傷悲。我巢漂摇苦風雨，綢繆一綱振天維。深衣玉几式憂患，簾外萬息潛相吹。天人當春悄懷抱，下土蠢蠢疇知之。蓬門小女貯薄怨，春風入幕輕猜疑。蜂顛蝶舞絮撩亂，含意凝睇羞陳辭。蕩蕩青天那可問，屈葬魚腹陶沈醨。江花惱人訴不得，杜鵑嘑血成寃癡。仙凡貴賤勢殊絶，心煩意亂知無宜。紉蘭經年香氣減〔滅〕，忍此緜邈當語誰。其三云：晨興不能食，夜思不成臥。役役形空勞，忽忽志潛惰。江湖入懷新，鄉井合眼墮。一醉三年留，投轄真無奈。其四云：挂冠神武猶何人，洗耳松風拂龍鱗。不知有冬漫春夏，了無榮悴空喜嗔。我今何爲在塵世，看花對酒長憂貧。長安市兒弄狡獪，變化往往能通神。仙人長爪雙鬢雪，彈指東海三揚塵。嗟哉吾黨二三子，呻吟蛩駏還相親。清晨坐起天氣白，下照萬木濃光新。不須停杯待爛漫，隱几一夢山中春。《三百篇》以來，感春之意，鍾於詩人，李杜尤多此作，但不題『感春』耳。昌黎所以不同李杜者，語較生澀。仁先服膺昌黎甚至，如『衆人熙熙』二句，『我聞先聖』二句，『深衣玉几』四句，『不知有冬』二句，『清晨坐起』二句，皆善於肖韓者。若『江花惱人』二句，『我今何爲』二句，則頗似杜。此中消息，可與知者言也。」又：「仁先近體詩如《舟中寫心》云：暫寫閒懷向水濱，片時鷗鳥肯相親。蒼厓終古收殘照，碧樹前宵送晚春。豈與韓維憂日暮，要知康節在風塵。冥看正見孤飛翼，一爾翻然未易馴。《莘田使來得書感賦》云：江湖屈落劉莘老，風雪微茫歲又闌。寄字盡隨秋雁没，舊奴還作主人看。三年宗國無窮事，一飯尋常九折難。思折庭梅問消息，暮雲無際楚天寒。《贈念衣并懷左周二丈》云：昔從周左爲秋社，長憶先生鄂渚間。今見黄州新句法，更懷青瑣舊朝班。南能北秀天難並，京洛江湖意等閒。料理詩篇真事業，漫辭蕭瑟對江山。《偶成》云：曝書忽見故人書，猛覺虚光未掃除。只此心情猶昨昔，居然三十竟何如。慣愁出入公超市，小付生涯范粲車。白日青春花氣午，不多時夢尚蘧蘧。《次韻覺厂棗花寺看牡丹》云：睡起未妨花事晚，芳春將去一嫣然。笑看詞客過千輩，不懺風情又此筵。紅杏青松都莫問，貪多愛好已能傳。虚廊舊夢無尋處，料理迴腸苦笋鮮。《落花》云：早知零落付微塵，不耐當前恨又新。長歲只供三日賞，殘杯寧洗一春貧。寥天歷歷風輪轉，白日昭昭色相真。客去花飛終有極，眼穿腸斷可無人。《讀劍南詩》云：愛讀劍南七字詩，自傷自慰總堪悲。强弓惡馬真何物，村酤園蔬又一時。萬里神州供涕淚，百年歲月易差池。抛將直北黄龍憾，來寫江南白紵詞。《次韻莘田留别》云：同臥秋窗月，庭梧影已疏。人生幾良夜，明日是征途。往世身如繫，還山願不殊。沈沈百年事，到此片言無。《與莘田夜話去後作》云：殘燈君獨去，深院雨來時。契闊他年意，温涼竟夕思。君處境極順，而五七言時有黯然之意，群怨哀樂，《風》《騷》之感本同，而玉谿、臨川、山谷所誦法者又然也。滄桑後，年方逾壯，避地海上，遂有終焉之志。太夷、散原、樊山、乙菴輩，賢人所聚，悉數未可終。求諸昔者，蓋楊鐵、倪迂、金粟、梧溪、龜巢、海巢、貞居之倫，於焉復覩矣。」

〔一六〕按：此謂其爲勝國遺民，而儕諸司空圖、元好問，實擬不於倫。錢仲聯《近百年詩壇點將録》云：「汪國垣《光宣詩壇點將録》乃謂其『忠悃之懷，寫以深語』，不知忠於誰家？汪并以堅持民族氣節之陳寶琛、陳三立與之作不倫之擬，謂『惟君鼎足』，是欲以熏蕕同器也。」（《清詩紀事》第二〇册引）所説是也。「王官谷」、「野史亭」，見「楊鍾羲篇」注一、二。

〔一七〕陳三立《蒼虬夜課題識》：「沈哀入骨，而出以深微澹遠，遂成孤詣。陶令稱：『擺落悠悠談，請從余所之。』固有曠世而相感者耶。」又：「杜云：『淚痕血點垂胸臆。』蘇云：『脂膏盡精微。』欲括二語誦此卷。」（《蒼虬閣詩鈔》卷首）

按：《題識》所評，汪即取之。《石遺室詩話》卷二五云：「仁先此數册（按指《蒼虬閣詩》五册），伯嚴、蘇堪、子培、確士、少僕、樊山諸君，各有評語。余謂『以韓、黄之筆力，寫陶、杜之心思』焉耳。蘇堪云：『哀樂過人，加以刻意。』陶、杜哀樂，時復過人，韓、黄則刻意矣。」亦可參。又，陳曾則《蒼虬閣詩集序》：「蓋兄之天性忠愛悱惻，又喜交游談讌之樂，沈酣日夜而不厭。所至之處，賓客滿座，皆引以爲相契，而無逆虞傲物之心。其志潔而行芳，故發之於詩，沈思孤往，醲郁淒馨，讀之往往令人感動於中，而不能自已也。其喜怒哀樂，困窮鬱結，既見於詩而未足，復往游天目、匡廬諸名山，千巖萬嶂，幽秘險奇，繪之於徑寸之卷，煙雲光景，乍開乍合。題詩數百言，字如秋毫芥子，不能辨其筆畫，見者驚絶，歎未曾有。晚近所作，則漸歸於澹遠，而其境益高。」（《蒼虬閣詩集》卷首，又《御詩樓續稿》）

〔一八〕沈兆奎《蒼虬閣詩續集跋》：「近代稱詩，海内『三陳』，詞林並重，滄趣、散原，與師雖蹊徑不同，而各有獨至，未可以嗜好軒輊也。」（《蒼虬閣詩續集》附）《瓶粟齋詩話》：「《蒼虬閣》詩，（中略）與滄趣、散原並稱，故時有『三陳』之目。三人者皆遺老，志趣相同而詩徑各異。滄趣宗杜、韓，散原師黄、陳，蒼虬則復出入韓、孟。」（《清詩紀事》第二〇册引）

按：當時論曾壽詩者，除合稱「三陳」外，復有儕諸散原、海藏者。如《夢苕盦詩話》第三五條云：「陳仁先曾壽《蒼虬閣詩》，爲陳、鄭後一名家。其詩不專學宋人，致力於玉溪甚深，故出語皆清深高朗，無時人獷悍之氣，實造古人極至之域。散原序其集，至稱『比世有仁先，遂使余與太夷之詩，或皆不免爲傖父』云云，可謂推崇備至。《蒼虬閣詩》之聲價，亦從可知矣。」又有持與蘇堪、觚庵並論者。如吴眉孫詩云：「蕭瑟澄泓俞恪士，清剛雋上鄭蘇庵。若論悱惻纏綿意，惟有蒼虬鼎足三。」（見《蒼虬閣詩續集》卷下《和吴眉孫》詩自注引）又蔣國榜《呹庵先生爲製天目紀游長卷賦謝》云：「論詩數近代，二陳媲坡谷。散原、蒼虬。」（《青鶴雜誌》第二卷九期）則徑以匹散原。均可徵其詩之影響。

培軍按：石遺稱蒼虬愛菊，逾於其身，嘗有詩云：「淵明菊傳神，仁先菊寫真。非吾譽仁先，愛菊逾古人。非惟逾古人，愛菊逾其身。種菊數百本，本本絶等倫。印以玻璃版，花樣難具陳。沃以芝麻油，駐顔冬復春。形以五言詩，形神歲生新。」（《和仁先菊詩》，見《石遺室詩集》卷六）而蒼虬詩寫菊，用力亦獨多，當時無不知者。其刻意所寫，不惟菊之淡雅，亦及菊之穠麗。胡先驌《評陳仁先〈蒼虬閣詩存〉》云：「（蒼虬）最善於詠松菊，蓋不獨詠松菊，惟以松菊之性清高，作者舉其胸中一往遺世獨立、姑射冰雪之懷，一寄之於松菊，而其詠松菊之詩，始非一般以雕鏤肝腎爲能事者所能夢見。」其説是也。雖然，其寫松實較少，不足與寫菊匹。石遺《詩話》卷二四，標舉其詠菊佳篇，評云：「此數詩，（按指《苕雪與覺先弟先後寄菊數十種，日涉小園，聊復成詠》，見《蒼虬閣詩》卷二）將菊之可悲可喜，寫得有神無跡，吾無以評之。司空表聖曰：『空潭寫春，古鏡照神。』鄭所南曰：『禦寒豈藉水爲命，去國自同金鑄心。』兼而有之矣。古今多以淵明比菊，未有以叔夜比菊者，菊之芳馨，惟『龍章雋烈』四字，足以稱之。」此數篇故佳構，然稱壓卷似難，必論壓卷，其《種菊同茗雪治薌作》八首乎。第五首云：「春花態多方，維菊實兼之。吐納九秋精，變化絶思惟。衣白與衣黄，灑落天人姿。入道初洗紅，連娟青蛾眉。繽紛天女花，微笑難通辭。亦現莊嚴身，獅象千威儀。頗疑造物巧，意欲窮般倕。得非騷賦魂，摶化爲此奇。世人立名字，與俗同妍媸。心省不能言，此妙無人知。」（見《蒼虬閣詩》卷一）此詩所寫，想入非非，刻畫而復傳神矣。荆公有詩云：「積李兮縞夜，崇桃兮炫晝。」（見《寄蔡氏女子》）名句傳誦。此詩寫菊之爛漫，亦略能彷佛也。

天祐星金槍手徐寧　曾習經

鉤鐮槍，孰敢當？連環馬，仆且僵。何以致之時與湯〔一〕。

解道情兼雅怨工，交親義重涕何從〔二〕。偶然欬唾諸天上，未信風人不可蹤〔三〕。

由玉谿入手而能上窮明遠、宣城，下揖黄、陳者，惟蟄庵一人。世人不能知，則以爲異乎吾所聞。蟄庵詩工力最深，由後山而上溯少陵、玉谿、鮑、謝、宣城〔四〕。近體綿麗清剛，自然意遠，非貌襲玉谿生者可擬也〔五〕。有手寫詩一卷，葉玉虎曾影印之〔六〕。

曾習經，字剛父，號蟄庵，揭陽人。光緒己丑舉人，壬辰進士，官户部主事、度支部左丞。民國十五年卒，年六十。

〔原附〕論近代詩家絶句　章士釗

二樵不出名天下，蟄庵宦游人罕知。南海潮音動虚牖，十年静寫館壇碑。

梁任公告余：剛父酷嗜《館壇》，聞余有佳拓，恨未得見。

月下高吭徹清昊，風前遠籟蕩愁陰。平生剛者何曾見，刻畫秋痕爾許深。

【箋證】

○曾習經（一八六七—一九二六），字剛甫，號蟄庵，廣東揭陽人。肄業廣雅書院，爲梁鼎芬弟子。光緒十八年（一八九二）進士。授户部主事，遷員外郎。會改官制，擢度支部左參議，晉右丞。歷官税務處提調、清理財政處提調、印刷局總辦、憲政編查館學部諮議等職。民國後，蟄居京師，閉門不出。嘗買田寧河縣，躬耕隴畝，嘯歌自樂。晚境甚窘，至典書易米。著有《蟄庵詩存》、《蟄庵詞》。見曾靖聖《度支部右丞曾府君行狀》（《碑傳集三編》卷八）、姚梓芳《曾右丞傳》（《秋園文鈔》卷下）。

〔一〕見《水滸傳》第五六回《吴用使時遷盜甲、湯隆賺徐寧上山》及第五七回《徐寧教使鉤鐮槍、宋江大破連環馬》。

按：《乾嘉詩壇點將録》：「金槍手彭甘亭：鉤鐮槍，若是班。連環馬，不復還。家藏雁翎之甲最精妙，竊此者誰鼓上蚤。」汪即擬其句法，而稍加變化。

〔二〕曾習經《壬子八九月所讀書題詞》十五首之二：「雅怨兼深見性情，交親不薄涕縱横。君王故有憂生歎，未覺中和始可經。」自注：「子建沈摯宛篤，敦於性情，鍾記室謂『情兼雅怨』是也。昔王弇州讀『謁帝承明廬』，便迴環往復百數十遍不可休，予於『初秋涼氣發』一篇亦然，每至『子其寧爾心，交親義不薄』，蓋不知涕之何從也。」（《蟄庵詩存》）按：汪詩即用此。後「未信」句，亦從曾結句脱胎。

〔三〕葉恭綽《蟄庵詩存序》：「其爲詩，回曲隱軫，芬芳雅逸，蓋自《詩》、《騷》、曹、陸、陶、謝、李、杜、王、韋、韓、孟、温、李，以迄宋明歐、梅、蘇、黄、楊、姜、何、李、鍾、譚之徒，暨夫釋家偈句、儒家語録，悉歸融洗，而一出以温厚清遠，蓋庶幾古之所謂風人之言，尚論近三百年詩者，吾以必將有所舉似也。」（《蟄庵詩存》卷首）

按：「風人」云云，當據此。「欬唾諸天」，見「林旭篇」注六。

〔四〕梁啟超《曾剛父詩集序》：「剛父之詩凡三變：蚤年近體宗玉谿，古體宗大謝，峻潔遒麗，芳馨悱惻，時作幽咽淒斷之聲，使讀者醰醰如醉；中年以降，取徑宛陵，摩壘後山，斲彫爲樸，能皺能折，能瘦能澀，然而腴思中含，勁氣潛注，異乎貌襲江西，以獰態向人者矣；及其晚歲，直湊淵微，妙契自然，神與境會，所得往往入陶、柳聖處。生平於詩不苟作，作必極錘煉，煉辭之功什二三，煉意之功什八九，洗伐糟魄，至於無復可洗伐，而猶若未饜。所存者則光晶炯炯，驚心動魄，一字而千金也。」（《蟄庵詩存》卷首，又《飲冰室文集》四三）

按：梁、曾交篤，故其批評親切，要言不煩。屈向邦《粵東詩話》卷一：「揭陽曾剛父習經有《蟄庵詩存》手寫本，梁任公序之，葉譽虎影印傳世。其詩託意深微，而出以淡雅，温厚清遠，在宛陵、後山間。在故都中，與晦聞先後名家，可稱『粵東二妙』。或謂其近體宗玉溪生，此蓋指其少作而言，任公之序亦曾言之。中年以後，則『我詩務平淡，稍涉宛陵藩』（見《盆蘭盛開》一詩中），夫子已自道之矣。」亦可參。

《平等閣詩話》卷一：「吾友揭陽曾蟄菴，爲詩沈博絶麗，學玉溪得其神理，固今時獨樹一幟者也。《無題》七律四首云：孔雀西飛月午樓，露叢煙草一年秋。嚴城清角嗚嗚咽，獨夜么弦瑟瑟愁。不信端居勞夢想，未應暫動又還休。銀河耿耿流雲媚，猛省星期過女牛。又：度陌臨流意已悽，一年芳物不堪題。渠塘水落鴛鴦冷，廢井秋荒絡緯啼。四角迴紋旋向裏，東南初日漸趖西。條桑百結羅敷怨，自捲綃衣愛整齊。又：聽雨簾櫳漏板沈，殘春小夢便關心。祇愁泥滑妨嬌馬，卻恨輕寒殢晚禽。水閣人歸燈悄悄，露桃花落巷愔愔。流年暗度東風遠，後夜相思不可尋。又：强笑佯羞半斂歌，鏡奩花草玉瑳瑳。最憐嬌小窺門户，卻與春風鬥綺羅。藥轉幾時投月姊，槎風回路見星娥。幼輿欲語還惆悵，正是春機弄玉梭。又《無題》五律六首云：板閣酒猶困，風屏燈欲摇。窺人有殘月，流夢失春宵。桃葉遲淮水，楊花滿謝橋。芳時幽怨極，坊巷咽餳簫。又：漠漠彈花粉，喃喃落燕泥。鬱金香在袖，瑶玉冷妨肌。露井夭桃謝，風簾鸚鵡啼。斷腸春不管，曾是雨絲絲。又：無憀還有恨，惜別復傷春。欲織紅鴛錦，新鏤緑玉塵。叩雲通一語，燒燭掩孤嚬。虛負瑶華夢，年年芳意新。又：憂患浮生事，還來讀道書。銀燈消昔夢，華屋及春居。寂歷舊情謝，蕭條清夜徂。行郎空柘彈，歸馬欲踟躕。又：蝶粉輕難觸，龍香瘦自持。他時曾病酒，安坐且調絲。子夜沈沈去，年芳故故遲。瓊瑰化清淚，不惜併酬伊。又：白馬從驪駒，垂垂倒玉魚。後門花月散，初日鳳凰雛。濁水污泥恨，淒馨豔怨圖。未愁芳物盡，待寄陸郎書。鑄詞瑰瑋，殊不似從人間來。」又：「近見蟄盦詩云：秋玉何妨折，明燈竟自煎。不才逢末世，將淚寄遥年。此意無人識，高情不厭偏。惟憐新病後，殘月曳虛弦。《無題》云：剪髮涂眉有舊歡，舞衣褶褶落千盤。夢迴漳水飛金鳳，春去秦臺憶彩鸞。神女欲歸前浦雨，靈旗微動碧波瀾。横塘一夕秋風早，不語垂鞭悵望間。《有感》云：闌風伏雨作新涼，歷歷秋星禮國殤。别後書齋誰料理，重來燕子説興亡。招魂正則心先死，乞食黔敖事可傷。慚謝親朋遲蹈海，天涯遥爲一霑裳。《崇效寺看花》云：悵望春歸十日陰，落花臺殿更清深。被欄碧葉如相語，辭世青鴛不可尋。物外精藍誰捨宅，亂餘榛莽漸成林。迷陽郤曲饒憂患，那得端居長道心。又《無題》云：待得郎來烏夜啼，送郎行處草萋萋。繁霜昨夜過河朔，不見天雲照井泥。又七絶二首云：『睡起涼痕落簟紋，遠山清瘦似夫君。一龕禪寂上燈火，黄葛花開秋雨繁。』『烏帽微欹晚放衙，亞牆風動玉交加。春陰十日無多雨，清絶曹司白杏花。』斷句云：『漸擬偷閒聊學佛，已成玩世未休官。』『故國別來無好夢，殊鄉今夜作中秋。』『哀樂十年殊孟浪，文章百輩枉江河。』『草樹經冬未芽蘖，亭臺遲日轉淒清。』盪氣迴腸，字字拗折，玉溪孤憤，彷彿同之。」又：「丙午夏五，吾友蟄菴由扶桑歸滬，將入都，伯嚴吏部亦適戾止，互以新詩書扇相酬酢，較之縞紵言歡，尤有風味。特録存之。蟄菴《春寒》四律云：懷遠傷高一往深，碧雲廻合自愔愔。他鄉翠柳供愁斷，別館朱樓隔雨沈。歌舞漸闌聞酒惡，風幡微動惱禪心。衰遲亦有閒花草，未中思量且不任。又：夢雨靈風盡日吹，義山哀怨有微詞。相逢旅雁酬佳節，惆悵吴蠶失後期。頗念漳邊新卧病，漫勞中禁費尋思。客嘲賓戲都無奈，半月苔痕斷屐綦。又：漸亂春愁不可勝，蕭條花葉共畦塍。酒醒車馬迷蹤跡，別後池臺有廢興。前閣雨簾聞啄木，曉窗風幔暗飄燈。近旬無月臨寒食，一椀齋糜冷似冰。又：畹畹年芳一半休，嫩苔生閣坐端憂。甯知沈酒非荒宴，可惜逢春衹遠游。靈鞠才名隨仕宦，嵇康嬾性負山邱。白桐花發郊扉静，不遺東風放紫騮。（中略）讀蟄菴詩如飲醇酒，令人不覺自醉。」按：《春寒》四律，題爲《和李亦元春寒四首》，見《蟄庵詩存》。

又，《魚千里齋隨筆》卷上「曾剛父」條：「曾剛父善詩，能爲幽微怨慕之聲。清季以部曹洊至卿貳，甲午喪師後，感朝政日非，憫亂憂生，詞愈淒苦。嘗與梁啟超任公坐舊京碧雲寺石橋共語，相向痛哭。任公南歸，剛父贈詩有『他時獨自親調馬，愁見山花故故紅』、『前路殘春亦可惜，江南四月有啼鶯』等句，皆含思綿邈，讀之惘然。」「樂昌張魯恂丈，八十後輯録番禺梁鼎芬節庵、順德羅惇融癭公、黄節晦聞及剛父所作，爲《嶺南四家詩》。」「其中最精警者，則剛父也。任公稱：『其詩直湊淵微，妙契自然，神與境會。生平不苟作，作必備極錘鍊，鍊辭之功什二三，鍊意之功什八九，洗伐糟魄，至於無復可洗伐，猶若未饜。所存者則光晶炯炯，驚心動魄，一字而千金也。』云云。推之似若稍過。然綜觀剛父諸篇，雖刻意鍛鍊，而英華四溢，表裏澄瑩，絶去雕鏤之跡。至其寓意玄冥，吐詞淒斷，有微風度簫之妙，非維癭公所不能至，即節庵、晦聞亦尚隔一塵也。」「余尤愛其所作七言絶句，可謂丰神絶世。其佳處在全不運用典實，稱意書之，無格格不吐之辭，而又低徊往復，使人味之無盡。如《别夢》云：宫扇葳蕤半褪金，一篇哀麗舊傷心。他時漫滅無文字，猶得情人宛轉吟。《有感》云：故逕靡蕪不可尋，小樓煙靄暮愔愔。東風幾日飛么鳳，零落桐花一寸深。《秋齋》云：『夜深簌口（按原缺，據《蟄庵詩存》，其字爲簌）動梁塵，遠寺殘鐘聽未真。隙月斜明飛露脚，四更秋館未眠人。』『一枕春愁似影煙，撩人秋色又今年。中庭已少閒花草，每到斜陽獨惘然。』至其田園諸詩，則饒有逸趣，一種閒適之致，謂可方駕放翁、石湖。如《田間雜詩》云：『新鑿方塘號鏡渠，晚栽柑柳尚疏疏。一詩與結明年約，半種菱荷半種魚。』『夜起微茫月墜霄，青蘆風動響蕭蕭。平生久慣江鄉味，卻又關心早晚潮。』『蛙聲閣閣水平畦，秔稻初秧緑未齊。雨後斜陽紅較好，小船摇曳過河西。』『落日回風逼發生，野田黄雀報初更。燈窗夜氣侵危坐，還我當年舊短檠。』作詩愛用典實，動輒堆砌滿紙，窒塞性靈，自是一病，上列剛父所作，皆平實顯豁，而風華朗潤，何嘗矜奇炫異，以獰態向人耶。七絶最不易作，唐人雖工爲此，標舉萬首，絶佳者亦復寥寥。宋以後多以意爲主，末流稍近棘塞。清初漁洋專主風神，以救其弊，然過矜神韻，又蹈空疏。若剛父獨秀兼工，奄有宋唐之勝，則近百年來，不易數數覯也。」

〔五〕汪辟疆《題〈蟄庵詩存〉卷首》：「剛父、晦聞二家詩，向所嗜誦。二家皆於玉谿致力甚深，而參以後山孤往之境，亦韶令，亦堅蒼，異乎明清閒之宗温李者也。」（《汪辟疆文集》）

〔六〕葉恭綽《蟄庵詩存序》：「余校刊亡友曾剛甫遺詩竟，爲之叙曰：余讀剛甫詩，蓋不勝友朋死生聚散之感也。始余光緒壬寅歲來京師入大學時，年方二十，頗不爲當世賢豪所棄，引爲忘年交，其時即識剛甫，厥後屢有江海及國外之行，第居京師時爲多。今忽忽廿餘年，余鬢且斑，中經世局人事之變遷，柴棘盈胸，求如昔者朋儕聚首、琴尊跌宕之樂，蓋渺如天上，而剛甫且以貧病死矣。顧念昔時游侶，如梁節庵、陳簡持兩丈、李亦元、丁叔雅、黄孝覺、羅癭公先後逝，趙堯生歸蜀，久不通問，楊昀谷則窮居京師，知交落落如晨星，一睽殆不可復合，而余流轉人海，志業一無所就，求附於數公之末，以文學名世，殆亦無能爲役，其懷抱之何若，蓋可知也。亦元《雁影齋詩》，久已付刊；節庵詩爲余越園集刊，尚非其全；癭公詩近經其弟敷庵編定，不日刊刻；簡持遺著，則殆已散佚；叔雅所作，余聞在剛甫許，乃求之剛甫家不可得；孝覺詩則益不可問。文人一生心血所聚，區區數簡册，求其不即湮没，蓋尚如是之難也。余往者病，居癭公所寓順德會館，孑身無僕從，臥榻上不能起，室中寂若僧寮，剛甫每日斜下值，則來館中，冠四品冠、衣袍袿，蹀躞廚下爲余烹藥，情景宛在心目。而宣統庚戌，余以病南下，剛甫則爲詩送別，今集中『琨玉秋霜絶世姿』一首是也。日月易得，遂成隔世，思舊之懷，其何可任？剛甫於友朋風義至篤，叔雅、節庵、癭公之逝，傷今悼往，一著之篇章。（中略）剛甫手訂詩，自寫爲二册，緜惙中以授余，屬爲刊印。今得蕆事，庶不負死友之託，而簡持、叔雅諸君，名具在集中。溯念昔游，風流如昨，而前塵夢影，渺不可追，循誦兹編，益不禁思之連犿無極也。」

〔葉玉虎〕葉恭綽（一八八一——一九六八），字裕甫，一字譽虎（一作玉虎），晚號遐庵，廣東番禺人。肄業京師大學堂。於民國間，歷任交通總長、鐵道部長。建國後，又任中央文史館副館長、中國畫院院長等職。著有《遐庵詞》、《遐庵彙稿》。輯有《廣篋中詞》、《全清詞鈔》、《清代學者象傳》等。見《葉遐菴先生年譜》。

培軍按：諸家之論剛甫詩，有可與方湖比較者。如《近代詩鈔·石遺室詩話》云：「剛甫五言工爲《選》體，近體詩則出入唐宋。」《石遺室詩話》卷六云：「剛甫詩學甚深，古詩託體晉宋，七言律參用晚唐、北宋法。」此説較寬泛，而方湖之説，未能出其藩也。《定庵詩話》卷上云：「揭陽曾蟄庵習經，五言古詩工爲《選》體，間摹韓柳。近體則出入唐宋。」似即承石遺。《晚晴簃詩匯》卷一七七《詩話》云：「（剛甫）詩託意深微，而出以淡雅，温厚清遠，在都官、後山間，光宣之際，自名一家。」《今傳是樓詩話》第四四三條云：「蟄庵志潔行芳，並時無兩，晚修净土，頗著精勤，以詩境論，固同摩詰。」摩詰、都官，俱方湖所未及。較近方湖説者，爲錢萼孫，其《近百年詩壇點將録》云：「曾蟄庵少年時爲詩沈博絶麗，學玉溪得其神理，中年以後，所作託意深微，祈嚮在宛陵、後山間，蓋絢爛之後，歸於平淡矣。」然與梁序並觀，相去亦不遠，蓋曾詩聲價，早定於任公矣。

天暗星青面獸楊志　沈曾植

十八般武藝高强，有時誤走黄泥岡〔一〕。

寐叟詩，初學涪皤〔二〕。陳石遺在武昌，勸其誦法宛陵〔三〕，詩境益拓。劬書嗜古，淹博絶倫〔四〕。晚年出入杜、韓、梅、王、蘇、黄間，不名一家，沈博深厚，斯其獨到也〔五〕。惟喜用僻典，間取佛書，使人知其寶而莫名其器〔六〕。散原嘗語予：「子培詩多不解，祇恨無人作鄭箋耳。」〔七〕予謂並世能勝此任者，祇有李證剛，散原爲首肯者再〔八〕。今《海日樓詩集》全稿尚庋證剛處〔九〕。

沈曾植，字子培，號乙庵，其署尚有寐叟、東軒、巽齋、乙僧、癯禪、睡翁、持卿、餘齋、灊皤、抱遺、孺庵，嘉興人。光緒庚辰進士，官至安徽布政使。民國十一年卒，年七十三。有《海日樓詩》。

〔原附〕論近代詩家絶句　章士釗

歌哭無端賴自持，湔愁訴夢有誰知。姓名從不向人道，卻肯親書郭泰碑。

丈《高陽臺》詞起句云：「借月湔愁，箋天訴夢。」入民國後，丈自稱寐叟，不用己名，惟先外舅墓碑直署嘉興沈曾植書。

鶴頭書好閉門居，欹枕探經落蠹魚。太息衢尊不重飲，周顒牆宇我趦趄。

在滬，吾與丈同寓新閘路。

【箋證】

○沈曾植(一八五〇—一九二二),字子培,號乙盦,晚號寐叟,浙江嘉興人。光緒六年(一八八〇)進士。授刑部主事,遷員外郎,擢郎中。尋充總理衙門章京。中日和議成,請自借英款,修築東三省鐵路,不果行。二十四年(一八九八),受張之洞聘,主兩湖書院史席。二十六年(一九〇〇),外兵入侵,與盛宣懷等畫策,欲保長江,即所謂「畫保東南約」也。旋還京,調外交部。出任江西廣信知府。後歷署南昌知府,督糧道、鹽巡道等職。三十二年(一九〇六),簡安徽提學使,又赴日考察學務。三十四年(一九〇八),署安徽布政使,尋護理巡撫。宣統二年(一九一〇),移病歸。後卒於滬。著有《蒙古源流箋證》、《元朝秘史補注》、《海日樓札叢》、《海日樓詩集》、《曼陀羅寱詞》等。見《清史稿》卷四七二、謝鳳孫《學部尚書沈公墓志銘》(《碑傳集三編》卷八)、宋慈抱《嘉興沈曾植傳》(《廣清碑傳集》卷一六)、王蘧常《沈寐叟年譜》。

〔一〕見《水滸傳》第一六回《楊志押送金銀擔、吴用智取生辰綱》。

按:《乾嘉詩壇點將録》:「豹子頭胡稚威:十八武藝俱高强,有時誤入白虎堂。」汪贊即沿之,意謂沈詩晦澀,非詩家正法眼藏也。

〔二〕沈曾植《答石遺》四首之一:「陵陽寫本費孿摩,老屋横街凍夜過。卌載故心如夢見,瓣香何敢廢涪皤。」(《海日樓詩注》卷二)范當世《近代詩家評》:「子培詩大概如此,蓋多學山谷,無一毫塵俗氣也。」(《范伯子先生全集》)陳曾壽《讀廣雅堂詩隨筆》:「公於近人詩,最推重海藏,曰:『蘇堪是一把手。』又云:『沈培老詩學深,自是極好,惟有過深之處。』乙老亦深於山谷者,與公不甚合也。」(《東方雜誌》第一五卷三號)

按:汪説當參此。「陵陽寫本」,指宋韓駒《陵陽集》,沈嘗親校刊之。其《重刊西江詩派韓饒二集叙》云:「余少喜讀陵陽詩,嘗得倦圃所藏舊本。」(沈刻本《陵陽先生詩》卷首)《與金甸丞太守論詩書》云:「鄙詩蚤涉義山、介甫、山谷以及韓門。」(《沈曾植未刊遺文》,《學術集林》第三卷)並自道詩法取徑,初不專囿於山谷也。又,王蘧常《沈寐叟年譜》云:「公壯歲詩文學,與恣伯、爽秋最有淵源,論詩與爽秋尤契。其題爽秋《漸西村人初集》第二詩云云。合此觀之,二人取徑,未嘗有二也。」按:詩見《海日樓詩注》卷一,題爲《題漸西村人初集二首》;袁亦以學黄稱,故王譜云。

〔三〕《石遺室詩話》卷一〇:「初梅宛陵詩無人道及。沈乙盦言詩夙喜山谷,余偶舉宛陵,君乃借余宛陵詩亟讀之,余并舉殘本爲贈。時蘇堪居漢上,余一日和其詩,有『著花老樹初無幾,試聽從容長醜枝』句,蘇堪曰:『此本宛陵詩。』乃知蘇堪亦喜宛陵。因贈余詩,有云:臨川不易到,宛陵何可追? 憑君嘲老醜,終覺愛花枝。自是始有言宛陵者。後數年入都,則舊板《宛陵集》,

廠肆售價至十八金。於是上海書肆有《宛陵集》出售，每部價銀元六枚，乙盦、蘇堪，聞皆有出資提倡。」按：汪説當指此。

陳衍《沈乙盦詩序》：「余與乙盦相見甚晚。戊戌五月，乙盦以部郎丁内艱，廣雅督部招至武昌，掌教兩湖書院史學，與余同住紡紗局西院。初投刺，乙盦張目視余曰：『吾走琉璃廠肆，以朱提一流，購君《元詩紀事》者。』余曰：『吾於癸未、丙戌間，聞可莊、蘇堪誦君詩，相與歎賞，以爲「同光體」之魁傑也。』『同光體』者，蘇堪與余戲稱同光以來詩人不墨守盛唐者。自是多夜談，索君舊作，則棄斥不存片楮矣。乙盦博極群書，熟遼金元史學輿地，與順德李侍郎文田、桐廬袁兵備昶論學相契，詞章若不屑措意者。余語乙盦：『吾亦耽考據，實皆無與己事，作詩卻是自己性情語言，且時時發明哲理，及此暇日，盍姑事此，他學問皆詩料也。』君意不能無動。因言『吾詩學深，詩功淺，夙喜張文昌、玉谿生、《山谷内外集》，而不輕詆七子』。詩學深者，謂閱詩多；詩功淺者，作詩少也。余曰：『君愛艱深，薄平易，則山谷不如梅宛陵、王廣陵。』君乃亟讀宛陵、廣陵。明年，君居水陸街姚氏園，入秋病瘧，逾月不出户，乃時託吟詠。余寓廬相密邇，有作必相夸示，常夜半扣門，函箋抵余。至冬，已積稿隆然。又明年庚子之亂，南北分飛，此事亦遂廢矣。君詩雅尚險奥，聱牙鉤棘中，時復清言見骨，訴真宰，蕩精靈。昔昌黎稱東野劌目鉥心，以其皆古體也，自作近體，則無不文從字順。所謂言各有當矣。」（《石遺室文集》卷九）

〔四〕按：曾植以書稱，又以博學名，並世所熟知，不備引。參觀王蘧常《嘉興沈乙庵先生學案小識》（《民國人物碑傳集》卷六，《史學雜誌》第一卷四期）。

〔五〕王蘧常《嘉興沈乙庵先生學案小識》：「晚年知益不可爲，凡一切志意，欲見於世而終不可見者，皆一一籍長歌短句，以發其恢奇藴憤，又往往多爲廋辭，遁於無何有之鄉，緣飾以道釋家言，而變眩迷亂其本旨，而其生平志意，莫能外也。故詩者，先生晚年思想之新拓地也。初先生尚實學，不屑屑於詞章，有作即斥棄。然於詩學實深，夙喜張文昌、玉溪生、山谷内外集，而不輕詆前後七子。中歲以後，治之漸力，泛濫百家，以上泝漢魏，雅尚險澀，於聱牙詰屈中，時復清言見骨，又或踔厲風發，意外驚絶。人讀之，舌撟不下，幾不能句，及細搜脈理，一本《騷》《雅》之遺，又律切精深，未嘗不允蹈先民高矩也。蓋吾禾自竹垞居士後，一百年而有萬松居士，又一百年而有先生，各極其變，異代同方，而鉤玄擘理，推陳出奇，則又過之。其光焰實欲籠百代而有，人或以詩學過深論之，豈知先生者哉。同時與閩縣鄭太夷布政、義甯陳散原主事稱鼎足，號『同光體』魁桀，而與布政又稱『沈鄭』。嘗言：『吾遇太夷，則詩思自生，爲之亦多工。』體則與主事近，惟主事以奇字，先生益以僻典，爲少異。」

按：此論沈詩，亦多承陳衍説。又，錢仲聯亦極推之，《夢苕盦詩話》第八七條云：「邇來風氣多趨於散原、海藏二派，二家自有卓絶千古處。散原之詩巉崄，其失也瑣碎；海藏之詩精潔，其失也窘束。學者肖其所短以相誇尚，此詩道之所以日下。惟乙庵先生詩，博大沈鬱，八代唐宋，熔入一爐，爲繼其鄉錢蘀石以後一大家，可以藥近人淺薄之病。然胸無真學問者，不敢學，亦不能學，否則舉鼎絶臏，其弊不至於艱深文淺陋不止也。」與汪説亦略近。别參《夢苕盦詩話》第八一至八五條。

〔六〕陳衍《海日樓詩第二叙》：「寐叟論詩，與散原皆薄平易，尚奥衍，寐叟尤愛爛熳。余偶作前後《日蝕詩》，寐叟喜示散原，散原袖之以去。寐叟詩多用釋典，余不能悉；余《題寐叟山居圖》五言古四首，寐叟亦瞠莫解，相與怪笑。」（《青鶴雜誌》第一卷一七期，亦見《同聲月刊》第一卷一號）按：「爛熳」云云，參《石遺室詩話》卷三〇：「昔沈子培論詩，以爛熳爲最佳境。」《石遺室詩話》卷二六：「近讀子培《秋齋雜詩》八首云：『秋氣迥蕭瑟，潛波漠西南。浩然風露性，一往寥天參。殘暑强蒸雨，薄雲不成曇。巾車招近局，嘉樹藏詩龕。有酒趣非醉，得朋見不談。情忘中夷惠，世衰隱彭聃。歸路遯超忽，微行蔽松杉。林陰漏光景，仰見雙魚噞。亥宫娵訾九執曆日雙魚，西域至今用此名。』『我有蘭百本，同心盟十年。托根不藉地，保種寧非天。秋庭肅清蔚，孤英發幽妍。杳然空谷思，阻絶懷香緣。流宕夙疾負，衰疾歲月遷。尋芳過鄰畹，予美懷悁悁。』『江霧晨漠漠，江流静洄洄。黿華絢五采，隱蔭遥空來。蜃氣結層標，虹梁冠崇隈。飄摇海童游，翂翐青鸞偕。目鶩洞光景，神行軼埏垓。若有羽衣人，星冠集靈臺。我乘升降烟，天漢淩昭回。卻倚白榆柯，眇延松喬謀。香城一瞬隱，龍漢千期哀。』『與可廣長舌，子瞻眇禪師。客語偶相示，夢迎端不疑。磵竹八風受，池光千波隨。頗復相識不，過河老波斯。』『秋葉無研〔妍〕思，秋燈無顯跡。樓前老槐樹，根幹日摵摵。寒塘蒲葦短，澹日乾坤白。解衣視蔭情，蒼莽遠行客。宿春嗟已晚，輪載助誰役。幸自可憐生，爾牛來角尺。』『客至亦何見，主言自抒懷。非人色相盡，衡氣天倪薤。水石强磯激，木火相摩揩。居然吹比竹，亦或砰神椎。語默孰司契，合離兩非佳。蟬休客亦去，止止還心齋。』『作詩必此詩，詩亦了無住。偶然眼中屑，搆此空中語。七始變宮角，六情淆喜怒。太虛暫點綴，流水無焦蠹。筆汝急來前，寫我非雲句。雲句非雲句，見《楞伽經》。』『綦局慰〔熨〕虚腹，隱囊倚頹顔。茶香鼻有守，鼎静丹方還。樓外天漠漠，樓前雨潺潺。無心蝸篆壁，有情鶴歸山。生年鶡冠子，杜句。納息迦旃延。事往悔吝盡，秋成天野寬。我不著一法，而法循無端。王孫歸去晚，叢桂期同攀。』」以平原、康樂之骨采，寫景純、彭澤之思致，即以詩中『蜃氣』、『虹梁』十句，還狀此八詩。昔王子安、張燕公以所作相示，各有不知出處者，余向和子培《山居圖》五言古，四疊其韻，子培出示李畲曾，以爲頗迷所指，今余讀此八詩，亦時時欽其寶莫名其器。」又：「子培博於佛學。在武昌日，嘗作《病僧行》，深喜自負。詩云：病僧病臘不記年，臆對或自風壇前。蒙戎敗葉擁牀敷，支離瘣木撐風煙。六師派别謬占度，休糧恐是金頭仙。毗藪紐天攝不得，首羅三目眙相看。洗心竭來歸佛祖，縛律非律禪非禪。

含生大期百二十，四百四病根荄全。水氣爲瘖木氣瘧，娥緑斧性裘媒寒。膏粱奥博物有致，此理未可通窮瘝。華子中年病忘久，明心晦惑來無緣。假從毗耶示化儀，不爾五行同人天。婆娑世界一音隔，安有萬二千衆天龍八部相周旋。檀闞失莊嚴，忍虧無强堅。貪欲羸老基，嗔恚疢災牽。得非夙因招現果，突吉羅業雖有懺悔猶沈綿。給孤獨園峥崝山，雁王鹿女游其間。小花正如普陀白，高窟或是毗沙刊。臘休雪嶺夏熱泉，一瓶一鉢疲往還。或有造其關，草枯木石頑。九十六道諍研研，六十四書文複繁。莊嚴刦過，星刦未來，恒沙譬喻不可罄，像法五百盡，末法三千延，病僧病久心茫然。蘇迷廬山芥子小，石女行歌木兒笑，嵐風撼松藤裊裊。幻師善幻五色宣，畫師作畫一筆圓。瘦骨秋巑岏，儵儵野鶴巢其顛，後來合有棱伽傳。讀此作，誰謂蔬笋酸餡之可與言詩哉。子培嘗令汪社耆貌己相爲《病僧圖》，蒙戎牀敷支離瘣木中，首戴圓笠，周圍之簷，或肉倍好，或好倍肉，或肉好若一，或匿笑其不圓。余曰：此正所謂『畫師作畫一筆圓』，乃成其爲病僧之笠也。」

又，夏敬觀《釋迦窈窕室隨筆》：「沈子培曾植爲詩文，喜用佛典。近作《蝶戀花・讀研齋詞》云：嚼碎雲根玄妙句，空也噇空，饑也知饑處。余問字見於何書，曰：用佛書也。是唐以前俗語。考《廣韻》：噇，宅江切，音幢。《玉篇》：喫貌。《集韻》：本作饞，食無廉也。今江西俗語，謂人多食曰噇，讀作幢，去聲。」胡先驌《海日樓詩跋》：「先生學問奥衍，精通漢、梵諸學。

先生視爲常識者，他人咸詫爲生僻。其詩本清真，但以攟拾佛典頗多，遂爲淺學所訾病。第其精粹，及合於石遺室所標舉之平易準則者，已爲石遺先生選入《近代詩鈔》及《石遺室詩録》至二百首，則已足供後人窺仰矣。」（《沈曾植集校注》卷首）《單雲閣詩話》：「回風師嘗謂余，詩中可參禪理，但不可着禪語，余深識之。沈寐叟詩着禪語者，排奡生澀，自備一格。」（《校輯近代詩話九種》）《夢苕盦詩話》第八〇條：「沈乙庵詩深古排奡，不作一猶人語，人謂其得力於山谷，不知於楚《騷》八代，用力尤深也。才學所溢，時時好用僻典生字，更益以佛典，有包舉萬象之力，故不覺其瑣碎。確足震聾駭俗，而人亦不能好之。」

〔七〕陳三立《海日樓詩跋》：「寐叟所爲詩，類不自收拾，散佚不知凡幾。及國變流寓滬瀆，始録存稍多，即今公子慈護重輯四卷本是也。寐叟於學無所不闚，道籙梵筴，並皆究習。故其詩沈博奥邃，陸離斑駁，如列古鼎彝法物，對之氣斂而神肅。蓋碩師魁儒之緒餘，一弄狡獪耳，疑不必以派别正變之説求之也。」（《同聲月刊》第一卷一二號）

〔八〕《近代詩派與地域》：「（沈曾植）自居南皮幕時，與陳石遺相遇武昌，乃始爲宛陵、山谷之詩，貫穿百代，奥衍瑰奇，尤喜摭佛藏故實，融鑄篇章，一篇脱手，見者知其實而不名其器，惟吾友李證剛可作鄭箋，即散原亦自歎弗及也。」（《汪辟疆文集》）

按：汪此説，錢仲聯極不然，駁云：「（沈詩）僻典奥語，層見疊出，不加詳注，很難索解。曾有妄人，謂沈詩只有李翊灼爲之作注。不錯，李氏爲沈門人，邃於佛學。但沈詩的詞語來歷，並不限於佛典，單注佛典，也並不能完全解決問題。所以李氏也始終没有爲沈詩作注。」（見《沈曾植集校注·前言》）

又，張爾田《與夏承燾書》：「僕於寐叟，蹤跡過從，不似彊翁之密。又其門庭峻絶，亦不似彊翁和易近人。燕閒既不輕道其生平，人亦未敢輕問。故其詞事多未能盡知。嘗記在海上出一卷詞，囑爲删去小令二首。叟曰：『此詞誠可去，但其本事頗欲存之。』問其事，亦不之言。又嘗示以一詩，滿紙佛典。曰：『此詩子能爲我箋注。』余閲之，曰：『詩中典故，我能注出，但本意則不敢知。』叟笑曰：『此亦當然。本意本非盡人能知者。』舉此二事，則箋注其詞，殆甚難也。寐叟詞除一二僻典外，所用佛典，大都習見語，出於語録者爲多，然欲徵其出處，則亦甚費力。此不特注家爲然，即作家亦是隨一時記憶所及，未必盡能記其出處也。又寐叟用典多不取原意，而别有所指。即使盡得其出處，而本意終不可知。如其詩『劉郎字未正邦朋』句，『邦朋』出《周禮》，『劉郎正字』則用劉晏事。兩典合用，而其意則譏今之黨人。其詞亦然。惜其當時事蹟，我輩無從盡曉耳。此亦如李長吉詩，鑿空亂道，任人欽其寶而莫名其器，自是天地間一種文字。」（《天風閣學詞日記》一九三七年一月九日引）

〔九〕汪辟疆《與龍榆生書》：「《海日樓詩集》，證剛已校寫三分之二，一俟校畢，即保險交郵奉寄。

證剛云有確知其年月而此卷誤編者，有渠處所鈔而此卷遺漏者，將另爲校定，俾成定本。培老爲清代博雅第一人，遺著既多未寫定，則此數卷之詩集，不能不及早刊布，亦後死之責也。」（《龍榆生先生年譜》引）胡先驌《海日樓詩跋》：「讀散原丈跋，知流寓滬瀆後收拾散佚，録存舊作，經哲嗣慈護重輯成四卷本。予此本則據臨川李證剛先生翊灼所鈔録者編次而成。讀石遺先生序二，知慈護重輯本録詩九百餘首，證剛手録本則顯不及此數。予雖忝列門牆，然除髫年應童子試時得數瞻風采外，先生迅即赴皖學使任，予又出國治草木之學，久不得奉手請教益。迨戊午執教南雍，始獲間至滬寓拜謁，亦未得讀全稿。證剛手録本次序頗多訛舛，證剛殁後，予從其哲嗣假來，編次成今六卷本。他年如有學人參照慈護重輯稿，並網羅石遺先生所録存及其他佚稿，俾成全璧，梓以行世，亦盛世尚文之要政也。」

培軍按：寐叟論詩有創説，所謂「三元」、「三關」，影響近代詩學至巨。「三元説」，見《寒雨積悶、雜書遺懷、襞積成篇、爲石遺居士一笑》詩（《海日樓詩注》卷三，參觀《菌閣瑣談》），《石遺室詩話》卷一引之，蓋二家之所共創也。「三關説」，見《與金潛廬太守論詩書》，錢仲聯《夢苕盦詩話》第八六條、王蘧常《沈寐叟年譜》均嘗徵引，（全文載郭紹虞主編《中國歷代文論選》第四册、錢仲聯整理《沈曾植未刊遺文》、許全勝《沈曾植年譜長編》）并极力推崇。實則此説，早發端於《寐叟題跋》上册論支謝詩三則（參觀《海日樓題跋》卷一「王壬秋選八代詩選跋」條），錢默存《談藝録》（補訂本）第二三九頁力駁之，以爲「蠻做杜撰」、「英雄欺人」，是也。

天空星急先鋒索超　周樹模　附左紹佐

十蕩十決，萬人之傑〔一〕。

六轡不驚揮翰手〔二〕，也能恣肆也能閒。泊園詩骨知誰似，上溯遺山與半山〔三〕。

達官能詩者，廣雅而外，當推泊園老人〔四〕。其詩於奔放恣肆之中，有冲澹閒遠之韻〔五〕。長篇險韻，盡成偉觀，王梅溪評昌黎詩所謂「韻到窘束尤瑰奇」者也〔六〕。竹勿與泊園唱和極多，詩在昌黎、東坡之間〔七〕。

周樹模，字少樸，號沈觀，天門人。光緒己丑進士，官至黑龍江巡撫，民國官内閣總理。民國十四年卒，年六十六。

左紹佐，字笏卿，又署竹勿，應山人。光緒庚辰進士。官廣東南韶連道、雷瓊道。

〔原附〕論近代詩家絶句　章士釗

北城松竹雜蓬蒿，隨分詩情掛鬱陶。七世將家三楚少，用樊山句。茶陵而後泊園高。

乙卯中丞出京詩云：「桑下轉頭增戀惜，北城松竹是吾園。」樊山詩云：「七世將家三楚少，獨吾投老戀青氊。」

千帆謹案：右一首屬周少樸。

【箋證】

○周樹模（一八六〇—一九二五），字少樸，號沈觀，晚號泊園老人，湖北天門人。少肄業經心書院。光緒十五年（一八八九）進士。散館，授編修。簡江蘇提學使。旋丁憂家居。張之洞督楚，聘主兩湖、江漢、蒙泉各書院。二十八年（一九〇二），服闋，由編修擢御史。三十一年（一九〇五），充出洋考察憲政隨員，歷游日本、歐洲諸國。三十三年（一九〇七），調奉天左參贊。明年，擢黑龍江巡撫。辛亥後，引疾去職，蟄居滬上，與瞿鴻機等游。民國三年（一九一四），徐世昌任國務卿，引入都，任平政院院長。前後在京十年，與樊增祥、左紹佐最契，號「楚中三老」。著有《沈觀齋詩稿》。見左紹佐《清授光禄大夫建威將軍黑龍江巡撫周公墓志》（《辛亥人物碑傳集》卷八）。

○左紹佐（一八四六—一九二七），字笏卿，一字竹勿，湖北應山人。少肄業經心書院。光緒六年（一八八〇）進士。授刑部主事。先後官法曹三十年。與李慈銘、袁昶、沈曾植善。嘗掌教經心書院，與張裕釗相討論，治《儀禮》甚精。并編《經心書院集》。積資至郎中，考軍機章京暨御史。庚子，兩宫西狩，隨扈，入直樞垣。旋轉御史，掌監察福建道。擢給事中。簡廣東南韶廉道。辛亥鼎革，避居上海，與遺老結汐社。民國後，官京師，與周樹模、樊增祥交契。早歲詩文，見《江漢炳靈集》。又著有《日記》百餘册。見傅嶽棻《應山左笏卿先生墓碑》（《辛亥人物碑傳集》卷九）。

〔一〕《晉書》卷一〇三《劉曜載記》：「隴上壯士有陳安，（中略）七尺大刀奮如湍，丈八蛇矛左右盤，十蕩十決無當前。」顧炎武《日知録》卷七「奡蕩舟」條云：「古人以左右衝殺爲蕩陣，其鋭卒謂之跳蕩，别帥謂之蕩主。」按：此爲索超之贊，超爲「急先鋒」，故云。

〔二〕歐陽修《有馬示徐無黨》：「馬雖有四足，遲速在吾心。六轡應吾手，調和如瑟琴。」（《歐陽修全集》卷五）《出郊見田家蠶麥已成慨然有感》：「收取玉堂揮翰手，卻尋南畝把鋤犁。」（同前卷九）按：喻其詩春容閒雅。「六轡」，語見《詩·秦風·駟驖》。

〔三〕按：此謂周詩取徑，不僅在王安石，元好問亦其一也。與諸家説稍異。説詳後按。

《沈觀齋詩》卷首《題辭》，沈曾植：「思日深，骨日緊，與時俱進，掉臂獨行。此真元豐、元祐間宋詩，非西江所能限也。發興特似簡齋，樹骨儼然介甫。吾昔論王、陳不二，於沈觀詩徵之，其信此言。」左紹佐：「讀沈觀詩，仿佛若有所見，口欲言而未能，亦世間奇境也。子由言東坡過海詩，精深華妙，而後山頗言其出之易，然東坡之精深華妙，後山集中亦復無有也。沈觀以後山之難，用東坡之精深華妙，一字不肯率下，一語不肯輕出，新而不纖，深而不晦，瘦而不枯，沈而不澀，庖丁之刃游而有餘，中間雜以石湖、簡齋、山谷，及唐之香山、昌黎、少陵，以上追漢魏《騷》《雅》，一鑪鑌鐵鎔成金液，無從分別，無可舉似，故斷然自成一沈觀詩矣。」

〔四〕《讀常見書齋小記》「展庵醉後論詩」條：「以達官而爲詩人者，近代只廣雅、滄趣、洎〔泊〕園三家：張詩沉著，陳詩雋永，周詩恢張，並能虛實並用，濃淡相間，亦以其骨幹能搘柱此二事也。意足於辭，故有力有味，否則爲紗帽詩，何足取？」（《汪辟疆文集》）

按：此語本易順鼎。鄭孝胥《題孫師鄭吏部詩史閣圖卷》：「近代詩才讓達官，曾聞實甫論詞壇。」自注：「易實甫言：近人官愈大詩愈好，南皮、常熟是也。」（《海藏樓詩集》卷七）又王逸塘《今傳是樓詩話》第八二條云：「易哭盦順鼎每謂近代達官多詩人，蓋謂翁松禪與張廣雅也。」亦可證。

〔五〕《石遺室詩話》卷一六：「沈觀近作，頗恣肆放，百態妍然，清真閒適處，每使人諷詠不厭，不專恃才氣見長也。《和樊山泊園看花韻》云：嬝娜新紅發故枝，年芳未晚悵來遲。記從栗里人歸後，幾過桃花飯熟時。楚客誅茅猶有宅，松江賞雨可無詩。春雲勸住緋和紫，泥飲拚爲十日期。《和樊山與笏卿過泊園納涼韻》云：夜月無心問缺盈，得清涼地可長生。閱時喬木不知老，依草夏蟲空自鳴。留客茶瓜分野餉，說詩蔬筍似僧清。素心有待同晨夕，莫惜南城往北城。《早春和衆異》云：又當草長鶯飛日，隔歲池臺尚我春。已老未衰翻自喜，相知最樂況方新。嬉游無分遭平世，今昨懼非懺此身。强説阿婆塗抹事，花枝冷笑白頭人。《凉夜》云：禿鬢修髯何許人，壁燈明暗影隨身。非仙已自經千刼，聞道知猶隔幾塵。夜静忽驚飛雨過，秋凉還與敝袍親。魯齋學派遺山史，世俗流傳恐不倫。《寓居潛若宅中、齋前老槐二株、百年前物也、日夕納凉其下、遂爾成詠》云：兩槐森向人，坐閲世代長。婆娑送日月，海田今幾桑。餘此半畝陰，清簟夏日凉。時俗貴薄媚，兀爾何其蒼。與樹論年輩，當我大父行。附身綴醜瘤，液漏如脂肪。蠹蝕心半空，蚍蜉撼不僵。老氣致雷雨，清風生坐旁。中有白鬚翁，蹲踞一胡牀。擁鼻作洛詠，草際鳴寒螿。樹知我誰何，亦豈解詩章。我自愛佳蔭，看月轉西廊。《和竹勿追凉十刹海歸飲泊園韻》五首云：『逃暑百事廢，亦復懶讀書。懷哉城南叟，時來共一壺。本不爲盤飧，況有酒與魚。醉中故兀兀，覺後亦蘧蘧。叔夜龍性人，意苦當關呼。如何不憚煩，更駕窮途車。』『君出無他適，肯來就我言。籠詩常在袖，相見或不冠。自言老欲眠，忘事如師丹。此説吾未信，文稿屋三間。日鈔細字書，腕脱爲後山。頗似入塾童，逃學來吾園。』『園樹密不剪，池荷稀未開。虚室無關鎖，面面納輕颸。水外魚出戲，花邊蝶亂飛。即事足欣賞，意行無町畦。猶有癖未除，幾堆石怪奇。擬築看山樓，攬翠天之西。』『我思浄業湖，湖樓鬱岧嶢。年年荷花時，買酒醉晴郊。紅粧隱翠蓋，一水爲之招。吾廬隔西涯，曾不里許遥。弄花半新人，攀柳無舊條。幸得二叟從，及此綠未凋。』『君詩味古淡，收我汗漫心。真意披肺肝，淺語轉覺深。感慨徒爲爾，昔固知有今。吾輩行日中，息影當以陰。腳下有惠泉，隨時可酌斟。荷露相與烹，芳氣彌予襟。』近體皆妙於語言，情景曲傳得出；古體極似滄趣樓《京寓雜詩》。（中略）大概滄趣詩喜謹嚴，沈觀稍馳騁，而出以閒適，則多同也。」按：汪評略據此。參觀《石遺室詩話》卷一〇第一三條、卷一六第七條、卷一八第八條、《今傳是樓詩話》第三三二條。

〔六〕宋王十朋《讀東坡詩》：「日光玉潔一退之，亦言能文不能詩。碑淮頌聖十琴操，生民清廟離騷詞。春容大篇騁豪怪，韻到窘束尤瑰奇。」（《梅溪先生後集》卷一四，明天順刻本）按：此云周詩氣象寬博，能爲長篇，具杜韓之偉觀也。《沈觀齋詩》第五册《麟德硯歌爲樊山翁作》，左紹佐批：「萬金駿馬，騰澗注坡，如履平地。筆墨皆化爲烟雲。」沈曾植批：「筆陣縱横，氣調仍復沈肅，此爲大家。」《三月三十日、鞠人相國招飲弢園、出圖索題、賦呈長句》，樊增祥批：「昔人論七言古詩，須腰腹飽滿，首尾完足。此詩述事抒情，大力包舉，如造一巨屋，口口梁柱，廣庇衆材，及其造成，但覺精嚴閎大，不見斧鑿之跡。是之謂大匠。」又王逸塘《今傳是樓詩話》第三三二條云：「時賢之詩，其氣象最博大者，要以天門周泊園中丞爲首屈一指。」亦同此意。參觀《石遺室詩話》卷一六第五、八、九條。

〔七〕《石遺室詩話》卷一〇：「左笏卿兵備、周少樸撫部，皆常與仁先唱和者。笏卿有《同沈觀蒼虬游天寧寺》云："天寧我屢來，兹游特蕭爽。開軒望西山，白雲如鶴氅。萬籟已笙竽，松風振奇響。時聞妙香至，前廊丹桂兩。浮圖矗其南，不知幾十丈。下有孤鳥翔，極視入蒼莽。昔傳有光怪，倒影散窗幌。常思伺靈境，異事徵惚恍。槐柏六七株，翠葉參天上。知非百年物，老態成崛强。鬱鬱虬龍姿，自帶風煙長。經閲幾游人，視我猶襁褓。金色見如來，植立示一掌。山河滿大地，世界何修廣。誓度萬刧人，豈曰非非想。我方讀楞嚴，自笑落塵網。炊沙諒難成，苦搔不著癢。那能通寂照，一旦袪疑罔。日脚白晶晶，秋暉下平壤。昏鴉亦投林，嘶騎動歸鞅。夕磬何泠泠，悟悦足心賞。笏老極喜余詩，去年忽忽相見，未暇讀近作，憶舊所見於仁先處者，傑構亦不止此也。"

《今傳是樓詩話》第二一八條："楚中有『三老』之稱，謂樊樊山、左笏卿、周少樸也。三老均爲退宦詩人。入民國後，又均寓都下，文酒過從，一時稱盛。（中略）笏卿有《和樊山少樸治薌夏日雜興八首》之一云："宣南老屋伏魔東，蝦菜隨時小市通。僧磬屢催歸樹鳥，書釘時引打窗蟲。電飛遥識前山雨，月暈先知翌日風。世事茫茫都不問，此生真作信天翁。伏魔謂伏魔寺也。樊山有《同樸公過笏卿共飯》詩云："閒策羸驂過左家，滿窗晴日緑陰斜。寫詩紙已盈書篋，沽酒錢仍費畫叉。陳穀飯增荒後量，洪北江有「嘗笑陳古漁，偏到荒年飯量加」之句。劉蕡菜現榜頭花。菜榜劉蕡姓倪。盤餐總有江鄉意，溉釜烹魚椀覆蝦。少樸有《次答樊山暮春雜興五首》之一云："弄翰觀書未是慵，案頭稿帙積重重。看山螺子盾新畫，瀉酒鵝兒色未濃。腳力過人能不杖，語音到老尚如鐘。簷花細雨宜春帖，近局嫌無二客從。自注：二客謂樊、左二老。又樊山《丁巳除夕雜詩》之一云：堅坐梅邊左笏卿，杜門惟我共茶笙。僕夫與我兩相語，今日過午猶出城。讀之均可想見道從詶唱之樂。不圖今日尚有老成典刑也。樊、周兩公，名位較著。笏卿一字竹勿，應山人。（中略）詩詞均戛戛獨造。所爲日記，密行精楷，數十年如一日。與樊山交期尤篤。並時楚人中，及與樊山輩行相埒者，祇笏卿一人而已。」

培軍按：諸家評沈觀齋詩，論其詩法淵源，歷舉荊公、東坡、山谷、簡齋、後山等，而不及遺山。汪氏「上溯遺山」云云，爲他人所未道，當是別具會心。而夷考其實，似又不然。沈觀自道祈嚮，唯在北宋三家，即簡齋、後山、荊公是也。王逸塘《今傳是樓詩話》云：「周泊園詩宗宋賢，早歲致力簡齋，國變後則致力正字、荊公，晚歲自述所得，有『後山吾友半山師』之句。」此句今不見《沈觀齋詩》，或已佚去；然王多聞故老言，此語必有據。左笏卿《周公墓志》云：「（公）於近人之文，崇伯言而薄才甫，於詩喜稱『二陳』，謂後山、簡齋。」僅舉「二陳」。二人過從密，説自可信。又《光宣以來詩壇旁記》云：「周少樸泊園詩殊有真氣，深得臨川、東坡之意境，晚歲尤高，固一時巨手也。」亦不及遺山。要之，謂沈觀取徑遺山，實鮮資印證者。又，錢默存《容安館札記》第五五五則云：

「周樹模《沈觀齋詩》二册，秀雅而不掩弱，時時流露乾嘉時風華軼宕之體，不盡爲同光面目，於宋人中亦與東坡、石湖爲近，非江西社裏人也。」（其《慎園詩集序》云：「光宣以來，湖北詩人，有天下大名者，樊山、蒼虬爲最，沈觀、笏卿，抑其次也。（中略）同光體既盛行，言詩者競尊蒼虬，如周、左二家，秀難掩弱，亦得把臂入林。」見《慎園詩集》卷首。並可參。）與石遺所云「百態妍然，清真閒適」，其歸一揆。

天捷星没羽箭張清　趙熙

飛石打人，絶於等倫。原作「投石拔距，絶於等倫。」用《甘延壽傳》語。應劭曰：「投石，以石投人也。」張晏曰：「拔距，超距也。」〔一〕其才捷，其技神〔二〕。

天留一老鎮西川〔三〕，諫草焚餘任世傳〔四〕。人數貞元朝士後〔五〕，夢回光緒太平年〔六〕。

香宋詩蒼秀密栗〔七〕。其遺詞用意，或以爲苦吟而得，實皆脱口而出者也。石遺、昀谷咸極推服〔八〕。張清一日連打十五將，日不移影。香宋有此神速〔九〕。

趙熙，字堯生，號香宋，榮縣人。光緒壬辰進士，官御史。

〔原附〕論近代詩家絶句　章士釗

陳楊都到西川去，善頌西川第一人。入境在官均應爾，流傳嗤點卻非真。

陳謂石遺，楊謂昀谷。

八字宗風有服膺，趙岐篤老説師承。後生枉噪同光體，初解袁枚最上乘。

四年前君到渝，對稱詩者以高格、正宗、古韻、雅言相標榜。曾履川請示有清詩家誰爲第一，君曰：袁枚。

事異王維過郢州，卻從理路阨詩流。浩然歸去題襟黯，會看高亭出一頭。

君謂余云：「高二適理路不清，定辜負君之獎借。」高亭在獨石橋。

【箋證】

○趙熙（一八六七—一九四八），字堯生，號香宋，四川榮縣人。光緒十八年（一八九二）進士。授編修。二十一年（一八九五），主鳳鳴書院講席。旋丁母憂。二十三年（一八九七），任東川書院山長。二十五年（一八九九），服闋入京，朝考得記名御史，仍供職國史館。二十七年（一九〇一），任川南經緯學堂監督。二十九年（一九〇三），擢國史館協修、纂修。宣統元年（一九〇九），轉官御史，識陳衍、楊增犖等，極相契。明年，擢江西道監察御史。數上疏言國事。三年（一九一一），保路運動蜂起，四川成立保路會，任京官川南代表。辛亥後，避地上海，與諸遺老游。旋返蜀，主修《榮縣志》，迄未再出。

著有《香宋詩前集》、《香宋詞》、《情探》等。見王仲鏞《趙熙年譜》（《趙熙集》附）、陶亮生《趙堯生先生事略》（《榮縣文史資料選輯》第五輯）。

〔一〕見《漢書》卷七〇《甘延壽傳》。

〔二〕按：合贊張、趙。「捷」字，扣「天捷星」也。參見注八。

〔三〕《左傳·哀公十六年》：「孔丘卒，公誄之曰：『旻天不弔，不憖遺一老。』」杜預注：「仁覆閔下，故稱旻天。弔，至也。憖，且也。」「不憖」句，見《詩·小雅·十月之交》。

按：趙熙晚歸蜀中，終不再出，故反用此典，以稱美之。《今傳是樓詩話》第二四條云：「若論蜀中俊流，香宋固應首屈一指。」又：「君於國變後流寓海上，回川後，即隱居不出。曾刻意填詞，旋亦中輟。所爲詩久已流播海内。」可參。

〔四〕杜甫《晚出左掖》：「避人焚諫草，騎馬欲雞棲。」仇注：「劉須溪曰：焚諫草，不欲人知也。避人而焚，并掩其跡矣。《晉·羊祜傳》：嘉謀讜議，皆焚其草，故世莫聞。」（《杜詩詳注》卷六）

按：趙熙官監察御史時，奏章屢上，風節凜然，故云。事詳王仲鏞《趙熙年譜》。又，梁啟超《庚戌秋冬間，因若海納交於趙堯生侍御，從問詩古文辭，書訊往復，所以進之者良厚，顧羈海外，迄未識面，輒爲長謡，以寄遐憶》：「諫草留御床，直聲在天地。」自注：「君所上封事，什九留中。」

(《梁任公詩稿手蹟》)並可參。

〔五〕劉禹錫《聽舊宮中樂人穆氏唱歌》:「休唱貞元供奉曲,當時朝士已無多。」(《劉禹錫集》卷二五)

〔六〕《石遺室詩話》卷一六:「壬子後,堯生自滬歸蜀,寄在重慶,幾陷不測。又次年歸榮縣,憂患離索之餘,愈視友朋如性命。寄詩多首代書,使余分致諸故人,語意沈痛,皆從肺腑中迸出,非薄俗輕儁之子所能勉託也。《得瘦公書、識京華故人消息、喜極志感》云:燈下欣如聚故人,經年南北斷知聞。苦吟健飯陳無己,行乞枯僧楊子雲。惟汝梁鴻妻共廡,有人王霸子成群。獨憐老跨耕牛者,强唱農歌媚細君。此首總憶諸故人,而真摯之情,已不同尋常矣。三句謂余,四句謂楊昀谷,六句謂畏廬,七八句謂曾剛甫。《上任公》前四句云:無名死近不才身,一髮餘生賜老民。寡識送將禰處士,反騷留得楚靈均。即言癸丑重慶之亂,有假託君名肇事者,幾被連及,任公諸人營救乃白也。『反騷』用得有趣。《知昀叟近狀百感作寄》云:並無歸路到禪關,獨影栖栖燕市間。講肆爲生通馬隊,歲寒留約斷巴山。佳兒已解應官未,舊侶同嗟得食艱。莫唱秋墳聊近酒,老來還泊落星灣。首二句言昀谷躭禪寂,而未得安身立命之地;三句謂掌教知事傳習所;四句謂昀谷四川郡守,終未到省。《蟄庵爲農戲寄》云:老去多牛號乃公,全家力作畝南東。半生識字干天怒,八口占星盼歲豐。留命桑田休問海,傳香麥隴自聞風。杏花菖葉陂如鏡，椎髻相看一笑中。剛父官度支部十餘年，至左參議，積廉俸至萬餘金。亂後不欲復仕，盡以買天津軍糧埕之田，乃斥鹵不堪耕種者。堯生微聞之而未知其詳，中四句云云，若尚有收成之望也者，然『占星』、『傳香』，已近望梅止渴矣。《憑石遺寄海藏樓》云：前歲曾吟鄭君里，櫻花紅白閉禪關。悠悠世事憑翻覆，落落詩流倦往還。誰識心雄萬夫上，無窮事在一樓間。未來天地從君卜，大海潮頭壁立山。《懷畏廬叟》中四句云：一飽一飢留命在，古心古貌立人間。遺民汐社偕陳鄭，列國虞初鑄馬班。《寄叔海先生》末四句云：我歸故里如羈客，人指中華賸酒徒。幸入青山無片屋，免教賣婦貼官租。自注：國民供億之苦，財政貴人不知也。而讀之使人累欷者，莫如《讀石遺室詩話記慨》云：故人各各風前葉，秋盡東西南北飛。今日長安餘幾箇，前朝大夢已全非。一燈説法懸孤月，五夜招魂向四圍。當作楞嚴千偈讀，老無他路别何歸。又《上石遺叟》云：我自入山無出理，計難相見只相思。長安如日行不到，前歲傳書今始知。數畝陶江應有宅，一貧匡鼎坐談詩。因風夜下啼鵑拜，并訊人間老帝師。『老無他路』句，『我自入山』三句，真沈痛矣。『一燈説法』二句，括余十數卷詩話許多議論、許多生死交情，沈摯心思，出以深透筆力。」

〔七〕汪辟疆《汪翊雲〈庚寅詩稿〉跋》：「滎州詩派，以清切典韻四字爲主旨。香宋一派，故能卓立頹流，不爲宋派所移，卻又與宋派遥遥相接。丹淵、陵陽，其矩範固在也。」（《汪辟疆文集》）按：

此汪創説。各家論其詩，有足採者，擇録於後。《平等閣詩話》卷二：「昨過友人旅邸，見有蜀中趙堯生侍御熙自書《峨眉山行雜詩》數首。（中略）聞侍御專工五律，矩矱唐賢，此作曠逸雄沈，尤與戴叔倫、馬虞臣諸家爲近。」《緑天香雪簃詩話》：「堯生官御史，四川榮縣人。詩格古澹。紀其《送人之綏山》云云，《匯福寺僧飦》云云，置之涪翁集中，殆不能别也。」《瓶粟齋詩話》：「香宋詩胎息少陵，而極其變化於誠齋、放翁，在越縵、樊山之外，别樹一幟。」（《清詩紀事》第一九册引）

又按：趙熙《與費範九書》云：「不佞三十前學詩，三十後專治小學、古文，年五十又學詩。每觀近人刻集，多空陋，心嗤其鶩名而無本，遂自戒不輕付刻。宣統三年游西湖，得詩一卷，齊年湯蟄老將取而刻之，不佞强取歸，守前戒也。瞬經六十，友人咸勸董理，亦自思删定大略，乃清時稿一概佚去，遍索不能獲。惟十年來今體猶有存者，恐難據此淺鮮，播惡於衆矣。」（《香宋文録》卷三，《趙熙集》）自述詩學，尤可參。

〔八〕陳衍《趙堯生詩稿叙》：「堯生豪於詩者也。觀其詩，疑若鎚鑿甚力，而爲之則甚樂而易。堯生少余十餘歲，已有詩千餘首，余所見二三百首，清奇濃淡無不備也。（中略）庚戌、辛亥間，京師同人結社爲樂，游覽題詠之作繁然，堯生揮斥而成，無攢眉苦吟之態，議之者則以爲沙石並下，有未遑淘汰而涵澄者。嘗送昀谷之官蜀中，頃刻成絶句數十首，叙一路所經，若放翁《入蜀記》

然。余喜之，乞書横卷，則立增數絶句，移以贈余。其詩之工可喜，其爲之之樂而易，尤可喜也。」（《石遺室文集》卷九）

按：《送楊昀谷入蜀》七絶，《石遺室詩話》卷一二第一七至一九條，嘗加詳引。王逸塘亦賞之，《今傳是樓詩話》第二四條云：「余最喜其《送楊昀谷入蜀》七絶百首，直可當游記讀。實融久宦未歸，每爲余言：『讀君此詩，便動鄉思。』」別參《石遺室詩話》卷一八第一三條。

〔九〕《水滸傳》第七〇回《没羽箭飛石打英雄、宋公明棄粮擒壯士》：「宋江再與盧俊義、吴用道：『我聞五代時大梁王彦章，日不移影，連打唐將三十六員。今日張清無一時，連打我一十五員大將，雖是不在此人之下，也當是個猛將！』」按：汪語即本此。

《石遺室詩話》卷一二：「近人賦詩之速者，樊山、實甫外，有伯嚴、堯生。二人詩格不相同，與樊、易尤不相同，其爲速則同。（中略）堯生嘗與弢菴、昀谷、余數人聯句，往往占句獨多。」

天滿星美髯公朱仝　梁鼎芬

其髯戟張〔一〕，其言嫵媚〔二〕。梁格莊〔三〕，小衙内〔四〕。眼中事，心中淚〔五〕。

今疑紙上未曾乾，詩愛冬郎帶淚看〔六〕。別有纏緜孤往抱，祇憐高處不勝寒〔七〕。

梁髯詩極幽秀，讀之令人忘世慮〔八〕。書札亦如之〔九〕。

梁鼎芬，字星海，號節庵，番禺人。光緒庚辰進士，官湖北按察使。民國八年卒，年六十一。有《梁第〔節〕庵先生詩》。

〔原附〕論近代詩家絶句　章士釗

箇箇王恭柳影翻，諸生挾策向梁園。菱湖桃李風飄盡，衹賸阿劉憶掃門。

劉成禺《題梁節庵師菱湖種樹圖》云：「髯師桃李種多門，今見菱堂節後孫。世變已無湖上樹，江城君子幾人存。」

晚歲矜名漸自然，崇陵臣跪夕陽邊。餦餭嘉薦登盤了，意比蕪蔞豆粥賢。

趙芷生《節庵餉崇陵供餅、感賦》云：「石馬森森汗未乾，餦餭嘉薦又登盤。天涯萬里君臣淚，衹作蕪蔞豆粥看。」

【箋證】

〇梁鼎芬（一八五九—一九二〇），字星海，一字伯烈，號節庵，廣東番禺人。光緒六年（一八八〇）進士。授編修。十年（一八八四），疏劾北洋大臣李鴻章，不報。旋追論妄劾，降五級調用。張之洞督粤，聘主廣雅書院。及之洞署兩江，又被聘主鍾山書院。後隨之洞還鄂，參其幕府事。二十六年（一九〇〇），以端方薦，起用直隸州知州。張之洞再薦，用知府發湖北，調武昌，補漢陽。擢安襄鄖荆道，遷湖北按察使，署布政使。三十二年（一九〇六），入覲，以劾慶親王、袁世凱，受訶責，引疾乞退。辛亥（一九一一），再入都，以三品京堂候補。旋奉廣東宣慰使命，不果行。嘗兩至梁格莊，謁德宗暫安殿，後命管理崇陵種樹事。丁巳復辟，已卧病，仍强起周旋。卒於北京。著有《節庵先生遺詩》、《款紅廔詞》。見《清史稿》卷四七二、汪兆鏞《梁文忠公别傳》（《碑傳集三編》卷一〇）、温肅《梁文忠公小傳》（《辛亥人物碑傳集》卷一二）、胡鈞《梁文忠公年譜》。

〔二〕《凌霄漢閣筆記》：「梁鼎芬節菴豐於鬚，有『梁大鬍子』之號，文言之則『梁髯』。」（《正風半月刊》第一期）《世載堂雜憶》「梁節庵之鬍與辮」條：「梁節庵鼎芬師，鬍子名滿天下。鬍子原委，人多未知。梁自參劾李鴻章封事上後，革去翰林，歸南海，委家於文芸閣，年二十七，即乙酉歲也。粤中大書院欲延爲山長，多謂其年少不稱。節菴曰：此易辦耳。愛少則難，愛老則易。遂於二十九歲丁亥立春日，毅然蓄鬍。粤中名流賀之，廣設春筵，稱『賀鬍會』。節庵之串腮鬍，從此飄然於南北江湖，而終於梁格莊，作攀髯之髯叟矣。」

〔三〕《新唐書》卷九七《魏徵傳》：徵直諫，太宗不爲怒，反喜而稱之，云：「人言徵舉動疏慢，我但見其嫵媚耳。」按：梁亦敢諫有名，故云。亦兼指其詩，參觀注八引李瑞清評。

〔三〕《清史稿》卷四七二《梁鼎芬傳》:「(鼎芬)兩至梁格莊,叩謁景皇帝暫安之殿,露宿寢殿旁,瞻仰流涕。」《梁文忠公别傳》:「三年,(中略)奉命充崇陵種樹大臣,築室梁格莊,顔曰『種樹廬』。」

〔四〕見《水滸傳》第五一回《插翅虎枷打白秀英、美髯公誤失小衙内》。按:梁格莊,就鼎芬説;小衙内,就朱仝説。俱所謂「傷心事」也。

〔五〕宋張先《行香子》:「奈心中事,眼中淚,意中人。」(《張子野詞·補遺》卷上,《彊村叢書》本)

〔六〕梁鼎芬《讀韓致堯詩感題二律》之一:「曉來微雨較春寒,詩愛冬郎盡日看。亂世崢嶸詞反豔,暮年蕭瑟事初完。鶯啼幽獨看看盡,馬走煙塵寸寸嘽。風燭百條同一淚,今疑紙上未曾乾。」(《節庵先生遺詩》卷三)

按:梁喜冬郎詩,多見於篇什,如《病窗讀書》:「我愛冬郎世未尊,惟聞荀鴨見朱温。」(葉恭綽輯《節庵先生遺詩續編》)又《讀韋浣花集和雲閣》(《節庵先生遺詩》卷四)、《冬郎一首七用唇字韻》(同前卷六),並是。「帶淚看」,是汪所改,然亦根據梁詩,非漫然之筆也。梁故喜云「帶淚」,如《春窗讀書》:「病起花枝帶淚看。」(《節庵先生遺詩》卷五)《題陳師傅聽水齋圖》:「閲盡千花帶淚歸。」(同前卷六)均是其例。

又按:鼎芬詩學冬郎,夏敬觀亦云然。《忍古樓詩話》:「公詩孤懷遠韻,方駕冬郎,而身世亦相若。近人詩可與公比類者，惟曾剛甫京卿習經，公詩較剛甫疆宇爲大也。」

〔七〕陳三立《梁節庵詩序》：「梁子日積其所感所營，未能忘於心，幽憂徘徊，無可陳説告語者，而幽閒之歲月，虛寥澹漠之人境，狎亘古於旦暮，覿萬象於一榻，上求下索，交縈互引，所以發情思、蕩魂夢，益與爲無窮。梁子之不能已於詩，儻以是歟。」（《散原精舍文集》卷四）《晚晴簃詩匯》卷一七三《詩話》：「（節庵）壬癸以後，徵侍講幄，瓊樓重到，金粟迴瞻，悱惻芬芳，溢於篇什。嘗自言：我心淒涼，文字不能傳出。遂焚其詩。」

按：梁自焚詩事，見余紹宋《節庵先生遺詩目録後序》，略云：「刻集，非公意也。癸丑春間，公有三良之志，而不得遂。事前手書遺言：『我生孤苦，學無成就，一切皆不刻。今年燒了許多，有燒不盡者，見了再燒，勿留一字在世上。我心淒涼，文字不能傳出也。』」又：「己未夏，公病痺，一日紹宋詣問，乘間叩問：公所著何不付刊？公曰：『吾不長於文，文必不刻，詩詞雖意有所託，惟燒去已不少，今所鈔存僅百餘首，他日不可知，今則不能示汝耳。』紹宋因知公非不願刻集，特不欲傳其文，疇昔遺言，蓋有激而發也。」（《節庵先生遺詩》卷首）《今傳是樓詩話》第二一四條：「梁節庵知武昌府時，其自題書室聯云：『零落雨中花，舊夢驚回棲鳳宅；綢繆天下計，壯懷銷盡食魚齋。』棲鳳樓宅，乃節庵當日青廬，『零落』句有感而發，蓋節庵傷心之事。集中有《臘朔自米市胡同移居棲鳳樓》詩云：漫與移家作，新吟擊壤窩。地偏觀物變，春近抱天和。翔仞須孤鳳，馱書欠二騾。看花意園近，乘興一經過。上聯蓋即指此。食魚齋，則用武昌魚故事也。」按：「零落」句，指其妻龔事，參觀李肖聃《星廬筆記》第一三頁、高拜石《古春風樓瑣記》第一集「梁節菴其人」條。又一説，云其樓名「棲鳳」，是用何妥自比（妥字棲鳳，見《隋書·儒林傳》）。其《毋暇齋》詩云：「故人珍重題齋額，南北書牀得自安。何妥解經知己少，荀卿勸學説能完。」見《廣東藏書紀事詩》。

〔八〕汪兆鏞《椶窗雜記》卷三：「君爲學博綜，尤邃於詩，沈浸晚唐北宋，自出機杼，瀏宕幽雋，讀之令人意遠。」亦見《梁文忠公別傳》。按：汪語當本此。《題〈蟄庵詩存〉卷首》：「梁節庵亦淒婉疏秀，別成一隊，亦平生所服膺也。」《讀常見書齋小記》「展庵醉後論詩」條：「粵人而不落粵派者，有梁鼎芬，（中略）能秀、能麗、能婉、能雅。」（《汪辟疆文集》）又，《當代名人小傳》卷下：「（鼎芬）工於爲詩，清詞麗句，機杼自秉，非近代摹宋諸家所及。」亦可參。

李瑞清《節庵詩評》：「梁節庵前輩，文章道德高天下，鄂中學子無不偁梁先生者。余初見其書，乃妁嫋如好女子，以爲翩翩美丈夫也。其後節庵游江南，固虬髯皤然叟也。節庵爲人，持論稍苛急，酒後高睨大談，往往侵其坐客，客或内慙自引去，節庵不知也。然其爲人所忌者，亦以此。竊以其詩必多雄偉慷慨之辭，乃婉約幽秀，如怨如慕，豈所謂詩人忠厚之指耶。樊樊山、陳伯嚴兩先生，皆當世詩學大家也，論節庵詩至詳，不復更論。因擬《詩品》以品其詩，與九先生以爲何如？ 庭宇無人，梨花獨開。 蒼苔夜碧，明月忽來。 玉階露涼，倩魂悄立。 殘星暎空，如聞幽泣。」（《清道人遺集》卷二）按：《單雲閣詩話》節引此評，云「極能寫出節庵之爲人及其詩」（《校輯近代詩話九種》）。可參。

《近代詩鈔·石遺室詩話》：「節庵少入詞林，言事鐫級歸里。又避地讀書焦山海西庵。肆力爲詩，時窺中晚唐及南北宋諸名家堂奥，佳處多在悲慨、超逸兩種。如『興往思友生，悲來涕山川』、『到門驚老大，臨水與徘徊』、『兩湖舊種應成果，他日重逢莫問年』、『纔見一筵笑，俄分百里天』、『千齡一日積，此日誠艱哉』、『觴急可以緩，花落還當開』、『百年紅燭短，一水夕陽深』、『花前絮後無人在，檢點青苔月色昏』、『江水不可涸，我淚不可乾』、『客行頭漸白，人坐燭微紅』、『一水飲人分冷煖，衆花經雨有安危』、『聞鶯未識誰家柳，臨水難回少日顔』、『園丁未服生疎鶴，春色猶妍老大藤』、『漸與世疎詩筆放，偶緣春好酒杯寬』、『衝船雙鷺去，列岫一亭收』、『事過百年人始貴，我無一物意還多』、『啼風一鳥驕，臨水數花謟』諸聯，皆可入《主客圖》者。全首如《窪尊煙雨圖》、《秋懷》、《湘舟雜詩》、《傷春》、《全亭晚坐》、《荷花畫絹》、《春日園林》、《同孺老北郭游園歸》，皆綿邈豔逸。至《哭鄧鴻臚》、《種花》、《閻公謡》諸作，則雄俊矣。」《石遺室詩話》卷一：「舊在損軒齋頭見節菴詩卷，經其評題圈點者，佳處多在悲慨、超逸兩種。（摘句同上，略。）（節菴）避地讀書焦山海西菴，乃肆力爲詩，時窺中晚唐及南北宋諸名家堂奥。

時王可莊修撰仁堪方出守鎮江，素弟畜節菴，時資給之，故有《謝王二太守兄送米詩》云：侏儒欲死君弗治，清談可飽吾不飢。山樓曉覺叩門急，行人喘汗知爲誰。忍菴吾兄念羈獨，新收官俸聊分遺。尚嫌薄少意未盡，那用鄰僧乞送爲？我生天幸百不死，適吴一賦猶五噫。疎慵未寫魯公帖，視此溝壑如居時。艱難一粒亦民力，無功坐食還自嗤。丈夫會須飽天下，豈以瑣屑矜其私？江南百姓待澤久，請從隗始鋪仁慈。書生喜作大言，亦作詩成例應爾也。後可莊既逝，君有《過鎮江》一首云：脱葉嘶風欲二更，燈船夜泊潤州城。芳菲一往成凋節，言笑重來已隔生。寒鳥淒淒背江去，疎星歷歷向人明。此行不敢過衢市，怕聽窮簷涕淚聲。屢見君以此詩書扇贈人，蓋黄壚之感深矣。」參觀卷一九第一三條。

〔九〕見注八引《節庵詩評》。汪兆鏞《椶窗雜記》卷三云：「（節庵）書仿涪翁，晚益峻削，片縑尺楮，世咸珍之。」（亦見《梁文忠公别傳》）與此説殊。

又，鄭逸梅《人物品藻録初編》「梁鼎芬閒居也是園」條：「鼎芬固擅書法，宗黄涪州，雅健清矯，得無倫比。園居多暇，輒臨池以遣興。凡有請求，援筆立應，致附近薦傭舖、小茶館以及屠沽廝養之家，無不煌然懸其書聯。鼎芬知而大悔，不得已斥資以收回，付之一炬。嗣後乃一反其所爲，不肯貿然揮毫。」

天微星九紋龍史進　沈瑜慶

進於史矣〔一〕，是爲詩史。濤園之言如是爾。濤園《題崦樓遺稿》云：「人之有詩，猶國之有史。國雖板蕩，不可無史；人雖流離，不可無詩。」〔二〕崦樓名鵲應，字孟雅，瑜慶女，林暾谷妻〔三〕。

異代相知野史亭〔四〕，燎原終感是星星〔五〕。平生自有征南癖〔六〕，秘記金鑾絶可聽〔七〕。

愛蒼名父之子，熟於《左》、《史》〔八〕。其詩結束精嚴，尤多名作，其小序可備掌故〔九〕。

沈瑜慶，字愛蒼，號濤園，葆禎子。光緒乙酉舉人，官至貴州巡撫。民國七年卒，年六十一。有《濤園集》。

〔原附〕論近代詩家絶句　章士釗

心非廟議棄河湟，指臺、澎。煙柳斜陽總斷腸。四十一年心事了，未須親見復餘皇。君集中《餘皇篇》，傷割臺也。

爛熟征南著癖書，一生大義力匡扶。傳家少許儒酸氣，可奈諸孫媚賈胡。

儒酸二字，本鄭蘇戡懷沈文肅詩。

【箋證】

○沈瑜慶（一八五八—一九一八），字志雨，號愛蒼，又號濤園，福建侯官人。葆楨四子。母爲林則徐女。少隨父任，博覽群籍，習聞時務。年二十二，父卒於任，遂以主事用。光緒十一年（一八八五）舉人。會試不第，簽分刑部。十六年（一八九〇）改官道員，委辦江南水師學堂。十八年（一八九二）轉宜昌辦鹽局。二十年（一八九四），張之洞督兩江，任督署總文案，兼總籌防局營務處。歷辦皖岸督銷局、皖北督銷局，補淮揚海兵備道。二十九年（一九〇三），擢順天府府尹。逾年，調廣東按察使，旋擢江西布政使。宣統元年（一九〇九），簡貴州布政使。民國初，僑居海上，與遺老結超社。四年（一九一五），任福建通志局總纂修。著有《濤園集》。見陳三立《誥授光禄大夫貴州巡撫沈敬裕公墓誌銘》（《散原精舍文集》卷一一）、沈成式《沈敬裕公年譜》（《濤園集》附）。

〔一〕語見金聖嘆批本《水滸傳》第一回《王教頭私走延安府、九紋龍大鬧史家村》回前批、夾批。

〔二〕沈瑜慶《題崦樓遺藁》：「人之有詩，猶國之有史。國雖板蕩，不可無史；人雖流離，不能無詩。此崦樓之詩所由作也。過此以往，以怨悱之思，寫其未亡之年月，其志可哀，其遇可悲。馮庵行矣。父唱子和，有不足爲外人道者，亦藉以自攄其鬱積也歟。」（《崦樓遺藁》卷首）按：馮庵，陳書號。「人之有詩」云云，可與陳衍説參。《石遺室詩話續編》卷二：「余以爲詩者，吾人之年譜、日録。」又，沈有《與崦樓寫詩》（《濤園集》卷一），亦論詩，可見其宗尚也。

〔三〕沈鵲應（一八七七—一八九九），字孟雅，福建侯官人。瑜慶女。幼聰穎。師從陳書、陳衍。適林旭。光緒二十四年（一八九八），旭被難，欲赴京收斂，爲家人所阻。服毒自盡，未遂。明年，抑鬱以死。工詩善文，尤擅詞。著有《崦樓詩》、《崦樓詞》，合刻爲《崦樓遺藁》。見陳衍《林旭傳》（《石遺室文集》卷一）、沈成式《沈敬裕公年譜》。

〔四〕野史亭，見「楊鍾羲篇」注二。按：沈詩多關史事，故云。參注一、六。

〔五〕《尚書·盤庚》：「若火之燎於原，不可嚮邇，其猶可撲滅。」明羅洪先《别宋陽山語》：「譬之於火，謂星星之火，有異於燎原，固不可；謂燎原之火，不加於星星，亦不可。」（《念菴文集》卷八）清邵泰衢《史記疑問》卷上：「星星之火，可以燎原。」按：「星星之火」云云，蓋後世俗語，稍别於《盤庚》。其意或昉唐宋間。參觀唐陸贄《興元論解姜公輔狀》（《唐陸宣公翰苑集》卷一五）、宋梅堯臣《鬼火後》（《宛陵先生集》卷六〇）、張載《經學理窟·學大原上》（《張載集》）、《朱子語類》卷一七、陸游《雜興》（《劍南詩稿校注》卷八〇）等。汪所指未明，待考。

〔六〕鄭孝胥《哭愛蒼》：「共推左癖如元凱，酷慕詩流必老坡。」(《海藏樓詩》卷九)〔征南癖〕即「左癖」。杜預號「左傳癖」，死，贈征南將軍，故云。見《晉書》卷三四《杜預傳》。按：沈有「左癖」，亦時所共曉，參注七引。

〔七〕〔秘記金鑾〕唐韓偓有《金鑾密記》。其書記昭宗時事。見《新唐書》卷五八《藝文志》。按：沈詩多關掌故，故云。

李宣龔《濤園集跋》：「(公)生平熟讀《左氏傳》，往往運用若己出，且於同光以來，朝政時局，人物掌故，多所紀述，可作詩史觀，而非可以尋常作家相提並論也。」(《濤園集》附)《今傳是樓詩話》第五七三條：「聽水老人贈君詩，亦有『史料一朝正陽集，才名並世海藏樓』之語。《正陽集》者，君監江淮間所作也。其時幕客有陳木庵、林暾谷二君，從容賦詠，積詩遂夥。」按：陳寶琛詩，題爲《愛蒼倡脩宛在堂詩龕見寄二律賦和》，見《滄趣樓詩集》卷五。

〔八〕《近代詩人小傳稿》：「濤園以名父之子，故早有匡濟之志。及迴翔中外，旋起旋罷，則以稟性剛直，不肯與世俛仰。平生最熟《左傳》、蘇詩，引吭高歌，聲出金石。及落筆爲詩篇，遺詞鑄語，比類達情，罔不鎔鑄二家，奔赴腕底。詩成諷誦，殊不見其裁合之跡。斯其過人者也。」(《汪辟疆文集》)

按：沈詩取法，汪所論者，頗取沈曾植。沈曾植《濤園詩集序》：「濤園之詩，要當合其無韻之文字，平生議論簡牘雜文，參伍錯綜，互相證，交相發，而後意匠所經營，所謂居要而警策、所謂詞高而意遠者，乃視而可識。其特工於發端，誠有若昔人所謂剥落數十重者。其稱古事以況今，亦往往别有會心，絶離尋常心識徑路，自擘箋分韻時，合志同術者，倉卒且不能喻，欲自釋而曲折不能詞達，而安得期諸異世之人，而安所得山谷之天社、荆公之雁湖，爲紬繹其旨，箋其字句，發其微、抉其隱乎。（中略）余顧謂君：近人言同光派，閩才獨盛，假有張爲圖者，太夷爲『清奇僻苦主』，君爲『博解宏拔主』乎。入室誰，及門幾人。君當時意氣遒上，頗自任，猶若有不足者然。晚歲歸自黔中，病後氣益平，默默尠歡矣。而友朋夾持，吟事猶得不廢。嘗過海日樓，值余晝寢，舉蘇氏『睡起清風洒在亡』之句。余起相答，君遂抗聲誦終篇，至於『遥知魯國真男子，獨憶平生盛孝章』，真有若曾人所謂唾壺擊碎者。又好誦《左傳》子家子語，倨句抗墜，往而不復。余奇其意，亦不能盡其指也。世咸知君爲詩好用蘇詩、《左傳》語，舉兹二例，君所會於二子者若何，後之讀君詩者用心若何，異代揚子雲或不無取裁乎。」（《濤園集》卷首）又陳衍《濤園詩集正陽篇詩序》云：「濤園少爲詩，未成，喜治經濟家言，足以推倒一時豪傑。生平肆力，深於少陵、昌黎，不如其深於眉山，而是編詩皆學杜，叙學韓，絶少蘇家習派。」《今傳是樓詩話》第五七三條云：「濤園生平熟讀《左傳》、坡集，得力最久，每以入詩。」均可參。參觀《石遺室詩話》卷一九第三、四條、沈曾植《海日樓札叢》卷七「沈愛滄詩」條。

〔九〕陳衍《濤園詩集正陽篇詩序》：「余舊作《元詩紀事》，采摭至王逢《梧溪集》、張憲《玉笥集》、周霆震《石初集》諸家，多紀元末時事。每詩自繫序跋，或長至一二千言不等，論者以爲少陵詩史家法，可補志乘所缺。書成，濤園既出資爲余刊之矣。而濤園茲編之詩，適與《梧溪》、《玉笥》、《石初》諸集相彷彿者。」又：「甲午中日戰爭既殷，南皮張尚書權督兩江，濤園總籌防局，接應北軍餉械，兼午夜草奏治軍書，既益更事，而目擊感憤，間形諸詩。一時初未卒業，今年榷鹽淮北，乃記憶補綴。六月至滬，手一巨編相示，則長篇大序，皆《諸將》、《八哀》之遺也。梧溪、玉笥、石初，特余之采摭元詩，聊用相況而已。他日有爲《國朝詩紀事》者，此編當十采七八，則真必傳之作矣。」（《濤園集》卷首）《石遺室詩話》卷三：「吾鄉同輩之爲詩者，又有沈愛蒼撫部瑜慶、林琴南孝廉紓，皆不專心致志於此事，然時有可觀者。（中略）余識濤園時方總角，行坐誦吳梅村詩、庾子山《哀江南賦》。忽忽四十年，其子女皆受業於余，重以姻婭，曾出資爲余刊《元詩紀事》。見人佳文字，輒咨嗟歎賞不自已。親炙知名士，如蟻之附羶。有《左》癖，作詩文未有不撦撏及之者。以外則施注、三合注蘇詩，圈點數遍，動以自隨。古體詩才筆自喜，雖用蘇法，亦不盡然。往往序長於詩。時與元末王逢《梧溪集》、周霆震《石初集》、張憲《玉笥集》相彷彿。余序君《正陽集》曾言之。」

天究星没遮攔穆弘　楊增犖

移船相近邀相見，添酒回燈重開宴〔一〕。

看花回，羯鼓催〔二〕。江東菰蘆中，生此奇才〔三〕。

詩學江西又一奇，遺山句。〔四〕泉明襟抱輞川辭〔五〕。都官正字無偏嗜〔六〕，始信多師是汝師〔七〕。

昀谷詩，冲澹處似泉明，高秀處似右丞。其風骨峻峭之作，又時與文與可、饒倚松爲近〔八〕。在京師時，詩名甚盛〔九〕，晚耽禪悦，尤多名理〔一〇〕。

昀谷老人乙丑八月嘗過余宣南寓廬，寫示其《重陽》一首，云：「僻巷逡巢人跡稀，中秋已過重陽來。佳節不應廢登眺，老夫況未到衰頽。乍風乍雨堅閉户，非病非愁慵舉杯。一事閒中差快意，詩成盆菊一齊開。」興象極好，不知遺集排印本何以未收。今原跡尚存篋衍，遂録存於此〔一一〕。

楊增犖，字昀谷，新建人。光緒戊戌進士，官四川候補知府。民國二十二年卒，年七十四。有《楊昀谷先生遺詩》。

【箋證】

○楊增犖（一八六〇——一九三三），字昀谷，號延真子、滋陽山人，江西新建人。光緒二十四年（一八九八）進士。官刑部主事。三十一年（一九〇五），保送熱河理刑司員。三十三年（一九〇七），調回本部，開辦京師地方審判廳。明年補授推事。宣統元年（一九〇九），法部保送知府，分發四川補用。次年，兩廣總督奏調廣東，署法科參事。民國五年（一九一六），任國史館協修。又任司法部秘書。十三年（一九二四），任交通部參事。著有《楊昀谷先生遺詩》。他有《倓堪雜録》、《昀谷叢稿》等，均佚。見陳中嶽《楊昀谷先生遺詩序》（《楊昀谷先生遺詩》卷首）、楊希聖《先祖昀谷公事略》（《新建縣文史資料》第二輯）。

〔一〕句見白居易《琵琶引》（《白居易集箋校》卷一二）。按：宋江過揭陽鎮，因薛永事，爲穆氏兄弟追殺，後經張横引見，乃知前誤，遂重開夜宴。事見《水滸傳》第三七回《没遮攔追趕及時雨、船火兒夜鬧潯陽江》。汪所指即此。

〔二〕按：此用唐玄宗事，仍指穆弘言。唐南卓《羯鼓録》：「時當宿雨初晴，景色明麗，小殿内廷，柳杏將吐，（明皇）覩而歎曰：『對此景物，豈得不爲他判斷之乎。』（中略）高力士遣取羯鼓，上旋命之，臨軒縱擊一曲，曲名《春光好》。神思自得。及顧柳杏，皆已發拆。」（《守山閣叢書》本）

「羯鼓催」，本蘇軾《有美堂暴雨》：「千杖敲鏗羯鼓催」（《蘇軾詩集》卷一〇）又《虢國夫人夜游圖》：「宫中羯鼓催花柳。」（同前卷二七）

〔三〕語見唐許嵩《建康實録》卷二。

〔四〕句見金元好問《寄謝常君卿》（《元遺山詩集箋註》卷一〇）。按：汪有《從張晉芝太守借元遺山詩即集句賦呈》詩（《方湖詩鈔》），亦用此句。

〔五〕《夢苕盦詩話》：「履川《昀谷先生挽詩》第二首，述及楊昀谷增犖論詩語，可當詩話一則，今録之：燕居吾何營，就公每論詩。公詩有師法，所説浩無涯。極推栗里翁，冲澹含天倪。獨鄙謂杜公，名胡經天垂。間及近代作，一一詆厥疵。海藏氣味別，滄趣工矜持。无錯餘悱惻，散原縟文詞。下逮樊易作，淫哇何卑卑。」（《國專月刊》第四卷一號）「泉明」，即陶淵明，見宋王楙《野客叢書》卷二八、明楊慎《丹鉛續録》卷九所考。「輞川辭」云云，參觀注一〇所引。

〔六〕按：指其與夏敬觀辯梅、陳優劣事。《石遺室詩話》卷一四：「劍丞溺苦於詩，其造語大有不驚人不休之意。去年數至都下，弢菴、樊山諸老盛許之。一日掞東招余，余後至，見劍丞與昀谷方斷斷爭論。劍丞謂唐宋詩人獨有一梅聖俞耳，昀谷大非之，稍訾及宛陵。因取決於余。余平解之曰：『論詩固不必別白黑而定一尊，劍丞言似太過。然十數年前，蘇堪有與余詩云：臨川不易到，宛陵何可追？當時余蓋與蘇堪首表章宛陵者。』昀谷、劍丞相與一笑而罷。嗣臘月二十九日，撝東、晦聞招昀谷、劍丞、貞長、師曾、梓芳、敷菴、衆異、秋岳及余集法源寺，祭後山先生，蓋後山以是日逝也。昀谷詩云：近人偏嗜梅都官，君胡獨取陳後山。書來約我法源寺，酹以芳醑敷椒蘭。今日何日歲欲闌，我恨不如老衲閒。月餘恍恍無一字，政坐不諳曹洞禪。知陳最深者三賢，曾鞏蘇軾黃庭堅。王雲掃門已不及，僅從魏衍得數編。君之黨陳與梅抗，三賢雖好無此專。我於是日不與祭，亦如王子嗟緣慳。吾曹論古何敢偏，窮源要溯天中天。梅陳好句絶可愛，其力僅足造一關。强謦一家冠千古，逆知古人心未安。後山有知必大笑，子言允矣詩仍寒。我懼一寒尚未徹，去來苦被塵勞牽。袖詩呈佛不知愧，佛當洗我菩提泉。此詩起語與中數語甚趣，尚未忘與劍丞争辯之説，然持論平允，右梅右陳者，當皆無以難之。後余與劍丞論詩，知亦一時興到語，非真守一先生之言也。」

〔七〕杜甫《戲爲六絶句》之六：「別裁僞體親風雅，轉益多師是汝師。」（《杜詩詳注》卷一一）。

〔八〕《光宣詩壇點將録》（《甲寅》本）：「昀谷詩高秀處似放翁，閒適處似右丞，其風骨峻峭之作，又時近文與可、米元章。」《近代詩派與地域》：「（昀谷）學輞川、劍南。」（《汪辟疆文集》）按：據《甲寅》本，增犖初配楊林，且云似陸游、米芾，後來定本，易爲似陶淵明、饒節，見解早晚不同。又，《吷庵詞話》：「（昀谷）詩在誠齋、放翁間，託意高敻。」（《青鶴雜誌》第四卷一〇期）亦謂近放翁，可參。

又按：《紫微詩話》云：「江西諸人詩，如謝無逸富贍，饒德操蕭散，皆不減潘邠老大臨精苦也。然德操爲僧後，詩更高妙，殆不可及。」（《歷代詩話》本）饒節字德操，江西撫州人。祝髮後，號倚松道人。著有《倚松老人集》。見宋張邦基《墨莊漫録》卷五、費袞《梁谿漫志》卷九。汪云饒詩峻峭，與此異。

〔九〕《近代詩人小傳稿》：「（昀谷）戊戌通籍，詩名益著。迄於光宣之交，京國勝流，無不知有詩人楊昀谷者。」（《汪辟疆文集》）

按：時人序其集，亦略同汪説。楊壽枬《楊昀谷先生遺詩序》云：「（昀谷）生平與世聱牙，落落寡合。官刑曹日，與趙堯生、胡漱唐齊名。鼎革後，居京師，所與游者，若陳弢庵、樊樊山兩先生，王病山、陳石遺、鄭叔進、夏午詒、羅掞東、潘若海、葉遐菴、趙幼梅、李釋戡、曹纕蘅，皆當世名流也。」（《楊昀谷先生遺詩》卷首）

〔一〇〕《近代詩人小傳稿》：「其詩善抒名理，若偈若文，難以巧似。至其胸懷高澹，吐屬天然，自然有一種雋永疎秀氣體，在江西詩派中自創風格。」（《汪辟疆文集》）

按：昀谷晚歲詩，諸家所論均同，其入手取徑，則所言各有異。王揖唐《楊昀谷先生遺詩序》云：「君自少即以詩名，冥心孤往，瀏外腴中，晚歲浸淫内典，玄旨奥義，一於詩出之，所詣尤精邃。」楊壽枬《楊昀谷先生遺詩序》云：「君詩初學玉溪，少年所作，以隱軫縟麗爲工，中歲出入唐宋諸家，終乃服膺山谷。顧其詩格，不專主江西一派，古淡之趣，雋妙之思，往往出入王孟韋柳之室。洎乎薰染妙香，精研梵夾，靈想玄悟，都自華嚴法名中來。」（俱見《楊昀谷先生遺詩》卷首）《今傳是樓詩話》第二〇八條：「新建有二詩人，一爲夏劍丞敬觀，一即昀谷也。昀谷名增犖，久官刑曹，與趙香宋、胡漱唐齊名，唱訓至夥。（中略）余之知昀谷，亦以遐庵。寶融亦繩其賢，且云不僅詩佳，兼精禪理。十稔以來，賃廡僧舍，所詣益深。偶有吟事，多涉玄言，蓋詩境又一變矣。」舉例參後引。

《石遺室詩話》卷二二：「楊昀谷增犖湛深佛理。今年爲佛學會，奔馳南北萬里路，而未聞其輓寄禪詩。君數年來一官都下，塊然獨處如苦行僧。終歲苦吟，有作必以示余與堯生、瘿公。亂後，篋衍零落，僅存數首。《秋日同香宋侍御游西山宿戒壇》云：秋風吹白雲，掛在城西岑。一山如馬鞍，中有七寶林。唐碑漸苔没，石罅花深深。坐久夕陽下，數蟬調古琴。松濤與鐘磬，並起作梵音。吾曹抱泠性，涼月初在襟。有酒且復酌，此樂難重尋。倦後夢無據，山靈知此心。《山中同香宋作》云：亂後石幢在，到來秋味真。一龕松入定，三日雨留人。老至思殘衲，山空得古春。酒闌同説夢，和月問前身。《贈曇寬上人》云：卅年留得破袈裟，鎮日關門誦法華。愛衆常聞申五戒，安禪不廢演三車。參山度海身將老，食粥棲茅願已奢。記取松風傳妙偈，人間何地似君家？《壽堯公》云：坐地黄花憶生日，一杯重屬傅鶉觚。近來闕事復安在，老去閒情頗不孤。詩力驅風鬥松石，夢痕和月落江湖。與君脈脈共秋味，誰信人間有腐儒？」

《今傳是樓詩話》第五六五條：「叔進、昀谷二居士《妙峰唱和詩》，周子幹同年謂是『天上人説法，不似世間文字』。（中略）昀谷句如：『正冷淡時夢亦好，最分明處得偏遲。』『室可庇身不妨陋，書惟遮眼甯求奇。』『多暇尋常足頹放，無聊容易耗靈奇。』『目前大好安心地，索妙求玄總是癡。』實皆注重禪功，不似天人縹緲之語。」又第五六六條：「詠蟬詩，或舉午詒之『生死去來皆旅泊，是非彼此一喧啾』，昀谷之『碧桐枝上修琴譜，紅藕花中作道場』，以爲借蟬説法，從來無此快語。然昀谷謂午詒之『旅泊』、『喧啾』二語，古人亦不能到，『琴譜』、『道場』句，何足相敵。因自述五古數語，如：『沈約嘲經生，陸雲歎至德。或過或不及，二俱没其實。平生矜而廉，倘亦古之疾。』笑曰：『此或品蟬恰當耳。』近聞昀谷、午詒論法相宗，獨取『八五現量』，並謂古今傳誦詩句，未有出於現量之外者。」參觀《忍古樓詩話》第九條、《兼于閣詩話》卷二「楊昀谷」條。又，《單雲閣詩話》：「楊昀谷與王什公、陳誦洛爲金石交，昀谷殁，王、陳二君經紀其喪，又爲刻其遺詩八卷。其官刑曹日，與趙堯生、胡漱唐齊名。詩初學玉溪，中歲服膺山谷，亦往往入王孟韋柳之室，晚歲浸淫内典，所詣尤邃。什公稱其冥心孤往，澀外腴中，誠知音之言也。《趙芷蓀侍御落職南歸詩以慰之》云：玉虬偃蹇楚湘纍，一疏真成博浪椎。寶鼎愔愔虚錬藥，銀燈雯雯忍看棋。穴邊舊夢酣螻蟻，沙外殘光惱子規。枉乞靈氛重折竹，鳳聲飄斷日遲遲。《灤河雜詠》云：荷花紅到水邊樓，葉葉涼雲入夢流。今日清游差不負，一年好景是初秋。《髮塚》云：墓田早已卜南山，收拾霜毛瘞石龕。舊塔分明親舍利，苦根容易化優曇。絲毫身外吾何戀，煩惱人間汝最諳。回首喜看天地闊，星辰草木是同參。《送雪王歸蜀》云：别亦尋常此最難，燈前强説醉鄉寬。畸人自古爲時棄，諫草零星作史看。天地固應窮位置，文章曾不救飢寒。荻花楓葉瞿塘路，後夜秋風寸寸灘。《贈玉父》云：紹聖詩人葉石林，病餘枯坐思惛惛。閉門未覺東風驟，望月還憐碧漢深。自古多情饒綺語，幾回因夢得禪心。吾曹尚在空輪住，魚鳥何曾識梵音。至於《讀論語》四十八首、《懷人詩》四十首，均可全覽。而《妙峰唱和詩》二十二首，清微淡遠，與習叟所作，同闢一境，其功夫尤在詩外也。」（《校輯近代詩話九種》）

〔二〕詩見《楊昀谷先生遺詩·補録》。乙丑，爲民國十四年（一九二五）。

光宣詩壇點將録箋證卷三

馬軍小彪將兼遠探出哨頭領一十六員

地煞星鎮三山黄信　黄節

一重一掩吾肺腑[一]。定君詩，拈杜語。

平生志業具於是，斯語晦聞哀有餘。晦聞乞張孟劬序其《蒹葭樓詩》，曰：「平生之志與業，略具於是。子其爲我序之。」[二]濁不同流清若此，生無可議死何如？七言突過彭城筆[三]，五斗終歸栗里居[四]。畢竟君詩工在律，散原翁論正非虚。散原丈評君詩，謂：「卷中七律疑尤勝，效古而莫尋轍跡。必欲比類，於後山爲近，然有過之無不及也。」[五]程康《題蒹葭樓詩》。

别去蒹葭幾見霜[六]，蕭齋茗椀費平章。宣南舊夢依稀在，每誦君詩一斷腸[七]。

晦聞刻意學後山，語多悽婉[八]，嘗刻小印，文曰：後山而後[九]。

黄節，字晦聞，順德人。民國二十四年卒，年六十二。有《蒹葭樓詩》。

【箋證】

○黄節（一八七三—一九三五），字晦聞，廣東順德人。少師事簡朝亮。肄業廣雅書院。光緒二十九年（一九〇三），至上海，與章炳麟訂交。三十一年（一九〇五），與鄧實、諸宗元等，創國學保存會，刊行《國粹學報》。既游江南，又與柳亞子等結南社。旋返粤，與何劍吾等創南武公學會，又立南武中學，主講兩廣優級師範學堂。辛亥後，任廣東高等學堂監督、校長。民國五年（一九一六），任北京大學教授。十七年（一九二八），任廣東省政府委員，兼教育廳長、廣東通志館館長。明年秋，辭職去，仍任北大、師大教授，兼清華研究院導師。二十二年（一九三三），兼任故宫博物院理事。卒於北京。著有《漢魏樂府風箋》、《曹子建詩注》、《阮步兵詠懷詩注》、《蒹葭樓詩》等。見章炳麟《黄晦聞墓誌銘》（《制言》第二期）、冒廣生《黄節傳》（《國史館館刊》創刊號）、吴宓《黄晦聞先生事略》（《民國人物碑傳集》卷一一）、李韶清《順德黄晦聞先生年譜》（《蒹葭樓自定詩稿原本》附）、馬以君《黄節年譜》（《黄節詩集》附）。

〔二〕句見杜甫《嶽麓山道林二寺行》（《杜詩詳注》卷二二）。

〔三〕張爾田《蒹葭樓詩序》：「余交晦聞十年矣。君工詩，每有所作，必就余觀之。余嘗擬其體，思與之角，而卒不能勝。然君顧獨許余知詩。戊辰春，寫成一厚册，命爲《蒹葭樓詩》。過滬抵

余，曰：生平之志與業，略具於是。子其爲我序之。余曰：君詩之必傳，固不待序。」（《蒹葭樓詩》卷首，又《遯堪文集》卷二）

〔三〕〔彭城〕謂陳師道。師道彭城人。黄詩學陳，參注九。《粤東詩話》卷一：「晦聞《蒹葭樓詩》，著意骨格，筆必拗折，語必悽惋，鑄合群經，旁及子史，屬詞比事，罔不深切而往復，韻致融會綿邈，自成孤詣。論者比之陳后山，然有過之無不及也。」按：「著意骨格」云云，乃陳衍語，見注八引。

〔四〕按：指其中歲歸嶺南事。《光宣以來詩壇旁記》「黄晦聞」條：「顧辛壬改步，向時志士，乘時崛起，高踞要津者，頗不乏人。而晦聞乃遁跡嶺南，吟詠自適。或有詢〔諷〕其翰墨策勳，今當出膺新政，晦聞唯唯而已。」（《汪辟疆文集》）張爾田《蒹葭樓詩序》：「君既以詩鳴海内，居京師十年，窮且餓。當項城稱帝時，名士趨之若坑谷焉，而君獨翛然南歸。又有浼之出者，亦堅卧不一應。曩嘗評君内藴耿介，外造雋澹，今去之數年，覆誦君詩，猶前日也。」參觀《順德黄晦聞先生年譜》甲寅年所載。又，頷聯「濁不同流」，亦指此。

〔五〕見陳三立《蒹葭樓詩題辭》（《蒹葭樓詩》卷首）。

〔六〕句見梁鴻志《晦聞既没之明年、題其蒹葭樓詩册》三首之一。其詩云：「眼中詩手嶺南黄，别去蒹葭幾見霜。我語安能勝黄語，一番開卷一迴腸。」（《爰居閣詩》卷八）

〔七〕《光宣以來詩壇旁記》「黄晦聞」條：「余於乙丑夏秋間，與君相遇宣南，知君在北雍，任詩學講席。先後成《詩學》一卷，及《漢魏樂府風箋》十五卷、《曹子建詩注》二卷、《阮步兵詠懷詩注》一卷、《謝康樂詩注》四卷、《鮑參軍詩注》四卷、《謝玄暉詩注》四卷、《詩律》六卷、《詩旨纂聞》三卷，最後乃爲諸生講蔣山傭詩，已成箋注初稿，曾以油印本若干頁寄余。」按：乙丑，爲民國十四年（一九二五），據馬騄程《汪辟疆先生傳略》（見《古典文獻研究（一九八九—一九九〇）》），時汪氏任教南昌，因校事赴北京，旋即南返。其與黄相識，聚日恐不多。

〔八〕《近代詩人小傳稿》：「辛亥改步以後，（晦聞）北上任教北雍，與舊京詩人如陳寶琛、曾習經、羅惇曧等皆有往還，而詩亦日益高，名日益盛，篇什日富，南北詩壇無人不知。其詩咽處見蓄，瘦處見腴，其迴腸盪氣處見孤往之抱，其融情入景處有縹渺之思，而其使人低回往復感人心脾者，皆在全篇，難以句摘。」（《汪辟疆文集》）

按：汪評「悽婉」，當參陳衍説。《近代詩鈔·石遺室詩話》：「余與晦聞相知久而相見疏。其爲詩著意骨格，筆必拗折，語必悽惋。句如：『原草漸黄人亦悴，霜花曾雨晚猶存。』『意摧百感終横決，天壓重寒似亂原。』」參觀《石遺室詩話》卷二一第一六條、卷二五第二條、卷二七第二一條。別見注九引。

《論近代詩四十家》：「《蒹葭樓詩》，有通嗣宗之神理而遺其貌者，蓋得力於宋人陳後山諸家。張爾田序晦聞詩，與屈翁山、顧亭林並舉，謂『得君而三』。又謂其『味兼酸辣，乃如檸檬樹果。

信乎君詩之工耶』。陳衍《近代詩鈔・石遺室詩話》謂『其爲詩，著意骨格，筆必拗折，語必凄惋』，是猶侔色揣稱於句律之間，儀毫失牆，未得帝之懸解者。」（《夢苕盦論集》）

〔九〕《光宣以來詩壇旁記》「黄晦聞」條：「其詩由晉宋以出入唐宋諸賢，惟不落前人窠臼，沈厚悱惻，使人讀之，有惘惘不甘之情。梁節庵謂爲三百年來，無此作手。梁嘗以此語余紹宋。據余氏《寒柯堂詩》小注。鄭太夷亦謂近人詩如晦聞、真壯，又自成一派。據諸真壯與黄氏書。陳散原向亦聞其能詩，及癸酉冬間入都，晦聞乃出全稿就質，散原至爲嘆服。且嘗對人云：『吾早知晦聞能詩，而不知其詩功之深如此。』題其卷耑，有『格澹而奇，趣新而妙，造意鑄語，冥闢群界，自成孤詣』之語。又云：『卷中七律疑尤勝，效古而莫尋轍跡，必欲比類，於後山爲近。』梁節庵亦稱其詩，有類涪翁稱後山詩於王雲。語見《蒹葭樓集》詩内小注。晦聞亦嘗自負其詩，曾刻小印曰『後山而後』，蓋定論也。」按：三立題辭，見《蒹葭樓詩》卷首，云：「格澹而奇，趣新而妙，造意鑄語，冥闢群界，自成孤詣。莊生稱藐姑射之神人『肌膚若凝雪，綽約若處子』，又杜陵稱『一洗萬古凡馬空』，詩境似之。」後遂多爲人徵引。參觀《藏齋詩話》卷下第八四條、《魚千里齋隨筆》卷上「黄晦聞」條。余紹宋詩及小注，見《寒柯堂詩》卷一，題爲《讀亡友黄晦聞蒹葭樓詩集，凄然有感，率題二律，殊未盡所欲言也》。梁鼎芬語，見黄節《校梁節庵先生詩既畢追呈一首》小注（《蒹葭樓自定詩稿原本》卷二）。「後山而後」，胡先驌《題黄晦聞先生蒹葭樓詩》：「后山以後見公詩，句法涪皤我所師。」(《胡先驌文存》上卷《懺盦詩》)似亦用其印語。又黄濬《挽晦聞》:「君詩稱後山,自況意高蹇。」(《青鶴雜誌》第三卷八期)夏敬觀《輓黄晦聞》:「歲寒詩卷松壇側,擬辦齋筵祔後山。」(《忍古樓詩》卷一五)均可參。

培軍按:諸家論晦聞詩,多持學後山説,獨錢默存不謂然,云其實依傍散原也。《容安館札記》第七二五則云:「(晦聞詩)號學後山,實則依傍散原,而竭蹶張惶;散原尚能以艱澀自文飾,晦聞寒薄淺露,於是不通亂道,一目了然。」其輕晦聞詩亦甚矣。此當有石遺影響在。《石語》記云:「清華教詩學者,聞爲黄晦聞,此君才薄如紙,七言近體較可諷詠,終不免乾枯竭蹶。又聞其撰曹子建、阮嗣宗詩箋,此等詩何用注釋乎?」口氣殊爲輕蔑。然其論雖苛,「著意骨格」云云,較散原「冥闢群界」等語,似更得黄詩之真。散原宅心忠厚,於後輩多獎飾,談藝不免少實際,然亦正以此故,身後遂譽多毁少,不似石遺之交親多絶也。

地勇星病尉遲孫立　俞明震　一作王存

面而黄,鞭則鋼,硬弓快馬祝家莊(一)。

隴頭黄霧不成春〔二〕，如見周愁涕淚人〔三〕。七字吟成心萬轉，一廛冀作太平民〔四〕。恪士詩在柳州、簡齋之間〔五〕，紀行詩尤多可誦〔六〕。嘗言：「詩人非有宏抱遠識，必無佳構。」頗爲至論〔七〕。詩見道語極多〔八〕，王冬飲乃頗訾之〔九〕，立論固不必强同也。

俞明震，字恪士，號觚庵，山陰人。官至甘肅提學使、民國肅政使。民國七年卒，年五十九。有《觚庵詩》。

〔原附〕論近代詩家絶句　章士釗

學劍學書都誤了，窮邊歸後我來前。詩情卻在無聲表，妙寫長河落日圓。

師爲余説詩，以手作勢如此。

詩人相見此堂堂，故國山河淚幾行。半晌無言下樓去，舅甥師弟各蒼涼。

癸卯春，師訪外舅於吾滬寓樓上，情狀如此。時外舅病篤，惟呼恪士二字，餘不能言，流涕而已。

【箋證】

○俞明震（一八六〇—一九一八），字恪士，一作確士，號觚庵，浙江山陰人。少即能詩。光緒十六年（一八九〇）進士。以翰林改官刑部，外任道員。甲午，中日戰起，赴臺佐唐景崧幕。明年，臺灣民主國成立，入閣爲内務大臣。二十八年（一八九四），爲江南陸師學堂總辦。次年，赴上海參與查辦《蘇報》案。後移官江西，攝贛南道。宣統二年（一九一〇），任甘肅提學使，署布政使。民國二年（一九一三），任甘肅肅政使。晚歸江南，築室南京西溪，與陳三立鄰。又居杭州西湖，與陳曾壽往還。著有《觚庵詩存》。見（新）《紹興縣志·人物》、陳詩《觚庵詩存跋》（《觚庵詩存》附）、李肖聃《星廬筆記》第四二頁。

〇王存，字景沂，一字義門，江蘇江都人。光緒十五年（一八八九）舉人。官内閣中書。與林旭最相契。後改廣東長樂縣知縣，補嘉應州、直隸州。辛亥後，入商務印書館。見陳衍編《近代詩鈔》第一九册、李詳《丙辰五月奉懷滬上諸友絶句》之二六自注（《學製齋詩鈔》卷四）。

〔一〕《水滸傳》第四九回《解珍解寶雙越獄、孫立孫新大劫牢》：「孫提轄下了馬，入門來，端的好條大漢！淡黄面皮，落腮鬍鬚，八尺以上身材，姓孫名立，綽號病尉遲，射得硬弓，騎得劣馬，使一管長鎗，腕上懸一條虎眼竹節鋼鞭，海邊人見了，望風而降。」按：汪語即本此。又，孫初至祝家莊，即擒石秀於陣前，「硬弓快馬祝家莊」云云，指此言。見第五〇回《吴學究雙掌連環計、宋公明三打祝家莊》。

〔二〕句見俞明震《隴頭》（《觚庵詩存》卷三）。

〔三〕《詩・小雅・十月之交》：「不憗遺一老，俾守我王。」鄭箋：「憗者，心不欲自彊之辭也。」揚雄《方言》卷一：「憗，傷也。」晉郭璞注：「詩曰：不憗遺一老。亦恨傷之言也。」憗，字書亦作憖。按：《十月之交》，乃周人之作，故省云「周憗」。汪或取揚説。

〔四〕《孟子・滕文公上》：「遠方之人，聞君行仁政，願受一廛而爲氓。」趙岐注：「廛，居也。」

〔五〕《光宣以來詩壇旁記》「俞恪士」條：「山陰俞恪士提學明震，有《觚庵詩集》。伯嚴吏部稱其託體簡齋，句法間追錢仲文，感物造端，攝興象於空靈杳靄之域。所論極當。清末，提學甘肅，適遇辛亥之變，遂罷官，輾轉由草地歸。晚居杭州南湖，詩境益勝。蓋遭際坎坷，困而彌工，不特得山川之助也。《庚戌十一月出都口占》云：塵外陰沈覺有霜，天東初月照昏黃。十年錯料成今日，一醉拚教進急觴。高樹亂鴉呼晚霽，西山殘雪賸微光。風旛自動心無着，留待滄桑話短長。《宿新安縣示陳子言》云云（見注六引）。《游山歸、泛舟出裏湖待月》云：山游腰腳疲，蹺臥如春蠶。漾舟出裏湖，霽色明澄潭。群峰促使暝，若戒游人貪。一樹尚殘照，雨過南山南。湖光不能紫，細浪吹成藍。濛濛覺遠喧，渺渺窮幽探。月出天水分，始知風露酣。各有愁暮心，詩味從可參。清景何處求，湖燕飛兩三。一失不可摹，此意吾寧慚！夏劍丞嘗稱賞之。」（《汪辟疆文集》）

按：此節出《忍古樓詩話》，字句稍改動。「託體簡齋」云云，見陳三立《俞觚庵遺詩序》（《散原精舍文集》卷一〇)。《夢苕盦詩話》第三三條云：「山陰俞恪士明震《觚庵詩》，於海藏、散原二派外，獨出機杼，自成一宗。其詩初學錢仲文，後由簡齋以規杜，淡遠幽深，清神獨往。惟變態無多，出筆不廣，是其病耳。」亦取陳説。李肖聃別爲一説，以爲取徑後山，《星廬筆記》云：「先生詩疏達清真，與其妹婿陳三立詩同出宋人，而氣體不類。三立出於山谷，氣雄而排奡；先生頗似後山，力内蘊而外發。」（第四二頁）又狄葆賢《詩話》，學人稱述較多，與汪説亦可參。《平等閣詩話》卷一：「近見恪士觀察《天津雜詩》三首，云：久雨荒生事，人烟慘澹中。連杯答沈響，虚枕引低風。蝶影移燈入，蜂房隱壁空。就乾得生理，此意儻吾同。又：滅燭天光入，乾坤絶可憐。獨成心皎皎，深坐夜淵淵。送日息群動，填胸哀昔賢。搏精塵土外，暫比入山便。又：静坐如有適，從知昨者非。笠邊疎雨過，草背一蟲飛。酒薄心常定，談深客不稀。八荒終炙手，吾道竟安歸。《寄懷舍弟兼示肯堂》云：側身驚見孤飛鳥，落日無垠垠一作根大地懸。原野高寒愁積霰，弟兄南北各潸然。噤人亂角從空下，背郭幽花抱露眠。斜睨六州成獨醉，朔風吹海又殘年。數詩是以韻格勝者。唐之戴叔倫，宋之陳簡齋，殆能頡頏。恪士嘗論作詩之法，謂遺詞宜用子部罕經人道語，方能壁壘一新。諸作可謂極其能事矣。」卷二：「頃於友人處，見俞恪士觀察近作《城頭望殘陽西没感賦》一律，云：爲願殘陽墮地遲，望中燈火總支離。群山偃蹇都能隱，雙雁迴翔何所悲。一瞑欲收江海去，回頭如接混茫時。籬邊賸有微光在，珍重秋心好自持。憂深思遠，工部之遺。又《鬱孤臺晚眺》句：人前惻惻無高論，江上悠悠入晚晴。亦佳。恪士又有《游丫山》五古云：雲擁丫山尖，雙髻不盈把。影落烟鏡中，晴光助妍姹。入山恐不深，此景詎能捨。空濛無遠近，色相天所假。石骨斂春容，怒立拒奔馬。披霜萬葉黄，背日一峰赭。入寺不知門，霧濕鐘磬啞。梯樹引泉根，泠泠墮簷瓦。躡足出叢薄，豁然露平野。殘陽澹澹收，飛鳥悠悠下。中有萬古情，含悲不能寫。束身入世程，此意俟來者。秀逸處頗似柳州。」按：汪云「在柳州、簡齋間」，狄云「頡頏戴叔倫、陳簡齋」，又云「秀逸似柳州」，所評固不相遠。又，《游丫山》用韻頗似老杜《玉華宫》，其意中必仿杜，此云「秀逸似柳州」，非也。

〔六〕按：指其度隴諸作。亦參陳衍説，見後引。

《石遺室詩話》卷四：「俞確士學使明震，庚戌入都，訪余於秀野草堂。云有近詩一册，在弢菴處，請余商定。旋提學甘肅，寄示紀行數詩。（中略）《宿新安縣示陳子言》云：我從洛陽來，坦途無百里。峨峨見城闕，崤陵列屏几。車馬亂流渡，隱隱如浮螘。莫弔古戰場，中原事未已。風起遠天黄，落日淡如水。況爲行路人，茫茫誰遣此。須臾日西匿，回光射成紫。幻影逐明生，飢烏投暗止。此是古今情，悠悠吾與子。《過邠州》云：茫茫古豳土，直接隴西路。我來值蠶月，戒行不待曙。晨光與麥齊，晶瑩綴寒露。微月在棗林，不見柔桑處。王化首明農，但取衣食足。智識與世新，生活有程度。奈何三千年，穴居惟墐户。日出不逢人，高原莽盤互。始知地上人，得水迺生聚。涇流日淺縮，千尺俯塵霧。人事漸東趨，天心厭西顧。不見古雍州，八水已非故。滄海變桑田，吾何憂旦暮？《行土峽中抵會寧行館次子言韻》云：與子長安來，一月已過半。朝發青家驛，畏途愁日晏。懸車下絶壁，濁流倏瀰漫。飛鳥到來深，頽雲匿不散。槎枒生地穴，破碎撐霄漢。仰望白日乾，俯穿泥没骭。車從澗底行，心與懸崖亂。出險眼漸明，停鞭指行館。酒注肝肺熱，深談復達旦。新機萬弩發，勢若水滮淠。方輿自風氣，朝報成斷爛。欲通江海情，孰與置郵傳？忽憶去年游，湖亭瀹茗椀。去歲四月，與子言游西湖。今夕復何夕，風沙滿庭院。（中略）讀數詩，如見洛陽以西堙塞錮蔽情狀。」按：《宿新安縣示陳子言》，《尊瓠室詩話》卷一亦引之，云：「海藏叟見之，謂得杜意。」而據《石遺室詩話》，鄭云「得杜味」。

又，《石遺室詩話》卷一四：「與確士别數年，去年復得相見，始盡讀其十數年來之詩，共一厚册，屬爲評定，蓋由王、孟而進規老杜者。確士多静者機，訥於語言，淡遠處從苦吟而出，非漁洋、時帆之貌爲淡遠。度隴後則七言古詩得杜法。今年復示余近作數紙，經蘇堪圈點者，後題八字云：『雋語易得，杜味難得。』余謂『杜味』二字至當。余前所見者用杜法，今所見者得杜味也。如《歲暮園居雜感》云：『漸喜知聞斷，閒〔閉〕門各一天。還家仍獨客，亂世有餘年。畦菜經霜碧，江魚入市鮮。老夫惟果腹，無酒亦陶然。』『稍見通鎡貨，殘年米價平。月圓知漢臘，巷哭有驕兵。帥府徵歌舞，遺黎算死生。出門流水斷，愁絶一冬晴。』『寒日如煙淡，遥峰與雁平。

微吟萬象待，早起一身輕。對局搜殘刼，攤書擁百城。不親無益事，辜負有涯生。』『小閣留賓處，寒山不改青。悠悠萬人海，落落兩晨星。遯世全哀樂，忘身自典型。蕭蕭一亭竹，留爾不曾聽。自注：李梅庵、陳仁先留居數日。』『還家』、『不親』二聯，自是杜陵語；『小閣』二聯，似摩詰矣，然終是杜，與《放船》、《入宅》、《雨》、《懷錦水居止》諸律相近，王閒適，杜兼悲慨也。若『微吟』一聯，則『遲迴度隴怯，浩蕩及關愁』句例耳。」又：「又《讀散原鬼趣詩》云：夜讀散原詩，矮屋環冬青。叙亂託鬼語，叱詫來精靈。我無寂滅想，閱世終冥冥。萬古一髑髏，黠者先逃刑。合眼夢唐虞，糟粕遺六經。齊民豈有術，魑魅能潛形。竹梢寒月來，燈影如孤螢。窮巷與世隔，人鬼無畦町。微吟坐達旦，一鳥窺簷聽。《園竹》云：培土竹樹根，日脚下牆屋。鄰翁荷鋤來，寒天吾汝粥。城中幾名園，亂後遭踐蹴。人心無瓦全，草木含親睦。今日晴不風，煙洗數竿緑。交影上危亭，輕陰脱拘束。豈伊耐歲寒，心虚了無觸。坐送蕭蕭聲，百憂寧可贖？《園柏》云：種柏青溪旁，古色上牆屋。十年憂患人，樹此嶒崚骨。鬱鬱歲俱深，童童立可獨。今年一冬晴，河乾凍龜縮。惴惴愁四鄰，荒園日氣濁。全命凜冰霜，居安對雍肅。從兹翦荆棘，一寒閉門足。但恐旱象成，明年無此福。《寄李梅菴道士》云：滄桑一道士，短屋坐蕭爽。得食有童心，黄冠仍大顙。有時得名蹟，阿弟同欣賞。醉學李濤顛，灑墨大如掌。人間果何世，破筆入蒼莽。昨聞阿弟病，日日趁車往。車往復車來，的的關痛癢。覲君蓄弟心，觸我救時想。出世莫出家，酸辛告吾黨。吁嗟解人難，念君徒怏怏。《寄陳仁先》云：瀟洒陳孟公，有俗無不棄。手寫詠菊詩，閉門自成世。將花入性情，不觸色香味。千曲無盡思，蕭寥在腸胃。昨夢坐茅庵，君持菊譜至。上粘乾葉花，枝枝有題記。笑指枯目僧，謂是花中意。覺來渾不解，清景倏已逝。明月滿竹林，獨照無夢地。蕭寥復蕭寥，高天動寒吹。竹、柏二詩，其知者以爲學《病柏》、《病橘》、《枯椶》、《枯枏》諸作，實學《四松》、《營屋》諸作。寄李、陳二詩，有不能以《貽阮隱居》、《寄贊上人》、《贈蜀僧閭丘師兄》等諸作例之者，杜陵有亂離之悲，無滄桑之感也。」按：《讀散原鬼趣詩》詩，《夢苕盦詩話》第二八三條云：「構象杳冥，不遜陳作。」亦極稱之。

〔七〕《平等閣詩話》卷一：「大興俞恪士觀察明震，余舊交也。不見數年，今秋游天童歸，相遇於滬，銜杯接席，論詩驩然。恪士謂：『詩人非閎抱遠識，必無佳構。』余深韙其言。」按：汪説即據此。其《光宣以來詩壇旁記》「俞恪士」條，亦引此語，可徵賞心。

〔八〕陳詩《觚庵詩存跋》：「公雅有局量，篤好名理，其爲詩也，鎔鑄性靈，擴少陵之忠愛，蔚簡齋之深秀，藴莊列之高致，籠魏晉之清談，如度隴、出塞、居越諸篇是已。又善釋《莊》，嘗曰：陰陽人事，患傷吾生，静持以慎，不觸則解。又曰：盡年而游，不損逍遥；盡年而盡，無擇曼衍。又曰：達人以天爲照，以懷爲藏。又曰：虛而遨游萬物，莫窺其罅，物之相感，禁之則愈相搖。所論皆微至，可謂知道者矣。」

按：《光宣以來詩壇旁記》「俞恪士」條：「（恪士）論作詩之法，謂『遺詞宜用子部罕經人道語，方能壁壘一新』云云。余早年極服其言。及觀其所爲，抗精極思，語必造微，意必深婉，固自有其不及者。」並可參。「抗精極思」云云，見《平等閣詩話》卷二。又，《藏齋詩話》卷上：「浙江俞恪士先生，光緒甲午在天津，寓肯堂先生所。先生詩弟子以詩呈恪士，少許可者。嘗有句云：落日無根大地懸。又云：不向深山坐秋草，人間誰識夕陽深？沉至清深，不可端倪。謂吾鄉王仁安曰：『君欲爲詩，流俗人能爲之詩，吐棄之可也。』」「吐棄」云云，亦見王守恂《乙丑避暑小記》（《王仁安三集》）。

〔九〕《光宣以來詩壇旁記》「俞恪士」條：「及來金陵，偶與王伯沆談及俞詩，伯沆殊致不滿。蓋伯沆詩喜奧衍深厚一派，故深服散原之開闔變化，其直造單微，但取掩映而無直實理境者，皆不甚喜也。伯沆又在余處見晦聞詩，亦云：『誦之，初覺淒婉。再看，皆不落邊際語。』余雖服伯沆，亦不以其言而易余所好也。」

按：胡先驌《評俞恪士〈觚庵詩存〉》云：「某公善談詩，素無門户之見，每能就各家各派，論列其短長，語語皆中竅要，然於宋人獨不滿陳簡齋，於近人數短俞觚庵，此頗可怪者也。」（《學衡》第一一期）亦似指王瀣。

〔王冬飲〕王瀣（一八七一——一九四四），字伯沆，晚號冬飲，江蘇南京人。籍溧水。以字行。光緒諸生。清末，任兩江師範教習。民國後，任中央大學等校教授。著有《冬飲廬詩稿》、《文稿》等。見錢堃新《冬飲先生行述》（《南京文獻》第二一號）、胡先驌《王冬飲先生》（《胡先驌文存》上卷）。

培軍按：俞詩可稱者兩類，一度隴紀行詩，一西湖寫景詩。各家詩話，所標舉名篇佳什，多不出乎此，足徵詩有定價，賞心固不相遠。胡步曾、錢萼孫尤喜稱之。胡《評俞恪士〈觚庵詩存〉》云：「觚庵詩最擅長者爲寫景。」又云：「辛亥至壬子，（中略）（觚庵）自燕京渡河赴隴，目睹風沙大漠雄偉深厚氣象，胸懷益加宏廓，作品亦日趨於雄渾。」「度隴之役，天之玉成觚庵者，豈淺鮮哉。」錢《夢苕盦詩話》第三四條云：「觚庵度隴諸詩，高抗瀏亮，海藏所謂得『杜味』者。（中略）其情景交融之作，固屬風格高騫，即專寫景者，亦復空靈秀敻，無復人間煙火氣矣。」《近百年詩壇點將録》云：「（觚庵）度隴諸作，太夷謂得杜意。晚家西湖，五言突過樊榭，同時同作，唯陳曾壽、何振岱可以抗衡。」（《夢苕盦論集》）俱可參。

地傑星醜郡馬宣贊　張佩綸　一作吴觀禮

舞刀迎，戰花榮〔一〕。

幾年關塞憶纍臣〔二〕，熱淚如潮意〔憶〕苦辛〔三〕。堪笑平生王霸學，卻從詩筆見輪囷〔四〕。

相府憐才式好逑，王家作弼定伊周。誰知今日張張口，換取當年柳柳州〔五〕。

千帆謹案：二首屬張簣齋。

西征幕府滯高才，鄰女王孫意自哀〔六〕。萬里衡雲梗胸臆，壻鄉南望首頻回。

太息圭庵不假年〔七〕，故人投老見詩篇。宣南秋夜蟲聲急，一老燈前説往賢〔八〕。

千帆謹案：二首屬吴圭庵。

簣齋詩才力富健，使事穩切。獲譴以後，悽婉之語，使人不歡，所謂愁苦之音易好也〔九〕。簣齋爲合肥相國所賞拔，曾以其子妻之。仁和吴子儁，久佐左文襄戎幕，七載之間，徂征五省。與簣齋並同治辛未進士，同官翰林，倡和甚多。子儁詩宗唐賢，近體用杜法。陳弢庵極服之，曾手寫其《圭庵詩録》，鏤版行世〔一〇〕。蓋三人皆文字骨肉交也〔一一〕。

吴觀禮，字子儁，號圭庵，仁和人。同治辛未進士，官翰林院編修。有《圭庵詩録》。

〔原附〕論近代詩家絶句　章士釗

嘻嘻嗃嗃語尋常，才士從戎萬里長。楚越一家夫子儁，化龍池畔黯神傷。

圭庵爲何貞老女夫。寒家與何有連，得見圭庵緘札絶夥。化龍池，長沙南城何府。

聯翩三士壯同光，一蹶雞籠羽翼傷。漫道玉關春不度，柳圍親折卻堂堂。

三士者，張簣齋、陳弢庵與圭庵也。雞籠之役，簣齋一蹶不振。圭庵佐左文襄平定新疆，功隱不彰。士論均惜之。「漫道玉關春不度」，用圭庵《送吴柳堂歸臯蘭》句。楊石泉贈文襄詩云：「親栽楊柳八千里，引得春風出玉關。」

【箋證】

○張佩綸（一八四八—一九〇三），字幼樵，一字繩庵，號蕢齋，直隸豐潤（今屬河北）人。早孤。同治十年（一八七一）進士。光緒元年（一八七五），以編修擢侍講，充日講起居注官。時外侮亟，累疏論國大政，又糾劾諸大臣，與陳寶琛、黄體芳等，號「清流黨」。後李鴻章延佐軍幕。八年（一八八二），擢署左副都御史。次年，晉侍講學士。按事陝西，還，命在總理衙門行走。十年（一八八四），派赴福建會辦海疆事，駐守馬尾港。馬尾之役敗績，遁走，革職遣戍。釋還，鴻章再延入幕，妻之以女。甲午戰事起，被劾干預公事，命逐回籍。庚子（一九〇〇），以編修起用，入都佐辦和約。既成，擢四五品京堂，稱疾不出。卒於金陵。著有《管子學》、《澗于集》、《澗于日記》等。見《清史稿》卷四四四、陳寶琛《張蕢齋學士墓志銘》（《滄趣樓文存》卷下）、勞乃宣《有清故通議大夫四五品京堂前翰林院侍講張君墓表》（《桐鄉勞先生遺稿》卷五）。

○吴觀禮（一八三三—一八七八），字子儁，號圭庵，浙江仁和（今屬杭州市）人。何紹基婿。自少潛心書史。同治十年（一八七一）進士。入翰林，改庶吉士，散館授編修。光緒元年（一八七五），大考二等，充四川鄉試副考官。嘗佐左宗棠幕，薦保布政使銜、陝西候補道，以患目疾辭去。四年（一八七八）春，京師不雨，山西、河南旱，乃疏上九事。四月，又疏陳充善端、絶弊端七事。尋卒。著有《讀鑑隨録》、《圭盦文集》、《詩録》、《使蜀日記》等。見《清史列傳》卷七三《吴觀禮傳》、《清國史》第一二册《吴觀禮傳》、《清代人物生卒年表》。

〔一〕見《水滸傳》第六四回《呼延灼月夜賺關勝、宋公明雪天擒索超》。

〔二〕句見張佩綸《夢所寄詩六絶依韻答之》之六（《澗于集·詩》卷三）。

〔三〕陳寶琛《蕢齋以小像見貽題寄》：「江心憶拜張都像，熱淚如潮雨萬絲。」（《滄趣樓詩集》卷一）

〔四〕《光宣以來詩壇旁記》「張幼樵」條：「蕢齋一生以王霸之學自詡，光緒初元，與張之洞、陳寶琛、寶廷三人遇事敢言，有『四諫』之稱。或以鄧承修一云黄體芳益之，而稱爲『五虎』者。甲申基隆一役，蕢齋以三品銜會辦福建海疆事，一聞礮聲，乃倉皇遁走。論罪讁戍。然合肥相國憐其才，以爲蕢齋將來勛業必出己上，戍所釋還，以女妻之，然一蹶不振，竟以詩人老矣。」（《汪辟疆文集》）按：此汪自疏其詩。張喜言經濟，用功於經子，又撰《管子注》，所謂「王霸學」者，亦及此類言之。參觀《石遺室詩話》卷六第八條。

《清史稿》卷四四四《張佩綸傳》：「（光緒）十年，法人聲内犯，佩綸謂越難未已，黑旗猶存，萬無分兵東來理，請毋罷戍啟戎心，上韙之。詔就李鴻章議，遂決戰，令以三品卿銜會辦福建海疆事。佩綸至船廠，環十一艘自衛，各管帶白非計，斥之。法艦集，戰書至，衆聞警，謁佩綸亟請備，仍叱出。比見法艦開火，始大怖，遣學生魏瀚往乞緩，未至而炮聲作，所部五營潰，其三營殲焉。佩綸遁鼓山麓，鄉人拒之，曰：『我會辦大臣也。』拒如初。翼日，逃至彭田鄉，猶飾詞入告，朝旨發帑犒之，命兼船政。嗣聞馬尾敗，止奪卿銜，下吏議。閩人憤甚，於是編修潘炳年、給事中萬培因等先後上其罪狀。時已坐薦唐尚、徐延旭褫職，至是再論戍。居邊釋還，鴻章再延入幕，以女妻之。」

〔五〕張佩倫《張口瀕行志壁·張口》：「誰喚張張口，應非柳柳州。」（《淵于集詩》卷三）按：馬江敗後，張譴戍張家口，故云。首句，指爲李鴻章婿。次句，本傅玄《答程曉詩》：「伊周作弼，王室惟康。」（《漢魏六朝百三家集·傅鶉觚集》）參觀陳寶琛撰《墓志銘》。

〔六〕《光宣以來詩壇旁記》「吴圭盦」條：「圭盦既官編修，然早年曾隨左文襄戎幕，後又隨文襄平定新疆，隨事獻替，有功至鉅。其集中有《鄰家女》、《天孫機》二樂府，即自道其平生遭際，而致憾於依人作嫁也。」《近代詩派與地域》：「（子儁）平生忠孝大節，一託於詩，本靈均之忠款，得杜公之抗墜，與簣齋沆瀣一氣，今所傳之《圭盦詩録》，絶無苟作。蓋得性情之正者也。吴氏既深契杜陵，故感事及今樂府尤高，所詠事實，非注莫明。曩侍弢庵座，弢庵嘗爲言其本事甚悉。今弢庵已逝，恐無人能作鄭箋耳。」（《汪辟疆文集》）

按：關於吴詩《鄰家女》、《天孫機》等，《石遺室詩話》有箋釋，詳見卷一三第一至四條。又衍云「聞諸陳弢菴」，汪亦云「侍弢庵座」獲聞之，不提陳衍《詩話》。參觀《今傳是樓詩話》第二二五、二二六條。

〔七〕句見陳寶琛《朱二子涵留宿寓齋得詩四首》之二（《滄趣樓詩集》卷三）。按：陳詩作於癸卯，即光緒二十九年（一九〇三），觀禮死於光緒四年（一八七八），前後相距二十餘年，故有「故人投老」云云。

〔八〕《光宣以來詩壇旁記》「吴圭盦」條：「乙丑夏秋間在都門，侍座弢庵，即從容詢圭盦事。曰：『吴子儁與余及簣齋至契，居京師時，靡日不見。余視爲畏友。惜頻年在外，僅於尺素中商略學術，偶及時事，其見解尤高。故文襄倚之如左右手。子儁詩稿甚多，而芟剔至嚴。死後，余從其夫人索得自定本，遂手録一册，即後此據以上木者也。今聞版已不存，印者亦稀矣。』余詩『宣南一老』句，即指此。」

〔九〕《近代詩派與地域》：「（簣齋）夙負經世大略，受合肥相國之知。中法馬江之役，中樞失馭，遂誤戎機，非其罪也。及所學未施，乃盡發諸吟詠。才力富健，用事穩切，擬諸廣雅，正堪驂靳。惟廣雅早膺疆寄，晚值樞垣，雖中更憂患，而勳業爛然。簣齋則自獲罪譴戍，遇事觸景，動成悽惋，所謂愁苦之音易好也。」《光宣以來詩壇旁記》「張幼樵」條：「簣齋於管仲書致力最深，而詩尤工，與張廣雅尚書並稱爲北派二鉅子。其詩得力於玉溪、坡公，而剽健精悍之氣溢於字句，亦深至，亦藴藉，確爲光緒朝大手筆。其與廣雅略不同者，廣雅歇歷中外，勳業爛然，感喟雍容，語無激盪。而簣齋則抑塞無俚，語多愁苦，憂時之言，迴腸盪氣。或謂其詩有過於廣雅者，則境地所處之不同，非工力有高下也。」亦見《近代詩人小傳稿》（《汪辟疆文集》）。

按：此亦據陳衍説。《近代詩鈔·石遺室詩話》：「蕢齋詩才力富有，用事穩切，與張文襄並驅中原，未知鹿死誰手。惟文襄雖頗更憂患抑鬱，不得大行其志，然數十年外疆圻而内樞府，事業爛然，其感喟尚在裴中令、李贊皇之間。蕢齋則獲罪遣戍，所處視瓊、儋、柳、永，殆有過無不及。而詩筆剽健，所謂『精悍之色，猶見眉間』，與『悽惋得江山助』者，兼而有之。豈真愁苦之易好歟？抑亦藴積有素，而遇景觸事，乃恣所發揮，淋漓盡致歟？」「精悍之色，猶見眉間」，見蘇軾《方山子傳》（《蘇軾文集》卷一三）；「悽惋得江山助」，見《新唐書》卷一二五《張説傳》。並陳所喜語也。又《石遺室詩話》卷一三云：「張簣齋詩，用事無不精切者。」又：「簣齋詩用事太密，惜其子弟門生，無任天社、馮孟亭其人者爲之詳注，甚至舊稿傳鈔，訛字滿紙支離，無從辨識。」亦可參。「其詩得力於玉溪、坡公」云云，參後引陳寥士説。《單雲閣詩話》：「張蕡齋與吴子儁善，子儁謂學杜當從義山、山谷入，始免麤直。蕡齋韙之，於玉溪詩頗有評注，於山谷則主洪玉父説，謂源出於蘇，故瓣香獨在玉局，謂其天資學力直合李杜爲一手，而氣節過之。嘗取諸家蘇詩注本有所糾補。所作古今體詩，有《澗于集》四卷。《柳叟招同人復游葦灣用伯潛韻》云：前游未及旬，出郭復蠟屐。山容幻曉晴，野色炫餘澤。清渠静不風，秋意漾水碧。主人不解耕，以花作阡陌。波清代山緑，菱芡恣餉客。烟水二頃餘，鷗渚拓圓席。孤亭始何年，俯仰憶疇昔。涼風對面來，薄爽生兩腋。坐久忘形骸，不覺日將夕。《登雲泉山》云：頑山不能飛，倔强居庸外。石骨立如人，無乃天所械。岩枯頳頂禿，樹蝕蒼皮疥。嗟余勞者閒，登高洗塵壒。思理仇池耕，或蓄黄溪黛。芒屨窮深幽，一覽興爲敗。秦餘地脈絶，那復藴靈怪。忽躡最上層，遠勢收障塞。閶闔若可呼，代雲盡破碎。儵然涉遐想，山靈閲興廢。穆穆軒皇神，賨符開草昧。垢掃風后塵，雷薄蚩尤鎧。何方六相辨，何地萬靈會。圖經今不傳，古都遂荒穢。繆悠漢以來，以意斷三代。手上明堂圖，或取黄茅蓋。紛紛紀封巡，强屬華與岱。我疑鴻蒙初，河山此襟帶。焉知孤峰奇，松栝不烟靄。支離直寄耳，神全德於内。皇古泉仍寒，歷劫石不壞。猶扼薊門吭，直抱太行背。大雲起如磐，四郊雨滂沛。終完補天心，豈藉牲玉賽。詩筆亦如山骨之嶙峋，氣度極疎宕。《響水梁》云：百折終歸海，徐之濁亦清。如何微搏激，便

作不平鳴。則有託之詞也。」(《校輯近代詩話九種》)

[一〇]《光宣以來詩壇旁記》「吴圭盦」條：「余早年在南昌，胡先驌示我《圭盦詩録》，爲弢庵手寫上雕。略爲審視，極服其詩格高渾。其撫時感事之篇，得杜陵法乳。惟用事極夥，非注莫明。」

按：此説亦參陳衍。《近代詩鈔・石遺室詩話》云：「圭盦槖筆從軍，晚始登第。詩宗唐調，古體多今樂府，七言律專用少陵《諸將》法。然感事之作，非有注莫明也。」

《晚晴簃詩匯》卷一六五吴觀禮《小傳》：「陳弢盦曰：圭盦之志，詩不盡傳。後世讀其詩，悲其遇耳，孰能於翰墨中，得其生平所趨向哉。」「張蕡齋曰：伯潛悲圭盦甚，日夜思圭盦，則取圭盦詩日夜讀之，曰：『以詩傳圭盦，非圭盦志也。』然其詩則固有足傳者在。於是舉其有關軍國之大及生平出處交際者，斷而存之，得詩二百七十八篇，都爲一卷，手寫定本。」(按：陳語見《圭盦詩録序》，張語見《圭盦詩録跋》。)《詩話》：「圭盦負異資，潛心經史，内行純篤。先後娶何子貞、子敬之女，得授書法。在左文襄軍中，短衣匹馬，指畫陣略，積功至道員。以目疾辭去。赴試，成進士，入詞館。典蜀試歸，應詔陳言，經世之心，見於吟詠。故多饜切事理，不僅以才情風格見長。歿後，張文襄挽以詩云：識君日淺見君心，兩疏憂時壯翰林。交遍公卿無詭合，久更戎馬轉湛深。憐才曾叫巫咸筮，敦舊新調子敬琴。使府三良同一厄，秦川嗚咽隴雲陰。原注：『君典蜀試，有綿竹楊生，高才不遇，君深自咎責，至於下泣。謝麐伯前輩病歿，君經紀其喪。君與廖伯及張兵備樹荄，皆爲恪靖伯薦辟入幕，期月内並卒。』」參觀《石遺室詩話》卷二三第七條。

〔二〕《光宣以來詩壇旁記》「吴圭盦」條：「仁和吴子儁與張簣齋皆同治辛未進士，同官翰林，陳弢庵則先一科。三人至相得，而弢庵與圭齋皆於左文襄有知己之感。圭盦本爲何紹基女夫。」又「張幼樵」條：「弢庵閣學、廣雅尚書，皆與簣齋爲死友。兩公詠吟，爲簣齋而作者，無不工。如廣雅《過張繩菴宅》云：廿年奇氣伏菰蘆，虎豹當關氣勢粗。知有衛公精爽在，可能示儆夢令狐。弢庵《七月二十五夜山中懷簣齋》云云（見後引，後同）。又《簣齋自塞上和前詩、疊韻再寄京師》云云。又《簣齋以小象見寄、感題卻寄》云云。又《滬上晤簣齋、三宿留别》云云。又《入江哭簣齋》云云。讀此數詩，令人增氣誼之重。」

按：此節頗采《石遺室詩話》、《今傳是樓詩話》。《石遺室詩話》卷一三：「往余叙蘇堪詩，嘗謂弢菴詩爲謝枚如、張幼樵作者，常工於他作，蘇堪詩工者固多，爲顧子朋作則工，且無不工。弢菴有《山中懷簣齋》云：東坡飲啖想平安，塞上秋風又戒寒。久别更添無限感，即歸豈復曩時歡。數聲去雁霜將降，一片荒雞月易殘。獨自聽鐘兼聽水，山樓醒眼夜漫漫。『即歸』句，七字直叢百感。《簣齋以小像見寄、感題卻寄》云：十載街西形影隨，五年南北尺書遲。夢中相見猶疑瘦，别後何時已有髭。機盡狎漚原自適，聲銷賣藥漸無知。江心憶拜張都像，熱淚如潮雨萬絲。『夢中』一聯，當時最爲傳誦。末二語，謂吾鄉臺江上流爲洪江，水中有小島，名小金山，山上僅容一寺，寺中有一小塔，客堂中供明都御史張經像，經以倭兵事被陷死者。簣齋自臨前敵，始終駐馬江，未入城。既敗，被議遣戍，由馬江泝流而臺江，而洪江，而建溪，然後旱路北行也。弢菴送別於小金山，故追憶之云。《簣齋自塞上和前詩迭韻再寄京師》云：觀棋聞又入長安，金玦三年信誓寒。夜雨夢回疑婦歎，邊夫人於謫戍次年歿京師。竹林酒熟憶朋歡。肯將龜筴從詹尹，倘愛鐘魚對懶殘。住慣烟波畏塵土，停雲直北奈迷漫。簣齋有《始得伯潛書、時築室石鼓山中、以詩寄懷》，前四句云：十年同夢躡天梯，在都時有同游石鼓山之約。自屏尊罍急鼓鼙。一觸網羅江水闊，幾回書札塞雲迷。君先寄三書，均未達。弢菴又有《滬上晤簣齋、三宿留别》云：『相看短髮未全斑，十五年來一瞬間。可似東坡遇莘老，安排浮白對青山。』『卻將談笑洗蒼涼，三夜分明夢一場。記取吴淞燈裏别，不須寒雨憶洪塘。』洪塘即小金山寺拜張都像處也。又《入江哭簣齋》云：雨聲蓋海更連江，迸作辛酸淚滿腔。一酹至言從此絶，九幽孤憤孰能降。少須地下龍終合，孑立人間鳥不雙。徙倚虚樓最腸斷，年時期與倒春缸。弢菴生死交情，殆無有出簣齋右者。」

《今傳是樓詩話》第二二四條：「仁和吴子儁觀禮，所著《圭菴詩録》一卷，乃陳弢菴先生手寫印行者。弢菴因張叔度交圭菴甫一年，然相知則甚深。手寫遺詩，皆作精楷，風義之篤，又近世所無也。圭菴爲何蝯叟之女夫，客左文襄幕府最久。通籍後始留京，與張簣齋、張廣雅諸人，均有文章道義之契。廣雅有《挽吴圭菴》詩云云（見注一〇引）。簣齋《答圭菴和浄師見贈之作》有句云：先皇十載歲辛未，君辭戎幕賓於王。玉堂相見遂心折，三年校秘商丹黄。弢菴癸卯赴簣齋之喪，小住南京，留宿子涵厲齋。得詩十四首，一云：坐上何郎舊飲儔，别來牢落亦華顛。人生畏友誰能少，太息圭菴不假年。自注：『圭菴、簣齋至契，詩孫姑丈也。』數詩皆可見交誼者。」又第四八六條：「繩庵於同時輩流中，與弢庵先生投分尤摯。有《次答伯潛見懷》句云：舉國幸存膠漆地，平生兄事屬袁絲。如此傾倒，恐生平無第二人也。弢老原詩云云（見注一一引），繩菴再疊奉答，亦有『萬事對君時斂手，百年輸我早生髭』之句。」

培軍按：蕢齋爲合肥壻，宣贊亦郡馬，身份相似，故即以擬配。圭龕與蕢齋交好，又爲何道州壻，身份亦仿佛，差可擬於郡馬，故合傳之，非必以其詩格近也。至具體評述，多可參石遺詩話，前各注已詳之。陳弢庵《張蕢齋詩集序》云：「君博涉多識，才藻鴻麗，而擇言尤矜慎。顧志在用世，官京朝日，不甚致力於詩。及淪謫邊遠，則身世之感，家國之故，往往於詩發之。生平希慕蘇文忠，遭際復相類。所爲詩閎壯忠惻，亦似玉局中年之作。且一身之升沈榮瘁，實爲人才消長、國運隆替所繫。讀者但羨其伐材之富，隸事之工，固未足以知其深也。」（《滄趣樓文存》卷上）所言尤確切。《晚晴簃詩匯》卷一六五《詩話》云：「蕡齋論詩，雅慕玉局，以爲天資學力，直合李杜爲一手，而氣節過之。嘗取諸家注本，有所補正。早蒙特達，中更讁戍，遭際尤與相類。出塞後諸詩，閎壯悱惻，往往得玉局忠愛之旨。近體縝密高華，伐材既富，隸事尤工，身世家國之感，文深而意遠。早歲嘗爲玉溪詩作注，知宗尚又有在也。」即本弢庵之説。又《今傳是樓詩話》第四八四條云：「繩菴學士，詩學大蘇，閎壯忠惻，奄有衆長，遭逢亦復相類。弢庵先生序之綦詳。君生平常取諸家蘇詩注本，有所糾正。辛亥之亂，鷗園藏書被刼，稿燬於兵，現祇《澗于集》四卷印行。」要之，云蕡齋詩學東坡，乃衆説所同然。方湖亦取之，云：「簣齋與陳弢庵、吴子儁爲文章骨肉之交，子儁嘗有學杜當從玉谿入手之言，簣齋初主其説，寖饋義山者甚至。繼以山谷源出於蘇，故瓣香獨在玉局，謂其天資學力，直合李供奉、杜拾遺爲一手，而氣節過之（按此亦同陳寥士説）。徙邊鐍户，注《管》以外，輒取坡集讀之，其《自笑》詩所謂『鄭學粗通嫌引緯，坡詩細讀懶參禪』是也。」（見《近代詩派與地域》）可補其評所未及者。

地雄星井木犴郝思文　柯劭忞　一作柳詒徵

當我者死，避我者生〔一〕。井木犴，君前身〔二〕。

看君史筆寓於詩〔三〕，驅遣方言又一奇。蓼園詩如「古來圖畫難俱述，誰似符頭孤列物。鏡中鑒物能留物，十有三家皆閣筆。」符頭孤列物，蓋英語photography之譯音也。〔四〕目極海洲歸載筆，大篇況有杜韓遺〔五〕。

莫吟辛苦賊中來，且進絲桐近酒杯〔六〕。乞與南徐好風月，鶴林同看杜鵑開〔七〕。

鳳蓀師不朽之業，當在元史，實則《穀梁春秋》、天文、歷算，亦高踞上座，世人不盡知也〔八〕。詩爲餘事，然以學贍才高，不肯作猶人語，故風骨高騫，意境老澹。《蓼園》一集，五百年中，難可泯没〔九〕。劬堂精研乙部，久典守藏，以一身繫東南文獻之重。餘力爲詩，淵雅可味。晚年流轉西南，詩益奇肆。長篇短韻，皆詩史也〔一〇〕。

柯劭忞，字鳳蓀，號蓼園，諸城人。所著自《新元史》二百五十七卷外，有《春秋穀梁傳注》十五卷、《清史天文志稿》、《時憲志稿》各如干卷、《蓼園詩鈔》一卷、《續鈔》四卷，皆刊行。其《蓼園文集》、《爾雅注》、《文選補注》、《文獻通考注》、《新元史考證》、《十三經附札記》，皆稿藏於家。民國二十二年八月三十一日卒，年八十四。

【箋證】

〇柯劭忞（一八五〇—一九三三），字鳳孫，晚號蓼園，山東膠州人。父蘅，母李長霞，俱工詩。娶吴汝綸女。光緒十二年（一八八六）進士。入翰林，散館授編修。二十七年（一九〇一），簡充湖南學政。還京後，歷官國子監司業、翰林院侍講等。三十二年（一九〇六），派赴日本考察學務，歸任貴州提學使。旋調學部丞參上行走，補右參議，遷左丞。充資政院議員、京師大學堂經科監督，署總監督。宣統三年（一九一一），充山東宣慰使，兼督辦山東團練大臣。民國初，選爲參政院參政、約法會議議員，俱未就。後設清史館，延爲總纂。趙爾巽卒，代爲館長。撰《天文》、《時憲》、《災異》三志。生平學術，於史部最用力，所著《新元史》，爲海内所推重，日人且贈以博士。他著有《穀梁補注》、《文選補注》、《文獻通考注》、《爾雅補注》、《蓼園詩鈔》、《續鈔》等。見張爾田《清故學部左丞柯君墓誌銘》（《遯堪文集》卷二）、柳詒徵《柯劭忞傳》（《廣清碑傳集》卷一六）。

〇柳詒徵（一八八〇—一九五六），字翼謀，號劬堂，江蘇鎮江人。幼孤，母親課讀，授五經。及長，任職江楚編譯局，獲師事繆荃孫。光緒二十九年（一九〇三），從繆氏游日本，考察學校教育。三十一年（一九〇五），任教江南高等學堂，旋改教於商業學堂。宣統元年（一九〇九），舉優貢。歷教兩江師範、鎮江府中、北京明德學堂等。民國三年（一九一四），聘爲南京高等師範教授。十一年（一九二二），與梅光迪、胡先驌等，編《學衡》雜誌。明年，改任教東南大學。十四年（一九二五），以學校風潮辭職，轉就聘於東北大學。旋復他往。十六年（一九二七），任江蘇省立國學圖書館館長。十八年（一九二九），兼主江蘇通志局事。三十六年（一九四七），任國史館纂修，編《國史館館刊》。建國後，任上海市文物保管會委員。著有《中國文化史》、《國史要義》、《劬堂詩録》等。見柳詒徵《自述》（《民國人物碑傳集》卷七）、柳定生《柳詒徵先生傳略》（《南京師院學報》一九八〇年第四期）、《柳詒徵先生年譜》（《劬堂學記》）。

〔一〕《水滸傳》第六四回《呼延灼月夜賺關勝、宋公明雪天擒索超》：「宣贊出馬，大罵：『草賊匹夫！當我者死，避我者生！』」按：郝、宣二人，俱關勝部將，汪或緣此誤用。

〔二〕《水滸傳》第六三回《宋江兵打北京城、關勝議取梁山泊》：「關勝聽罷，大喜，與宣贊説道：『這箇兄弟，姓郝，雙名思文，是我拜義弟兄。當初他母親夢井木犴投胎，因而有孕，後生此人。因此人唤他做「井木犴」。』」

〔三〕句見廉泉《柯鳳孫蓼園詩鈔題詞》二首之一（《南湖集》卷四）。

《空軒詩話》第一四則：「柯先生詩法盛唐，專學杜工部，光明俊偉，純正中和，如其爲人。柯先生遵照中國學術系統，視詩爲末藝小道，然詩實能表現先生之精神、思想、學術、行事，此亦中國文學之正宗觀念也。集中重要之作，有關史事者，爲卷二之《哀城南》、《後哀城南》庚子義和拳殺戮士大夫，卷三之《三哀詩》甲午殉難死職之三將、《歷歷》宣統朝攝政王、《憶昨》張文襄公之洞、《歎息》辛亥四川鐵路案引起革命、《昔者》辛亥武昌及沿江革命、《漢家》辛亥三十六鎮陸軍之倒戈、《資江》哀端方、《垂簾》隆裕太后下詔遜國宣布共和、《瀛臺》、《團城》、《北海》、《歲暮懷人詩》王静安等，卷四之《丙午過膠州故居》德人取佔膠澳地、《詠史三首》庚子之亂、《讀三國志董卓傳》等，卷五之《輓奉新張忠武公》勳等。今録數篇。（中略）諸詩立意、遣詞、命題，皆杜工部正格，歷歷開元事，能畫毛延壽。近人能爲此者鮮矣。」

〔四〕句見柯劭忞《嚴紹光西湖雅集圖》（《蓼園詩鈔》卷二）。按：《蓼園詩鈔》中，僅一見此例，汪説未足凴。又，錢鍾書《漢譯第一首英語詩〈人生頌〉及有關二三事》注六二（見《七綴集》）亦引此，亦云是「特例」，可參。

〔五〕汪辟疆《藻孫能文而不肯作詩，簡以一詩》：「要拓靈源準師法，鄉賢況有杜韓遺。」（《方湖詩鈔》）《論詩絶句十首》之二：「才思荆公未易追，咀含獨得杜韓遺。」（《讀常見書齋小記》）

按：句似本陳寶琛《題伯嚴詩卷》：「生世相憐騷雅近，賦才獨得杜韓遺。」見《滄趣樓詩集》卷五。胡先驌《四十年來北京之舊詩人》：「（鳳蓀）先生五言古體宗漢魏，最爲渾古，七言古則宗唐人，時類昌黎，五七言律詩亦唐音，尤善爲長律，排比鋪叙，氣沛神完，人所難能。先生雖淡於榮利，而憂國之懷激烈，故感時撫事，可稱『詩史』。」略同汪説。學杜，參注三、八。

又，《續修四庫全書總目提要・蓼園詩鈔》：「（《詩鈔》）卷二《哀城南》七古，有『孔翠文章銜采毛，蚍蜉性命投甘炙』句，謂戊戌年楊鋭、劉光第等六人被逮肆市也。又有《後哀城南》句云：

老臣無罪尤昂藏，白頭飲刃可憐傷。象齒焚身兆厚亡，竟與謇諤同罹殃。秦人不用哀三良，危身奉上名俱彰。謂庚子年袁昶、許景澄與立山、聯元、徐用儀同爲端邸陷害被誅也。卷五《挽奉新張忠武》兩絶句云：『白首論兵氣益振，功名何必畫麒麟。可憐擴廓奇男子，百戰終全牖下身。』『連雲甲第化煙埃，想見將軍血戰回。嗚咽菖蒲河畔水，十年流盡劫餘灰。』紀丁巳復辟事，持論平允。又《書沈侍郎家本手札後》絶句云：一髮誰將九鼎扶，議刑議禮總區區。諸生枉自争鹽鐵，時論終歸桑大夫。紀庚戌辛亥間事，婉而多風，均有史筆。」

〔六〕汪辟疆《柳翼謀先生出示劬堂集、寫似一首》：「莫吟辛苦賊中來，願進絲桐近芳醴。」（《方湖詩鈔》）按：據此，知此首論柳。「辛苦」句，出杜甫《自京竄至鳳翔喜達行在所》三首之一：「所親驚老瘦，辛苦賊中來。」（《杜詩詳注》卷五）

〔七〕周壽昌《夢中得句、醒後足成之》：「乞與鑑湖風月好，九峰長作畫圖看。」（《思益堂詩鈔》卷四）按：南徐，古鎮江名也；鶴林謂鶴林寺，亦鎮江名勝也。此專就柳爲鎮江人言。鶴林寺杜鵑花，自昔有名，詩人多詠及之。又有殷七七開杜鵑花事，見《續仙傳》卷下。又，蘇軾《減字木蘭花》：「從此南徐，良夜清風月滿湖。」（《東坡樂府》卷一）亦潤州故事，汪蓋兼用之。

〔八〕馬其昶《蓼園詩鈔序》：「膠西柯鳳孫先生，積學能文，名被海内外七十年。著《新元史》，刊成，翔實視舊史爲勝。日本得其書，付文部評定，咸推服以爲不可及，贈以文學博士。先是東海徐公以總統得文學博士於鄰邦，而先生繼之，予謂可以湔吾國群士失學之恥，要不足爲先生道，先生之藴，非可以史學盡也。光緒初，予游京師，因孫君佩南、鄭君東父獲識先生，知其精小學而已。後十餘年，再見於京師，先生方與東父共治《春秋》，見予文論喪服諸篇，而善之。别去，予歸里，先生出督湖南、貴州學政。又十餘年，而宣統改元，予官學部，孫、鄭二君皆前卒，先生獨巋然幸存。天下擾擾，復十餘載，予與先生浮湛燕市，無所聊賴，日取先聖遺經，發憤研誦，務明大道之原，存已壞之人紀，期至老死不悔。先生治《穀梁春秋》，予治《毛詩》，繼治《易》、治《尚書》，及《孝經》、《大學》、《中庸》，以逮《老子》，皆賴先生得就其業。凡予之爲説，有創獲，先生未嘗不欣賞，有謬義，亦未嘗不糾也。蓋學問之事，有本末焉。傳云：『正其本，萬事理。』豈不信哉。六經者，學問之淵海也。先生之學，其深於經乎。本經術以制行，則行潔，以爲詞章，則其言立。先生躭道棄榮，不以高節自矜，性喜爲詩，顧不苟作。廉君南湖爲録存五卷，將刻行，先生曰：『子爲我序之。』予不能詩，然能粗知先生之學行，故述其離合數十年之跡。後之讀者，不以詩求先生，而先生詩所由工可知也。」（《蓼園詩鈔》卷首）按：此節述柯氏學術，頗能得其要，足與汪説相發。又，柯昌泗等《哀啟》云：「先嚴研經，邃於《春秋三傳》精義，《穀梁傳》致力尤深，《元史》功竣後，注《穀梁》十五卷。其餘西漢家法，發揮光大，而持論極爲艱慎。」參觀王森然《柯劭忞先生評傳》（《近代名家評傳》初集）。

〔九〕《近代詩派與地域》：「膠州柯鳳蓀氏以著《新元史》，受國際榮譽，世人鮮有知其能詩者。偶事篇章，深厚健舉，有杜韓之骨幹，蘊坡谷之理致，刻意之作，不後同光派諸大家，蓋以胸羅雅故，襟懷高遠，及餘事爲詩，吐語固自不凡也。東魯詩人，柯爲弁冕。」（《汪辟疆文集》）按：柯詩宗唐學杜，與同光派異趨，各家評莫不然。王國維推爲「正宗」。《空軒詩話》第一四則：「往者，王静安先生嘗語宓云：『今世之詩，當推柯鳳老爲第一。以其爲正宗，且所造甚高也。』」王故不喜宋派。汪云「不後同光派」，仍以近宋稱之，説與諸家不同，而尊之之意蓋無異也。《越縵堂日記》（同治十一年九月四日）云：「在肯夫處，見山東人柯劭忞詩一册。（中略）擬古歌謡，俱戛戛獨造，語不猶人；五七言古近體，學六朝三唐，亦皆老成。」《瓶粟齋詩話四編》卷下云：「膠西柯鳳蓀學士劭忞，曾撰《元史》數百卷。其《蓼園詩集》，純乎學杜，在清末詩人中，爲不肯爲時尚者，惜乎爲史學名所掩。」均可證。又徐際恒《讀蓼園詩集》：「大雅淪胥蔓草中，箏琶細響亂絲桐。派從大曆窺宗匠，體到西崑識變風。法乳能探三昧奥，詞源真障百川東。梅村不作漁洋渺，低首騷壇拜此翁。」（《艮齋詩草》）要言不煩。别參《石遺室詩話》卷一七第一七條、袁嘉穀《卧雪詩話》卷二。

〔一〇〕汪辟疆《柳翼謀先生出示〈劬堂集〉、寫似一首》：「不識何者爲詩史，今乃見之劬堂詩。」自注：「詩凡數百篇，皆流轉興化、上饒、泰和，及由閩而贛湘而桂黔來渝所作。詩多紀抗戰以來時事，

慷慨激昂，讀者感憤，而死生離别，苦語令人酸鼻。」（《方湖詩鈔》）

柳詒徵《自述》：「予六、七齡時，先妣口授唐人五七言絶，約二百首；次授唐人五言律，約四百首；次授《古詩源》全部；次授《唐詩别裁》，不克竟讀，僅讀七言律一類。其五七言古詩，則聽予姊讀《三百首》中諸篇，亦略能上口。十二、三歲時，年終放學，潛至外家樓上閲所藏書，手鈔海門鮑皋、江干余京、石帆張曾、小花李御諸先生詩，亦學爲之。兩舅氏應書院試，間有試五七言者，兩舅亦命予學製，不自知其工拙也。（中略）時在金壇應試之鄉先輩，皆知予之能詩，陳心蘭先生在試場，口詢予若何學詩，予告以實未嘗學詩，雖《唐詩三百首》，亦未能全讀。陳先生曰：『學詩亦不必讀選本，宜讀專集。』此語予至今猶憶之，不敢忘。又予十五、六歲時，蒙李亞白先生賞識，并常赴其冬心書屋請教。先生教以閲潘四農《養一齋詩話》及蔣心餘《忠雅堂詩》。比在金壇應試，始獲購閲此二種。又購黄仲則《兩當軒詩》及《國朝六家詩》，粗窺漁洋、竹垞之樊籬。在家授徒，手鈔韓杜兩集讀之。此爲予學詩之經過。廿三歲，赴金陵編譯書局，遂不復用功於詩，偶有游覽應酬之作，僅以鳴其興觀群怨之意而已。在金陵，又見陳伯嚴、范肯堂兩先生以詩鳴海内，益不敢云詩，但冀親炙時賢而知門徑耳。王湘綺在寧，嘗晉謁叩詩法，王曰：『詩如女子，須有粉黛；又爲士夫，須説官話。』予亦謹識之。時易實甫順鼎偕游胡園，散原指易告予曰：『此詩機器也。』易詩與樊樊山增祥詩最速，故陳目爲『機器』。予知陳意，詩不以鬭捷貴，故當時不嘲易，亦未與易談詩，至樊則未一晤也。同時友好劉龍慧、毛元徵、梁公約、李審言、江小樓、徐南州皆擅詩名。予亦不敢與角，第聆其言論，知所宗尚。間閱鄭子尹、江韜叔湜、金亞匏和、黃公度、鄭海藏諸家詩。閱《陳石遺詩話》，知有所謂『同光體』。石遺之爲《詩話》，録公約詩，有予《宿北固山聯句》，予亦不敢以詩投石遺。民國初年在北京，胡子靖嘗欲介予晤石遺，予懶未往。至廿年前後，始由曹纕衡介予見石遺，并屬予寫舊作質之石遺，始采予詩入《續詩話》。民國五、六年，任教南京高師、東南大學，與王伯沆瀣共晨夕，王喜談詩，贛人胡先驌、邵祖平亦暱就。王談詩，予旁聽，久之，亦時有所得。王在龍蟠里圖書館，手鈔《詠懷堂詩》，假予讀之。陳散原亦亟稱阮。予益知詩不易爲，而取徑尤不可簡。間取吴摯甫評點昌黎、半山兩集迻録之，並涉獵二樵簡、高心夔諸集，不能如王之用力，任舉某家之詩，輒舉其名篇琅琅上口也。王又喜談東野、宛陵二家，予讀之，鮮領會，自知用思不能深刻也。」（《民國人物碑傳集》卷七，又《文獻》第七輯、柳曾符等編《劬堂學記》）

按：柳氏詩學取徑，略具於此，亦所謂風氣外人，故説詩諸家，及之者頗尠。而胡先驌亟推之。其《劬堂詩録序》云：「其爲詩也，與冬飲異趣，不以雕鎸雋永見長，雄篇巨製，出入杜、韓，梅村、樊山非其儔也。」（《劬堂學記》）又《懺庵叢話·柳翼謀先生》云：「其爲詩宗杜、韓，並出入漢賦，雄篇巨製，不僅壓倒元白也。其《圓明園遺石歌》，奇崛奥衍，非王湘綺之《圓明園歌》所能企及。」(《胡先驌文存》)可稱具眼。别參《石遺室詩話續編》卷五第九、一〇條、《空軒詩話》第一七則。

培軍按：據《甲寅》本，蓼園位次較低，擬於鬼臉兒杜興，評云：「一時鉅手也。」今易爲：「《蓼園》一集，五百年中，難可泯没。」前後頗相懸殊。揆其故，蓋以王静安盛稱其詩，推爲當世第一(見注八引)，方湖或被其影響耳。劬堂亦史家，列於蓼園之後，亦其宜也。劬堂餘事爲詩，然於詩極具識解，其《致鮑扶九論作詩書》中，自述讀詩云：「屢詢宜讀何家之詩，詒早年讀杜、韓兩家，近年喜放翁，都無入處，猶之所識名流顯者，都非其死黨，自非心腹之交，必有一二心腹至交，勝於泛泛相識千百億也。」(《空軒詩話》附)先獲我心，堪謂名論。

地威星百勝將韓滔　黄紹箕 附弟紹第　一作李葆恂

雲砲落，心膽破。將軍仰笑軍吏賀(一)。

三游洞接下牢關，怊悵年時獨往還(二)。過客題名勞護惜，空餘高詠滿江山。千帆謹案：湘綺老人自撰挽聯云：「《春秋》表未成，幸有佳兒續詩禮；縱横計不就，空餘高詠滿江山。」此用其語(三)。

仲弢少承家學，工駢體文，精於目録、金石、書畫之學。出其緒餘爲詩，遣詞雅，使事切〔四〕。《三游洞題名》諸詩，典雅可誦〔五〕。知嚴儀卿別才非學之説，不足信也〔六〕。仲弢爲廣雅入室弟子，其詩云：「廣雅堂深夜漏催，往承玉屑灑蓬萊。」〔七〕師友淵源，不難推測。弟紹第，字叔頌，號縵庵。詩亦清麗，並附及之〔八〕。文石藝術文章，別有可傳處〔九〕，詩其餘事也。見解極高，所作亦時親古豔〔一〇〕。

【箋證】

〇黄紹箕（一八五四—一九〇八），字仲弢，號鮮庵，浙江瑞安人。黄體芳子。少承家學，工駢體文，精鑒金石書畫。光緒六年（一八八〇）進士。散館授編修。旋賞加侍講銜，充武英殿纂修。嘗入張之洞幕，師事之。十四年（一八八八），游京師，與康有爲識。甲午戰起，國事瀕危，乃有志經世。二十一年（一八九五），上海强學會成立，參與議定章程。次年返京，充會典館提調。二十四年（一八九八），授翰林院侍讀。戊戌政變時，韜晦以自全。後擢左春坊左庶子，派充京師大學堂總辦。出爲湖北提學使。三十二年（一九〇六），赴日本考察教育。嘗輯《中國教育史長編》。著有《鮮庵遺稿》。見《清史稿》卷四四四、《清國史》第一二册《黄紹箕傳》、宋慈抱《黄紹箕傳》（《廣清碑傳集》卷一七）、孫延釗《瑞安五黄先生繫年合譜》（《孫延釗集》）。

○黄紹第（一八五五—一九一四），字叔頌，一字叔容，號縵庵，浙江瑞安人。黄體芳姪。冒廣生岳父。光緒十六年（一八九〇）進士。任國史館、會典館纂修。三十年（一九〇四），由編修改道員，需次湖北，任川鹽局總辦、武昌鹽法道。辛亥後歸里。嘗主玉尺書院。著有《縵庵遺稿》、《瑞安百詠》。見孫延釗《瑞安五黄先生繫年合譜》（《孫延釗集》）。

○李葆恂（一八五九—一九一五），字文石，一字叔默，號猛庵，晚號鳧道人，河北義州人。父鶴年，官河南巡撫。早慧，五歲作擘窠書，九歲屬文。稍長，著書四五種，一時通人，斂手驚服。屢試不第。光緒十八年（一八九二），入東河總督許振褘幕。積勞保知府，擢道員，後發直隸委用。二十八年（一九〇二），張之洞調入鄂。久之，端方薦其應經濟特科，以母病不赴。端方移督兩江，復奏調至江南，委充湘鄂兩岸淮鹽督銷局員。端方好收骨董彝器，前後爲作題跋三百餘篇，方歎爲「錢竹汀後一人」。辛亥後，避居南宮。病卒天津。著有《紅螺山房詩鈔》、《津步聯吟集》、《無益有益齋讀畫詩》等。見陳三立《義州李君墓表》（《散原精舍文集》卷一一）。

〔一〕句見韓愈《雉帶箭》（《韓昌黎詩繫年集釋》卷一）。

〔二〕李惟苓《西陵竹枝詞九首》之二：「三游洞接下牢溪，溪上煙嵐與樹低。」自注：「清末瑞安黄仲弢學使兄弟皆至洞游覽，手拓歐公、山谷題名數紙，題詩記之。詩字皆絶工。余讀書北平時，曾於廠甸見學使真跡，愛不忍釋。今日舟過下牢，但於蒼煙翠壁間寄天際真人之想而已。」（《峽程詩紀》附，《汪辟疆文集》）按：李爲辟疆壻，此用其語也。黄題三游洞詩，參見注五。

〔三〕見王闓運《湘綺樓聯語》卷三（馬積高編《湘綺樓文集》）。按：此聯字句，引者各異。《聯語》作：「春秋表僅傳，正有佳兒學詩禮；縱横志不就，空留高詠滿江山。」邵鏡人《同光風雲録》下篇《王闓運》引作：「春秋表未成，幸有佳兒傳詩禮；縱横計不就，空留餘韻滿江山。」《凌霄一士隨筆》引作：「春秋表未成，猶有佳兒述詩禮；縱横計不就，空餘高詠滿江山。」（《國聞周報》第八卷三九期）與此均不同。

〔四〕《近代詩人小傳稿》：「仲弢既少承家學，又爲廣雅入室弟子，工駢體文，兼精於金石書畫目録之學。詩不多作，有作亦不自珍惜，散落殆盡。今所傳之《鮮庵遺稿》，吐語藴藉，卓然雅音。其七言古詩尤兼有廬陵、眉山、道園之勝。雖不隸河北省，而詩學典贍雅正，足爲廣雅、蕢齋張目，故列入河北詩派。」亦見《近代詩派與地域》（《汪辟疆文集》）。

〔五〕《石遺室詩話》卷四：「黄仲弢學使紹箕，少承家學，工駢體文，金石字畫，皆精鑒别。詩不多作，又散落殆盡。其游宜昌三游洞諸處，題詠皆佳，今不可得矣。有《題惲南田像》云：『流離生是拔心草，窮老猶摹没骨花。京洛貴人争購畫，誰知忠孝舊傳家。』『絶藝同時石谷翁，曾看侔色尺綃中。兩家神逸誰高下，多恐吴生是畫工。』《題顧亭林像》云：『審韻探碑絶業餘，子雲後世竟何如？薦紳坐論禆瀛外，辛苦親編肇域書。』『河朔江南幾大師，百年儒術漸支離。夏峰不作南雷死，瞻仰神姿一涕洟。』舉止穩藉，語有稱量，極似《廣雅堂集》中詠史諸作。鮮菴固廣雅入室弟子也。」

按：汪説據此。三游洞諸詩，即《題黄山谷三游洞題名》、《題歐陽公三游洞題名》、《縵庵合裝歐黄題名、懸齋壁，并題一詩，即以爲别》等，俱見《鮮庵遺稿》，亦見陳衍編《近代詩鈔》第一二册。參觀梁鼎芬《癸卯秋，同年鮮庵學士以三夷洞口山谷題名寄贈，文闌之暇，漫成三絶，末首自況，又不如也》（《節庵先生遺詩》卷五）。

〔六〕宋嚴羽《滄浪詩話》：「詩有别才，非關書也；詩有别趣，非關理也。然非多讀書，多窮理，不能極其至，所謂不涉理路、不落言筌者上也。」（《歷代詩話》本）

按：汪所指即此（《編所爲詩一卷題後》：「謂詩不關學，此語恐相左。」見《方湖詩鈔》。意亦同，可參）。然亦受陳衍影響，蓋於《石遺室詩話》，寢饋實深，故所持論，每似代言附和。汪氏爲學，頗自負師心獨見，不由師授（見《光宣以來詩壇旁記》「清末五小説家」條），實則矩矱老輩，亦步亦趨，而復昧於造藝本原，故議論陋處，多所不免。此特其一例耳。錢鍾書《談藝録》（補訂本）中，辨詩、學關係（見第二〇七至九頁），條分縷析，最爲精辟，足可袪汪氏惑也。

〔七〕句見黄紹箕《和奉新年伯贈家大人詩原韻》八首之六（《二黄先生集》）。參注五引《石遺室詩話》。

〔八〕冒廣生《二黄先生集跋》：「外舅自武昌歸，芒鞵布衣，謝絶外事，故其所作，多《黍離》、《麥秀》之音。」（《二黄先生集》附）

〔九〕按：指其精於鑒賞。《平等閣筆記》卷一：「去秋余在秣陵客舍，適與義州李文石觀察葆恂同寓，余以珂羅版新印之《中國名畫》第一集相贈，君略爲展覽，即指余所藏之陸天游《丹臺春曉圖》、王叔明《青卞隱居圖》二幅，曰：此二者，宋、元之神品也。相與論畫竟日。其識見之超，鑒别之精，誠爲中國第一法眼。余曩持論謂不能畫者，必不能真識畫，今遇我文石，乃不能復持此論矣。比得君漢上書，謂今年自甯旋鄂，舟中無俚，憶及往年所見名畫，戲作論畫詩百絶句，署曰《有益無益齋論畫詩》。」《晚晴簃詩匯》卷一八〇《詩話》：「文石爲子和河帥之子，幼即嗜書畫，尹杏農在河帥幕，稱爲『髫年畫董狐』。長而游宦，爲諸侯賓客。虹月留塵，雲煙寄賞，品題所及，聲價爲高。别爲《無益有益齋論畫詩》，題目所見劇蹟，遠自顧、陸，下逮文、董，國朝四王、吴、惲外，但取尊古、鹿牀二家，可見其著録之矜慎矣。」參觀李葆恂《無益有益齋論畫詩序》（《無益有益齋論畫詩》卷首）。

〔一〇〕《近代詩派與地域》：「義州李葆恂雅好文史，詩不多作，然自能古豔。」（《汪辟疆文集》）按：汪評參陳衍。「詩不多作」云云，用語亦略似。《石遺室詩話》卷六：「李葆恂字文石，號猛庵，義州子和督部鶴年少子。幼隨宦如閩，問字於故人陳芸敏給事之門。家富收藏，金石書畫，所見既廣，鑒別至精審，與宜都楊惺吾守敬屹爲海內南北兩大宗。（中略）文石詩不多見，而偶作必工，常言作詩若禁用虛字，則吾閣筆矣。」又，《義州李君墓表》：「（文石）詩效玉溪、涪翁，下逮元遺山。」較衍説具體。各家題識，亦有可參，録於後。

《紅螺山館詩鈔》卷首《題識》，許振禕：「作者夙擅異才，近更力追前輩，此自京還洛，滿腔忠憤，高處直造老杜、義山、放翁、遺山之室，更不僅明七子。」黄體芳：「作者閎覽方聞，熟於詩家派別，及捧讀大箸，怊悵宛轉，異勢殊形，大率依情造文，指事切類，不必規規準擬，而唐宋諸大家風格神韻，乃時時出其筆端。姚惜抱《論書絶句》云：『雄才或避古人鋒，真脈相傳便繼蹤。太僕文章宗伯字，正如得髓自南宗。』僕於君詩，亦有得髓之歎。」吴重憙：「鳧老之詩，不專宗一家，讀書多則骨力健，醞釀厚故氣味深。此《擊楫》一集，甲午由京赴汴所作，君詩之一斑耳。」

地英星天目將彭玘〔玘〕　王懿榮　一作王樹枏、李剛己

孰爲前軍孰後軍〔一〕？屢代將門，不謂見屈於婦人〔二〕。

南皮與福山王氏論婚，在光緒初元督學蜀中時。廉生尊人，方爲龍安守也〔三〕。廉生篤嗜目録金石，精於考訂，自謂文筆非所長。然所作皆翔實典雅，堅重密栗，詩亦如之〔四〕。蓋知詩雖餘事，不能舍學它求也。此外河北詩人，新城王晉卿、南宫李剛己最有名。晉卿能文，詩以紀游諸作爲勝，所造得杜韓爲多〔五〕。剛己得詩法於范通州，清剛健舉，則又從涪翁直溯杜韓者也〔六〕。尚有天津王仁安守恂者，與剛己略從同，惟氣勢驅邁，近范爲多〔七〕，遂並書之。千帆謹案：師於甲本批云：「王賓基、李剛己、王守恂三人擬附入范當世下，似合。」丙本三人即附范下，今兩存之。

【箋證】

〇王懿榮（一八四五—一九〇〇），字正孺，一字廉生，山東福山人。少劬學。光緒六年（一八八〇）進士。散館授編修。十二年（一八八六），丁父憂。服闋入都，辦大婚慶典，賞侍講銜。十九年（一八九三），出典河南鄉試。明年，遷侍讀。中東戰起，請歸辦團練。和議成，還都，特旨補祭酒。又明年，入直南書房，署國子監祭酒。二十六年（一九〇〇），聯軍入寇，與侍郎李端遇同拜命，充團練大臣。七月，聯軍攻東便門，率勇拒之，潰不復成軍。赴井死。贈侍郎，謚文敏。生平泛涉群書，嗜金石碑版，翁同龢、潘祖蔭俱稱其博學。著有《王文敏公遺集》。見《清史稿》卷四六八、孫葆田《皇清誥授榮禄大夫追贈侍郎銜賜謚文敏前團練大臣國子監祭酒王公神道碑銘》(《校經室文集》卷四)、陳代卿《清故團練大臣贈侍郎銜賜謚文敏國子監祭酒王公家傳》(《碑傳集補》卷三三)、孫雄《庚子殉難五詞臣死事紀略》(《舊京文存》卷三)、王崇焕《王文敏公年譜》(《中和月刊》第四卷七期,又今人輯《王懿榮集》附)。

○王樹枏(一八五二—一九三六),字晉卿,號陶廬,河北新城人。幼穎異。年十六,入邑庠;十七,補廪膳生。曾國藩督河北,聞其名,特加召見。吴汝綸爲冀州知州,稱其經學,聘主信都書院。光緒二十年(一八九四)進士。以主事分户部。改官知縣,選授四川青神,署資陽、新津、富順。後以事解職,入張之洞幕。又入陝甘總督陶模幕。補中衛知縣。經濟特科開,以唐景崧、岑春煊薦,遂以道員至川候補。二十九年(一九〇三),入京陛見,授平慶涇固化道。三十二年(一九〇六),擢新疆布政使。辛亥後,隱居僻巷,終日著書。民國三年(一九一四),充清史館總纂。十八年(一九二九),主講萃升書院。生平著述極富。有《文莫室詩集》、《駢文》、《陶廬文集》、《箋牘》、《希臘春秋》、《希臘學案》等,合刊爲《陶廬叢書》。見尚秉和《故新疆布政使王公行狀》(《辛亥人物碑傳集》卷一四)、《新城王公墓誌銘》(《碑傳集三編》卷二一)、涂鳳書《新城王晉卿先生墓誌銘》(《民國人物碑傳集》(川版))。

○李剛己(一八七二—一九一五),字剛己,河北南宫人。少穎異。年十三,應縣試,吴汝綸得其卷,大奇之，拔置第一。使從范當世學。光緒二十年（一八九四）進士。二十四年（一八九八），以知縣分發山西，補大同知府。二十六年（一九〇〇），丁父憂。服闋，仍赴大同知縣。歷署代縣、靈丘、繁峙等知縣。辛亥後，趙爾巽聘其爲清史館協修，辭不就。民國三年（一九一四），受聘保定高等師範，爲諸生授國文。旋卒。著有《李剛己遺集》。見李葆光《先府君行述》、趙衡《李剛己墓誌銘》、劉登瀛《李剛己傳》、姚永概《李剛己墓誌銘》、吳闓生《李剛己傳》（俱《李剛己遺集》附）。

〔一〕舒位《乾嘉詩壇點將録》：「小李廣陳雲伯：無雙國士飛將軍，孰爲前身孰後身。昨夜彎弓射猛虎，詰朝視之石飲羽。」按：汪句從此脱胎。

〔二〕按：呼延灼薦彭玘，稱其「累代將門之子」，而甫出戰，即敗於扈三娘，故云。事見《水滸傳》第五五回《高太尉大興三路兵、呼延灼擺布連環馬》。

〔三〕《方湖日記幸存録》「書目答問」條：「張文襄締姻福山王氏，實在光緒初元督學蜀中時。時石夫人逝世，求耦未得。按臨龍安日，王文敏懿榮之父爲龍安守，例充提調供辦。張文襄覩帳額畫折枝花卉甚妍，詢諸文巡捕：『此出誰手？』答言：『王太守小姐所畫。』即文敏妹也。文襄因屬吴仲宣制府致書於王，求爲繼室。王以文襄興居無節，未即應。文襄又請京師戚友向王再三言之，婚克諧。」（《汪辟疆文集》）

按：此節所記，本李詳説，見《藥裹慵談》卷四「張文襄軼事」條。據許同莘《張文襄公年譜》，此實傳聞之誤。《張文襄公年譜》卷一：「光緒二年丙子，公四十歲。是歲王夫人來歸。」「公喪偶久，王文敏公有妹，才而賢，公與文敏素契合，及試龍安，文敏之父蓮塘先生祖源方知府事，吴勤惠爲之作伐，因定聘焉。是歲冬，王夫人來歸，贈奩有文待詔《漁家樂》書卷。成婚之三夕，出長卷共賞，慨然有偕隱志。按公與文敏在京時比舍而居，夫人待字之年，具幽閒之德，夙有所聞。近人李審言記此事，謂公按試龍安，知府例爲提調，供張一切，帳額畫折枝甚工，詢之知爲太守之女所畫，到省請制府爲媒云云。乃傳聞之誤。文敏之子漢章嘗爲同莘言，夫人不習繪事，更未爲人作畫也。」（按參觀胡鈞《張文襄公年譜》卷一）是張娶王妹，在光緒二年（一八七六）。又據懿榮子崇煥所撰《王文敏公年譜》，則云事在光緒元年，其略云：「光緒元年乙亥。公妹張夫人受南皮張氏聘，是年八月于歸，爲大學士軍機大臣張文襄公之洞繼配。時文襄公官四川學政，即在任所迎娶。」考之洞試龍安日，爲元年（一八七五）正月，議婚當亦在其時，而後八月即迎娶，於情理似較合。若俟明年冬始迎歸，於時似較緩，蓋之洞久喪偶，無須再遷延時月也。疑王譜較近是。

又按：張、王聯姻，人亦有譏訕，不以爲然也。李慈銘《越縵堂日記》（光緒十年二月十一日）：「齊人王懿榮者，素坿南皮，竊浮譽，後以妹妻南皮，益翕熱。其父以龍州僻小郡守驟擢成都道，致富鉅萬。懿榮既入翰林，侈然自滿，揮庡萬金，買骨董書畫。昨忽上書争京官津貼事，又請復古本《尚書》與今本竝行，言甚詭誕，人皆傳笑。」

〔四〕樊增祥《王文敏公遺集序》：「公少承家學，受業於周夢白先生，篤耆金石，精於考訂，三代而後彝器泉幣銅玉陶瓦碑刻之屬，廣蒐博識，於其真贋灼然也。自漢及今之學派，洞徹源流，《漢學師承》、《宋學源流》二記，並能提其要而稱其所不及，宏總萬流，貫穿百家，言之鑿然也。宋元以來迄於本朝之精鈔舊槧，目覽手斟，靡所不闞。凡板本之佳惡，點畫音訓之口（淆）譌，鉤考詳密，洞若觀火，廠肆諸估人奉若嚴師，勿敢欺也。」又：「（公）居常自謝曰：『文筆非吾所長。』然所韞既厚，信筆抒寫，皆翔實典雅，堅重密栗，專家或有不逮，誠不願世俗知也。」（《王文敏公遺集》附）

按：汪説即據此。參觀吴重憙《王文敏公遺集跋》（《王文敏公遺集》附）、吴士鑑《王文敏公遺集序》（《含嘉室文存》）及《今傳是樓詩話》第四〇、四五九條。

〔五〕《近代詩人小傳稿》：「其詩雄恣怪瑰，亦以昌黎爲宗，而特參以孟東野之凄苦，李昌谷之驚麗。至於律絶，渾樸而不爲槎枒，頓挫而饒能沈著，直可追蹤老杜，不止步趨韓軌也。」《近代詩派與地域》：「新城王樹枏散文得吴冀州之傳，而古詩則步趨杜、韓，《甘隴紀行》諸篇目，頗與杜公《秦州》爲近。」（《汪辟疆文集》）

按：汪評參陳衍。《近代詩鈔·石遺室詩話》：「近來北方學者，吾所知，當以晉卿爲巨擘。肆力散體文，能爲南豐。古體詩時時學韓。」《文莫室詩續集序》：「余交晉卿淺，別去二十餘年不相問，惟聞晉卿官方岳，出玉門，踰天山，管領古西域三十六國。向治考據，工古文詞，著述行世有幾，道遠莫得詳。海内學人不易得，時時往來心中。今年相見京師，出其近詩五卷，使叙之，曰：『吾生平撰述，未嘗乞人一序也。』受而讀之，則如讀岑參之涼州、北庭、隴頭、磧西、交河、臨洮、輪臺、燕支、熱海、火山，杜甫之赤谷、寒硤、鐵堂峽、木皮嶺、泥功山、石櫃閣、桔柏渡諸詩也。」（《石遺室文續集》）所云學杜學韓，不出此。又，《藏齋詩話》卷上云：「少陵七絶寓奇於正，藏拙於巧，後人罕有能及之者。陸放翁崛起南宋，能深得其用意。近世惟新城王晉卿先生，能與放翁並駕齊驅。」亦云學杜。

《石遺室詩話》卷一四：「自咸同以來，言詩者喜分唐宋，每謂某也學唐詩，某也學宋詩。余謂唐詩至杜、韓而下，現諸變相，蘇、王、黄、陳、楊、陸諸家，沿其波而參互錯綜，變本加厲耳。然必欲分之，亦自有辨。確士、晉卿二人皆歷少陵、嘉州所歷之地，爲少陵、嘉州所爲之詩，余嘗叙晉卿王君樹枏詩《續集》云：人之言曰：明之人皆爲唐詩，清之人多爲宋詩。然詩之於唐宋，果異與否，殆未易以斷言也。咸同以降，古體詩不轉韻，近體詩不尚聲貌之雄渾耳。其敝也，蓄積貧薄，翻覆只此數意數言。或作色張之，非其人而爲是言，非其時而爲是言，與貌爲漢魏六朝盛唐者，何以異也？（中略）今録數首，與海内治詩者共辨之。《入子午谷》云：薄曉發石泉，冬日含春暉。行行入層巖，草木青不腓。夜來北風勁，吹起雲千堆。天女剪寒花，撒手片片飛。漫天三日雪，不辨山徑蹊。攀藤陟崔巍，下臨千丈溪。麻鞵蹋冰石，性命懸微絲。一谷通秦喉，萬險無一夷。當關塞丸泥，諸葛不敢窺。老亮慎用兵，善正不善奇。天心久去漢，空作鷸蚌持。惜哉魏延策，一失不可追。《雞頭關》云：寒風出陰崖，吹我度雞頭。重關倚層雲，下顧猿狖愁。衆水匯一泉，滾滾東南流。漢中大如丸，萬舍隨沉浮。南瞻漢王城，片瓦不可抔。當時逐鹿人，零落同山邱。英雄一骸骨，千載空悠悠。《龍門閣》云：兩日山中行，複沓如平垣。崎嶇百餘里，豁然見龍門。修棧蹋蒼虺，首尾雲中蟠。北峰祖群峭，羅立高曾孫。陰柯舞魑魅，矗壁愁猱猿。頑龍穴山腹，穿破盤古根。一水入無底，哆口汩汩呑。西出吐涎腥，駛入長江奔。女媧補天能，失手塞漏坤。吾欲探其幽，趦趄喪精魂。《望朱圉山過羲皇故里》云：伏羌之西朱圉山，先儒傳注相流傳。朱圉反在鳥鼠下，導山次序毋乃顛。昔與陶君討山脈陶拙存，陳子爲説洮西偏陳子康。中有一山類伏虎，兩峰夾之雄且殷。朱圉祝〔柷〕敔本同義，卓尼字變音流遷。土司取名實可證，有若豬野訛居延。古來地輿失圖學，禹貢誤説尤連篇。行行廿里近城郭，羲皇故里豐碑鐫。曾聞羲都在天水，遺址又復留秦安。世儒嗜古好附會，名人名地争依攀。驅車訪古日已暮，下馬四顧心茫然。」

〔六〕《近代詩派與地域》：「南宮李剛己，辭氣驅邁，植體杜黄，嘗得詩法范通州，幾於具體。」亦見《近代詩人小傳稿》(《汪辟疆文集》)。按：剛己從范當世學，詩喜爲健舉，得范之具體也。汪云「從涪翁溯杜韓」，范師法山谷，又喜效杜韓，故云。又，范當世、吴汝綸，於其詩均有批識，録後備參。

《李剛己遺集》卷一《立秋呈范先生》，范當世批：「置之姚氏《今體詩鈔》中，亦殊尤之作，真可喜也。」《深州桃》，吴汝綸批：「後半卓然大家，蓋學杜之雄者也。」《秋風動和孟君燕》，吴批：「氣勢驅邁，雄怪驚人。韓門以鑴鑱造化爲能事，孟、李二子，真范公之郊、翱也。」《懷魏徵甫》，范批：「氣體沈雄。」《擬郭景純游仙詩七首》，吴批：「奇思壯采，勃鬱奮動，無一字凡響。」《游城北朱氏園用王荆公杭州修廣師法喜堂韻》，吴批：「辭氣驅邁，後半神氣俱變，近似古人。」《讀管晏列傳》，范批：「天骨開張，法度亦合。」

〔七〕《近代詩人小傳稿》：「(仁安)肯堂弟子，其詩學致力甚深，得力於肯堂較多。其用力之作亦復健舉。」亦見《近代詩派與地域》(《汪辟疆文集》)。

按：守恂雖云師范，作詩卻不類，汪睹其詩當不多。王守恂屢自述詩法。《仁安筆記》卷一云：「生平作詩甚多，甲午將少作全行焚毁，留者僅一二耳。庚子編訂一次。此後忽作忽輟，今集成十七卷。」又云：「少年喜作文字，其中波瀾，摭之故紙堆中。年少長，知得腹中有書，必須眼中有事。」又云：「余生平作詩，以壬辰、甲午、庚戌、癸丑、丁巳各年爲最多。壬辰搬弄書籍，多半已毁棄矣。甲午衹是作詩而已。庚戌鬱結。癸丑叫囂。丁巳春荒宴，夏頽喪，秋漸收斂，冬近自然。」卷二云：「趙椒圃戲謂余曰：子在浙，方學蘇白，又學程朱。余笑應之：究未嘗學蘇白，亦未嘗學程朱。」又云：「近沈卓梧謂余詩頗近宋儒，得無涉《擊壤》之頽波耶。俞恪老謂余詩意思皆真，確於我心深契焉。」卷三云：「余文字丁巳以來始存稿，攄寫者多，精鍊者少。自以爲闡揚道德，叙述故舊，一洗雕繪，屏絶諛媚，要不與文人争短長也。」雖不憚煩，宗旨可見。又，《仁安詩稿》卷二〇有《近與友人談藝、有謂余文不假安排、惟文彩不豔者、有謂余詩近自然、但惜少唐音者、賦此解嘲》詩，題亦可參。

地奇星聖水將軍單廷珪　諸宗元

水可載舟，亦可覆舟〔一〕。百鍊鋼化爲繞指柔〔二〕。

一言可蔽本縱横〔三〕，小范胸中有甲兵〔四〕。掬取豪情歸感逝，黄州鼓角不勝情〔五〕。

憶寫廬山一角圖，送君歸去此清娛。宫亭十載江南夢，如願憑君乞得無。記貞壯金陵酒樓戲語。

貞壯與夏吷庵，有二俊之目〔六〕。少客豫章，晚居吴會，交游遍天下，皆一時鸞鳳也。惟窮老氣盡，悒悒而死。造物忌才，理或然歟。平生所爲詩，奚翅數千首，不務巉刻，而自然意遠。融景於情，寓奇於偶，使讀者有惘惘不甘之情，則以才逸氣邁，吐語自不凡也。惜其全稿在朱缽文許，爰居閣所刻，固未及百一也〔七〕。

貞壯後居杭州，有宅在惠興里，燬於火。所置王庵，在湖墅，爲王仲瞿故宅。其得王庵，頗爲鄉人所嫉視，亦猶楊昀谷之買朱霞也。貞壯有《王庵爲我有》詩云：「拓地何期卌畝寬，避人豈冀一身安。移栽叢柳村前見，留取方塘屋後看。隨分老當資佛力，不耕久已愧儒冠。半山空有争墩累，始信求田問舍難。」〔八〕

〔原附〕論近代詩家絶句　章士釗

葛亮孤忠也姓諸，柳江柳樹此分株。他年别建羅池廟，本字堪充勑額無？

詩苦人高四海知，西塍閉户未應遲。交游誰是山王輩，卻有人間延祖兒。

君家杭州西馬塍，曾録示余一律，末云：「抽身未是安心法，早悔西塍閉户庭。」君身後蕭索，李拔可輩謀爲醵資。吾未得盡力而北去，至今愧恧。

【箋證】

○諸宗元（一八七五—一九三二），字貞壯，一字真長，浙江紹興人。嘗師桂念祖。又服膺魏源、龔自珍，顔所居曰默定書堂。中歲改名大至閣。與黄節等創國學保存會，加入南社。光緒二十九年（一九〇三），舉浙江鄉試副貢。宣統初，入江蘇巡撫幕。辛亥後，往上海，途識張謇，延爲秘書。復參朱瑞軍幕。十二年（一九二三），爲浙江軍務善後督辦盧永祥幕。十四年（一九二五），應梁鴻志邀請，赴京師，旋南歸，爲人掌書記。晚供職於教育部。十八年（一九二九），杭寓失火，藏書盡焚。卒於上海。著有《中國畫學淺説》、《大至閣詩》、《病起樓詩》等。見宋慈抱《張一麐傳》附（《國史館館刊》第一卷四號）、鄭逸梅《南社叢談·南社社友事略》、《民國人物小傳》第五册《諸宗元傳》。

〔一〕《荀子·王制篇》：「傳曰：君者舟也，庶人者水也，水則載舟，水則覆舟。」亦見《哀公篇》。唐吴兢《貞觀政要》卷一魏徵引此語，較爲世傳。按：單廷珪號「聖水將軍」，故用此，無他深意。

〔二〕劉琨《重贈盧諶》：「何意百煉鋼，化爲繞指柔。」（《劉越石集》，《漢魏六朝百三家集》本）按：此以單諢號，牽連及之。《老子》云：「天下柔弱，莫過於水，而攻堅强者，莫之能勝。」錢仲聯《論近代詩四十家》：「精猛諸貞壯，越吟格何峻。」「百煉鋼」云云，或即指其詩格。

〔三〕句見諸宗元《私淑魏先生源龔先生自珍之學、自題所居曰默定書堂、爲此道意》（《大至閣詩》）。

〔四〕句見胡漢民《山居近日亦頗有弈事、用鶴亭韻補賦五首》之一（《不匱室詩鈔》卷五）。又元陳堯道《挽邁里古志》（《檇李詩繫》卷四），亦有此句，非汪所本。按：諸早宗龔、魏，又嘗入軍幕，故云。葉恭綽《大至閣詩序》：「貞長異時屢助節使幕府，嶷然將有以自見，固非欲以詩終者。」又：「綜其身世，頗類子美、樊川與劍南，然斂華就實，能用於世，復似過之。」（《大至閣詩》卷首）

〔五〕諸宗元《夜從静安寺遄歸、過恕齋故居，聞恕齋昨日葬西山矣、感賦》：「黄州鼓角不可聽，别語雖祕人能傳。」（《大至閣詩》）

按：「黄州鼓角」，懷故督部也，即瑞澂。夏敬觀《大至閣詩序》：「君善記書，久客疆吏幕，辛亥武昌兵變，君遂去。後過恕齋有詩，散爲朋曹所傳誦，生平志事，亦略具於是。」梁鴻志《大至閣詩序》：「余最喜其静安寺追懷恕齋一詩，以爲瀏亮沉痛，而家國身世朋友之感，胥寄於是。蓋貞長嘗居湖廣總督幕府，恕齋則總督瑞澂字也。」（俱見《大至閣詩》卷首）均可證。

〔六〕《近代詩鈔·石遺室詩話》：「李拔可有詩友二人，曰夏敬觀、曰諸真長，介以識余有年矣。真長蹤跡稍疏，詩不多見。惟記《哀邁》、《過恕齋故居》二作，審曲面勢，善使逆筆。去年屬拔可代覓其詩，則皆造語用意，能透過一層者。惜其太少，而真長以爲得此已足，若必求益，則賣菜傭所爲已。劍丞則皮鹿門高足，今之學人，於詩尤刻意鍛鍊，不肯作一猶人語，視其鄉人高伯足、陳散原，未知其徐行後長者否也？」《石遺室詩話》卷九：「林亮奇見余作詩話，告余尚有兩詩人，恐所不識。余曰：『去年過滬游張園，李拔可曾介二客相見，亦爲此言。則諸君貞壯、夏君劍丞也。各道傾想之意。君所言得無是乎？』亮奇曰：『然。』後詢諸蘇堪、子培，則各有所左右。劍丞有《澄意先生屬題薛道人秋幢讚佛圖》云：金沙灘上馬郎婦，曾向人間地獄來。秋樹自培將盡葉，火蓮寧有未然灰。歌筵鐘梵誰能聽，紈素丹青莫漫猜。比似東坡留偈語，要知佛性不輪迴。貞壯有《桂伯華師自日本來書，云近與吾友通州范彥殊彥矧兄弟相倡和，既以書報，賦寄長句》云：魭魭德化桂夫子，更念通州兩范生。日共哦詩對東海，夢憐羈客在秋城。脱身幸自兵間出，盡室今爲浦上行。欲補春秋高三世，直從據亂到昇平。惜不多見。」按：「二俊」，指陸機、陸雲，典出《晉書》卷五四《陸機傳》。陳衍喜稱「二妙」，屢見於《石遺室詩話》，「二妙」指衛瓘、索靖，典出《晉書》卷三六《衛瓘傳》。此云「二俊」，不及「二妙」之切，或有意避陳也。又，諸宗元《盦吷庵并示拔可》云：「平生寡交納，所交非常人。曰有夏與李，爲我平生親。」（《大至閣詩》）亦可參。

〔七〕梁鴻志《大至閣詩序》：「余識貞長逾二十年。癸丑、甲寅間，貞長官京師，見輒談藝，又時時相聚飲博。越十年癸亥，余居上海，貞長參浙江軍幕，其主將每招余至杭州，暇則與貞長游湖上，飲酒樓，各出詩相視，以爲笑樂。又二年乙丑，余在樞府，邀貞長北來治官書。晨夕相見，顧簿書填委，而文酒之樂，邈不可得。居數月，余謝病去，貞長倉黄南歸。以貧故，爲人掌書記，體力漸漸衰退矣。越六年辛未，以《病起樓詩》寄余大連，盡一册皆絶句。讀其詩，私心慨歎，憂其不久於世。是年余來上海，復與相見，輒和余妙高臺二詩。未幾又病。余走視諸寢，因懷參餌貽之，貞長目余曰：『環堵蕭然！』語次長喟。余亟亂以他語。壬申三月，游華山歸，貞長已前死三日。夫以貞長文學粹美，交友遍天下，傭書老死，而不獲一日之逸，士之憂生失職，至於此極，然則詩人多窮之説，其信然耶。貞長治詩垂四十年，不名一家，而所詣與范肯堂爲近，陳伯嚴、鄭太夷、俞恪士、黄晦聞、夏劍丞、李拔可交口稱之。（中略）貞長才氣横溢，賦詩喜和韻，和《落葉》詩疊韻至四五十不肯休，朋輩無抗手者。顧其過人處，則在獨謡孤詠，情與景融，悠然意遠，而不繫於更唱迭和之所爲也。貞長既死，其友朱鉢文爲之董理遺稿，凡七巨册，余鈔得三百十二篇，刊布於世。稿本則歸諸鉢文，度必有好事過余而舉授之梓者。然即此以概其全，亦足以盡吾貞長矣。」

按：汪評略據此。《論近代詩四十家》：「梁某刊布之三百十二篇，其鈔選準則，囿於閩派『同光體』之目光，知傑構之被删汰者多也。」（《夢苕盦論集》）又《夢苕盦詩話》第二七六條：「紹興諸貞長詩，前於《石遺室詩話》及《近代詩鈔》中窺見一斑，以爲近代一作手，而頗恨其少。貞長既歿，朱鉢文爲之董理遺稿，凡七巨册。其友鈔得三百十二篇，刊爲《大至閣詩》行世。名作如《夜過海藏樓、歸紀所語、簡太夷并示拔可》、《夜從静安寺道歸、過恕齋故居、聞恕齋昨日葬西山矣、感紀一篇》、《四月三日哀邁》諸篇，皆已載《石遺室詩話》中。此外傑構並不多，殊未能饜予所望。近體多於古體，名雋鬆秀，清神一往，而屬對頗疏，是其病也。」説頗異於梁。又云：「大抵貞長所詣，在浙人中差可肩隨俞恪士，而精煉不逮。葉譽虎序其集，乃謂其中歲所作，『轉益蒼渾，駸駸與散原、吷庵諸公並馳』，則疏簡精實，尚未可同日語也。」亦不以葉爲然。説較折中。梁爲陳衍詩弟子，其評大至閣，亦偶見《石遺室詩話》，（如卷二一：「偶過仲毅，談貞長詩，以《過恕齋故居》一首爲最工，次則《夜過海藏歸紀所語》一首。」按《過海藏》詩，據《大至閣詩》，題作「夜過海藏樓歸紀所語簡太夷并示拔可」。）與詩序相印可。别參《石遺室詩話》卷二五第一六條。

〔八〕夏敬觀《忍古樓詩話》：「貞長杭州宅在惠興里，燬於火。其所置王庵，在湖墅，爲王仲瞿故宅。其得王庵，頗爲鄉人所嫉視，亦猶昀谷之買朱霞也。貞長有《王庵暫爲我有》詩云：拓地何期卌畝寬，避人豈冀一身安。移栽叢柳村前見，留取方塘屋後看。隨分老當資佛力，不耕久已愧儒冠。半山空有争墩累，始信求田問舍難。」

按：汪所記據此。又，昀谷買朱霞事，亦見《忍古樓詩話》，略云：「昀谷通籍後，憤於朝政日非，欲投劾歸隱，於故鄉西山購朱霞寺，將居之。朱霞，一廢寺也，久無僧居住，爲鄉里土豪聚而營私之窟穴。竟横出阻撓，聚衆毆之，傷其公子。自是遂棄去，復官京曹。」

地猛星神火將軍魏定國　夏敬觀　一作姚永概

寧死不辱，事寬必完〔一〕。知我者，單與關。

吷庵詩出梅都官，遣詞植骨，幾於具體〔二〕。又喜稱東野。其自言喜孟東野、梅聖俞之詩，見《泗州楊侍郎詩序》。〔三〕自負其詩甚至。或有以近梅詩譽之，心輒不怡。實則老樹著花，於梅爲肖〔四〕。叔節文甚高而詩亦工，得力所在，亦出宛陵，故意境老澹，枯而能腴〔五〕。嘗見其《題梅宛陵集》詩，句云：「緘之篋笥中，我歡獨在此。」〔六〕嚮往可知矣。

〔原附〕論近代詩家絶句　章士釗

柳瘦敲殘欲去春，風燈照澈未歸身。半塘寂寞漚翁歿，看此西江社裏人。

能事多於捫蝨子，名心近逼釣鮎魚。芝岑老子留遺愛，奈把甘棠字散樗。

君先尊君巘雲，字芝岑，别有滿人葆亨亦字芝岑，同官湖南，微有先後。吾書齋中舊懸芝岑款横幅，郭筠老所書，以時考之，决爲葆而非夏。君見之狂喜，堅請以己畫易去，吾未便説破。

千帆謹案：二首屬夏劍丞。

樸學難令詩事優，桐城二妙擅清幽。天生浦泊成兄弟，未定誰修五鳳樓。

弟爲兄謀事可知，宛陵風調恰當時。劇憐一代通州傑，衹識聲名未識詩。

仲實《蛻私軒詩文集》，叔節爲序行之。朱曼君見仲實詩，詫曰：「吴越士夫有此，早取聲名一世。」

千帆謹案：二首屬姚仲實。

【箋證】

○夏敬觀（一八七五—一九五三），字劍丞，號吷庵，江西新建人。早入經訓書院，從皮錫瑞治經學。光緒二十年（一八九四）舉人。應會試不第。二十七年（一九〇一），納粟爲内閣中書，旋改知府，分發江蘇。明年，入張之洞幕，委辦學堂事務。三十三年（一九〇七），改監督復旦公學、中國公學。宣統元年（一九〇九），任江蘇省參議，署江蘇提學使。民國五年（一九一六），任商務印書館撰述。八年（一九一九），任浙江教育廳長。後辭職，寓居上海，賣畫爲生。著述甚富，有《忍古樓詩》、《吷庵詞》、《忍古樓畫説》、《忍古樓詩話》、《春秋繁露考異》等。見夏敬觀《吷庵自記年歷》、陳誼《夏敬觀年譜》。

○姚永概（一八六六—一九二三），字叔節，安徽桐城人。姚瑩孫。徐宗亮婿。少承家學，治義理、辭章。光緒十四年（一八八八）舉人。會試不第。以大挑二等，選授太平縣教諭，又舉博學鴻儒，皆不就。光緒末，詔各省興學校，充安徽高等學堂教務長，旋改師範學堂監督。後應北京大學之聘。民國初，段祺瑞以高等顧問官聘。總統徐世昌招入晚晴簃選詩。及徐樹錚築正志學校，延爲教務長。又兼充清史館協修，分任諸名臣傳。晚年耽内典。著有《慎宜軒文集》、《詩集》等。見姚永樸《叔弟行略》（《蜕私軒續集》卷三）、馬其昶《姚君叔節墓誌銘》（《抱潤軒文集》卷二〇）、金天翮《姚永概傳》（《皖志列傳稿》卷六）。

〔一〕《水滸傳》第六七回《宋江賞馬步三軍、關勝降水火二將》：「單廷珪便對關勝、林冲等衆位説道：『此人是一勇之夫，攻擊得緊，他寧死而不辱。事寬即完，急難成效。』」按：汪語即本此。又，范寅《越諺》卷上：「事寬則圓。」

〔二〕《近代詩鈔·石遺室詩話》：「李拔可有詩友二人，曰夏劍丞，曰諸真長，介以識余有年矣。（中略）劍丞爲皮鹿門高足，今之學人，於詩尤刻意鍛鍊，不肯作一猶人語。視其鄉人高伯足、陳散原，未知其徐行後長者否也。余嘗題其詩稿云：命詞薛浪語，命筆梅宛陵。散原實兼之，君乃與代興。蓋喜其能自樹立，不隨流俗爲轉移耳。」

按：夏詩宗宛陵，亦盡人所知，汪非必用陳説也。陳句出《題吷庵詩稿後》，見《石遺室詩集》卷九。又，由雲龍《定庵詩話》卷上云：「夏吷庵力摹宛陵，有神似者。」林紓《酬夏劍丞見贈》云：「眼中數詩流，吷庵吾所許。極力追宛陵，步不問累黍。」（《畏廬詩存》卷上）胡朝梁《吷盦詩效宛陵、讀其亂中之作、悵然賦呈》云：「廬陵文中豪，甘拜宛陵下。如何宛陵詩，今世讀者寡。梅詩與歐文，異曲同工也。非是不能奇，由奇造淡雅。雅音非難摹，所難在淡寫。吾鄉夏夫子，喜學梅詩者。澹泊本性同，吟哦無時捨。中腸出至語，不俟外物假。辛苦亂中來，未語淚先灑。付我壓囊詩，大卷乃盈握〔把〕。字字痛刻骨，一洗豔與冶。」（《詩廬詩鈔》）均可參。

《石遺室詩話》卷一四：「劍丞溺苦於詩，其造語大有不驚人不休之意。去年數至都下，弢菴、樊山諸老盛許之。一日掞東招余，余後至，見劍丞與昀谷方斷斷争論。劍丞謂唐宋詩人，獨有一梅聖俞耳，昀谷大非之，稍訾及宛陵。因取決於余。余平解之曰：『論詩固不必别白黑而定一尊，劍丞言似太過。然十數年前，蘇堪有與余詩云：臨川不易到，宛陵何可追？當時余蓋與蘇堪首表章宛陵者。』昀谷、劍丞相與一笑而罷。（中略）後余與劍丞論詩，知亦一時興到語，非真守一先生之言也。」又：「昨歲劍丞以近作一帙屬余加墨，爲圈點百十處歸之，皆取其於曠見奥、於顯見微者。（中略）劍丞詩最佳者，如《雲栖寺竹徑》云：理安長柟直插地，雲栖大竹高參天。二寺敻然到聖處，柟不蠹朽竹愈堅。昔稱理安境無對，未見雲栖真枉然。漸尋竹徑避白日，步步到寺循花甎。又如葺葉作廊覆，左右柱立皆修椽。露骨專車巖壑底，表影累尺僧房巔。空亭駐足一遐想，夜至風露宜娟娟。人言此寺惟有竹，他景不勝名虚傳。正惟有竹便佳絶，雜樹亦衆何稱焉？願筍不劚盡成竹，連坡長到澄江邊。起與余『韜光竹在地，雲栖竹在天』略相似。至『昔稱』三句、『又如』二句、『人言』六句，用筆造語，皆得髓於宛陵而神似之。世之服膺宛陵者，一時恐未有其匹。」又：「劍丞《别林居》云：昔者賈浪仙，揚州借園宅。初無人我見，久更忘主客。一朝將别去，以詩酬竹石。竹石且能言，再請從所適。浪仙果與俱，辭去如弗獲。竹爲浪仙蒼，石爲浪仙白。主人縱不懌，强止終何益？至今某氏園，惟有浪仙跡。吾無浪仙才，敢以今比昔？寧謂竹石情，勝吾松與柏。《歲盡南歸》云：上京客已久，北候難早春。一日忽思去，去不别四鄰。驚心省漢臘，禮俗最近人。及時嘉拜慶，長吏宜免嗔。賫糧渡河淮，三夕臥車茵。昨行堅冰上，今覩波鱗鱗。洵知江氣暖，入屋如烘薪。吾廬盛松栝，不見百二旬。婦子出林下，爲撲衣上塵。此二首亦宛陵五言作法。宛陵七言古作法易辨，五言古作法不易辨。」按：《雲栖寺竹徑》詩，或云似宛陵《答裴送序意》，「轉折處皆效宛陵，而較宛陵詩有色澤」，見由雲龍《定庵詩話》卷上第六六條。

〔三〕按：此序刊《青鶴雜誌》第一卷二二期。其自述喜梅詩，亦見《梅宛陵集校注序》，略云：「歲甲寅，予在北京，朋曹約於陳后山逝日，設祭法源寺。座間論及宋代之詩，予舉宛陵爲冠，羅子掞東、楊子昀谷不韙予言，昀谷且賦詩爲辨，有宛陵僅造一關之語。其黨陳抗梅，雖一時戲言，如二子者，豈不知宛陵？談諧恢詭，至可玩味也。夫宛陵詩，在宋時固已顯矣，歷元明至清，轉趨沈寂。宋詩若半山、東坡、山谷、后山、簡齋諸家，莫不有爲之詮注者，幾於家誦户籀，獨於宛陵之詩，未嘗有探索藴積，闡其宗風，以告當時學人者。豈膾炙羊棗，口之於味，嗜有不同，至太羹不和，大音希聲，則喻者難之耶？宋承唐五代之季，文辭凋敝，至仁宗時，始獲廬陵歐陽文忠公起衰振末，而宛陵詩亦得廬陵益彰。其清麗閑肆平淡，涵演深遠，氣完力餘，辭非一體，廬陵所論，洽矣審矣。」（《夏敬觀同聲月刊論著》）

又按：夏既喜稱東野，又嘗注東野詩，作《説孟》（見《同聲月刊》第二卷三期），人遂稱其似之。《兼于閣詩話》卷二「夏吷庵」條云：「忍古樓詩，構思窈深，意趣淵永，人謂其爲宛陵體，實不盡然。（中略）《五日立春》云：莫喜春氣回，舊歲從此休。莫憎春色晚，既至如奔騮。開歲始五日，東風噓海陬。乍觀群物狀，中已包百愁。於物僅少遂，於人直仇讎。蹉跎少壯心，努力造白頭。初禽鳴屋角，所思往芳洲。與汝共天地，寧知身是囚。曲折層進，直入東野堂奥。近體如《夜過拔可新宅納涼》云：峨峨燈樹燦燈光，中夏過君覓夜涼。百步能寬閒壤美，兩端不掩玉河長。未愁明月干苛禁，祗有清風是慢藏。畢竟此田由海變，高原何處可栽桑。此則甚似簡齋，腹聯尤雋。（中略）綜其所作，實通過東野、後山而兼有山谷、簡齋諸家之長，趣味尤勝於宛陵。」别參後按。

〔四〕錢仲聯《論近代詩四十家》：「吷翁學都官，苦澀得鮮新。宋梅老着花，吟苗茁古春。宗派圖西江，翁非社裏人。夏吷庵學梅聖俞，苦澀樸素，掃除凡豔。雖爲江西人，而非『江西派』。但古拙處恐索解人不易。早期詩出入唐宋，工力至深，未必老而益工。與人論詩，極詆王弇州，近於蚍蜉撼樹。」《近百年詩壇點將録》：「映庵，江西人，出文廷式之門。其詩並不傳文氏衣鉢，亦不於雙井派中討生活。平生瓣香宛陵，别標一宗，所謂『老樹着花無醜枝』梅堯臣詩句也。」（《夢苕盦論集》）

〔五〕《近代詩人小傳稿》：「（永概）詩秀爽而爲警煉，沈鬱而能頓挫。早喜梅宛陵、陳後山，晚乃出入遺山，語必生新，而志在獨造。」（《汪辟疆文集》）

按：云「喜宛陵」，似據《書梅宛陵集後》，參觀注六。云「出入遺山」，參陳衍説。（《石遺室詩話》卷七：「姚叔節《偕子善伯豈游北海登萬壽山作歌》云云，又《方伯豈仲斐招游天壇觀古柏作歌》云云。前一首語意甚樸，惟臥韻差，入後音節蒼涼，極近遺山。後一首氣息尤見沈鬱。」）又，與夏合傳，蓋以姚亦宗梅也。

又按：《石遺室詩話》卷七，標舉姚詩甚夥，如《送孫純齋赴潛山》、《練潭道上書感》、《題沈乙菴方伯寒林坐臘圖圖後自書病僧篇》、《用山谷游王舍人園韻題天柱閣》、《題子善秋景》、《偶題》、《偶懷梁節庵胡漱唐》等。各家詩話頗附和之。如《送孫純齋赴潛山》（見《慎宜軒詩集》卷六，題作「送孫純齋發緒赴潛山視學」），即爲王逸塘所喜，見《今傳是樓詩話》第八〇條；《偕子善伯豈游北海登萬壽山作歌》，孫雄亦録而稱之，《詩史閣詩話》云：「沈鬱淋漓，極似少陵。」

又引嚴復評云：「全篇借白頭宫監口中發攄，此法得諸杜老《哀王孫》、元稹《連昌宫詞》諸篇，而用筆蒼古，微之所不逮也。」足見一斑。

〔六〕姚永概《書梅宛陵集後》：「梅集六十卷，買自武昌市。刻者明嘉靖，宋君巡按使。屬工宣城令，字大殊可喜。惟其譌謬多，又闕數十紙。借得道光本，彌月事校理。所闕鈔使完，其譌難訂矣。我思文字貴，在切時與己。要使真面目，留與千秋視。時爲何等時，士爲何等士。當其入微妙，不在文字裏。閱歷助胸襟，天姿加踐履。四事不關詩，詩固待此美。俗士動誇古，終身寄人里。一體效一家，自矜工莫比。乞人衣百寶，寶也殊足恥。揚眉譏杜韓，況説宋諸子。告以先生詩，笑口或大哆。孰知六一翁，低眉直到趾。古貨真難賣，病在古入髓。東坡尚嫌酸，餘賢可知爾。椷之笥篋中，我歡獨在此。」（《慎宜軒詩集》卷五）按：此詩又載陳衍編《近代詩鈔》。

培軍按：映庵詩宗宛陵，人人盡知，方湖所云，不過從衆耳。石遺云其似陶堂、散原，似故爲高論。李拔可《題映庵詩詞集》云：「夏五能詩學山谷，旁人竊擬近遺山。義寧有語君無愧，高異能收麗密間。」（《碩果亭詩》卷上）云「近遺山」，不知所指爲誰，或即爲石遺，然首肯者恐尠。陳伯弢《映盦詞序》云：「（劍丞）詩格規橅孟郊。」（《褒碧齋集》）則以其喜東野，遂以爲必濡染之，實亦無甚似處。若兼于閣所舉，偶然一二篇，爲晚近人所常有，亦不足據也。

地辟星摩雲金翅歐鵬　陳懋鼎　一作程康

不犯正位，切忌死語。是曹洞禪〔一〕，是江西祖〔二〕。

徵宇爲弢庵太傅猶子，弢庵嘗譽之〔三〕。詩專力後山，偶作，無不從詩榻中苦吟而得〔四〕。用意造語，最能窺見後山深處〔五〕。作雖不多，然篇篇皆可誦也。寧鄉程穆庵康，爲塞向翁弟子，篤於師説，而爲詩則學後山，與顧異趣，措意深而遣詞雅〔六〕。陳蒼虬謂：顧盧致力後山甚深，幾有初讀無有，諦視乃有者。千帆謹案：先君卒於一九六五年，年七十七。所著《顧盧詩鈔》毁於十年浩劫中。此卷所録詠海藏樓、蒼虬閣、蒹葭樓、詩盧、自怡齋諸篇，皆昔嘗寄示先師得其印可者，不肖背誦得之，因以附焉。

【箋證】

〇陳懋鼎（一八七〇—一九四〇），字徵宇，號槐樓，福建閩侯人。陳寶琛姪。光緒十六年（一八九〇）進士。嘗隨張德彝使英，充參贊。歸國後，歷任外務部司長、外交部參議、儲才館提調等職。著有《槐盧詩鈔》。見唐文治《槐盧詩鈔序》、陳懋解《槐盧詩鈔跋》（俱《槐盧詩鈔》）。

○程康（一八八九—一九六五），字穆菴，湖南寧鄉人。程頌萬姪。顧印愚弟子。著有《顧廬詩鈔》。見陳衍編《近代詩鈔》第二三册、陳寥士《單雲閣詩話》（《校輯近代詩話九種》）。

〔一〕任淵《後山詩注目録序》：「讀後山詩，大似參曹洞禪，不犯正位，切忌死語，非冥搜旁引，莫窺其用意深處。此詩注所以作也。」（《後山詩注補箋》）按：樊鼎詩學後山，故云。「參曹洞禪」云云，亦近人喜用之典，如陳三立《讀顧所持自寫遺詩悼以此作》：「詩參曹洞禪。」（《散原精舍詩續集》卷中）又贈李宣龔聯：「句法孤參曹洞禪。」（陳詩《碩果亭詩序》引）周達《壽袁伯夔六十》：「我詩未證曹洞禪。」（《今覺庵詩》卷四）陳寥士《爲龍榆生題上彊邨授硯圖》：「往讀後山集，如參曹洞禪。」（《青鶴雜誌》第四卷一五期）均是其例。又汪詩亦用過，如《論詩絶句十一首》之七：「攤書坐憶彭城集，嗜好知參曹洞禪。」（《讀常見書齋小記》）曹洞，即曹洞宗，禪宗五家之一。其名所指，亦有二説。見宋善卿編《祖庭事苑》卷七、丁福保編《佛學大辭典》。

〔二〕按：元方回論江西詩派，有「一祖三宗」説，「祖」謂杜甫。見《瀛奎律髓》卷二六。此泛言其學江西也。

〔三〕李宣龔《槐廬詩鈔跋》：「某歲中秋，滄趣老人招飲臨清宫寓齋，衡量閩派人物，忽謂余曰：『子亦諗吾家千里駒乎？』蓋此老心許小阮舊矣。」（《槐廬詩鈔》附）按：「吾家千里駒」，語見《三國志》卷九《魏書九·諸夏侯曹傳》。

〔四〕《石遺室詩話》卷五：「弢庵猶子徵宇懋鼎，肆力後山，俯視一切。嘗手録舊作二十餘首付余，密字丈餘，可裝一長卷也。《齊齊哈爾遇林葵雲》云：卜奎去閩嶠，鳥飛猶半年。鄉人來者誰，將毋我爲先。忽驚見林子，雪中足跫然。借問自何方，桂管西南邊。攜婦涉關塞，不顧寒無氈。婦爲女子師，身列幕下賢。破荒出宏抱，但憑願力堅。上農載耒耜，榛莽皆良田。歲晚冰峨峨，志士當勉旃。《自昂昂溪至齊齊哈爾道中》云：『黄塵滚滚淡斜曛，亂轍枯楂淺不分。天影四低平野盡，一行黑點是牛群。』『一帶寒林路外斜，荒風起處絶棲鴉。平原小作坡陀勢，障得前村十數家。』《將去英倫書居停女葛悌册子》云：七尺昂藏獨立難，飄然挾策復東還。願卿勿倚年華盛，及取春風問指環。先録數首，皆從詩榻中苦吟來也。」按：汪評即據此。「詩榻」即「吟榻」。《文獻通考》卷二三七引葉夢得云：「世言陳無己每登覽得句，即急歸卧一榻，以被蒙首，謂之吟榻。」懋鼎詩學後山，故云。

〔五〕按：亦用前引任淵語。李宣龔《槐廬詩鈔跋》：「光緒丁酉冬，聞暾谷論詩，謂都下鄉人遠尊松寥，近服寫經，取法未得乎上，惟葉稺愔侍御與君同嗜后山，屏黜繁豔，趨重澀體。」又：「君之句法，參透三昧，力扛九鼎，其變化不測、潛氣内轉之妙，直頡頏於黄太史之出入杜工部者。如前後《緹騎行》、《直廬作》、《尸三卿》諸篇，皆目怵戊戌政變、庚子袄亂，有直筆，有隱衷，不愧一代詩史。」又唐文治《槐廬詩鈔序》：「其詩與李杜爲近，有時硬語盤空，仿佛退之、山谷也。」亦可參。

《今傳是樓詩話》第一三八條：「閩中多詩人。陳徵宇懋鼎，爲弢庵先生之猶子，與余共事議會，簡静持大體，儕輩重之。庚申以後，薄游海濱，有《雜詩》八首，蓋辛酉十一月作也。『盧橘熟時吾北來，淞園又及早梅開。從今便欲勤勤數，物我相尋可幾回。』『虚樓一榻得居停，鎖骨仙人眼解青。共有心頭千莫利，夜分光動斗牛星。』『廣長舌是浙潮音，節度開門抱苦心。稍喜楚材李山甫，筆端猶直隗臺金。』『楚材』蓋指同年李希愚君，時方佐浙帥幕也。『説禮敦詩天不廢，惜哉一首衡州謡。著書自是壁中事，闊劍長槍誰與驕。』此首蓋謂（徐）又錚也。『蒼然樹石出周垣，獨客徘徊感過門。未許亡人拋故國，太平湖與哈同園。』『閩士無雙林晚翠，史家將謂是伾文。山陽故侶何人問，殲露園中哭女墳。』『通藝曾居萬變先，孑遺猶數特科賢。故人久袖開山手，每度相逢也惘然。』『此來不謁海藏樓，爲恐京塵污一邱。唤得淞濱作人海，魚蝦擾擾信同流。』各詩皆有故事，讀者類能辨之，不贅注也。『蒼然』一首，迴腸盪氣，如不勝情。他人讀之，且增停雲之感，況僕也哉。」又第一三九條：「徵宇又有《杭州雜詩》八首云：『營門歸馬踏長衢，坐對烟波想故都。山水有靈吾豈誑，此來端不爲西湖。』『綰轂東南唱止戈，一家杭滬免誰何。湖濱逆旅持名籍，記得諸侯客子多。』『酒盞當欄携妓客，蓑衣衝雨采蓴舟。寒烟荒梗成今度，夏景怱怱不肯留。』『雙槳夷猶戀夕暉，尋人不遇不空歸。湖游半日仍粗了，只見山兜上翠微。』『林墓梅花開未開，孤山須是厭塵埃。平湖秋月偏相近，昏黑循堤獨到來。』『十八年前湖上夜，行宫門外月如霜。我生只此泛舟役，説與故人應斷腸。』『精忠恨不國威揚，保障長思捍海塘。千載浙人還浙土，岳王恐合讓錢王。』『潮弩方湔百越羞，甌閩地盡古揚州。相從漫有江湖意，野鶴閒雲愧貫休。』『縮轂』一首，爲浙帥作者。時越中方倡自主，四方輻輳，洵盛極一時也。」

〔六〕《近代詩派與地域》：「穆菴詩學其（顧印愚）體，而略參後山邁往不屑之韻，此則微有不同者也。」（《汪辟疆文集》）按：汪説前後異。又，《單雲閣詩話》云：「（顧印愚詩）所造循謹簡默，如其爲人，即穆庵之詩，亦刻苦如其師也。」（《校輯近代詩話九種》）可參。《石遺室詩話》卷一九：「穆庵以近作一卷請爲去取。篇數無多，皆七律。有一首最爲自然，題係《近於津門刻成塞向翁詩、題四韻、以貽知翁者》，詩云：平生師友死難忘，俛仰津門去日長。斷手南豐詩一卷，傷心東野淚千行。夢中相見寧能語，醉裏言歸未是鄉。題寄杜陵諸故舊，浮雲江海日淒涼。又《沈君硯農爲余作嶽雲聞笛詩卷序、甫脱稿、遽歸道山、邑威何君爲補書卷上、并許助勘印師遺稿、長句志感》云：經年積慘應銷骨，師友倉皇賦大招。漫約精魂訪圓澤，還將生死問參寥。山陽聞笛人何往，蜀道啼鵑恨未消。獨有王雲知魏衍，後山詩許助編雕。句云：『花市魂歸傷晚菊，菱湖人往泣殘荷。』『每參詩味蜂成蜜，追憶談機劍劖鐘。』『夢去齋荒餘酒意，印師有安酒意齋。秋寒墳遠鬱詩魂。』『對床夜雨渾成憶，將母危城忍更論。』皆爲其師印伯作也。《送李獢庵》云：殘陽欲墮留樹木，結習都除到散花。《再贈小石》云：我比未歸衡浦雁，君寧再食武昌魚。語意多悽惋，年少旅食，又益以感逝傷時也。」

地闔星火眼狻猊鄧飛　李宣龔

山重水匝，真乃隱秀〔一〕。潛夫不潛，後山而後〔二〕。

苦語清詞一世驚，早年杜李本齊名〔三〕。遺篇墨木經三變，死友誰如范巨卿〔四〕。

拔可詩深婉處似荆公，孤往處似後山，高秀處似嘉州〔五〕。少與暾谷齊名，所謂文字骨肉交也〔六〕。暾谷遇難，拔可一再爲刻遺集〔七〕。在京滬時，余屢與共文讌，偶及暾谷，哽咽不成聲〔八〕。

拔可《兆豐公園晚坐》云：「辛夷已吐玉千盤，細草如茵漸耐看。無限賞心當日暮，最難攜手是春寒。送歸南浦才將盡，對泣新亭淚未乾。只有眼前真實意，不隨物我作悲歡。」〔九〕千帆謹案：此詩，師書於乙本李條下，輒依附存楊昀谷《重陽》之例迻録於此。

〔原附〕論近代詩家絶句　章士釗

閩嶠詩家鄭與陳，君來應是第三人。平生功力吾能説，夜起分堅滄趣真。

大谷深深氣不温，有人吹律待朝暾。律中無限荒寒意，知是鄱陽未返魂。

君與林暾谷交契。

【箋證】

○李宣龔（一八七六—一九五二），字拔可，號觀槿，晚號墨巢，福建閩縣（今閩侯）人。沈瑜慶彌甥。光緒二十年（一八九四）舉人。與林旭爲文字骨肉。二十四年（一八九八），林旭被難，爲掇拾遺文，刻《晚翠軒集》。三十三年（一九〇七），官江蘇候補知府。宣統元年（一九〇九），引疾去。民國後，供職商務印書館。三十年（一九四一），任合衆圖書館董事。喜收藏，所藏圖書及簡札書畫等，後均捐入該館。著有《碩果亭詩》、《碩果亭詩續》、《碩果亭文賸》。見李宣龔《碩果亭詩自序》、楊鍾羲《碩果亭詩序》、陳詩《碩果亭詩序》（俱《碩果亭詩》卷首）、陳祖壬《墨巢先生墓誌銘》。

〔一〕金聖歎批本《水滸傳》第四三回《錦豹子小徑逢戴宗，病關索長街遇石秀》：「酒至半酣，移至後山斷金亭上，看那飲馬川景致吃酒。喝采道：『山沓水匝，真乃隱秀。你等二位如何來得到此？』」按，汪用此語，而誤記一字。此又本《文心雕龍·物性》：「山沓水匝，樹雜雲合。目既往還，心亦吐納。」《隱秀》：「隱也者，文外之重旨者也。秀也者，篇中之獨拔者也。隱以複意爲工，秀以卓絶爲巧。斯乃舊章之懿績，才情之嘉會也。」

〔二〕〔潛夫〕即東漢王符。符耿介絶俗，隱居不仕，著書譏當世，曰《潛夫論》。見《後漢書》卷七九《王符傳》。〔後山而後〕黄節小印語，見「黄節篇」。又，宋陳造《次韻章時可》：「氣無寒郊寒，派續後山後。」（《江湖長翁集》卷二）錢鍾書《容安館札記》第三六〇則引之，云：「近人黄晦聞有印章曰『後山而後』，不知唐卿（造字）已先有此語。」可參。

按：宣龔詩學後山，故云。夏敬觀《墨巢詞序》：「君喜后山詩，致力尤深。」（《墨巢詞》卷首）參觀注六。

〔三〕《讀常見書齋小記》「展庵醉後論詩」條：「墨巢早年學後山，能老澹，能孤往，嗽谷而外，無與抗手。惟晚年只有枯窘，不能再進，然即此枯窘，亦非尋常人所能到。」（《汪辟疆文集》）何振岱《題晚翠軒集》：「林李昔齊名，望若鸞鳳翔。」（《晚翠軒集》附）

按：「杜李齊名」，謂漢李膺、杜密，見《後漢書》卷九七《范滂傳》。旭亦名列黨人，又宣龔詩與齊名，故牽連而用此，非指詩家之李杜也。參觀注六。

〔四〕查嗣瑮《桐城錢飲光先生爲先君子執友、奉對京師、敬呈三律》之一：『故交幾見朱文叔，死友惟餘范巨卿。』(《查浦詩鈔》卷三)陳莀《哭山堂兄四首》之四：『遺孤我痛嵇延祖，死友誰當范巨卿。』(《雪川詩稿》卷九)朱綬《敬觀徐俟齋先生手書遺屬》：『生平早薄稽延祖，死友終懷范巨卿。』(《道咸同光四朝詩史》乙集卷二)范巨卿，即東漢范式。式字巨卿，與張劭爲死友。事詳《後漢書》卷一一一《范式傳》。〔遺篇墨木〕見注七。

〔五〕《石遺室詩話》卷一四：「拔可詩最工嗟歎，古人所謂悽惋得江山助者，不必盡在遷客羈愁也。《題吴丈劍隱鑑園圖》云：事業欲安説，溪邊柳成圍。當時叩門人，百過亦已衰。此園在城東，地偏故自奇。世俗便貴耳，濁醪争載窺。那識賞寂寞，但聞簧與絲。我繇喜獨游，扁舟弄漣漪。拊檻一片雲，鍾山遠平籬。花竹不迎拒，魚鳥無瑕疵。豈惟客忘主，青溪吾所私。中間共出處，就官淮之湄。土瘠民力瘁，百無一設施。鄂渚得再覿，征車方北馳。歸途望楚氛，微服鷁退飛。陵谷事已改，變遷到茅茨。相逢忽攬卷，不收十年悲。鄭記似柳州，平淡乃過之。夙忝文字飲，可能欠一詩。巷南數椽屋，有枝亦無依。儻免熠燿畏，慆慆還當歸。芳草結忠信，吾言兹在兹。此詩寫二十年來在青溪、鍾阜間交游蹤跡，離合悲歡，直舉蘇堪《吴氏草堂》、《晚登吴園小臺》、《正月二日試筆》、《上巳吴園修禊》、《濠堂》、《題吴鑑泉新成水榭》、《舟過金陵》諸詩懷抱，略萃於一詩。拔可少游白下，後自築屋青溪旁，小有林亭，經亂頗遭蹂躪，又目擊武昌兵亂，故語意時含悽惋。余嘗謂金陵詩自王子敬《桃葉》、陳後主『璧月』《後庭花》外，惟李太白《鳳凰臺》

一首、劉夢得《懷古》一首及五絶句稱爲高唱。至荆公退處，而名作以多，類撫景感時，藉抒悒悒之抱。蘇堪、拔可先後寓居金陵，又皆服膺荆公詩，發音之同，有自來矣。」

按：汪云「似荆公」，即參此；云「似後山」，見注六引；云「似嘉州」，似其創説也。《題吴丈劍隱鑑園圖》詩，見《碩果亭詩》卷上，題作《題鑑園圖》，字句同。又，陳詩《碩果亭詩序》：「寐叟謂君詩『馳突韓門，直入廣陵之室』，然君當時固未爲王令也。貞壯以『君不治昭明，不期然而然露出《選》音』相稱許。汪辟疆評以『孤往處似后山，雋逸處似簡齋，高秀處似嘉州』。海藏獨喜紀游山水之作，謂『逼近大謝，不止北宋』。留垞則謂『由昌黎而爲黄陳，成其獨到之境』。俱余所稔聞，而能深道其甘苦者。至若散原贈君聯語：『國能退取鵾夷術，句法孤參曹洞禪。』則更賅括君一生出處，進而盡其行詣矣。」（《碩果亭詩》卷首）可參。

《石遺室詩話》卷一四：「近人寫景之工者，復得數聯，殊有突過前人之處。（中略）仁先之『驅車塵冥冥，隱見孤塔圓』，寫一路往天寧寺遠見隋塔之景，真寫得出；李拔可之『車行追日落，淮泗失回顧』，寫津浦鐵道傍晚望西行駛之景，真寫得出；而李句較見蒼莽。拔可此詩，全首皆工，不止首二句，以下云：亂峰隱塵埃，野水清可渡。連村闕人力，舍柳無他樹。去年雪苦晚，一麥猶堪慮。道旁哺蔡饑，船粟争濡呴。勝衣已學乞，姑息真汝誤。輾轉入徐州，嚴城鬱高怒。秦越異肥瘠，朱陳互嫁娶。當關有虎豹，行李生恐怖。語罷自推窗，暝色没雁鶩。『亂峰』句、

『嚴城』句、『暝色』句，皆逼肖車行景。三韻至六韻，全於『闕人力』處寄慨。『蔡鐵』用得切當，『學乞』寫得可笑可哀。視蘇堪《登石鐘山作》，彼超逸，此沈著也。」又卷八：「故人李次玉子拔可宣龔曾爲海藏掌書記。居漢口，旬日必過江至余寓中。嘗有二小詩，云：『石遺小住藤爲屋，旡悶新居竹滿庭。準擬過江尋一憩，午凉容我作詩醒。』『不知魚鳥歸何處，卻與蚊蠅共一區。眼底了無芳草色，那能長日閉門書。』蓋最早爲海藏詩派者。旡悶，海藏號。」

〔六〕《近代詩鈔・石遺室詩話》：「拔可少與暾谷爲文字骨肉，爲詩共嗜后山。以余所見，則皆從事鄂渚後，學荆公而酷似海藏者。工於嗟歎，所謂淒惋得江山助也。近讀其少作，始悉得力后山，不亞於暾谷。稍録其《哀暾谷》、《贈陳公寬》、《深閉》諸首，以見一斑。其至者固不專在此，願與世之賞音者共審之。」

按：「文字骨肉」云云，本此。楊鍾羲《碩果亭詩序》：「石遺評君詩，謂與暾谷爲文字骨肉，爲詩共嗜后山，淒惋得江山助，識者以爲知言。」（《碩果亭詩》卷首）亦可證。參觀錢仲聯《論近代詩四十家》（《夢苕盦論集》）。

〔七〕李宣龔《晚翠軒集序》：「嗚呼，暾谷之詩，至是凡三墨木矣。自戊戌變政，鉤黨禍作，昔之密邇暾谷者，多以藏其文字爲危，不匿則棄，惟恐不盡。當暾谷被逮時，聞其巾笥尚有硃書票擬，暨與德宗造膝問對有如家人父子者，亦皆散失不可得見。越數歲，大舅沈公濤園以京兆尹出而提刑粤東，予自江甯來别諸滬濱，忽於廣大海舶行李中見一篋衍，熟視之，知爲暾谷故物，不鑰而啟，則晚翠軒之詩與孟雅夫人《崦樓遺稿》在焉。既恫且喜，遂請以校刊自任。歲乙巳居崇川，事簡多暇，爲之排比付印一千部，分貽知好，轉瞬輒罄。厥後爲涵芬樓收入《戊戌六君子集》中，寖以風行。然私念暾谷平時書札墨瀋具在，縱論時事，臧否人物，有爲一代興亡所繫者，宜與天下後世以共見。於是復與林丈篠蝓、鄭丈叔昭、表弟沈劍知從事搜集，重爲《晚翠軒補遺》詩十三首，《崦樓補遺》詩十四首，並檢濤園、馮庵二長者題記，輯爲一卷，益以暾谷手簡及其應試文字，附卷末。嗟乎。是區區者，假令當日不邂逅於舟次，則暾谷與孟雅夫人之餘緒，足以傳後而不朽者，或將輾轉散落，豈不更可痛耶。」（《碩果亭文賸》）

〔八〕按：宣龔有哭旭詩，當時亦傳誦人口，可爲汪説佐證。又，楊鍾羲《碩果亭詩序》云：「（拔可）平生内行純懿，篤於師友風義，拳拳暾谷，不以生死患難易其交。」亦可參。

《平等閣詩話》卷一：「拔可有《哀定慧》五古云：我生寡所歡，往往歎氣類。甯知哭死眼，遽洒及晚翠。平時略細行，未盡可人意。遂令盡命日，四海謗猶沸。邱山挽不前，毫末豈所計。狂藥眩舉國，覺痛旋復醉。欲迴非爾力，搆釁但取忌。肝腦所不吝，天日有無貳。顧或引之去，感語動涕泗。小臣自愚闇，君難安可棄。衣冠赴東市，嫉惡猶裂眥。似憐黄鳥章，臨終徒惴惴。吾子有今日，夙願百已遂。當賀更以弔，自反覺無謂。願收徹天聲，願忍徹泉淚。敢以朋友私，辱君死君義。寒風今九月，歸骨返郊次。孤嫠泣淮水，大阮愴山寺。忽聞潁兒歌，恐傷侍中志。行當謀速朽，種梓待成器。沈綿悽咽，字字從肺腑中流出，直可作噉谷一篇小傳讀。」按：《哀定慧》，《碩果亭詩》卷上作《哀噉谷》，字句稍不同。參觀陳詩《碩果亭詩序》、《尊瓠室詩話》卷二。

〔九〕詩見《碩果亭詩》卷下。《石遺室詩話續編》卷一：「拔可近寄示《兆豐公園晚坐》詩，妙於語言，急登之。詩云：辛夷已吐玉千盤，細草如茵漸耐看。無限賞心當日暮，最難携手是春寒。銷魂南浦才終盡，對泣新亭淚易乾。衹有眼前真實意，不隨物我作悲歡。聞遐庵欲易『易』字作『不』字，一則一副急淚，一則傾河注海之淚，請大家擇於斯二者。」按：亦載《青鶴雜誌》第一卷一三期。字句與《碩果亭詩》、《石遺室詩話續編》所引，均稍異，而與汪録全同，知汪即據《青鶴》。

培軍按：拔可詩，喜爲凄婉，乃「海藏詩派」，詳前各注。其佳句，頗多人所喜誦者。陳子言《碩果亭詩序》云：「余平日觀君之詩多矣，謬謂壁壘森嚴，酷似韓子蒼。但就中五言，如《游大龍湫》云：雖淹虹日彩，盡洩草木氣。《贈王又點》云：舟輕意氣重，人散憂患聚。則雅近《選》體。《游巫峽》云：淫祠胙屈宋，用意備悽苦。歎息工文辭，爲人掌晴雨。堅卓似柳州。七言如《游焦山》云：地盡偶容山突兀，林深微露月峥嶸。《東山夜歸》云：風從北島排山入，月傍東籬出海來。遒勁似半山。至《公園晚坐》云：『無限賞心當日暮，最難攜手是春寒。』『盈盈月上初生水，款款花飛不定風。』則又迴腸盪氣，與冬郎爲近。餘如《桃源寄固卿同年》云：俗敝不妨施督責，地偏何處得吹求。《春盡》云：牖下勞生成玩世，車中物役即安心。《戰後視閘北館址》云：兩不相傷兩相益，上智下愚俱有役。養人不重萬金產，失所要使一夫獲。又：憂患真從識字生，走險紛紛更奚擇。仍須百折作津梁，抱此勞心食勞力。是皆發攄襟藴，藹然仁者之言。最近《答楊無恙》云：乍酬寂寞閒居志，又改蕭條歲暮心。殆與東坡『誰知厭事人，無事乃更悲』者意境相彷彿也。」所舉例甚夥。錢默存《容安館札記》第一七八則，尤賞其《春盡遣懷》「不經風雨連番劫，爭得池塘盡日陰」一聯，以爲「對仗動盪，語意藴藉」，是也。

地强星錦毛虎燕順　郭曾炘 一作張元奇、葉在琦

意氣相許刀俎間[一]，歌舞淹留玳瑁筵[二]。君不見，清風山。

春榆侍郎與弢庵、珍午多倡和，詩刻意杜韓，氣勢深穩。其大篇多不苟作，朝士輩鮮能及之[三]。珍午以疆吏而能詩，《遼東》一集，已具骨幹。入都返閩後，風骨益高。至自刻《知稼軒詩》，居然作手矣[四]。肖韓詩從山谷、後山入，亦簡鍊有意境[五]。張葉二家，

倡和尤富，造詣亦略同，遂合而傳之〔六〕。

【箋證】

〇郭曾炘（一八五五—一九二九），字春榆，號匏庵，晚號遯叟，福建侯官（今福州）人。祖柏蔭，官至湖北巡撫、湖廣總督。父式昌，浙江金衢嚴道，署按察使。少承家學。光緒六年（一八八〇）成進士，改庶吉士，散館，用主事分禮部。十九年（一八九三），充軍機章京，擢員外郎。累遷禮部郎中、内閣侍讀、光禄寺卿。二十六年（一九〇〇），聯軍陷京師，赴西安行在，授通政使，兼政務處提調。返京後，授侍郎銜，歷署工部、户部、禮部，入值軍機處。宣統元年（一九〇九），充實録館副總裁。三年（一九一一），改設典禮院，授副掌院學士。清亡，蟄居都下，仍歲時趨朝。嘗奉命勘修《德宗本紀》。著有《匏廬詩存》、《讀杜札記》、《樓居雜記》、《邴廬日記》等。見陳寶琛《郭文安公墓誌銘》（《滄趣樓文存》卷下）、王樹枏《賜進士出身誥授光禄大夫郭文安公神道碑》（《陶廬文集》卷二〇）。

〇張元奇（一八六〇—一九二二），字珍午，一字君常，號薑齋，福建侯官人。光緒十二年（一八八六）進士。授編修。歷官監察御史，湖南岳州知府、奉天錦州知府。嘗劾載振、岑春煊，著直聲。民國後，任内務部次長，及福建民政長、奉天巡按使、經濟調查局總裁等職。與徐世昌交最篤。晚歲歸里，主鼇峰書院講席。著有《洞庭集》、《遼東集》、《知稼軒詩稿》等。見（新）《閩侯縣志》卷四〇《人物》、《當代名人小傳》卷上、陳寶琛《張君薑齋六十壽序》（《滄趣樓文存》卷上）。

○葉在琦（一八六五—一九〇六），字肖韓，又字穉愔，福建閩縣人。父大焯，官翰林院侍讀學士。幼穎異。光緒十二年（一八八六）進士。授館職。督學貴州，使還假歸，里居近十年。經始高等學堂，手定規程。又倡立婦女蠶業館。洎入都，補御史。後病肺卒。著有《穉愔詩鈔》。見陳寶琛《葉肖韓侍御墓誌銘》（《滄趣樓文存》卷下）。

〔一〕按：謂宋江被捉，已在刀俎間，燕順聞其名，遂釋之。事見《水滸傳》第三二回《武行者醉打孔亮、錦毛虎義釋宋江》。「清風山」，燕順山寨所在，亦見此回。

〔二〕句見李白《流夜郎贈辛判官》（《李太白全集》卷一一）。

〔三〕陳寶琛《匏庵詩存序》：「君詩婉至類遺山，沉厚類亭林。然亭林老諸生，遺山官京朝未期月，君則爲禮官垂三十年，兼直樞要，舉朝章國故與夫人才世運陵替變嬗之所繇，皆所身歷手經。道盡文喪，邪詖蠭起，十倍於楊墨，不盡人爲禽獸不止，禍且有甚於亭林所云者，則又不僅《黍離》之悲、陸沉之痛已也。君若録所聞見以爲史料，翔實豈遺山所及？顧性樂易，不輕臧否人，故非大姦慝，尟所刺譏。蓋深於温柔敦厚之教如此。讀者以意逆志，固亦一代獻徵之所寄矣。至其取材隸事，典切工雅，流輩所重者，特筌蹄耳。」（《滄趣樓文存》卷上）

按：汪説與此參。陳序之評，頗爲人所重，而汪不之取，蓋持説異也。《晚晴簃詩匯》卷一七二《詩話》：「（匏廬）辛亥後，始致力於詩，輯所作爲《亥既集》，丁卯續成《徂年集》、《雲萍籠稾》。滄趣序其詩，謂『婉至類遺山，沈厚類亭林』，此於其性情見之。實則深於杜詩，不必規規趨步，而神與之合。至其見聞翔實，寓史於詩，滄趣謂一代獻徵之所寄，誠篤論也。」云「深於杜」，可與汪評合觀。郭有《書鈔本杜詩後》，見《匏廬詩存》卷二，亦徵用心所在。

〔四〕陳衍《知稼軒詩叙》：「君常文字，皆學蘇者也。（中略）君常才筆馳騖自喜，中年以後，時時斂就幽夐，然終與坡公爲近。其間有憂愁牢落，託於《莊》《騷》之旨者，亦坡公之憂愁牢落也。近作清苦不怡，遂足以感召憂患，中夜彷徨，良久而乃釋。」（《石遺室文集》卷九）《近代詩鈔·石遺室詩話》：「君常少擅鄉曲之譽，冠冕儕輩。自通籍以迨入諫垣，中間還鄉主講席，與陳弢庵閣學、鄭濬菴編修、葉稚愔侍御諸人相倡和切劘，幾疑詩能窮人。出守巴陵，正所謂得江山助者。移官遼左，十數年來，雖匆匆不廢唱《渭城》，非復曩時旗亭畫壁之侶矣。集中句如：『君房天下妙言語，大范胸中皆甲兵。』『刼後瘡痍人望歲，軍前笳吹氣如山。』『暫借一龕高廟地，略消萬里故鄉情。』皆極自然。」

按：陳衍謂張詩學蘇，後來詩話多沿之，惟汪評不然。陳寶琛《張君蕫齋六十壽序》云：「君詩出入蘇、陸，不事雕飾，雖游戲之作，亦岸然有以自異。」（《滄趣樓文存》卷上）《今傳是樓詩話》

第一一三條云：「閩中詩人，甲於全國。余夙識者，尚有張薑齋民政。君名元奇，別字君常，所著有《知稼軒集》。石遺序之，謂其才筆馳騖自喜，中年以後，時斂就幽夐，然終與坡公爲近。蓋其取徑固與其鄉並時諸賢略殊也。」又第二九〇條：「《知稼軒詩》，皆薑齋生前手定，石遺謂其學蘇，允矣。君晚居都下，詩境時斂就幽夐，撫時感舊，所詣益工。」俱附和陳衍也。

《緑天香雪簃詩話》卷八：「君常律詩極似東坡。《榆關旅店》云：海雨霏霏關月黄，孤燈照影落邊牆。五更塞曲吹愁去，一枕河聲入夢涼。往事穴中矜鬭鼠，危機歧路痛亡羊。東華輪角磨人慣，又逐炎塵過戰場。《乘馬過麻綫溝大嶺》云：山行最喜結層陰，嵐影風絲欲染襟。迎面一峰疑路斷，打頭亂葉識秋深。窮村偶落飛鴻爪，遠道常存愛馬心。桑下忽忽無可戀，手攀飛鞚過遥岑。《昌圖博王地局聞雷》云：王庭已似無雷國，八月先飛塞外霜。忽有大聲驚户牖，欲教寒色吐光芒。雨來怒挾河沙下，秋暖疑回瓦草僵。不信天時信人事，夜稽烘透黑甜鄉。均能豪爽俊邁，不作衰颯語。又《龍首山》云：北去飛沙撲馬頭，一杯聊此弔殘秋。座中各有新亭淚，迸入遼河水不流。亦悲壯盡致。」

〔五〕《近代詩鈔·石遺室詩話》：「肖韓詩力避流易，所祈嚮在山谷、后山，筆意簡練，惟結處往往工力不逮。」按：汪評當據此。陳寶琛《葉肖韓侍御墓誌銘》：「君詩近後山，矜峭不苟作，亦少所許可。」説亦略同。

〔六〕按：張、葉合傳，亦略取陳衍。《石遺室詩話》卷五：「葉肖韓侍御在琦與珍午齊名，而珍午則對客揮毫，肖韓則閉門索句。」

地明星鐵笛仙馬麟　林紓　一作江瀚　附子庸

鐵笛裂，中情熱〔一〕。民國元年，徐樹錚辦《平報》，林氏日撰雜記刊登，名曰《鐵笛亭瑣記》，旋出單行本。及稿售商務印書館，乃改爲《畏廬瑣記》。〔二〕

畏廬血性男子，任俠負義〔三〕。戊戌二月，割膠州。畏廬聯公車，與總理衙門堂官争甚力，革去舉人〔四〕。詩初學婁東，非其至者。弢庵語余，林氏詩文，晚年爲勝。初本俗學，所謂中年出家者也。〔五〕辛壬以後，漸近蒼秀。晚學坡公、簡齋，七言律視前更進矣〔六〕。石遺嘗稱其題畫絶句〔七〕。畏廬固工畫，然以余所見者，惟《江亭餞别圖》簡遠秀逸，它不稱是〔八〕。叔海宗選體，而近體清健，晚作尤勝〔九〕。

〔原附〕論近代詩家絶句　章士釗

狂驅子弟入奇衺，庸妄何曾屬一家。堪歎闇黎入媱室，也甘口食媚茶花。

君以庸妄鉅子斥太炎，又謂閩人主江西派者爲妄庸。蘇曼殊好食糖，對人言此茶花女所嗜物，故樂效之。陳弢庵曾語余云：「畏廬本俗學，所謂中年出家者也。」嚴幾道師句云：「可憐一卷茶花女，盪盡支那浪子魂。」皆有微詞。又嘗自負其文，云爲吴摯甫所許，吴卒於光緒癸卯，其時林尚未以古文見稱於時，人死無對證，亦姑妄聽之耳！余以林争膠州及每話及德宗輒流涕不可仰，以爲血性男子而已，其詩文可勿論。方湖注。

千帆謹案：右一首屬林琴南。

【箋證】

〇林紓（一八五二—一九二四），字琴南，號畏廬，福建閩縣人。光緒八年（一八八二）舉人。會試屢不第。歸，讀書龍潭精舍，與陳衍等結詩社，刊《支社詩拾》。又從謝章鋌治經學。二十一年（一八九五），應興化知府聘，爲其校閲試卷。二十三年（一八九七），妻病卒，友人爲排其悶，邀譯《茶花女遺事》。明年，書印出，風行於世。自是以譯書稱。移家杭州。二十七年（一九〇一），入都，任教於金臺、五城兩書院。經濟特科開，郭曾炘薦之，辭不赴。三十二年（一九〇六），應李家駒聘，任京師大學堂教習。辛亥後，嘗十一謁崇陵，自居清遺老。生平著述極富，譯書百餘種。自撰有《閩中新樂府》、《畏廬文集》、《詩存》、《韓柳文研究法》、《春覺齋論文》、《鐵笛亭瑣記》等。見《清史稿》卷四八六、陳衍《林紓傳》（《碑傳集三編》卷四一）、夏敬觀《林琴南傳》（《忍古樓文》第二册）、胡爾瑛《畏廬先生年譜》（《國學專刊》第一卷三期）、朱羲胄《貞文先生年譜》（《林畏廬先生學行譜記四種》）。

○江瀚（一八五七—一九三六），字叔海，號石翁山民，福建長汀人。由監生歷保知府。光緒二十四年（一八九八），召開經濟特科，嘗被薦，而不赴試。三十年（一九〇四），派赴日本考察學務。三十二年（一九〇六），經學部奏調，派考查山東、河南諸省學務。三十四年（一九〇八），授學部參事。宣統二年（一九一〇），補授河南開歸陳許道。民國初，入京，與諸遺老游。深於經學。著有《慎所立齋詩文鈔》、《石翁山房札記》等。見《清代官員履歷檔案全編》第八册、陳衍編《近代詩鈔》第一六册、《石遺室詩話續編》卷六第五條、《花隨人聖盦摭憶》「江叔海」條。

○江庸（一八七八—一九六〇），字翊雲，晚號澹翁，福建長汀人。瀚子。幼從曾彦學篆。稍長，從趙熙治詩古文。光緒二十四（一八九八）年，入成都中西學堂，習英文。二十七年（一九〇一），派赴日本留學，入早稻田大學，習法制經濟。三十二年（一九〇六），返國，任教京師法政學堂。又充修訂法律館纂修。宣統元年（一九〇九），充京師法政學堂監督。民國初，任高等審判廳廳長。歷任司法部次長、法律館總裁、法政大學、朝陽大學校長等。建國後，任政務院法律委員、上海市文史館長等。著有《南游詩草》、《蜀游草》、《澹蕩閣詩集》、《趨庭隨筆》、《歐航瑣記》等。見《江庸自傳》（《江庸詩選》附）、江靖《江庸傳》（《上海市文史研究館館員傳略》第二輯）。

〔一〕按：「鐵笛裂」，雙關馬諢號、林筆記；「中情熱」，指後云「血性男子」，參注三引。

〔二〕《光宣以來詩壇旁記》「清末五小説家」：「壬子夏、秋，徐又錚辦《平報》，捥林爲總主筆。林謝之，曰：『曩在析津，見屈於汪辟疆，不如其已。無已，姑以筆記塞責何如？』此即該報所刊之《鐵笛亭瑣記》，後又改爲《畏廬瑣記》者是也。」

朱羲胄《春覺齋箸述記》卷一：「《畏廬瑣記》一卷，初名《鐵笛亭瑣記》，蓋先生即其生平聞見而饒興趣者，分條所紀述也。間有僻典奇字，皆自據引經典，備爲詮證。最先披尋於北京《平報》，宿遷臧蔭松爲之蒐輯，得二百三十有八事，遂成帙。（中略）按舊曆丙辰，乃民國五年，初之出版，即爲是年七月，一時傳誦甚廣，則都門印書局鉛印本也。洎至十一年六月，乃改由商務館印行，而易題今名。删削者，不過『天生對』、『打先鋒』二條而已。」臧蔭松《鐵笛亭瑣記序》：「畏廬先生著《鐵笛亭瑣記》，不下千餘條，然頗不甚愛惜，經余之所收者，十之二三耳。先生尚不欲梓行，余以爲可惜。（中略）紀文達《閱微草堂筆記》，多詼諧，兼及鬼事；《聊齋》則專言狐鬼，故得無事。若稍涉時政，族矣。今先生所記多趣語，又多徵引故實可資談助者，至筆墨之超妙，讀者自能辨之。先生著作，浩如煙海，此特其餘事而已。」（《鐵笛亭瑣記》卷首）

〔三〕《光宣以來詩壇旁記》「清末五小説家」條：「紓平生任俠尚氣，性剛毅木强，善怒，責人每至難堪，然富有熱情，好急人之急。業師薛則柯家絶貧，夏日嘗不舉火。紓歸，既食，度師未炊，乃實米於襪中以餉師。居京師時，嫉惡尤嚴，見聞有不平，輒憤起。忠懇之誠，發於至情。念德宗以英主被扼，每述及，常不勝哀痛，十謁崇陵，匍伏流涕，逢歲祭，雖風雨無阻。嘗蒙溥儀書『貞不絶俗』額，感幸無極。生前自言：『死後墓碣應書曰清處士。』或以遺老嗤之，紓不顧也。」又：「林氏有一不可及處，即語及德宗，每於廣座中痛哭流涕。又待人頗誠懇，任俠尚氣，爲一時老輩所不能及。」（《汪辟疆文集》）

按：林早歲有「狂生」之目。《石遺室詩話》卷二九：「光緒初年，福州有三狂生，皆林姓，一畏廬，一述庵崧祁，一某。」《近代詩鈔·石遺室詩話》：「述庵少與林畏廬紓及林某，在里中有『三狂』之目。」又林崧祁《兩生行》云：「兩生相見忽狂喜，手握吴鈎跪不起。白眼横空天，駭殺道旁子。一生抱酒杯，一生躡草履。兩生摇摇同過市，上樓飲酒忽大醉，熱血淋漓灑滿紙。一生狂叫一生哭，拚擲頭顱報知己。」《三生行》云：「三生倡狂天下無，快劍斫斷紅珊瑚。三生意氣一時絶，摩弄雷霆走日月。（中略）三生壯志無時灰，胸中磊塊相觸如轟雷。」（《林先生述庵遺詩》）俱寫其疏狂尚氣，足見其概。又，紓《七十自壽》云：「列傳常思追劇孟，天心强派作程嬰。四十年來，連爲親友鞠孤七八，其最廑余懷者，則王、林二小生。」（《畏廬詩存》卷二）亦自表任俠，可參。

〔四〕《貞文先生年譜》卷二：「（光緒二十四年）閏三月，與高鳳岐及宗室壽富，詣御史臺，上書論德人逼即墨事。請清帝因人心之憤，下詔罪己，并陳籌餉、練兵、外交、内治四策。凡三詣臺，書格不能入。乃與鳳岐歎曰：『合臺乃都不念國家耶。』」參觀《畏廬先生年譜》。

〔五〕《光宣以來詩壇旁記》「林琴南逸詩」條：「琴南早歲，家境清貧，終歲以教私館自活。及壬午鄉闈獲雋，然貧乏如故。因力學，事泛覽，稍稍以文章顯。惟囿於俗學，其格不高。余曾見其早歲所撰《閩中新樂府》一卷，即當時盛傳閩中者。實則摭拾傳聞，略含諷刺，詩亦平平。後乃稍稍與文士往還，眼界較寬，而詩亦不出梅村末派。以其濟以時務，在爾時風氣中，固易得名也。及與王壽昌同譯《茶花女》，名乃大顯。居舊京時，海内詩人以陳散原、鄭海藏爲領袖，林氏遂亦棄其向所尊崇之江左派而不爲，數年不作詩。辛壬改物後，乃又稍稍爲之。已一變其故步，而清真挺秀之篇，往往遇之。陳弢庵嘗語余：『琴南本俗學，所謂中年出家也。』蓋以此云。」按：林初學梅村，汪屢言之。如云：「（琴南）晚年於畫外，頗自喜其詩。所刊《畏廬詩存》二卷，早年之學梅村者，删剔甚多。」（《光宣以來詩壇旁記》「林琴南逸詩」條）又：「詩亦由駿公入手，及晚歲居舊京，乃始爲唐宋人詩，亦頗清真健舉。」（同前，「清末五小説家」條）考汪嘗師事林（見《小奢摩館脞録》「琴南説詩」條），其言必有據，或即獲自親聞。然《石遺室詩話》卷三第一六條、《近代詩鈔·石遺室詩話》，早謂其「蘄嚮吴梅村」、「近體爲吴梅村」，則汪承石遺之説，亦有可能也。又，汪頗輕林，「俗學」、「中年出家」云云，屢見不一見（參觀章詩後「方湖注」）。

〔六〕《近代詩鈔·石遺室詩話》：「畏廬自謙其詩，謂少作已盡棄斥，近年始專學東坡、簡齋二家七言律。余謂題畫諸絶句，有突過大癡、雲林者，未可盡棄也。」

按：汪評據此。「辛壬以後，漸近蒼秀」，參觀注四，及注七引《石遺室詩話》。《石遺室詩話》卷五：「前歲畏廬避地天津，忽發憤大作詩，自命『杜陵詩史』。寫十數首寄示余，工者二三，未工者七八，不及都門游集諸作多可存也。寓書勸其淘汰，并奉懷絶句云：畏廬畏亂復畏貧，稚子旁妻寄析津。飄泊干戈曹霸筆，鋪張排比杜陵人。聞畏廬頗不樂。夫鋪張排比，元微之以讚美少陵，元裕之則云：『少陵自有連城璧，争奈微之識碔砆。』余以爲鋪張排比，亦談何容易。」妙語令人解頤。

〔七〕《石遺室詩話》卷三：「琴南號畏廬，多才藝，能畫能詩，（中略）少時詩亦多作，近體爲吴梅村，古體爲張船山、張亨甫，識蘇堪後悉棄去，除題畫外，不問津此道者殆二十餘年。庚戌、辛亥，同人有詩社之集，乃復稍稍爲之，雅步媚行，力戒甚囂塵上矣。今先録題畫者數首，已與吴仲圭、王山農、沈石田諸人相仿佛，高者可追文與可、米元章。《雜題》云：蘆蕩不可見，竹雞亦好聽。絶憐歸路迴，溪暗一林星。末五字真工。《爲太夷作畫》二首云：『曾從留下過秦亭，無數雲松作隊青。飽飯僧寮無別事，長廊坐看少微星。』『年來酷似藍田叔，復社詩流頗見知。寫寄漢陽江上客，看山莫待晚秋時。』鄙見欲易『莫待』作『且過』。又《雜題》云：『時時昭慶寺前過，三兩梧桐蔭酒廬。我自關心南宋局，旁人只説重西湖。』末二句太直，鄙見欲易作『只道關心南宋局，我來原自愛西湖』，用太白『自愛名山入剡中』意，較含蓄些。『水榭蕭蕭弄薄寒，哦詩偎熱碧闌干。江南江北多紅葉，畫與詞人一路看。』『百折扶欄搭柳絲，鶯啼草長禁煙時。房櫳容得春多少，長日湘簾踠地垂。』《寫西溪竹坪》云：萬竹連雲蘸碧流，分明畫裏是杭州。南漳若買田三頃，生計當隨烏犉牛。《寫蘆花小艇》云：曾記西溪載酒詩，櫓聲軋軋入蘆漪。不知渦水南僧壁，尚否留吾數百詩。《寫溪上小樓》云：長日松聲聒枕頭，何人來上水邊樓？年年供菊兼儲釀，樊榭祠南過一秋。又《雜題》云：晚葉蓄秋絳，曉峰蘇夜青。二年京洛客，夢到望耕亭。」

按：汪説即指此。《晚晴簃詩匯》卷一七四《詩話》：「陳石遺盛推其題畫諸絶句，謂突過大癡、雲林。」又，林亦頗善畫，鄭孝胥嘗有詩，及其事云：「文如至寶丹，筆若生薑臼。一篇每脱稿，舉世皆俯首。平生不屈節，肝膽照杯酒。紛紛野狐群，忽值獅子吼。京師奔競場，暮夜孰云醜。畏廬深可畏，斧鉞書在口。隱居名益重，方使薄俗厚。奈何推稗官，毋乃褻此叟。斂才偶作畫，石谷輒抗手。亦莫稱畫師，掩名究無取。」（《贈林琴南同年》，《海藏樓詩集》卷七）

〔八〕按：畫作於光緒二十九年（一九〇三），當時頗有名，諸家題詠亦夥。見林紓《江亭餞別圖記》（《畏廬文集》）。鄭孝胥《嚴幾道屬題江亭餞別圖、林琴南所寫》云：「林子序且圖，下筆帶遠思。」（《海藏樓詩集》卷六）汪辟疆《江亭餞別圖爲伯玉作》云：「林翁弄筆有遠思，悲憤爲寫臨歧圖。」（《方湖詩鈔》）。「遠思」云云，是襲鄭語也。

〔九〕《近代詩鈔·石遺室詩話》："君詩五言宗《選》體。如《登鑽天坡》云：拂衣白雲墮，仰面青霄逼。《自夔門入巫峽》云：松孤覺風高，嶂密使晝昏。《雙飛橋》云：直教鴻濛濕，豈顧山靈驚。《峽中》云：石束江作溝，巖露天若綫。《泊凌雲山下》云：矯首望峨眉，冥茫若可求。《怨歌行》云：君心如流水，一往無還期。君心如明月，自有團圞時。"按：汪評即據此。《定庵詩話》卷上云："江叔海五言古，亦瓣香《選》詩，多有酷似者。"《花隨人聖盦摭憶》"江叔海"條云："先生詩故擅《選》體，與湘綺、芸子相似，爾時之風氣也。"並同陳説。

培軍按：琴南於詩亦自負，每喜自道詩法，然頗自相牴牾。其告石遺云："專學東坡、簡齋二家七言律。"（見注六引）告蘇堪云：祈嚮在"錢注杜詩，施注蘇詩"（《陳石遺先生年譜》卷二）。又告李拔可云："吾詩七律專學東坡、簡齋；七絶學白石、石田，參以荆公；五古學韓；其論事之古詩則學杜。惟不長於七古及排律耳。"（《與李拔可書》，錢默存《林紓的翻譯》引）是自道淵源詳矣。然《畏廬詩存自序》中，又謂："余自遂己志，自爲己詩，不存必傳之心，不求助傳之序；至於分唐界宋，必謂余發源於何家，瓣香於某氏，均一笑置之。此集畏廬之詩也。愛者聽其留，惡者任其毁，必如康乾之間，寄託漁洋、歸愚兩先生門下，助其聲光，余不屑也。"（《畏廬詩存》卷首）似並不取法古人。嘗試論之：琴南文名最盛，而受石遺等影響，於詩亦頗留心，然未能爲人所許（見《凌霄一士隨筆》，《國聞周報》第八卷一五期），遂有此負氣語。至如方湖所論，大抵即據石遺，固無所發明也。

地周星跳澗虎陳達　陳書　一作葉大莊、何振岱

後取華陰縣，先打史家莊〔一〕。其勇可取也，其事不可常也。

誰人妄署白蘇齋〔二〕，禪語機鋒六義乖。若爲詩家開白打〔三〕，江山畢竟屬吾儕〔四〕。

木庵論詩，不以空言神韻、專事聲調者爲然，與其鄉張亨甫所爲絶異，不可謂非豪傑之士也。其詩瓣香白、蘇，亦與三袁不同。蓋木庵於白、蘇之外，歸依浣花，又出入後山、誠齋；自寢饋山谷，木庵曾手批《山谷集》。詩境益拓，旨永詞敻〔五〕，宜弢庵深服之也。弢庵曾語余：「居螺江時，與木庵過從最密，倡和尤多。余所居有聽水第一齋、第二齋，木庵來，必夜深始去。余詩隨所止寓興，不可更易。石遺輯師友詩及《近代詩鈔》，余詩皆從木庵處迻録。見詩題不具者，以意爲之，頗乖余旨。」〔六〕此亦詩壇掌故，因備書之。葉損軒大莊《寫經齋詩》，有初集、續集。冷雋有遠韻，最負盛名〔七〕。何梅生振岱學放翁，語能自造，而

出以自然〔八〕。是皆能以白描見長者。論近代閩詩家，遂連類及之。

陳書，字伯初，號俶玉，又號木庵，福建侯官人。光緒乙亥舉人，官直隸博野縣知縣。光緒三十一年卒，年六十八。有《木庵先生集》。

【箋證】

〇陳書（一八三八—一九〇五），字伯初，號馮庵，晚號木庵，福建侯官人。少以文章名。丁日昌、左宗棠皆歎爲奇才。光緒元年（一八七五）舉人。會試不第。自京師歸，奉母鄉居，十餘年不出。與葉大莊、陳寶琛等游，詩文相唱和。二十五年（一八九九），官直隸博野縣知縣。二十八年（一九〇二），以病乞休。卒於家。著有《木庵先生集》。見陳衍《故直隸博野縣知縣木庵先生墓誌銘》（《石遺室文集》卷三）。

〇葉大莊（一八四四—一八九八），字臨恭，號損軒，福建閩縣人。同治十二年（一八七三）舉人。歷任邳州知州、松江海防同知。著有《大戴禮記審議》、《寫經齋初稿》、《續稿》、《玲瓏閣詞》等。見陳衍編《近代詩鈔》第九册、葉大莊《元日書事》眉批（《寫經齋續槀》）、陳衍《寫經齋文稿叙》（《寫經齋文稿》卷首）。

〇何振岱（一八六七—一九五二），字梅生，一字心與，號覺廬老人，晚號梅叟，福建閩縣人。光緒二十三年(一八九七)舉人。會試不第。中歲,從謝章鋌問學。入江西布政使幕,署文案。辛亥後返里。重修《西湖志》,任總纂。又與修《福建通志》。壬戌(一九二二),福建兵亂,徙居北京。與陳寶琛過從密。後仍返閩。建國後,任福建文史館名譽館長。著有《心自在齋詩集》、《覺廬詩存》、《我春室文集》等。輯有《榕南夢影録》。見吴家瓊《故友何振岱生平事略》(《福建文史》第一九輯)、劉建萍《何振岱年表》(《詩人何振岱評傳》附)。

〔一〕事見《水滸傳》第五八回《三山聚義打青州、衆虎同心歸水泊》。

〔二〕〔白蘇齋〕謂明袁宗道。宗道爲詩,於唐好白居易,於宋好蘇軾,故顔齋曰「白蘇」。有《白蘇齋集》。參觀錢謙益《列朝詩集》丁集中、朱彜尊《静志居詩話》卷一六。

〔三〕〔白打〕即徒手搏鬭也。此用指白描。《讀常見書齋小記》「白打」條:「白打,蹴踘戲名也。兩人對踢爲白打。唐王建詩:『寒食内人常白打,庫中先散與金錢。』又韋莊詩亦云:『内官初賜清明火,上相閒分白打錢。』是唐時清明宫禁盛行之戲也。《閩小記》:『武藝十八,終以白打。』此又一事。歐公詩:『白戰不許持寸鐵。』蓋取於此。」(《汪辟疆文集》)

〔四〕周達《五十初度述懷八首》之四:「江山本自屬吾曹,五嶽歸來壯志消。」(《今覺盦詩》卷二)按:汪句脱化於此。又,周句亦本前人。唐劉禹錫《酬樂天晚夏閑居欲相訪先以詩見貽》:

「經過更何處，風景屬吾曹。」（《劉禹錫集》卷三四）宋虞儔《再用韻呈林子長》：「簿領何妨聊爾耳，湖山正是屬吾曹。」（《尊白堂集》卷二）趙蕃《舟中二首》之一：「頻歲崎嶇道路勞，江山妙處屬吾曹。」（《淳熙稿》卷一九）

〔五〕《近代詩鈔·石遺室詩話》：「兄詩天才超逸，胸中不滯於物，故與摩詰、樂天、東坡爲近。中間爲後山、放翁、誠齋，爲陸魯望、皮襲美，而終依歸於老杜。論詩宗旨，屢見於集中諸作，雅不以空言神韻、專事章節爲然。批點山谷全詩，詩境益謹嚴，益閒肆。善説杜詩，有人人熟讀而莫究其作何語者，一經説解，聞者豁然。生平所作，斷自杭州以後，約二千首。余先擇數百首刻之，蓋山谷《精華録》之意云。」亦見《木庵先生墓志銘》。

按：汪評略據此。《晚晴簃詩匯》卷一七〇《詩話》：「木庵雅才曠抱，詩近白、蘇，於襲美、魯望、山谷、後山、放翁諸家，皆有神契。晚於詩律尤細，縱筆爲之，格嚴氣肆。其詩云：樂天有何好，有意者能言。真造此境。」即用陳説。又，《平等閣詩話》卷二録其一詩，云：「閒逸，直造劍南意境。」並可參。若陳書善説杜詩，見《石遺室詩話》卷一一第二〇條。

又按：陳書詩學議論，多見《石遺室詩話》，與陳衍亦頗可參，衍之師法淵源，並可概見。《石遺室詩話》卷一：「余九歲時，先伯兄講授唐詩，自秋徂冬，王、孟、韋、柳詩，成誦一二百首。上及陳伯玉、張曲江之作，次年乃及李杜與晚唐。十餘歲時，已習舉業，然有終年學爲詩，日課一首者。時閩人詩極陳腐，襲杜之皮，而木菴先兄年二十餘，出語高雋渾成，絶無所師承，天才超逸然也。所與游者，惟陳子駒明經適祺、徐雲汀孝廉一鶚、李星村太學應庚、楊子恂庶常仲愈、林希村秀才如玉數人，則才華自喜，自命能爲玉谿生、杜樊川近體者，伯兄久而厭之。同治季年，乃與葉損軒中書、徐仲眉副將、陳芸敏編修，倡爲厲樊榭、金冬心、萬柘坡、祝芷塘輩清幽刻削之詞。」又：「木菴伯兄四十以後倦游，能爲醫，奉母不出者十餘年。村居陶江，城居龔氏雙驂園、武陵園。損軒、芸敏皆出山，乃與陳弢菴閣學、龔藹仁布政易圖、劉特舟州牧玉璋游，具林壑琴尊之樂。歲得詩百十首，盡棄少作。論詩宗旨略見前後與損軒諸詩。有《損軒見過、去後擬作論詩、僅得六首》云：『萬派同流學海瀾，豈知古調是重彈？更相爲笑都無當，止作貧兒暴富看。』『八代文章枉起衰，馬班爛調豎儒知。由來耳目爭新樣，不廢江河果是誰？』『焚書豈識更求書？萬古洪荒到石渠。黔首不曾愚一箇，翻教人世重鈔胥。』『博弈能消飽食身，一般無益敝精神。翰林土地倡家柳，各有千秋抹淚人。』『當時雅頌萃承平，捷徑終南結伴行。今日妝成屬天寶，不應情性太憨生。』『新城秀水名家子，愛好貪多亦自佳。若使編詩容諫諍，盡删蜀道削風懷。』又《論詩示損軒》云：『亂頭粗服吾何敢？鳥語蟲吟得自由。不信古人傳作地，篇篇札闥寫洪休。』『春蘭秋菊不同時，下筆先知認我儀。燈火羌村魂魄在，那能更和達官詩？』『乾坤真氣漸淪亡，剩有毛錐一寸長。不與前人塡故實，自家一一説衷腸。』『驊騮捕鼠不如狌，補履干將勢不行。各自分茅何礙事，故人情性太分明。』」又：「《答損軒》云：偶然問答託形神，不擬詩來款竹扃。寫意蟲魚非注雅，驚心山海不温經。縣官手段武虚谷，教諭頭銜宋既庭。落向水邨覓秋興，止宜同醉莫同醒。又《作詩》云：作詩未必輸古人，傳詩未必到細民。國風十二多顯者，考亭作傳休斷斷。又《題漁洋精華録》云：一代唐音起射洪，不爭才力盡沈雄。于公陰德瑯琊蔭，想見昇平氣象同。又《戲爲絶句傚杜老》云：『健筆盤拏不肯直，費人懸解是吾師。他年嗤點關何事，且復相逢千載期。』『句法若能順流俗，須知此事市門如。師資一遠塵容出，不讀法華須讀書。』『漫興尋花老不聊，尚餘酒美得相招。儂今終歲不把盞，日出茶湯空自料。』」

〔六〕按：汪説與陳衍記，頗不同，可以互參。《近代詩鈔·石遺室詩話》：「弢菴年未四十丁内艱，歸里不出者二十餘年，撫時感事，一託於詩。（中略）公在里中，所與倡和者有謝枚如中書、龔靄仁布政，余伯兄木庵先生尤居多。伯兄去山，則有張珍午、葉肖韓兩御史。（中略）每與伯兄剪燭論詩，夜深不倦。」《石遺室詩話》卷一：「蘇堪爲詩，一成則不改。在天津時與余書，所謂『骨頭有生所具，任其支離突兀』也。陳弢菴寶琛則必改而後成，過後遂不能改，謂結構心思已打斷矣。罷官鄉居，有作必就商於先伯兄木庵先生書。伯兄有《與弢菴夜談》云：貪涼初夜垂簾坐，新月辭人早上樓。斜漢漸中秋指顧，空階如掃露沈浮。咫聞乍愛貞元士，癖好誰甄雅故流。落與閒中商句法，定交京兆馬籠頭。又《呈弢菴》云：元祐諸公天人姿，慶曆聖德天所毗。

既清海甸卷懷已，不殫厥鍔焉施爲。鄉黨流風要人紀，文獻晻昧煩探披。泉虛石佇蓋可負，況詠華黍賡參差。青春登朝强仕歸，猿鶴懽喜迎龍夔。摩崖浯溪興不衰，老於文學今其誰。温良顏色入座有，時以句法相質疑。龍章鳳姿愛鷩跛，亂頭粗服參旄耄。東屯西瀼隔還住，歲四五至窮昏曦。坐公聽水之齋思，松篁琴築彈流澌。山輩踏月夜半至，挾卷報導詩尋醫。又《弢菴以詩商定復寄一首》云：窮巷誰敲月下門，奇疑正許夜深論。千金呂覽難加點，五善皇華有夙根。秋露如珠棉覺薄，書燈帶穗墨無痕。披衣作答旋欹枕，反覆尋思勞夢魂。又《即事書懷示弢菴》云：句法危疑鯁在喉，移時不吐是吾憂。老來大事無他屬，悟得勞生未放休。食蟹看花行且近，依仁游藝復何求？料羊齏甕皆前定，此意當年況白頭。伯兄既逝，弢菴亦復出山。在都數年，有作則必商定於余。今年六月，復以全稿屬去取，病中尚爲圈點數册，約存六百首，勸刊行之。」

又按：所云「石遺輯師友詩」，指《石遺室師友詩録》，其書凡六卷，刻入《晨風閣叢書甲集》。中録寶琛詩一卷（見卷三），約百餘首。

〔七〕《石遺室詩話》卷一：「葉損軒郡丞，爲詩三十年，寢饋於漁洋、樊榭，語多泠雋。梁節庵鼎芬亟稱之，刻有《寫經齋稿》四卷。」按：汪云「泠雋」，即據此。又，《寫經齋初稿》（上圖藏本）中，有梁鴻志批云：「寫經詩佳處，在典雅細膩，其失則碎，名家之詩，不能稱大家也。以詩論詩，遠在沈、袁、樊、易之上。」可參。

《石遺室詩話》卷五：「損軒時時往來吴山浙水間，所爲詩心摹力追於石湖、後村，集中《西溪》一卷，最爲幽秀。《溪堂閒居六首》之一云：微波無力不生鱗，卻似將春尚未春。祇好入詩休入畫，畫來愁絶水邊人。此即從司馬池絶句『冷于陂水淡于秋，遠陌初從見渡頭。幸是丹青不能畫，畫來端合一生愁』意來也。損軒嘗以詩稿請蘇堪去取，蘇堪時方爲大謝、柳州，頗致微詞。旋悔之，因與君書，特舉此詩首二句爲問，云：『足下近來尚能作「微波無力不生鱗」云云否？』君乃釋然。《游古靈村四首》云：『水折峰盤别有天，連岡茶筍不論錢。園林見説梅如雪，正要山中住一年。』『石峭溪幽景益真，橋闌井甃字猶新。此村豈止饒林壑，九百年前大有人。』『山光長傍古靈祠，谷鳥巖花盡入詩。潘柄鄭潛居尚在，村中訪得宋元碑。』『山程佳處耐閒行，一石都堪悦我情。古樹蓬科多不識，可能强派是何名。』西溪者，由陶江西上，轉入永福諸處也。」卷一三：「損軒有《夜聞蟲聲》云：蟲聲不下百十種，涼月一丸窗紙虚。何苦同聲催月落，四更將轉五更初。又《茅齋偶題》云：枯樹天然高士筆，暮鴉點綴兩三行。皆自然。木庵有《節署西軒雜詩》云：聽鼓夢回殘月上，吹燈人臥緑陰中。幽蟲不識悲秋苦，一味淒清唱曉風。又斷句云：花穠月皎四更初。與損軒『蟲聲』云云，異曲同工。」（按：彭天龍《棕槐室詩話》云：「侯官陳書木庵，石遺夫子伯兄也，著有《木庵居士詩》二卷，選入《近代詩鈔》及《石遺室詩話》

者不少。余最喜誦『聽鼓夢回殘月上，吹燈人臥緑陰中』。易順鼎之『人立榕陰碧欲無』七字，造境略同。」見《國專月刊》第二卷四期。可參。）卷二四：「損軒斷句之用事貼切者，如《訪石倉園》云：易代羅含猶有宅，知名何妥自成村。《往洪垞看桃花》云：張墓曹園紅雪外，午橋丁坂緑雲邊。《秋日村居》云：弄梅兒女長千里，種秫人家下潩田。又云：逋薪不繼天隨宅，撲棗偏來子美家。《往游葵窩有卜居之志》云：移居錦里果園坊，作畫輞川斤竹嶺。《椒玉近喜放翁索和》云：退谷休官約元結，上洄求友狎楊儀。《過裹垞登眺》云：黄泥近在臨皋宅，玄灞來登華子岡。《再題聽水齋》云：住持沖祐觀，提舉洞霄宫。《清明寓齋聽雨》云：春日田園經眼處，清明邱壟上心時。《和放翁》云：不飲官田休種秫，無花老圃只醃虀。《含真書道武夷之游》云：子美夜闌還秉燭，晦翁心動忽聞鐘。《題含真寄示武夷詩册》云：怕死看山偕子厚，夢游祠嶽接希深。《芸敏旅殯長椿寺》云：于宣哀誄期撝約，仲則歸喪媿稚存。《題哭庵集》云：彌留務觀思家祭，謝病誠齋惡邸鈔。《丹陽舟中閑眺》云：竹扉張祜徑，水檻許渾居。其寫景貼切者，如《滕縣道中》云：嶽雲青滿縣，祠樹碧參天。《塔湖初夏》云：有田憂水冒，無井怕泥渾。《題聽水齋》云：雲借無多地，泉居最下層。又：冷吟如木客，小夢接山神。《土牛溪屋》云：松毛盡落編覆棚，蔗尾初乾捆堆鉎。《埶台》云：終日驅車依嶽色，幾家墐户入天寒。《崔家莊》云：小屋雪深炊餅大，孤村風勁酒旂偏。《秋夜》云：開門謁我惟山色，臥榻娱人自雨聲。《秀嶺》云：人語漸幽禽不避，樵蹤太峻虎難追。《桐江舟中》云：平生聽遍江南艣，第一關心是富陽。《積雨》云：楊梅盧橘含酸賣，苦笋甜瓜夾水生。」

《單雲閣詩話》：「往見葉損軒詩，心竊好之，求其集未得。頃自舊京琉璃廠寄來《寫經齋初稿》四卷，硃印本，聞尚有續刻，仍未得也。初稿上有舊藏是書者跋語云：『此葉損軒大令詩初稿也。損軒詩從石湖、放翁、誠齋脱化而出，其秀逸緜邈之韻，又時與大歷、阮亭爲近。巧不入纖，麗而不傷俗，其游山題贈之作，尤耐人誦，閩派詩人之别派也。余求此集十年，今日於冷攤中得之，喜可知矣。丁丑三月，薔薇作花，爛紅如火，坐雨題記。』損軒自序云：『僕少耽吟詠，頗好泛覽諸家，故屢變其格，又不欲隨舉世風會所趨，以爲派别。每有所作，居恒不欲示人，近年編集付刊，題舊作甚少，豈後之果勝於前哉？殆如葛稚川所云「直所覽差廣，而覺妍媸之别」而已。故不曰集而曰稿，示未定之詞也。』詩如《往洪垞看桃花宿小金山寺》云：蒼苔題字不知年，聽雨來登小閣眠。張墓曹園紅雪外，午橋丁板緑雲邊。借鐺煮粥憐僧病，著屐尋花笑我顛。爲愛山光不能去，討春記泊塔湖船。《村居書事》四首云：『殘冬風景卻如春，細雨潸潸灑宿塵。門外阿誰猜不得，借書人與訪碑人。』『東越分明兩傳垂，風流老輩是吾師。誰能有意翻閩派，不贋唐詩贋宋詩。』『田券山租訟縣堂，鄉人俎豆愧難當。一弓怕占鄰翁地，不遣藤花覆過牆。』『冬學添丁不用逃，抱書歸去日猶高。也知詩是吾家事，偏把時文教汝曹。』《往游葵窩、喜其山水幽邃、有卜居之志、疊芸敏韻寄之》云：山居飲水頸多瘦，緑雪閉門不知冷。洞中雲氣太古天，生計人家一春茗。我行得此書報君，已詫仇池在人境。瘦妻早辦鹿皮裙，要與先生事幽屏。名茶苦酒資咀嚼，難字異書共詳省。非關林梵方求棲，不聽谷音自生静。移居錦里果園坊，作畫輞川斤竹嶺。料量挈室將成行，摒當棄官又何猛。天然福地何熙熙，如此好山無等等。喜從村學論迂疏，肯對園翁誚狙獷。殘縹晚課乘杼聲，炳燭宵䂓泥書影。君能招隱偕渡江，舴艋西風兩頭打。人間何處無鹿門，牀下輩行再拜請。他年買紅墳阿巽，酒缸香壓缺瓜艇。《溪堂閒居》六首之一云：微波無力不生鱗，卻似將春尚未春。衹好入詩休入畫，畫來愁絶水邊人。《追答俶玉來意》二首之一云：敝廬校禮稿垂成，同谷羌村夢屢驚。只算寒山尋拾得，一無人處兩人行。《弢庵再約游聽水齋、六月十八日往、憩半山亭作》云：書至先將出峽聞，僧云到寺夜初分。棲遲佛地緣何密，版築山齋績太勤。堅坐願聽無盡雨，孤行似逐不歸雲。盤陀衹合吾儕據，牽率誰期竟及君。《秀嶺客店》云：兩店依松一蓋欹，秋陽熱到谷中遲。瀹茶過客投錢飲，賣飯村娃數米炊。人語漸幽禽不避，樵蹤太峻虎難追。停輿笑我匆匆甚，吹墨還留壁上詩。《驛程雜詠》四十三首之二云：『堤柳陂荷自弄姿，峭風零露酒醒遲。曉行一種消魂味，卻屬詞家不屬詩。』『纔聽秋蟬咽露聲，北來今夕宿肥城。亂山孤月無人看，也與尋常一樣明。』所謂秀逸緜邈之韻，悠悠不絶。」（《校輯近代詩話九種》）

〔八〕《近代詩鈔・石遺室詩話》：「梅生爲余書扇，録西湖詩數首。乙庵諸人見之，極賞其『鐘定聲依無際水，詩成意在欲開梅』諸聯。實則君詩語能自造而出以自然，無艱澀之態。或病其隘而不廣，余曰：以東野之夐絶千古，遺山尚目以詩囚，於東野乎何傷！」《石遺室詩話》卷一五：「梅生工絶句，在元章、與可、放翁之間。」按：汪説即本此。

《石遺室詩話》卷六：「鄉人中能爲深微淡遠之詩者，有何梅生振岱，非惟淡遠，時復濃至。其用力於柳州、郊、島、聖俞、後山者，皆頗嚌其胾也。常自恨其爲鄉人，家貧不能常出游，以廣大其詩。余謂詩固宜廣大，然不精微何以積成廣大？讀書先廣大而後精微，由博返約之説也。作文字先精微而後廣大，故能一字不苟，字字有來歷，非徒爲大言以欺人，即算學之微積，禪宗漸之義也。抑亦思由博返約，其博果何自來？亦漸而非頓乎？不廣大固所患，不精微尤其大患，則畫虎刻鵠之譬矣。梅生佳語，獨居深念時已不少，而浙游最多。如《鶴澗小坐》云：地天忽自通，一碧不可絶。舉眸悚陰森，恐入神靈窟。萬篁争奮挺，叢櫪皆聳拔。橋行俯寒澗，自古流蒼雪。愔愔琴思生，冥冥鶴跡没。出山衣蘚香，湖光湔不滅。真寫得出，起四語是東野境界。《理安寺泉》云：百澗競成響，一潭私自澄。縈苔下絶壁，小甃爲幽亭。聲外尚含秋，意中欲無僧。久坐聞香氣，何必存禪名？江湖流濁世，湍激何時平？真當守此水，心根同孤晶。起是柳州境界，餘則宋人語。《孤山獨坐雪意甚足》云：山孤有客與徘徊，悄向幽亭藉緑苔。鐘定聲依無際水，詩成意在欲開梅。暮寒潛自湖心起，雪點疑隨雨腳來。一飲恣情宜早睡，兩峰待看玉成堆。君嘗以此詩書余扇頭，見者無一不極賞『鐘定』一聯，子培、掞東尤愛其有禪理。己酉冬月微雪，挈一僕自斷橋至孤山，延佇移時，覓句不得。讀此詩，爲我言之矣。《孤山曉望》云：菰蒲聲中見人影，殘月瘦竿掛笭箵。翠禽摘水作花飛，一行都上風篁嶺。欲曙湖心天轉黑，寒松無風如塔直。是誰喚起海霞高，紅抹峰南轉峰北。視坡公『微風蕭蕭吹菰蒲』之作，極爲神似。《冷泉亭》云：枯冬貯春青，含氣發靜秀。巖花附松篁，霜雪壓彌茂。下有一泓水，風吹碧煙皺。寒林寫猿思，數葉石塔後。斜陽與之紅，向空見明瘦。昔夢落何許，片雲卧晴岫。抒懷誦駱詩，倚冷坐移晝。《步至靈隱書所見》云：長松老鬣交空翠，晚稻秋香打晴穗。人家樹頂偶鳴雞，草徑風前有遺毳。寒流細石引人深，遇澗逢橋聊一憩。鈴聲沈沈出煙際，小隊香藍馱細騎。野翁山行盡槲笠，越女村裝亦高髻。風傳唄語驚葉下，三竺相聞隔秋靄。我生於佛不知處，偏近僧居足吟思。興來倚石立移時，看竹聽泉忘入寺。余爲曾剛甫題唐人寫經卷有云：吾同佛生日，視佛亦平平。惡殺似蕭衍，膜衍殊未能。喜游浮屠宫，三宿乃未曾。復持神滅論，不滅任爭衡。與君末數語用意略同。君又有《游長慶寺》句云：山僧自是吟邊物，祗好遮林傍水看。亦此意也。然語言妙天下矣。《孤山舊游處重來仍居此感賦》云：別杭未兩載，我老湖逾碧。不知湖上山，識否前游客。臨流一顧影，衰槁成春色。我顏非被酒，對景神自懌。

始知煙水氣，足蘇秋士瘠。孤山尤芳静，勢與前湖隔。小榭裏晴漪，空廊耿虚白。寬襟理前夢，默坐試秋夕。昔來梅繞檐，今來月照席。惟有勝游心，不隨景光易。又云：靈隱寺門温舊路，冷泉亭上似前生。臨風坐久凋花墜，欲暮吟成山靄生。完翠自春知佛意，停漪餘響放雷鳴。猿公去後經香絶，爲我蓮天問月明。余四至西湖，重至時隔十八年，有詩，起四語云：西湖別來十八年，湖水黯黯碧於前。垂楊老大似雙鬢，不成一事空鬖然。而君以『我老湖逾碧』五字括之。」卷一七：「何梅生《姑留稿》一册，經余評品，選百十首，付胥鈔藏之。中多精語，拈出與知音者共賞焉。《同霜杰入杭》云：始發意已遠，江聲秋杳漫。紅舲非不小，人意自然寬。《鼓山靈源洞》云：松去月盈尺，月高松影圓。效島之間。《鼓山達摩洞》云：古洞受江色，無雲常夜光。是東野語。《偶題》云：水静如留影，花暝不辨衣。樓臺横海色，車馬亂晴暉。中晚情韻，氣骨則駸駸初唐矣。《夏夜》云：夏殊不淺氣猶寒，夜豈忘深睡故難。又：蕭蕭葉吹能爲雨，灩灩梔香乃勝蘭。樂天、誠齋閒適之作。《常席作》云：晚識芳菲恨，春懷换故吾。傷心人同此懷抱也。《和内子對菊》云：細將肥瘦量今影，迸以歡愁理舊心。又：釵頭瓶上相思意，未辨花人孰淺深。《黄家樓上林樹蓊藹宜夏》云：樹影争入樓，迸緑塞窗牖。《雨夜與墨泉、時君將赴粤》云：有如小稱意，告慰約互並。樸實親摯之言，不啻骨肉。《今晨》云：骨酸思母撫，食減怪僮加。《喜晦序至》云：一喜勝諸藥，平生只異身。《病夜得詩以左手書之》云：左書殊自勁，伏枕寫新詩。燭焰風高下，蟲聲秋繫縻。江湖將八月，志士有千思。一病無由奮，皇天肯放慈。以上二詩，皆學杜而得其骨者，深透耐人思，惟杜有之。大歷諸子，則著力不多矣。《暝色》云：暝色不可寫，只疑天漸低。《張園》云：更無人與分荷氣，只覺風來盡露香。荷花佳處，全在早起時，括古人幾許名句。《敘瓶中雜花》云：久欲斂芳懷，臨賞不可止。《四更起坐》云：夢回夜氣初澄後，吟答秋聲欲下時。《雨夜》云：半睡已將新夢接，極思翻覺百愁平。細燈善養寒滋味，疏雨真諧懶性情。《東坡生日集二梅精舍》云：百羨多捐愛見存，違合之悲難割置。《初一夜同阿嵐飲》云：微醺人意天然好，無樂能歡似少時。又：竹風簷際撞千玉，花氣中宵曳一絲。以上數詩，會心微妙，時見哲理。梅生與林狷生孝廉大任至相善，來往詩極多。《述懷寄狷生潯陽》云：吾嘗對俗子，氣索如積病。又：審性足知命，未用測天意。又：衆忽獨感深，群讙若仇避。又：願子念我好，尤念其可憎。我亦攻子闕，落落羞畦町。《再寄狷生約游西湖》云：賤者無所餘，素志儻一肆。又：論文析奧蘊，得意即取醉。如是者數年，别去亦無懟。《小樓對雨寄狷生》云：樓西南隅氣更佳，雙峰列峙圓如卵。峰下詩人學屏居，花樹冥冥閟池館。舉家聽雨向名山，此福能消今亦罕。朝來示我山中吟，區畫新寒紀昨暖。五言時得韓孟精懿處。」

地隱星白花蛇楊春　楊鍾羲　一作志鋭、唐晏、三多

王官谷[一]，野史亭[二]，誰其嗣者楊芷晴。子勤嘗自署芷晴。聖遺於清末官江寧府。辛壬改物，乃息影舊京，鍵户著書，撰《雪橋詩話》三十二卷。非惟論詩，蓋備有清一代掌故也[三]。詩以韻勝，故不爲奇倔，亦不貌襲唐賢。稱心而言，自然意遠。蓋以胸羅憤（墳）籍，光氣外溢故也[四]。唐元素晏、志伯愚鋭皆滿州人。三六橋多，蒙古人。詩亦典雅可誦。伯愚、六橋，並熟於滿蒙地理方言，喜以韻語出之，自然馴雅[五]。元素晚居春申，又多與東南耆舊往還。身世之感，黍離之痛[六]，則若金有元裕之、元有丁鶴年焉[七]。

三多，字六橋，蒙古人。官杭州駐防官，奉天都統。有《可園詩鈔》。

〔原附〕論近代詩家絶句　章士釗

遼鶴聲中有廢興，將軍看劍説堯崩。秋風皂帽黄沙路，十五年前舊北陵。

詩才不減大林牙，舊憾頻提小婦髽。猶勝姜夔簫韻咽，小紅非在别人家。

九一八前與君會於瀋陽，時有亡姬之痛。《遼百官志》：大林牙，翰林學士。

千帆謹案：二首屬三六橋。

【箋證】

○楊鍾羲（一八六五—一九四〇），初名鍾廣，字子勤，一作芷晴，號雪橋，晚號聖遺，正黄旗漢軍籍。盛昱表弟。光緒十五年（一八八九）進士。散館授編修。二十年（一八九四），充順天鄉試考官。次年，充會試考官。二十五年（一八九九），保送知府，分發浙江。二十九年（一九〇三），入京，薦試經濟特科，不應。返湖北，權襄陽、安陸知府。三十四年（一九〇八），補授淮安知府，又授江寧知府。清亡，避居上海，與諸遺老游。民國十二年（一九二三），被命爲溥儀南書房行走。二十二年（一九三三），東游日本。返國後，受溥儀命，任「國立博物館」館長。晚歲息影都下。生平留心文獻，與盛昱同輯《八旗文經》。著有《雪橋詩話》、《聖遺詩集》等。見《雪橋自訂年譜》（《中和月刊》第一卷一〇期至二卷二期）。

○志鋭（一八五二—一九一二），字伯愚，號公穎、迂庵，他塔拉氏，隸滿洲正紅旗。瑾、珍兩妃兄。幼穎異，與弟鈞稱「二難」。光緒六年（一八八〇）進士。選庶吉士，授編修。與黄體芳、盛昱善，以風節相勵。十八年（一八九二），由詹事擢禮部侍郎。甲午戰起，畫戰守策萬言，自請募勇設防，派赴熱河練兵。尋以瑾、珍兩妃故，降授烏里雅蘇台參贊大臣。居數年，釐中俄積案千餘，五上疏籌西北防務。

又數年，改寧夏副都統。宣統二年（一九一〇），遷爲杭州將軍。次年，調任伊犁將軍，加尚書銜。至新疆，適武昌之變，群推其爲都督。不肯受，被殺。著有《廓軒竹枝詞》、《窮塞微吟》等。見《清史稿》卷四七〇、吴慶坻《志將軍傳》（《碑傳集補》卷三四）。

〇唐晏（一八五七—一九二〇），字元素，號涉江道人，瓜爾佳氏，滿洲鑲黄旗人。原名震鈞，字在廷，號惘庵。光緒八年（一八八二）舉人。會試屢不第。十八年（一八九二），假館外城王姓。二十六年（一九〇〇）庚子，兩宫西狩，隨赴行在。三十二年（一九〇六），知甘泉縣事，嗣遷陝西道員。宣統二年（一九一〇），任教京師大學堂，與喻長霖、章梫相契。又聘爲江寧八旗學堂總辦。民國初，隱居上海，授讀龍溪鄭氏，爲校刻《龍溪精舍叢書》。間亦爲劉承幹襄校役。實熙在清史館，介繆荃孫奉幣請協修纂，婉辭以謝。結麗澤社於滬濱，與梁鼎芬、朱祖謀等唱和。生平勤學好古，精研詞章、書畫。著有《渤海國志》、《天咫偶聞》、《兩漢三國學案》、《涉江先生文鈔》、《海上嘉月樓詩稿》等。見王重民《唐晏傳》（《冷廬文藪》卷上）。

〇三多（一八七一—一九四一），字六橋，號鹿樵、可園，鐘木依氏，漢姓張，蒙古正白旗人。俞樾弟子。年十七，襲三等輕車都尉。光緒三十四年（一九〇八），任歸化副都統。宣統元年（一九〇九），署庫倫掌印大臣，奏請開辦歸綏時政講習所、禁煙公所等。入民國，爲盛京副都統，移僑工事務局長。著有《可園詩鈔》、《文鈔》、《柳營謡》、《粉雲盦詞》等。見王廷鼎《可園詩稿序》（《可園詩鈔》卷首）、鄭逸梅《近代野乘》「蒙古詩人三六橋」條、《清代人物生卒年表》。

〔一〕〔王官谷〕唐末司空圖隱處。圖晚隱中條山王官谷，考槃高臥，日與名僧高士往還。見《舊唐書》卷一九〇、《新唐書》卷一九四《司空圖傳》。

〔二〕〔野史亭〕金元好問著書處。元郝經《遺山先生墓銘》：「（先生）雜録近世事，至百餘萬言，捆束委積，塞屋數楹，名之曰『野史亭』。書未就而卒。」（《郝文忠公陵川文集》卷三五）按：鍾羲晚著《雪橋詩話》，意存有清掌故，而寄故國之思，故用元比之。段朝端《讀近人楊芷姓太守鍾羲雪橋詩話》云：「百感填膺爲殺青，遺山野史此名亭。白頭閒話天家事，辭漢金人也淚零。」（《椿花閣詩集》卷八）亦用此爲比。

〔三〕《近代詩派與地域》：「（子勤）生平尤熟於清代掌故及八旗文獻，所著《雪橋詩話》四十卷，由詩及事，因事而詳制度典禮，略於名家，詳於山林隱逸，表幽闡微，不減《歸潛志》、《中州集》也。子勤論詩，以雅切爲宗，亟推清初之朱、王、葉、沈，稱爲正聲，而不甚揚袁、蔣、趙之流，其書非廑有資掌故，亦詩學南針也。」（《汪辟疆文集》）

按：《詩話》初集，有自跋一條，述宗旨甚明，可與此參。《雪橋詩話》卷一二：「拙著詩話，專論本朝一代之詩。本朝之詩多矣，以平昔所見爲斷。平昔所見之詩，亦不止此也，第就敷錫堂劫餘僅存之殘帙，略加詮次。大抵論詩者十之二三，因人及詩、因詩及事居十之七八，其人足紀而無詩，其詩足紀而無事，概未之及焉。爲書十二卷，不足括一代之詩之全，而朝章國故、前言往行、學問之淵源、文章之流别，亦略可考見。有未盡者，當俟續編。若夫網羅舊聞，整齊排類，爲本朝一代詩史，與太鴻、秀野、蒙叟、錫鬯諸老之書相賡續，則以俟諸博雅君子。」

又按：《雪橋詩話》初集十二卷，續集八卷，三集十二卷，又餘集八卷，凡四十卷。各集自爲起迄，所刊時間亦不一。初集刊於民國二年（一九一三），餘集刊於十五年（一九二六）。收入吴興劉氏《求恕齋叢書》。《定庵詩話》卷下云：「其書由采詩而及事實，由事實而詳制度典禮，略於名大家，詳於山林隱逸，而於滿州人物，甄采尤悉。凡世家英賢姓氏，莫繫本牒，徵事解題，昭然若親見之。蓋君本遼河舊家，隸籍尼堪，居京師者九葉，食德服疇，固宜其熟於京瀋掌故，紀載詳晰，亦猶劉京叔《歸潛志》、元遺山《中州集》之意嚮已。論詩頗推重清初之朱、王、葉、沈，悉取正聲，不甚揚袁、蔣、趙之流波。第名大家之作，已别有他書揚扢，而旗籍才難，又率皆平庸膚廓，求能推陳出新、自成一家者實少，故其書亦不甚行。」（按此節，本繆荃孫《雪橋詩話序》，其略云：「此雖名詩話，固國朝之掌故書也。由采詩而及事實，由事實而詳制度、詳典禮。略於名大家，詳於山林隱逸，尤詳於滿洲。直與劉京叔之《歸潛志》、元遺山之《中州集》相埒。即其論詩，推重國初之朱、王、葉、沈，悉取正聲，而不甚揚袁、蔣、趙之流波。郢説歧途，掃除浄盡，於詩學亦甚有裨益。」見《雪橋詩話》卷首。而前引汪文，即據此。）又，陳寶琛序此書，亦述及其作意，録後備參。

陳寶琛《雪橋詩話餘集序》：「綜一代之詩，以紀一代之事，始於宋人計敏夫之《唐詩紀事》。本朝厲太鴻沿其名，而小變其例，以編宋詩。近人復用太鴻例，編元、明兩朝詩。然名曰『紀事』，實則詩多而事少。若論詩而儼具史裁者，前人蓋未有此體。子勤館丈以良史才出爲外吏，政變以後，避地滬濱，以著述自遣，成《雪橋詩話》前後凡四編，都四十卷。每編自爲起訖，自勝國遺民以至昭代名臣碩儒、畸人逸士，或以人存詩，或以詩存人。大率以詩爲經，以事爲緯。其最難者，如舉一人之事，每臚舉他人所贈詩以證其人之生平，此非博覽而彊記者不能。想海上十餘年，露鈔雪纂，其用力至勤且苦，而三百年中世運之盛衰、治術之升降、人才之消長，讀此書舉其崖略，信乎一代之良史，而不當以詩話目之矣。子勤入翰林，余已歸里。歲癸巳，以事至閩，一見，欽其淵雅。其後再見於金陵，辛亥後不恒通問，但知其閉户著書。癸亥，子勤奉召入南齋，爾後遂朝夕相見，因得窺此書之全。自頃世變日亟，一時宿學之士，多憂傷憔悴，侘傺而不自聊。子勤獨韜光晦精，以自課其不朽。齒逾六十而鬢髪纔斑，其所養之充，又有餘於著述之外，子勤於是不可及矣。」（《滄趣樓文存》卷上）

〔四〕李宣龔《遼陽楊聖遺先生詩跋》：「先生自言少爲《文選》學，喜讀韋孟諷諫、仲宣越石傷亂諸詩，於公讌游覽之作不數爲，爲亦不求工。比長，流覽群集，於近代喜亭林、謝山、籜石、笥河，論詩喜《石洲詩話》。晚遘蘄屯，似致光、皋羽，然所作亦殊不相類。浩浩落落，取達己意，閒爲小賦及長短句，參錯卷中，聊識其時與地而已。」（《碩果亭文賸》）

按：鍾羲詩取徑，此節所述最詳，可與汪説參。汪又云：「（子勤）所作《聖遺詩集》，情韻綿遠，思深味永之作，實在河北派與江左派之間，又偶齋後別開蹊徑者也。」（見《近代詩派與地域》）又，李宣龔《詩跋》：「先生負經世之學，以餘事作詩，非詩人也。」《尊瓠室詩話》卷二：「（其詩）澹静之氣，溢於楮墨間。」《兼于閣詩話》卷一「北方巨擘」條：「（其）詩清新瀏亮，似江南人。」《近百年詩壇點將録》：「典雅寧静，大異近人之妙手空空者。」（《夢苕盦論集》）並可參。

〔五〕《近代詩派與地域》：「志伯愚與盛伯希爲文字交，清末，官伊犁將軍，以身死之。平生熟於滿蒙掌故、西域地理，記誦淹洽，文采斐然，益以久處邊陲，吟詠風土，動成悽惋。蓋伯愚憂患餘生，形諸詠歎，語不必艱深，典不求僻澀，清空一氣，每移人情。乙未，在灤陽軍次，奉命出關，就軍台所見，爲《廓軒竹枝詞》百首，尤傳誦一時。」「三六橋氏詩法受自樊山，隸事言情，具徵深穩。居嘗習於滿蒙掌故，與志文貞略同，拉雜成詠，自成典則。」《近代詩人小傳稿》：「三多，字六橋，蒙古人，樊山弟子。爲詩工於隸事，得其師法。（中略）尤熟於滿蒙各地方言與故實，稍雅馴者，多以入詩。而歌行似增祥，尤似易順鼎；七律似順鼎，尤似增祥。其詩穩稱雅切，咸得

增祥師法。」（《汪辟疆文集》）

按：此亦取陳衍説。《近代詩鈔・石遺室詩話》：「六橋爲樊樊山詩弟子，富於隸事，逼肖其師。尤熟於滿蒙各地方言與故實，稍雅馴者，多以入詩。」《石遺室詩話》卷一二：「近見志伯愚都護鋭《廓軒竹枝詞》一卷，自張家口至烏里雅蘇台，詳其山川道里形勢風俗者，凡一百首。（中略）皆可稱翔實，詩復雅馴者，惜多不勝録。」又錢仲聯《近百年詩壇點將録》云：「三六橋，蒙古人。樊增祥詩弟子。當舉世宗江西派之時，獨傳樊氏衣鉢，可貴也。」（《夢苕盦論集》）陳聲聰《兼于閣詩話》卷二「北方巨擘」條云：「三六橋，蒙古人，熟於西北輿地及滿蒙故事，以之入詩，特爲奥衍。」均隱取陳説。

《石遺室詩話》卷九：「六橋歌行似樊山，尤似實甫；七律似實甫，尤似樊山。近見其《十疊牙字韻和夔盦主人》云：兼并文武大林牙，《遼百官志》：大林牙，翰林學士也。又行樞密有左右林牙。天錫能詩敢比誇。潑墨如傾饒樂水，喀喇沁爲古鮮卑地，饒樂水出焉。運籌當賽瀋陽瓜。近人《瀋陽百詠》詩云：批紅判白知何事，儘有輸贏説賽瓜。人才金史師安石，王位元朝脱不花。莫笑梁園舊賓客，春風不坐坐東衙。此間稱副都統署曰東衙門。《弔耶律倍》云：『天子能爲薄不爲，此心千古有誰知。聯唐未必全無力，立木甘吟去國詩。』『讓國名如太伯賢，乘槎計比范蠡全。美人書卷同浮海，勝作遼皇廿一年。』句如：『鞭馬電馳登柳子，峪名。樓船風順度松花。倦游莫對王維竹，好學曾嘗鄭灼瓜。』『兀良北伐思阿朮，耶律南來盼禿花。身復在官殊善果，唐鄭善果。膂能擒將讓奴瓜。遼耶律奴瓜。』『十分熱血烏拉草，一片冰心哈密瓜。』皆極似樊山處。」

〔六〕《近代詩派與地域》：「唐元素身際末造，故國之痛，時見篇章；身世之感，絶類金之元裕之、元之丁鶴年。其詩莽蒼詭博，哀憤無端，綿緲之中，歸諸簡質，宜乎爲海藏樓所稱也。」（《汪辟疆文集》）按：錢鍾書《容安館札記》第一一二則，亦云其「詩學遺山，頗有氣勢」。與汪評可參。吴鼎雲《涉江先生詩序》：「余曩讀彭澤、少陵詩，惜其所遭，慨然仰慕其爲人，顧時方盛平，猶未於吾身親見之。今讀涉江詩，感愴身世，今不異古，而益傷忠臣義士之憔悴辛苦，有飲咽而悲者矣。（中略）涉江既辟地，而知交有連以史館起之者，堅卻不應。夫危素年八十，尚欲留其身修史，卒受看余闕廟之辱，而涉江乃皦皦不汙，其見道何如耶。嗟嗟，趙孟頫、危素之詩，不敢望彭澤、少陵，而以視司空表聖、謝皋羽，何多讓也？而不能與表聖、皋羽爭聲價者，豈不以其人哉？吾知涉江之不朽不在詩，而其詩則已有以不朽也。」（《海上嘉月樓詩》卷首）

〔七〕丁鶴年（一三三五—一四〇五），字鶴年，西域人。元末詩人。好學洽聞，精詩律。元亡，不忘故國。永樂中卒。生平詳戴良《高士傳》（《九靈山房集》卷一九）、烏斯道《丁孝子傳》（《春草齋集》卷七）、《列朝詩集》甲前集及陳垣《元西域人華化考》卷三所考。

地暗星錦豹子楊林　秦樹聲　一作李詳

筆管槍〔一〕，七寶裝〔二〕。遭人而問〔三〕，善刀而藏。

右衡年未三十，誓不讀齊梁以下書，由是塵根所觸，香味溢襟袖，更參之揚馬以振其采；尋之《莊》《騷》以婉其情；根之於經子以豐其骨，自負其文甚至〔四〕。詩乃餘事，然書味外溢，真氣内充。中州詩人，右衡爲冠〔五〕。稍前有何吟秋天根，能爲陸劍南；同時商城張叟之孝謙，能爲元遺山；次則張晉之良暹〔六〕。李審言能爲汪容甫文〔七〕，早年不以詩名。晚僑申江，館劉葱石家〔八〕，始與鄭夜起、沈寐叟、陳散原過從，詩乃益工〔九〕。然審言本精選學及杜韓，益以博覽，及爲同光體，言皆有物，迴異乎妙手空空者矣〔一〇〕。按近人學宋，多藉一二空靈字面可彼可此者，填委成篇，爲世詬病。楊聖遺、秦右衡、李審言諸家，皆一生手不釋卷，博聞彌見。詩雖稍異，特出之以示準則。

〔原附〕論近代詩家絶句　章士釗

河南訟獄不關詩，振采揚葩卻自奇。屈宋衙官秦固始，那知同里幾吴其。

固始吴氏最爲大家，其字一派有聲於世。

到處真成氣類饒，衝天羽意老難消。雖看龍比無君國，卻喜荆高有市朝。

趙芷生送君出守曲靖詩云：「分明龍比心肝在，回首青蒲始自憐。」又云：「涉想政成還覲日，天衢貰酒話荆高。」

余壬子春遇右衡商城，座上有張顨之孝謙。右衡言：「大江以南，無一個能提筆爲文者，湘綺可算半個。」又自負其駢體文、書法甚至，曰：「吾文祇可從齊梁前求之。書則虞褚伏吾腕底。」其哆口大言類如此。及乙丑六月再遇於宣南，則垂垂老矣。鬻字爲活。一日，忽寫題三體石經五古一首示余，且曰：「今人不能有也。」狂態猶昔。方湖注。

千帆謹案：二首屬秦右衡。

不信人間有別材，好詩應自雜家來。西江鬼怪桐城鴆，荼毒斯文盡可哀。

君詩云：「心折長蘆吾已久，別材非學最難憑。」又與陳衍書云：「有子部雜家之學，偶爾爲詩，必有可傳。」

千帆謹案：《甲寅》本審言贊云：「別才非學，不信儀卿。短書小册，拉雜並陳。」與行嚴丈此之所論合。

何人開府冶城隅，墨客相摩鬼一車。輕薄子玄終出蜀，卻須論盛一封書。

君題《陶齋藏石記》云：「輕薄子玄猶並世，可憐不返蜀川魂。」子玄似指劉申叔。申叔在陶齋幕頗露才，間有排擠審言及朱孔彰事。旋隨端入蜀，端死而劉亦不得出。太炎論救，謂殺劉師培則中國讀書種子絕。申叔始免。

輕薄句乃指況蕙風，非謂申叔也。李審言以蒯禮卿之薦，陶齋委以江楚編譯書局幫纂，使撰《陶齋藏石記》。時總纂爲繆藝風。繆以代端別撰《消夏記》專論書畫，不及兼顧，乃薦蕙風領其事。蕙風乃以拓本首尾不具且字跡漫漶者，使李爲釋文，又時時刺探所釋何若。況、李構衅自此始。會督署議裁員，蕙風名列其中。況亦以兀傲不爲人容，有見之者，曰：「活該餓死。」端曰：「我在，不容夔笙餓死。」且戲題一詩，有「縱裁裁不到詞人」之句。況固感泣，而蒯、李怨況益深矣。及陶齋辛亥被殺資州，審言適見《藏石記》印本，乃題三詩於上，蓋感修書時事也。與況齮齕仍未能忘，故末句及之。方湖注。

千帆謹案：二首屬李審言。

【箋證】

○秦樹聲（一八六一—一九二六），字幼衡，一作宥横、右衡，號乖庵，河南固始人。早慧，六歲畢五經。光緒十二年（一八八六）進士，授工部主事。十五年（一八八九），升員外郎。充會典館繪圖處總纂。二十五年（一八九九），丁内艱。服闋，以舊勞擢郎中，授營繕司記名御史。二十九年（一九〇三），薦應經濟特科。明年，簡授雲南曲靖知府。三十二年（一九〇六），調權雲南府。忤大吏，調護迤東道，旋調護迤西。並多治績。三十四年（一九〇八），補雲南府，擢迤南道。尋遷雲南按察使。宣統二年（一九一〇），改提法使。次年，改授廣東提學使。清亡，棄官去，避地上海。項城當國，徵爲河南提學使，不應。晚入都，聘爲清史館總纂。成《地理志》如干卷。入晚晴簃詩社，爲徐世昌纂《清詩匯》。著有《乖庵文録》。見王樹枏《廣東提學使固始秦君墓誌銘》（《陶廬文集》卷一五）、錢海岳《秦宥横年丈傳》（《海岳文編》）（國圖藏）、佚名《固始秦宥横先生事略》（國圖藏）、《中州先哲傳》卷二八《秦樹聲傳》。

○李詳（一八五九—一九三一），字審言，號後百藥生，又號窳生，晚號齳叟，江蘇興化人。貢生。少體嬴，年十七，始讀《春秋》。戚鹽城許氏，富藏書，憐其貧，乃延館其家，得盡發其藏讀之。讀《文選》，深嗜之，著《選學拾瀋》。爲黄體芳、王先謙所賞。光緒二十五年（一八九九），謁蒯光典談學，光典極服之。因介識繆荃孫、陳三立等。三十三年（一九〇七），聘爲江楚譯書局分纂，與況周頤共主事。宣統元年（一九〇九），應安徽布政使沈曾植聘，爲存古學堂教習。民國後，客居上海，與諸遺老游。并任東南大學教授、大學院特約纂述。八年，纂修《興化縣志》。十七年，倦游歸。著有《學製齋駢文》、《游杭詩録》、《丙辰懷人詩》、《媿生叢録》、《藥裹慵談》等。見陳訓正《興化李先生墓表》（《民國人物碑傳集》卷九）、陳衍《李君審言墓志銘》（《學術世界》第二卷一期）、尹炎武《朱李二先生傳》（《碑傳集補》卷五三）、佚名《李詳小傳》（《學製齋駢文》卷首）。

〔一〕〔筆管槍〕楊林所用兵器。見《水滸傳》第四四回《錦豹子小徑逢戴宗、病關索長街遇石秀》。

〔二〕〔七寶〕佛家語，指金、銀、琉璃、真珠、玫瑰等七物，然各書所説，頗有異同。見《妙法蓮華經》卷三、《大智度論》卷一〇、《翻譯名義集》卷三等。按：楊裝束華麗，又號「錦豹子」，指此言。又，宋張炎《詞源》卷下云：「吴夢窗詞如七寶樓臺，眩人眼目。」亦詩文評熟典，或借評二家詩，未可知也。

〔三〕句見《世説新語·文學》劉孝標注。

按：《方湖日記幸存録》：「錢竹汀宫詹《潛研堂集·閻若璩傳》：嘗集陶貞白、皇甫士安語題所居之柱云：『一物不知，以爲深恥；遭人而問，少有寧日。』《晉書·皇甫謐傳》無此二語。《世説新語·文學篇》注引王隱《晉書》有之。」（《汪辟疆文集》）《閻先生若璩傳》，見《潛研堂文集》卷三八（《嘉定錢大昕全集》本）。錢所據，爲閻注《困學紀聞》語，見《五家注困學紀聞》卷二。又，「一物不知」云云，見《南史》卷七六《陶弘景傳》。「物」作「事」，閻引亦作「事」，錢偶誤憶耳。「善刀」句，語見《莊子·養生主》。

〔四〕秦樹聲《乖庵文録自叙》：「僕自壬午偕計，烏少博涉，顧妄以年未踰三十，誓不讀齊梁以下書，由是根塵所觸，香味溢衿袖，下筆不能自已，又苦無似，要潘、陸、范、沈間，時一中之。然如是而已。豈妍而不能無媸，得而不能無失，疚於内省者爲已多，固非盡文之罪乎。亦孳孳焉欲參之揚馬以振其采，尋之《莊》《騷》以婉其情，根之於經子以豐其骨，稠適而上遂，會迫風埃，此事幾廢。」

按：汪所據即此。又，《中州先哲傳》卷二八《秦樹聲傳》：「樹聲古文峭勁淵懿，然不自喜，喜爲駢文，隸事屬辭，務爲艱深，數易稿乃已。或比之胡天游，樹聲意未足也，曰：『吾散文不俗不亂而已，文則突過六朝。』詩造語奇詭，絶似盧仝、李賀。」參注五引《石遺室詩話》。《光宣以來詩壇旁記》「秦幼衡」條：「固始秦幼衡樹聲，文筆奇麗，傲倪一世，少所許可。自謂駢文突過六朝，散文廛不俗不亂，尤以書自憙，然不措意於詞。夏孫桐閏枝、繆荃孫藝風皆詞家，與先生集都門酒樓，將以窮先生，問：『能以詞賭酒乎？』曰：『能。』乃以用古人原韻合詞律爲度。夏、繆皆立成，先生竟曳白，大受譙譏，苦無辭以對。次晨未曉，先生往叩閏枝門，形神慘澹。問：『何事？』曰：『詞成矣。』閏枝視所作，嘆服曰：『有一不能何害？竟如此！得無嘔心死？』蓋先生通宵未交睫也。於小品輒數爲稿，嘗曰：『凡選詞未工，毋休，必有一天造地設之工者以俟焉。』其湛思如此。先生雖詼詭翫世乎，然於出處之節無稍苟。項城袁氏慕其名，將致之居仁堂。先生抵以書，故盡爲僻典難字累數千言，不可句讀。袁遍示僚屬，罔測其意，竟無以復致之。沃邱仲子費行簡，字潤生，湖南人。即撰《中國名人小傳》者也。謂其以萬言書干袁者，非也。東海徐氏當國，遍請都中名士，先生與焉。徐致謙詞求教，督所不及。皆逡巡，先生獨曰：『此時尚有可言乎？』曰：『幸甚。』應聲曰：『公不作總統亦佳。』一座皆驚。徐又以東坡真蹟詫示座客。先生殊不視，曰：『東坡知書乎？』更以詩稿就正，曰：『公無能，毋語此。』徐笑曰：『他非所知，惟官未敢讓公。』先生出，語人曰：『東海徒以官傲我耳。』嗚呼！其魁壘而骨鯁也，可以厲末世婀娜之風矣。」（《汪辟疆文集》）按：此節所記，汪自注云：「出孫至誠《書秦幼衡先生軼事》。」實則據徐凌霄、徐一士《隨筆》轉録，徐氏《隨筆》，固近代掌故之淵藪也。

又，《今傳是樓詩話》第五三條：「故人固始秦宥横樹聲，别字晦明，中州奇士也。負才使氣，前無古人。晚歲尤自矜書法，且喜談時事，鬱鬱以歿，士林惜之。常自榜門聯云：四壁圖書生葬我，千秋孤寄冷看人。此可知其旨趣矣。君爲寶融書扇云：嗚咽中流水不流，知君清坐不勝愁。魯戈過眼空三舍，宋鐵傷心盡六州。自昔武夫避黄髮，於今吾道屬蒼頭。人間會有蟾蜍壽，書劍臨風涕淚收。蓋丁巳五月廿三日作者，亦感事詩也。又乙丑京師江亭禊集，君分均得『妓』字，成五古一首云：天場屠乖龍，荒亭曖元巳。誰與舞東風，零落柘枝妓。寥寥數語，頗肖昌谷。君之爲詩，皆此類也。」又第五四條：「君任滇臬，與吾鄉李蛻菴督部論事多不合，旋調嶺南提學。瀕行和蛻丈詩，有『劉琨中夜聞雞枕，祖逖明朝上馬鞭』，頗爲人傳誦。然傲兀之氣，亦可於言外見之。友人云，君在滇言事，每用駢文，詞旨奇詭，大府苦之。」《定庵詩話續編》卷上：「固始秦宥衡樹聲，博學清鯁，陳臬滇省時，屢延入署，談藝甚歡。嘗謂學者立志須高，非漢魏以上之書不讀。因指架上謂余曰：『此累累者無近代著作品也。』與曲靖孫少元丈爲壬午鄉舉同年，過從甚數。國變後，同寓北平，時有唱和。惟宥横詩不多作，偶得一二首，皆有清鯁氣，肖其爲人。《東海相國以虞卿見勗、柬賞菊不果往》云：何處名山信可期，當年人事已支離。高秋鴻雁自爲國，落木瀟湘正出師。容我陸沈知命晚，媿君珍重著書遲。秦川對酒猶無分，說與黄花定解頤。蓋宥横夙不以東海爲然，故東海設晚晴簃詩社於總統府，屢招之不往，且只稱之曰『相國』，具有微意也。丙寅八月，宥横病甚，少元丈往視，危坐不能言，目炯炯視之，診其脈細微，而神色如常，意無遽變。次日趨視，則已入殮矣。其家人謂可啟視，因痛不能仰云云。見其《哭秦宥横同年詩》自注。」

〔五〕《光宣詩壇點將録》（《甲寅》本）：「乖菴文極晦澀，而詩特婉約。」按：汪早晚説不同。《當代名人小傳》卷下云：「詩好摭奇字，真意反晦。」陳衍《歲暮懷人絶句》云：「中州人物推秦七，奇字蟠胸揚子雲。」（《石遺室詩集》卷五）是其詩亦奇詭，不僅文也。又，秦少作詩，近人詩話中所録亦罕。《石遺室詩話》卷四：「固始秦右衡樹聲，一字晦鳴，今之孫樵、劉蜕也。癸卯廷試經濟特科，首場列一等。覆試卷中用『㲋』字，閲卷大臣不識，時廣雅督部述職在都，特派爲總裁，群問焉。廣雅曰：『似見《逸周書》。』然仍抑置二等。由水曹郎出守雲南曲靖，官至廣東提學使。余始與相見於武昌，偶談相撲故事，某君曰：『即漢角觝。』余曰：『似本《公羊》。』君曰：『宋萬搏閔公是也。』余心識之。再見都門，贈余以所著駢體文一册。余曰：『可方石笥山房。』君意未足。余曰：『然則唐四傑何如？』少作詩，惟見《和滬尹杻贈》五古云：三蟲告天歸，亂笑飛廋語。吾君太行獿，畢數在雕虎。肝腎日淪剥，蒜髮擢春縷。夜氣何淒淒，銀釭欲終古。丙申作於都門者。或以爲造語奇詭，昌谷嗣音，實則樊紹述《鄂州城樓》之倫。聞其在官時，上書大吏言事，字寫《十七帖》，發電文用駢體。」按：衍所録詩，乃據《平等閣詩話》，「昌谷嗣音」云云，即狄氏語。《平等閣詩話》卷二：「固始秦又衡觀察樹聲，一字晦鳴，由水曹郎出守滇之曲靖府，今擢迤南道。善駢文歌詩。有《和漚尹枉贈》五古云云。此丙申歲都門作。造説奇詭，昌谷嗣音也。」又參觀《臥雪詩話》卷四、《定庵詩話續編》卷下。

〔六〕何家琪（一八四三—一九〇四），字吟秋，號天根，河南封丘人。幼孤。光緒元年（一八七五）舉人。會試不第。入貲爲校官，授洛陽教諭。遷汝寧府教授。二十四年（一八九八），薦舉經濟特科，不應。與孫葆田友善。著有《天根詩鈔》、《文鈔》、《泠語》等。見《中州先哲傳》卷二八《何家琪傳》、《桐城文學淵源考》卷二、《清代人物生卒年表》。張良暹（一八五五—一九四一），字晉芝，號横溪山人，河南商城人。光緒十二年（一八八六）進士。歷任新城、豐潤、邢臺知縣，天津府知府、審檢廳廳長等職。晚乃返里，主商城文峰書院。著有《横溪草堂詩鈔》。見（新）《商城縣志》卷四〇《人物》。張孝謙，别見「鄭孝胥篇」。

〔七〕李詳《寄陳庸庵尚書杭州》：「揚州安得多容甫，吴市同教溷子真。」自注：「自仁和譚先生復堂謂余文學汪容甫，臨川李梅庵、蘄水陳仁先及尚書繼之，共四人矣。」（《大中華雜誌》第二卷一二期）《丙辰五月奉懷滬上諸友絶句》之九自注：「（仁先）今年答余詩，以敝郡汪容甫相勗。容甫余所私淑，踵武則不敢也。」（《學製齋詩鈔》卷四）按：《寄陳庸庵》詩，亦見《學製齋詩鈔》卷四，題爲《答陳小石尚書》，小注與此異。

〔八〕劉世珩（一八七五—一九二六），字聚卿，一字葱石，號檵庵，安徽池州人。劉瑞芬子。光緒二十年（一八九四）舉人。歷任江楚編譯局總辦、天津造幣廠監督、直隸財政監理、度支部左參議等職。生平以刻書名，刊有《聚學軒叢書》、《貴池劉氏所刻書》、《貴池先哲遺書》等。見金天翮《劉世珩傳》（《皖志列傳稿》卷八）。

汪辟疆《論詩絶句十一首》之三：「審言學繼汪焦後，葱石神追魏晉前。林際春申太寥落，梧溪金粟已堪傳。」自注：「貴池劉葱石觀察喜收藏金石篆刻，多蓄異本，今之王德甫、翁復初也。近僑寓申江，興化李審言主其家，與葱石評碑斠字爲樂。審言治駢體文，上者可追沈、任，次亦不愧汪容甫、孫伯淵。近由鹽地寄示所著《學製齋駢文》，并於復蘅意書中多獎飾語，且約神交。愧汗無任。」（《讀常見書齋小記》）按：據甲寅本，劉位配李雲，評云：「葱石喜聚異書，鏤板行世，多精槧名刊，學裕才高，迥出流輩。詩學源出東坡，與復初齋爲近。覃溪雅好金石，喜述石墨源流，引證賅博，與葱石異代同風，故肸蠁相通也。」定本黜落之，不復入録。

〔九〕《光宣以來詩壇旁記》「李詳與蒯光典況周頤」條：「審言以一諸生以善駢文爲時流所推，晚年又在滬主劉聚卿世珩家，任西席，因得與鄭夜起過從。鄭氏以詩稱之，因負盛名。實則審言本熟於《文選》、《世説》、顏公《家訓》、杜韓詩，早年即有論述。又私淑江都汪容甫，爲文頗橅擬之。其所著《學製齋駢文》，自少數得汪氏雋永外，餘則皆頌壽文。連篇累牘，亦有近於餖飣者，不近似容甫也。李氏博覽之學，以宋元人筆記雜書爲多。初爲詩，略有才情，但無深詣。自與鄭倡和後，始有深婉之致，而雜書僻典仍不免拉雜行間也。余早年爲《光宣詩壇點將録》，於李詳下有贊語云：『别才非學，不信儀卿，短書小册，拉雜並陳。』審言見之，大爲不樂云。」（《汪辟疆文集》）

按：據《甲寅》本，李詳原擬湯隆。《青鶴》本同。《石語》云：「李審言不免餖飣，所謂『可惋在碎』者是矣。渠自比子部雜家，雜也可，碎也不可。」與汪評足相發。「自比雜家」，李詳每自道。其《藥裹慵談》卷三「論揚州學派」條云：「余雖生顧文子、任子田之後，少壯習爲辭章，四十以後，略知涉獵，而不能爲專門之業。近者老病紛乘，炳燭餘明，猶思自勉。竊念經史一途，陳陳相因，至難再鑿户牖，唯子部雜家，其類至廣，性與之近，姑以寄吾好焉。」又《與陳石遺書》云：「弟嘗私謂，有子部雜家學問，偶爾爲詩，必有可傳。若就詩求詩，架上堆得《隨園全集》、《湖海詩傳》，交不出鄉里，胸不具古今。（中略）然吾兩人之子部雜家詩，未必無一二可傳。李志、曹蜍雖現在，奈厭厭無生氣何？公詩避俗好奇，直高於我。弟所以敢執弭以從者，以好爲子部雜家之學。詩格雖不同，内函子部雜家語，即和意不和詞，亦必箭鋒相直，絶非若盧子幹之酬劉越石、李謫仙之嘲杜少陵也。」（《學製齋書札》卷上）

〔一〇〕陳衍《李審言詩叙》：「余與審言交甚晚，少日偶補友人所注駢體文，審言見霍虎、若瑾諸條，以爲能讀古書，心識久之。後三十年許，始相見於鄭蘇戡、沈子培所，諗知審言精選學，工爲任沈之文，一時罕有其匹，宜其詩之爲《選》體，若鍾記室所云師鮑昭學謝朓者矣。顧獨刻意學杜，用事甚備，雅近亭林、覃溪，不泛爲流連景光、繳繞懽戚之詞，可以藥年少之子十首以上詞意率不甚相遠者。」（《石遺室文四集》）按：汪説略本此。又，「妙手空空」云云，亦陳衍妙評，見後引。

《石遺室詩話》卷九：「今春在海藏樓，見蘇堪詩有爲審言作者，（按：鄭稱李詩，參李詳《蘇堪見惠海藏樓詩、副以一書、盛稱余癸卯舊作、賦此奉簡》，見《學製齋詩鈔》卷三。）似頗著意。因問審言何人，蘇堪言李姓詳名，有著述，能詩。近見雜報端有數首，非近日妙手空空一派。急録之。《題劉聚卿臧北宋汴學二體石經拓本》云：夜光投闇珠吐澤，來自無端詩嘖嘖。往聞丁先得此時，祗費奚囊錢數百。淮友説如此。料簡殘裹飾鞮錦，醃䵩古香傾坐客。頤志齋中驚顆〔夥〕頤，穿屋神光照隣壁。東洲老人呿舌詫，題詩妙摹復初格。睦州早逝失傳經，儉翁長子壽昌，字頤伯，早通經訓，能傳翁學，以御史出爲嚴州府，勤事而死。徇臧無緣向兒索。長物連雞不並棲，留示諸孫工門隙。皇天默相落君手，柘翁精爽妥安宅。何異蔡邕贈仲宣，況有連城償趙璧。既不入萬漢陽萬中立又不陶端公，經兮有主我爲懌。當年上傲畢與錢，後者視今今視昔。恍如置身嘉祐朝，親與英賢稱莫逆。何時復訪陳留碑，襆被徑臥檐下碣。《見陶齋臧石記印本感賦》云：『槐影扶疎紅紙廊，冶城東畔又滄桑。摩挲石墨人空老，憶到金陵便斷腸。』『脱略曾非禮數苛，上宫有女姤脩蛾。濮陽金集儒書客，那得揚雄手載多。』『觥觥含憲出重闈，傳命居然奉勅尊。輕薄子玄猶並世，可憐不返蜀川魂。』《肺病數日不出效海藏體》云：『一徑雜風雨，閉門春草深。鳥飛雲意静，地僻足音沈。未覺妨吾適，時能致獨吟。日衰頻對鏡，已分二毛侵。』余於北宋石經，既代人題長句三十六韻，復爲聚卿所斆，自題二十八韻，見者皆以爲復初體。其實復初焉能創一體？余題蜀石經曾辯之。」卷一七：「余於前編詩話，偶録李審言數詩，謂非近日詩人妙手空空者可比。審言見之，謂『石遺殆未知余論詩説見於《拭觚》者』。記以一詩云：偶聞北海知劉備，惜未任華遇少陵。儇薄自迷三里霧，煩歊誰辦一柈冰。游吴物論惟輕宋，自注：趙秋谷游吴門事，阮吾山謂所指者西陂耳。朝魯宗盟竟長滕。心折長蘆吾已久，別材非學最難憑。（按：詩題爲《侯官陳衍石遺詩話載余數詩、謂非妙手空空可比、石遺殆未知余論詩之説見於拭觚者、記以一詩》，見《學製齋詩鈔》卷三；所謂「論詩之説」，見《藥裹慵談》卷二「詩學將衰」條。又參觀同卷「李愛伯張文襄詩」條。）滄浪論詩，余所不憑，曾於《羅癭菴詩叙》暢言之。惜審言所著《拭觚》，終未之見。至此詩使事雅切，仍以『非妙手空空兒』評之耳。」

地空星小霸王周通　周達　一作許承堯

通而達也，空而霸也〔一〕。詎浪行自謝也。宥之幸莫罵也。

月淡乍鋪一街水，葉乾猶戰半林霜〔二〕。海藏具眼偏能識〔三〕，我意詩才恰比量。

梅泉久居申江，與夜起倡和，其詩各體皆工，不堆砌書卷，不拘泥對仗，而氣息雋永，韻味旁流，使讀之者有閲世高談、自開户牖之感。跡其造詣，臨川之深婉，後山之孤往，簡齋之高秀，兼而有之〔四〕。陳石遺稱其服膺籜〔蘀〕石齋〔五〕，或又有言其寢饋伏敔堂者〔六〕，然錢詩倔强，江詩清苦，梅泉皆無之。人言固未可盡據也〔七〕。疑庵詩，風骨高秀，意境老潽，皖中高手〔八〕。

〔原附〕論近代詩家絶句　章士釗

我從夜起識梅泉，百尺樓頭説此賢。綴玉千枝看鳳挂，跳珠萬斛卜龍眠。詩清無語不平生，家衖棲遲老自成。望古商山多局促，靈芝寧倩世間名。

千帆謹案：二首屬周梅泉。

【箋證】

○周達（一八七八—一九四八），字美權，一字梅泉，號今覺，安徽至德人。周馥長孫。幼穎異，工制舉文，顧非所好，而嗜六書九數。光緒二十六年（一九〇〇），東渡日本，爲數學調查。識日人數學家上野清。歸，撰《調查日本數學記》。又與包墨芬等創「知新算社」。民國初，避居上海，從諸遺老游，始致力於詩。二十四年（一九三五），中國數學會成立，任理事。又喜集郵，有名於世。所撰數學書甚夥，有《周美權算學十種》、《福慧雙修館算稿四種》等。詩刊爲《今覺庵集》、《續集》。見（新）《東至縣志·人物》、張治安《東至周氏家族》。

〇許承堯（一八七四—一九四六），字際唐，一字訥生，號疑庵，晚號芚叟，安徽歙縣人。幼孤。光緒三十年（一九〇四）進士。官翰林院編修。旋返里，創新安中學堂、紫陽師範學堂，延黄賓虹等掌教習。又創敬宗小學、端則女學，而開徽歙之新教育風氣。後復入都，與吴承仕交篤。辛亥後，任安徽都督府高級參謀、甘肅省府秘書長、甘涼道尹等職。嘗主修《歙縣志》。著有《疑庵詩》、《歙縣閒譚》。見吴立奇《許疑庵先生墓表》（《廣清碑傳集》卷二〇）、許克定等《許疑庵先生事略》（《歙縣文史資料》第二輯）。

〔一〕《説文解字》：「通，達也。」按：「達」、「通」，名也；「空」、「霸」，號也；亦拈連而爲文，雙關以游戲。又，據陳詩《今覺盦詩序》（《今覺盦詩》卷首），知達性頗通脱，此或兼月旦意。參觀陳巨來《安持人物瑣憶》（《萬象》第五卷六期）。

〔二〕句見周達《徐家匯晚眺》（《今覺盦詩》卷三）。

〔三〕陳曾壽《夢與梅泉同哭蘇堪、醒記以詩、即寄梅泉》：「賸憶誦君詩句好，一街月色半林霜。」自注：「梅泉有句云：月淡乍鋪一街水，葉乾猶戰半林霜。蘇堪時喜誦之。」（《蒼虬閣詩集》卷一〇）按：汪即據此。又，陳祖壬《今覺盦詩序》：「閩縣鄭海藏先生，爲詩負海内重名，於後進少許可，顧獨盛稱至德周子梅泉，數爲余誦其斷句，相與激賞，以爲難能。」陳詩《今覺盦詩序》：「君心思縝密，治事有謀斷，鄭海藏先生夙號知人，每謂君有杜牧之、陳同甫之風，若調物度宜，明敷庶績，以輔翼世運，亦元愷之儔也。」（俱見《今覺盦詩》卷首）均可參。

〔四〕按：周詩學臨川、簡齋，二陳序已道過，而所謂「後山孤往」，則汪説所獨也。陳詩《今覺盦詩序》：「君自言，少時習西崑體，泛濫於陳黄門、吴祭酒諸家，及聞散原、海藏二老緒論，遂幡然一變，而改宗北宋，盡棄少作。（中略）七古則《法相寺》、《華龍園》、《巢園賞櫻》諸篇，寫景得昌黎、東坡之髓。五古則《出郭》、《春夜不寐》、《游香山静宜園》、《輟茶室贈海藏》，述事攄情，得柴桑、少陵、簡齋、白石之長。而《秋懷六首》、《家人供烹蟹》諸篇，則又模擬都官，力追鄉哲。」陳祖壬《今覺庵詩序》：「梅泉之詩，其勝處往往能綜玉谿、臨川兩家之長，趣逸語俊，光采四溢，而中藏鬱伊侘傺不可聊之深悲隱痛，挹之而彌永，殆所謂其哀在骨者。」

〔五〕《近代詩鈔·石遺室詩話》：「蘇堪亟稱梅泉詩，相見於海藏樓，因稍讀其近作。與言詩，極服膺擇石齋，可謂能取法乎上矣。句如：『女唇甘逾飴，人鮓賤於醬。朝聞逐留後，夜報殺州將。』『江空岸樹微，淼漫有海意。』『孤竿入鴻陣，儼立諸天頂。』『天意不欲春，寫象入悽楚。』『涵濡待自瘳，非天亦非鬼。』『閱世真堪怒生癭，勝天猶可擲成盧。』『晚雨何心催日去，孤樓得勢與天爭。』意筆多近海藏。」按：汪所指即此。

又按：陳詩序其詩，亦摘其佳句，有可參者。《今覺庵詩序》：「（梅泉詩）七言斷句，如：『滅燭海生殘夜月，擁衾人語四更霜。』『異種也堪稱國豔，繁英真欲裹春城。』『意行漸覺屋移樹，小立不知月上衣。』『嵐氣結陰成夕彩，野雲分雨與春田。』『吾輩猶抽將盡繭，群兒已積後來薪。』『罷絮池臺春易暮，落花天氣雨餘寒。』『小爐熨手不龜藥，大月照人無盡燈。』『久客厭聞吴語訩，破春誰敵越兵寒。』皆昭文遺韻，廣武同嗟。夫名篇秀句，標舉易知，獨其詩律精嚴，盡祛聲病，不侈談龍，自然叶譜，乃至古體長篇，亦力避複字，此則余飫聞有素，而歎其老而彌細者也。方今文學凋敝，中夏潰防，君獨懇懇，亢精極思，自樹一幟，殆可以冠冕皖之詞流矣。」（《今覺庵詩》卷首）又《尊瓠室詩話》卷三第二二條，亦摘其佳句數聯，可參觀。

〔六〕周達《題陳叔通所藏江弢叔手書詩卷》：「江詩苦澀愛者誰，觀槿齋頭始見之。海藏揚挹極齒頰，漸令舉世驚瑰奇。詩人遭亂例窮蹇，善作苦語悽心脾。中興開山幾鉅手，巢經秋蟪胥倫魁。伏敵幽潛晚始褫，異軍突起張偏師。並時熊盛亦健者，斂手籍湜推昌黎。憶從拔可乞殘帙，欲覓全豹無由窺。冷攤三卷落吾手，疑有詩魄陰扶持。流傳餘事到翰墨，研牋短幅書春詞。陳侯裝襲視球壁，鄭叟題字翔鸞螭。亦如坡老贊和靖，詩肖東野書西臺。稍嫌拙硬骨勝肉，猶喜逸氣行間馳。文人一藝有不朽，苦希三絶寗非癡。我生於書略無得，執筆十指嗟沈椎。心聲心畫悟一理，固哉妄别妍與媸。」（《今覺盦詩》卷一）

〔七〕按：「或又有言」，未詳所指，然據此詩，則「寢饋伏敔堂」，非虚語也。

《近代詩派與地域》：「周梅泉僑寓申江，與鄭海藏游處，論詩宗旨，亦復相同；清代詩家，最服膺錢籜石、江弢叔，故所作清真健舉，富有理致，長篇短語，深醇可味，則與海藏樓笙磬同音者也。」（《汪辟疆文集》）按：陳聲聰《兼于閣詩話》卷三「今覺盦」條：「梅泉詩謂服膺江弢叔，實亦不甚似。」可參。

〔八〕按：許之詩學取徑，有自道最詳，見其集自序；略云：「余爲詩，初愛長吉、義山，繼乃由韓入杜，冀窺陶、阮。於宋亦取王半山、梅聖俞、陳簡齋。明清二代，時復旁擷，無偏嗜，故無偏肖。」（《疑庵詩》卷首）錢鍾書《容安館札記》第五六四則云：「按其意度格調，實出龔自珍、譚嗣同、黄遵憲，謀篇立喻，時參西法，好言哲理，每類《飲冰室詩話》所標舉之體，特澤古尚深，雖偶不免於浮囂，如甲卷《歲暮詞》之類，而大多思新語秀，亦一作手。」參觀陳寶琛《疑庵詩序》（《滄趣樓文存補遺》）、《石遺室詩話續編》卷二第一六條、卷六第四四條、《兼于閣詩話》卷一「許疑庵」條等。

培軍按：諸家評疑庵詩，故各有所見，而與疑庵自道，亦多所吻合。馬通伯《疑庵詩序》云：「（疑庵）初學唐人温庭筠、李長吉之所爲，繼乃專主昌黎。賦五言古詩贈余，不謂之韓不可也。」汪劍平《疑庵詩序》云：「先生詩初學昌黎，五言古體皆肖其神。」《緑天香雪簃詩話》卷五云：「同年歙縣許霽唐太史承堯，詩宗玉川、長吉，不爲人云亦云語。」《今傳是樓詩話》第二〇三條云：「君自謂於宋取陳與義、梅堯臣，詩格亦似近之。」是也。汪復稱其黄山詩，云：「晚年居黄山，漸即蕭淡，故發爲詩歌，彌復閒適。然於淡遠之中，時有綦兀之致，神采崿崿，幾使人手不可捫。」錢萼孫尤賞之，極力推挹，儕諸劉裴村等，其《論近代詩四十家》云：「疑庵天都精，咳唾騷與雅。古艷挹昌谷，窈吟納東野。百首黄山詩，爍破四天下。（中略）所爲黄山詩，乃融東野、宋人於一爐，與少作迥殊，足與姚燮、高心夔、劉光第諸家刻畫山水之作争長黄池矣。」（《夢苕盦論集》）亦殊有見。

中國文學研究典籍叢刊

光宣詩壇點將録箋證

下册

汪辟疆 撰
王培軍 箋證

中華書局

光宣詩壇點將録箋證卷四

步軍頭領一十員

天孤星花和尚魯智深　金和

赤條條來去無牽挂〔一〕，是真英雄，是大自在。

巨刃摩天亦自高〔二〕，拋殘心力恐徒勞〔三〕。詩家果有開山手，錯被人呼一代豪〔四〕。

亞匏詩初不爲人重〔五〕，近二十年中，或有推爲中土之密爾頓、莎士比亞者，乃稍稍露頭角〔六〕。平心而論，膽大心粗，力量不弱，自是英雄本色。所惜氣盡於辭，韻竭於外，即之心喜，味之索然〔七〕。亦猶花和尚六十二斤鐵禪杖，徒使鐵店待詔咋舌也〔八〕。

金和，字弓叔，號亞匏，上元人。邑增生。光緒十一年卒，年六十八。有《秋蟪吟館詩鈔》。

〔原附〕論近代詩家絶句　章士釗

莎米何能合一爐，不知狸亦不知狐。亞匏自是英雄手，自斂堪師人境廬。

梁王祇解兔園册，那識先秦未火書。見著癡人不須説，昨宵有夢到華胥。

梁任公稱亞匏爲清代第一詩家，與英倫之莎士比亞、米爾敦同。

【箋證】

〇金和（一八一八—一八八五），字弓叔，一字亞匏，江蘇上元（今南京市）人。增生。母爲吴敬梓從孫女。父早卒，母教之嚴，遂能自立。以學行聞，尤長詩古文辭。性兀傲，好聲色縱酒，一飲輒數斗。咸豐三年（一八五三），太平軍攻下金陵，與妻從弟謀内應，孤身潛出城。後謀泄事敗，流離於皖江浙，坐館謀食。又爲厘捐局佐吏。十年（一八六〇），再流亡粤東，寄幕爲生。同治七年（一八六八）歸。十二年（一八七三），應唐景星聘，入輪船招商局，自是居滬至殁。著有《秋蟪吟館詩鈔》、《來雲閣詞鈔》、《文鈔》等。見《清史稿》卷四九三、柬允泰《金文學小傳》（《碑傳集補》卷五一）、陳宗樞《金亞匏年譜初稿》（《鈴鐺》第四期）。

〔一〕句見清邱圓《虎囊彈·山門》（汪協如編《綴白裘》第三册）。按：據《紅樓夢》第二二回《聽曲文寶玉悟禪機、製燈迷賈政悲讖語》，薛寶釵亦嘗引此，汪喜涉説部，或即從薛。

〔二〕韓愈《調張籍》：「想當施手時，巨刃磨天揚。」（《韓昌黎詩繫年集釋》卷九）

按：《乾嘉詩壇點將録》：「大刀蔣心餘：四十斤者魏朱亥，十萬兵者漢樊噲。巨刃磨天揚，則不如輕裘緩帶。」汪用此語，亦效舒《録》，並寓微辭也。

〔三〕唐元稹《白衣裳》：「閑倚幈風笑周昉，枉抛心力畫朝雲。」（《元稹集·外集》卷七）温庭筠《蔡中郎墳》：「今日愛才非昔日，莫抛心力作詞人。」（《温飛卿詩集箋注》卷五）

〔四〕按：指梁啟超，其稱金詩，見《秋蟪吟館詩鈔序》。參觀注五、六。

譚獻《來雲閣詩序》：「聞之全椒薛先生曰：亞匏振奇人也，至性人也，晚無所遇，而託於詩。（中略）今從東季符令君得讀君詩，散佚而後，尚數百篇，跌蕩尚氣，所謂振奇者在是，纏緜婉篤，所謂至性者在是。」（《來雲閣詩稿》卷首）馮煦《重刊秋蟪吟館詩鈔序》：「（桑根）師顧予曰：亞匏振奇人也，褢負卓犖，足以濟一世之變，而才與命妨，連蹇不偶。（中略）先生詩，妥帖排奡，隱秀雄奇，猶之其賦也。詞若雜文，亦能攄其中之所得，不同於凡近。」（《秋蟪吟館詩鈔》卷首）

〔五〕《夢苕盦詩話》第一〇四條：「金亞匏和《秋蟪吟館詩鈔》，初不爲人所知，至梁任公序其集，始力張之，至謂有清一代，未睹其偶。此論一出，而金詩乃聲價十倍。胡適之論五十年來之中國文學，亦和梁之説。石遺老人亦極稱之，以與鄭子尹並舉。傳者謂亞匏子某多金，任某銀行行長，以千金疇任公，丐其一序。錢能通神，而任公遂極嘘咈誇張之能技以揄揚之矣。」

按：陳衍稱語，見《近代詩鈔·石遺室詩話》，略云：「（亞匏）所歷危苦，視古之杜少陵，近之鄭子尹，蓋又過之。其古體，極乎以文爲詩之能事，而一種沈痛慘澹陰黑氣象，又過乎少陵、子尹。」陳又有《秋蟪吟館詩跋》，持説與此同，見《石遺室文續集》。

〔六〕梁啟超《秋蟪吟館詩鈔序》：「昔元遺山有『詩到蘇黄盡』之歎。詩果無盡乎？自《三百篇》而漢魏，而唐而宋，塗徑則既盡開，國土則既盡闢，生千歲後，而欲自樹壁壘於古人範圍以外，譬猶居今世而求荒原於五大部洲中，以别建國族，夫安可得？詩果有盡乎？人類之識想若有限域，則其所發宜有限域，世法之對境若一成不變，則其所受宜一成不變，而不然者，則文章千古，其運無涯。謂一切悉已含孕於古人，譬言今之新藝新器，可以無作，寧有是處？大抵文學之事，必經國家百數十年之平和發育，然後所積受者厚，而大家乃能出乎其間。而所謂大家者，必其天才之絶特，其性情之篤摯，其學力之深博，斯無論已。又必其身世所遭值，有以異於群衆，甚且爲人生所莫能堪之境，其振奇磊落之氣，百無所寄洩，而壹以迸集於此一途，其身所經歷，心所接搆，復有無量之異象以爲之資，以此爲詩，而詩乃千古矣。唐之李、杜，宋之蘇、黄，歐西之莎士比亞、戛狄爾，皆其人也。余嘗怪前清一代，歷康雍乾嘉百餘歲之承平，藴蓄深厚，中更滔天大難，波詭雲譎，一治一亂，皆極有史之大觀，宜於其間有文學界之健者，異軍特起，以與一時之事功相輝映，然求諸當時之作者，未敢或許也。及讀金亞匏先生集，而所以移我情者，乃無涯畔。吾於詩所學至淺，豈敢妄有所論列，吾惟覺其格律無一不軌於古，而意境、氣象、魄力，求諸有清一代，未覩其偶，比諸遠古，不名一家，而亦非一家之境界所能域也。嗚呼！得此，而清之詩史，爲不寥寂也已。」（《秋蟪吟館詩鈔》卷首，又《飲冰室文集》三三）

按：汪所指即此。據梁序，實未及密爾頓（Milton），云密爾頓者，似出胡先驌。胡《評胡適〈五十年來中國之文學〉》：「胡君於晚清詩人所推崇者爲鄭珍與金和，梁任公亦以二人並稱，而比金氏於荷馬、但丁、莎士比亞、彌兒頓，戛狄爾，吾不知二公之互相因襲歟？抑『英雄所見、大抵相同』歟？」（《學衡》第一八期）然胡文所言，亦不知何所據，俟再考。又其《讀鄭子尹〈巢經巢詩集〉》：「梁任公所著《清代學術概論》中論有清學術，以爲文學不發達，其稱咸同以後詩之稍可觀者，厥爲『生長僻壤之黎簡、鄭珍輩』。又云：『直至末葉始有金和、黄遵憲、康有爲，元氣淋漓，卓然稱大家。』此語大足以證明任公之於詩，實淺嘗者也。黎氏之詩，貌襲唐人，語無精采，讀之令人懨懨欲睡。金氏雖以樂府擅場，然亦才人之詩，未足語乎大家作者，其近體且時有元明人纖巧尖新之陋習。」（《學衡》第七期）力斥梁説，更過於汪。

〔七〕胡先驌《評金亞匏〈秋蟪吟館詩〉》云：「余嘗細讀金氏之《秋蟪吟館詩》，其五七言古體詩，誠犀利痛快，言無不盡，然讀之每覺其骨格不高，鋒利太甚，非但不足以方大家，且去名家尚遠也。其近體之凡猥纖細，直元明人之陋習，當與王次回《疑雨集》相伯仲，視袁枚、龔自珍之流，且有遜色。梁任公乃謂其元氣淋漓，且擬之於莎士比亞、戞狄爾，一經品題，聲價十倍。甚矣乎，不負責任之批評，淆亂視聽，爲害於社會匪淺也。」又：「其《痛定篇》十二詩，《追紀五月初十日事贈同學張君荷生》、《初五日紀事》諸詩，在全集中亦爲重要之作，以藝術論，此諸詩仍如前此諸詩之犀利痛快，惟過於急節，轉失深厚沈雄之致。且其五言古，亦慣用急轉直下之筆法，尤覺聲調之迫促。説者謂作者之詩，有如短刃之銛鋒，而異於長槍大戟、堂堂正正之氣象，誠中窾要之語也。」又：「金氏之喜於逞才，喜作大篇，靡處不然，而每不見好。（中略）至金氏《苦蚤》一詩，則除誇多鬬靡而外，别無賸義，浪費楮墨，徒自苦耳。其《病瘡》與《足瘃篇》二詩，愈刻畫畢肖，愈覺可厭。夫病瘡至可厭之苦也，足瘃至不韻之事也，人偶罹之，方懊惱之不暇，乃曲形諸篇章，豈尚欲讀者同感其懊惱耶。無他，矜才炫博之結習，有以使之耳。」又：「總而論之，金氏之詩，才氣横溢，言詞犀利，誠有過人之長。惟太欠剪裁，不中法度，且骨格凡猥，口吻輕薄，殊缺詩人高致。充其量，亦惟可與龔定庵相伯仲耳。故苟湮没無聞，則亦有表彰之必要。惟自梁任公、馮蒿庵、陳石遺諸公交口稱譽以來，風行海内，不脛而走，則不得不爲毫釐之辨。」（《學衡》第八期）《評胡適〈五十年來中國之文學〉》：「近五十年中，以詩名家者不下十餘人，而胡君獨賞金和與黄遵憲，則以二家之詩淺顯易解，與其主張相近似故也。實則晚清詩家，高出金、黄之上者，不知凡幾。」又：「吾以爲金氏之詩，豈但輕薄，直是刻毒。《小雅》之刺不如是也，杜甫之新樂府不如是也，白居易之諷刺詩不如是也，鄭珍之新樂府不如是也。所以者何？以其無哀矜慘怛之情也，以其悖温柔敦厚之教也。」（《學衡》第一八期）

按：胡、汪之説，笙磬同音，可參較。若徐英，更變本加厲，視爲土苴矣。其《書〈秋蟪吟館詩〉後》云：「金亞匏之詩，本無足稱，特能集前人之病弊，以成其醜怪，而益以謬戾乖張之氣，其詩乃臭穢不可向爾。兼之宅情位言，謀篇審勢，亦漫無法度。蓋亞匏本嗇於才，特悍於氣，力難縛雞，妄欲舉鼎，既折筋而斷股，復昂首以代肩，喘息支離，以至於死。綜觀全集，得詩五百餘首，古體最劣，而偏喜製作長篇，喜一韻到底，而牽辭以就韻，往往顛倒舊辭，割裂成語，任意爲之，多不可通。」又：「總之《秋蟪》一集，略無勝處，所謂格律，極其庸淺；所謂意境，極其埤陋；所謂氣象，極其傖俗；所謂魄力，更不知其何在？而梁氏乃謂其格律，無一不軌於古，不知軌於何家？又謂其意境、氣象、魄力，在有清一代，未覩其偶，此真劉叉所謂諛墓中人耳。金和有子，富於貲財，以重金啗梁，梁爲之序。以予觀之，亞匏之詩，一醜字實不足以形其萬一，梁氏所謂生千歲後，而欲自樹壁壘於古人範圍以外者，《秋蟪吟館詩鈔序》。亞匏蓋樹一醜之壁壘於古人範圍之外歟。」（陳家慶編《徐澄宇論著第一集》）

〔八〕見《水滸傳》第四回《趙員外重修文殊院、魯智深大鬧五臺山》。

按：《乾嘉詩壇點將録》：「花和尚洪稚存：好個莽和尚，忽現菩薩相，六十二斤鐵禪杖。」汪即沿舒旨。

培軍按：方湖論金詩，又見《近代詩派與地域》，與此各有詳略，要可以互參，録於此，以見其説之全。其略云：「金亞匏氏，生際咸同，名非顯著，乃攄其憫時念亂之懷，學蔡女、焦妻之體；樂府植其幹，三唐壯其采，道路傳聞，盡歸壯烈，尋常目睹，悉納篇章，無難顯之情，極盪抉之妙。初學讀之，鮮不驚其瑰瑋，按實以求，胥臣蒙馬，内質全非，葉公好龍，僞體宜别。淺嘗之士，乃以西方詩哲方之，詫爲五百年中之奇作，則譽過其實矣。近體平弱，尤難取儷，世有真賞，定喻斯言。」又陳可園《冶麓山房藏書跋尾・秋蟪吟館詩鈔跋》云：「其才氣，則豪邁無倫，動作數千言，然不免粗率之病，音成變徵，亦其所遭之時然也。」（《冶麓山房叢書》）亦談言微中，與汪説可參者。

天傷星行者武松　黄遵憲

殺人者，打虎武松也〔一〕。

五噫歌並四愁詩〔二〕，去國心情淚暗垂。莫説古賢雄直氣〔三〕，東門抉目此何時〔四〕？

洪亮吉詩云：「尚得古賢雄直氣，嶺南今不遜江南。」〔五〕

李詳《題黄公度人境廬詩草》云：「廿載無人繼硬黄，貴筑黄琴塢有「硬黄」之稱。袁忠節昶復舉以贈黄漱蘭先師。如公度，亦可謂硬黄矣。如君合署比〔此〕堂堂。鳳鸞接翼羅虞網，螻蟻先驅待景皇。詩草墨含醇酎味，英靈名破海天荒。試看生氣如廉藺，孰與吴兒論辨亡？」〔六〕黄公度號稱識時之彦，晚清末造，早決危亡。所撰《日本國志》、《日本雜事詩》，絃外之音，彌深警惕〔七〕。所爲詩歌，尤負盛名〔八〕。梁卓如至推爲詩界革命，與蔣智由、夏曾佑鼎足焉〔九〕。雖未能副其所期，然一時鉅手也〔一〇〕。

〔原附〕論近代詩家絶句　章士釗

硬黄煙臉茜紗衫，戊戌吾在長沙所見如此。孤往湖湘霸氣酣。一折卻爲遷客去，擎將詩卷壓江南。

此詩起七字直畫出公度小象，讀之發笑。余藏有手札及詩稿各一通，字肥而潤，頗近坡公。今皆棄之柴桑故里，存亡不可知矣。方湖注。

【箋證】

〇黄遵憲（一八四八—一九〇五），字公度，别署觀日道人、東海公等，廣東嘉應州人。光緒二年（一八七六）舉人。次年，爲駐日使館參贊，東渡日本。讀盧梭、孟德斯鳩書，提倡維新思想。八年（一八八二），調任駐美三藩市總領事。十一年（一八八五），返國，撰成《日本國志》。十五年（一八八九），任駐英使館參贊。十七年（一八九一），調任駐新加坡總領事。二十年（一八九四），甲午戰起，張之洞以籌防事，奏調其回國。明年，任江寧洋務局總辦，負責江西等省教案。旋入强學會。二十二年（一八九六），改任湖南長寶鹽法道，署理按察使，助陳寶箴行新政。又與梁啟超、譚嗣同創辦時務學堂、南學會、湖南不纏足會，冀用開通民智。二十四年（一八九八），與康、梁、譚及張元濟等，同被保薦爲通達時務人才。命以三品京堂充出使日本大臣。八月政變作，免職歸。晚以教子孫自遣。著有《人境廬詩草》、《日本雜事詩》等。見《清史稿》卷四六四、梁啟超《嘉應黄先生墓誌銘》（《飲冰室文集》四四上）、温廷敬《黄遵憲傳》（《國風半月刊》第五卷八、九號）、錢仲聯《黄公度先生年譜》（《人境廬詩草箋注》附）。

〔二〕語見《水滸傳》第三一回《張都監血濺鴛鴦樓、武行者夜走蜈蚣嶺》。按：舒《録》亦以此爲贊，汪沿之。

〔三〕〔五噫歌〕《後漢書》卷一一三《梁鴻傳》：「（鴻）因東出關，過京師，作五噫之歌，曰：『陟彼北芒兮，噫！顧覽帝京兮，噫！宫室崔嵬兮，噫！人之劬勞兮，噫！遼遼未央兮，噫！』」〔四愁詩〕張衡《四愁詩并序》：「時天下漸弊，鬱鬱不得志，爲《四愁詩》。」（《文選》卷二九）按：黄詩寄託危亡，多關國事，故比之。

〔三〕按：此句用洪亮吉詩。見注五。「雄直」云云，參吴德潚説。吴《人境廬詩草跋》：「『並世無二尊，獨立絶依傍。』集中《登巴黎鐵塔》詩也。作者於詩世界中，頗具此等魄力，可謂雄矣！」又：「性情深厚，識力堅卓，故能以雄直之氣，達沈鬱之思。在君爲餘事，然已爲詩中闢一境界矣。」（《人境廬詩草箋注》附）

〔四〕《史記》卷六六《伍子胥列傳》：「（子胥）乃告其舍人曰：『必樹吾墓上以梓，令可以爲器，而抉吾眼縣吴東門之上，以觀越寇之入滅吴也。』」《説苑·雜言》：「子以夫知者無不知乎，則王子比干何爲剖心而死？以諫者爲必聽耶，伍子胥何爲抉目於吴東門？」

〔五〕見洪亮吉《道中無事偶作論詩截句二十首》之五（《更生齋詩》卷二，《洪亮吉集》）。「古」作「昔」，「今不遜」作「猶似勝」。按：「雄直氣」云云，本張籍《祭退之》：「獨得雄直氣，發爲古文章。」（《張司業集》卷七）《讀常見書齋小記》「展庵醉後論詩」條云：「洪稚存以雄直推粤詩，亦元裕之所譏識碔砆也。」知汪實不喜洪説。

〔六〕見《學製齋詩鈔》卷四（《李審言文集》）。亦刊《大中華雜誌》第二卷一二期，小注字句異。李又有《公愚寄人境廬詩箋至欣喜賦此》云：「表裏乾坤三硬黄。」（《學製齋詩鈔》卷四）亦可參。

〔七〕康有爲《人境廬詩草序》:「公度生於嘉應州之窮壤,游宦於新加坡、紐約、三藩息士高之領事官,其與故國中原文獻至不接也。而公度天授英多之才,少而不羈,然好學若性,不假師友,自能博群書,工詩文,善著述,且體裁嚴正古雅,何其異哉。嘉應先哲多工詞章者,風流所被,故詩尤妙絶。及參日使何公子峩幕,讀日本維新掌故書,考於中外之政變學藝,乃著《日本國志》,所得於政治尤深浩。及久游英、美,以其自有中國之學,採歐、美人之長,薈萃鎔鑄而自得之,尤倜儻自負,横覽舉國,自以無比。而詩之精深華妙,異境日闢,如游海島,仙山樓閣,瑶花縞鶴,無非珍奇矣。公度長身鶴立,傲倪自喜,吾游上海,開强學會,公度以道員奏派辦蘇州通商事,挾吴明府德瀟叩門來訪。公度昂首加足於膝,縱談天下事;吴雙遣澹然旁坐,如枯木垂釣。之二人也,真人也,畸人也,今世寡有是也。自是朝夕過從,無所不語。聞公度以屬員見總督張之洞,亦復昂首足加膝,摇頭而大語。吾言張督近於某事亦通,公度則言吾自教告之。其以才識自負而目中無權貴若此。豈惟不媚哉,公度安能作庸人。卒以此得罪張督,乃閒居京師。翁常熟覽其《日本國志》,愛其才,乃放湖南長寶道。時義甯陳公寶箴撫楚,大相得,贊變法。公度乃以其平日之學發紓之。中國變法,自行省之湖南起。與吾門人梁啟超共事久,交尤深。於是李公端棻奏薦之,上特拔之使日本。而黨禍作,公度幾被逮於上海,日故相伊藤博文救之,乃免。自是久廢無所用,益肆其力於詩。上感國變,中傷種族,下哀生民,博以環球之游歷,浩渺肆恣，感激豪宕，情深而意遠，益動於自然，而華嚴隨現矣。公度豈詩人哉。而家父、凡伯、蘇武、李陵及李、杜、韓、蘇諸巨子，孰非以磊砢英絶之才鬱積勃發而爲詩人者耶。公度之詩乎，亦如磊砢千丈松，鬱鬱青葱，蔭岩竦壑，千歲不死，上蔭白雲，下聽流泉，而爲人所瞻仰徘徊者也。」（《人境廬詩草箋注》卷首，又《康南海文集》）

〔八〕《近代詩人小傳稿》：「公度工詩，其中歲以後，肆力爲詩，探源樂府，旁采民謡，無難顯之情，含不盡之意，又以習於歐西文學，以長篇叙事見重藝林，時時效之。叙壯烈則續影摹聲，言燕昵則極妍盡態，其運陳入新，不囿於古，不泥於今，故當時有目之爲詩體革新者。」亦見《近代詩派與地域》（《汪辟疆文集》）。

按：人境廬詩，當日即有重名，梁啟超尤稱之。《清代學術概論》云：「以言夫詩，真可謂衰落已極。（中略）直至末葉，始有金和、黄遵憲、康有爲，元氣淋漓，卓然大家。」《人境廬詩草跋》云：「人境廬主人者，其詩人耶？彼其劬心營目憔形，以斟酌損益於古今中外之治法，以憂天下，其言用不用，而國之存亡，種之主奴，教之絶續，視此焉，吾未見古今之詩人能如是也。其非詩人耶？彼其胎冥冥而息淵淵，而神味沈醲，而音節入微，友視《騷》、漢而奴畜唐、宋，吾未見古之非詩人能如是也。」參觀陳三立、俞明震、范當世、何藻翔、徐仁鑄、温仲和、劉燕勛等《人境廬詩草跋》、何藻翔《嶺南詩存》（俱見《人境廬詩草箋注》附）。

〔九〕《飲冰室詩話》第二八條：「昔嘗推黄公度、夏穗卿、蔣觀雲爲近世詩界三傑。」又第三九條：「吾嘗推公度、穗卿、觀雲爲近世詩家三傑，此言其理想之深邃閎遠也。」按：汪所指即此。又，《魚千里齋隨筆》卷上「黄公度及其人境廬詩」條：「公度頗肆力爲詩，一反同光以來陳、鄭諸人刻深清峭之旨，欲别闢一境，盡糅方言俗諺以入篇章。（中略）與公度同時之康梁皆亟推之，舉以與夏穗卿、蔣觀雲並稱，謂爲新詩界三傑。」亦可參。

又按：「詩界革命」云云，乃指「别闢新境」，所謂「鎔鑄新理想以入舊風格」也（梁啟超語，見《飲冰室詩話》第四條）。此亦當時公論，非梁一人之説。《飲冰室詩話》第三二條：「公度之詩，獨闢境界，卓然自立於二十世紀詩界中，群推爲大家，公論不容誣也。」又第一二八條：「吾友某君嘗論先生云：『有加富爾之才，乃僅於詩界闢一新國土，天乎？人乎？』」曾習經《人境廬詩草跋》：「黄詩以古詩飾今事，爲詩世界中創境。」黄遵楷《人境廬詩集草跋》：「其於詩也，雖以餘事及之，然亦欲求於古人之外，自樹一幟。」（《人境廬詩草箋注》附）丘逢甲《人境廬詩草跋》：「四卷以前，爲舊世界詩；四卷以後，乃爲新世界詩。茫茫詩海，手闢新洲，此詩世界之哥倫布也。變舊詩國爲新詩國，慘澹經營，不酬其志不已，是爲詩人中嘉富洱；合衆舊詩國爲一大新詩國，縱横捭闔，卒告成功，是爲詩人中俾思麥。」又：「海内之能於詩中開新世界者，公外，僂指可盡。」（《丘逢甲文集》下編）又梁《夏威夷游記》云：「時彦中能爲詩人之詩，而鋭意欲造新國者，莫如黄公度。其集中有《今别離》四首，又《吴太夫人壽詩》等，皆純以歐洲意境行之。」（《新大陸游記》附，《飲冰室專集》第二册）

又按：黄《今别離》詩，於時有重名，如何藻翔《嶺南詩存》云：「《今别離》四章，以舊格調運新思想，千古絶作，不可有二。」温仲和《人境廬詩草跋》云：「《拜墓》、《今别離》諸詩，誠爲絶詣。」均極推崇。然後亦有議者。《魚千里齋隨筆》卷上「論人境廬詩」條云：「《今别離》凡三篇，與《蓮菊桃雜供一瓶作歌》、《赤穗四十七義士歌》、《拜曾祖母李太夫人墓》等詩，均爲公度名作。今以此篇（按指《今别離》第一首）論之，除末句用『輕氣球』三字外，不見有何新事物及字句，更無論新理想矣。『豈無打頭風』至『烟波去悠悠』六句，辭意凡冗，詩境稍深者，即已不肯如此落想。至『今日舟與車』、『至矣一何速』二句下，似應有新意特出，以振起全篇，乃亦草草承接，意象皆盡，使人缺望之甚。」又《夢苕盦詩話》第七條云：「黄公度遵憲《人境廬詩》，以舊格律運新理想，誠不愧詩世界之哥倫布。然傳誦一時之《今别離》四章、《以蓮菊桃雜供一瓶作歌》諸首，筆路粗疏，大似張船山一流，並不見佳。」是也。參觀夏敬觀《吷庵臆説》。

〔一〇〕胡先驌《讀鄭子尹〈巢經巢詩集〉》：「梁任公所著《清代學術概論》中論有清學術，以爲文學不發達，（中略）云：『直至末季，始有金和、黄遵憲、康有爲，元氣淋漓，卓然稱大家。』此語大足以證明任公之於詩，實淺嘗者也。（中略）黄公度、康更生之詩，大氣磅礴則有之，然過欠剪裁，瑕累百出，殊未足稱爲元氣淋漓也。」（《學衡》第七期）《評胡適〈五十年來中國之文學〉》：「近五十年中以詩名家者，不下十餘人，而胡君獨賞金和與黄遵憲，則以二家之詩淺顯易解，與其主張相近似故也。實則晚清詩家，高出金、黄之上者，不知凡幾，胡君不知，甚或竟未之見耳。（中略）五十年中，以詩名者甚衆，決不止如胡君所推之金和、黄遵憲二人。然胡君一概抹煞，非見之偏，即學之淺，或則見聞之隘故也。黄氏本邃於舊學，其才氣横溢，語有足多者。然其創新體詩，實與其時之政治運動有關。蓋戊戌變法，實爲一種浪漫運動。張文襄《學術》一絶句自注云：『二十年來，都下經學講公羊，文章講龔定盦，經濟講王安石，皆余出都以後風氣也。』可見當時風氣，務以新奇相尚。康有爲孔子改制之説，譚嗣同之《仁學》，梁啟超《時務報》、《新民叢報》之論説，《新民叢報》派模倣龔定盦之詩，與黄遵憲之新體詩皆是也。黄之舊學根柢深，才氣亦大，故其新體詩之價值，遠在譚嗣同、梁啟超諸人上。然彼晚年亦頗自悔，嘗語陳三立：『天假以年，必當斂才就範，更有進益也。』要之《人境廬詩》，在文學史上自有其價值，惟是否有永久之價值，則尚屬疑問耳。」（《學衡》第一八期）

按：汪評黄詩，與評金和詩，意指略似，較近於胡評。錢仲聯説稍平允。《夢苕盦詩話》第一八三條：「《人境廬詩》，論者毁譽參半。如梁任公、胡適之輩，則推之爲大家。如胡步曾及吾友徐澄宇，以爲疵累百出，謬戾乖張。予以爲論公度詩，當著眼大處，不當於小節處作吹毛之求。

其天骨開張，大氣包舉者，真能於古人外獨闢町畦。撫時感事之作，悲壯激越，傳之他年，足當詩史。至論功力之深淺，則晚清做宋人一派，盡有勝之者。公度之長處，固不在此也。今日淺學妄人，無不知稱黃公度詩，無不喜談詩體革命。不知公度詩全從萬卷中醞釀而來，無公度之才之學，決不許妄談詩體革命。」

又，錢鍾書《談藝録》（補訂本）：「近人論詩界維新，必推黃公度。《人境廬詩》奇才大句，自爲作手。五古議論縱横，近隨園、甌北；歌行鋪比翻騰處似舒鐵雲；七絶則龔定盦。取逕實不甚高，語工而格卑；傖氣尚存，每成俗豔。尹師魯論王勝之文曰：『贍而不流』；公度其不免於流者乎。大膽爲文處，亦無以過其鄉宋芷灣。差能説西洋制度名物，掎摭聲光電化諸學，以爲點綴，而於西人風雅之妙、性理之微，實少解會。故其詩有新事物，而無新理致。譬如《番客篇》，不過胡稚威《海賈詩》。《以蓮菊桃雜供一瓶作歌》，不過《淮南子·俶真訓》所謂：『槐榆與橘柚，合而爲兄弟；有苗與三危，通而爲一家』；查初白《菊瓶插梅》詩所謂：『高士累朝多合傳，佳人絶代少同時』；公度生於海通之世，不曰『有苗三危通一家』，而曰『黃白黑種同一國』耳。凡新學而稍知存古，與夫舊學而强欲趨時者，皆好公度。蓋若輩之言詩界維新，僅指驅使西故，亦猶參軍蠻語作詩，仍是用佛典梵語之結習而已。」（第二三至四頁）補訂：「評黃公度詩一節，詞氣率略，鄙意未申。吴雨僧先生頗致不滿，嘗謂余曰：『「新學而稍知存古」，亦大佳事。子持論無乃太苛乎。』先生素推崇公度，曩在清華大學爲外語系講授中國舊詩，以公度之作爲津梁。余事不掛心，鬼來擘口，悚謝而已。錢君仲聯箋注《人境廬詩》，精博可追馮氏父子之注玉溪、東坡，自撰《夢苕盦詩話》，亦摘取余評公度『俗豔』一語，微示取瑟而歌之意。胡步曾先生命余訂其《懺盦詩》，因道及《談藝録》，甚許此節。先生論詩，初與胡適之矛盾相攻，後與雨僧先生鑿枘不合，二人之所是，先生輒非之；余未渠以其言自壯也。余於晚清詩家，推江弢叔與公度如使君與操。弢叔或失之剽野，公度或失之甜俗，皆無妨二人之爲霸才健筆。乾嘉以後，隨園、甌北、仲則、船山、頻伽、鐵雲之體，匯合成風；流利輕巧，不矜格調，用書卷而勿事僻澀，寫性靈而無忌纖佻。如公度鄉獻《楚庭耆舊遺詩》中篇什，多屬此體。公度所删少作，輯入《人境廬集外詩》者，正是此體。江弢叔力矯之，『同光體』作者力矯之，王壬秋、鄧彌之亦力矯之；均抗志希古，欲迴波斷流。公度獨不絶俗違時而竟超群出類，斯尤難能罕覯矣。其《自序》有曰：『其鍊格也，自曹、鮑、陶、謝、李、杜、韓、蘇訖於晚近小家』，豈非明示愛古人而不薄今人哉。道廣用弘，與弢叔之昌言『不喜有明至今五百年之作』（見符兆綸《卓峰堂詩鈔》弁首弢叔序，參觀謝章鋌《賭棋山莊文集》卷二《與梁禮堂書》），區以別矣。余稱王静菴以西方義理入詩，公度無是，非謂静菴優於公度，三峽水固不與九溪十八澗争幽蒨清泠也。觀《人境廬集外詩》，則知公度入手取逕。後來學養大進，而習氣猶餘，熟處難忘，倘得滄浪其人，或當據以析骨

肉而還父母乎。」（第三四七頁）

培軍按：人境廬詩，影響近代至巨，而毁譽不一。倡新詩者極口推崇，而守舊格律者，又攻之不遺餘力。前各注已詳之。方湖力宗江西，自不喜人境廬，然亦未如胡、徐，罵爲一錢不值也。其配爲武行者，亦較合乎詩史。夷考其實，近人論人境廬，俱各執一端，未能去其所偏，此亦時勢所致，不關乎見識學養，批評家固難脱離時代耳。獨錢默存先生所論，爲推本溯源、明其利病，可以折衷兩派也。

天異星赤髮鬼劉唐　劉光第

夜走鄲城縣，有時醉臥靈官殿〔一〕。

不照窮簷照化城，遲來世界住光明〔二〕。捨身已見游山願〔三〕，空有高歌一往情。

裴村比部詩多奇氣，縋幽鑿險，開徑獨行，各體皆高〔四〕。戊戌六君子中，晚翠而外，當以比部及漪春京卿詩爲最工〔五〕。讀《介白堂集》，恍若游名山大川矣〔六〕。

【箋證】

○劉光第（一八五九—一八九八），字裴村，四川富順人。父爲剃髮匠。早孤。光緒九年（一八八三）進士，授刑部主事。旋告假歸省。十一年（一八八五），母喪，守制家居。十四年（一八八八），服闋，携家赴京就職。治事精勤。暇則閉户讀書。家素貧，而性廉介，獨與楊鋭善。二十一年（一八九五），自天津泛海，南游閩粤。明年返京，道過兩湖，晤張之洞。二十四年（一八九八），康有爲開保國會，嘗一往見之。八月，以陳寶箴薦，加四品卿銜，在軍機章京上行走，參預新政。九月政變作，遂遇害。著有《介白堂詩集》、《衷聖齋文集》等。見《清史稿》卷四六四、梁啟超《劉光第傳》（《戊戌政變記》）、高楷《劉楊合傳》、胡思敬《劉光第傳》（俱《碑傳集補》卷一二）、宋芸子《劉光第傳》（《廣清碑傳集》卷一八）、趙熙《劉大夫傳》、楊嘯谷《劉光第傳》、余少聞《劉光第傳略》、《劉光第年譜簡編》（俱《劉光第集》附）。

〔一〕見《水滸傳》第一四回《赤髮鬼醉臥靈官殿、晁天王認義東溪村》。

〔二〕句見劉光第《夜燈》。全首云：「陰火潛然海上生，名山懷寶肯藏精。二更出地金銀氣，萬丈騰空木葉聲。久抱塵心傷黯淡，遲來世界住光明。如何無盡漫天燄，不照窮簷照化城。」（《介白堂詩集》卷上，《戊戌六君子遺集》本）

〔三〕按：謂其志已逗於《夜燈》。《夜燈》，其游峨眉作也。此意似效陳衍。《近代詩鈔·石遺室詩話》：「裴村筆力雅健，思路迴不猶人。讀《雜詩》中『文鳳見季世』一首，不啻自道，龍麟脯醢，真有詩讖矣。」亦索隱之説。《雜詩》見《介白堂詩集》卷下。

〔四〕《緑天香雪簃詩話》卷五：「富順劉裴邨比部光第，戊戌以黨禍死，人咸冤之。其《感懷》云：肯信村廛有是非，年來閲歷學忘機。枕中車轂難妨夢，畫裏江船且當歸。北地有人耕陸海，西山終古送斜暉。驚心寒雁程三萬，似避刀弦併力飛。末句已露先機，終成詩讖，亦可傷矣。」又：「富順劉裴村光第罹戊戌之禍，遺《介白堂詩》二卷，詩境沈鬱激楚，自寇自戕，先爲之兆矣。（中略）他如《送人》句云：新都失訪名賢後，京國論交性命連。次語明明自讖，一筆一墨，具有精□（爽）存之，鬼神來告，不克悔悟，可勝悼耶。」

《平等閣詩話》卷二：「富順劉裴邨比部，有《介白堂遺詩》二卷，近歲刊於蜀中。其詩多奇氣，亦恒有鎚幽鑿險之作，然静穆之致，終流露於行間。録其《聽崔儀臣談黄山之勝》五律云：三十六峰雲，黄山天下聞。奇松與怪石，喜我得逢君。少日懷高鳥，何時斷俗氛。未勞猨鶴怨，方寸有移文。《白蓮》七律云：野風香遠忽吹回，一片明湖浄少苔。殘月自和烟際墮，此花方稱水中開。碧波瑟瑟情無限，玉珮珊珊望不來。姑射神人邈天末，乾坤可愛是清才。其他如《峽門》云：晴雨亂崖根，魚龍抱日昏。《晚泊漢陽》云：殘春浮大别，游子上長安。又：閲世摩孤劍，圍書坐萬山。至無愁可説，宜得醉相看。諸句清深健麗，直與明七子抗行。」又：「裴邨五古意境高絶。有《雜詩》一首云：漫漫香雪海，梅花千萬枝。天上春獨早，亦由正逢時。何來臘梅花，託根暗相移。弄妍雲霞地，拔跡水石湄。玉女燦明月，近玩天人姿。王母閃電眸，一笑雜嗔癡。神仙烟霧中，豈容俗物窺。非種忽鋤去，園客惜其私。詩意深邃，當以不求甚解解之。」

按：汪評當參此。《近代詩人小傳稿》：「其詩筆健舉，迥不猶人，思深力厚之作，不後閩贛派諸家，而奇情壯采，又微近定庵。」亦見《近代詩派與地域》（《汪辟疆文集》）。則不取狄説。

〔五〕按：此説隱駁陳衍。戊戌六君子詩，陳云「以漪春爲最」，見《近代詩鈔·石遺室詩話》。胡先驌、錢仲聯亦各持己見，於陳説不表同意，然與汪説亦不同。胡《評劉裴村〈介白堂詩集〉》：「戊戌六君子皆號稱能詩。年少而知名最早者爲林暾谷。楊叔嶠聲譽亦卓卓。譚壯飛之詩，則代表當時浪漫風氣，彷彿似龔定庵。陳石遺先生晚年專喜香山、放翁，乃亟稱楊漪春。予獨以爲劉裴村之《介白堂詩》，不但爲六家之冠，近世亦鮮有能過之者。」（《學衡》第三四期）錢《夢苕盦詩話》第一四條：「陳石遺稱戊戌六君子詩，以楊漪春深秀爲最。余謂當以劉裴村光第爲冠，林暾谷旭次之，又次爲譚復生嗣同。石遺喜香山、放翁二家，故亟稱漪春，而不知其論之不公也。」

〔六〕胡先驌《評劉裴村〈介白堂詩集〉》：「《介白堂詩》最精之作，爲其峨眉紀游詩。」「（峨眉）在在含神秘荒怪之意，故詠峨眉必須别具手眼，尋常模山範水之筆，以狀峨眉，必不能取勝也。惟《介白堂詩》知此、能此，斯爲最勝。通觀其詠峨眉之古今體詩，無不以此爲秘訣，故雖太白《廬山謡》、《夢游天姥吟》諸什，皆不及其荒怪奇秀也。」「（諸詩）荒怪奇偉，至非阮石巢所能及矣。不但阮石巢，古今來作者詠山水之什，殆未有若此者，惟太白興到之作，彷佛似之耳。故即有此一卷峨眉詩，已足藏之名山，傳之無窮。僅就寫景一端而論，《介白堂詩》已不難獨步千古也。」「關於介白堂刺時之作，時過境遷，後人或淡然視之，而其刻畫山水之秀句，則在中國三千年所爲詩中，别開生面者，中國文明一日尚存，《介白堂詩》終可流傳於天壤間也。」

按：汪評參此。錢仲聯亦極稱之，大抵即取胡説。《夢苕盦詩話》第一五條：「劉裴村《介白堂詩》，工於設色，故寫景之作爲最勝，而峨眉紀游詩其最工者也。（中略）裴村知之，而才力又足以副之，遂成此空前之絶作。」又第一六條：「劉裴村《介白堂詩》，最工寫景，律句已見前，至其古體，尤盡鑴刓造化之能事。」又第一七條：「劉裴村《介白堂詩》，峨眉諸篇外，寫景之作，美不勝收。」《近代詩評》：「劉裴村光第如峨眉山勢，荒怪自遠。」（《學衡》第五二期）别參其《近百年詩壇點將録》、《論近代詩四十家》（《夢苕盦論集》）。

培軍按：近人詩話，均罕及裴村詩，選尤拔萃，極力推崇，似昉於胡步曾。（具見《評劉裴村〈介白堂詩集〉》。胡評之前，有《民權素》雜誌所載楊達均《攄懷齋詩話》，云：「余於近代人詩，每喜搜覽，然恒少稱意者。散原詩之外，有富順劉光第《介白堂詩》，亦爲一時傑作。散原以古奥雄奇勝，介白堂則以清新俊逸勝也。其律句靈心秀骨，無絲毫塵俗氣。其古體詩亦清雅軼麗，自成一格。蜀多詩人，信非虚語。」具眼之論，比諸胡評，如驂之靳。）又據甲寅本，裴村原擬石勇，位在地煞，此則升爲天罡，是必受影響於胡也。後錢萼孫論近人詩，亦多襲胡語，著之《夢苕盦詩話》中。又，胡《評》有一節，言簡意賅，最中肯綮，云：「以局度論，《介白堂詩》不得稱爲廣大，晚清末季大家勝之者甚夥；以精嚴粹美論，則遠可追蹤柳柳州、阮石巢，近可平揖高陶堂、陳仁先、夏映盦。其取法漢魏三唐而不逮於宋，與高陶堂尤相似，而靈雋之處或時過之。其句法之研鍊似陶堂，而不過於晦澀，蓋造琢句之極詣者。」方湖所説，瞠乎後矣。

天退星插翅虎雷横　丘逢甲

孝於親，忠於友〔一〕，以此爲詩詩不朽〔二〕。

臺澎東望淚沾巾，未死終留報國身〔三〕。天意茫茫難自料，縛將奇士作詩人〔四〕。

遜清光緒乙未，割臺灣畀日本。君抗争不獲，帥義軍自保，又建議立臺灣民主國。唐景崧爲總統，君副之。屢挫倭寇。援絶餉窮，君乃内渡，奉親居鎮平故鄉〔五〕，不問世事，而以詩人老矣〔六〕。民國初元，君曾一至金陵，余猶及見之〔七〕。軀幹修偉，虎虎有生氣〔八〕。仙根詩本負盛名，惟鮮與中原通聲氣，至有不能舉其名者，工力最深，出入太白、子美、東坡、遺山之間〔九〕，又能自出機軸，不拘拘於繩尺間，固一時健者也〔一〇〕。仙根號仲閼，本名倉海，廣東鎮平今改蕉嶺人，生於臺灣苗栗縣銅鑼灣。

【箋證】

○丘逢甲（一八六四—一九一二），字仙根，一字仲閼，晚號倉海君，廣東鎮平（今蕉嶺）人。幼奇慧，六歲能詩。光緒十五年（一八八九）進士。授工部虞衡司主事。去官不就，返臺，任教衡文等書院。《馬關條約》簽訂後，迭電清廷，反對割臺。二十一年（一八九五），自率軍抗日兵。兵敗後，内渡回廣東，教於東山、景韓各書院。擯棄八股試帖，以時務、策論課士。二十六年（一九〇〇），倡辦同文書院，開嶺東新學風氣。宣統元年（一九〇九），任粤省諮議局議長。辛亥後，粤省既獨立，任教育司長。旋代表粤民，赴南京參政，被選爲臨時參議院議員。會疾發，倉促南歸，抵粤垣，竟卒。著有《嶺雲海日樓詩鈔》。見丘瑞甲《先兄倉海行狀》、丘復《滄海先生墓誌銘》、江瑔《丘逢甲傳》、丘琮《倉海先生丘公逢甲年譜》（俱《嶺雲海日樓詩鈔》附）、王宇高《丘逢甲傳》（《國史館館刊》第一卷四號）、羅香林《丘逢甲先生傳》（《國立中山大學文史學研究所月刊》第二卷五期）。

〔一〕按：雷横孝於親，逢甲忠於國，忠孝一途，故拈而擬之。

〔二〕丘煒萲《五百石洞天揮麈》卷七：「家仲閼工部，乙未臺灣之役，義聲震乎天下，顧以事多掣肘，不稱其志意，避地歸來，終無有憐而起之者。平生豪宕感激之意，屢見於詩，予嘗欲集而刻之，以示知者。蒙其録寄乙未内渡以後之作，凡若干篇，句奇語重，意苦心長，上自漢魏，下逮唐宋，舉能茹其精華，而着我本色，允屬必傳之作。」江瑔《丘逢甲傳》：「逢甲既内渡，遂入廣東，家於嘉應州，買屋居焉。杜門不出，謝絶親友，自署爲『臺灣之遺民』。日以賦詩爲事，而故國之思，以及鬱伊無聊之氣，盡託於詩。詩本其夙昔所長，數十年來復顛頓於人事世故，家國滄桑之餘，皆足以鍛鍊而淬礪之。其所爲詩，益蒼涼慷慨，有《漁陽參撾》之聲。又如飛兔騕褭，絶足奔放，平日執干戈、衛社稷之氣概，皆騰躍紙上。故詩人之名震動一時。又往往側身南望，故鄉故國，掩映於蒼煙暮靄中，迷漫不可見，念一身之無屬，獨愴然而涕下。又有時酒酣耳熱，與二三知己談故國軼事，輒虬髯横張，怒髪直豎，鬚眉噓噏欲動，氣坌湧而不可遏，識者莫不哀之。」

〔三〕柳棄疾《論詩六絶句》之五：「時流競説黄公度，英氣終輸倉海君。戰血臺澎心未死，寒笳殘角海東雲。」（《磨劍室詩二集》卷二）按：汪句脱胎於此。「臺澎」、「未死」云云，稍加敷衍變化耳。

〔四〕句見梁啟超《讀陸放翁集》（《飲冰室文集·詩》四五下）。按：汪《行嚴出寺韻詩倡和集見示、勉以繼聲、依韻寄之》：「縛將奇士事詩律。」（《方湖詩鈔》）亦用梁句。

〔五〕丘琮《倉海先生丘公逢甲年譜》：「清廷不顧民命，割臺之議起，公無任憤慨，聯合臺紳，電籲、電争，終不得挽。公悲愴奮激，乃首倡自主之説，呼號國中。登高一呼，全臺皆應。爰集全臺人士，倡立臺灣民主國，群推公起草憲法。公擇法、美之長，制定法度，開議院，立政府，以藍地黄虎爲國旗，永清爲年號。以是，亞洲第一共和國成立。總統於五月一日公佈就職。當時以臺灣巡撫唐景崧易以號召内外，故衆舉爲大總統，統原有官軍守臺北。總兵劉永福爲幫辦，統黑旂舊部官軍守臺南。公爲義軍大將軍，統臺民新編義軍守臺中。時全臺形勢在臺北，物質精華、政令大權均寄是。唐、劉以有夙嫌，不能協守，而分兵南北，本非上着。公雖力調停，亦不爲動，只得在臺中親率義軍鼓勵訓練，巡察防守，故士氣甚盛。日軍屢來窺，均不得登岸。不幸臺北官軍乃驕蹇猜嫌，龐雜無鬭志，卒爲日軍收買漢奸作鄉導，偷在三貂角登岸。於是，雞籠陷，八堵失，臺北告急。公急抽調所部，親往援之，甫至中途，而臺北已以淮軍變、總統逃爲倭軍所佔。日軍乘勢沿鐵路南侵，直達新竹縣，義軍與遇，極力抵抗，血戰二十餘晝夜，卒軍資彈藥盡失。

以餉絶彈盡，死傷過重，不支。日人知臺灣自主，由公首倡，所部義軍又抗戰最力，嫉之甚，出重賞嚴索。時頗有愚懦，以臺北已亡，甘爲臣妾，不獨不協助驅除異族，反起爲内應者。公知事不可爲，欲率部據山死守，與臺共存亡。部將謝道隆諫曰：『臺雖亡，能强祖國則可復土雪恥，不如内渡也。』公以爲然，即布告各地，自由抗戰，不限部勒。痛哭辭故鄉，奉父母内渡，由水離港乘舟六日，始抵泉州。東望家山，數百萬同胞盡淪夷狄，經年憂勞痛苦，鬱結莫伸，故在泉忽嘔血數升，幾不起。稍痊，再乘舟赴汕頭。時家口幸先後齊會，故部亦有來相隨者，即回廣東鎮平祖籍，以印山村祖宅已壞，乃卜居澹定村焉。至臺灣柏莊故宅，則倭軍入臺後，盡爲所焚毁矣。抵粤後，以部將吴湯興、姜紹祖、丘國霖、徐驤等戰死甚烈，爲具文江督張之洞，請轉奏撫卹表彰，不報。」

〔六〕丘逢甲《復菽園》：「弟本不願作詩人，然今則竟不能（不）姑作詩人。」（《丘逢甲集·文稿》下編）

又，《耕雲别墅詩話》：「丘倉海逢甲，本臺灣人，馬關之約，割臺於日本，倉海以民兵援臺，不克，遂内渡，益肆力於詩以見志。頃游羅浮歸，以游草見示，沉博絶麗，卓卓可傳。」又：「逢甲既去，居於嘉應，自號倉海君，慨然有報秦之志。觀其爲詩，辭多激越，似不忍以書生老也。」亦可參。

〔七〕按：汪説有誤。據《倉海先生丘公逢甲年譜》，宣統三年（一九一一），辛亥革命後，逢甲被舉爲組織中央政府粵代表，十月初赴南京組織政府，至臘月上旬，即因病吐血南歸，旋於民國元年正月卒。汪云於民國初元，猶及見其人，則自無此可能，或於辛亥年一面，後來誤記年月也。

〔八〕丘琮《岵懷録》：「先父身軀魁偉，如齊魯壯士。面紫，聲宏，目有威稜。神清而旺，氣度嚴肅剛正，而寬和雍容。言笑整暇豪爽，應接誠敬有禮。故後進見者無不畏敬，而終則愛慕焉。」江瑔《丘逢甲傳》：「（逢甲）軀幹魁梧，高十尺以外。廣額豐耳，兩目奕奕生奇光。言論風生，往往一語驚四座，聲震屋宇。」

〔九〕《近代詩派與地域》：「丘仙根在嶺南詩名最盛，中原人士，鮮有知其人者；當清廷初割臺灣，丘氏號召黨徒，舉義師以抗日軍，轉戰臺南北，累挫日人，卒以無援失敗，倉皇歸粵，乃隱嘉屬之鎮平山中，即今之蕉嶺是也。其身雖隱，然時時未能忘臺灣之役，故詩中累及之。觀其《送頌臣之臺灣》詩云：『涕淚看離櫂，河山息戰塵。故鄉成異域，歸客作行人。』蓋感愴深矣。今所傳之《嶺雲海日樓詩鈔》，慷慨激昂之作，紙上有聲。實以其人富於感情，宗國之痛，一寓於詩，不屑拘拘於繩尺間，而自具蒼莽之氣。跡其所詣，頗欲兼太白、東坡之長。所可惜者，粗豪之習，未盡湔除，益以新詞謡諺，拉雜成詠，有泥沙並下之嫌，少渟滀洄漩之致；然非此又不必仙根之詩也。」（《汪辟疆文集》）

按：逢甲詩之取徑，論者實較尟，惟黃遵憲亟推之，云「在兩當軒、瓶水齋間」（丘逢甲《與菽園書》，《丘逢甲集·文稿》下編），然不爲逢甲首肯。江瑔《丘逢甲傳》云：「寢饋於李、杜、蘇、黃諸家。」較近汪説。

〔一〇〕《飲冰室詩話》第三九條：「吾嘗推公度、穗卿、觀雲爲近世詩界三傑，此言其理想之深邃閎遠也。若以詩人之詩論，則丘倉海逢甲其亦天下健者矣。」

按：此汪語所本。又，梁云云，本黃遵憲。黃《與梁啟超書》（六）云：「此君（按指丘）詩真天下健者，渠自負曰：『二十世紀中，必有刻黃、丘合稿者。』又曰：『十年之後，與公代興。』論其才調，可達此境，應不誣也。」（《黃遵憲集》下卷）「天下健者」，語見《後漢書》卷一〇四上《袁紹傳》。又，《近代名人小傳》：「（逢甲）所爲詩，才思橫溢，控送如意，尤精對仗，雖恢詭不如黃遵憲，而喬麗亦往往勝之。唯乙未諸詩，則沈鬱蒼涼，如《伊州》之曲，讀者輒墜淚，後來所不及也。」亦以丘詩比黃，可參。《小傳》論詩，亦如論人，多犀利語，未嘗輕許也。

《五百石洞天揮麈》卷八：「仲閼工部丙申《秋懷》八首，其一：如此乾坤付越吟，賸將詩卷遣光陰。鏡中白髮愁來早，衣上緇塵刧後深。半壁河山沉海氣，滿城風雨入秋心。留侯博浪椎無用，笑撫殘書酒獨斟。其二：古戍斜陽斷角哀，思鄉何處築高臺。去年親故無消息，此地羈人有酒杯。入海江聲流夢去，抱城山色送秋來。天涯自洗看花淚，叢菊於今已兩開。其三：策策西風吹晚涼，驚秋人共雁南翔。海山縹緲半烟霧，澤國蕭條初雨霜。誰許半千論古陣，且逢重九醉他鄉。莫嗟欲濟無舟楫，待起黿鼉與架梁。其四：箋天誰爲寫離憂，愁大翻憐隘九州。明鬼逕須從墨翟，望洋聊與説莊周。等身書卷供行路，故國山河人倚樓。怕向天涯舒倦眼，伏闌雨不成秋。其五：暫息邊烽强自寬，出門西笑説長安。金繒商保太平局，冰炭磨成清要官。南嶠流移傷百越，東藩淪隱痛三韓。驅車欲去仍留滯，風雪關河怯早寒。其六：連天衰草悵蕭辰，憔悴秋風淚滿巾。果下近游思貫馬，蘆中小隱任呼人。渡江早慮胡分晉，蹈海終撓趙帝秦。收拾鈐韜付兒輩，乾坤潦倒腐儒身。其七：莫笑談瀛膽氣麤，眼前時局古來無。未容樊噲誇功狗，終遣林宗歎屋烏。浮海已憐吾道廢，移山誰憫此公愚。江湖且作扁舟計，滿地秋容雪點蘆。其八：菊恨蘭悲悶衆芬，天南牢落悵離群。客愁竟夕憐江月，鄉夢千重隔嶺雲。長笛且吹新道調，短衣誰識故將軍。雄心消盡閒情在，四海無家獨賣文。惟第五首略露正意，前後皆含蓄不露，如往如復，如泣如訴，如聽霜天哀角，悄然以思；如傳一聲《河滿》，戛然而止。昔人云：「《離騷經》之妙，妙在離字、騷字。愚謂諸詩『剪不斷、理還亂』，亦正從善學《離騷》得來。」

天殺星黑旋風李逵　易順鼎

快人快語，大刀闊斧。萬人敵〔一〕，無雙譜〔二〕。

天寶詩人有任華，一生低首祇三家〔三〕。李白、杜甫及懷素。讀君癸丑詩存後，始信前賢未足誇〔四〕。

實甫早年有天才之目〔五〕，實甫十三歲應試，交卷第一。學使廖壽恒驚疑不已，問：「能再作否？」曰：「可。」隨以「得天下英才而教育之三樂也」命題，易文不加點，頃刻而成。後二比有云：「安從得廣廈萬間，洗破屋秋風之陋也。」對云：「是所賴中流一柱，挽狂瀾大海而東之。」驚才絶豔，得之垂髫。十八歲中鄉舉，後累試不第。〔六〕平生所爲詩，屢變其體〔七〕。至《四魂集》，則餘子斂手〔八〕；至《癸丑詩存》，則推倒一時豪傑矣〔九〕。造語無平直，而對仗極工，使事極合，不避熟典，不避新辭，一經鍛鍊，自然生新〔一〇〕。至闢險韻，鑄偉辭，一時幾無與抗手〔九〕。

〔原附〕論近代詩家絶句　章士釗

詩成濡印錦溪砂，得意籠銅鼓報衙。殺賊卻充名士餅，謀姬應媿美人麻。

君出守廣西右江道，有句云：「已辦腰刀思殺賊，未留鬚戟爲謀姬。」又有云：「新詩欲和賀梅子，他日應呼易柳州。」西林曾語余云：「易某自矜名士。名士如畫餅，於國何用？」參摺内即如此説，乃張堅伯手筆。首二句本柳詩。

盧仝馬異一流人，祇益冬郎綺語新。國運教隨詩運去，江南逢處我傷神。

詩人盛道比紅詞，誰見紅兒唱紫芝。鶴立座隅呼要命，也應知命盡何時。

君頌京女伶鮮靈芝有句云：「中有幾聲呼要命。」指喝采言。

【箋證】

○易順鼎（一八五八—一九二〇），字實甫，一字中碩，號哭庵，湖南龍陽（今漢壽）人。父佩紳，官四川布政使。早慧，有「神童」之目。十七歲，中光緒乙亥（一八七五）舉人。累應禮部試，皆不第。納官刑部山西司郎中。十三年（一八八七），改官河南候補道，充三省河圖局總辦。明年，監河南鄉試。以進三省河圖，加按察使銜。居二年，引歸，於廬山築琴志樓，作游山詩盈卷。後張之洞聘主兩湖書院。甲午（一八九四），中東戰起，劉坤一奏調參戎幕，遂奉父命往從。至京，上書主抗日，又疏劾李鴻章。二十六年（一九〇〇），督辦江陰江防。二十八年（一九〇二），簡廣西右江道，調署太平思順道。三十四年（一九〇八），授雲南臨安開廣道，旋調廣東欽廉道，署廣肇羅道。辛亥秋，遁居上海，貧不自聊。歲餘，赴京師，任印鑄局參事。卒於北京。著有《琴志樓編年詩集》、《廬山詩録》、《四魂集》、《癸丑詩存》、《盾鼻拾餘》等，合刊爲《琴志樓叢書》。見自撰《哭盦傳》（《慕皋廬雜稿》卷一）、程頌萬《易君實甫墓誌銘》（《碑傳集三編》卷四一）、奭良《易實甫傳》（《野棠軒文集》卷二）、李法章《易順鼎傳》（《民國人物碑傳集》（川版））。

〔一〕《史記》卷七《項羽本紀》：「項籍少時，學書，不成，去學劍，又不成。項粱怒之，籍曰：『書，足以記名姓而已；劍，一人敵，不足學。學萬人敵。』」

〔二〕按：《無雙譜》，清金史所繪，有賞奇軒本。此云李、易爲人，並所謂「不能無一、不能有二」，可入《無雙譜》者也。

〔三〕〔任華〕唐詩人。與李、杜同時。初爲桂州刺史參佐。與人書稱：「華本野人，常思漁釣，尋當杖策，歸乎舊山，非有機心，致斯扣擊。」亦狂狷之流。有《寄李白》、《寄杜拾遺》、《懷素上人草書歌》詩。見《全唐詩》卷二六一、《唐詩紀事》卷二二。

〔四〕《單雲閣詩話》：「樊樊山、易實甫，自是清末大家，譬之美色，豔妝濃抹，常過尺度，然仍不失爲大家風範。二家之詩，似均未有全集行世，往時常見單本數種而已。實甫《癸丑詩存》二卷，在《哭庵叢書》中，《游山詩集》八卷，在《琴志樓叢書》中，兹分述之。」「《癸丑詩存》，强半皆贈名伶之作，此老縱情聲色，不脱才人本色。其所作長歌，長短言並下，如太白古風，而以詩爲議論，又學東坡者也。《萬古愁曲爲歌郎梅蘭芳作》，可謂天地間有數奇文字，如首段云：『一笑萬古春，一啼萬古秋，古來有此佳人不？君不見古來之佳人，或宜嗔不宜喜，或宜喜不宜嗔；或能顰不能笑，或能笑不能顰。天公欲斷詩人魂，欲使萬古秋，欲使萬古春。於是召女媧，命伶倫，呼精精空空，攝小小真真，盡取古來佳人珠啼玉笑之全神，化爲今日歌臺梅郎蘭芳之色身。』非大手筆，誰能若此冒起？其下通體波瀾，到底不懈，誠偉構也。」（《校輯近代詩話九種》）《容安館札記》第一五五則：「（實甫）晚年七古，截搭典故，長短錯落，四五句一押韻，非文非賦，大有解放詩之意。如《甲寅詩存》卷上《寒雲夢游佳山水，且畫之，覺後屬鷗客作圖，索余題》，即其例。黄秋岳《花隨人聖盦摭憶》所舉《和樊山禳天韻自述一首》，特其尤弔詭放恣者耳。」按：二人所論，大指略同，所異者，一譽一貶耳。又所云《甲寅詩存》，在《癸丑詩存》後。錢又云：「哭菴詩貌似瑋麗，而肌理不細緻，好言情而浮囂無韻味，鶩寫景而塗澤不真切。」亦中其病。又，汪兆鏞《椶窗雜記》卷三：「（實甫）君詩一時之傑，五十以後所作，惜太剽滑，宜加芟汰，瓌寶乃不爲沙礫所掩。」别參注七引。

樊增祥《書廣州詩後》：「天生石甫，奇才也。五歲而知書，十七八而刻行稿。詩詞駢散文，皆於三十六體爲近，先師張文襄奇賞之。中年以後，廬山諸作，駸駸入杜韓之室矣。顧天之生人，既畀以純全秀靈之氣，則天事終而人事伊始。其才之偏全，名之小大，遇之豐嗇，則仍視乎其人之自爲，而天之權，亦退處於若有若無之間。石甫既負盛名，率其堅僻自是之性，騁其縱橫萬里之才，意在凌駕古人，於藝苑中别豎麾纛。於是益新、益奇、益工，益不復蘄合於古之法度，亦不恤師友之箴言。廬山以後之詩，大抵才過其情，藻豐於意，而古人之格律、之意境、之神味，舉不屑於規步而繩趨，而名亦因是而減。文襄深惜之，又力誡之。君方自謂竿頭日進，弗能改也。

國變後，君益不得志，乃益任誕不羈，上可以陪玉皇，下亦不薄卑田院乞兒。於是輕薄後生譏罵侮笑，又時時摹效其體，睢盱恣肆，鏖糟鄙俚，搬添〔漆〕椀於行間，撤〔撒〕園荽於紙上，人人以爲才過石甫。而世上之論石甫者，亦皆忘其天之獨絶，但摘其頹唐贍大之作，以供笑樂。而石甫逌然弗顧，不怒，亦不改也。吾夙不善石甫之變而爲此，既屢諫而弗聽，則廬陵雖不喜劉幾之文，而老坡仍恐傷晁生之氣。要其才之洸洋澔汗，則《左氏傳》云：『革車四千乘，雖以無道行之，必可懼也。』至於半豹未窺，一腳指猶作不得，而亦凌侮老成，掎摭瑕纇，雖石甫不校，吾意殊不能平。以故君之近作，不加雌黄，誠如王文憲所言：『邱公任宦，不進，才亦退矣。』己未七月，秋暑方盛，君以廣州舊稿數册，屬爲評點。展讀再過，加以圈識。君自以《四魂》名集，而詩境日變。此爲五十以後詩，吾與文襄師所弗善者也。然反復吟玩，究非明之唐伯虎、馮猶龍，清之舒鐵雲、王仲瞿所能爲。譬如舊家園林，樓臺金碧，不自修營，而其中幽花怪石，美竹長松，雖三徑就荒，而其秀不掩，甚至壁衣無非文錦，瓦當猶中硯材，彼甕牖窺天之子，土硃點句之儒，終身固未嘗見，見亦弗能識也。又如大官宴客，二十四味，肥魚大臠，陳陳相因，人以爲無含咀之餘味矣；及至別具果筵，美眷滴酥，侍兒温酒，一茶一粥，一蔬一筍，悉從内出，不假官庖，甚至盞疊皆屬名瓷，鹽醬悉經玉戥，彼蝦蟆請客、客請蝦蟆者，能如是乎。又如中朝達官，退閒緑野，口不談朝政，座不接賓僚，入市而看盤鈴，乞食而攜拍板，人以爲王公憒憒，無可與言矣；及國有大事，朝廷鄭重而訪老成，安車就徵，而商至計，於是片言扼要，碩畫濟時，所見必高人數籌，計事必先人一着，彼尸素庸臣、少年新進，有此膽識耶。又如施嬙麗質，許董仙姿，咳唾九天，徘徊五里，中年以後，漸洗鉛華，屑金泥而寫經，曳黄絁而入道，人以爲螓首蓬飛，蛾眉憔悴矣；及其飾翠羽、佩明璫，出紫蘭之室，入芝田之館，流波一盼，卻扇一顧，猶足以迷陽城而惑下蔡也，彼東村醜矉，鄰婦青脣，何足擬其萬一哉。吾評石甫之詩，亦若是焉已。」（《琴志樓編年詩集》卷首）《石甫題黄孝子畫滇中山水詩、奇恣精穩、無復泥沙雜下之病、真絶作也、賦詩美之》：「君之少作紛天葩，晚如老樹森槎枒。長江大河瀉千里，魚龍百怪挾泥沙。我耽杜詩講格律，揚干亂行必簡斥。每嫌芳蕙雜蕭艾，亦恐明瑶混砂礫。文場元帥張文襄，愛君如居闕夜光。後來踸踔少檢括，坐惜才筆趨頹唐。丁未人日與我語，奈何不戒易石甫。（中略）吾愛君才受師戒，多所指摘稀揄揚。前年瞻園同結夏，每出一篇懼譏罵。能當譏罵有幾人，不是仙才俱可赦。隨園品低論不誣，美人才子心多虛。我摘君詩犯無隱，君讀我詩一語無。（中略）君爲詩中漢元帝，我爲朱雲蒙旌異。君爲詩中唐文皇，我爲魏徵多匡襄。君手能撒珠萬顆，君口能開花萬朵。如絲竹肉近自然，凡幽麗奇無不可。獨來獨往旁無人，寫景寫情中有我。（中略）迅若半夜錢唐潮，幻若九夏衡山雲。首尾妥帖力排奡，中間無窮出清新。歐公廬山高不及，何論杜默一輩人。君詩篇篇皆若此，配食東維子可矣。俯首下視玉川盧，引手上攀謫仙李。向來玉瑕與珠

類，正似美人浄梳洗。君以詩事文襄公，能令公怒令公喜。」（《樊山集七言豔詩鈔》乙卷）

〔五〕易順鼎《自叙兼與友人》：「余幼時頗慧，五歲能詩，年十二三，哀然成帙。每好爲悽豔之語。」《哭盦傳》：「（哭盦）十五歲爲諸生，有名。十七歲舉於鄉，所爲詩歌文詞，天下見之，稱曰才子。已而治經，爲訓詁考據家言；治史，爲文獻掌故家言；窮而思返於身心，又爲理學語録家言。然性好聲色，不得所欲，則移其好於山水方外，所治皆不能竟其業。年未三十，而仕官不卑，不二年棄去。築室萬山中居之，又棄去。綜其生平，二十餘年内，初爲神童、爲才子，繼爲酒人、爲游俠少年、爲名士、爲經生、爲學人、爲貴官、爲隱士，忽東忽西，忽出忽處，其師與友謔之，稱爲『神龍』。其操行無定，若儒若墨，若夷若惠，莫能以一節稱之。爲文章亦然，或古或今，或樸或華，莫能以一詣繩之。其要輕天下、齊萬物、非堯舜、薄湯武之心，則未嘗一日易也。」（俱見《慕皋廬雜稿》卷一）

按：易幼號「仙童」（見金梁輯《近世人物志》第一三〇頁），與曾廣鈞齊名，曾幼號「聖童」。參觀「曾廣鈞篇」注五。

〔六〕見陳鋭《裒碧齋雜記》（《青鶴雜誌》第一卷二一期）。

〔七〕《近代詩鈔·石遺室詩話》：「君於學無所不窺，爲考據，爲經濟，爲駢體文，爲詩詞。生平詩將萬首，與樊樊山布政稱兩雄。惟樊山始終不改此度，實甫則屢變其面目，爲大小謝、爲長慶體、爲皮陸，爲李賀，爲盧仝，而風流自賞，近於温、李者居多。雖放言自恣，不免爲世所呰訾，然亦未易才也。其集名甚多，曰《丁戊之間行卷》，曰《摩圍閣詩》，曰《出都詩録》、《吴船詩録》、《樊山沌水詩録》、《蜀船詩録》、《巴山詩録》、《錦里詩録》、《峩眉詩録》、《青城詩録》、《林屋詩録》、《游梁詩賸》、《廬山詩録》，曰《宣南集》、《嶺南集》、《甬東集》、《四魂集》、《四魂外集》、《鬻園詩事》，蓋足跡及十數行省，一地一集也。」《陳石遺先生談藝録》：「樊山與實甫，雖均以詩豪，頃刻成詩，年月成集，各以萬首計，然樊則自幼至老，始終一格；易則時時更變，詩各一格，集各一調。林謙宣云：易以活字版自隨，一有詩百十首，即印成集，遍贈朋友。」

按：易好刻詩集，見《魂南續集自叙》（《魂南續集》卷首）。又《琴志樓編年詩集自記》：「余刻詩最早，十五六歲時，即刻《眉心室悔存稿》。以後所刻，則有《丁戊之間行卷》、《摩圍閣詩》、《樊山沌水詩録》、《吴篷詩録》、《蜀船詩録》、《錦里詩録》、《峨眉詩録》、《青城詩録》、《游梁詩賸》、《廬山詩鈔》、《四魂集》、《湘社集》、《湘壇集》、《江壇集》、《魂西集》、《鬻園詩事》、《魂南續集》、《廬餘集》、《宣南集》、《嶺南集》、《甬東集》、《廣州集》、《高州集》、《癸丑詩存》，凡廿餘種。然隨時所刻，不相連屬。其未刻者，則凌雜散亂，棄置數敝簏中。而余又奔走風塵，迄無寧歲，於此事迄不暇過問，亦聽其斷爛散失而已。」（《琴志樓編年詩集自記》卷首）亦可參。

〔八〕《蜷廬隨筆》：「（實甫）詩多游戲之作，又慕趙悲庵，遂以哭庵名其齋，可謂怪矣！復刻詩四集，曰《魂東》、《魂西》、《魂南》、《魂北》，尤爲幻譎。」《晚晴簃詩匯》卷一七〇《詩話》：「實甫童年奇慧，世以懷麓目之。早負詩名，足跡幾徧天下，所至成集，隨地署名，合編爲《琴志樓集》。詩體屢變，中以《廬山詩》爲最勝。張文襄雅賞之，曾加評點。《四魂》以後，日趨恢詭，雖以務爲工對，雜用俚言爲世譏訶，而才筆縱横，自是健者，方諸舒鐵雲、王仲瞿，殆相伯仲。」

按：《四魂集》，易多有自評。《琴志樓摘句詩話》云：「昔人謂王摩詰『詩中有畫』，《四魂集》中句，亦真有可以入畫者。如：『人對亂山聞畫角，天圍大海作冰壺。』『春水緑浮天外島，夕陽紅上海邊牆。』『海水夜浮明月白，仙山春滿落花紅。』『初月如眉畫姜女，亂山無語送秦皇。』『張敏夢迷芳草外，伯之魂斷雜花前。』『東風遠浦漁帆仄，斜日長城鹿柴叉。』『馬色桃花秦斥堠，雞鳴桑樹晉人家。』『海水似牆遮北極，火雲如蓋覆南荒。』『麥飯牛羊亡國壟，桃花雞犬遠人村。』『榕能緑日天無夏，稻已黄雲歲有秋。』『露下披衣天宇白，月中横笛海山蒼。』讀之，皆可以使人綿邈銷魂也。」（《庸言雜誌》第一卷一六號）别參注一〇引。

《石遺室詩話》卷一：「庚寅在上海，從袁叔瑜緒欽處，始見易實甫所刻《丁戊行卷》，及《出都》、《吴蓬》、《樊山沌水》、《蜀船》、《巴山》、《錦里》、《峨眉》、《青城》、《林屋》、《游梁》、《摩圍閣》各詩卷。學謝、學杜、學韓、學元白，無所不學，無所不似，而以學晚唐者爲最佳。後又從葉損軒處，見其《魂東》、《魂北》各集。古體務爲恣肆，無不可説之事，無不可用之典。近體尤惟以裁對鮮新工整爲主，則好奇之過，古人所謂君患才多也。」《在山泉詩話》卷一：「實甫近著《魂南、北集》，詩格一變，真力彌滿，而間有頹老之筆。今擇録五律，慨當以慷，出筆如環，亦覺聲滿天地也。《舟泊閶門》云：金閶門外哭秋雲，城郭荒荒水二分。何不學仙丁令語，自然流涕子山文。江南有地堪埋我，天下無人尚識君。猶賸故交三兩在，吹簫市上一相聞。《曉發崔莊望岱》云：昔年晞髮向陽阿，今日重來是枕戈。立馬岱宗青未了，聞雞天下白如何。帝京北望雲遮日，海國東看雪捲波。胸次攜將千塊壘，欲持相對比嵯峨。《將抵天津》云：津門望見乍心驚，八載重來是隔生。塞上短衣隨李廣，江南枯樹感蘭成。鳶肩火色賓王相，鶴唳風聲太傅兵。身世已非人事改，愴懷家國豈勝情？《感事》云：四郊環壘辱如何，一柱擎天愧已多。滄景未收唐節鉞，燕雲竟損宋山河。中朝黨誤牛僧孺，西域胡譏馬伏波。時論吹毛終太刻，世蕃未必果通倭。《將渡黃河》云：萬里辭家祇一身，故山魂夢總酸辛。回頭赤道偏南處，轉眼黃河以北人。蜀犬吴牛驚日月，越禽代馬悵風塵。健兒争唱從軍樂，誰識書生淚滿巾？」

〔九〕《近代詩派與地理》：「實甫才高而累變其體，初爲温李，繼爲杜韓，爲皮陸，爲元白，晚乃爲任華，横放恣肆，要不肯爲宋派。晚年曾手定全稿，删剔頗嚴，所存僅數百篇，皆精當必傳之作。」亦略見《近代詩人小傳稿》（《汪辟疆文集》）。

按：此亦參《石遺室詩話》，詳見注七引。陳云「爲盧仝」，汪云「爲任華」，任華、盧仝，風格故相似。「晚爲任華」，即指《癸丑詩存》。又，據鄭逸梅《文苑花絮》「易實甫的手寫詩稿」條，其晚年手定詩集稿本，實爲蘇繼卿所得，「共十九卷，現刻者十二卷，凡五百八十四首」。

〔一〇〕易順鼎《琴志樓摘句詩話》：「余所刻《四魂集》，譽之者滿天下，毁之者亦滿天下。湘綺、樊山，皆極口毁之者也。然『文章千古事，得失寸心知』，余自信此集，爲空前絶後、少二寡雙之作。蓋毁余者皆以好用巧對爲病，即張文襄亦屢言之，不知以對屬爲工，乃詩之正宗。凡開國盛時之詩，無不講對屬者，如唐之初盛、宋之西崑、明之高劉皆然，自作詩者不講對屬而詩衰，詩衰而其世亦衰矣。杜詩亦講巧對，如『子雲清自守，今日起爲官』，及『大司馬』、『總戎貂』之類。況余詩對仗皆用成語，且不喜用僻典，而所用皆人人所知之典，又皆寓慷慨悲歌、嬉笑怒駡於工巧渾成之中，自有詩家以來，要自余始獨開此一派矣。《四魂集》中屬對之極工者，試舉數聯，如：『城郭人民丁令鶴，樓臺冠劍子卿羊。』『雲汝衣裳龍鳥往，風其臣妾馬牛奔。』『中露哀誰救黎國，上雲樂本出胡人。』『月雲鄂國八千里，冰雪蘇卿十九年。』『潮州謫宦能驅鱷，汐社遺民有拜鵑。』『鉤輈格磔人如鳥，答遝離支果勝花。』『六月圖南海東運，七星在北漢西流。』『送别五千人檇李，壓裝三百顆離支。』『東雲龍向西雲露，南海牛從北海風。』『春露秋霜悲故國，炎風朔雪感天王。』『丁令威真返遼海，申包胥合哭秦廷。』『鳶肩火色賓王相，鶴唳風聲太傅兵。』此皆無一字無來歷，又無一字用僻典，又無一字稍雜湊而不渾成。必如此，方可講對仗也。」又：「《四魂集》中，凡用古人名，非屬對甚工者，皆不用。如：『過江兵馬貍終斃，亡國河山鼠亦妖。』『竟同鵬舉死冤獄，無怪馬遷修謗書。』『中朝黨誤牛僧孺，西域胡譏馬伏波。』『喚女惟聞木蘭父，哭夫不顧杞梁妻。』『李怨牛恩朋黨論，桃生羊死賤貧交。』『酎金罰已寬荀彘，盈篋書都示樂羊。』『肯事春農王相國，漫同秋壑賈平章。』『覓得屠蘇劉白墮，借來廣柳魯朱家。』『邊牆故蹟熊經略，幕府高賢鹿太常。』『中朝舊議封關白，上相新聞使契丹。』『忍恥滅吴求范蠡，寫憂適越學梁鴻。』『即墨田單爲守將，睢陽南八是男兒。』『深州未出牛元翼，浪泊難歸馬伏波。』此皆屬對極工巧，而用典隸事又極精切，所以可貴耳。余嘗有一推倒一時豪傑之論云：無工巧渾成對仗，竟可以不必作詩。蓋塵羹土飯、人云亦云之語，雖數十亦作不完，何必千手雷同，徒費紙墨乎。」又：「《四魂集》不僅以屬對工巧爲尚也，其隸事之精切、設色之奇麗、用意之新穎，皆兼而有之。如：『殿腳至今多婦女，露筋前代有神人。』『此日盟猶存白馬，何人塞欲賣盧龍。』『海上魚龍真跋扈，淮南雞犬豈平安。』『石馬汗流唐祚永，銅駝淚下杞憂深。』『星臨吴分堅當敗，雪滿淮西濟可擒。』『蓬萊海上三千歲，荆杞山中二百州。』『鶴語今年時令異，烏知屋底達官空。』『似聞文帝寬黄屋，每念高皇困白登。』『教學范滂蘇軾母，戒同伯鯀屈原嬃。』『棘門灞上皆兒戲，太液昆明是水嬉。』『下澤當騎欵段馬，常山枉策率然蛇。』『似報韓人讐俠累，未聞鄭伯滅宣多。』『肯讓秦人剪鶉首，欲回周紀次天黿。』『王母有圖呈益地，麻姑無術救揚塵。』『丹穴生靈薰越翳，烏桓部落奉田疇。』『泛海零丁文信國，渡瀘兵甲武鄉侯。』『梳頭逆旅逢張妹，椎髻蠻夷起趙佗。』『痛哭珠崖原漢土，大呼倉葛本王人。』『折節太原公子在，感懷真定弟昆多。』『見説杜鵑啼蜀帝，不妨桀犬吠唐堯。』『謝公昔欲凌窮髮，葛相今思入不毛。』『雜懸自昔鐘難享，精衛從今石永銜。』何其隸事之精切也！『天吴紫鳳爲奇服，含景蒼龍有佩刀。』『雌鳳雄龍曾北走，銅駝金狄有東遷。』『重攀碧柳重魂斷，一步紅橋一淚流。』『雞唱一聲天已白，馬通三尺地皆黄。』『皇帝畫圖公玉帶，素王書讖卯金刀。』『白龍鱗甲爲刀柄，翠鳳毛翎作帚叉。』『鱗甲玉龍三百萬，觚稜金爵九重雙。』『鼇騰軸底思掀地，龍入窗中欲攫人。』『韜略六三羞虎豹，騷詞廿五感龍鸞。』『白狼元菟都非我，青雀黄龍已贈人。』『青緑山川圖小李，丹黄村落認諸楊。』『黄耳音書隔人海，紅毛衣服共雲山。』『虎齒所居樓十二，鴻毛難載水三千。』『玄蜂赤蟻蒼梧野，紫蟹黄魚白葦莊。』『南窗朱鳥貽書札，東國青童畏佩刀。』『麒麟鳳鳥爲先戒，翡翠鯨魚入小詩。』『胭脂坐令輪胡地，翡翠何曾賺越裝。』『館問碧蹄平秀吉，城尋赤嵌鄭成功。』何其設色之奇麗也！『緊急春寒如戰事，遲延花信似家書。』『露布定寒西夏國，雲臺應畫富春山。』『天末游仙魂似影，夢中哭母淚如膏。』『軍書竟日如經讀，詩卷他年作史看。』『墨磨盾鼻爲詩硯，錢挂矛頭當畫叉。』又何其用意之新穎也！其實皆人人眼前語，皆人人意中語，他人或眼前有之而意中無之，或意中有之而筆下無之，我不過取他人眼前者、意中者而出之於我筆下耳。」又：「余十五歲時，刻詩詞各一卷，曰《眉心室悔存稿》，自署曰『懺綺齋』，又自號『眉伽』。其七言樂府諸篇，如：『冰蟾走入誰家樓，喚起樓中無限愁』、『貂裘公子氣如虹，十萬金錢擲秋雨』，及《七夕篇》之『紅淚流成無定河，香肩倚倦長生殿』等句，皆傳誦一時，膾炙萬口，幾於旗亭井水、團扇弓衣。才子之名，由是喧滿海内。其七言律句之人人傳誦者，如：『眼界大千皆淚海，頭銜第一是花王。』『生來蓮子心原苦，死傍桃花骨亦香。』『秋月一丸神女魄，春雲三摺美人腰。』『寸管自修香國史，萬花齊現美人身。』『飛龍藥店輸金屋，走馬蘭臺感玉溪。』『僕本恨人猶僕僕，卿須憐我更卿卿。』僅此數聯，粗能記憶。二十年來，欲求當時刻本，片紙無存。」又：「余以己卯冬公車北上，取道江南。騎一衛，冒大雪入金陵城，遍訪六朝及勝國遺蹟，一日中成《金陵雜感》七律二十首，頗有警句。傳誦當時者，如：『地下女郎多豔鬼，江南天子半才人』、『淘殘舊院如脂水，住慣降王没骨山』、『桃花士女桃花扇，燕子兒孫燕子箋』諸聯，則三十年前某君所刻《墨餘雜録》已載之。又如：『衰柳緑連三妹水，冷楓紅替六朝花』、『擣完麝桂成灰土，燒盡鶯花作爨薪』、『如此江山奈何帝，誤人家國甯馨兒』、『馬渡已添新甲第，燕歸難認舊丁簾』、『捨宅紅樓尼話舊，吹簫黄月鬼愁兵』，亦皆人所傳誦也。」又：「潘蘭史自上海剪今年正月《時報》中《平等閣詩話》一則寄來（按見單行本《平等閣詩話》卷二）。此詩話録余《感舊書懷贈王夢湘》一律，又録數聯云：『墜階涼雨時鏗爾，當户靈風每肅然。』『何不學仙丁令語，自然流涕子山文。』『無多橡栗唐天寶，何處桃花晉太康。』『百年身世真皆幻，萬古乾坤樂亦哀。』皆《四魂集》中句也。然此數聯在集中，皆非余所自喜者。」（《庸言雜誌》第一卷一六號）

按：此節所言，雖是自負語，實亦公論也。而非議不免。《藝苑叢話》卷一三：「（碩甫）觀察善作詩鐘，其集中所存五七律，雖詩也，而不啻詩鐘矣。嘗有人論之曰：『讀碩甫詩，如入鐘錶店，此則琤琤然，彼則璫璫然。』可謂善戲謔兮。」（亦見《南亭四話》卷二）《容安館札記》第一五五則：「實甫《四魂集》中七律，已類詩鐘。」並可參。

天巧星浪子燕青　曾廣鈞

一身好花繡〔一〕，何如葉底彎弓殷血透。

奧緩光瑩稱此詞〔二〕，涪翁原本玉溪詩〔三〕。君家自有連城璧〔四〕，後起應憐聖小兒〔五〕。千帆謹案：湘綺以重伯爲聖童。

環天室詩多沈博絶麗之作〔六〕。比擬之工，使事之博〔七〕，虞山而後，此其嗣音。太傅、惠敏，並致力玉溪〔八〕，至重伯則所造尤邃〔九〕，可謂克紹家風矣。近詩人多祖宋祧唐，惟湖湘守八代初唐不變。湘綺而外，若重伯、實甫、陳梅根〔一〇〕、饒石頑、李亦元、寄禪諸家，多尚唐音〔二〕。

〔原附〕論近代詩家絶句　章士釗

一室環天不自舒，羡人十載到公孤。突梯願就諸孫列，太傅親交張總愚。

「十載到公孤」，乃重伯挽惠敏聯。潘伯寅見之大怒，終身抑重伯使不得出。重伯在湘呼張敬堯爲老伯。問之，則曰：「文正與張總愚交誼使然。」

【箋證】

○曾廣鈞（一八六六—一九二九），字重伯，號觙庵，湖南湘鄉人。曾國藩孫。早慧，十二歲畢五經。從王闓運受經學。光緒十五年（一八八九）進士。授翰林院編修。讀迻譯諸西書，喜路礦、機械，有實業富國之志。甲午，被命爲將，敗而解兵。二十二年（一八九六），返湘，入南學會，與諸同志講新學。遍游湘西南，覓銻礦，開湘人礦業先河。二十五年（一八九九），入都乞外用，分發廣西知府。明年，聯軍入京，兵燹之餘，災黎載道，目睹亂離，遂灰心國事，返湘讀書著述，不復問世事。辛亥後，避地上海，與諸遺老相唱酬。卒於湘。著有《環天室詩集》、《外集》、《支集》等。見曾昭杭等《哀啟》（《民國人物碑傳集》卷一一）。

〔一〕見《水滸傳》第六一回《吴用智賺玉麒麟、張順夜鬧金沙渡》。按：曾詩重詞藻，故用此喻。又，燕青善射弩，故後句云云。

〔二〕曾國藩《讀李義山詩集》：「渺綿出聲響，奥緩生光瑩。太息涪翁去，無人會此情。」（《曾國藩詩文集·詩集》卷二）按：汪《寄贈姚鵷雛》：「渺綿幽響聲獨聽，光瑩奥緩□相倚。」（《方湖詩鈔》）亦用此。

〔三〕《方湖日記幸存録》「玉谿詩平」條：「荊公學李，人多知之。山谷學李，人所未喻。知之者，其惟曾滌生乎！曾詩集《讀李義山詩集》云云（見注二引）。山谷學李，此足以見之。」（《汪辟疆文集》）參觀「袁昶篇」注五。

〔四〕金元好問《論詩三十首》之一〇：「排比鋪張特一途，藩籬如此亦區區。少陵自有連城璧，争奈微之識碔砆。」（《元遺山詩集箋註》卷一一）按：汪詩用此，謂其學義山，亦本家學也。參觀注六、七。

〔五〕王闓運《題環天室詩集》：「重伯聖童，多材多蓺，交游三十餘年，但以爲天才絶倫，非關學也。今觀詩集，蘊釀六朝三唐，兼博采典籍，如蠭釀蜜，非沈浸精專者不能。異哉，其學養之深乎！湖外數千年，唯鄧彌之得成一家，重伯與驂而博大過之，名世無疑。」（《環天室詩集》卷首）按：汪詩當謂此。「後起」云云，指「湖外」數句。「聖小兒」，指曾號「聖童」（易順鼎《病榻借樊山先生爲余襪天詩韻、自述生平、成長句一篇、呈樊山先生、示由甫六弟、兼諗親友及海内知我者》：「五歲聰穎純厚，能作韻語，人已呼爲聖小兒。」則用指「仙童」），語出《魏書》卷八二、《北史》卷四七《祖瑩傳》。「聖童」，亦作「神童」、「仙童」。王闓運《與易實甫》云：「昨與子大言兩仙童之説，托其轉達，想未能盡言也。今海内有如祥麟威鳳，一見而令人欽慕者，非吾賢與重伯耶。」（《湘綺樓箋啟》卷一）又《湘綺樓日記》（光緒八年十月十六日）：「曾郎送詩，共看賞之，以爲今神童也。」《世載堂雜憶》「王湘綺之遺箋零墨」條：「湘綺稱曾重伯廣鈞爲神童，易實甫順鼎爲仙童。重伯少而多智，湘綺爲計時日，讀書若干，無論如何神速，亦不能到，故曰神童。」又周達《哭曾重伯》云：「聖童夙擅無雙譽，博識今推第四車。」（《今覺庵詩》卷三）知「聖童」者似較夥。又，闓運於曾詩，亦有貶詞，云「有雜湊之弊」，見楊鈞《草堂之靈》卷七「説混合」條。

〔六〕《近代詩派與地域》：「曾重伯則承其家學，始終爲義山，沈博絶麗，在牧齋、梅村之間。《環天室集》藝林傳誦，至今弗衰。」（《汪辟疆文集》）按：《石語》云：「易實甫尚有靈機，曾重伯實多滯氣。鍾書對曰：古人云『沈博絶麗』，重伯只做到前兩字。丈曰：然。」又，「虞山而後」，亦參此。

〔七〕瞿鴻機《環天室詩集序》：「重伯之才，旁薄萬有，實自天授，然其博學强記，覃精研思，蓋亦優游而自得之。其於書，自古先載籍六藝九流百家之學，無所不賅貫，論説風生，紛綸滂沛，窮極幽眇，人人自以爲不及也。」（《環天室詩集》卷首）易順鼎《詩鐘説夢》：「重伯天才敏捷，而記睹又博贍絶倫。一夕與余在右丈齋中，右丈拈『洋蠟』二字晁頸命題，重伯立成一聯云：望洋海若驚河伯，嚼蠟摩登試阿難。余尚未交卷也。」又：「芸閣天才之敏捷，記睹之博贍，亦與重伯相同。而重伯之博贍，專於經子；芸閣之博贍，專於史集。重伯之博贍，在秦漢以前之古籍；芸閣之博贍，在唐宋以下之群書。重伯所作，典麗極矣，而其失也滯；芸閣所作，閎富極矣，而其失也雜。」（《庸言》第一卷一〇期）

按：《近代詩鈔·石遺室詩話》云：「湖外詩，古體必漢魏六朝，近體非盛唐則温李，王壬叟所爲以『湘綺』自號，而呼重伯爲『聖童』也。然重伯閲書多，取材富，近體時溢出爲排比鋪張，不徒高言復古。」「排比鋪張」，微詞也。參觀後按。

〔八〕按：紀澤詩學義山，甚確，見曾國藩《家訓》（同治五年十月十一日、六年三月二十二日諭紀澤）；國藩學山谷，世所共曉，所謂「湘鄉文字總涪翁」（參觀《近代詩鈔·石遺室詩話》、《石遺室詩話》卷一第二條）；此云「致力玉溪」，是據國藩《家書》（道光二十五年三月五日致諸弟書）也。又，黄遵憲《酬曾重伯編修》云：「詩筆韓黄萬丈光，湘鄉相國故堂堂。誰知東魯傳家學，竟異南豐一瓣香。」（《人境廬詩草箋注》卷八）即不以廣鈞詩傳祖也。

〔曾惠敏〕曾紀澤（一八三九—一八九〇），字頡剛，國藩長子，廣鈞伯父。襲侯爵。官至兵部侍郎。歷任駐英法俄大臣。謚惠敏。著有《歸樸齋詩鈔》、《曾惠敏公文集》等。生平詳《清史稿》卷四四六、《清史列傳》卷五八《曾紀澤傳》、俞樾《曾慧敏公墓志銘》（《春在堂褋文五編》五）。

〔九〕錢仲聯《近百年詩壇點將録》：「（重伯）詩承求闕崇尚玉溪之論，而不學韓、黄，驚才絶豔，猶是楚騷本色。七律《和李亦元王聘三庚子落葉詞》十二首，最負盛名，狄葆賢所謂『摹玉溪之妍辭，繼謝家之哀誄』，蓋爲悼珍妃而作。」（《夢苕盦論集》）按：狄葆賢語，見《平等閣詩話》卷一。

〔一〇〕〔陳梅根〕陳鼎（一八六二？—一九〇二），字梅根，湖南湘潭人。諸生。博學工詩，不事科舉。與張登壽、釋敬安善。著有《陳薑畬集》。見《平等閣詩話》卷二、楊度《八指頭陀詩文集序》（《楊度集》）、楊鈞《張登壽傳》（《草堂之靈》卷一）。

《平等閣詩話》卷二：「吾曩聞人言，湘中陳梅根之詩喜學少陵，屢欲搜索其詩，未有得也。今乃從友人輾轉鈔得《近感》五律三首，云：潭畔鮫人從，山中猛虎吟。孤生徒自感，細竹不勝陰。花落春猶在，風輕夏漸深。彈琴懷舜德，慎勿啟戎心。又：榴枝榮繡襭，荷渚疊青盤。時物知争變，山禽尚自歡。蝶掇餘花散，蚊嬉暝氣攢。人間欣日近，遠遠望長安。又：四月月圓夜，幃開屏燭光。細螢偷暗影，驚蝠撲微涼。尚約春風緩，未添秋漏長。平生不飲酒，醒眼更茫茫。」

〔二〕《近代詩派與地域》：「湖湘派近代詩家，或有目爲舊派者。其派以湘潭王闓運爲領袖，而楊度、楊叔姬、譚延闓、曾廣鈞、程頌萬、饒智元、陳鋭、李希聖、敬安羽翼之。樊增祥、易順鼎則别子也。」(《汪辟疆文集》)按：曾詩尚唐音，然不僅學義山，亦學初唐，各家偶亦涉及。參觀瞿鴻機《環天室詩集序》、《平等閣詩話》卷二。

培軍按：重伯詩取徑玉溪，務爲沉博絶麗，亦當時公論，而石遺譏其「多滯氣」(見《石語》)。頗中其病。易實甫《詩鐘説夢》云：「重伯所作，典麗極矣，而其失也滯。」意旨實同。錢萼孫《近代詩評》云：「曾重伯廣鈞如庭院假山，但工堆垛。」(《學衡》第五二期)云「堆垛」，則其少「靈機」，亦不待言。實則尋繹《石遺室詩話》，已早著微辭，如卷七云：「余嘗論玉谿末流，有詠史之作，專摭本傳事實，若一首論贊者，西崑諸公是也；有專事摘豔薰香，託於芬芳悱惻者，《初學》、《有學》二集是也。」是方湖所謂「虞山嗣音」，石遺故視爲「玉谿末流」，宜其話重伯詩尟也。

天牢星病關索楊雄　楊深秀　一作楊度

笑矣乎！悲來乎〔一〕！空諸所有實所無〔二〕。

山右詩人楊漪春，論詩絶句重桑枌。君有論山右人詩五十首。〔三〕韓侯嶺上湯陰夜〔四〕，慷慨題詩不忍聞。

山右近代詩人，漪春爲最。力厚思沈，出以藴藉，所謂詩人之詩也〔五〕。石遺謂戊戌六君子遺詩，漪春最勝。余則以晚翠爲第一，漪春、裴村，相與並驅於中原，正未知鹿死誰手〔六〕。生才至難，而龍麟脯醢，謂之何哉〔七〕？哲子詩功亦深，惟氣體稍嫌平滯〔八〕。

【箋證】

○楊深秀（一八四九—一八九八），字漪春，一作漪邨，號昋昋子，山西聞喜人。早慧，讀書博淹，治考據、義理，並諳中西算術。同治初，捐爲刑部員外郎。光緒八年（一八八二），張之洞撫山西，創辦令德堂，聘爲山長。十五年（一八八九）成進士。授刑部主事，累遷郎中。二十三年（一八九七），授山東道監察御史。明年，俄人脅割旅順、大連灣，上疏請聯英日拒之。又嘗創關學會，入保國會。上疏請廢八股文。又與宋伯魯劾許應騤，請設譯書局，派員游歷各國等。八月政變，猶抗疏請歸政，遂與譚嗣同等，同時被殺。著述今人輯爲《雪虛聲堂詩鈔》、《楊漪邨侍御奏稿》、《聞喜縣志斠補續》等。見《清史稿》卷四六四、梁啟超《楊深秀傳》（《戊戌政變記》）、胡思敬《楊深秀傳》（《碑傳集補》卷一〇）。

○楊度（一八七五—一九三一），字哲子，晚號虎禪師，湖南湘潭人。從王闓運治經學。光緒二十年（一八九四）舉人。明年，赴京會試，與湖南舉子聯名上書，請拒絶與日議和。二十八年（一九〇二），留學日本，入東京弘文學院。三十二年（一九〇六），與梁啟超、蔣觀雲等，組織憲政會。又與方度等組政俗調查會，創辦《中國新報》。明年入都，請設民選議院。以候補四品京堂銜，在憲政編查館行走。民國初，與汪精衛組織國事共濟會，謀求南北和議。其後依附袁世凱，歷任政治會議議員、國史館副館長等。四年（一九一五），組織籌安會，鼓吹復辟帝制。十五年（一九二六），爲張宗昌軍總參議。次年，又爲張作霖軍專門委員。十八年（一九二九），入中國共産黨。晚好佛學。著述今人輯爲《楊度集》。見彭國興《楊度生平年表》（《楊度集》附）。

〔二〕句見李白《笑歌行》、《悲歌行》（《李太白全集》卷七）。按：此二詩，自宋以來，皆以爲僞作，非白詩也。

〔三〕《五燈會元》卷三龐蘊章次：「州牧于公頔問疾次，（龐居）士謂之曰：『但願空諸所有，慎勿實諸所無。好住，世間皆如影響。』言訖，枕于公膝而化。」《朱子語類》卷一二四：「佛者言但願空諸所有，謹勿實諸所無。事必欲忘卻，故曰但願空諸所有；心必欲其空，故曰謹勿實諸所無。楊敬仲學於陸氏，更不讀書，是要不實諸所無，已讀之書，皆欲忘卻，是要空諸所有。」按：謂深秀雖博學，詩卻清空，能不爲「學人之詩」。武育元《雪虛聲堂詩鈔序》：「君少具宿慧，負奇氣，復汎濫子史，自漢魏六朝暨唐宋名家，無不入其室而闚其奧，故其發而爲詩，運筆於尺楮之間，寄想在九垓之表，對客揮毫，不名一格，英鷙樸厚，而出以和平，即偶作豔體，亦猶是美人香草之遺，是實能一空依傍，而兼有諸家之長者。」（《雪虛聲堂詩鈔》卷首）《晚晴簃詩匯》卷一七六《詩話》：「（漪春）少具異秉，讀書過目不忘，經史百家，皆能舉其辭。精小學，熟地理，篤好算術，出新意，自製天尺地球，凡鐘鼎款識、碑版源流，靡不通曉。吟詠外，兼工繪事。生景山石室之鄉，博學多能，人稱爲景純再世。詩有才調，一空依傍，未可以常格繩焉。」云「空諸所有」，云「一空依傍」，語異而意同。參觀注六。

〔三〕按：指《倣元遺山論詩絶句五十首專論山右詩人》，見《雪虛聲堂詩鈔》卷三。亦載陳衍編《近代詩鈔》。然均祇有四十九首，一首已佚去。

《倣元遺山論詩絶句五十首》：「鎮東忠義欲匡時，一表魂飛司馬師。記得嘉詩酬杜摯，哀鳴鳳鳥繫人思。毌丘儉。儉答杜摯詩曰：鳳鳥翔京邑，哀鳴有所思。『嘉詩』，亦原詩中語也。」「蟲魚注罷薄雕蟲，不道游仙語倍工。經術湛深詩雋上，千秋只見郭河東。郭璞。」「磊落英多數子荆，無妨惡劇學驢鳴。若論零雨被秋草，百鳥喧時鶴一聲。孫楚。」「蘭亭墨妙筆尤工，亘古無人與角雄。誰識永和修禊日，先詩後序有興公。孫綽。」「百升明月劇英雄，健將能詩有乃公。敕勒牛羊千古調，南朝競病恐難同。斛律金。」「女郎袨靚太紛紜，豔到齊梁詩可焚。絶代高情柳文暢，亭皐木葉下秋雲。柳惲。」「魏收工賦傲温邢，只有中書賦豁情。不意恃才驚蛺蝶，能令對酒憶公榮。裴伯茂。伯茂有《豁情賦》，甚工。卒後，魏收論叙之。詩曰：臨風想玄度，對酒思公榮。」「裴佗文季六男兒，詶答徐陵有讓之。爲誦五郎公譤作，誰云不及乃兄詩。裴讓之、訥之。」「雁後花前名士題，吟成昔昔恨長齎。微辭自是瞋魚藻，佳句空云妒燕泥。薛道衡。」「唐初將相盡門牆，有弟偏思隱醉鄉。餘事作詩猶矯矯，東皋集合冠三唐。王績。」「閒雲潭影詠滕王，綺麗獨先盧駱楊。水府效靈消受得，一帆風送到南昌。王勃。」「鸜鵒須令振翼雙，宗臣一語定家邦。賦詩摩厲鄭丹刃，何事今猶刻石淙。狄仁傑。」「錦袍應詔幾人工，少保詩篇獨古風。一首陝郊留異日，尚能傾倒浣花翁。薛稷。」「翠華春幸到昆明，一代才歸女子衡。至竟夜珠明月語，精神十倍沈雲卿。宋之問。」「魂如厲鬼髯如神，聞笛高吟虜馬屯。萬古睢陽城下路，陣雲邊月不成春。張巡。」「詩中有畫調無絃，學佛真宜住輞川。解識維摩祖師語，漁洋殊得指頭禪。王維。」「幾篇宫怨韻翛翛，不讓青蓮獨自超。今日太行嵐翠滿，茆亭花影憶龍標。王昌齡。」「藍田游侶秀才名，緑野詩懷聖相清。畢竟芑鄉多作者，又聞觴詠峴山亭。裴迪。裴度。又裴均有《峴山觴詠集》。」「春風不度玉門關，雋絶三唐誰可攀。千古豔稱紅袖拂，争如絶句唱雙鬟。王之涣。」「元凱從來作美談，多才不僅號多男。誰知秀氣河汾聚，兩見王家珠樹三。王勃兄弟及王之涣兄弟。」「漭漭河流入斷山，山河兩戒此迴環。朗吟鸛鵲樓頭句，逸氣飄飄天地間。暢當。」「誰妄言之誰妄聽，故將韋柳兩相形。漁洋不識唐靈運，真賞終輸野史亭。柳宗元。案元遺山詩自注云：柳柳州，唐之謝靈運。」「鄙論從來出腐儒，頗嫌白傅負姑蘇。懷民憶妓衡多寡，曾見香山樂府無。白居易。」「生紙紅描金鳳凰，太平萬歲頌吾皇。宫詞百首誰堪比，合與仲初稱二王。王涯。」「鵲喜蟲吟格律高，邊情更賦寄征袍。回刀翦破澄江色，佳句真將掩法曹。裴說。」「早聞一箭取聊城，老去逢人説項生。古有齒牙譽孔顗，憐才同此發丹誠。楊巨源。」「輕薄嗤人太咄囂，金莖浮豔玉谿佻。千年論定功臣在，顧秀野同程午橋。温庭筠、李商隱。」「耿湋秋風動禾黍，盧綸大雪滿弓刀。兩君同出河中産，筆挾洪河萬丈濤。耿湋、盧綸。」「墜笏朝堂僞失儀，吟成廿四品尤奇。王官谷裏唐遺老，總結唐家一代詩。司空圖。」「可憐元載負賢妻，大似歐陽與介溪。何物胡椒八百石，遂忘掃路兩相攜。元載妻太原王韞秀，詩曰：路掃飢寒跡。又曰：攜手入西秦。」「約指銀鉤彈落雁，搔頭寶髻詠佳人。漫因綺語輕温潞，著手能成天下春。文彦博、司馬光。首句用潞公詩，次句用温公詞。」「禿節蘇卿五字工，堅貞司馬頗相同。遺詩弁冕南冠首，不愧忠清涑水風。司馬朴。案朴字文季，夏縣人，文正猶子。使金被留，不降，教授以終。元好問《中州集》録南冠五人，以朴爲首。」「皓首丹心倔强名，豐公氣壯本神清。杏花吹盡東風緊，何減梅花賦廣平。趙鼎。」「邱濬猶容桑悦妄，雷淵卻忌李汾能。館中猶有李欽叔，屈宋衙官總不勝。雷淵、李汾、李獻能。」「南山翁後得雲卿，京叔歸潛老更成。獨孕恒山千古秀，史裁詩品一家清。劉撝及孫從益、曾孫祈。」「太原常與合河劉，數歲齊名麻九疇。五字詩成天籟發，神童何意萃并州。常添壽四歲詩云：我有一卷經，不用筆寫成。展開無一字，晝夜放光明。劉滋六歲詩云：鶯花新物態，日月老天公。」「繫舟山上采薇餐，野史亭中削竹看。三百年無此作矣，閒閒公外解人難。元好問。」「郝氏文章接祖孫，裕之師友互淵源。科名何似詩名重，試問陵川七狀元。郝天挺及孫經。」「范揭虞楊何足論，豪如太白麗如温。中州萬古英雄氣，又産才人薩雁門。薩都拉。」「立誠仍不廢修辭，盡識文清百世師。誰見河東三鳳集，晉溪虎谷白巖詩。薛瑄。又王瓊、王雲鳳、喬宇，號曰河東三鳳。」「巢雲文谷並清新，四海論交謝茂秦。愧殺登壇王李輩，名成不認眇山人。裴邦奇、孔天允。」「真山奇古壽髦工，綽有太原王霸風。父子齊雄四家選，霜紅知己在丹楓。傅山及子眉，戴廷栻。」「漁洋聲望盛康熙，進御常同午壁詩。聖祖知深頻下詔，積詞累句幾能窺。陳廷敬。末句即詔中語。」「金鵝館集本無瑕，苦被河間誚柳葩。品騭終推秋谷切，蓮洋詩格如蓮花。吴雯。紀文達譏蓮洋以柳花爲柳葩，見義山詩批。」「玉崑崙碎爲檀超，韻比阿龍舊句調。多少長安苦吟客，平陽蔣五擅詩瓢。蔣仁錫。」「汾水綿山二妙存，何劉佳句動隨園。風流更有張風子，細雨騎驢度劍門。何道生、劉錫五。又張道渥改官四川，羅聘爲繪《張風子騎驢圖》。」「天南萬里失勞臣，閨裏能宣撫字仁。傳得午橋詩一脈，女公子與少夫人。裴宗錫卒雲南巡撫任所，女與媳各有詩。袁簡齋亟稱之，采入《詩話》。」「四山人後一容齋，衣鉢流傳竟有涯。豔雪樓中師友盛，松溪荔浦總清佳。介休四山人及茹倫常，陽城張晉、李毅、延君壽及子厚。」「經生詩調每鉤輈，老學工吟得石州。死擬青蠅爲弔客，一人知己射鷹樓。張穆。閩林氏著《射鷹樓詩話》，録石州先生詩甚夥。」

〔四〕按：指《赴省試過韓侯嶺謁廟、時甫念史記》、《湯陰夜過、未能瞻禮岳祠、用店壁韻書意》二詩，俱見《雪虚聲堂詩鈔》卷一。詩云：「寄食既不終，南昌一亭長。推食仍不終，泗上一亭長。食人死事縱自期，無那二人各有妻。亭長妻存漂母死，傷哉國士困牝雞。」（韓侯嶺詩）「直抵黄龍奏凱歌，金牌不受奈君何。太行無限英雄骨，化石猶然望渡河。」「五國城中望眼枯，罪臣歸骨竟西湖。他年把臂于忠肅，羨爾功成始受誅。」「又見金陀撰粹〔稡〕編，忠臣子孝更孫賢。頗聞近有湯陰岳，殺馬不馱秦礀泉。」（湯陰題壁詩）

〔五〕按：「詩人之詩」，《石遺室詩話》評楊詩，亦嘗用之（見注七引），汪或即沿用。深秀論詩大指，見於仇汝嘉序中。楊篤《白雲司藁序》：「儀村於經通小學，於史長地理，又精秝算，旁及繪事，詩則淵源魏晉，泛濫百家，蓋生景純之鄉而能爲其學者也。余每謂近代經生爲詩，恒患意滯於物，詞蹇於韻，而才人逸足奔放，又華而不實，往往流於淺薄，爲通儒鄙棄，雖班揚孔鄭，造詣各别，要不可謂非限於才也。儀村少負神童譽，自髫齔洎通籍，所爲詩不下千餘篇，巧縟而謝雕鏤，奇崛而出以婉逸，實祛經生之弊，脱才人之習，而兼擅其長者。」蘇晉《童心小草序》：「（其詩）大都攄寫性靈，本源倫紀，無鑿鑿俗狀，合風雅遺規。班管綴花，代文通飾筆；古囊香溢，爲長吉存詩。論者比之楊柳方春，便饒姿態；芙蕖初日，儘得丰神。」仇汝嘉《并垣臯比集序》：「其所作婉麗纏綿，神味獨絶，間出悲壯之音，清遠之格，而壯不流於麤莽，清不鄰於脆弱，則微

會於綺靡之恉，而終底於温柔敦厚之歸，不啻借徑而造極也。」（俱見《雪虚聲堂詩鈔》卷首）

〔六〕《近代詩鈔·石遺室詩話》：「坊間印本有《戊戌六君子遺詩》，諸家中似以漪春爲最。漪春根柢盤深，筆力盪決，而發音又皆詩人之詩。集三卷，分《童心小草》、《白雲司稾》、《并垣皋比集》。」按：汪説即指此。胡先驌以劉光第爲最，錢仲聯承其説，均與汪評不同。參觀「劉光第篇」注五。

〔七〕《近代詩鈔·石遺室詩話》：「讀（劉光第）《雜詩》中『文鳳見季世』一首，不啻自道，龍麟脯醢，真有詩讖矣。」汪即本之。陳語本白居易詩：「麒麟爲脯龍作醢。」（見《九年十一月二十一日感事而作》，《白氏長慶集》卷三十二）

〔八〕《近代詩派與地域》：「哲子有用世之志，其詩蒼莽之氣，則湘綺所謂『快意騁詞供世人喜怒』也。準諸師説，容有差池。」（《汪辟疆文集》）

按：據《甲寅》本，初以楊度擬此位，今易爲楊深秀，而置楊爲「一作」，或以度别有可傳，生平并不專力於詩也。楊度詩，亦頗有膾炙人口者，如《湖南少年歌》。參觀《飲冰室詩話》第八六、八七、一三四、一三六條，《冷禪室詩話》「楊度」條，《凌霄一士隨筆》（《國聞周報》第八卷三八、三九期）。

《小奢摩館脞録》「楊度」條：「湖南楊哲子度，於北方光復時，頗著斡旋之績。近復有議之者，然哲子初志，實未少渝，攻者或未諒耳。記前清庚戌以路事主持借款，得罪國人。次年春間，哲子道經漢口，忽被拘禁，幸經人解救，得免於險，出後曾有詩三章，傳誦於京師。詩云：『湖海年年慣獨行，偶然微服困江濱。一身解脱求先死，滿目瘡痍念衆生。四塞風烟方慘澹，中朝歌舞自昇平。獨憐攬轡澄清意，肯向長沮一問津？』『蒼茫人世數年華，也自無涯也有涯。來去獨隨千古月，死生重見一春花。空江煙水曾亡國，萬里西風獨憶家。今日賈生休痛哭，人間隨處是長沙。』『江草青青似洞庭，湖南回首不勝情。亂中母弟音書斷，客裏風波骨肉親。末世人才恩怨重，濟時豪傑死生輕。扁舟此日滄波遠，誰識中流擊楫心。』三詩意態沈鬱，性情語逼真老杜。」（《汪辟疆文集》）

天慧星拚命三郎石秀　蔣智由　一作夏曾佑、馬浮

十年磨一劍，霜刃未曾試。今日把似君，誰有不平事〔一〕？路見不平，拔刀相助。其人磊砢而英多，其事處心而積慮。君不見，翠屏山，盤陀路〔二〕。又贊。

往年示我居東集〔三〕，支遁青蓮一手持〔四〕。累我連宵五更讀，是君拚命著書時。「拚命

著書」四字，曾滌生贈俞蔭甫太史語也。〔五〕

觀雲居滬時，爲雜報文字，喜入哲家言，與別士有「二俊」之目〔六〕。其文閎深雋永，皆非新會所及也〔七〕。東游後，肆力爲詩，不爲湖湘人語，亦不入新學末派。直造古人，而與李翰林爲近〔八〕。別士詩富有理致〔九〕，皆近代詩家別開生面者也。

【箋證】

○蔣智由（一八六五—一九二九），原名國亮，號信儕，浙江諸暨人。居東後，更名智由，號觀雲。光緒二十三年（一八九七）順天鄉薦。二十七、八年，與友人創辦《選報》，主持撰述。光緒末，東游日本，與梁啟超訂交。時梁創政聞社，爲主撰政論。日人大隈重信、板垣退助輩，見其論述，深相推重。而《新民叢報》，亦多刊其文。辛亥後，返國，旅居滬上。比宋教仁被刺，密謀覆之，又促蔡鍔舉義。及袁世凱死，軍閥割據，國事益不可爲，遂杜門深居，不與人往還。文散見報章，未輯録。詩有結集，刊爲《居東集》、《海上觀雲集》、《蔣觀雲先生遺詩》等。又編有《修身教科書》。見章乃羹《蔣觀雲先生傳》（《觀山文稿》卷一〇）、吕美蓀《葂麗園隨筆》「蔣觀雲先生」條。

○夏曾佑（一八六三—一九二四），字穗卿，號碎佛，又號別士，浙江杭州人。父鸞翔，精算學，著有《致曲圖解》。早孤。光緒十六年（一八九〇）進士。授禮部主事。在京識梁啟超、譚嗣同等，相與討論新學。二十二年(一八九六),應邀赴天津,任育才館教師。又與嚴復等創辦《國聞報》,鼓吹新學。二十五年(一八九九),任安徽祁門知縣。二十八年(一九〇二),以直隸州知州用。三十二年(一九〇六),會五大臣出洋考察憲政,爲隨員赴日本。三十四年(一九〇八),署理安徽廣德知州。辛亥後,任教育部社會司長,遷北京圖書館館長。晚嗜酒耽佛。卒於北京。著有《中國古代史》。詩未刻,今人輯爲《夏穗卿先生詩集》。見夏循垍《夏穗卿先生傳略》(《民國人物碑傳集》(川版))、梁啟超《亡友夏穗卿先生》(《飲冰室文集》四四上)。

〇馬浮(一八八三—一九六七),字一浮,號湛翁,晚號蠲叟、蠲戲老人,浙江紹興人。以字行。十六歲應縣試,名列榜首。娶湯壽潛女。後往上海,習英、法、拉丁文,與謝無量、馬君武創辦《二十世紀翻譯世界》。光緒二十九年(一九〇三),應駐美使館之聘,赴聖路易斯,主留學生監督公署文牘。明年,往日本留學,習日文、西班牙文。民國初,蔡元培任教育總長,聘爲秘書長。旋即辭去。抗戰期間,應竺可楨邀,任教於浙江大學。二十八年(一九三九),創辦復性書院,撰《復性書院講録》。解放後,歷任上海文管會委員、浙江文史館館長、全國政協特邀委員等職。著有《泰和會語》、《爾雅臺答問》、《蠲戲齋詩編年集》、《避寇集》、《芳杜詞賸》等。今人輯爲《馬一浮集》。見馬鏡泉《馬一浮先生年表》(《馬一浮先生紀念册》)、丁敬涵《馬一浮先生年譜》(《馬一浮先生遺稿三編》附)。

〔一〕見賈島《劍客》(《長江集新校》卷一)。

〔二〕按：此亦贊石秀語，所指諸事，具見《水滸傳》第四四回《錦豹子小徑逢戴宗、病關索長街遇石秀》、第四五回《楊雄醉罵潘巧雲、石秀智殺裴如海》及第四六回《病關索大鬧翠屏山、拚命三火燒祝家店》。

〔三〕按：《居東集》凡二卷，宣統二年(一九一〇)鉛印本。蔣自撰《題記》云：「刪存在日本時所作詩，約始自光緒丙午、丁未間，至宣統元年己酉冬止。其以前見之報及題書諸詩，概未録入。己酉後所作續刊。」(《居東集》卷首)

《海天詩話》：「蔣觀雲智由《居東集》二卷，清光緒丙午、丁未間旅東瀛作，紀彼邦山水者十七八焉。《蘆之湖湖在箱根山頂，廣數十里，倒影富士一峰，流出爲早川，過堂島、塔之澤諸處，皆急流也》云：翠錦屏開明鏡爛，光摇萬丈雪螺寒。群山深處波瀾静，流向人間便急湍。《夜宿堂島懸巖壁立，兩崖蹙迫杳暗，奔溪激磐石間，有温泉》云：堂島溪前山月明，兩崖見嵌數秋星。白波夜色噴如雪，壁立重嵐暗似城。《由修善寺越峠至伊東》云：路入重崖指翠煙，一山界破兩青天。左瞻富士前東海，躍馬羊腸過冷川。《志太温泉》云：山如低蔓翠交加，崖色嵐光撲户多。人倚畫樓晴雪海，正開一院紅藤花。《奈良》云：喬木蒼蒼暗夕曛，一山渾似籠春雲。山中何有有麋鹿，結隊來游數十群。詩多不盡録。僅此數章，溪光嵐影，亦足見一斑矣。」

〔四〕按：支遁詩重玄理，李白詩有逸氣。蔣詩學李白，見注七引《道咸同光四朝詩史一斑録》：「（觀雲）客居東瀛，著有《憲政胚論》及《政論》等書。詩詞甚富，融治新舊學，足與黄公度《人境廬詩稿》相驂靳也。」陳中嶽《俠盦隨筆》：「吾鄉蔣觀雲詩，以説理勝。梁任公所謂『因明鉅子天所驕』者也。《詠王昭君》曰：蛾眉在深宫，千載誰復知。空有如花貌，妍媸在畫師。畫師重黄金，黄金非妾持。縱復持黄金，行賄豈我爲。千載琵琶聲，勁節使人悲。詩語如翻瀾剥繭，覺美人當日用心，如在目前。」

〔五〕見俞樾《春在堂隨筆》卷一。參觀「況周頤篇」注六。

〔六〕《飲冰室詩話》第四六條：「余自去年始獲以文字因緣交蔣觀雲。往在美洲，見《清議報》『文苑』，有題因明子稿者，大心醉之，顧以爲夏穗卿作，蓋其理想魅力，無一不肖穗卿也。爾後屢讀因明詩，而認爲穗卿之心益横亘胸中。在澳洲作《廣詩中八賢歌》，首頌因明，而下注穗卿；及東還始知其誤，改正之，故歌中竟闕穗卿也。」按：《廣詩中八賢歌》，見《飲冰室文集·詩》四五下。

〔七〕過隙《明湖客影録》：「觀雲名智由，東京《新民叢報》作者。名亞梁任公一等，文境清迴含藴，實尚優於任公。」（《中和月刊》第二卷七期）按：此與汪説頗近。

〔八〕《近代詩派與地域》：「蔣觀雲氏，早年爲選報草文，洞見政本，言垂世範。其學以文哲爲長，故新會梁氏推崇極至。偶事吟詠，句律精嚴，思致縝密，其獨往獨來之氣，又頗與太白爲近。及居日本，聞見益拓，亦喜用新理入詩。《居東》一集，尤多名作。夏、蔣二家，皆以運用新事見長，而又不失舊格。其才思不及人境廬，然理致清超，又人境廬外别開生面者也。」（《汪辟疆文集》）

按：蔣詩學李白，見於其自道。《蔣觀雲先生傳》：「（先生）嘗自言：『吾於詩，先學少陵，繼學太白，後乃學昌黎。』」

〔九〕《光宣詩壇點將録》（甲寅本）「天巧星浪子燕青：夏曾佑。别士詩喜用哲理入詩，名篇頗多。梁卓如嘗舉與公度、觀雲，並推爲新詩界三傑，其實三人皆取法古人，並未能脱然自立。黄氣體較大，波瀾較宏，蔣、夏皆喜摭用新理西事入詩，風格固規橅前人也。」《近代詩派與地域》：「夏穗卿學最淹貫，尤長乙部，嘗爲諸生講史學，草中史教本，手辟鴻蒙，自鑿户牖，發凡起例，尤具别裁。詩則融鑄中西哲理，運陳入新，風格不失其舊，思致務極其新，偶出一篇，淵乎味永，平生所作，僅存雜報，惜無人裒葺以饜人望耳。」（《汪辟疆文集》）

《飲冰室詩話》第六一條：「穗卿有絶句十餘章，專以隱語頌教主者。余今不能全記憶，憶其一二云。『冰期世界太清涼，洪水茫茫下土方。巴别塔前分種教，人天從此感參商。』此第一章也。冰期、洪水，用地質學家言。巴别塔云云，用《舊約》述閃、含、雅弗分闢三洲事也。又云：『帝子采雲歸北渚，元花門石鎮歐東。□□□□□□□（按：夏麗蓮輯《夏穗卿先生詩集》，此句作『兩家懸讖昭千祀』），一例低頭向六龍。』『六龍冉冉帝之旁，三統芒芒軌正長。板板上天有元子，亭亭我主號文王。』所謂帝子者，指耶穌基督自言上帝之子也。元花云云，指回教摩訶末也。六龍，指孔子也。吾黨當時盛言《春秋》三世義，謂孔子有兩徽號，其在質家據亂世則號『素王』，在文家太平世則號『文王』云。故穗卿詩中作此言。其餘似此類之詩尚多，今不復能記憶矣。當時在祖國無一哲理、政法之書可讀，吾黨二三子號稱得風氣之先，而其思想之程度若此。今過而存之，豈惟吾黨之影事，亦可見數年前學界之情狀也。」

葉景葵《卷盦書跋・志盦詩稿》：「穗卿不以詩名，而所作沖夷澹遠，蹊徑極高。余曾記其《光緒庚寅出都贈滬江陸校書》七絶八首，一時傳誦，而今知者尠矣。兹録於後：『對酒當歌百感侵，獨將往事幾沈吟。琴湖一曲盈盈水，曾照生平十載心。』『一自子荆傷永逝，無端王粲浩南征。笙謌猶是人間世，不到中年淚已傾。』『息機曾許證盟鷗，雪滿征衣尚倚樓。濁酒半醺投袂起，名姝駿馬古今愁。』『長眉自照惜傾城，猶有孤芳獨抱情。我識士龍天下士，可憐入洛誤生平。』『毵毵垂柳擅丰姿，欲染征袍惜素絲。水淺蓬萊從載酒，繁花飛絮滿高枝。』『曉風殘月極空濛，猶唱屯田舊曲工。終古栖鴉徒繞樹，柔條無分繫冥鴻。』『本來楊柳無情樹，人自攀條柳自新。坐對濃陰愁繫馬，白門殘照最傷神。』『銀漢低垂闕月斜，羅幃啟處即天涯。雕鞍欲上重回首，不見浮雲見曙霞。』穗卿由庚寅會元得庶常，天下想望丰采，此詩正作於報捷出都之後。

迨甲午以降，喜讀章實齋、劉申受、魏默深、龔定庵之書，又與康南海、黄嘉應、譚瀏陽、文萍鄉諸君游，浸淫於西漢今文家言，究心微言大義。嘗學爲新派詩，記其一絶云：六龍冉冉帝之旁，洪水茫茫下土方。板板上天有元子，亭亭我主號文王。又一聯云：帝殺黑龍才士隱，書蜚赤烏太平遲。穗卿不多作，余所記憶亦僅此矣。」（《葉景葵雜著》）

培軍按：蔣遺詩，由吕美蓀輯印，并丐陳三立爲序（見《蔣觀雲先生遺詩》卷首）。吕，其女弟子也。吕《葂麗園隨筆》云：「余抱遺稿乞序於義甯陳散原翁三立，翁以老病辭，余乃跽請，翁爲立撰之。」《石遺室詩話續編》卷五云：「甲午、乙未以後，談變法者蜂起，諸暨蔣觀雲智由一健將也，鬱鬱不得志以終。有遺詩一卷，爲其女弟子吕美蓀所印。」並堪證佐。然閩贛作者，并不心賞蔣詩，即有所獎借，故多應酬語。錢萼孫《近百年詩壇點將録》云：「蔣觀雲詩，（中略）清亡後乃倒退，遂爲遺老陳曾壽所首肯。」説甚可怪。按陳集有《書諸暨蔣觀雲詩集後》一首，自注云：「聞國變後，蔣氏杜門不出，其子作都督，乃拒之不使見。詩有西山薇蕨之語。然其初海外論著，抗厲潰決，有過於梁氏者。豈有所深悔耶？予未見其人，其弟子某堅以遺詩屬題，故勉應之。」（《蒼虬閣詩集》卷六）「倒退」云云，或指此。而揆諸陳注，絶無稱道語，「首肯」云云，不知何所據？雖然，仁先宗派之説，亦不足深論。又，《飲冰室詩話》第二八條：「昔嘗推黄公度、夏穗卿、蔣觀雲爲近世詩界三傑。吾讀穗卿詩最早，公度詩次之，觀雲詩最晚。然兩年以來，得見觀雲詩最多，月有數章。公度詩已如鳳毛麟角矣。穗卿詩，則分攜以來，僅見兩短章耳。」「詩界三傑」之説，即自此出。同條又云：「近觀雲以其四長篇見眖，則《已亥秋别天津有感寄懷嚴蔣陳諸故人》之作也。讀竟，如枯腸得酒，圓滿欣美。」所指則夏詩也。此詩第四首，陳鶴柴亦深賞之，《尊瓠室詩話》卷一云：「穗翁湛深佛理，此詩紆徐不迫，是深於情者，讀之如聞穗翁當日之談玄理。夙喜郭頻伽詩，性固相近也。」斯乃談藝真賞，可取也。

天暴星兩頭蛇解珍　程頌藩
天哭星雙尾蠍解寶　程頌萬

舍之則悲，操之則慄〔一〕。吁嗟乎！毛太公，包節級〔二〕。合贊。

伯翰爲子大長兄，爲學博通，尤務實踐，以拔貢官京曹，嘗吟詠遣日。初效《選》體，後乃浸淫杜韓。氣體凝重，才思内藴，亦湖湘作手也〔三〕。號葉庵。

早傳絢爛晚堅蒼，筆底何曾有宋唐〔四〕。我誦《鹿川田父集》〔五〕，真成合眼夢瀟湘〔六〕。

子大驚才絶豔，詩凡數變。《楚望閣詩》，得諸樂府爲多，故才藻豔發。《石巢集》，則沈著矣。《鹿川田父集》，則堅蒼矣。長篇短韻，出唐入宋，已非湖湘派所能囿也〔七〕。吾友曹東敷，己未客漢皋，與子大論詩尤合。東敷宗二陳，刻意苦吟，論詩不苟同於人〔八〕。書來，極稱子大，知其趨向已變矣。

〔原附〕論近代詩家絶句　章士釗

海内喧稱鄭解元，孰知香草泣當門。卻移江上芙蓉去，開向詩人程頌藩。

光緒壬午科，湘闈無佳文。君文佳而被擯，同人遵朱卷式爲君刊送落卷。吾知君詩文自此始。君由此一激，乃成詩人。是歲闈闈第一爲蘇戡先生，最有聲。高蟾下第詩云：「芙蓉生在秋江上，獨向西風怨未開。」

十髮堪持一國强，未知門下雪荒荒。卻容一笑滄桑後，指似黄興説武昌。

光緒壬寅，子大先生長湖北自强學堂。吾弟陶年由湘來投考，不得入。

大邦盈數合氤氳，門下門生盡有文。新得芙蓉開別派，同聲風雨已堪聞。

沈祖棻爲程氏婦，其門人已刊《風雨同聲集》詞稿。

【箋證】

○程頌藩（一八五二—一八八八），字伯翰，號葉庵，湖南寧鄉人。少承家學。初用力於詩文，負才名。

後潛心宋學，研精三禮，兼通音韻、故訓，旁逮輿地、掌故。同治十二年（一八七三）拔貢。次年朝考，得授七品京官，分户部。後南歸鄉居。與歐陽中鵠、皮錫瑞游，切劘經學。光緒五年（一八七九）赴都，遷户部主事。卒於京。著有《程伯翰先生遺集》。見程頌萬《先兄伯翰先生行狀》（《鹿川文集》卷四）。

〇程頌萬（一八六五—一九三二），字子大，號鹿川田父、十髮居士，湖南寧鄉人。頌藩從弟。監生。少有才名，湘之耆宿，咸與忘年交，而屢試不遂。後報捐通判，指分湖北。光緒二十五年（一八九九），入張之洞幕，委自强學堂總稽察，兼辦洋務局所事務。充湖北學堂提調。二十七年（一九〇一），捐升知府指省，派充方言學堂提調。後經張百熙薦，召試經濟特科。三十年（一九〇四），提調回湖北，充工業學堂監督。三十三年（一九〇七），委辦造紙廠。旋升道員，在任候補。辛亥後，蟄居武昌，粥藝自給。復遨游南北，與名流相往還，詩名益盛。著有《楚望閣詩集》、《石巢詩集》、《文集》、《鹿川田父集》、《美人長壽盦詞》等，合刊爲《十髮居士全集》。見《清代官員履歷檔案全編》第八册、（民國）《寧鄉縣志·故事編·先民傳五四下》、陳寶書《十髮先生年譜》。

〔一〕《莊子·天運》：「以富爲是者不能讓禄，以顯爲是者不能讓名，親權者不能與人柄，操之則栗，舍之則悲。」宋林希逸《莊子口義》卷五：「此即是貪夫徇財、烈士徇名、誇者死權之意。操之而患失，則恐栗；舍之而迷戀，則自悲。三者皆然。」

〔二〕按：指解家兄弟，爲毛、包所陷。見《水滸傳》第四九回《解珍解寶雙越獄、孫立孫新大劫牢》。

〔三〕《石遺室詩話》卷二二：「戊戌余客武昌，始識寧鄉程子大，詞翰繽紛，楚豔之侈也。梁節菴乃語余：『君未識其長兄伯翰乎？根柢深醇，華實兼茂，惜其亡久矣。』後十有八年，乃得讀伯翰之詩古文詞，及子大所爲行狀。伯翰諱頌藩，號葉盦，同治癸酉科拔貢，朝考第一，以七品小京官分户部。其學始浸淫於晉宋齊梁，其繼汎濫乎經史，其歸湛潛乎宋儒性理之言。跡其先後文章之涂軌，以至立身行己，入官之小用小效，與嶺南朱九江次琦如出一轍。其文之最著者爲《釋用》、《釋誨》、《知困軒記》、《再與張治秋書》。詩多《選》體。如《旅夜讀書有述寄諸弟》云：少小苦失學，悠悠遂中年。經訓昧率循，文辭夸蟬嫣。桃李非不妍，飄忽隨風煙。松柏秉冬心，歲寒柯葉全。所以古達人，聞道甘忽焉。白日不我貸，浮薄送華顛。嗟余悔之晚，陳篋如扣槃。重以生事迫，憂虞日相煎。回思家塾中，青燈几榻聯。此境我不再，群季無棄捐。長吟表衷曲，目斷西南天。此詩所謂『志士多苦心』矣。《梁編修鼎芬以言事去官、歸廣東、瀕行贈詩》云：入谷聖者歎，棲苴大雅憂。王霸共緜曖，乾坤遂沈浮。披腹叫閶闔，拂衣歸林邱。富貴亦何有，風雲不相求。亮哉歲寒節，一晌争千秋。鄉國波濤深，賈胡腥羶稠。永言根柢潔，毋嬰面口柔。重巒養玉氣，清淵淬吴鉤。再出昌華風，終窮歸魯叟。霜威颯京洛，長亭西日遒。世局多蒼茫，大道無阻修。勉旃天地心，寄訊楚粤郵。（中略）伯翰近體，亦偶作中晚以後語。如云：杜門輪有角，敲句月生棱。《題畫》云：此手黃筌似，回身碧玉猜。若《典衣》云：典衣不忍別，袖墨十年痕。羈旅況相恤，冰霜定客魂。敢忘慈母綫，不識富兒門。忽作大裘想，彌天萬族温。則學杜矣。」按：「效《選》體」、「學杜」，均陳衍之説，汪評略同之。

〔四〕按：頌萬詩，早年瑰麗，晚而近宋，故云。參注五、七。

〔五〕程頌萬《鹿川田父集自叙》：「自光緒辛丑刻《楚望閣集》，迄今十有四年，辛丑以後，有《石巢集》，編寫未竟，訖於國變，别爲《鹿川田父集》。鹿川者，嶽麓湘川之謂也。田父固無田，則無地以實之，與所爲作，皆十九寓言耳。余爲詩凡數變，伯嚴謂余近作，能囊括宋賢佳境，節盦亦謂可傳。余生平泊於榮利，未嘗汲汲於身外之偁，聊復宣鬱寫心，凡古之人有未盡，今之人有未喻，胥於是焉發之，未暇計其傳與否也。比歸湘廬，朋好屬寫者坌集，爰編初録五卷付印，以代胥鈔。」（《鹿川田父集》卷首）

〔六〕黃庭堅《客自潭府來、稱明因寺僧作静照堂、求予作》：「正苦窮年對塵土，坐令合眼夢湖湘。」（《山谷詩外集補》卷四，《黃庭堅詩集注》）按：黃句，亦從唐人翻出，白居易《寄行簡》云：「春來夢何處，合眼到東川。」（《白居易集箋校》卷一〇）參觀《容齋隨筆》卷一「黃魯直詩」條。又，李希聖亦嘗用此，其《寄懷陳伯嚴金陵》云：「長樂曉鐘殘月夜，時時合眼夢江南。」（《雁影齋集》）並可參。

〔七〕《近代詩鈔・石遺室詩話》：「子大驚才絶豔，初刻《楚望閣詩集》，專爲古樂府六朝，以追温、李、昌谷，不越湖外體格。亂後，續出《鹿川田父集》，則生新雅健，迥非凡手所能貌襲矣。」按：汪説參此。陳三立《鹿川詩集序》云：「子大爲詩數十年，屢刊布其稿，以浩博奇麗、横縱馳騁稱天下。國變後，復有未刊稿十八卷，出而示余曰：『吾詩已變易其體，抑而就範於南北宋詩派者爲多。』夫年至而業馴，斂矜氣還質澹，亦自然之數也。」（《鹿川詩集》卷首）錢鍾書《談藝録》（補訂本）云：「近來湖外詩家，若陳抱碧、程十髮輩，由唐轉宋，適堪其例。」（第四頁）均可印證。「生新雅健」，即宋詩風格也。參注五引程序。

《石遺室詩話》卷一〇：「寧鄉程子大詩才瑰麗，刻有《楚望閣集》十五卷。《春日示姪鼇》云：草堂臥病春自憙，篸竹塢花嬌可憐。雖無長公來着屐，幸有小阮吟隨肩。牆頭罥柳晚虹見，籬落破筍朝雷顛。十年欣汝得慰藉，不逐春物躭時賢。《題辟疆先生菊飲詩卷和韻》云：卷幔秋心黯草堂，陶公閒醉阮公狂。百年老去有詩卷，九日歸來非故鄉。霜澀擁簾嫌酒薄，風彊掃地逼年荒。江山文藻都銷歇，曾説豪情比孟嘗。《題黄左臣秦刕拓本》第三首云：漢江江水濃於酒，武昌之魚貫之柳。録别惟應盡一刕，祖龍天地休回首。句如《讀寄禪憶四明山水詩》云：萬頃蓮花洋拍岸，千盤舍利塔爲峰。又：太白峰頭問童子，玄黄劫外禮空王。振衣海色低窮髮，洗鉢詩心入大荒。《平津關趨信陽》云：中州人物追何李，大楚雄風失子男。《題任城紀游圖》云：水竹署亭長，琴書生晝涼。有逸語，有豪語，有悲慨語。」又，《單雲閣詩話》：「十髮刊《楚望閣詩》六卷，乃自其十二卷一千九百餘篇中手自録存四百四十二篇者也。自謂：『端居多暇，稱心而言吾身所值之境與事，未嘗不藉文字以傳。至於幽憂疾疢之餘，亦惟冥心於文字之中，足以與世相忘而不失乎古。』余讀其詩，極窈眇麗則之致。五古如《曉發銅官渚》云：晨起推篷窗，濛濛一江霧。不見江上人，但見江邊樹。何處櫂歌聲，抽帆翦江去。《湘灣阻雪書感》，有『天凹水邊樓，地凸沙頭樹』二語，寫景殊肖。五律如《黃鶴樓別黃守琮》云：李白知何處，茫茫萬古樓。武昌城外柳，分作兩行愁。葉亂中流艇，帆隨去國鷗。今宵一彎月，照汝下黃州。七律如《過琉璃河東徐學使》云：琉璃橋畔柳鬖鬖，聖水流澌照鬢斑。衣上征塵燕市酒，馬頭秋色太行山。黃蕉丹荔趨炎海，短褐疲驢下瓦關。深羡皇華詩思好，督亢斜日亂雲間。《過南湖洲》有『緑蘸鴨頭春水岸，黃添鴉背夕陽山』一聯，亦甚工麗。五絕如《偶題》云：連理窗前樹，年年不著花。怪他無意緒，移種向鄰家。七絕如《醉題王氏水榭》云：瑟瑟蘋烟冥短篷，衣香人影去匆匆。湖天一舸摇空緑，無數紅欄在水中。《朱二結廬鄰五畝塘，題曰鷺巢，系以二絕》云：『空齋偪仄真如舫，小院荒蕪不受欄。一樹芭蕉三尺雪，離披翠葉隔簾看。』『鷺鷥立處迷孤艇，燕子歸來見舊巢。殘臘催人又相別，隔林紅葉晚蕭蕭。』又《淮行雜詩》十五首之一云：巫支祁鎖望崔巍，禹蹟茫茫劃不開。一幅峭帆三百里，湖神翦

紙索詩來。皆可誦也。」(《校輯近代詩話九種》)

〔八〕別見「曹震篇」。

步軍將校一十七員

地默星混世魔王樊瑞　章炳麟

呼風唤雨，蓬萊折股〔一〕。景陽潘陸坐廊廡〔二〕。

高論多爲世所驚，四言只許仲宣醇〔三〕。即論七字俳優體，莫薄嘉隆一輩人〔四〕。恐與蘇黄作後塵，輒思陶謝與爲鄰〔五〕。偶拈瀸字消長夏〔六〕，定有門前問字人〔七〕。在季剛坐上所見如此。

太炎經學大師，詩非措意〔八〕，惟論詩則尚四言而抑近體，主三唐而薄兩宋，又推明七子不可及，皆非今詩人所知也〔九〕。黄季剛游廬山詩，太炎亟稱其《贈旭初》四言〔一〇〕，及見其七言古體，喟曰：「奈何學宋人。」〔一一〕

〔原附〕論近代詩家絶句　章士釗

精妙流聞七字中，卻排魔派絶時風。論才海内誰知己，腸斷雲間陸士龍。

太炎絶少爲七言詩，惟丁卯元日贈詩云：「十年晢墓不登朝，爲愛湖湘氣類饒。改歲漸知陳紀老，量才終覺陸雲超。長沙松菌無消息，樊口鯿魚乍寂寥。料是瀛洲春色早，羈人樓上更怊怊。」

堯崩何止一千年，老鶴於今記不全。太息祖龍熸霸日，孫吳兵法漸如煙。

楊雲史居洛陽幕，登嵩山觀雪，太炎爲題圖，口號二絶云：「山中何處覓胡僧，僧去何時記未能。笑殺沖天雙老鶴，千年猶自説堯崩。」「狐裘豈識歲時寒，校獵全忘行路難。爲語洛陽冠蓋子，有人僵臥似袁安。」

早挈鄒容爲小弟，晚承黄侃作傳人。先生霑丐何須説，逝者如斯祗愴神。

憤時思作魯橫江，憂過中年意已降。差幸吾宗饒筆力，虎兒親見筆能扛。

太炎曾致書云：「主兵者不聽吾言，即欲爲魯橫江、劉誠意，亦相去太遠。」太炎次子名奇，堪承家學，作大字尤雄渾。

【箋證】

○章炳麟（一八六九——一九三六），初名學乘，更名絳，字枚叔，號太炎，浙江餘杭人。光緒十九年（一八九三），入杭州詁經精舍，從俞樾受經學。二十一年（一八九五），赴上海，入强學會，任《時務報》撰述。又至武昌，襄張之洞辦《正學報》，倡言變法。二十四年（一八九八），變法失敗，走臺灣。次年，赴日本，與孫中山識。旋歸國，著《訄書》。二十七年（一九〇一），作《正仇滿論》，駁康有爲君主立憲。任東吴大學教職。明年，任教愛國學社。因作排滿文，被囚入獄。三十二年（一九〇六），再赴日，入同盟會，編《民報》。宣統二年（一九一〇），自組光復會，任會長。民國初，返國，創辦《大共和報》，兼任總統府樞密顧問。三年（一九一四），以反袁故，復遭幽禁。五年（一九一六），任護法軍政府秘書長。二十三年（一九三四），移居蘇州，創國學講習所。著述極富，合刊爲《章氏叢書》。見《太炎先生自訂年譜》、汪東《餘杭章先生墓誌銘》（《制言》第三一期）、但燾《章先生别傳》（《制言》第二五期）、黄侃《太炎先生行事記》（《黄季剛詩文集》）。

〔二〕蘇軾《白水山佛跡巖》：「何人守蓬萊，夜半失左股。」（《蘇軾詩集》卷三八）按：汪用此語，或指黄侃死。又，據劉永翔先生説，章曾被人杖股，抑或指彼言。《世載堂雜憶》「章太炎被杖」條：「（張之洞）在紡紗局辦《楚學報》，以梁鼎芬爲總辦，以王仁俊爲坐辦，主筆則餘杭章太炎炳麟也。（中略）《楚學報》第一期出版，屬太炎撰文，太炎乃爲《排滿論》凡六萬言，文成，鈔呈總辦。梁聞之，大怒，口呼『反叛反叛、殺頭殺頭』者，凡百數十次。急乘轎上總督衙門，請捕拿章炳麟，鎖下犯獄，按律制罪。予與朱克柔、邵仲威、程家檉等聞之，急訪王仁俊曰：先生爲《楚學報》坐辦，總主筆爲張之洞所延聘，今因《排滿論》釀成大獄，朝廷必先罪延聘者，是張首受其累，予反對維新派者以口實。先生宜急上院，謂章太炎原是個瘋子，逐之可也。仁俊上院，節菴正要求拿辦；仁俊曰：章瘋子，即日逐之出境可也。之洞語節菴，快去照辦。梁怒無可洩，歸拉太炎出，一切舖蓋衣服，皆不准帶，即刻逐出報館；命轎夫四人，撲太炎於地，以四人轎兩人直肩之短轎棍，杖太炎股多下，蜂擁逐之。太炎身外無物，朱、邵等乃質衣爲購棉被，買船票，送歸上海。陳石遺《詩話》某卷第二段，曾言太炎杖股事，故太炎平生與人争論不決，只言『叫梁鼎芬來』，太炎乃微笑而已。」

〔二〕梁鍾嶸《詩品》卷上：「陳思之於文章也，譬人倫之有周孔，鱗羽之有龍鳳，音樂之有琴笙，女工之有黼黻。俾爾懷鉛吮墨者，抱篇章而景慕，映餘暉以自燭。故孔氏之門如用詩，則公幹升堂，思王入室，景陽、潘、陸，自可坐於廊廡之間矣。」（《歷代詩話》本）按：章門弟子，多卓有成者，景陽、潘、陸，即比擬言之。景陽，張協字；潘，潘安；陸，陸機、陸雲也。

〔三〕仲宣，王粲字，詳見注九。

〔四〕章炳麟《答汪旭初論詩書》：「其實七子勝處，儘有近代阮翁、垞翁所不能到者，幸勿隨衆訾議也。（中略）如此格調，似稍高亢，若懼墮入七子一派，正恐未能到七子耳。」（《制言》第二九期）但燾《菿漢雅言札記》第二一四條：「先生論詩，自唐以下，等之自鄶，然亦不薄明七子。與汪旭初論詩云云，（同前引，略）可見先生之因材施教，不漫爲高論，爲時賢所難能。」（《制言》第

四三期)

按：汪詩或指此。「嘉隆一輩人」，謂明後七子。《方湖日記幸存録》：「至於弘正四傑、嘉隆七子，郎園刻之，太炎稱之，予皆不敢附和也。」(《汪辟疆文集》)亦可參。

〔五〕杜甫《戲爲六絶句》之五：「不薄今人愛古人，清詞麗句必爲鄰。竊攀屈宋宜方駕，恐與齊梁作後塵。」(《杜詩詳註》卷一一)《江上值水如海勢聊短述》：「焉得思如陶謝手，令渠述作與同游。」(同前，卷一〇)按：「恐與」句本事，見注六。

〔六〕章炳麟《致季剛旭初書》：「夏日吟詠，往往少山水風景，則以避暑不出故也。僕蟄居於此，四時不異，故亦不廢斯事。適作《長夏紀事》一首，皆附事實，故反多新語。因『自來水』無名可施，以《釋水》『泉一見一否爲瀸』，即以名之。此詩略脱向日窠臼，雖然，不追步陶、謝，恐與蘇、黄作後塵矣。」(《太炎文録續編》卷七下)

按：汪説即指此。然後云「所見如此」，恐不可能。事既載書札，自非「坐上所見」，或其耳諸黄，或睹書而知，否則不合於理矣。《長夏紀事》詩，見《太炎文録續編》卷七之下。《長夏紀事》：「我本山谷士，失路趨堂廉。伐華既十稔，重兹風日炎。荃葛甫在御，短製無垂襜。粥定正代莽，齏美如遺鹽。啖此勝百牢，披襟步長檐。藹藹出牆樹，淙淙筒中瀸。市間或問字，百名方一縑。漱筆藉顛棘，濈盡穎自銛。捖玉得越巾，破觚逾蒼礛。故書適一啟，蠹食殊無縗。呼童下香藥，胼汗勤自拈。平生遠膏沐，兩鬢常鬑鬑。朋來跣不襪，夷惠宜可兼。時復效禽戲，而不求青黏。但爲滌塵慮，焉識速與淹？大化苟我遒，老洫終如緘。」

〔七〕黄庭堅《次韻奉送公定》：「時通問字人，得酒未曾辭。」《世弼惠詩求舜泉，輒欲以長安酥共泛一盃，次韻戲答》：「沙鼎探湯供卯飲，不憂問字絶無人。」（《山谷外集詩注》卷四，《黄庭堅詩集注》）《漢書》卷八七下《揚雄傳》：「劉棻嘗從雄學作奇字。」「時有好事者，載酒肴從游學。」

〔八〕《光宣詩壇點將録》（甲寅本）：「太炎經學爲晚近大師，詩原出漢魏樂府，古豔盎然，世不多見。余曩在申江，曾見友人録其五言古若干首，頗有閲世高談、自闢户牖之概。惜未寫福，今尚悵耳。」

按：梁啟超《廣詩中八賢歌》云：「枚叔理文涵九流，五言直逼漢魏遒。」（《飲冰室文集·詩》四五下）意無不同。錢仲聯《近代詩壇點將録》：「太炎學人，詩非所措意。然早年所作五律，頗高簡，後來入集諸詩，學漢魏樂府，詰屈古奥，與其論詩之主張相合。其自書丙辰出都以後詩，高古而彌近自然。」（《夢苕盦論集》）亦可與汪評參。

〔九〕章炳麟《自述學術次第》：「余作詩獨爲五言。五言者，摯仲洽《文章流别》，本謂俳諧倡樂所施。然四言自《風》、《雅》以後，菁華既竭，惟五言猶可仿爲。余亦專寫性情，略本鍾嶸之論，不能爲時俗所爲也。」（《制言》第二五期）

章炳麟《國故論衡·辨詩》：「《三百篇》者，四言之至也，在漢獨有韋孟，已稍淡泊。下逮魏氏，樂府獨有《短歌》、《善哉》諸行，爲激卬也。自王粲而降，作者抗志欲返古初，其辭安雅，而惰弛無節者衆，若束皙之《補亡詩》，視韋孟猶登天。嵇、應、潘、陸，亦以楛窳。『悠悠太上，民之厥初』、『於皇時晉，受命既固』，蓋傭下無足觀，非其材劣，固四言之執盡矣。漢世《郊祀》、《房中》之樂，有三言七言者，其辭閎麗佚蕩，不本《雅》、《頌》，而聲氣若與之呼召，其風獨五言爲善。（中略）及其流風所扇，極乎王粲、曹植、阮籍、左思、鐂琨、郭璞諸家，其氣可以抗浮雲，其誠可以比金石，終之上念國政，下悲小己，與十五國風同流，其時未有《雅》也。謝瞻承其末流，《張子房詩》本之『王風哀思，周道無章』，浸淫及於大、小《雅》矣。世言江左遺彦，好語玄虛，孫、許諸篇，傳者已寡，陶潛皇皇，欲變其奏，其風力終不逮。玄言之殺，語及田舍，田舍之隆，旁及山川雲物，則謝靈運爲之主，然則風雅道變，而詩又幾爲賦，顏延之與謝靈運深淺有異，其歸一也。自是至於沈約、丘遲，景物復窮。自梁簡文帝初爲新體，牀笫之言，揚於大庭，訖陳、隋爲俗，陳子昂、張九齡、李白之倫，又稍稍以建安爲本。白亦下取謝氏，然終弗能遠至，是時五言之執又盡，杜甫以下，辟旋以入七言。七言在周世，《大招》爲其萌芽，漢則《柏梁》，鐂向亦時爲之，顧短促未能成體，而魏文帝爲冣工，唐世張之以爲新曲，自是五言遂無可觀者。然七言在陳、隋，氣亦宣朗，不褋傳記名物之言，唐世浸變舊貫，其執則不可久。哀思主文者，獨杜甫爲可與，韓愈、孟郊，蓋《急就章》之别辭，元稹、白居易，則日者瞽師之誦也。自爾千年，七言之數以萬，其可諷誦者幾何？重以近體昌狂，篇句填委，凌襍史傳，不本情性。蓋詩賦者，所以頌善醜之德，泄哀樂之情也，故温雅以廣文，興諭以盡意，晚世賦頌，苟爲饒辯屈蹇之辭，競陳誣罔不實之事，潛夫引以爲譏。見《潛夫論·務本篇》。詩又與議奏異狀，無取數典，鍾嶸所以起例，雖杜甫媿之矣。訖於宋世，小説、襍傳、禪家、方技之言，莫不徵引。夫以孫、許高言莊氏，雜以三世之辭，猶云《風》、《騷》體盡，況乎辭無友紀、彌以加厲者哉？宋世詩埶已盡，故其吟詠情性，多在燕樂。今詞又失其聲律，而詩尨奇愈甚，考徵之士，覩一器，説一事，則紀之五言，陳數首尾，比於馬醫歌括。及曾國藩自以爲功，誦法江西諸家，矜其奇詭，天下騖逐，古詩多詰詘不可誦，近體乃與杯珓讖辭相等，江湖之士豔而稱之，以爲至美，蓋自商頌以來，歌詩失紀，未有如今日者也。（中略）物極則變，今宜取近體一切斷之。唐以後詩，但以參考史事存之可也，其語則不足誦。」按：《蓟漢雅言札記》第二五五條云：「近世曾國藩獨慕《漢書》叙傳。四言之用，自漢世已衰，叙傳雖非其至，自《雅》、《頌》以下，獨有李斯、韋孟、揚雄、班固四家，復欲陵轢其上，固已難矣。」（《制言》第四三期）據此，知章崇四言，特指漢以前，亦古來之常談，非故爲高論也。

按：胡先驌《評胡適〈五十年來中國之文學〉》云：「（炳麟）論詩頗多失當之語。其謂至唐『五言之勢又盡。杜甫以下，辟旋以入七言』，乃大謬不然之説。七言與律詩固光大於唐，然五言之勢未嘗異也。自宋至今，五言古體詩仍爲最佳之體裁，不能爲五言古詩而能名家者，殆未有也。其謂至宋世『詩勢已盡，故其吟詠情性，多在燕樂』，亦非至論。宋之後，元明清歷年六百餘，詩未嘗一日廢，名家且輩出，其吟詠性情，未嘗多在燕樂。詞雖盛於兩宋，然不能取詩而代之。上自北宋之梅歐，下至南渡與宋末之江湖、四靈，其吟詠性情，未嘗不在詩。自始至終，詩仍保持其正統也。其論近代之詩，亦未盡當。『覩一器，説一事，則紀之五言，陳數首尾，比於馬醫歌括』，此僅可舉以訾『考徵之士』。近來詩人雖喜宋體，除二三子外，古詩豈皆『多詰屈不可誦』？近體豈皆『與杯珓讖辭相等』耶？蓋章氏之學，純爲章句訓詁之學，於文學造詣殊淺，邇來在江蘇教育會講學，竟謂元稹之詩在杜甫之上，可見其文學判斷能力之高下矣。」（《學衡》第一八期）批駁章説，頗能中其罅，可參。

〔一〇〕章炳麟《游廬山詩序》：「侃爲詩素慕謝公，及是篇什多五言，猶近古。七言或時雜宋人脣吻，獨其所爲四言，上不逮仲宣，而下幾與叔夜、元亮伉矣，亦足以見其所抱也。」（《太炎文録續編》卷二之下）

按：汪説當據此。「所爲四言」云云，即指贈旭初詩。汪東《游廬山詩序》：「今覽其詩，各體皆工，四言五言倜然遠矣。」（《制言》第三九期）亦可參。又，黄侃作《游廬山詩》，及浼炳麟爲序，略見《黄侃日記》。《黄侃日記·閱嚴輯全文日記三》（一九二八年七月）：「（二十五日）作詩五首四言贈旭初。」又（同年八月）：「（十日）得本師九日書云，已爲侃詩作序。」「（十一日）鷹若寄來師所還《切韻》一册，又侃箸《游廬山詩》一本，蒙師作序，凡數百言，鷹若以楷書録之卷首。」「（十二日）旭初晨來，示所作余《游廬山詩》後序，清婉疏雋，晉宋人文也。大抵旭初作文，運思極静，不能於諠聒中爲之，此文昨莫求之，今晨已就，必以通夕之力辦此矣。良友契合，讚賞適合寸心，可感也，可慶也。」

黄侃《山中贈旭初五首》：「浩浩長江，峨峨巨舟。言要我友，泝彼洪流。天際匡廬，五老所游。維虉尋陽，遂陟崇丘。古有偕隱，翳陶與劉。抗此遠情，其在良儔。」「朝霞絢空，丹崖有煇。既升絶壁，怊悵忘歸。黄流遠寫，白雲孤飛。西瞻楚塞，東頫吴畿。臨睨舊鄉，謂是復非。天不可問，徒歌采薇。」「娟娟明月，流影雲端。與子携手，臨樓磐桓。氛浄長空，泉鳴深山。蝯鶴盡息，松篁自閒。置心物外，邈絶人寰。玄理冥契，無言可删。」「炎曦下燭，嵐氣歊烝。權輿膚首，㧻扈岡陵。涷雨將至，風雷怒馮。木杪飛泉，百道俱騰。子能淵默，靈臺自澂。試作長嘯，以招孫登。」「巖居川觀，可以永年。願依蓬虆，以訖華顛。世故紛赼，倫黨扳纏。宿留浹旬，復去名山。如彼歸鳥，垂翼翩翩。桑下之戀，浮屠所捐。」（《游廬山詩》，《制言》第三九期）

〔二〕見「黄侃篇」注三。

培軍按：樊瑞、項充、李衮，同爲芒碭山頭領，而章、劉、黄三家，則同治經學、小學，尤以餘杭爲大宗師，詩皆非所措意，故即擬以樊、項、李，所謂宗尚派别同也。其初稿，於申叔評云：「季剛、申叔，皆與太炎關係較深，申叔社友，季剛則太炎高足也。」（《甲寅週刊》第一卷七號）正自述比附之意。又，章門弟子，頗推崇章詩，亦可參也。如康心孚《廖尻雜記》云：「本師章君，不爲近體，而其古體至獨者，乃睥睨魏晉，淵淵乎五言之極則已。」黄侃《纗秋華室説詩》云：「餘杭五言最工者，爲《艾如張》、《董逃歌》二首，爲張之洞詠，爲康有爲詠也。罕作近體，所見僅與鄒慰丹唱和詩，記其一曰：浙東前輩張玄箸，天蓋遺民吕晦公。兵解神仙儒發冢，我來地水火風空。雖非正音，要自矯健。」（《雅言》第一、二期）

地暴星喪門神鮑旭　譚嗣同　一作宋恕

汝不聞殺人不眨眼將軍乎？汝安知有不懼生死和尚邪？〔一〕震動大千相〔二〕，蓋取諸大壯〔三〕。

壯飛三十以前詩多法杜韓〔四〕。三十以後，乃有自開宗派之志〔五〕。惟奇思古豔，終近定庵〔六〕。且喜摭西事入詩。當時風尚如此，至壯飛乃放膽爲之〔七〕，頗有詩界彗星之目〔八〕。

〔原附〕論近代詩家絶句　章士釗

初擘文字向河山，生殺茫茫一瞬間。馬後桃花馬前雪，回首〔頭〕應是鬼門關。

壯飛詩有「馬後桃花馬前雪，教人怎得不回頭」之句。此二語憶曾於他處見之，似由剿襲。山谷贈人詩喜用「鬼門關」三字。

千帆謹案：張維屏《藝談録》載常熟徐蘭芬若句云：「馬後桃花馬前雪，出關争得不回頭。」蓋即壯飛所本。此事承楊揚先生見告，附此致謝。

耕莘十載茫茫裏，一相成湯敢仰看。學問功名存一鼎，誤烹酈蒯亦無難。

段合肥向不能詩，執政時，有意浼鄭蘇翁出任交通總長，忽發興和詩一律，耕莘二句即其結聯。甲午湘闈題爲「湯有天下」四句。壯飛後比有曰：「以生人者殺人，不謂之功名，而謂之學問。」自詡鴻筆，不作第二人想，乃竟被擯。君一憤而納粟入官，不四年殉國。

千帆謹案：二首屬譚壯飛。

祖述王充祧宋牼，恥於文學罄平生。聞聲恨在章和後，不見懸輿續《論衡》。

君最服膺王仲任，自著有《續論衡》，頗矜重。太炎云：「燕生學行，於古可方宋牼。」

章吴風義照當時，放眼支那説項斯。舉世誰爲柳州學，我從儒雅益多師。

太炎與北山先生均有詩張之。「支那有一士，弢跡居海東。」爲外舅詩起句。君於古文辭獨推柳州。

千帆謹案：二首屬宋平子。

【箋證】

○譚嗣同（一八六五—一八九八），字復生，號壯飛，湖南瀏陽人。父繼洵，官湖北巡撫。少有大志，爲文奇肆。喜新學，任俠好劍術，鄙棄科舉文。光緒十年（一八八四），從軍新疆，入巡撫劉錦棠幕。前後十年，遍游南北諸省，歷八萬餘里。二十二年（一八九六），以父命，入貲爲知府，需次金陵。翌年歸湖南。佐陳寶箴辦新政，與黄遵憲等創辦時務學堂，又與唐才常等創立南學會、湘報館。二十四年（一八九八），以徐致靖薦被徵，七月入都，擢四品卿銜軍機章京，與楊鋭、林旭、劉光第同參新政。八月政變作，或勸其避難東渡，曰：不有行者，無以圖將來；不有死者，無以酬聖主。卒不去，從容赴死。著有《仁學》、《寥天一閣文》、《莽蒼蒼齋詩》等。見《清史稿》卷四六四、自撰《三十自紀》（《寥天一閣文》卷二）、梁啟超《譚嗣同傳》（《戊戌政變記》）、譚傳贊《復生府君傳》、譚訓聰《清譚復生先生嗣同年譜》（俱《譚嗣同研究資料彙編》）、楊廷福《譚嗣同年譜》。

○宋恕（一八六二—一九一〇），初名存禮，字燕生；更名恕，又名衡，字平子，號六齋，浙江平陽人。諸生。少時讀書，恥章句，務博通。瑞安孫鏘鳴奇其才，妻以女。與鏘鳴從子詒讓爲友。後往杭州，從俞樾受經學，肄業詁經精舍。又喜新學，涉獵西書。壯歲，爲南北游。之湖北，上書張之洞，請變法。再之河北，上書李鴻章，請更官制。歷任北洋水師、求志學堂、求是學院教習。光緒二十九年（一九〇三），開經濟特科，朱祖謀薦於朝。不赴，東游日本。返國後，應山東巡撫楊之驤聘，爲學務處顧問，兼濟南大學教授。著有《六齋卑議》、《莫非是也齋詩存》、《文録》等。今人輯爲《宋恕集》。見陳詩《宋徵君事略》（《碑傳集補》卷五二）、馬叙倫《召試經濟特科平陽宋君别傳》（《天馬山房文存》外篇）、陳黻宸《徵君宋燕生墓表》（《陳黻宸集》）、陳謐《宋衡傳》（《廣清碑傳集》卷一九）。

〔一〕《五燈會元》卷八圓通緣德章次：「本朝遣師問罪江南，後主納土矣，而胡則者據守九江不降。大將軍曹翰部曲渡江入寺，禪者驚走，（緣德）師淡坐如平日。翰至，不起不揖，翰怒訶曰：『長老不聞殺人不眨眼將軍乎？』師熟視曰：『汝安知有不懼生死和尚邪？』」按：嗣同嘗耽佛學，又捨身度世，爲變法死，故云。《飲冰室詩話》第一六條：「譚瀏陽之有得於佛學，知瀏陽者皆能言之。然瀏陽之學佛，實自金陵楊仁山居士，其遺詩有《金陵聽説法》一章，即居士所説也。」

〔二〕南齊蕭子良《淨住子淨行法》：「若捨身命，憐愍衆生，得佛金色身，光明洞徹，行住坐臥，震動大千相。」（《廣弘明集》卷二七上）

〔三〕句見《易·繫辭下》。按：此二句，謂譚學佛捨身，并闔合號「壯飛」。「大壯」，卦名，乾下震上。《易·大壯》「象曰：雷在天上，大壯。」注：「剛以動也。」

〔四〕譚嗣同《致劉淞芙書》（二）：「嗣同於韻語，初亦從長吉、飛卿入手，轉而太白，又轉而昌黎，又轉而六朝。近又欲從事玉谿，特苦不能豐腴。類皆抗而不能墜，闢而不能翕。拔起千仞，高唱入雲，瑕隙尚不易見，迨至轉調旋宫，陡然入破，便綳絃欲絶，吹竹欲裂，猝迫卞隘，不能自舉其聲。不得已而强之，則血涌筋粗，百脈騰沸，岌岌無以爲繼。此中得失，惟自知最審，道之最切。今時暫輟不爲，别求所以養之者，久之必當有異。」（《寥天一閣文》卷一）

按：譚自述詩學，既如是詳，汪不之取，或别有所見。又，此書字句，近人編《譚嗣同全集》本稍異，蓋其所據爲手蹟也。此從刊本，其寫定稿也。參注六。

《忘山廬日記》（光緒二十四年九月二十七日）：「讀《莽蒼蒼齋詩》，亡友譚復生作也。悲壯蒼涼，有杜少陵、白香山意。」《攄懷齋詩話》：「戊戌被難六君子，最以名聞者厥爲譚壯飛，生平詩文尤膾炙人口。湖南有郭四者，郭嵩燾之子，以文自矜，目空千古。嘗評定前此文章之士，獨譚瀏陽得六十分，其他如韓柳歸方諸賢，率在四十分以下也。所爲詩，有《莽蒼蒼齋詩集》行世。説者謂其謹嚴豪放，才兼杜、蘇，洵不誣也。」《願無盡廬詩話》：「東海褰溟氏詩，無體不佳，而古詩尤峭折奇偉可愛。《六盤山轉饟謡》云：馬足蹩，車軸折。人蹉跌，山岌峷。朔雁一聲天雨雪。輿夫輿夫爾勿嗔，官僅用爾力，爾胡不肯竭？爾胡不思車中纍纍物，東南萬户之膏血。（按：此詩，錢仲聯亦稱之，語意略同，見《夢苕盦詩話》第二〇條。）此作筆大如椽，漢魏盛唐人中，亦所罕見。至若《西域引》、《蜕園》等作，則又似學長吉體矣。」（《高旭集》）《定庵詩話》卷下：「譚瀏陽《莽蒼蒼齋詩》，蒼涼悲壯，非同時號能詩者所可及。除合刻之《戊戌六君子遺集》外，又與文及筆記合刊爲『舊學四種』。其雅近老杜而無愁苦之音者，如《寄仲兄臺灣》云：孤懸滄海外，洲島一螺輕。狂飆宵移屋，妖氛晝滿城。依人王粲恨，採藥仲雍行。所願持忠信，風波險亦平。末二語，乃躬自蹈之，而不能免也。悲夫！《出潼關渡河》云：崤函羅半壁，秦晉界長河。《崆峒》云：隔斷塵寰雲似海，劃開天路嶺爲門。《江行》云：漁火隨星出，雲帆挾浪奔。均極蒼涼沉鬱之致。」

〔五〕《飲冰室詩話》第二條：「譚瀏陽志節學行思想，爲我中國二十世紀開幕第一人，不待言矣。其詩亦獨闢新界而淵含古聲。丙申在金陵所刻《莽蒼蒼齋詩》，自題爲『三十以前舊學第二種』，蓋非其所自憙者也。瀏陽殉國時，年僅三十二，故所謂新學之詩，寥寥極希。」

按：汪説略參此。又譚學文次第，自述甚明，《三十自紀》云：「嗣同少頗爲桐城所震，刻意規之數年，久自以爲似矣，出示人，亦以爲似。誦書偶多，廣識當世淹通婷壹之士，稍稍自慙，即又無以自達。或授以魏晉間文，乃大喜，時時籀繹，益篤耆之。由是上溯秦漢，下循六朝，始悟心好沈博絶麗之文，子雲所以獨遼遼焉。舊所爲遺棄殆盡，續有論箸及棄不盡者，部居無所，仍命爲集，亦以識不學之陋。後便不復稱集。（中略）子雲抑有言：雕蟲篆刻，壯夫不爲。處中外虎争、文無所用之日；丁盛衰互紐、膂力方剛之年，行並其所悔者悔矣。由是自名壯飛。」（《寥天一閣文》卷二）汪説亦稍參之。然亦專言文章，略及志行，不及詩。評譚氏詩者，梁啟超所論爲較詳，具見後引。

〔六〕胡先驌《評劉裴村〈介白堂詩集〉》：「譚壯飛之詩，則代表當時浪漫風氣，彷彿似龔定庵。」按：汪評當據此。又，此評亦見《夢苕盦詩話》第二〇條，是錢亦襲胡也。

〔七〕《近代詩派與地域》：「（復生）三十以前詩文，嘗自裒葺之，顔曰《舊學》，三十以後，則自謂獨往獨來，絶去依傍者也。平情而論，舊作文則步趨桐城，詩則瓣香杜甫，沈鬱頓挫，得杜爲多，間效昌谷，亦能奇麗。三十以後，乃喜摭拾西籍名詞，入諸韻語，名爲開新，實則浮淺生硬，不及蔣夏二家之深醇也。」（《汪辟疆文集》）

按：「三十以後」云云，參梁啟超説。《飲冰室詩話》第六〇條：「復生自憙其新學之詩。然吾謂復生三十以後之學，固遠勝於三十以前之學；其三十以後之詩，未必能勝三十以前之詩也。蓋當時所謂新詩者，頗喜撏撦新名詞以自表異。丙申、丁酉間，吾黨數子皆好作此體。提倡之者爲夏穗卿，而復生亦綦嗜之。此八篇中尚少見（按指第五九條所録七律八首），然『寰海惟傾畢士馬』，已其類矣。其《金陵聽説法》云：『綱倫慘以喀私德，法會盛於巴力門。』喀私德即Caste之譯音，蓋指印度分人爲等級之制也。巴力門即parliament之譯音，英國議院之名也。又贈余詩四章中，有『三言不識乃雞鳴，莫共龍蛙争寸土』等語，苟非當時同學者，斷無從索解；

蓋所用者乃《新約全書》中故實也。其時夏穗卿尤好爲此。穗卿贈余詩云：『滔滔孟夏逝如斯，亹亹文王鑒在兹。帝殺黑龍才士隱，書飛赤鳥太平遲。』又云：『有人雄起琉璃海，獸魄蛙魂龍所徒。』此皆無從臆解之語。當時吾輩方沈醉於宗教，視數教主非與我輩同類者，崇拜迷信之極，乃至相約以作詩非經典語不用。所謂經典者，普指佛、孔、耶三教之經。故《新約》字面，絡繹筆端焉。譚、夏皆用『龍蛙』語，蓋時共讀約翰《默示録》，録中語荒誕曼衍，吾輩附會之，謂其言龍者指孔子，言蛙者指孔子教徒云，故以此徽號互相期許。至今思之，誠可發笑。」

〔八〕按：此語不知所出。《清代學術概論》：「晚清思想界有一彗星，曰瀏陽譚嗣同。」（《飲冰室全集》第八册）「詩界彗星」云云，或即從此來。

培軍按：瀏陽詩法取徑，《致劉淞芙書》所言最明，方湖不之取，而用胡説，以自述不足信耶，抑未睹此《書》也？又，瀏陽論藝數絶句（見《莽蒼蒼齋詩》卷二。參觀《今傳是樓詩話》第二〇條、《容安館札記》第六三七則），最有識見，足與《致劉淞芙書》、《三十自述》相發。六齋以學術名世，章太炎擬之宋牼，造詣可見，而瀏陽亦著《仁學》，學術與之等，故二家合傳，不爲無由。六齋詩不多作，陳鶴柴云：「古風融會《騷》《選》，近體兼綜唐宋。」（《尊瓠室詩話》卷一）又云：「古近體皆融會唐宋，以縝密勝。」（《静照軒筆記》「六齋詩」條，《青鶴雜誌》第三卷一八期）其説如可信，亦瀏陽之同調也。

地飛星八臂哪吒項充　劉師培

百步取人無不中〔一〕。可惜飛刀，不用爲用〔二〕。

儀徵劉氏，三世爲賈服之學〔三〕。至申叔，則博學瓌詞，一時無兩。間出其餘緒爲詩，由亭林上窺浣花，氣韻深穩。又五言出入鮑謝，自然高古。入蜀以後，詩境益拓，氣體益高，蓋學人而兼詩人也〔四〕。

〔原附〕論近代詩家絶句　章士釗

梅福里中門半開，科頭短褐乍歸來。小年卓犖書蟲篆，知是人間絶異才。

癸卯春，吾與陳獨秀、張溥泉、謝無量輩，在滬寓梅福里閒話。有客倉黄啟門，狀甚狼狽，衣履不完。據云：有躡者在後。吾等極力慰藉，爲備食宿。此即申叔由揚州初到上海情狀也。

劉氏傳經歆向先，左庵文筆本天然。申公兩事嫌難擬，第一專門次大年。

鏗鏗入蜀繼王翁，滄海横流似未同。無命玄暉沾丐遠，未聞李白出山東。

申叔卒年三十六，與謝朓同。

【箋證】

○劉師培（一八八四—一九一九），字申叔，號左盦，江蘇儀徵人。父貴曾，亦用經學名世。幼穎異，承家學，十二歲畢五經。光緒二十八年（一九〇二）舉人。明年，赴開封會試，不第。至上海，識章炳麟，同倡革命。更名光漢，著《攘書》。三十年（一九〇四），入光復會，主持《警鐘日報》。明年至皖，識陳獨秀、章士釗，爲皖江中學教員。又明年，偕婦亡命日本，入同盟會。辦《天義報》、《衡報》。宣統元年（一九〇九），因與炳麟齟齬，負氣返國，入兩江總督端方幕。三年（一九一一），從方領兵入川，方途死，脱身往成都，任國學院教員。尋復至太原，用閻錫山薦，爲參政院參政。民國四年（一九一五），入京，爲楊度所引，入籌安會。六年（一九一七），任北京大學教授。病瘵死。著述弘富，合刊爲《劉申叔先生遺書》。見陳鐘凡《儀徵劉先生行述》（《碑傳集三編》卷三五）、汪東《劉師培傳》（《汪旭初先生遺集》）、劉富曾《亡姪師培墓誌銘》、蔡元培《劉君申叔事略》、尹炎武《劉師培外傳》、錢玄同《左盦年表》（俱《劉申叔先生遺書》卷首）。

〔一〕《水滸傳》第五九回《吴用賺金鈴吊掛、宋江鬧西嶽華山》：「爲頭那一個，便是徐州沛縣人氏，姓項名充，綽號八臂哪吒，使一面團牌，背插飛刀二十四把，百步取人，無有不中。」按：汪語即用此。

〔二〕《莊子·人間世》：「山木自寇也，膏火自煎也。桂可食，故伐之；漆可用，故割之。人皆知有用之用，而莫知無用之用也。」按：汪贇疑用此。

〔三〕按：師培曾祖文淇、祖毓崧、伯父壽曾，俱治《春秋左氏傳》，即所謂「三世賈服學」也。此世所熟知，不煩徵引。參觀《清儒學案》卷一五二《孟瞻學案》、《清儒學案新編》第六册《孟瞻學案》、《申叔學案》。

〔四〕《近代詩派與地域》：「餘杭章氏、儀徵劉氏篤守賈服，旁及文史，箸書滿家，卓然宗師。早年同斥客帝，並爲當道所嫉，百折不撓，世多知之。詩則出其餘事，心儀晉宋，樸茂淵懿，足稱雅音，今人不能有也。（中略）至餘杭、儀徵生平論學，頗不滿於湘潭。詩雖同宗漢魏，亦不類王氏之字橅句擬，非學術深醇學古而不爲古所囿者歟！」《近代詩人小傳稿》：「其詩法子美，間學漢魏，氣體頗大，惜略嫌膚廓耳。其《癸丑紀行六百八十八韻》爲其生平傑作。」（《汪辟疆文集》）按：師培承家學，詩文取徑，亦與父貴曾同，其《先府君行略》云：「（府君）初嗜沈博絶麗之文，壯歲以後，以考訂經史爲宗，詩法六朝，間事倚聲。」（《左盦集》卷六）可證。又，《癸丑紀行六百八十八韻》，入蜀後作，見《左盦詩録》卷三。《近百年詩壇點將録》、《兼于閣詩話》等並稱之。他家論評，可資參較者，録於後。

《冷禪室詩話》「劉師培」條：「劉申叔先生師培古文大家，詩學巨子。讀所作《詠史》詩，斑剥陸離，如見周秦古器。詩云：狟神出長淮，六龍帶悲音。羲馭有真宅，不必搏〔榑〕桑林。都士歌狐裘，風人慨魚鬵。驅我白羽車，謳我金天吟。軒臺閟靈蹤，稷澤今蹄涔。木禾不結實，堇〔菫〕草敷重陰。側聞群玉山，册府森璆琳。發册披河圖，華胥無近尋。玉羊闞華峰，金雞思岱岑。長揖謝秦〔泰〕皇，夭〔天〕椓安可任。又：駕言適亳都，東眺洪河流。薄亭亘其西，太華繚其諏〔陬〕。火鉞熲炎華，紕罽鮮霜旒。黄鱗爲沈珪，白狼供銜鉤。三朡薦玉瑶，九囿桴〔捊〕珙球。問君何爲然，僉云荷天休。鑣宫有吉靈，江水多敗舟。駿龎昔異逵，貔貙今同邱。勿逐牟光塵，蓼溪非澄湫。李義山《韓碑》有云：點竄堯典舜典字，塗改清廟生民詩。先生與昌黎，殆後先輝映矣。」（按：此詩凡十二首，海納川所引者，是其二、八，文字頗有訛。見《左盦詩録》卷二。）《兼于閣詩話・補遺》「左庵」條：「經學大師劉申叔師培有《左庵遺詩》一卷，始庚子訖辛亥十二年之作。辛亥入蜀，稿留在華陽林山腴思進處。越二十年辛未，申叔既逝，爲鏤板行之。其詩古博奥衍，有《癸丑紀行六百八十八韻》，爲民國二年夏由蜀適滬，秋復由滬適晉之作，自言韻宗《集韻》，間用《正字》及《經典》、《段文》。詩既深窈，又不加注，無以知其用意，誠奇文也。」

地走星飛天大聖李袞　黄侃

飛天大聖，運蒙則正〔一〕。小南强，大北勝〔二〕。

季剛詩初效《選》體，律詩有玉溪意格，來金陵後，五言未變其體，惟喜堆書卷，反不如舊作清綺可誦。至近體則出入於杜公、玉溪、臨川、遺山、蒙叟之間，不名一家。蓋以好之不專，又務求勝於人故也。至其記誦之博，使事之雅，一時詩家，難與抗手〔三〕。

憶季剛癸酉七月有《秋光簡辟疆》云：「白袷禁寒候又更，晨窗兀坐意難平。極知江國山川好，無奈鄉心日夜生。廢醴獨愁鉗楚市，説瓜同恐墮秦坑。喜君秘苑多於我，可有靈符解避兵？」〔四〕於時東禍雖迫，江表宴安。季剛念亂之懷，見於吟詠。迨蘆溝變起，季剛已先二年卒。而余播遷巴蜀，墳籍蕩然，誦「江國」、「鄉心」之句，真有「何心天地」之感矣〔五〕。

〔原附〕論近代詩家絶句　章士釗

尋春偶到天涯去，高閣前題見淚痕。楊瘦不留鶯燕住，奈何楊瘦卻難言。

意本君譜《西子妝》詞。

千帆謹案：季剛師《西子妝·二月二十三日，社集北湖祠樓，感會而作》云：「汀草緑齊，井桃紅嫩，共説尋春非晚。偶來高閣認前題，歎昔游、歲華空换。滄波淚濺，算留得、閒愁未斷。凭曲闌，訝瘦楊如我，難招鶯燕。追歡宴。卻恨東風，攪起花一片。酒痕惟解漬青衫，比當時、醉情終淺。殘陽看倦，倩誰慰、天涯心眼？待重來，又怕平蕪淚滿。」

蛾眉總覺讓人非，榛藪無心也罥衣。卻與漢陰無鬱蓟，丈人元自久忘機。

乙丑君致余書釋言，余爲憮然。

【箋證】

○黄侃（一八八六—一九三五）字季剛，湖北蘄春人。父雲鵠，官四川鹽茶道，署按察使事。早孤，讀書穎異。年十六入州學，因張之洞薦，留學日本。遇章炳麟，師之，攻文字音韻。并入同盟會，助炳麟編《民報》。辛亥，武昌起義，乃返蘄黄，集衆三千，謀爲牽制之旅。事敗，亡去。明年，赴上海，任民社報主編。又入南社。任國務院祕書長，旋辭職。民國四年（一九一五），或要其入籌安會，婉謝之。其後壹意於學術，教授南北大庠，逾二十餘年。性通侻，常被酒，議論風發，臧否當世士，無稱意者。以是人目爲狂。二十四年（一九三五）重九，登豁蒙樓，意不樂，中酒歐血死。著作多未成，有《文心雕龍札記》、《黄季剛詩詞鈔》、《黄侃日記》等。見黄念田《先君子事略》（《安雅》第一卷一一期）、章炳麟《黄季剛墓誌銘》（《太炎文録續編》卷五下）、汪東《蘄春黄君墓表》（《制言》第一一期）、潘重規《季剛公傳》（《黄侃年譜》卷首）。

〔一〕宋顔延之《皇太子釋奠會作》：「大人長物，繼天接聖。時屯必亨，運蒙則正。」注：「善曰：《周易》曰：屯，蒙亨利貞。王弼曰：剛柔始亨，是以屯也。不交則否。故屯乃大亨也。運，録運也。《周易》曰：蒙，亨利貞。王弼曰：蒙之所利，乃利正也。濟曰：言遭時屯蒙，必能正也。亨，通也。」（《六臣註文選》卷二〇，《四部叢刊》本）按：侃嘗自命「天九」，又爲章門「天王」（見《中國近代學人象傳》），故擬「飛天大聖」。

〔二〕宋陶穀《清異録》卷上「百花門」：「南漢地狹力貧，不自揣度，有欺四方、傲中國之志。每見北人，盛誇嶺海之强。世宗遣使入嶺館，接者遺茉莉，文其名曰『小南强』。及本朝，鋹主面縛，僞臣到闕，見洛陽牡丹，大駭歎〔歎〕。有搢紳謂曰：此名『大北勝』。」（《惜陰軒叢書》本）按：侃於章門，居最上座，汪贊或謂此。又據《黄侃日記》，侃嘗以被酒，怒吴梅自負，而攘袖與之罵，或亦指彼事。參觀劉衍文先生《章太炎與黄季剛》（《寄廬茶座》）。

〔三〕汪辟疆《悼黄季剛先生》：「（季剛）平生雜文詩詞，恒載之日記，亦有隨手命筆，散置未及收録者。（中略）五言詩，有晉宋之遺，餘杭宗尚，固應爾爾。自游廬山，動宕時逼東坡。避兵北平，深婉又近半山。太炎初見廬山諸作，嘗曰：『詩奈何學宋人？』蓋憾之也。衡情而論，先生晚年涉覽既多，縣鵠亦降，偶事吟詠，稱心而言。惟涉覽多則藴理富，惟縣鵠降則取徑寬。近年之詩，其真摯敻絶之境，實高於規橅晉宋者也。所惜平生著作，不自收拾，禮堂寫定，猶待鉤稽。要之，經學、小學、詩文，固卓然可傳者也。」（《制言》第四期）又《評方回〈桐江續集〉》：「季剛論詩篤守師說，不及蕭《選》以下；故所作多鄰鮑、謝。四十以後，涉覽既多，縣鵠亦降。偶事吟詠，稱心而言。心撫手追者，不僅開寶諸公，即宋之臨川、坡公，金之遺山，元之道園，下及清人錢東澗、厲樊榭，亦復時時儗之。」（《汪辟疆文集》）

按：侃用功於蘇詩，參觀《黄侃日記》。其推重義山詩，亦見於詩文。《題義山詩》云：「語重思紆意轉真，隴西一代僅斯人。」（孫世揚録《蘄春黄先生遺詩》，《制言》第三二期）《李義山》云：「制詩誰及玉谿生，獨運深思寫至情。自有微辭同宋玉，何曾豔體比飛卿？」參觀《李義山詩偶評》（《黄季剛詩文鈔》）。又，《今傳是樓詩話》第二三三條：「蘄春黄季剛侃，（中略）工填詞，詩亦不作六代以後語，近體尤不輕作。」與汪說稍異。

〔四〕按：汪所記恐誤。據《黄侃日記》，詩作於庚午七月十二日，即一九三〇年。此云癸酉，則一九三四年，前後相差四年。又，次句文字略異，「晨窗兀坐」作「蕭晨隱几」，詩題「秋光」作「秋曉」。詩又見孫世揚録《黄季剛先生遺詩》，題作「秋日簡汪國垣」（見《制言》第一三期），字句亦微異。

《黄侃日記·寄勤閒室日記》（庚午七月二日）：「《長亭怨慢·連夕臥病書懷》：料平野、秋光將偏〔徧〕。最怕登臨，獨扃深院。澹月闌簾，早涼侵簟，夢無限。昔曾行處，愁一例、成荒苑。漫覛少年心，算總被、驚飈吹散。　念遠，縱千程萬驛，未抵玉京尤遠。哀時鬢短，只一室、商歌無伴。倩誰問、閲世銅仙，任塵劫、匆匆頻换。賸永夜挑燈，還共鳴蛩悽惋。」又：「三日。陰。午間石禪及容載酒餚來，飲罷呼車，全家詣南湯山，浴温泉，久處塵囂，忽之郊野，新秋風物，處處娱人，暑氣初消，紵衣無汗，兒童知樂，何況老夫。行四十七里到陶廬，解衣入池，猶去年浴也。」又：「五日。陰。始著袷。」「與石禪及田游湖，并邀何奎垣、孫少江，行宫中管皆前所未至也。秋蓮彌豔，間以蓼花，層陰羃空，鍾山蒼翠，風物可念，惟衣薄覺寒耳。」又：「十日。陰，連陰數日，已是凛秋。」「夜旭初來，與偕詣辟疆，因論佗人事，乃至讙訟，甚無謂。」又：「十二日。陰，有晴意。」「夜有月，詣辟疆，同至梅庵久坐。」按：此其前數日所記，並可與詩參觀，心境亦略見焉。

〔五〕按：侃卒於一九三五年，汪隨中大入蜀，則在一九三七年（見馬騄程《汪辟疆先生傳略》）。又，「何心天地」，謂鄉國之思也，語見徐陵《在北齊與楊僕射書》（《徐孝穆集箋注》卷二）。

地伏星金眼彪施恩　吴保初　一作丁惠康、李世由

流觀先德傳，結客少年場〔一〕。

國事分明屬灌均，李商隱句。〔二〕封章無路動楓宸〔三〕。潛夫祇有傷時淚，老爾江潭憔悴

人〔四〕。

北山品節極高，抗疏歸政，直聲震天下。在清末，周旋於保皇、革命兩黨之間，而皆爲人所翕服，則清風亮節之故也〔五〕。生遘世變，哀樂特過於人，激楚之音，出以清怨，高澹近韋柳，勁婉似荆公〔六〕。其迴腸蕩氣之作，亦不亞海藏樓也〔七〕。丁叔雅惠康，爲雨生中丞之子，與北山齊名，又與散原、瀏陽並稱清末四公子。襟懷高亮，詩亦如之〔八〕。李曉暾世由，學術淹雅，詩境蒼秀〔九〕。皆貴介公子，有聲於時，典衣留客〔一〇〕，亦略相似，遂合而傳之。

〔原附〕論近代詩家絶句　章士釗

沙湖山上舊書樓，題榜曾勞老道州。萬卷豈容輕乞與，稍經王粲到陳留。

沙湖山吴武壯廬江墓處北山樓，爲曾文正捐資成之。何貞老爲題榜。王粲指陳鶴柴，爲外舅詩弟子。

憂天一疏壓鳴珂，拂袖還山驗菊莎。贏得千詩清見骨，白鷗春水媿涪皤。

意取山谷呈外舅孫莘老詩。

千帆謹案：二首屬吴北山。

曠代詩心付軟塵，兩家公子一家春。十年繩匠胡同客，半夜北山樓裏人。

骨清贏得客衣單，朋舊凋零一飯難。官薄不如房太尉，相依卻祇董庭蘭。

董謂潘月樵。叔雅身後，皆潘料理。

千帆謹案：二首屬丁叔雅。

【箋證】

○吴保初（一八六九—一九一三），字彦復，一字君遂，晚號癭公，安徽廬江人。父長慶，爲淮軍將領。范當世、朱銘盤、張謇等，皆其幕僚，保初故得濡染。又學詩於竇廷。光緒十年（一八八四），授主事。入都，分兵部。二十一年（一八九五），補授刑部山東司主事。旋充貴州司幫辦秋審處。二十三年（一八九七），上《陳時事疏》，於朝政多直言，爲剛毅所格，引疾歸。辛丑和議成，復至京師，疏請變法歸政。二十九年（一九〇三），《蘇報》案發，章太炎被囚入獄，極力爲營救。晚困貧，患風痹，卒於上海。著有《北山樓詩》。見陳詩《吴北山先生家傳》（《北山樓集》附）、陳衍《吴保初傳》（《石遺室文集》卷一）、金天翮《吴保初傳》（《皖志列傳稿》卷八）、康有爲《吴彦復墓誌》（《碑傳集補》卷一二）、章炳麟《清故刑部主事吴君墓表》（《太炎文録續編》卷五上）。

○丁惠康（一八六九—一九〇九），字叔雅，號惺菴，廣東豐順人。丁日昌第三子。諸生。少豪宕不羈，後悔，乃折節讀書，然不屑於科舉。爲部郎，未嘗分部學習。後讀書南學。旋舍去，游日本。返國，參學務於廣州。庚子之亂，謁李鴻章爲畫策，鴻章不能用。張百熙又薦舉經濟特科，不應。自是往來京滬間。生平喜交游，聲名籍甚，而與曾習經、陳衍、吴保初等，交最契。標格似魏晉間人。所爲詩文，多散佚，友人輯爲《丁徵君遺集》。見陳衍《丁叔雅徵君行狀》（《石遺室文集》卷二）、姚梓芳《丁徵君傳》（《秋園文鈔》卷下）。

〇李世由（一八七九？—一九一九？），一名振鐸，字曉暾，號暾廬，江蘇寶應人。寄籍安徽廣德。李臣典孫。楊文會弟子。光緒二十九年（一九〇三）進士。歷官江蘇清河、吴縣等縣知縣。又曾主《蘇報》，鼓吹新思想。與陳三立、諸貞壯、梁菼等善。著有《暾廬類稿》。見陳衍編《近代詩鈔》第二二册、張翰儀輯《湘雅摭殘》卷一一、李詳《暾廬類稿序》（《學製齋文鈔》卷一）。

〔一〕句見魏䌓《挽彦復》（《泳經堂叢書》）。按：「流觀」句，脱胎自陶詩，《讀山海經》：「泛覽周王傳，流觀山海圖。」（《陶淵明集》卷四）「結客」句，爲昔人成句，見庾信《結客少年場行》（《庾開府集箋注》卷三）。又按：《乾嘉詩壇點將録》：「没遮攔許周生：結客少年場，春風滿路香。」汪録或沿其意，而易用魏詩。舒贊後句，亦出庾信詩也。

〔二〕句見李商隱《東阿王》（《玉谿生詩集箋注》卷三）。

〔三〕〔楓宸〕指朝廷、殿廷。何晏《景福殿賦》：「芸若充庭，槐楓被宸。」（《文選》卷一一）按：此指其抗疏請歸政事。陳詩《題未焚草》：「赤手何由叩玉扉，抗顔一疏拂衣歸。」即指此言。參觀其傳狀。

〔四〕宋伯魯《讀吴君遂詩書贈二首》之一：「懸知天畔寂寥地，尚有江潭憔悴人。」（《海棠仙館詩集》卷一一）按：「老爾」句，即脱胎於宋詩。「江潭憔悴」，用屈原事，《楚辭·漁父》：「屈原既放，游於江潭，行吟澤畔，顔色憔悴，形容枯槁。」

〔五〕汪辟疆《題北山樓集卷首》：「己卯四月，行嚴囑縄丞以此册集見貽。《北山樓集》，余曩從廠甸得一鉛印本，久已棄置都中。今鶴柴補葺全帙，視舊印更爲詳備，然如陳衍《近代詩鈔》有《和石遺論詩》一首、《答石遺》一首，皆爲此集所未收，不知何故。豈薄陳氏而有意去之耶。北山人品高潔，直聲滿天下，在清末周旋於保皇、革命兩黨之間，而皆爲人所翕服，則清風亮節之故也。北山晚年以醇酒婦人自掩其鋒稜，集内如許君男、王威子皆其旁妻。晚在津沽，又有彭嫣者，亦出樂籍，願以身事北山。聞嫣嗜阿芙蓉，不久亦去。然陳散原詩有云：酸儒不值一文錢，來訪瘦公漲海邊。執袂擎杯無雜語，喜心和淚説彭嫣。又云：彭嫣不獨憐才耳，誰識彭嫣萬刼心。吾友堂堂終付汝，彌天四海爲沈吟。則彭嫣固有憐才之意，故爲北山傾倒如此，乃竟不能偕白首之約，則世人所共惜也。北山夫人黄恭人今尚健在，此集重印時，堅持删去《悼君男》及《示王威子》諸什，後經子言及親友勸導，乃解。姑記之於此。」（《汪辟疆文集》）

〔六〕陳詩《吴北山先生家傳》：「（先生）文章似西漢，詩學韋、柳、荆公，有勁氣，言皖詩者，莫能廢焉。」亦見《尊瓠室詩話》卷三。夏敬觀《吳彦復北山樓集序》：「先生爲詩，於唐喜韋蘇州、柳子厚，於宋喜王荆公。爲文規模兩漢。」（《忍古樓文》第二册）

按：汪説參此。康有爲《吳彦復墓誌》云：「彦復才志卓犖，憂國好事，多識海内通人名士。生遘時變，俛仰身世，託之於詩，要眇清勁，蓋得乎韋、柳、荆公，而激楚可歌。其文似漢人。有《北山樓詩文集》，弁冕皖人矣。」康似亦從陳説。陳學詩於吳，其説，或即吳自道。《晚晴簃詩匯》卷一七九《詩話》云：「（君遂）初學爲詩，宗室竹坡侍郎規之曰：『足下學韋、柳，少寫景，故難出色。』嗣是體格屢變，要以性情爲宗。」據此，其嘗用力韋、柳，非虚語也。至學荆公，參觀注八引《平等閣詩話》。陳三立《與子言彦復書》云：「彦復詩疏宕不群，大類坡公。」（《散原精舍詩文集補編》）别爲一説。宋恕《北山樓集跋》：「君遂先生《北山樓詩》，五言古體，多似陶、韋。其佳句如『春風惠然來，草木日漸蘇』、『讀騷若有會，憔悴悲三閭』，尤得陶髓；如『久立露霑裳，荒園木葉下』，尤得韋髓。然如『緬希箕潁風，恐廢君臣倫』、『夜夜望北斗，日日登南樓』、『丈夫七尺身，寧欲爲詩囚』，則子建、越石之遺音也。五言律體，多似少陵。其佳句如『高林過疏雨，飛鳥逐行雲』、『死生原細事，忠孝幾完人』、『江海幾人去，行藏一葉身』、『亦有新亭淚，斯人賈誼才』，尤得杜髓。七言律體，意境尤高。其佳句起聯如『滔滔江漢去何之，太息人生亦有涯』、『明主何曾棄不才，浩然欲去復徘徊』、『夜半荒雞喔喔鳴，披衣起舞氣縱横』，次聯如『誰爲天下奇男子，臣本高陽舊酒徒』，三聯如『猛思滄海身如寄，起視南窗日已斜』、『且著閒情看落葉，難將幽恨託微波』，結聯如『送君苦憶江南好，草長鶯飛二月中』，皆直逼江西諸祖。然如『相逢阮籍開青眼，幾輩馮唐已白頭』、『樽空北海狂名在，社結東林壯志非』、『登樓猶自悲王粲，鉤党微聞捕孔褒』、『載酒且過江總宅，披衣更上伯牙臺』，則大曆十子之遺音也。絶句如『霜露霑人衣，慎莫憑欄久』，悱惻至矣。如『荒村寂寂少人過，自起開門看雪山』，清峭乃爾。七言古體，似非所長，然如『縱不願作八州督，亦應讀破萬卷書』、『惟蟲能天各自遂，萬物浩蕩春風蘇』，亦東坡之勝境也。蓋先生以氣節著，然發於仁愛不能自已，與彼客氣求名者異其源；好談時務，然亦發於仁愛不能自已，與彼趨時求利者異其源。嗚呼。此詩之所以高歟。」（《北山樓集》附）按：此文收入《宋恕集》，題作《北山樓詩初集跋》，其所據爲稿本，然略有訛字。參觀《眉韻樓詩話》卷六「宋燕生跋吴君遂詩集」條。

〔七〕《平等閣詩話》卷一：「北山樓主人以近作二章見示，頗有規橅臨川意，爰爲録之。其《得定山書卻寄》云：小别修門八載强，斜街花事久迴腸。閒吟送日真成懶，短褐謀身詎未臧。殿陛辭詼方朔隱，燕雲夢冷吕安亡。謂壽伯福學士。江湖歲晚誰存問，雁陣横天墨數行。《聞高嘯桐來自京師，擬從問伯福遺稿，而病未能也，先以一詩簡之》云：使君心事在杭州，曾佐戎機嶺嶠游。方喜鴻文能怖鱷，又聞花縣迓鳴騶。孤孀存問經三輔，涕泗從知隮九幽。見説故人遺稿在，可堪先許茂陵求。北山甚喜此詩，且戲語余云：『縱學荆公不能到，也應不失海藏樓。』」

按：汪説即據此（《近代詩派與地域》：「吴北山高懷雅抱，吐語清拔，嘗謂其詩『縱學臨川不能到，也應不失海藏樓』，則淵源可知矣。」亦可證）。「不亞海藏樓」，仿吴之説也。吴嘗欲學詩於鄭。陳衍《吴保初傳》：「保初文弱穎異，長慶以爲非將種，使入都，師事故侍郎宗室寶廷。寶廷方罷官，無以自存，長慶歲資助之，則與其子壽富、富壽縱意詩酒山水間。保初擩染，爲清折閑肆之詩，遂識沈曾植、歐陽錡、陳衍之倫。鄭孝胥至都，獨請業學詩，稱弟子，孝胥素不主張師弟子之説，堅拒之。」

〔八〕《近代詩派與地域》：「豐順丁叔雅，爲雨生中丞之子，雨生精通流略，富於收藏。叔雅承其家學，淹雅閎通，襟懷澹落，而詩絶無塵俗氣。早年所作，有惘惘不甘之情，晚居京國，始變堅蒼。」（《汪辟疆文集》）

按：汪説本陳衍、狄葆賢。《近代詩鈔·石遺室詩話》云：「叔疋爲雨生撫部令子，標格直是晉宋間人，詩文雖未大成，而絶無一毫塵俗氣。」《平等閣詩話》卷二：「吾友丁叔雅徵君惠康，一字惺菴，豐順禹生中丞第三子也。中丞以清德遺子孫，家富有藏書，而嗇於資産。君爲庶出，幼而耽學。風神散朗，襟期高亮。二十許乃游京師，所交皆一時賢俊，相與講求新學。（中略）君雖粤人，不樂粤中風土，自是恒羈旅都門、滬瀆。志不肯事豪貴，與時俛抑，竟以貧病於宣統元年四月晦日卒於都門客邸，年四十有二。平生負文學政事才，而竟不遇，淪躓以死，傷哉。君善詩，沈著之中時見風韻。又工尺牘，温雅似六朝人。交友尚博愛，吐辭藴藉，與人酬對，終日無俗言。」他家論丁詩，有可參取者，録於後。

《在山泉詩話》卷二：「丁叔雅户部惠康，豐順中丞公子，以貴介文弱，瀏亮中外大勢。辭郎秩而若浼，棄田園而不居。飢鳳江湖，臥龍山野。范秀才視天下爲己任，杜工部因喪亂而益才。文章之美，家國之感也。所著詩文，已盛傳海内。邱仲閼稱爲『第二之龔定庵』。」《飲冰室詩話》第一三條：「丁叔雅户部，雨生中丞子也，卓犖有遠志，憂國如痗，而詩尤以神味勝。」《石遺室詩話》卷二：「叔雅爲丁禹生撫部少子，家有園林，富藏書，多精槧鈔本，旁及書畫、金石、瓷器，皆足雄視一時，而皆棄不顧，一身流轉江湖，若窮士之飄泊無依者。能詩、善書、精鑒别，聲名藉甚，當世士夫無不知丁叔雅。在同時三公子中，當兄事伯嚴，弟畜彦復。後留滯京師。余識之不數年，蹤跡至相密邇，事余如兄長。余時方喪妻，君亦喪其愛妾、愛子，支離憔悴，殆不可爲懷。然余遇悲從中來，能痛自發洩，極之於其所往，雖根株碻不可拔，亦所謂蹂躪其十二三，蓋抝怒而少息者。叔雅意既不廣，口復不能自宣其湮鬱。其不言而自傷者，臣精暗已銷亡，竟夭天年，聞者無不悼痛。年來每有所作，輒用舊紙録存余所，若預知其將死者。」

〔九〕按：亦見《近代詩派與地域》（《汪辟疆文集》）。李詳《暾廬類稿序》：「曉暾爲人，樂易無町畦，好書如命，謂人皆可友，中有搆己者，亦不與校。蚤舉甲科，師石埭楊居士仁山，專修浄土。所爲詩文，當光緒中葉人士，馳鶩龔魏，錯綜儒佛，曉暾左右其際，率不爲人後，而氣象硉兀自見，喜怒哀樂，物我兩忘，則學佛之效也。曉暾没逾十年，其中子昌濂，以《曉暾類稿》屬余論定。余無以名之，詩文雜廁，可仿《笠澤叢書》之例，仍名《類稿》，無失舊觀。」（《學製齋文鈔》卷二）

又，黄濬《花隨人聖盦摭憶》：「仲恂出示《暾廬類稿》一册，《日記》二册。暾廬者，寶慶李曉暾世由，此其畢生著述之僅存者也。予雖未識曉暾，而故友劉蘧六數稱之，汪允宗、劉龍慧亦極述其躭深佛學，貫穿文史，今觀《類藁》中，如《〈國粹學報〉第三週年題詞》、《擬設國文專修館叙》、《與吴江紳士論縣志徵訪事宜書》，皆博淹中間出精語，蓋弘通儒釋之學人也。《詩稿》則僅存戊戌至壬子數十首。有與黄季剛、陳佩忍、諸貞長、梁公約倡和詩，皆甚佳。而陪陳散原數詩，如『萬變寄孤絃』，如『排闥遠山隨客入，傲霜叢菊著花纔』，甚有絃外味。其《書樓獨坐一律》云：舉世祇圖宵夢穩，壯年已悔杜門遲。乾坤何日能相捨，秦漢精魂偶見之。得失一官心冷熱，死生萬劫佛慈悲。扶欄了了中原影，賸取孤山認故知。則有見兀奡沈摯之氣。君爲李忠壯公臣典之孫，又爲楊仁山先生高足，以將種學佛，於詩中可覘其氣象。居金陵甚久。有《園居即事》四首，小注云：『仁山師深柳讀書堂，隔牆可見。』又小注云：『近居巷名松濤巷。』又有

《閣望五律》一首，下小注云：『余居金陵評事街政聞報社，院之左右，各有閣三層，係洪、楊時遺構，暇輒憑眺其上。』此二詩注，可見先後寓居蹤跡，亦可爲金陵坊巷增一談掌故資料也。」

〔一〇〕李詳《暾廬類稿序》：「余交曉暾，在光緒壬寅。後館江寧，與曉暾月必數集，坐中友人，則梁公約、吴温叟、陳宜父、柳翼謀、劉遽六、龍慧叔姪，堆牀盈案，皆書也。諸友談他事，歡笑如沸，余獨尋書觀之，間出一言相角，皆非世外人語。曉暾時已罷官南清河，猶强留客，持衷袓質錢具饌。余每逃去，再見，則曉暾引愧。余曰：『適有事，須出耳。』」

地幽星病大蟲薛永　冒廣生　一作周家禄、段朝瑞〔端〕

洊雷震〔一〕，君莫問，揭陽鎮〔二〕。

鶴亭爲周昀〔眗〕叔甥〔三〕，詩境俊爽〔四〕，情韻並茂〔五〕。所謂何無忌酷似其舅也〔六〕。晚年與閩贛諸家通聲氣，詩益蒼秀〔七〕。曾見其《後山詩注補箋》〔八〕，嚮往所在，略可識矣〔九〕。彦升詩，寄託遥深，情韻不匱〔一〇〕。

【箋證】

○冒廣生（一八七三—一九五九），字鶴亭，號疚齋，江蘇如皋人。冒襄後人。少從外家受學。光緒二十年（一八九四）舉人。黄紹第賞其才，妻以女。禮部試報罷，遂從俞樾、孫詒讓游。又從吴汝綸、蕭穆游，學爲桐城古文。二十四年（一八九八），應經濟特科，亦不第。歷官刑部、農工商部郎中。民國初年，任甌海（温州）、鎮江、淮安等關監督。北伐後，充南京考試院委員、高等典試委員、國史館纂修。任教中山大學、太炎文學院，兼任廣東通志館總纂。解放後，爲上海文物保管會顧問。著有《小三吾亭文甲集》、《詩集》、《詞集》、《詞話》、《疚齋雜劇八種》等。見冒效魯《冒鶴亭傳略》（《中國現代社會科學家傳略》第五輯）、冒懷蘇《冒鶴亭先生年譜》。

○周家禄（一八四六—一九一〇），字彦昇，一字蕙脩，晚號奥簃老人，江蘇海門人。幼不好弄，天性簡默。同治九年（一八七〇）優貢生。朝考用教授職，授江浦縣訓導。歷署丹徒、鎮洋、荆溪、奉賢等縣訓導。光緒二十九年（一九〇三），薦應經濟特科，辭不赴。先後游夏同善、吴長慶、張之洞、袁世凱等幕。中屢主師山書院、白華書塾、湖北武備學堂、南洋公學講席。著述頗富，有《經史詩箋字義疏證》、《三禮字義疏證》、《穀梁傳通解》、《三國志校勘記》、《朝鮮載記備編》、《朝鮮樂府》、《海門廳圖志》、《壽愷堂詩文集》等。見顧錫爵《海門周府君墓誌銘》（《碑傳集補》卷五二）、陳寶琛《周君彦昇墓表》（《滄趣樓文存》卷下）。

○段朝端，别見「顧雲篇」。

〔一〕《易·震卦》：「象曰：洊雷震，君子以恐懼修省。」正義：「洊者，重也，因仍也。雷相因仍，乃爲威震也。」

〔二〕〔揭陽鎮〕薛永賣藝處。見《水滸傳》第三七回《没遮攔追赶及時雨、船火兒夜鬧潯陽江》。

〔三〕〔周昀叔〕周星譽（一八二六—一八八五），字昀叔，一字叔雲，河南祥符人。籍浙江山陰。道光三十年（一八五〇）進士。官至兩廣鹽運使。著有《鷗堂剩稿》、《鷗堂日記》等。見冒廣生《皇清誥授資政大夫二品頂戴賞戴花翎兩廣鹽運使司鹽運使伯外祖周公昀叔行狀》（《小三吾亭文甲集》）、金武祥《二品頂戴兩廣鹽運使周公傳》（《粟香室文稿》）。

按：云「昀叔甥」，誤。廣生外祖，爲周星詒，星譽弟也。詒（一八三三—一九〇四）字季貺，號窳翁。讀書博，精目録學。官建寧知府。著有《窳櫎詩質》、《勉熹詞》。見陳衍編《近代詩鈔》第四册、《中州先哲傳》卷二八《周之琦傳》附、《清代人物生卒年表》。

〔四〕《緑天香雪簃詩話》卷二：「鶴亭詩豪爽英邁，有御虚直行、驅風拏雲氣概。《贈潘蘭史》云：十萬金錢買寶刀，潘郎意氣海山高。張先才調誇三影，庾信華年感二毛。未仕此身猶屬我，當歌何地不離騷。茫茫多少新亭淚，皂帽相逢愧爾豪。《贈陸郎》云：春去尋花强自寬，年來花似霧中看。情人紫玉煙難化，大道朱樓夜正闌。樂府淒涼丁督護，河流嗚咽孔都官。平生天寶開元淚，每對龜年不忍乾。《贈陳士可》云：『祕史成吉罕，奇觚石敢當。此才猶抑塞，天意太蒼茫。隨分刀鋋掩，何曾弩末强。不須怨遥夜，長短有人量。』『汝去真懷楚，吾衰不夢周。百年能幾見，四海尚横流。損益知何極，艱虞淚暫收。毋將寥落意，迸入仲宣樓。』皆卓卓可存之作。」

〔五〕《石遺室詩話》卷四：「季貺外孫冒鶴亭，早慧有聲，長而好名特甚。余見其所刊《五周先生集後跋》及《外家紀聞》，文筆步趨古人。戊戌余寓都下蓮華寺，暾谷介紹來相識。癸卯始見君詩，佳句甚多，率筆者亦時有。如：『日色不到處，苔氣緑一尺。短橋臥流水，竟日無人跡。』『梅邊笛瘦人雙玉，花影笙低月一丸。』『請君試問頭上月，曾照清寒與攀摘。』皆《才調》、《叩彈集》中人語。全首如《疊韻懷仲虎歸太倉》云：『水紋衫薄晚凉生，憶爾孤篷落日横。行到玉峰回首望，斷霞紅處是天平。』『閒殺長門賣賦才，中年傷樂復傷哀。黄金早識文章賤，悔不臨邛貰酒來。』《疊韻寄義門》云：江湖流落玉谿生，長念神州淚眼横。一曲鈞天聞廣樂，始知夢裏有承平。又：諸生可有封侯相，試問橋頭日者來。《同敬夫先生夜話疊韻》云：吾曹都是不辰生，豺虎紛紛世路横。只有罪言唐杜牧，更無奇策漢陳平。《自楊花橋夜歸口占示内子》云：踆踆車走傍江干，十里歸程近轉難。常恐林間明月墮，抵家不及兩人看。《重過葉蘭臺先生故居書贈道生裕甫》云：阿大中郎總不凡，故知回首我何堪？青蛙閣閣池塘路，淒絶當時秋夢龕。《餞春詩兼懷肯堂》云：『當時不醉更何待，後日相思亦惘然。曾笑仙人太無賴，要留老眼看桑田。』『酒酣拍徧闌干説，今夜星無座客稠。忽憶論心范無錯，落花如雪過揚州。』《送潘蘭史歸廣州》云：燕臺三月雨冥冥，門外驪歌那忍聽？春水方生君便去，今宵何處酒能醒？《因循》云：拋殘金彈知何惜，夢徧銀牀總未春。東澤偶然留綺語，北方從古有佳人。暫來小閣同延佇，閒話中年各苦辛。裘馬五陵空嘍啈，珍珠十斛已因循。都可與仲則、船山得意之作相挹袖矣。君喜填詞，詩中多詞家語。『今有』句，耆卿之語也。『梅邊』句，『曾照』句，白石之語也。『花影』句，從『杏花疎影裏』、『雙髻坐吹笙』諸句來也。然自是詩句非詞句。『青蛙句，又從汪鈍翁『乳燕飛飛蛙閣閣，楚萍謝絮滿池塘』來矣。『酒酣』二句，又從仲則『忽憶酒闌人散後，共搴珠箔數春星』來矣。」按：《近代詩鈔・石遺室詩話》摘句，另有「舊人漸少黄幡綽，新句平添白練裙」、「雜花三月暮，孤艇大江潯」等，云「皆佳句」。俱可稱「情韻並茂」。

〔六〕《晉書》卷八五《何無忌傳》載桓玄語云：「何無忌，劉牢之之甥，酷似其舅。」按：汪用此典誤，參注三。然云冒學出外家，亦非無據。冒廣生《當五君詠》：「師承歷歷吾能説，小子曾曾出外家。」（《小三吾亭詩》）可證。

〔七〕汪辟疆《讀常見書齋小記》「紅情緑意」條：「余嘗謂近人詩多以造意深婉，力追王、陳臨川、後山爲多，而隨手揮灑，不必深至，而情韻自遠者，以吴董卿、冒鶴亭二君爲能手。（中略）鶴亭則本明清江左一派，清情緜邈，又熟於晚明故實，往往對客揮毫，時有濃至語，晚年稍近老蒼，亦不似晚翠軒、海日樓之苦語理語也。」（《汪辟疆文集》）按：《近百年詩壇點將録》：「廣生爲成吉思汗子孫。詩篇恪守梅村、牧齋、竹垞、漁洋諸家矩矱，雖與陳三立、陳衍諸人交游，而不染『同光體』習氣。然廣生非不用力於宋賢者，觀其《後山詩注補箋》，可見其工力之深。夫惟大雅，卓爾不群。」（《夢苕盦論集》）與汪説可參。

〔八〕按：冒撰此書，始於一九三二年，畢於一九三五年；一九三六年底，商務印書館刊出。《冒鶴亭先生年譜》：「（一九三二年六月）赴莫天一名伯驥『五十萬卷書樓』，由莫天一陪同觀看珍秘圖書多種，并購得雍正時趙駿烈刻本《後山集》三本。」「九月，先生閲讀趙刻《後山集》，作題跋於其封面：『行篋無任淵注本，粗讀一遍，尚擬檢宋人諸集及地志説部，爲淵補注。炳燭餘年，或恐徒成結想，然書成自是不朽之業也。疚齋壬申八月朔題。』此後先生繼之補箋不斷。」「（一九三三年）夏，先生赴龍蟠里省立圖書館晤柳翼謀，以《後山詩注補箋初稿》出眎，請其核定。」「（一九三五年）是春，先生始編定《後山詩注補箋》，稿凡十四册。先生又託柳翼謀商借宋人諸集校勘核對，常至深夜。」「夏，先生所撰《後山詩注補箋初稿》稿本飭人鈔繕，先生覆校畢，共兩包，寄李拔可轉交商務印書館排印。」「（一九三六年）二月，先生以《後山詩注補箋初稿》卷五至卷十二校定後，託徐某帶滬，交上海京華印刷廠排印。至此年底始刊出。」

〔九〕冒廣生《補作山谷生日詩得殺字》：「我詩學後山，苦未得其拙。」（《石遺室詩話續編》卷六引）

按：《石遺室詩話續編》卷六引此詩，云：「余論詩雅不喜山谷、後山，猶東坡、遺山不喜東野，非謂其不工也。詩不能不言音節，二家音節，山谷偶有琴瑟，餘多柷敔，笙簫則未曾有，不得謂非八音之一，聽之未免使人不歡。清末季不知始自何人，殆始於曾滌生、高伯足。曾槎枒專學黃，高兼黃、陳，則苦澀矣。極力崇拜黃、陳二家，而後生之厭僞體謂贗體漢魏六朝能苦吟者，靡然從之。但黃、陳亦有僞體，未至貶死凍死，何必作如許苦語哉？鶴亭詩并不似黃、陳，其自謂學後山者，結習也。未得其拙則自知之明，自以爲不好處，吾以爲正其好處。至爲作年譜，爲注詩，則欽仰其人，無不可也。」參觀注七。

〔一〇〕《近代詩派與地域》：「彦昇詩亦以清麗見長，沈博不及《桂之華軒》，而韻味差縣遠。惜其《壽愷堂集》存詩太多，如嚴加删汰，則無懈可擊矣。」亦見《近代詩人小傳稿》（《汪辟疆文集》）。

按：周詩宗唐，亦較擅情韻，各家説均同，可以互參。張謇《壽愷堂集序》：「君生平刻意好文，又好爲考據讎校之學。（中略）然意所大得，在文與詩。其所傾向，不規規摹擬古人，而擇於爾雅。文或屈鬱縱宕而盡其指，或妍麗博贍而振其華。至其爲詩，若春條揚藹，谷泉送響，風日會美，而林壑俱深，其殆有會於絲竹之音者多也。」（《壽愷堂集》卷首）顧錫爵《周府君墓誌銘》：「君實親炙戴撝蘇、葉涵溪、李小湖諸老先生，文有師法。其無韻之文，雋永如魏晉人；有韻之文，上通於騷人之清深。」《晚晴簃詩匯》卷一六四《詩話》：「彦昇早擅詞章，（中略）詩爾雅而有骨幹，晚作七律尤勝。如：『坐看白日真成暝，不爲蒼生也自憂。』『易主園林秋爛漫，上游江漢客低徊。』『英靈河朔人才盡，花事城南野燒存。』沈鬱蒼涼，卓然作者。詞亦有南宋風格。」《尊瓠室詩話》卷一：「周彦昇先生家禄，（中略）詩宗三唐，間及樂府，各體俱善，爲光緒時一大名家。」參觀《平等閣詩話》卷二、《石遺室詩話》卷四第一三條、卷二二第九條、朱銘盤《桂之華軒文集》卷二《周彦昇朝鮮詩叙》、卷三《周君題畫詩序》、卷四《與周校官書》及沈其光《瓶粟齋詩話》卷五。

培軍按：鶴亭詩風調流美，無同光體結習，錢萼孫所説是也。觀其佳句，如石遺標舉者，確爲唐音，與西江派異趨。至石遺云：「鶴亭佳句雖多，而率筆亦時有。」語亦甚允。如：「吴侯吴侯勸爾一杯酒，世間怪事無不有，冒生三十尚奔走。」（《贈吴昌碩》）「誰何伯仲能伊吕，吾汝憂嗟豈賤貧。」（《答范肯堂光禄二首即依來韻》）「毫竹發哀響，銅琶撥清喉。」（《三月二十九日招同人集雨香庵餞春即席分體得五古》之二）皆其顯例。又鶴亭詩出外家，亦有例可徵，如其云：「蟲號無婉語，樹腐有奇香。」（《宿後齋將軍北園用少陵游何將軍山林韻十首》之七）即出瓠翁《幽憤》詩：「寒蟲無婉語，腐樹有奇香。」（見《瓠横詩質》）又《喜吴董卿至》三首之一尾聯：「紞如忘夜永，幽磬出前林。」亦效其外祖《過慧日庵南野阪看月同諸孫》尾聯：「紞如聞戍鼓，話久轉三更。」（按：

冒詩實欠通。「紞如」，鼓聲也（見《晉書·鄧攸傳》），不得形容磬。磬聲峭，可云幽，不可云「紞如」。）鶴亭撰《外家紀聞》云：「叔昀先生嘗戲余云：阿靈有余家性。」早已似外家自喜矣。

地鎮星小遮攔穆春　桂念祖　一作李翊灼

家臨九江水，來去九江側〔一〕。是菩堤路，是善知識〔二〕。

伯華與豐城黎端甫、宜黄歐陽竟無、臨川李證剛並爲楊仁山弟子〔三〕。而伯華、證剛，精研内學外，皆有詩名。伯華久居日本，詩出入於坡公、遺山之間，取韻味於中晚，取奇闢於定庵〔四〕。又喜摭佛語理語入詩，善於鎔化，故不入理障〔五〕。此其過人處也。惜散佚過多，今亦無從蒐集矣〔六〕。證剛，號甦庵。詩不主一家，上溯下沿，自然入古。至取材之博，使事之精，説理之當，方諸近代，惟海日樓可以驂靳。

〔原附〕論近代詩家絶句　章士釗

江户經年德有鄰，期期好我意難申。蓮花梵字無人識，慚愧才非苑舍人。

君在東京，欲從余學英文，藉以逕治經論。唐苑咸諳梵字，見右丞詩。

西江意薄西江派，静極閒〔閑〕情卻不删。入世盡如登蜀道，著書長欲出秦關。雲英消息隔藍橋，判與枯禪味寂寥。揩盡袖間今古淚，退殘心上往來潮。語本君詞《臨江仙》。

千帆謹案：伯華《臨川仙》云：「落盡紅英千點，愁攀緑樹千條。雲英消息隔藍橋。袖間今古淚，心上往來潮。懊惱尋芳期誤，更番懷遠詩敲。靈風夢雨自朝朝。酒醒春色暮，歌罷客魂消。」葉遐庵嘗評爲「語含哲理，詩雜仙心」者也。

千帆謹案：二首屬桂伯華。

【箋證】

○桂念祖（一八六九—一九一五），又名赤，字伯華，江西九江人。早師皮錫瑞，精今文經學。光緒二十三年（一八九七）舉人。憤甲午之敗，從康、梁言變法，爲上海《萃報》主筆。次年，政變作，避禍歸里。旋往金陵，從楊文會學佛，精研内典，學遂一變。歐陽漸、李證剛，被其影響，亦相從學佛，號「江西三傑」。三十二年（一九〇六），東渡日本，研梵文。識《民報》黨人，若章炳麟、劉師培等，皆相與友善。病卒日本。著述多毀於火。著有《桂伯華遺詩》。見歐陽漸《九江桂伯華行述》（《民國人物碑傳集》卷一二）。

○李翊灼（一八八一—一九五二），字證剛，號蘇庵，江西臨川人。楊文會弟子。邃佛學，初習密宗，後轉法相、唯識。歷任國立中央、東北、清華大學各校教授。著有《西藏佛教史》、《勸發菩提心論》、《心經密義述》等。見《中國近現代佛教人物志》、韓溥《佛教人士事略》。

〔一〕句見唐崔顥《長干曲》四首之二（《全唐詩》卷一三〇）。按：桂、穆俱九江人，故用此。

〔二〕《大佛頂首楞嚴經》卷六：「末法之中，多此魔民，熾甚世間，廣行貪婬，爲善知識，令諸衆生，落愛見坑，失菩提路。」卷八：「善能成就，五十五位，真菩提路，作是觀者，名爲正觀。」按：桂、李俱學佛，故云。又，菩提（梵語Bodhi 音譯），徹悟之境也；善知識（梵語kalyānamitra 意譯），益友良侶也，亦泛指大德。見丁福保編《佛學大辭典》。

〔三〕歐陽漸（一八七一—一九四三），字竟無，江西宜黄人。肄業經訓書院。中歲學佛，師從楊文會。文會死，以金陵刻經處編校事相屬。後創支那内學院，講唯識宗義。後復治《般若》、《涅槃》諸經。晚融瑜伽、中觀，會通佛、儒。著有《大般若經叙》、《瑜伽師地論叙》、《藏要經論叙》、《唯識研究次第》等。見吴宗慈《歐陽漸傳》（《國史館館刊》第一卷三號）、吕澂《親教師歐陽先生事略》（《民國人物碑傳集》卷一二）。楊文會（一八三七—一九一一），號仁山，安徽石埭人。近世佛學大師。初治《起信論》，後轉《法華》、《華嚴》，會通以《唯識》，終皈宗净土，尊明末四大師。又設金陵刻經處，創立佛學研究會。若譚嗣同、桂念祖、歐陽漸等，均其弟子。著有《十宗略説》、《等不等觀雜録》、《觀經略論》、《闡教編》等。見金天翮《楊文會傳》（《皖志列傳稿》卷五）、張爾田《楊仁山居士别傳》（《遯堪文集》卷二）、佚名《楊仁山居士事略》（《楊仁山居士遺著》卷首）。黎端甫，字養正，江西豐城人。專精三論，兼及小乘學。見《佛教人士事略》。

按：《光宣以來詩壇旁記》「桂伯華」條：「伯華名念祖，丁酉舉人，曾師善化皮錫瑞。初爲今文家言，根柢深厚。中歲學佛於楊仁山先生，得善知識，因東渡習梵文，通密宗。弟牧仲及妹，亦以伯華故，皆精研内典。而臨川李證剛翊灼，亦因伯華得受教於仁山，造詣尤深，竟與黎端甫、歐陽竟無及伯華三人，稱楊門江西四大弟子。然楊仁山先生門下，亦舍此四人外，更無與宏法者也。」

〔四〕《光宣以來詩壇旁記》「桂伯華」條：「伯華早年詩工甚深，才氣健舉，於唐宋近玉溪、坡公；於近賢近范伯子。然後習禪悦，理智超澄。所爲詩詞，雖尋常酬對，亦能自拔於世諦文字之外，而不爲何人所囿。吾鄉梅伯鸞，曾以一石印本伯華遺詩貽余，寥寥數十番。余偶一瀏覽，覺其吐語澄曠，非從人間得來。在滬晤狄平子，余亟推伯華詩，平子亦爲首肯者再，以爲不阿其鄉也。惜此本早棄之金陵，今不能盡記。亦有余所知，而此本不載者，今偶憶及之，悉舉而筆諸此册。」（《汪辟疆文集》）

按：後録桂詩詞十七首，多見於諸家詩話，疑即從轉録而得。此從略。《今傳是樓詩話》第二〇七條：「贛詩人歐陽仲濤云：『伯華爲詩不多，而誦習甚博，評閲甚精。於時賢最服膺范伯子。中年殫精佛籍，所爲詩生硬多梵語。』」汪云桂詩近范，或即本諸歐陽，歐陽故其鄉前輩也。

又，《今傳是樓詩話》第二〇五條：「桂伯華名赤，原名念祖，精研内典，兼持五戒，意即古所謂在家僧也。余知君名甚久，東游時曾識面，詩則曩於報端見之。友人梅君擷雲，近以《浄聲詩選》見示，皆君學佛以後之作。君少專力攻詩，手鈔杜、蘇及其鄉人蔣心餘集數過，每日吟諷各大家詩，寒暑不少輟。嗣從南海康更生游。戊戌黨禍作，君匿跡山野學俠，似有所遇，然未竟其業。（按：據歐陽溥存《食字居談録》「桂伯華遇異人」條，己亥歲，桂山居時，實遇異人。王所指蓋此事。見《大中華》第二卷五期。）變而學佛，依楊仁山居士以居者累稔，刊行《大乘起信論科注》。沈子培深器之，爲醵資助其東渡習真言宗。顧口吃不能操日本語，但研索經論，有時且聚朋儔講習，似未及入壇受持密法也。民國五六間病腫，歿於東京。夏劍丞有題其遺墨後一律云：一見楊居士，將持此道西。眼中布前境，夢裏落恒蹊。著字須爲偈，逢歧要不迷。平生果無漏，法喜與同棲。君終身未娶，晚歲忽思置室，然亦無成議。『法喜』句蓋謂此也。亦見多生習氣捐除之難矣。」又第二〇七條：「録其舊作《過吉安》云：樹光如沐水如油，絶好山川是吉州。三宿未償魚鳥約，再來思作賈胡留。不憂塵海無青眼，只恐饑寒累白頭。何日山資許粗足，全家來續醉翁游。《登闕口台町最高處》云：登臨爽氣新，愁客暫怡神。草木都遺世，川雲解媚人。趣幽雙蝶見，涼早一蟬聞。那識家園路，炎天莽寇氛。在君集中，固爲最妥帖者。《感懷》三首録一云：老淚無多莫浪傾，傾多消息未分明。由來轉緑回黄候，早竭河枯石爛情。大鳥集時天色改，蟄龍潛處海波平。憑渠起滅空花幻，一刹那間萬劫更。頗似譚復生《莽蒼蒼齋集》中之作。」均可參。

〔五〕《平等閣詩話》卷一：「九江桂伯華念祖，沈酣内典，妙悟三乘，貞志泊如，不婚不宦。嘗著有《佛學教科書》，以惠迪時人。近復負笈東游扶桑，研求梵文精義，以拯中國。肫誠篤摯，先天下之憂而憂，洵可謂有心之士已。乙巳春仲遇於滬瀆，伯華出其數年來所成篇什示余，亟録之以告世之同嗜者。《和友人扇頭詩》云：客裏風光刼外天，飲愁茹恨自年年。未成境奪還人奪，强説禪邊勝俠邊。何處須彌藏芥子，早知滄海有桑田。杜陵老子猶癡絶，苦向空山拜杜鵑。《將去金谿酬余生贈别之作》云：對面山河深復深，庾郎清怨感難禁。頑雲黯淡霾雙劍，落月蒼茫横一琴。此去蕙蘭芳可珮，幾時桃竹蔚成林。憑君莫灑臨歧淚，記取青天碧海心。《結習》云：墮落原知浩刼前，尚餘結習慕生天。魂歸縹渺黄金闕，腸斷銷沈紫玉煙。幾日靈飛書甲子，早時吉語徹中邊。丹成九轉須臾事，愁絶鴻濛未闢年。《秋海棠》云：嬌憨從未識空門，不占金臺占玉盆。萬古滴殘猶有淚，千番斷盡已無魂。書成彩筆憐花葉，喚醒癡雲記夢痕。好共蓮邦懺愁去，西風憔悴又朝昏。《次木仲除夕韻》云：七大充周地水風，循環誰復見初終。須臾鬼國蠻雲黑，倏忽扶桑海日紅。有漏因成他力劣，無生曲奏自謀工。塵塵刹刹黄金佛，平等看來孰異同。《夜坐有感》云：黯黯長空暝，迢迢清夜徂。新歡雲靉靆，舊夢雨模糊。九死勞萇叔，三生問鬼臾。懸知孤往者，爲我大胡盧。《題陳芰潭心跡雙清圖》云：根塵難揀選，請試問文殊。但滅空華見，都無夾道呼。鵜膏重自瑩，鵑血早來枯。安穩蒲團坐，今朝我喪吾。《次成上人韻》云：虚白遠猶近，濃青低復高。看雲循北郭，隨水到東皋。默默對魚鳥，喧喧隔市橋。清游信多趣，欲説已無聊。諸詩秀骨天成，咸有故實。君游於人外，寓言十九，其以是歟。」又：「伯華近客都門，有和友一律云：詩心澹後無奇句，世事談多有淚痕。與子細尋無味味，共余相喻不言言。當來彌勒終生世，過去巫咸尚理冤。試把十方三際看，鐵渾侖亦不須吞。君夙耽禪悦，闡真理，故能得意忘言如此。」又：「乙巳秋暮，余居憂滬瀆，伯華亦自日本歸，羈泊於此，時復過從，論佛學甚洽。君湛深佛籍，與人居游，輒以此相勸勉。有《題慧居士集》云：半生愁裏過，一笑卷方開。鷲嶺雲猶在，龍華會又來。幻緣徵道力，苦語得天才。除卻黄金父，黄金父，即佛也，見内典。誰人識此懷。《贈陳子言》云：吾哀謝靈運，心雜誤清修。又愛李長吉，才奇預聖流。古今三語掾，天地自注：二字一作鑪鉢。一詩囚。言也真同調，何年結習休。古有游方以外者，君殆其人耶。」按：《和友人扇頭詩》，乃和鄭孝胥之作。《今傳是樓詩話》第二〇六條云：「伯華詩時有清言見骨處。和人作云云，自注：『偶於友人扇頭見一詩，詞旨悱惻，讀之愀然。未署作者姓字，意其人必有《黍離》、《麥秀》之感，閔而和之。』實則作者即海藏，當時伯華顧不識也。（中略）時爲己亥歲暮，海藏方在鄂中。其翌年，遂有庚子之變。伯華所謂《黍離》、

《麥秀》云者，殆豫爲之讖耶。」又，《贈陳子言》詩，《尊瓠室詩話》云：「伯華亦有贈余詩云云。散原先生見之，謂『古今』『天地』皆大言，相對非偶，『天地』當改『鑪鉢』。（中略）有友刊其遺詩，將此篇『言也』二字，改作『詩也』，謂效古人儔輩呼名之例。然音節不諧，此中消息，惟能者知之。」（《青鶴雜誌》第四卷六期）

〔六〕《光宣以來詩壇旁記》「桂伯華」條：「伯華詩詞，稿成不自愛惜，友人持去後，亦不省記，亦有已成而懶着紙筆者，故傳者不多。然友人於其死後，曾爲裒集。余曾見一石印本，一鉛印本，皆寥寥數頁。又邵啟賢字蓮士、餘姚人官贛時，曾刊其友好遺詩，曰《江湖夜雨集》。中亦有桂詩一卷，與印本互有詳略。今皆棄贛寧二寓所，惜無從蒐集矣。」

地僻星打虎將李忠　李希聖　一作曹元忠

好一個開手師父〔一〕。李、曹二家，詩學玉溪，卻是初學不二法門。〔二〕

開到酴醾更可憐，雲門風物尚依然〔三〕。豈知一掬銅仙淚〔四〕，枉費詩人作鄭箋〔五〕。

亦元詩學玉溪，得其神髓，非惟詞采似之，即比詞屬事，亦幾於具體〔六〕。世人不能盡曉其本事，或據一時興到之戲語，如雲門寺鄭氏三女者，皆讆說也〔七〕。亦元早歲有用世之志，浮沉郎署，卒不得逞。著《庚子傳信録》，自謂追蹤《湘軍志》〔八〕。曹君直詩亦學玉溪生，工整綿麗，有《北游小草》〔九〕。

【箋證】

○李希聖（一八六四—一九〇五），字亦元，湖南湘潭人。少不喜制舉，讀書務博覽，通古今治法，有經世志。受知於湖南學政張亨嘉。光緒十九（一八九三）年進士。授官刑部主事。甲午戰後，朝廷議變法，著《光緒會計録》，謂變法必先理財。庚子聯軍入京，目睹喪亂，著《庚子傳信録》。二十七年（一九〇一），張百熙任管學大臣，引之自助，凡所上章程奏議，多出其手。明年，京師大學堂成立，任提調。戇直敢言，積忤權貴，鬱鬱不得志，發憤嘔血卒。著有《雁影齋詩》、《雁影齋讀書記》等。見成本璞《李先生墓表》（《碑傳集補》卷一二）。

○曹元忠（一八六五—一九二三），字夔一，號君直，晚號淩波居士，江蘇吴縣人。少讀書穎悟。受黄體芳賞，薦入南菁書院，從黄以周治經學。光緒二十年（一八九四）舉人。會試不第。張之洞薦試經濟特科，亦不售。捐内閣中書。歷任玉牒館、國史館校對，學部圖書館纂修。掌教北洋師範、中州學堂。三十三年（一九〇七），補内閣侍讀。明年，爲《大清通禮》纂修。宣統二年（一九一〇），充舉貢考職同考官，選爲資政員議員。辛亥後，退居鄉里，迄未再出。著有《司馬法古注》、《蒙韃備録校注》、《荆州記集本》、《樂府補亡》、《淩波詞》等，合刻爲《箋經室遺集》。見曹元弼《誥授通議大夫内閣侍讀學士君直從兄家傳》（《箋經室遺集》卷首）。

〔一〕《水滸傳》第三回《史大郎夜走華陰縣，魯提轄拳打鎮關西》：「史進看了，卻認的他，原來是教史進開手的師父，叫做打虎匠李忠。」按：汪語即本此。

〔二〕《讀常見書齋小記》「學詩條」：「學詩首在寢饋玉谿、冬郎，以挹其綿邈之韻；繼在誦法杜、韓，以見其骨律之堅蒼，胸懷之超絶；終在細玩荆公、山谷，以求其體勢之變化，措語之清拔。於此以極詩家之能事，緩游變化而出之，自然無一近人語，而自家體成矣。」又「説詩」條：「馮浩曰：『初學詩，乍知詩味，每易墮塵浮輕率之習以自喜而不其自晝也。若從晚唐李義山入，便無此弊。』歐陽磵東曰：『唐人惟玉谿生善言情，尤善使事。世人譏其獺祭，乃指其文，非詩也。』韋慎旃詩：『千秋若欲求詩史，合把西郊配北征。』楊翠岩謂『玉谿生近體詩，與山谷古風異貌同妍』。均是義山知己。汪豐玉曰：『山谷爲詩家不祧之祖，元明以來，無人齒及。虞山、秀水皆近時巨老，而動有貶詞。余素酷嗜其詩，任、史所注，行止輒以自隨。惟同里錢籜石、萬柘坡、兄厚石以爲然也。』豐玉病中雜詩云：『黄詩翻閲枕函親，學杜先宜此問津。宗派百年誰漫識，解人弦外兩三人。』錢籜石曰：『姜白石詩，自是南宋一大宗。以其皆和平中正之音也。讀《昔游》詩，可見其大概。』按：上四條次第，略具微旨。凡學詩以沈著穩順爲首事，故以義山爲入手，穩順而無變化，故必進以山谷，方能盡變化權奇之妙，庶免凡響。由李、黄而歸依杜公，乃能盡杜公之妙而不爲其所震懾，然後歸到蘊藉和平，而詩之真本領具矣。」（《汪辟疆文集》）

〔三〕句見李希聖《雲門寺題壁詩》。參注七引《石遺室詩話》。

〔四〕唐李賀《金銅仙人辭漢歌》小序：「魏明帝青龍元年八月，詔宫官牽車西取漢孝武捧露盤仙人，欲立置前殿。宫官既拆盤，仙人臨載，乃潸然淚下。」詩：「空將漢月出宫門，憶君清淚如鉛水。」（《李長吉歌詩》卷二）。按：此指李詩有寄託，所謂興亡之感是也。

〔五〕金元好問《論詩三十首》之十二：「詩家總愛西崑好，獨恨無人作鄭箋。」（《元遺山詩集箋註》卷一一）。按：希聖詩學義山，并有寄託，故云。

《飲冰室詩話》第九三條：「李亦園希聖，當辛丑同鑾時，有感事詩數十首，芳馨悱惻，湘纍之遺也。今得見其二，録之。（按即《天遺》、《帝子》，詩從略。）其風格在少陵、玉谿之間，真詩人之詩也。特此二章，已須人作鄭箋耳。」錢仲聯《近百年詩壇點將録》：「《雁影齋集》，宗法玉谿，《西苑》、《望帝》、《湘君》，皆悼念光緒、珍妃而作，而他篇亦大都感愴國事，所謂『楚雨含情皆有託』，非徒繡其鞶帨而已。」（《夢苕盦論集》）

〔六〕王式通《雁影齋集序》：「君清羸善病，未識養生，每有述造，輒沈思獨往，不能自已。意所抑鬱，時寄於詩。作詩之恉，力戒平易，亦屏險怪。一詩既成，點竄累日。劌口心神，出以哀豔，見者稱爲玉谿，或方諸虞山，君雅不喜。」（《雁影齋詩》卷首）《近代詩鈔·石遺室詩話》：「亦元通籍後，始學爲詩。有作必七律，以玉溪生自許。嘗寫其得意之作若干首寄示余。余録《西苑》、《湘君》二律，謂可以肩隨薩天錫云。」《平等閣詩話》卷一：「湘鄉李亦元，（中略）遺孤幼弱，其友人爲刊遺詩，曰《雁影齋集》，皆庚子以後之作。大抵神似玉溪，亦頗多近杜處。然每遇友人稱其似義山者，心輒不怡。」《近代名人小傳》：「（亦元）詩多淒豔，突過玉谿。」又，《石遺室詩話》卷七：「湘鄉李亦元希聖，曩聞余有詩話之作，端楷録所作七言律十數首，自都寄余，請去留。爲録《望帝》、《湘君》二首。（中略）《望帝》詩爲清景帝作，《湘君》詩爲珍妃死於井中作也。《湘君》詩曰：青楓江上古今情，錦瑟微聞嗚咽聲。遼海鶴歸應有恨，鼎湖龍去總無名。珠簾隔雨香猶在，銅輦經秋夢已成。天寶舊人零落盡，隴鸚辛苦説華清。《望帝》云：玄菟城頭紫氣横，長安月照國西營。天邊馬角無消息，海外龍髯有死生。貢使祇應供夏葛，歸期猶及薦春櫻。煙花繞禁今如昨，莫遣張衡續兩京。」《晚晴簃詩匯》卷一七八《詩話》：「亦元少秉異資，爲學使侯官張文厚所奇賞，以國士期之。通籍後，志在用世，無意吟詠。辛丑以還，感事成詩，房州之意，一本忠愛，屬辭哀豔，寄懷綿邈。文厚謂蒙叟、鹿樵，祇以多勝，時涉淺易，遜此幽窈。匪阿好也。近數十年湘中詩人，類皆瓣香湘綺，獨亦元不爲所囿。其《論詩絶句四十首》（按見《雁影齋集》），頗自喜。病中詩漸入宋，異於平時。」

〔七〕《石遺室詩話》卷二二：「往者李亦元每自譽其詩，命自舉得意之作，誦一絶句云：口口重逢又十年，雲門風物尚依然。楊花瘦盡桃花落，開到酴醾更可憐。自言其鄉雲門寺旁，鄭氏有三女，皆有色。長者嫁一兵，次嫁賈人，先死；三者尤豔。感而題壁。屬余必載之詩話。」按：汪所言指此。

〔八〕《石遺室詩話》卷七：「亦元能爲駢體文，張鐵君學使亨嘉按試長沙，余總襄校，亦元有《擬桓温責王猛書》，頗具晉宋氣骨，取入湘水校經堂第一。庚子之亂，著有《拳匪傳信録》，自肇亂至於西狩，不及萬言，能盡情變，自負可追王闓運《湘軍志》。」

按：汪説據此。《平等閣詩話》卷一：「湘鄉李亦元比部希聖，清剛遐曠，獨秀時流，嗜古彌摯，尤通當世之務。庚辛之間，於朝事多所論列，聞者韙之。而與時觸忤，竟不得一伸其志，浮沉郎署，抑鬱以終。海内識與不識，咸撫膺悲嘅焉。（中略）君卒於庚子冬，著有《庚子傳信録》、《政務處駁議》諸書，言成軌則，爲世鑒誡，一時傳誦之。覺三代直道之任，猶見於今日也。」《近代名人小傳》：「希聖學貫古今，慨然有經世之志。嘗纂《光緒會計録》，以總綜財賦，又草《律例損益議》示余，非博通古近治法、郡國利病者，不能道其片詞。」並可參。

〔九〕《近代詩人小傳稿》：「（君直）以詞名，詩不常作，學玉谿生，工處時出李希聖雁影齋上。專事摘豔熏香，託於芬芳悱惻。」《近代詩派與地域》：「吴縣曹君直三《禮》專家，以其餘事，步武玉谿，選藻摹聲，可亂楮葉。」（《汪辟疆文集》）

按：「工整綿麗」、「出雁影齋上」云云，並取陳衍説。詳後引。又，陳衍《叙吴縣曹君直雲詎詞》云：「君直爲詩必玉谿生。」（按此文《石遺室文集》不收，見《石遺室詩話》卷二〇引。）《近代詩鈔·石遺室詩話》云：「君直工詞，詩不常作，專學玉溪生。」亦可參。

《石遺室詩話》卷七：「與亦元同時，專學玉溪生者，吴縣曹君直舍人元忠，工處時出雁影齋上。余嘗論玉谿末流，有詠史之作，專摭本傳事實，若一首論贊者，『西崑』諸公是也；有專事摘豔薰香，託於芬芳悱惻者，《初學》、《有學》二集是也；有屬辭比事，專學『捷書惟是報孫歆，陶侃軍宜次石頭』諸聯者，婁東律句爲甌北所標舉者是也。亦元苦追義山，實與牧齋相近。君直有《贈天韻閣主》云：『碧玉小家女，青樓大道旁。楊花生命薄，李樹代誰僵。涼笛縈煙思，秋衣怨夕香。南湖好風月，端合住鴛鴦。』『欲續鴛湖詠，重逢皆令才。白龍魚共服，青雀鴆爲媒。風調么娘擅，春情阿母猜。華亭有歸鶴，莫是故鄉來。』『誤入華鬘劫，回頭計總差。樓前盡珠翠，門外卓金車。風響衣交串，日嬌裙透花。誰知紅燭底，背坐泣琵琶。』『同是傷淪落，相逢未嫁年。然脂詩是恨，洗面淚爲緣。紅萼愁無主，黄花瘦可憐。底須稱弟子，問字玉臺前。』《書季貺先生題古玉佛堪詩後》云：『維摩丈室安容膝，彌勒團庵小打頭。寄語道人張伯雨，别須精舍枌玄洲。玄洲精舍有玉像龕，見《句曲外史集》。』『金石收藏有別子，寫經造像盛流行。轉嫌白石書齋牓，未署金塗佛塔名。』《題冷香先生寫竆横詩意册》云：『翠磴竹陰流，緑潭松氣濕。倒景水中天，茅亭一青笠。』『石闕肖佛龕，玉澗鳴仙樂。曲罷偶回頭，推琴山月落。』『申屠因樹屋，仲長背山居。讀書樂無極，南面王不如。』『荷沼風香遠，桐階露氣清。玄霜臺上月，淒絶玉笙聲。』『紙窗臨水開，箭徑入山近。昨夜鹿雛眠，槲葉深一寸。』『荒荒欲雪天，澹澹穿空日。風來木衣單，雲去山骨出。』『貼地冷煙流，曖空寒月皎。起弄小梅花，叫雲殘笛曉。』可謂工整綿麗矣，然猶出入於温、李之間者也。」

培軍按：《甲寅》本云：「亦元詩學玉溪，得其神髓。雁影集初刊成，自譽以爲少陵不能過，有謂其詩似義山者，心輒不怡。其自負如此。」冷雋之筆，極似石遺（見前引《石遺室詩話》）。改稿忽相徑庭，易爲褒許，兩稿之間，頗堪玩味。又錢萼孫《論近代詩四十家》云：「雁影宗玉溪，顰笑皆絶代。豈知犖悅詞，中有譎喻在。世間鹽嫫流，且莫嘲粉黛。」「湖外詩人七律學玉溪者，王湘綺偶爲之而極工。若一生專宗玉溪成家者，無過雁影齋。不特湘中，同時吴下如曹元忠等，皆不逮也。」陳衍《石遺室詩話》則云曹詩『工處，時出雁影齋上』。又云：『玉溪末流，有專事摘豔薰香，託於芬芳悱惻者，《初學》、《有學》二集是也。亦元苦追義山，實與牧齋相近。』此則不特不知亦元，並不知牧齋者也。」力駁石遺之説，等諸「鹽嫫之流」，詞氣甚激，近乎嫚駡，而揣其故，亦不過惡其貶牧齋，遂有此作色怒語也。

地異星白面郎君鄭天壽　吴用威　一作汪榮寶

美矣君哉！　太原公子，裼裘而來〔一〕。

屐齋詩，風神摇曳，不減張緒當年〔二〕。新城而後，此其嗣音〔三〕。至其風骨高騫，情韻兼美，並世諸賢，亦當俛首〔四〕。袞甫《思玄室詩》，由玉溪入〔五〕。晚年所作，蒼秀在骨。江左舊格，爲之一變〔六〕。

〔原附〕論近代詩家絶句　章士釗

老鶴難藏萬里心，名湖瀲灧話秋陰。人詩俱帶北强味，壓倒江南靡靡音。

壬戌秋，余遇袞父於日内瓦，以手寫《思玄堂詩》屬爲題評。時余詩功極淺，媿無以應。

文心早歲辱神交，一代清才忝見褒。未盡平生知己淚，敢忘天地屬吾曹。

丁未吾著《文典》，袞父一見稱歎。名動京曹，爲蒯禮卿丈所聞。吾以此得渡歐治學。顔駿人組閣時，欲浼袞父爲國務院秘書長。袞父曰：「章某一代清才，君何不借重？」

葪漢文章有定宜，不才書法了無師。幾年頻放池流黑，都爲教書有道碑。

衮父先尊君荃臺先生墓碑，太炎所撰。君謂碑出二章，堪稱雙美，堅以書丹相屬。余遜謝不得。君疾革，亦遺囑吾兄弟爲分任碑事。此諾不踐，媿負何極！年來不懈臨池，正復爲此。

千帆謹案：三首屬汪衮甫。

【箋證】

○吴用威（一八七三—一九四一），字董卿，號屐齋，浙江仁和（今杭州市）人。冒廣生妹壻。光緒十九年（一八九三）舉人。三試禮部不第。入貲，以知縣分發山東，改官江蘇。後爲端方賞，俾主江寧財政局案牘。三十四年（一九〇八），委署興化縣事。嗣充津浦鐵路南段總局總文案，遷直隸州知州。民國初，任財政部祕書。出爲西岸、鄂岸榷運局長，河東鹽運使，調任福建。入都，爲財政部及鹽務署參事，運銷廳廳長，國務院祕書。政府南遷，歸休數年。後歷任考試院編纂、行政院參議、鐵道部機要祕書。晚從梁鴻志受汪僞職。著有《蒹葭里館詩》。見陳懋森《吴君董卿家傳》（《休盦集》卷下，又《蒹葭里館詩》卷首）。

○汪榮寶（一八七八—一九三三），字衮甫，江蘇元和（今蘇州）人。父汪鳳瀛，官長沙知府。九歲，畢群經。十六，從黄以周游，精研故訓。光緒二十三年（一八九七）拔貢。逾年，除七品京官，簽分兵部。庚子（一九〇〇），睹聯軍入京，始有濟物志，赴南洋公學，爲師範生。旋游學日本，入早稻田大學，治東西洋歷史，旁逮政法。歸國後，任京師譯學館教習。三十四年（一九〇八），遷民政部右參議。宣統三年（一九一一），爲資政院議員，協纂憲法大臣。民國後，任衆議院參議，又爲駐比國、瑞典、日本公使。在京時，嘗與曹元忠等唱酬，效西崑體詩，刻《西磚酬唱集》。著有《法言義疏》、《清史講義》、《思玄堂詩集》等。見汪東《汪榮寶哀啟》（《汪旭初先生遺集》）、章炳麟《故駐日本公使汪君墓誌銘》（《太炎文録續編》卷五）。

〔二〕唐杜光庭《虬髯客傳》：虬髯客與李靖約，至太原，邀見「州將之子」（即李世民）。「使迴而（世民）至，不衫不履，裼裘而來，神氣揚揚，貌與常異。虬髯默居坐末，見之心死。」（汪辟疆校録《唐人小説》）。按：此用其語，稱吴貌清秀也，兼切「白面郎君」。太原公子，即謂李世民，時其在太原，而父淵爲守，故云。用威父位亦高，爲江西督糧道，署江寧布政使、江西按察使（見《吴君董卿家傳》），故比之。又，汪校録所據，爲《顧氏文房小説》本，《太平廣記》卷一九三亦載此，字句多異。

《吴君董卿家傳》：「君少流寓揚州，有奇童之目。年十二三，能爲詩，傳誦之句，長老驚異。未冠，登賢書，貌清癯，衣服修潔，翩翩濁世，望而知爲佳公子也。」《蜷廬隨筆》：「余幼即好從長者游，罕有裙屐之友。在揚州時，惟與錢塘吴董卿用威、江都王義門存相稔。兩君年少才高，貌皆英秀，復沉潛好學，不逐聲色，尤爲畏友。」

〔二〕《南史》卷三一《張緒傳》：「劉悛之爲益州，獻蜀柳數株，枝條甚長，狀若絲縷。時舊宮芳林苑始成，武帝以植於太昌靈和殿前，常賞玩咨嗟，曰：『此楊柳風流可愛，似張緒當年！』」

〔三〕《讀常見書齋小記》「紅情緑意」條：「余嘗謂近人詩多以造意深婉，力追王、陳臨川、後山爲多，而隨手揮灑，不必深至，而情韻自遠者，以吴董卿、冒鶴亭二君爲能手。董卿清新蒨麗處，從新城得來。」（《汪辟疆文集》）

按：新城指王士禛。歐陽述《題蒹葭里館詩》云：「漁洋不作莘田逝，歇絶風流二百年。今日吴山延絶響，故應一讀一纏綿。」（《蒹葭里館詩》卷首）亦擬於漁洋。又，吴用威《題漁洋山人手書詩稿卷子爲衆異作》：「麟角牛毛託喻工，微言心諗絳雲翁。滄溟大復風流盡，不待談龍有異同。」「清波曲曲接輿村，老去尋詩記夢痕。一樣官資兩耆宿，石帆亭是弇山園。」（《蒹葭里館詩》卷四）亦覘宗尚。

〔四〕《近代詩派與地域》：「仁和吴董卿，早負才名，與當世詩人往還較密，少作清麗自喜，晚稍堅蒼，然酬應之篇，出筆太易，要不無詬病耳。」（《汪辟疆文集》）

按：此評吴詩，較得其實。各家亦有説。《蒹葭里館詩》卷首《題辭》，范當世：「有綺麗綿邈，有雄恢清奇，雖緣事卒卒，未能究極其美，業既畏仰無已，甘在下風矣。」陳三立：「天然高秀，亦時復振宕自奇，標格蓋雅近遺山。」所云「情韻兼美」，可參范云「綺麗綿邈」，陳云「天然高秀」；「風骨高騫」，可參范云「雄恢清奇」，陳云「振宕自奇」。要之，即「陰柔」、「剛健」，能一手兼也。又，閔爾昌跋云：「近十數年所作，彌蒼健矣。」（《蒹葭里館詩》附）謂其晚歲，風格始變。吳自評亦云：「詩格與年俱老，此言誠是，獨是一種春華韶秀之致，又惟少年有之。逝者如斯，來日大難，每一展卷，輒爲惘惘。」（《蒹葭里館詩自記》）並可參。

又按：李宣龔《吳董卿蒹葭里館詩序》云：「董卿之詩，其風尚詣力，可於其論詩之作見之。抑凡讀董卿之詩者所共見，固無待於詹詹之言也。」（《碩果亭文賸》）檢吳集，中有《論詩》等作，當即宣龔所指。録後備參。《論詩》：「作詩必此詩，固知非詩人。若竟非此詩，何殊越視秦。要在離合間，一一傳其神。西崑嫌太僞，長慶嫌太真。所以李杜蘇，秀句垂千春。金源有遺老，渥洼能絶塵。道園犂眉公，猶覺非其倫。青邱等自鄶，七子雜疵醇。新城長水儔，略與何李均。頹波到乾嘉，九派一淪湮。近來頗佞宋，多問涪翁津。梅酸后山苦，往往聞嚬呻。憮然念斯世，類此風波民。何時洗欃槍，大雅與扶輪。」《前二詩意有未盡，續成四絶句》之三：「秦火未能燔六籍，夷風真欲蕩群經。苦留山水清音在，唱與空舲冷月聽。」之四：「袁趙聰明已誤人，定盦流毒更無垠。詩中誰識西來意，掃盡空花見本真。」《讀宋人詩六首》：「烏塘春水柘岡花，投老鍾山可憶家。捐得相公拗性去，倘迴光景到桑麻。」「梅翁堅瘦醉翁腴，坡谷前頭故自殊。好語一生能有幾，亂雲春水夢西湖。」「陵陽老守竹三昧，緩帶看雲寫性靈。早識烏臺有詩案，栽花纔了種浮萍。」「絶俗清新豈浪詩，微憐詩筆太槎牙。斷雲争誦垂虹句，我愛三時看好花。」「長愛吾鄉林處士，解吟埋照酒醪中。沈冥自是承平福，何處青山著病翁。」「詩人要瘦言真諠，怪底閉門長忍饑。聞道學仙須换骨，可容親見五銖衣。」（俱見《蒹葭里館詩》卷三）

〔五〕《近代詩派與地域》：「汪衮甫亦篤嗜玉谿，學裕才優，工於變化，深微婉約，韻味旁流，有義山之清真而無其繁縟，晚作尤高，庶幾隱秀。」（《汪辟疆文集》）

按：汪詩學義山，亦盡人所知。葉景葵《卷庵雜記》：「閲汪衮甫《思玄堂詩》，學義山而無晦澀之病，入後多應酬之作。」《定庵詩話》卷上：「元和汪衮甫，（中略）詩夙宗義山，具體而微。」又：「衮甫固善學樊南者。」《今傳是樓詩話》第一八六條：「老友吴縣汪衮甫榮寶，覃精國故，詩宗玉溪，沈博絶麗，殆出天才。」又：「衮甫致力樊南，深得神似，並世殆少與抗顔行者。」《近百年詩壇點將録》：「榮寶出太炎之門，長期出使日本，詩宗玉溪，故是吴門詩派後勁。」（《夢苕盦論集》）

又按：汪學義山，如西崑故技，并有《西磚酬唱集》也。馮飛《思玄堂詩跋》：「衮甫年丈，後於楊、劉諸公殆九百年，生平爲詩，初不規規《酬倡》，直抉李精髓，以入杜堂奥。」《北松廬詩話》：「汪衮甫詩初摹西崑，與璠隱唱和，有《西磚酬唱集》。」（《清詩紀事》第二〇册引）趙椿年《題汪衮甫遺詩》：「鑿楹有諸郎，遺艸得全録。崑體邁楊劉，古風追任沈。」（《思玄堂詩》卷首）均可證。

又，汪榮寶《西磚酬唱集序》：「西磚者，張鴻郎中所居胡同之名也。右鄰精舍，地多喬木。華星曉落，則清鐘瀀心；吴歈夕揚，則松飆答響。良友時至，命巾車以訪碑；春服既成，采雜花而簪髻。雖游觀之樂，未有可懷；而抗走之狀，庶其滌焉。余以假日，數過其居。賓既駿發，主亦淡雅。咸以詩歌之道，主乎微諷；比興之旨，不辭婉約。若其情隨詞暴，味共篇終，斯管孟之立言，非三百之爲教也。歷觀漢晉作者，並會斯恉，迄於趙宋，頗或殊途。至乃飾席上之陳言，摭柱下之玄論，矜立名號，用相眙愕，則前世雅音，幾於息乎。惟楊、劉之作，是曰西崑，導玉溪之清波，服金荃之盛藻。雕鎪費日，雖詒壯夫之嘲；主文譎諫，庶存風人之義。於是更相文莫，願言則象，凡所造作，不涉異家，指事類情，期於合轍。號曰《西磚酬唱》者，既義附竊比，兼地從主人，無所取之，取諸實也。今夫擇言之則有常，而抒懷之致不一。是以條風告煦，雖長年而悦情；素商驚秋，將豊人而曾戚。哀樂所值，難可强齊。以我今情，儔彼古製，異同之故，抑又可言。夫其游多俊侣，出奉明時，翔步文昌，逍遥中祕。蕙心蘭質，結崇佩於春芳；扇影鑪煙，抗予情於霄漢。莫不神閑意遠，氣足音宏。雖多惻悱之詞，實惟歡愉之作。而今之所賦，有異前修，何則？高邱無女，放臣之所流涕；周道如砥，大夫故其潸焉。非曰情遷，良緣景改。故以流連既往，慷慨我辰，綜彼離憂，形之詠歎。雖復宫商繁會，文采相宣。主工宛轉之吟，客許飄飄之氣。而桃花渌水，不出於告哀；雜佩明璫，寧關乎欲色。此則將墜之泣，無假雍門之彈；欲哭不忍，有同微開之志者也。嗟乎。滄海横流，怨航人之無檝；風雨如晦，懼嘐嗜之寡儔。於是撰録某篇，都爲一集。側身天地，聊以寫其隱憂；萬古江河，非所希於曩軌。儻有喻者，以覽觀焉。（《金薤琳琅齋文存》）

〔六〕《今傳是樓詩話》第二六二條：「袌甫詩，余既録入詩話，頻年寫示近作尤夥。海藏亦歎其詩境孟晉。（中略）又書中間道致力爲詩之甘苦云：『弟之好訓故詞章，第不能爲詩。及官京曹，與鄉人曹君直、張隱南、徐少璋諸君往還，始從事崑體，互相酬唱。爾時成見甚深，相戒不作西江語，稍有出入，輒用詬病。故少壯所作，專以隱約縟麗爲工。久之亦頗自厭，復取荆公、山谷、廣陵、後山諸人集讀之，乃深折其清超遒上，而才力所限，已不復一變面目。公試觀吾近詩，略可見其蜕化之跡。』云云。實則袌甫詩境，近年固已蜕變，隱約清超，殆兼有之。」

按：汪説當參此。汪東《金薤琳琅齋集後序》：「詩宗玉谿，形神並肖。初不憙宋人，晚乃以荆公、東坡爲不可及，自作亦轉趨平澹。」（《思玄堂集》附）《花隨人聖盦摭憶》「思玄堂詩」條：「其詩沈浸義山，晚彌慷慨，音蓋亦稍變矣。」亦可參。

培軍按：拔可序專言彼此交情，於詩則數語帶過，疑不甚許可，故遁而爲他辭也。前引肯堂、散原題詞，卻多加褒許，散原固喜獎飾，肯堂實罕假借，讀其《近代詩家評》（見《范伯子先生全集》），只許海藏爲成家，散原能肩隨，而此則云「甘在下風」，明是所謂「灌米湯」矣。然辨識吴詩風格，尚非不著邊際。又夏敬觀《吷庵詞話》云：「杭縣吴用威董卿，著有《蒹葭里館詩集》，大雅真摯，風致尤美。」亦稱吴詩風致。董卿之所擅，從可知矣。

地魔星雲裏金剛宋萬　宋伯魯 附陳濤　一作李岳瑞

粥粥若無（能）也〔一〕，無不爾或承〔二〕。

秦中近代以詩名者，有宋芝棟、李孟符二人。芝棟官侍御，儀度沖和。詩則沈著綿麗，翛然意遠，亦以風骨高騫，麗而不失於縟故也。余曩在舊京，寫福〔福〕甚多，今皆失之。孟符水部，熟於晚清掌故，嘗草《春冰室野乘》，言皆有據。其人襟懷散朗，詩亦藴藉如其人。惟俊偉之概，不能以博洽掩也〔三〕。尚有三原陳伯瀾孝廉者，亦能詩。俊朗豪邁，如見其人〔四〕。言秦中詩人者，不可漏也。芝棟，醴泉人。孟符，咸陽人。皆與東南人士通聲氣。伯瀾，大儒劉古愚弟子〔五〕。

〔原附〕論近代詩家絶句　章士釗

樓上釭花影已殘，春冰猶帶幾分寒。依稀記得傳柑夢，寫似閒漚仔細看。

辛亥之變，君成《惜紅衣》、《燭影摇紅》、《六醜》諸詞寄漚尹，哀感堪入詞史。《六醜》結云：「向夜闌更續傳柑夢，釭華恨結。」

建安才調義熙身，野乘無妨記甲寅。誰料郢雲還未散，越吟有客署遺民。

吾編《甲寅》雜誌，倩君撰記事一種，逐期刊載，即《春冰室野乘》是。君詩餘號《郢客〔雲〕詞》。自署民國遺民，乃太炎事。

千帆謹案：二首屬李孟符。

杜曲詩人陳伯瀾，五言蘊藉見神寒。何如短李毫端快，只作春冰野乘看。

吾癸卯初到滬，見伯瀾五言，即大嘆服。李謂孟符。《春冰室野乘》，孟符爲《甲寅》雜誌作，時由上海寄稿到東京也。

于髯云：「有蒲城張拜雲銑者，詩最爲宋芝棟、陳伯瀾、李孟符所推，每見輒誦其『夜色微茫見大星』之句。有詩集已刻云。」方湖注。

千帆謹案：一首屬陳伯瀾。

【箋證】

○宋伯魯（一八五四—一九三二），字子鈍，一作芝棟、芝洞，晚號芝田，陝西醴泉（今禮泉縣）人。光緒十二年（一八八六）進士。選庶吉士，授編修。十七年（一八九一），充順天鄉試同考官。二十年（一八九四），任山東鄉試副考官。二十二年（一八九六），掌山東道監察御史。二十四年（一八九八），與李岳瑞創「關學會」，復加入「保國會」。又屢上疏論國事。旋政變作，被革職。辛亥後，任北洋政府參政使。民國十年（一九二一），任陝西通志局總纂。平生多才藝，號「詩書畫三絶」。著有《海棠仙館詩集》、《焚餘草》、《心太平軒論書》、《論畫》等。見胡思敬《戊戌履霜録》卷四《黨人列傳》、湯志鈞《戊戌變法人物傳稿》卷四《宋伯魯》、孔祥吉《宋伯魯傳》（《清代人物傳》下編第一卷）、張應超《宋伯魯生平大事年表》（《禮泉文史資料》第七輯）。

○陳濤（一八六六—一九二三），字伯瀾，陝西三原人。劉光蕡弟子。光緒十五年（一八八九）舉人。嘗參與「公車上書」。任兩廣工業學會監督。喜新學，於興辦實業、教育，貢獻較多。辛亥後，任職北洋政府財務部。著有《南館文鈔》、《審安齋詩集》、《粤牘偶存》、《入蜀日記》等。見（新）《三原縣志·人物》。

○李岳瑞（一八六二—一九二七），字夢符，陝西咸陽人。幼承家學。亦劉光蕡弟子。光緒九年（一八八三）進士。以工部郎充譯署章京。戊戌政變，上書言事，被罷職。喜博覽，習聞掌故，詩詞並工。著有《郢雲詞》、《春冰室野乘》、《悔逸齋筆乘》等。見胡思敬《戊戌履霜録》卷四《黨人列傳》、宋聯奎等《春冰室野乘跋》（《春冰室野乘》附）、陳國慶《李岳瑞傳略》（《咸陽文史資料》第七輯）。

〔一〕《禮記・儒行》："儒有衣冠中，動作慎，其大讓如慢，小讓如僞，大則如威，小則如愧，其難進而易退也，粥粥若無能也。其容貌有如此者。"

按："無"字後，當敚"能"字。"能"、"承"，均在"十蒸"，否則失韻矣。又，宋故儒者，襟度冲和，故用此。《尊瓠室詩話》卷一，稱其"襟度和藹"；《今傳是樓詩話》第一一五條，稱其"學養冲粹"，並可參。别見注三。

〔二〕《詩・小雅・天保》："如南山之壽，不騫不崩。如松柏之茂，無不爾或承。"

按：此亦稱其儒者，有弘毅之德，又其善養生，或亦兼及之。《尊瓠室詩話》卷一："醴泉宋芝棟侍御伯魯，（中略）辛亥夏，余上隴時，介紹俞恪士提學過其家，猶是明朝老屋，小有園亭，酌酒池上而别。公善養生，神清貌腴，猶似中年人。"《今傳是樓詩話》第一一五條："芝棟名伯魯，别字芝田，秦中名士，由翰林官侍御，有直聲。（中略）君工詩善畫，尤精書法。亡友何達夫毓璋爲余言，君如此高年，尚能於燈下作細楷，每歲除夕，必以一瓜子殼書詩句，藉驗目力，其天賦之特殊可見矣。"

〔三〕《平等閣詩話》卷一："陝西有二詩人，一醴泉宋芝棟侍御伯魯，一咸陽李孟符水部岳瑞。宋儀度和雅，詩以沈着綿麗勝；李襟期蕭散，詩以俊偉博洽勝。兹並録於此。宋之《滬江曲》云：紅芙繡袢金沙色，碧玉華年貌傾國。檀槽一曲怨未終，珠簾月上梨花白。江邊年少驕青春，寶馬流蘇光照塵。紅樓教唱白鸚鵡，繡幕斜壓金麒麟。花冠翠羽催啼曙，雨散雲飛定何處。落花舞絮芳春深，嬌鶯飛上櫻桃樹。《醉蟹詞》云：菰蒲風斷新沙雨，細火星星點江滸。濕笱争入曉市烟，十日瓮頭春若許。紅爐夜飲珠箔寒，美人纖手擘金盤。紫茸齙坼白瑇瑁，黄芽細碎青琅玕。紛紛庭霰侵羅幕，醉臥不嫌錦衾薄。紅沈度盡金鴨殘，一夜霜寒夢高閣。李之《瑶池曲》云：瑶池樓閣綺窗開，神光照耀金銀臺。鸞笙鳳簫忽停響，雲中隱隱聞輕雷。延年歌舞能傾國，星妃月娥黯無色。天上猶傳牛女債，人間那見英皇泣。此時飇風駕六鼇，天吴跋浪滄溟高。不見欒巴工噀火，衹聞曼倩善偷桃。武皇豈有求仙意，多恐矯誣緣五利。閶闔冥冥紫霧深，何限雲愁兼海思。」按：汪評即據此。

《藝苑叢話》卷五：「宋芝楝侍御伯魯，出獄後，間關跋涉，北走京師，卒以鬱鬱而還。友人鈔其題旅館壁上詩云：《渡涇》：北峪新沙路，寒禽隔水呼。灘聲兼岸轉，塔影入烟無。勞者歌猶發，征人骨已枯。亂離無舊業，誰與問瓜壺。《山行》：客行無坦道，風雨出孤城。路險天逾窄，山多月不平。新袍消練色，征鐸吐秋聲。縱有神丁斧，無如世上情。二詩皆閲世見道之言，不復似從前豪邁矣。」又：「某君搜篋，更得兩章，並録於此。《三橋》：舊是三橋路，蒼茫野望通。草深長樂瓦，苔没未央宫。古驛幽花外，春山細雨中。自今兵火熄，落日戍旗紅。《北征》：堠館依岩谷，征旗杳靄間。柳圍灘水渡，日下井陘關。澹墨紛題壁，春雲快出山。丈夫志家國，何處夢刀環。」又：「宋侍御詩雅近初唐，兹又得其《過畢原》一首，云：輦道埋何處，青山思殺人。官橋灃水渡，烟草畢原春。大劫殘劉石，諸陵閟漢秦。悠悠路旁客，誰與澣征塵。」（亦見《南亭四話》卷二）《今傳是樓詩話》第一一六條：「秦中詩人，以余所見，當以芝田翁首屈一指。近得園主人高君少農鈔示君《寺居夏興》十首云：『蓊鬱隔窮巷，高林青蔽天。荒扉聚蘆葉，野飯足茶烟。老學支離叟，閒參巃嵸禪。鵝黄誰造汝，不醉亦陶然。』『萬瓦雲端出，千峰樹杪來。競誇新結構，猶有舊池臺。遠水吞窗盡，疏花冒澗開。盛衰甯有定，殘劫幾重灰。』『夜氣涼於水，僧房溽暑銷。疏鐘清梵閣，斜月耿松寮。幾厭雪羅細，頻看銀漢遥。碧蘿殊雋永，兩腋自翛翛。』『薄綺揺殘燭，胡牀古檜西。一螢花外度，雙鳥月中栖。捧席呼癡婢，浮瓜命小傒。坐來幽興劇，不覺已鳴雞。』『南野胡寥落，清風足避炎。閒抛桃竹杖，常下棗花簾。蟻隊轟苔甃，蜂房蒂畫簷。直疑仙佛福，贏得一身兼。』『移榻成癡坐，追涼到夜分。吠聲窮巷犬，得勢野塘蚊。斜月光猶濕，幽花氣更芬。東鄰誰弄笛，注注隔牆聞。』『鎮日攻書畫，謀生計亦疏。儘虧閒歲月，空負舊琴書。老態徒增醜，虚名總賺余。誰言南郭陋，偏稱野人居。』『處處如燃炭，房房總貯冰。緑莎迷瘦蝶，白羽墮癡蠅。裸逐兒如犢，齋居客似僧。桃笙眠未穩，又報月華昇。』『一飯偶留客，杯盤唯率真。肴蒸三五簋，朋舊兩三人。衰病日相念，亂離情更親。莫嫌片時聚，終勝雁魚頻。』『鶉野兵兵火，歸耕未有期。獨看蕭寺月，自續老夫詩。疏磬敲初斷，殘燈睡每遲。猶勤兒輩課，未忍聽荒嬉。』少農告余，此君辛酉七月廣城南三教寺作也。山居幽事，曲曲寫出，格律高渾，尤不易到。君又有《丁巳新秋雜興十首》，亦佳。録其一云：咽管新聲惟有怨，過江名士已無家。西山白雪空教冷，東海紅波已變沙。自向平泉疏草木，誰從南部譔煙花。可憐玉佩朝天客，貧賤青門學種瓜。則又不無平居故國之思矣。」

〔四〕《平等閣詩話》卷一：「三原陳伯瀾孝廉濤，乃秦中大儒劉古愚先生高足，與余相識有年，而未見其詩。近得其《滬江病中秋感》數首，乃乙巳歲君將作嶺表游，卧病滬瀆旅邸，述羈愁邊事者。詩云：漫有元龍氣，空餘司馬愁。貧知藥價貴，病入酒家羞。雌鳳仍巢閣，蒼鷹未脱韝。一枰棋正刼，莫漫橘中游。又：流血殷邊草，蒼生大可哀。空懷伏波柱，重上越王臺。蛋雨孤帆濕，蠻花爛錦開。傷心逾五嶺，鞭馬去遲迴。又斷句云：容顔秋柳瘦，節氣木樨蒸。亦妙。豪邁俊朗，儼肖其人。」

按：汪評即據此。他家之評，有足取者，互參可也。康有爲《審安齋詩集序》：「伯瀾詩之雄健學少陵，綿麗學玉谿，而神似遺山，遇合亦同之。」覃壽堃《審安齋詩集序》：「陳君之詩，浸淫於唐，而出入於漢魏，所爲五七言近體，博厚精嚴，其品性格律，一以唐人爲宗。」（《審安齋詩集》卷首）《審安齋遺稿序》：「君早歲受學於咸陽劉古愚先生，以故嚴重敦樸，一秉關中諸先哲之遺型，其爲文如布帛菽粟，無一不切於民生日用。」（《審安齋遺稿》卷首）别參吴宓《空軒詩話》

第六則、《餘生隨筆》「陳濤詩」條。

〔五〕〔劉古愚〕劉光蕡（一八四三—一九〇三），字焕唐，號古愚，晚號瞽魚，陝西咸陽人。光緒元年（一八七五）舉人。終生教授。先後主關中、味經、崇實各書院。著述極富，有《學記臆解》、《大學古義》、《論語時習録》、《前漢書食貨志注》、《古詩十九首注》、《煙霞草堂文集》等。見陳澹然《關中劉古愚先生墓表》（《碑傳集補》卷五二）、陳三立《劉古愚先生傳》（《散原精舍文集》卷一三）。

按：陳爲劉光蕡弟子，見吴建寅《審安齋遺稿序》、覃壽堃《審安齋遺稿序》（俱《審安齋遺稿》卷首）。李岳瑞，與陳爲同學，亦從劉光蕡游，見陳濤《書烟霞草堂文集後》（《南館文鈔》）。

地妖星摸著天杜遷　王以慜 一作歐陽述　附何震彝

其容清明，天高日晶〔一〕。

夢湘筮仕江右，與陳散原、歐陽笠儕相習，倡和亦多。所爲詩，刊爲《檗塢詩存》初、續稿，凡若干卷〔二〕。其詩書卷甚富，不矜才使氣，自然雅音。跡其造詣，得力於唐賢爲多。深穩似杜，婉轉近白香山，而精警之作，則又與獨漉堂相視而笑也〔三〕。散原屢與余言及之，謂夢湘太守詩功甚深〔四〕。惟檗塢與散原，取徑絶殊，而所言如是，門庭廣大可知矣。笠儕，號伯纂，所交皆一時豪俊。詩宗唐音，而與小長蘆、獨漉堂爲近，風華典贍，情韻兼美〔五〕。曾手選清十五家詩〔六〕，有《浩山詩鈔》〔七〕。

【箋證】

○王以慜（一八五五—一九二三），字夢湘，晚號古傷，湖南武陵（今常德）人。六歲而孤。年十九，舉順天鄉試。家貧多故，筆耕自給，又入河帥及東撫幕。光緒十六年（一八九〇）進士。授編修。二十年（一八九四），充甘肅鄉試正考官。官京邸八年，改江西知府，權撫州及南康。宣統初，補瑞州府。辛亥後，返鄉里居，終不再出。著有《檗隖詩存》、《廬嶽集》等。見王乃徵《王夢湘墓志銘》（《碑傳集三編》卷四一）。

○歐陽述（一八七〇—一九一〇），字笠儕，一字伯纘，江西彭澤人。幼奇慧，七歲工詩。十歲，著《獨酌樓詩草》。光緒十六年（一八九〇），補廩膳生。二十年（一八九四），領鄉薦。再試春官不第，捐内閣中書。二十四年（一八九八），充出使日本參贊，迭署神户、横濱領事。返國後，以道員候補安徽，旋總辦巡警。三年，改江蘇，復謝去。後歸南昌，任優級師範學堂監督。以疾卒。著有《浩山詩集》。見陳澹然《清資政大夫二品頂戴江蘇遇缺題奏道彭澤歐陽笠儕墓表》（《浩山詩集》卷首）。

○何震彝（一八八○—一九一六），字穆忞，一字鬯威，江蘇江陰人。何栻孫，彦昇子。少承家學，有才名。光緒三十年（一九○四）進士。以中書改捐直隸候補道。入民國，參修清史。著有《鞮芬室近詩》、《詞苑珠塵》、《八十一寒詞》等。輯有《一微塵集》。見《江陰縣續志》卷一五、《今傳是樓詩話》第六三條。

〔一〕語見歐陽修《秋聲賦》（《歐陽修全集》卷一五）。

〔二〕王乃徵《王夢湘墓志銘》：「自少與龍陽易順鼎相唱和。性嗜佳山水，生長齊魯，攀躋泰岱，歷秦隴，南登羅浮，皆見於詩。及官南康，又嘗榷稅九江，時時游廬山，探討幽險，人所未經，得詩數百首，爲《廬嶽集》三卷。所自刊有《檗隖詩存》正、續集二十卷，《詞存》十六卷，世已多有。」按：此文收入《碑傳集三編》，略有誤字，今據《中和月刊》第二卷七期《明湖客影録》所引（題作《清詩人王夢湘墓誌銘》）校改。又，其集唐詩，卷帙甚巨，多未刻者，見《明湖客影録》。參觀錢鼎芬《清末詩人王夢湘及其著作》（《常德文史資料》第六輯）、嚴薇青《清詩人王夢湘墓誌銘箋證》（山東省文史館編《館員文選》）。

〔三〕《王夢湘墓志銘》：「君以無所適志，則一肆力於詩及詞，所自命甚厚。爲詩才思横逸，天骨開張，其持論專主學杜，而極詆時人宗尚西江之弊。」《眉韻樓詩話》卷五「王夢湘擬老杜諸將六首」條：「王夢湘前輩以敏《浴沂集》中，有擬老杜《諸將》六首，爲法越戰事而作也。」按：孫又謂其似蘇，見後引。

《眉韻樓詩話》卷二「王夢湘疊東坡煎茶韻四首」條：「武陵王夢湘前輩以敏，詩才清絶，嗣響眉山。所著《檗隝詩存》，全集八巨册，均已付梓，裒然成集，既多且精。蓋前輩於同治甲戌年所爲韻語，即已卓爾不群，震驚老宿，迄今三十有五年，沈浸含咀，躭吟成癖，宜其造詣之精純也。戊申十月，郵寄未刊詩稿一册，曰《陸沈集》，自甲午十二月迄己亥三月所作；曰《人海集》，自己亥四月迄乙巳年所作。清詞麗句，美不勝收。余尤愛其客通州時疊東坡監試詩廩字韻，及登靈隱塔裝字韻、煎茶生字韻諸作，縱横譎詭，純任自然，投之所向，無不如意。」按：參觀卷五「王夢湘寄邊潤民制軍七律四首」條、「王夢湘贈秦子質詩」條。

又，《湘雅摭殘》卷一六：「其詩才雄氣遒，天骨開張，於古人無所不窺，而獨不爲古人囿也。」《緑天香雪簃詩話》卷四：「夢湘詩以《廬嶽集》雄渾閎宕，得山川之勝。五七古如《入一綫天觀竹影石》、《青蓮谷訪太白讀書堂》、《登五老峰觀雲氣歌》、《登漢陽峰絶頂》等篇，皆可傳之作。摘其警句如：『魚噞金藻合，龍没紺珠圓。』『天垂吴楚盡，地逼斗牛寒。』『鳥聲穿樹合，人影度溪長。』『牛歸雙柵静，螢坐片衣涼。』『嶺雲晴吐絮，澗水細浮花。』『雲端五老低頭拜，天外雙霄比翼趨。』『月如破璧檐牙墮，春似浮花酒面生。』『天清僧梵流音遠，夜静巖霜壓夢濃。』『丹碧高低村外樹，笙簫嗚咽澗邊橋。』『巖頭看瀑飛花疾，谷口探雲剖瓠圓。』均戛戛獨造，不屑拾人餘瀋。」

〔四〕按：《光宣詩壇點將録定本跋》云：「余因請（散原）老人重加校正。老人又細勘一過，曰：『王夢湘不可漏。』程穆菴康贈余詩，所謂『寧償一士喪千金，漫謂遺珠負王叟』者，即指此也。今定本已補入。」是定本增王，遵陳之説也。

〔五〕《浩山詩集》卷首評語，鄭文焯：「五言出入二謝，切情附物，沉鬱之思，拓以温麗之致。七言則才人本色，胎息晚唐，而造意獨高。」陸潤庠：「五律雄健，能入盛唐諸人之室，餘亦多與晚唐爲近。」陳三立：「近詩三卷，才豪氣盛，跌宕昭彰，出入於虞山、梅村二家爲多，他日格益蒼，語益苦，必當抗手古賢，揮斥餘子。」文廷式：「近詩三卷，較前工力愈深。《無題》十首，及庚子感事各作，屬詞比事，頗似虞山。《水族博物館》一首，爲七古壓卷之作。《補天歌》、《看杜鵑》二章，亦奇譎可喜。各體取徑皆正，但再求深厚，即得之矣。」冒廣生：「氣體雄健，聲韻蒼涼。《無題》、《感事》十八首，遠嗣玉谿，近接遺山。」

按：諸家題評歐詩，多謂其宗唐音，能以韻味擅場，而不拘於江西派。論及體格取徑，或云其心儀蘇軾，或云出入錢謙益、吴偉業，或云匹似黄任、黄景仁、蔣士銓，而未有云似朱彝尊、陳恭尹者。所謂「與小長蘆、獨漉堂爲近」，汪氏一家之説也。而「詩宗唐音」，則諸家所同。又如：「聲律唐中晚，歌行古别離。」（楊懋源《題浩山詩集》）「才調集中分一席，移情奇語沁心脾。」

（何彦昇《題浩山詩集》）亦足參印。

張祖翼《浩山詩集序》：「（君詩）遠宗漢晉，近規蘇黄，極愷惻纏綿之致，不拘拘於西江派也。」又：「余嘗讀其詩矣，其音哀以思，其氣沈以鬱，竊以爲少年之作，何憂傷如此？則又以爲遭時不偶，或發於憤世嫉俗之所爲，而不意竟鬱鬱以殞也。悲夫！其李長吉、王子安之流亞歟。何幽深玄遠令人於邑低徊而不能置也。」吴用威《浩山詩集序》：「君早歲所作，清麗緜渺，有莘田之風。比自東旋，天風海濤，開拓懷抱，感時述事之什，懷人贈別之篇，骨格堅蒼，聲調激越，駸駸乎摩藏園之壘，而奪兩當之席。」王子庚《浩山詩集序》：「君心儀玉局數十年，而游蹤乃更遠於儋瓊，且其詩格變化之力，尤似非人境廬之所能企也。」姜筠《題浩山詩集》：「吾友歐陽子，弱冠氣瀟灑。工詩本天授，點筆詞源瀉。不好爲苦吟，與余臂可把。時人重險澀，謂其太嬌姹。豈知詩言志，從古薄撏撦。或謂法蘇陸，取徑非大疋。豈知學與年，俱進如轉輠。」（俱見《浩山詩集》卷首）

又，《眉韻樓詩話》卷一「歐陽伯纂苦雨詩」條：「歐陽伯纂觀察述，江西彭澤之詩人也。有《浩山詩鈔》、《續鈔》二册。秋士工愁，春女善怨，名章雋句，美不勝收。如《戊戌秋日無題》云：『早知孔雀難全尾，詎料楊花也污塵。』『霜中黄葉生原苦，雨後青梅老更酸。』已録入《詩史》。《武林雜感》云：『紅橋落日嘶名馬，碧樹春風夢錦衣。』『清明麥飯啼鵑外，暮雨靈旗宰樹旁。』《和道希門存韻》云：刖足鬻拳忠孰諒，剖心金藏死猶喧。《感事》云：民持劍戟銷農器，吏指萑苻當虎賁。《雨夜》云：人事蕭條連骨肉，年華磨折尚風霜。皆沈痛必傳之句。余尤愛其《苦雨疊前韻》七律四首，及《宿天甯寺望殘月》七絶四首，絃外淒音，不忍卒讀。」

〔六〕陳澹然《歐陽笠儕墓表》：「（君）嘗謂本朝之詩，極古今之奇變，最其著者，手録凡十六家。」按：汪云十五家，陳云十六家，未知孰是。又，歐集有《雜題國朝人詩集》，凡二十八首，論詩絶句也，見《浩山詩集》卷二。所謂十五或十六家，當不出其範圍。

〔七〕按：《浩山詩鈔》刊本有兩種，一爲光緒二十九年（一九〇三）序本，一爲光緒三十三年（一九〇七）序本。汪所云難確指。其自序云：「述自年十五學爲詩，至今留稿千餘首，前年在皖，謬取友人所選各作付栞，意以就正當世大雅，而所選實濫。近復自爲芟汰，鈔存二百餘首，少作就删殆盡，然存者未必皆優於棄者，但一時之愛憎如此，吾固不能自必數年後之取舍不又異於今日也。舊稿有楊伯淵、吴董卿、姚柳屏三大令、何秋輦、何棠蓀兩觀察、姜穎生郎中、金扶青刺史、王夢湘太守諸題詞，又濮青士先生、朱古微、張燮鈞兩侍郎、文小坡、冒鶴亭兩郎中、文道希學士、陳伯嚴主政諸評語，狄杏南、金子善、陳劍潭孝廉諸叙，大都矜寵之詞多於糾正，臚題既病鄰標榜，擇載復嫌有所厚薄，乃悉置不録。」（《浩山詩鈔》卷首）

地短星出林龍鄒淵　陳銳一作魏谿

惟其性氣高强〔一〕，不拘拘於漢魏，亦不拘拘於三唐〔二〕。伯弢本湘綺弟子〔三〕，少壯爲詩，神理内含，光采外焕。跡其得力處，選學爲深。中歲以後，名滿天下，而詩境亦拓。思深旨遠，風骨泠泠然有秋氣矣〔四〕。詩詞並工〔五〕，有《裦碧齋集》〔六〕。

〔原附〕論近代詩家絶句　章士釗

長沙才子武陵人，家近桃源懶避秦。詩染江南亡國恨，不辭變雅損天真。

成就詞名裦碧居，閒漚老鶴喜相於。卻云流落人間稿，怕有生前未削書。

閒漚，指朱彊村；老鶴，鄭叔問。君在吴與兩君最密。君詞有云：「怕他年人間流落，有相如稿。」

千帆謹案：二首屬陳伯弢。

【箋證】

○陳銳（一八五九—一九二二），字伯弢，一作伯濤，號裦碧，湖南武陵（今常德）人。王闓運弟子。少以高才，選校經堂肄業。又從鄧輔綸游。光緒十九年（一八九三）舉人。會試不第，以謁選官江蘇知縣，充兩江營務處提調。三十四年（一九〇八），任江蘇靖江縣知縣。辛亥後，棄官歸，任教於湖南省立第二師範學校。民國四年（一九一五），任湖南省長公署顧問官。明年，任常桃漢沅四縣聯合公立中學校長。旋任湖南通志局分纂。八年（一九一九），再任政治顧問官，兼湖南省教育會會長。卒於故里。工詩文，亦善填詞。著有《褒碧齋集》。他著有《説文解字校勘記》、《讀經史札記》、《秋蟲吟詞稿》，未刊。見陳鋭《五十自述》（《國風報》第一年六期）、（新）《常德縣志》卷二八《人物》、陳人珊《我的伯父陳伯弢先生》（《常德市文史資料》第四輯）。

〇魏繇（一八五二—一九二二），字復初，一字季詞，湖南邵陽人。魏源孫。諸生。性剛直，淡於榮利。曾任《民立報》主筆。著有《復初文録》、《文斤山民集》、《泳經堂叢書》，合刊爲《邵陽魏先生遺集》。見張翰儀輯《湘雅摭殘》卷一〇、李漢武《魏源傳》、《湘人著述表》第二册。

〔一〕陳三立《抱碧齋遺集序》：「伯弢性坦率，中編，善感易怨，既擅文藝自憙，復賓士求食，頗與世鑿枘，世亦指目之，曰『名士名士』云。後就令江南，侘傺憂傷，獨盛爲詞，見推朱、鄭，而所遭益困。蓋伯弢雖若輕世肆志，寄其意於譏訶謔浪，然愛氣類，篤故舊，與余相保數十年，即所操頗持異同，未嘗不互憐微尚，終始厚情感於冥漠也。」（《散原精舍文集》卷一五）

〔二〕陳三立《抱碧齋遺集序》：「光緒初，余居長沙，即獲交武陵少年陳君伯弢。其時伯弢方選爲校經堂高才生，才鋒雋出，歌吟爛漫壓湖外。從湘綺翁游，益矜格調，而好深湛之思，奇芬潔旨，抗古探微，漸已出入湘綺翁，自名其體矣。」《湘雅摭殘》卷一二：「其詩古體長於近體，自以不工七言律，竟别爲一卷。蓋伯弢初從王湘綺游，專攻魏晉，後需次江南，與陳散原、鄭叔問等唱和，又不能不爲七律耳。」又：「五古及五律，固奇芬潔旨，抗古探微，近於湘綺一派，而七言律亦清脆不凡也。」《近百年詩壇點將録》：「抱碧爲湘綺弟子，詩學《選》體，不失師門矩矱。與散原諸人酬唱諸作，則出入他派矣。」（《夢苕盦論集》）

按：陳爲闓運弟子，故詩宗漢魏，後乃稍變，所謂「出入湘綺翁」，意即汪云「不拘拘」也。《冶麓山房藏書跋尾·裒碧齋集跋》：「武陵陳伯弢明府鋭，以所著《裒碧齋集》見示。五言皆抗希陰、何，七言遵唐初格調，不屑作開天以後語。」（《冶麓山房叢書》）《紫荆山館詩話存稿》：「武陵陳伯弢鋭大令，（中略）五古胎息漢魏，七古則蒼涼悲壯，直薄少陵。律亦風韻婉約，迥異凡流。論者謂吾湘自壬秋、實甫外，殆無與抗手者。」（《清詩紀事》第一九册引）李稷勳《寄贈武陵陳鋭伯弢》：「七古學盛唐，格調甚流響。」（《甓盦詩録》卷四）均可參。别見注三、四引。

〔三〕夏敬觀《裒碧齋集序》：「咸同間，湘人能詩者，推武岡鄧先生彌之，湘潭王先生壬秋。鄧先生祖陶禰杜，王先生則沈潛漢魏，矯世風尚，論詩微抑陶。兩先生頗異趣，然皆造詣卓絶，神理緜邈，非若明七子、清乾嘉諸人所爲也。武陵陳君伯弢，從兩先生游，始在湘中，專攻五言，魁冠儕輩，及來江南，謁南皮張文襄，座上論詩，以王派見薄。顧其時君詩體已稍變，《門存》倡和，遍及海内，而王先生方且慮君見異而遷。僕時縱談君齋，以爲陳古刺今，等於心作，後之所至，前者授之，文襄不喜人言漢魏，王先生不許人有宋，皆甚隘也。君諾諾韙吾言。」（《裒碧齋集》卷首，又《忍古樓文》第二册）

按：見薄張之洞事，夏挽詩亦及之，《陳伯弢輓詞》云：「誤汝百寮底，文章數亦奇。沈吟三段石，惆悵五言詩。不媚窮翻骨，終潛皓駟眉。獨憐書在篋，圯上竟誰師。」（《忍古樓詩》卷九）自注：「君在張南皮坐論詩，以宗湘綺五言見薄。」參觀陳鋭《裒碧齋雜記》（《青鶴雜誌》第一卷八期）、《世載堂雜憶》「書廣雅遺事」條。

〔四〕《平等閣詩話》卷二：「武陵陳伯弢鋭，著有《抱碧齋集》。少壯之作，神理内含，如春雨巖苔，蘇門長嘯；近作則風骨泠然有秋氣矣。録其《去桂陽》五古云：橫飆厲浚谷，烈日曬高灘。晨策石峽動，夕涉沙路乾。舍裝就輕艑，始覺湍瀨寒。濯予纓上塵，候此風中浣。《舟泝朱亭入衡山縣境》五律云：雨過朱亭小，山迴紫蓋風。怒瀧千里下，奔障萬牛東。雲缺初窺嶽，凇寒半掩篷。孤舟吾戀汝，愁絶夜飛鴻。《散步偶吟》七律云：駛驟東風蘇柳魂，漸能招我步煙村。過橋路滑愁行馬，噴雪江空欲上豚。春去春來花自笑，潮生潮落夢無根。杜郎薄倖天生與，不悔當時有罪言。」按：汪評略據此。

《裒碧齋詩話》：「余年甫逾丱，即喜爲詩，然所存絶少。五十以後，作亦不多，雖嗜性於吟哦，實得力於師友。兹録各家批評於後。」「從義山入手，振采齊宋之間，一洗俗氛，獨標古豔，心細神清，迴非時手所及。文格在汪容甫、胡稚威之間，尚當擴而大之。壬午三月丙午，闓運題。」「五年重讀君詩，意境句法，俱益深穩。惟篇格尚須鎔鑄渾完。君詩不患無才雋也。庚寅九月立冬前三日，闓運識於湘綺樓。」「格律老成不待言，風骨益蒼健，將肆溢有從心之妙。乙未初伏六日，蕉陰中讀記。闓運。」「詩格老成，然漸入蘇、杜。『請君放筆爲直幹』，『大海回風生紫瀾』，當兼此二境，乃不退步。甲辰八月二日，闓運讀於南昌寓齋。」「詩才氣已溢，正進功時也。由此放而復斂，自能企及古人。若跌宕自喜，反悔少作，則墮落宋明窠臼矣。陳伯嚴、易碩甫不可與倡和，如鴉片煙也。久不相見，正在簫鼓喧闐時，書此以代面談。十二月二日，闓運記。」「往歲曾圈點伯弢詩，余所謂然，伯弢容遜志焉；余所謂否，伯弢或愜心焉；不必尚同，作者與讀者各盡其懷而已。伯弢今求悟性之學，讀《贈寄禪序》及《學舍》一首，淵然見道情焉。文境則超朗，詩境則□□，意深婉而言微至。七言雋永渾脱，饒事外遠致，讀五六過，尤有餘味，不可不識。諸作經湘綺先生點定，今加墨，别作細圈示辨焉。育仁記。」「辛卯孟冬，與伯弢重晤湘潭，艤舟剪燭，語長漏短，未暇談詩也。揚帆且發，伯弢乃詒詩卷伴行。細讀前卷，服膺久之，自覺才情涸絶，瞠乎後矣。重讀《春懷》八首，言多道機，而出以奇横幽峭，不純守六朝格律，而獨造甚深。伯弢近讀養性書，不專力於文辭，於所業之外，求古人所謂菁華者，則今所論文詞之工拙，其猶糟粕矣乎。辛卯十月，育仁記。」

〔五〕按：陳詞亦名家，其造詣、取徑，王闓運、宋育仁、況周頤等，均有所論。《裒碧齋詩話》：「刻意學周、姜，格韻自高，微有未自然、未雕飾處。昔人評詩云：『秋水出芙蓉，天然去雕飾。』乃謂既雕飾而後自然也。雕飾非琢句鍊字，如《詞眼》、《詞旨》所標，乃爐火純青無黄白之氣也。相去日遠，爲學心同，期各勉於自然，而後從心而已。欲自然，先須雕飾，詩文詞宜一律也。幸無見異而遷。前寄詩稿，早已奉還二年矣。中又送桂陽聘書一通，皆未得報。今又一世矣，往事不復記，聊書附聞。闓運注。」「敬頌一過，贅詞如墨。夫詞真聲，吾情中之聲，乃適如所聞之聲，則佛氏所謂聲聞。非是，則天籟、地籟、人籟，萬竅蒿然，静者無聞也。聞而細，齊則幾，幾之幾，乃爲希。而猶蹄與，乃如其聲以啖。情乎情乎，請語情籟。芸子記。」「大箸沈著沖澹，一洗鉛華靡麗之習。無矜鍊之跡可尋，卻無一字不矜鍊。格高律細，允爲法乳清真，抗手西麓，唯是可爲知者道耳。昔人云：詩到無人愛處工。詞境至此，雖有能愛者，廑矣。丁未十月，況周儀盥誦竟卷，屬寫官書數語致佩。」又，《花隨人聖盦摭憶》「陳伯弢雜記」條：「與彊村、叔問同時爲詞，有陳伯弢，其密不如朱，爽不如鄭，而疏快處近於稼軒，亦楚豔也。」並可參。

〔六〕譚延闓《裒碧齋集跋》：「右《裒碧齋集》八卷，武陵陳鋭伯弢之所著也。伯弢常自刻詩二卷於長沙，余又爲之續刻一卷。及官江南，所爲詩文，刻《裒碧齋集》七卷。洎伯弢殁後七年，夏吷盦、李拔可與余兄弟搜輯其遺稿，得詞話及詩詞，乃得傳寫，並前刻集釐爲八卷，校印行之。余年十三，受業武陵陳春塢先生，始識伯弢，先生詔余曰：『吾詩不如吾兒，汝可與爲講習。』是時余年少無所知，不能有所請益。迨丙午、丁酉間，與伯弢同居廣州，始得聞其議論。於時文讌倡酬無虚日，暇或摭拾故書雅記，下至里巷謡諺，相嘲弄爲笑謔，每相見撫掌大笑，或夜分猶傳書不已，門者不知何事，竊語以爲奇也。無何伯弢別去，後於金陵、長沙數相見，輒不得久合併，而伯弢垂垂老矣。自維學問無成，不足副吾師及伯弢之望，而當時賞奇析疑、諧談劇笑之狀，猶時時往來心目間，不能忘也。夫以伯弢之才，自少壯時已爲名德鉅儒所獎許，朋輩推其操尚，以比汪容甫，湖外學詩者，無能上之。仕宦雖不達，而得盡交海内賢豪，意氣相許與，方之容甫，未爲不遇。殁世之後，二三故人，猶相與慨想其生平，蒐集遺稿，使後世讀其書想見其爲人，伯弢有知，其亦可以無恨也。」(《裒碧齋集》附)

培軍按：據甲寅本，伯弢配「神火將」，乃馬軍頭領，評云：「伯弢爲湘綺弟子，爲詩初學漢魏、《選》體，近亦脱然自立，思深旨遠，雖時嫌生硬，尚不失爲楚人之詩也。」後前相較，大致不殊，所評增美，位次稍抑。是方湖之見解，早晚雖有變更，而不喜湖湘派，則仍舊貫也。又，方湖以伯弢、子言擬鄒氏叔姪，乃緣二人同姓陳，詩又同宗唐，爲宋派風氣外人，非以其宗派有淵源也。

地角星獨角龍鄒閏　陳詩

五鹿嶽嶽，朱雲折其角〔一〕。孰謂形體若槁木，遺物離人而立於獨〔二〕。論詩苦憶尊瓠室，老幹疏花一兩枝〔三〕。不是希文窮塞主〔四〕，華陰道上送春時〔五〕。子言師事吴北山〔六〕，而詩與北山取徑不同。蓋敝精力於中晚，取其骨幹，遺其形貌，孤往不屑之氣，天寒翠袖之韻，出以精思，自成馨逸。孰謂中晚不可爲邪〔七〕。嘗見其《尊瓠室詩話》一卷，批郤導窾，語多造微〔八〕。至其不輕許人，亦異乎世之專事標榜者〔九〕。

【箋證】

○陳詩（一八六四—一九四三），字子言，號鶴柴，安徽廬江人。諸生。師事吴保初。年三十，以舉業不售，作南北游。庚子後，寓居上海，與朱祖謀、文廷式、陳三立等游。與俞明震交尤篤。宣統三年（一九一一），受俞之邀，入甘肅提學使幕。明年仍返滬。晚歲入有正書局，助狄平子編書，任文字編纂，并理董安徽文獻。生平無他嗜，唯詩是耽。卒於上海。著有《尊瓠室詩》、《鶴柴詩存》、《鳳臺仙館詩鈔》、《尊瓠室詩話》。輯有《滬瀆同聲集》、《皖雅初編》、《廬江詩苑》等。見（新）《廬江縣志·人物》、鄭逸梅《記故詞翁陳鶴柴遺事》（《永安月刊》第四六期）。

〔二〕句見《漢書》卷六七《朱雲傳》。清黄生《義府》卷下「嶽嶽」條：「《漢書·朱雲傳》：五鹿嶽嶽，朱雲折其角。此因其姓嘲之，言鹿角嶽嶽，爲雲所折也。」（《字詁義府合按》）按：此明切鄒諢號，暗指陳口吃也。考宋曾慥《類説》卷四云：「惠莊與朱雲論辨，口吃不能對，指其胸曰：口雖不能劇談，而此中多有。」（按其事始見《西京雜記》卷二，然僅有「不能對，逡巡而去，拊心謂人曰云云」，未及其口吃；曾書或别有據。）是朱雲所「折」者，不獨五鹿充宗，尚有口吃人。又按：《光宣以來詩壇旁記》「陳子言」條，云陳「言語期期」，是明言矣。又，《近代詩鈔·石遺室詩話》：「子言生平無他嗜好，（中略）見人意極親暱，而口吃不能出一辭。」《石遺室詩話續編》卷五：「古今文人多口吃。近人如林暾谷、陳鶴柴，今之相如、子雲也。」冒廣生《陳子言詩序》：「子言拙於言而工詩，其與客言，舌所不達，恒代以筆。」（《小三吾亭文甲集》）鄭孝胥《題陳子言鶴柴詩草》：「子言呐於言，其詩殊不爾。」（《海藏樓詩集》卷九）《天風閣學詞日記》（一九四一年三月二十三日）：「鶴柴年老口吃，語極難懂，説三四句話，須四五分鐘。」又（同年十一月二十三日）：「鶴柴已七十八歲，口吃極難解。」均及其事。

〔二〕《莊子·田子方》：「向者先生形體掘若槁木，似遺物離人而立於獨也。」《齊物論》：「南郭子綦隱几而坐，仰天而噓，嗒焉似喪其耦。顔成子游立侍乎前，曰：何居乎。形固可使如槁木，而心固可使如死灰乎。」

按：陳形容枯瘦，襟懷古澹，故用此。又陳有《據梧集》，「據梧」亦出《齊物論》，或亦以此牽及。李宣龔《贈子言》：「得飲乃爾數，出言何用多。怪君飯顆瘦，皺面成觀河。（中略）窮爲詩所歸，老專天之和。兀坐聳堯鶴，床書争嵯峨。」（《碩果亭詩》卷下）亦可參。

《石遺室詩話續編》卷五：「陳鶴柴詩，尚有自寫真、自作小傳者，彙録如左。《癸酉元日寓滬偶書》云：緑陰如幄朱明誕，余四月生日。元旦堆盤五味盛。立志願爲鄉善士，閉門原是魯諸生。寰中勝境都經眼，客裏藏書喜滿籯。耄矣回思少時事，穗城羊石總關情。三四可信，行不掩言。《七十自述四首》之一云：我年廿一時，孫公返巖岫。光緒甲申五月，舅外祖孫省齋方伯至廬江。閑窗閲我文，評之曰寒瘦。效島亦復佳，何必雲門奏。不乘駟馬車，老氏貴尚後。問年漸與齊，捫腹慚吾陋。予聞孫公揚州邸舍藏書三楹，欲往閲之，未果也。孫公可謂知言。《再題詩集後》二首云：『頗愛枯僧能入定，每當兀坐有詩來。從今一洗箏琶耳，私倣伶倫節奏纔。』『截竹柯亭作鳳鳴，夕陽紅處可憐生。何人更擅長康筆，爲畫孤僧傍水行。』第一首次句，此首末句，皆自己傳神之筆，何待長康？何梅生有句云：山僧自是吟邊物，只好遮林傍水看。此閩諺所謂『中看不中喫』，濂溪《愛蓮説》所謂『可遠觀不可褻玩』。反之，在閩諺又所謂『遠看一頭馬，近看馬没頭』，乃貶辭也。今鶴柴隱以自況，則形容逼肖，決不待歐陽詢、長孫無忌之相嘲笑。」

〔三〕宋梅堯臣《東溪》：「老樹著花無醜枝。」（《梅堯臣集編年校注》卷二五）元金涓《題可宗壁間墨梅》：「老榦疏花生意在，紛紛開謝任東風。」（《青村遺稿》）按：此論陳詩風格也。《尊瓠室詩話》：「余之甲辰、乙巳詩，嘗質之名流，多荷評騭。刻詩時皆删去。兹録存此，當茶餘清話，尤令人緬想當年樽酒論文時也。陳伯嚴先生三立評曰：高淡淒清，韻格在宛陵、淮海之間。霾天幻市，懸此詩隱，應有光芒夜吐。吴倉石先生俊卿評曰：古澹中神味獨到，一字一句，皆從苦心得來，非時手所能夢見。客中把讀，如服清涼散，令人心肺一爽。海門周彦升先生家禄評曰：蒼老渾成。長沙吴雁丹太守嘉瑞評曰：沖微澹遠，悱惻芬芳，已到金剛乾慧之地。」（《青鶴雜誌》第四卷六期）

〔四〕宋魏泰《東軒筆録》卷一一：「范文正公守邊日，作《漁家傲》樂歌數闋，皆以『塞下秋來』爲首句，頗述邊鎮之勞苦，歐陽公嘗呼爲『窮塞主』之詞。」希文，范仲淹字。按：指陳入甘肅所作。陳三立《子言歸自蘭州爲題紅柳盦行卷》云：「鬢髮凋疏面目黧，莽穿關塞命如絲。更彈地變天荒淚，成就窮邊一卷詩。」（《散原精舍詩續集》卷上）可參。

〔五〕句見陳詩《三月三十日華陰道中作》（《尊瓠室詩》卷二）。

〔六〕《光宣以來詩壇旁記》「陳子言」條：「廬江陳子言詩，余曾於滬上見之，言語期期，而誠懇之情，溢於顔色，固長者也。（中略）子言與吴彦復年輩相若，初亦相引爲至友。彦復於詩札曾稱爲兄，後子言竟師事之。此一段因緣事實，他日當詢諸章行嚴，或能知其詳。」（《汪辟疆文集》）按：陳師事吴，亦見陳衍《吴保初傳》，略云：「鄭孝胥至都，（保初）獨請業學詩，稱弟子。孝胥素不主張師弟子之説，堅拒之。而廬江陳詩者，年長於保初，轉從而稱詩弟子焉。」而考二人傳狀，陳實長吴五歲，汪云「年輩相若」，是未知其詳也。又據《尊瓠室詩話》卷三云：「丁酉秋，朝廷下詔求言，（吴）先生陳時事疏，（中略）遂掛冠歸。（中略）先生九月歸里，余於戊戌春亦由海上歸，乃師事焉。」知陳之師吴，爲在廬江時，即光緒二十四年（一八九八）也。

〔七〕《光宣以來詩壇旁記》「陳子言」條：「余嘗謂近五十年中，詩家多尚元祐而薄三唐，至陳散原、鄭夜起二家出，世之言詩者，又不肯誦法蘇黄王陳，而群奉散原、海藏二集爲安身立命之地。其人既少親書卷，徒恃其一二空靈字句，生硬句法，可彼可此者，鉤棘成文，已爲宋派末路矣。並世詩人，子言終不失爲卓然自立家數。蓋子言之詩，植體中、晚，益以深思，造語古澹，韻格淒清，故能拔戟自成一隊。」《近代詩派與地域》：「至廬江陳詩，寢饋唐賢者至深，託體甚高，吐語深拔，詩不苟作，故篇篇可誦，其詩體兼唐、宋，在皖人爲别派，蓋冥心孤往，不落時趨者也。」

（《汪辟疆文集》）

按：汪評參陳衍。《近代詩鈔·石遺室詩話》：「子言生平無他嗜好，惟敝精力於詩，攢眉苦吟，殆賈島、周樸之流亞也。」《石遺室詩話》卷四：「廬江陳子言詩，與確士爲文字骨肉，屏絶世務，冥心孤往，一意苦吟，今賈閬仙、李才江也。」他家足可參者，亦録於後。

冒廣生《陳子言詩序》：「幼時所作，規橅中晚，又沾沾於漁洋神韻之説，留連光景，蹊境未化。有規之者曰：『人生世界中，當卓然有所自立，何爲蹈人窠臼，作局促轅下駒哉？』由是意境一變，因事屬辭，適可而止。當其合作，蓋駸駸乎升少陵之堂，而處蘇長公之室也。」（《小三吾亭文甲集》）王鴻猷《南樓隨筆》「陳子言」條：「君詩少肉多骨，枯瘦處，則似賈島；遒勁處，則似昌黎。然間亦作平淡語，耐人尋味者。如《隴上清明》一絶云：凍雪封梨漸弄姿，暖風搓柳欲成絲。隴干一霎清明雨，卻憶江鄉食蛤蜊。風致天然，余最喜誦之。又《自寧夏汎河至包頭鎮道中》云：黄河春漲遠浮空，鼓枻常愁一葉風。北顧賀蘭歌出塞，石門深浸月明中。又《塞外春夜》云：孤月向人明，殘春出塞行。風泉枯樹語，沙磧野駝鳴。静夜聊自適，長鑱空復情。泬寥萬里地，淺草日縱横。俱力追盛唐，不屑作宋人語。此外如『策馬水聲怒，攀崖石徑微』、『一綫春江詞客淚，萬山寒草故人墳』，俱爲集中出色佳句。」

〔八〕《光宣詩壇點將録》（《甲寅》本）：「地羈星操刀鬼曹正：陳詩。觥觥時彦少所取，批郤導窾經肯綮。提刀四顧心茫然，絶技心折子陳子。子言詩宗唐音，精嚴自喜，不隨風氣轉移，此其過人處也。所著《尊匏室詩話》、《江介雋談録》，立論不苟。」

按：《近百年詩壇點將録》云：「陳子言詩名卓著，同時勝流如文廷式、沈曾植、俞明震、陳衍、夏敬觀等皆與接座。所著《尊瓠室詩話》，論及近世詩人較多，但卷帙遠不逮《石遺室詩話》之富，採録多小篇，宏製傑構甚少。所輯《皖雅》，亦有此病。自爲詩亦屬四靈之流，可廁名家之末。」（《夢苕盦論集》）異乎汪氏之説。又，《尊瓠室詩話補》自引《述往篇一首再題詩話後》，亦可參。

〔九〕按：當指陳衍。《瓶粟齋詩話四編》卷下：「《隨園詩話》，世多嫌其濫，然除其自裝門面語外，閒言語卻絶少，石遺便不能矣。」參觀「陳衍篇」附章士釗《論詩絶句》後方湖注。

培軍按：據甲寅、青鶴本，原以子言配曹正，所評與定本不同（見注八引），大指則未相逕庭。子言詩宗唐人，邊幅苦不大，氣體頗局促，其佳句幽秀，多自苦吟而得；此諸家説所同者也，方湖亦沿之。然子言自論其詩，則云晚而變學宋（《皖雅初集》卷九引《静照軒筆記》：「余詩由唐入宋。」），又頗用功於放翁（《記放翁論詩語》：「此業在道勝，吟久乃愈工。舟楫車馬間，往往如相逢。一逝不可追，得之儼素封。耄年特健藥，吾師渭南翁。」見《鳳臺山館詩續鈔》卷上。）並可徵其詩學，亦轉益多師，非盡如石遺等人説，僅取徑於中晚唐者也。

地捷星花項虎龔旺　宋育仁　一作鄧鎔、傅增湘

曾指銅駝戒夜寒〔一〕，神方駐景料應難〔二〕。可憐去國無窮恨，灑向詩篇淚未乾〔三〕。

芸子向以詞賦見稱於時〔四〕，實則今之杜君卿、鄭夾漈也〔五〕。論學論文，皆能抉其本源，洞其利害。及所志不就，親見危亡，乃以詩宣其伊鬱，所謂古之傷心人也〔六〕。《問琴閣詩録》多有爲之言，其自注多有關光宣掌故，余極重之〔七〕。鄧守瑕久官都下，淒婉之音，出以緜麗，使人讀之回腸蕩氣。蓋與問琴所遭同也〔八〕。傅沅叔精研《録》、《略》，卓然雅音〔九〕。

【箋證】

〇宋育仁（一八五八—一九三一），字芸子，一字芸崖，晚號道復，四川富順人。幼孤。十五應童子試，受知於張之洞，調尊經書院肄業。光緒十二年（一八八六）進士。入翰林。十五年（一八八九），留館職，授檢討。十七年（一八九一），典試粵西。二十年（一八九四），派充使英法意比四國參贊，駐倫

敦。中日戰起，密電之洞，欲出奇計，和議成而寢。明年，辭使職歸，奏薦回川辦商礦事宜，并辦《渝報》、《蜀學報》。聘主講尊經書院，造就甚衆。庚子亂後，見朝政日非，乞改外，以道員分湖北。旋試經濟特科，報罷。就聘南菁高等學堂總教習。明年改學制，任監督。三十四年（一九〇八），入直隸總督楊士驤幕，任北洋造幣廠總參議。後歷任學部諮議官，民政部、度支部、郵傳部顧問，及京師大學堂教習、禮學館總纂等職。辛亥後，隱居茅山。洎王闓運長國史館，招入都。以觸當國忌，被遣回籍。袁世凱敗，還成都，主講國學院。十三年（一九二四），爲《四川通志》總裁，兼主修《富順縣志》。著有《問琴閣詩録》、《文録》、《三唐詩品》等。見宋維彝等《先府君行狀》（國圖藏）、蕭月高《宋育仁先生傳》（《碑傳集三編》卷三五）、佚名《宋育仁傳》（《民國人物碑傳集》（川版））。

〇鄧鎔（一八七二—一九三二），字守瑕，號忍堪，四川成都人。幼孤。隨母讀書外家。年十九，縣試第一。肄業尊經書院。早以詞章擅名，受宋育仁影響，始爲經世之學。屢赴鄉試不售。光緒二十五年（一八九九），爲桐城楊寅揆掌書記。明年，就聘威遠經緯書院。二十八年（一九〇二），就館簡州。三十二年（一九〇六），東渡日本留學，入法政大學，旋改入明治大學。三十四年（一九〇八），獲法學士。返國，賜舉人。調外城巡警總廳差遣。宣統元年（一九〇九），授内閣中書，調改補六品警官，兼充法政學堂教員。民國後，歷任參議院四川議員、公府法律顧問、參政院參政、參議院議員等職。十二年（一九二三），與傅增湘游塞外。十四年（一九二五），寓居天津，遂終老焉。晚耽佛法。著有《荃察余齋詩集》、《續存》、《再續》。見自撰《忍堪居士年譜》(《荃察余齋詩存再續》附)。

○傅增湘(一八七二—一九四九),字沅叔,晚號藏園老人,四川江安人。早從吴汝綸問業。光緒二十四年(一八九八)進士。二十八年(一九〇二),入項城軍幕。明年,散館,授編修。充順天鄉試同考官。旋主女子公學、高等女學。三十一年(一九〇五),主女子師範學堂,遷直隸提學使。民國初,避居津沽,築樓奉親。三年(一九一四),簡任肅政使,逾年而歸。六年(一九一七),入王世珍内閣,任教育總長。年餘而罷。十六年(一九二七),任故宫博物院圖書館館長。生平喜山水游,尤喜藏書,肆力版本校勘,爲晚近一大家。著有《藏園群書經眼録》、《雙鑒樓善本書目》、《藏園群書題記》、《藏園游記》、《藏園老人遺稿》等。見自撰《藏園居士六十自述》(《辛亥人物碑傳集》卷八)、《藏園居士七十自述》(上圖藏)。

〔一〕句見宋育仁《庚子出都留别》(《哀怨集》)。按:此句本事,見其《感舊集》之一二自注(《哀怨集》,即注五引《石遺室詩話》中所引「青蒲造膝」一首,此從略)。又「銅駝」句,用晉索靖事,見《晉書》卷六〇《索靖傳》。

〔二〕李商隱《碧城三首》之三:「檢與神方教駐景。」(《玉谿生詩集箋注》卷三)

〔三〕胡敬《戊午歲暮懷人》:「平生一掬知音淚,灑向詩篇總不乾。」(《崇雅堂詩文鈔·删餘詩》)

按：育仁詩多關時事，有家國之痛，故云。程佛肩《最録問琴閣詩指序》：「先生詩斷自甲午，蓋傷中國之衰。」（《問琴閣詩指》卷首）參觀注五。

宋育仁《問琴閣詩指小序》：「余十一齡即學爲詩，閲世六十年，自江海遠游，暨朝直唱酬，詠嗟身世尤多，往往散失不暇裒集也。被放還山，仍其結習，作詩社酬詠。晚乃悟其辭枝，俗學所騖，諷一而勸百，無益進德修業，發心講學，則宜止而不作。而故舊相繼喪亡，零落將盡，舊有感舊詩，則續一首，積成掌故。世尚惟以文辭爲學業，社友亟欲出其詩文集問世，非吾志所存。今既就研究社，設有國文文辭科，曷就其所注耳目，爲以指喻指之非指。乃剌指舊作，從甲午以來，志蒙難之所始，末有附録，爲備體格，以爲《詩指》。」

〔四〕按：育仁賦最擅名者，爲《光緒三大禮賦》。《問琴閣詩文紀事》：「《三大禮賦》成，質於教習張相國、掌院徐相國、尚書潘鄭盦。潘且誦且讚，評云：『雅管風琴，忠愛之忱，溢於言表。』張清相欲奏上，商於翁師傅，嫌於只有一篇，無從等第，深爲歎然。徐蔭相語云：『嘉慶以後，獻賦久無，難於興廢，可告清祕堂，刻入《館閣賦鈔》。』馮夢華評云：『典麗矞皇，直逼漢京。文穎再編，必以此篇爲冠。』岳林宗評爲：『金膏玉醴，尋味不盡。』張子馥云：『二百年安有此才。』蒯禮卿初未服其文，與文芸閣同在徐蔭老座，意似未滿，文芸閣慨然曰：『餘文不具言，如《三大禮賦》，直大手筆，何可褒貶？』蒯禮卿乃求而讀之，大相傾倒，置酒爲敬。文芸閣引邢子才語告人云：『不能作數千言大賦，不得稱才子，今於《三大禮賦》見之。』梁星海後見此賦，稱曰：『能爲沈博絶麗之文。』」（《問琴閣文録》卷首）文廷式「大手筆」云云，參宋育仁《感舊詩》「文芸閣學士」一首自注，見《問琴閣詩指》。

〔五〕〔杜君卿〕唐杜佑（七三五—八一二），字君卿，京兆萬年（今陝西西安）人。歷任嶺南淮南等節度使、檢校司徒同平章事。封岐國公。著有《通典》。傳見《舊唐書》卷一四七、《新唐書》卷一六六。〔鄭夾漈〕鄭樵（一一〇四—一一六〇），字漁仲，福建莆田人。居夾漈山，學者稱夾漈先生。官至樞密院編修。著有《通志》。傳見《宋史》卷四三六。

按：育仁有經世志，爲學主通經致用，故云。秦嵩年《哀怨集序》：「先生之奉命治商也，江右陳次亮章京遺書，以『管子天下才、諸葛真王佐』相況，惜其以一隅小用。然則先生之負才不遇，其出處有足繫人思者，而區區時賢推重之語，猶未足以盡先生也。」（《哀怨集》卷首）參觀程佛肩《最録問琴閣詩指序》。

〔六〕秦嵩年《哀怨集序》：「先生之詩，纏綿悱惻，兼有少陵、玉溪之長。集中如《感舊》諸作，醲深俊微，百諷不厭，多當代掌故。」《石遺室詩話》卷七：「富順宋芸子育仁，余向在武昌見其舊刻詩數卷，多半學徐、庾、陰、何之作，其師承於湘綺者然也。以無二本索回，今一字不復記憶矣。近年同在禮學館大學堂，過從尤數，有新刻《哀怨集》一卷，取名於《詩序》『哀窈窕，思賢才』及『怨悱不亂』二語。所賦多甲午、庚子兩年事及悼其亡姬者。」

〔七〕《石遺室詩話》卷七：「今録(宋芸子)《感舊詩》自注之有關時事者六首，云：『一聽嘑鵑感不勝，羅睺蔽日隱觚稜。麻鞋行在翻無淚，獨向青燈哭佛燈。袁、許被難，余奔西山。數日聞國破，與弟子浦淵、劉復禮日從山村詣羅睺嶺，望京師烽火。』『東人高閣自登樓，庾亮平生俊不休。棟折一言偏瘖意，有人廷尉望山頭。甲午之役，合肥爲朝士所排，常熟密查，覆奏其心無他，乃以大學士入閣辦事。余自使間歸，見常熟，不禁傷瘁，歎曰：『棟折榱崩。』言未既，常熟曰：『我執其咎。』初言意未指此，既聞，始憶庾亮出奔對戴若思語。元規欲假事誅蘇峻，峻曰：『只能山頭望廷尉，豈能廷尉望山頭？』遂作難。兵事初起，余上書常熟，曾引此爲言也。』『自許江陵業未終，蓋棺功過論何從。欲留强飯他年社，早悟棲塵訪赤松。孫濟寧尚書久柄政，洎處兩宮危疑間，遂引疾。孝欽太后再訓政，欲復柄用，卒告疾不起，俄終。』『青蒲造膝淚空揮，荊棘銅駝事已非。到死無言看日影，似聞白首慨同歸。己亥立儲，爲内禪計，各國暗持保護義，乃因民仇教發難，圍使館，以逼内禪。欲宣戰，召六部九卿集議御前。上持不可，顧問許景澄，且揮淚引其手，伏殺機矣。余往見問狀，師云：『見銅駝於荊棘耳。』且屬避去。臨辭，再語曰：『此語勿向人道也。』比師見收，尚擬營救，次日與袁爽秋太常同戮西市，師始終無言。』『開篋見君前日書，新亭淚盡到今無。可憐垂白相逢日，幽憤猶聞話少孤。宣戰召集御前，袁太常侃侃力爭。又貽書某樞，有云：『不知端王是何居心。』且引許竹篔少宰所見相同爲證。遂同日見收，臨刑猶頓足，忠憤凜然。事前公自知不容於亂世，作《幽憤詩》擬嵇叔夜。一日就余談，各道少孤之苦。』『交讐邦國誤談經，師敗同謀合殉名。便是墮車聞鼓死，石城猶勝褚淵生。庚子之役，王廉生祭酒奉命督内城守，出示引《周禮》「殺人而義勿仇，如有讐者，邦國交讐之」，爲義和團地也。聯軍入城，君與夫人投井死，時論謂其畏而死。余獨謂「謀人軍師，敗而死之」義也。』」按：汪評當參此。

〔八〕《近代詩派與地域》：「成都鄧守瑕，久官都下，親見危亡，草生凝碧，藕泣香紅，夢故國之觚稜，摩千年之銅狄，有淒婉之音，極迴蕩之致。蓋其詩植體玉溪，而得力韓渥〔偓〕者也。」《題成都鄧守瑕鎔〈荃察余齋詩存〉再續本卷首》：「忍堪詩早年以才情勝，晚年蒼秀，尤臻高境。」（《汪辟疆文集》）

按：王樹枏《荃察余齋詩序》：「吾讀守瑕之詩，面非一面，等之於唐，則李義山之瓌妍，温飛卿之綺靡也；等之於元與清，則楊鐵崖之巧麗，吴梅村之婉淒也。雖然，興象也，風神也，格調也，詞采也，守瑕之詩，適自成爲守瑕之面，不可强而同也。」（《陶廬文集》卷八）王式通《荃察余齋駢體文存序》：「初識成都鄧君守瑕，目爲杜樊川、陳同甫一流。」（《志盦文稿》卷一）「淒婉」、「緜麗」，汪評也；「巧麗」、「婉淒」，王評也。意無不同。杜樊川、陳同甫，亦喜談經濟、抱負遠大者。

又按：《荃察余齋詩存》卷首《題辭》，喬樹枏：「才分甚高，讀書亦富，出蜀以後，尤多傑作，工部所云『庾信文章老更成』也。作者既周知當世之務，近益潛心内典，知其所造者遠，詩其餘事也。」李大防：「大集莊誦數過，瑰麗堅蒼，二者兼勝。七律一體尤卓然，入玉溪之室，梅村、漁洋，殆不足道。」並可參。

又，《今傳是樓詩話》第一七六條：「老友忍堪居士寄余四律云：『不談時事止談瀛，濯足蓬萊水淺清。館客從亡工馬槊，廚孃侍食薦魚羹。傳來寶鼎三遂藁，承賜《戰後新憲法》。數到瓊窗五見櫻。李白詩：瓊窗五見櫻桃花。夜夜衝霄騰虎氣，湛盧飛去化金精。』『甘陵兩部黨人魁，文武兼資衆口推。雁塔題名新進士，雞林開府大行臺。山川所至皆能説，履屐之間各當才。空洞容君數十輩，何期鷹隼苦相猜。』『家居撞壞惜纖兒，征鎮連兵各有辭。射羿逢蒙親發矢，拒秦謝傅但圍碁。河陰胡騎危朝士，元祐諸賢刻黨碑。誰畏合肥有韋虎，角巾歸第儘堪悲。』『三年零雨久居東，哀烏西歸望我公。翦水吴淞前夢遠，看花湖邸俊游空。太平湖邸賞花，曾有拙詩記之，後奉滬函，亦有「湖邸看花，俊游如昨」之語。偶抛殘骨争群犬，臥待驚霆起蟄龍。試到三神山上望，長安塵霧正濛濛。』忍堪詩沈博絶麗，耆宿傾服，此四首尤其刻意者。所著《荃察余齋詩文集》已刊行，今之瓶水齋、煙霞萬古樓也。」

〔九〕沈曾植《題沅叔詩稿即送北歸》：「傳侯岷山精，嗜書劇食色。顧野馬群空，下耩鷹眼疾。趙張吻鉤距，儀秦舌捭闔。操奇市方閧，得售數可必。秦金散能鬭，羿彀中無失。此手應弦聲，詎堪前著敵？胡然久滯淫，江海弄明月？曷不略西南，奇書探禹穴？頻來省瓜廬，銜袖炫籤帙。簿録掇中經，國聞諏藏室。析疑到纖瑣，矜獲勇問詰。年少何不廉，雄成遂無匹。新詩洪河注，魚樂感有述。諒知連鼇手，絶倒賦狙術。天地見方圓，孰堪池沼潏？峨軻海大艑，昨夜沙頭屹。抗手便言歸，五車夥頤嚇。南行録已侈，西笑願方溢。蹙蹙市朝栖，蕩蕩雲烟跡。念有西州寶，勿隨徐福逸。江湖有尺素，爲君叙故物。」（《海日樓詩注》卷四）

按：王揖唐《傅沅叔增湘六十生日》云：「謂君岷山精，乙盦本非謔。藏書塞破雙鑑樓，如討蜀中千萬壑。甗甗蟫灰足寶貴，隱隱蛛絲有脈絡。爾來海内事校讎，德化與君稱浩博。君方六十年更富，似聞書是長年藥。今之所獲亦已豐，升庵以來無此樂。君更廣搜太不廉，不如抛書翫沖漠。此言知君不能用，聊發軒渠侑一爵。」（《逸塘詩存》）可參。又，《藏齋詩話》卷下：「『長安花事到酴醾，塞外春來故故遲。淺草成茵堪試屐，緑楊如畫漸垂絲。千群牛馬名王幕，列戍貔貅大將旗。一夕關河風景異，客途記入北征詩。』此傅君沅叔《平綏道中口占》詩也。夫爲大雅，卓爾不群。」又傅氏固精流略，而詩則多紀游，所謂山水清音者，并非學人之詩。諸家詩話頗有及之者。

《石遺室詩話》卷一八：「田盤之勝，殆冠京畿諸山。弢菴、贊虞、掞東，莫不繩之。余寓都將十年，京西巖壑，十至八九，京東道遠，終未至也。傅沅叔提學增湘，今之好游者。辛亥余游泰山，道出津門，林子有告余：沅叔方從泰山歸，當諮問之。已而沅叔所以指告之者甚詳，亦極道田盤之勝，出泰山上，并示余游田盤詩數首。未幾，武昌兵事起，余南去北來，書篋中物零落略盡，屬有《詩話》之作，覓沅叔詩不可得。今年重晤沅叔，知其去年寓杭州累月，并游天目、天童諸山，將回津鈔詩寄示。而余一日翻檢舊書，則沅叔田盤詩數紙在焉。亟録之，以餉欲游田盤者。《別天成寺》云云，《西甘澗》云云，《登雲罩寺舍利塔》云云。登高望遠，百感交集，好游者往往悲樂相尋，康樂、柳州出以幽敻肅括耳。此詩能於舒展中時用鉤勒者。」《詩史閣詩話》：「傅沅叔提學增湘，蜀中名翰林也。今大總統袁公督直隸時，沅叔久任幕府，飛書馳檄，夙著才名。又創設京、津兩處女子師範學校，擘畫井井，成就閨秀英才，不可勝紀。余自甲辰秋後，客居津門五載有餘，與沅叔最稱莫逆，幾於無日不相過從。沅叔詩筆清新超邁，嘗以巡視承德府屬學校時所著《灤陽小草》見示。佳句如《出古北口雜詩》云：『山奇龍甲怒，石瘦馬蹄殘。』『天近星芒大，宵寒酒味辛。』《夜談時事不寐》云：縱令管葛無長策，忍使申韓付外篇。《自密雲至古北口道中和張蔚西韻》云：『緩步飽看山色好，又扶殘照渡前溪。』『戍卒不知形勢改，蕭蕭白髮抱關門。』《獅子園園官張千總談舊事有感》云：園官六品垂垂老，飽啖雲泉五十年。均託興蒼茫，遣詞雋永，讀之猶有餘味焉。」又：「沅叔善爲七古長篇，如《過青石梁》及《避暑山莊歌》，均爲傳作。」

地速星中箭虎丁得孫　林思進　一作向楚、龐俊

飛叉將軍〔一〕，翰墨策勳〔二〕。陵陽韓，丹淵文〔三〕。

山腴與堯生倡和〔四〕，清新俊逸，兼而有之。早年居舊京，與漱唐、畏廬、石遺尤密。文酒之會，罔不與焉。反蜀以後，徜徉園林，而詩日益工〔五〕。香宋而外，無與抗手〔六〕。仙喬、石帚，與山腴投分甚深，詩並清遠，皆足與香宋、清寂爲枹鼓之應者也〔七〕。

〔原附〕論近代詩家絶句　章士釗

矯矯儒生漢惠莊，蟠胸經術自摧藏。茂陵風雨玄亭酒，似媿雙柑閣上霜。

山腴曩致余書云：「漢有儒生惠莊者，自謂吾口不能劇談，此中多有。不肖頗類似之。」

下媿詩人林霽山，小詞閒愛魏承班。沖懷不問人間世，養就逍遥游裏閒。

千帆謹案：二首屬林山腴。

【箋證】

○林思進（一八七三—一九五三），字山腴，號清寂翁，四川華陽人。少從喬樹枏、廖平問學。光緒二十九年（一九〇三）舉人。明年，東渡日本，考察政教風俗。三十三年（一九〇七），返國，授内閣中書。居宣南，與鄭孝胥、曾習經、潘之博等，結社聯吟。宣統末年，睹國事無可爲，遂告假南歸。民國初，友人迭主川政，邀其出，皆婉拒之。後任成都府中學堂監督，又任四川省圖書館館長。民國六年(一九一七),任華陽中學校長,十三年(一九二四),因事辭去。歷教成都大學、四川大學、華西大學等校。解放後,任四川省文史館長。病卒於成都。著有《清寂堂詩録》、《清寂文乙録》、《吴游集》、《華陽人物志》等,今人輯爲《林思進集》。見王仲鏞《林思進傳》(《四川近現代人物傳》第三輯)。

○向楚(一八七七—一九六一),字先僑,一作先樵,號觙公,四川巴縣人。少肄業東川書院。爲趙熙詩弟子。光緒二十八年(一九〇二)舉人。次年,應岑春煊之聘,任兩廣總督署教讀。三十二年(一九〇六),入同盟會,任教中學校。三十三年(一九〇七),赴京,授内閣中書。旋返川,仍爲學堂教習。民國後,任蜀軍政府秘書院院長、民政廳總務處長,兼討袁總司令部參議、秘書,及四川省政務廳長等職。又歷任南京高等學校、成都高師諸校教授。十六年(一九二七),任四川大學文學院長,兼代省教育廳廳長。五十以後,專力聲音訓詁。嘗總纂《巴縣志》。著有《空石軒詩存》。見自撰《自述》(藏四川省文史館)、黄稚荃等《向楚傳》(《四川近現代人物傳》第四輯)。

○龐俊(一八九五—一九六四),號石帚,四川成都人。祖籍綦江。少家貧好學。十七歲爲塾師。二十四歲,以詩投趙熙,爲所賞,遂執贄爲弟子。又識林思進,林爲華陽中學校長,因聘之爲教員。後歷任成都高等師範、成都師範大學、四川大學諸校教授。著有《養晴室詩録》、《養晴室雜記》、《養晴室碎金》等。見屈守元《龐石帚傳》(《四川近現代人物傳》第六輯)、《養晴室雜記序》(《養晴室雜記》卷首)。

〔一〕按：丁得孫用飛叉，故云。見《水滸傳》第七〇回《没羽箭飛石打英雄、宋公明棄糧擒壯士》。

〔二〕宋釋覺範《同游雲蓋分題得雲字》：「念公翰墨場，少年策奇勳。」（《石門文字禪》卷五）《送勾工人謁蔡州使君》：「龍蛇戲下唯呼姓，翰墨場中亦策勳。」（同前卷一三）周必大《回葉校書山啟》：「翰墨策勳，鉛黄分職。」（《省齋文藁》卷二五，《廬陵周益國文忠公集》）按：此宋人常語也。釋覺範詩，本黄庭堅《病起荆江亭即事十首》之一：「翰墨場中老伏波，菩提坊裏病維摩。」（《山谷詩集注》卷一四，《黄庭堅詩集注》）又劉克莊《耄志十首》之七：「菩提坊裏早多病，翰墨場中竟策勳。」（《後村先生大全集》卷四四）乃活剥黄句矣。

〔三〕〔陵陽韓〕韓駒（？—一一三五），字子蒼，四川仙井監人。著有《陵陽集》。傳見《宋史》卷四四五。〔丹淵文〕文同（一〇一八—一〇七九），字與可，號笑笑先生，四川梓州人。著有《丹淵集》。傳見《宋史》卷四四三。

按：汪評林詩，以爲「甚肖蜀山蜀水之青碧」（見注五引），而其所相與唱和者，又爲所謂「榮州詩派」（見「趙熙篇」注七），故用文、韓爲比。《近代詩派與地域》云：「蜀中山水，青碧嵌空，奇秀在骨；（中略）即以詩論，陳子昂、李白、蘇軾、蘇轍諸家，皆以蜀人争鳴唐宋，蔚爲正聲，騰踔一時，衣被百代。顧諸詩家生長西蜀，周覽四方，其詩繼往開來，總集衆製；又能善出新意，自成一家，巨刃摩天，固不必載蜀山蜀江之青碧而出也。惟宋人如文與可、唐子西、韓子蒼，皆爲蜀中詩人之著者，其人亦嘗游宦四方，而其詩則甚肖蜀中山水。」「西蜀詩人，兩宋爲盛。東坡而外，如文與可之清蒼，韓子蒼之密栗，唐子西之簡遠，任伯雨之秀逸，並皆結束精悍，戛戛生新，芒燄存簡澹之中，神韻寄聲律之外，奇秀在骨，固山川閒氣使然。」（《汪辟疆文集》）

又按：汪此節議論，亦本陳衍。《趙堯生詩稿序》：「余謂堯生蜀人也，蜀中山水巉刻，而所生詩人，若伯玉、太白、東坡，所爲詩不甚似其山水，其似者轉在寓公游客，少陵、玉溪、山谷、劍南諸人。豈前數人者生長於蜀，多宦游四方，故蜀中之詩少，後數人者宦游其地，而詩多歟？然文與可、唐子西、韓子蒼，皆蜀中詩人之著者，亦皆宦游四方，其詩則與後數人相近。今堯生古體極似與可、子蒼，而有時恣肆過之，近體極似子西、與可，亦有似子蒼者，而其甚肖蜀中山水，則余雖未至蜀，固可由少陵、玉溪、山谷、劍南之狀蜀中山水者知之也。堯生好游，足跡所至，泰岱、嵩高、伊闕，以及吴越平遠秀麗之區，然其游峨眉最久，居京師，思之不已，宜其所爲詩，載蜀山蜀江之青碧而出也。」（《石遺室文集》卷九）

〔四〕按：與趙熙唱和詩，檢《清寂堂詩録》所載，有卷二《喜趙堯生來成都、宋芸老育仁招飲問琴閣、爲詩社，因作，贈趙兼呈芸老及同社諸子》，卷三《答堯翁》，卷四《入都贈堯生》、《江樓集送堯生，是夕聞雨遥憶》、《堯生先生惠撰先妣墓文成，前後垂示三箋，除日復枉寄詩，兼及宣南雪晴舊句，依韻奉答》、《答堯翁遥夜不寢見懷之作》、《懷堯翁卻寄》，卷五《書堯翁見和香厂詩後》等。

〔五〕《近代詩派與地域》：「華陽林山腴，與堯生倡和，清新俊逸，兼而有之。早年與堯生、漱唐、畏盧、石遺，同居宣南，詩酒之會，罔不參預，聯吟接席，聞見遂多。反蜀以後徜徉園林，而詩日益工。曾裒緝其詩，刊爲《清寂堂詩》五卷、《吴游集》一卷，皆能甚肖蜀山蜀水之青碧者也。」（《汪辟疆文集》）

按：王樹枏《澹秋集序》：「吾友林君畏廬爲余道：光宣間，隱君哲嗣山腴舍人，以詩鳴都下，嘗與余及陳弢庵、趙堯生、胡漱唐、陳石遺諸君子，結社聯詩相唱和。辛亥夏，告養歸里，隱居著書，學益富，詩益工。」（王仲鏞《林思進傳》引）又，思進在京時，與諸老聯吟雅集，其《清寂堂詩録》所載，如卷一《辛亥人日，同趙堯翁鄭蘇堪孝胥陳石遺衍潘若海之博温毅甫肅集羅癭公惇曧宅、分韻率賦》、《蘇堪招游江亭，集者陳弢广寶琛林畏廬紓曾剛父習經胡漱唐思敬梁衆異鴻志冒鶴亭廣生趙堯翁羅癭公温毅甫潘若海陳石遺》、《巳日招同弢老堯翁蘇堪石遺癭公毅甫畏廬若海漱唐衆異鶴亭剛父南河泊修禊，曾參議趙温胡三侍御並以事未至，晚仍集晤》，卷二《陳弢老招游淨業湖，適余將還蜀，兼别同社諸子》等，均可參。

〔六〕《林思進傳》引陳三立評：「才思格律，入古甚深。五古幾欲追二謝，七言直攀高岑，洵傑出之作者。目前所知蜀中詩，似與香宋異曲同工也。」按：汪説與此參。

《兼于閣詩話·補遺》「林山腴」條：「蜀中多詩人，林山腴思進亦一時作者，與香宋文字最契，有《清寂堂詩録》，原名《霜甘閣集》。詩雖不及香宋之閎肆，而唐神宋貌，功亦不淺。有《雜詩二十首》，録四首云：『觀化意不適，樊然天地愁。滔滔一世間，人欲交横流。六鑿恣相攘，勃谿豈能休。彷彿草昧初，日與禽獸游。高局厚又蹐，何用寫我憂。』『西鄰賈胡國，人類本自殊。富强虚震盪，欲令跛鼈趨。游士睨榮名，縱横挾其書。摇吻動風雷，懦者舌盡呿。十年交變怪，四海嗟毒痛。生民豈有極，天道復何如。』『游女東門多，城闕青衿盛。宛彼芄蘭枝，依其芍藥贈。婚姻道既苦，奔會疇能禁。中流有孤鴛，目引群雛泳。四面逐雄飛，雙雙隨所稱。河鼓何太愚，天公祇成吝。』『倉頡夜垂泣，佉盧啞然笑。寧知數千載，靈場争隩竈。尉律廢已久，識字人所誚。金管蘸藍汁，欹斜各得妙。汩泥更揚波，口語徧鄉校。嗟嗟然不然，一閧孰辨照。』西風初扇，山公視之如洪水猛獸，不可向邇，亦足代表其時老一輩人之頑固思想。近體如《春暮》云：『嬾困今年怕理春，繁花無意更撩人。眼前幾樹稀疏朵，遲日重來欲作塵。』《秋夜小坐》云：『爲愛秋光更捲簾，起吟新月兩頭纖。不知今夜銀河畔，可有雙星照短檐。』《舟入吴淞》云：『去國期年百感併，吴淞千里喜流平。春風會是能吹柳，緑遍江南處處城。』《自梁山至順慶道中作》云：『石上飛湍萬弩鳴，風前翠篠玉交横。何人向此吟秋去，細雨黄泥塥上行。』『四月山花滿路開，留香無計費徘徊。帳中一夜春如醉，暗取紅芳度暖來。』《憶留東諸子卻寄》云：

赤城町下琵琶館，雪粲花明夢見之。八百八街鐙月夜，幾人消得倚闌時。《漫感》云：放燕開簾去轉遲，驚鴻迴影又成姿。天公只愛雙連理，不許人間長側枝。《飲漱雪庵》云：鴛鴦十五憶王昌，不聽歌聲解斷腸。今日尊前談往事，眼波一度已滄桑。風神綽約，似中晚唐人。」

〔七〕《近代詩派與地域》：「（山腴）鄉人蒲殿俊、龐俊、向楚，皆有詩名。而龐俊與山腴，投分尤深，曾序其《吴游集》。龐氏詩亦清遠可誦，蓋與山腴笙磬同音者也。」（《汪辟疆文集》）《石遺室詩話》卷一二：「蜀人向楚，堯生詩弟子，年少清才，氣味如醇醪。有《思歸》一詩云：落盡楊花滿御溝，不堪烏夢憶延秋。周章小智還匡國，陶令高歌且倦游。臘至怕聞三虱訟，朝來誰爲衆狙謀。潯陽自有人間世，浩蕩乾坤一白鷗。讀之使人惘然。」

培軍按：張清麾下有二將，曰丁得孫、龔旺。今以香宋配張清，而又以林山腴配丁得孫、宋芸子配龔旺，並蜀中之詩人也。揆方湖之意，實以香宋爲領袖，而以山腴、芸子等，爲蜀派之羽翼。然其間又有分別。龔旺所配諸家，較近於湘綺派，多爲學人之詩，丁得孫所配諸家，則與香宋笙磬同音，所謂專門之詩人也。方湖比附大旨如是。

地惡星没面目焦挺　朱銘盤 一作張謇、梁菼、吴涑

出手能教鐵牛服。奇男子，真面目〔一〕。

快意高歌寶劍篇〔二〕，少年結客出幽燕〔三〕。不知誰是丘心坦〔四〕，收取聲名四十年〔五〕。

曼君少負逸才，跅弛不羈。其詩俊逸絶倫，澤古甚深，蓋才人而兼學人也〔六〕。嗇翁早掇巍科，晚膺佐命，湖海聲名，超超玄箸，亦以才勝也〔七〕。公約有俊爽之致〔八〕，温叟擅深湛之思〔九〕。不謂江東菰蘆中乃生此麟鳳〔一〇〕。

〔原附〕論近代詩家絶句　章士釗

東藩憑軾下來休，風雨胡床共一樓。他日詩酋應有影，斜陽征馬立金州。

甲申吴武壯援韓之師歸，頓置金州。曼君在幕，時有吟詠。後三十年日本大將乃木希典句云：「征馬不前人不語，金州城外立斜陽。」曼君詩中豈乏此境？

牝朝奸佞隱相君，長揖横刀似不群。一機〔札〕辨姦同斬馬，西京故自重朱雲。

曼君曾爲武壯以書痛斥袁世凱，原札影本附《桂之華軒駢文集》中。

貞壯曾語余，有海州邱心坦者，爲徐海間大俠，以材武從曾湘鄉大軍，積功至副將，棄之，乃以候選縣丞終於丁沽。曼君與之交甚摯，集中所稱邱生邱大履平即其人也。邱亦工詩，有《歸來軒詩》一卷。記其爲人題畫芍藥云：「曾記花時共倚闌，春殘我亦别淮干。可憐舊夢無尋處，忍把將離作畫看。」又有五十自壽聯云：「一生事業歸來草，百戰功名未入流。」其風趣可想。余未見《歸來軒集》，貞壯云。方湖注。

千帆謹案：二首屬朱曼君。

平生豪氣壓江東，一洗詩人放廢風。早共名公趨趙壹，晚隨群賈學汪中。

君贈吴提督詩：「難得名公趨趙壹，況容揖客重將軍。」時論最推重容甫，但容甫晚年善治生産，君所學别有所在。

白圭遠志逐萍浮，臺閣心高第一流。何止通州有男子，狼山深處亦菀裘。

初元時，同人在聶雲臺所會集，君講演勉人勿妄入官，堅以自誓。逾年熊秉三立第一流内閣。君題余沈壽墓曰：「通州男子張謇立。」

千帆謹案：二首屬張季直。

【箋證】

○朱銘盤（一八五二—一八九三），字傚倜，號曼君，江蘇泰興人。早負才名。師事方濬頤。光緒三年（一八七七），入吴長慶軍幕，識張謇、周家禄、丘履平等，相與爲友好。六年（一八八〇），謁張裕釗於金陵，問古文法。八年（一八八二）中舉人。試畢，即返軍中，隨吴師入朝鮮。十一年（一八八五），往江蘇，客黄體芳幕。十四年（一八八八），入金州軍幕。十七年（一八九一），用軍功保舉知州。病卒於金州。著有《桂之華軒遺集》、《四裔朝獻長編》、《兩晉會要》等。見《清史稿》卷四八六、鄭肇經《曼君先生紀年録》（《桂之華軒遺集》卷首）。

○張謇（一八五三—一九二六），字季直，號嗇庵，江蘇南通人。早入吴長慶幕。光緒二十年（一八九四），中一甲一名進士，授翰林院修撰。甲午戰起，力主戰，斥主和派誤國。明年，入强學會。又明年，興通州紗廠。主講南京文正書院。二十八年（一九〇二），創辦通州師範、女子師範等校。三十二年（一九〇六），與江浙人士組預備立憲公會。宣統元年（一九〇九），任江蘇諮議局局長。辛亥後，任實業部總長，農林、工商總長等職。民國四年（一九一五），辭職歸，興辦實業教育。著有《張季子九録》。見《嗇翁自訂年譜》、曹文麟《張先生傳》（《廣清碑傳集》卷一七）、冒廣生《張謇傳》（《國史館館刊》第一卷二號）、張孝若《南通張季直先生傳記》。

○梁菼（一八六五—一九二七），字公約，江蘇江都人。著有《端虚堂詩稿》。見方還《公約哀辭》（《端虚堂詩草》卷首）、柳詒徵《端虚堂詩稿跋》（《學衡》第七五期）。

○吴涑（一八六七—一九二〇），字温叟，晚號擊存，江蘇淮陰人。父昆田，官刑部員外郎，以文章名世。涑少承家學，復得高延第、魯蕡指授，遂博通經史。三十以後，橐筆游公卿間。居金陵最久，四方名流，咸與通縞紵。蒯光典官淮揚海道時，延爲書記。辛亥後，任國會議員。嘗一之嶺南，再之京師。生平與段朝端、梁菼交最篤，爲文字骨肉。遺集十五卷，曰《抑抑堂集》，即段所手編。又輯有蔣階《甦餘日記》等，未刊。見陳懋森《吴君家傳》（《休盦集》卷下）、李詳《南清河吴君温叟墓誌銘》（《抑抑堂集》卷首）。

〔一〕按：焦挺拳打李逵，事見《水滸傳》第六七回《宋江賞馬步三軍、關勝降水火二將》。「真面目」，指焦諢號説，焦號「没面目」，反其意用之。

〔二〕杜甫《過郭代公故宅》：「高詠寶劍篇，神交付冥漠。」（《杜詩詳注》卷一一）

按：朱與丘頗契，嘗作《丘生劍歌》（見《桂之華軒詩集》卷一），「丘生」即履平也，故用杜語綰合。詩見後引。又，《桂之華軒詩集》中，如卷一《送丘大履平之淮陰》：「爾昔在年少，仗劍驅幽燕。三戰都護死，道上横戈鋋。去時擁千騎，歸來張空拳。」卷三《同履平登青龍山望北漢城有作》：「迢遞關山意若何，丘生擊劍吾當歌。」均涉此。「三戰」數句，指丘從軍入秦事。

〔三〕李詳《贈别王義門景沂》：「少年結客極幽燕，天網高張掩群雅。」（《學製齋詩鈔》卷一）李白《結客少年場行》王琦注：「《樂府古題要解》：『《結客少年場行》，言輕生重義，慷慨以立功名也。』蕭士贇曰：『《結客少年場》，取曹植詩『結客少年場，報怨洛北邙』爲題，始自鮑照。』」（《李太白全集》卷四）按：汪詩從李脱胎。

〔四〕丘心坦（一八三七—一八九一），字履平，江蘇海州人。好俠多勇。嘗謁曾國藩，一見語大合。從張錫嶸入秦，提健兒五百人，擊賊關隴間。張戰死，遂棄軍南歸。薦入吴長慶幕。與朱銘盤識，交最篤。因軍功，擢至副將，棄去，入貲爲候選縣丞。竟以縣丞終。能詩，著有《歸來軒詩》。見朱銘盤《丘履平墓誌銘》（《桂之華軒文集》卷四，又《歸來軒遺稿》附）。

按：朱銘盤贈丘詩甚夥，其《桂之華軒詩集》中，有《贈丘大履平》、《東海二壯士行》（卷一）、《登蓬萊閣懷履平淮上》（卷二）、《朝鮮軍中喜履平至》、《與履平》、《贈朝鮮鄭周溪留守與履平聯句》、《漫題示履平》、《海外春寒殊劇漫題一首示履平》（卷三）等。又其《登州雜詩》（卷二）、《朝鮮雜詩》（卷三），間亦涉及。又《桂之華軒文集》中，有《候選縣丞丘君繼妻朱孺人葬志》（卷一）、《歸來軒遺集叙》（卷六）等，均足見交情。

〔五〕句見黄庭堅《呈外舅孫莘老二首》之一（《山谷詩集注》卷一〇，《黄庭堅詩集注》）。又杜甫《戲簡鄭廣文虔兼呈蘇司業源明》：「頗遭長官駡，才名四十年。」（《全唐詩》卷二一六）按：朱年四十許卒，故云。《平等閣詩話》卷一：「泰興朱曼君孝廉銘盤，家貧，負逸才，放任不拘小節，類杜樊川之爲人。工駢文，有《桂之華軒文集》。甲午夏，客死於旅順，年四十許。有賢姬趙氏，携藐孤抱遺文歸，張季直殿撰爲之刊行。其詩亦清新博雅，則多散佚，近人於扇頭屏幅間稍稍傳之。君與海州丘履平咸爲吴武壯座上客，吴公子君遂主政嘗述曼君贈履平一律云：苦道欲歸去，家山無寸田。誰能臨碧海，長日對青天。相見亦無語，能飢恐得仙。不須論兵法，零落十三篇。丘名心坦，袁爽秋詩中所謂『海州大俠』者也。」汪句當參此。又《石遺室詩話》卷一七第一二條，亦襲此節。

〔六〕方濬頤《桂之華軒詩草序》：「曼君詩，五言善學太白，七律亦有奇氣，五七古歌行，則與昌谷、少陵爲近。年少才雄，家貧嗜古，自來揚州，角逐壇坫，足張一軍。」（《二知軒文存》卷一六）《平等閣詩話》卷二：「朱曼君孝廉，驚才照代，太白之流。遺草曰《桂之華軒詩》。五古五律，蕭寥之中，咸具勝韻。七律典重，微患才多。兹録《朝鮮柳中使小園聽土人雜歌》七古一首，辭采妍妙，彌近元白。」《近代詩鈔·石遺室詩話》：「曼君工駢體文，沈博絶麗。詩天骨開張，風格雋上。」

按：朱詩以才勝，有近於李白者，諸家所説同。汪云「俊逸」，亦此意。杜甫評白詩云：「清新庾開府，俊逸鮑參軍。」（《春日憶李白》）汪語本此。又，《近百年詩壇點將録》：「朱銘盤《桂之華軒詩》，狄葆賢稱其『驚才照代，太白之流。五古五律，蕭寥之中，咸具勝韻。七律典重，微患才多』。（中略）其《贈丘大履平》、《東海二壯士行》、《丘生劍歌》、《游勇行》、《朝鮮雜詩》等篇，誠如陳衍所云『天骨開張，風格雋上』者也。」（《夢苕盦論集》）雜取衆説耳。

又按：《近代詩派與地域》：「朱曼君駢文，沈博絶麗，詩亦清剛雋上，與海門周彦昇、通州張季直同佐吴壯武幕，有《朝鮮雜詩》，工麗不減彦昇。其《桂之華軒集》，時多名作。」（《汪辟疆文集》）並可參。

〔七〕《近代詩鈔·石遺室詩話》：「季直詩超超元箸，而時喜作詰屈語，故是才人能事。」按：汪説當據此。「詰屈」，亦「生澀」也。參觀《石遺室詩話》卷四第一四條、卷三一第二一條、《平等閣詩話》卷一、《藏齋詩話》卷下等。

〔八〕《光宣以來詩壇旁記》「梁公約逸詩」條：「江都梁公約菼工詩，顧不甚存稿。没後，其子孝詠蒐集篋中寫定本，印於《學衡》雜誌中，名《端虚堂詩集》，不及百篇。公約詩才甚雋，所遺棄者，未必遜於所存，惜多散落，無由拾取也。夏劍丞處尚有其遺詩二篇，爲寫定稿所未載，存之於此。《壽蕭畏之》云：一静脱萬囂，天許汝索居。渴飲已止水，饑餐無名蔬。役生徒録録，抱一能舒舒。眼中塵過隙，身外風翻車。先生夢獨泠，清興常有餘。藝菊得寄傲，鉏藥還自愉。蹇行不覺遠，幽坐不覺孤。午夜香已歇，窗月白生虚。落葉打柴扉，有時來酒徒。進退無主賓，相視各軒渠。問訊醉與醒，真意無時無。汝貞自多壽，清味道之腴。冉冉江上春，將我尺一書。忽忽離亂中，我亦成老夫。執手重相鏡，尚未白髭須。新歌定怡人，聊復踞竈觚。《贈湘人蕭蒓秋》云：黄金銷盡少年夢，蕭寺窮居風雨殘。曩日楚狂人不識，破衣沽酒大江寒。」（《汪辟疆文集》）

按：此節出《忍古樓詩話》。《近代詩鈔·石遺室詩話》：「梁君詩極似明末清初江湖諸老語，近人則胡詩廬可相伯仲。句如：『憂時滿紙淚，孤坐四圍山。』『老輩疏狂塵事外，遠人去住歲寒時。』『清陰酬我兼春閏，古樹如人謝剪裁。』皆有意味。」亦可參。

又，柳詒徵《端虚堂詩稿跋》：「其詩堂廡不大，而工於造語，擺落凡近，别有褏襃。光宣之際，陳散原、俞觚庵、蒯禮卿暨繆藝風師，皆寓金陵，梁節庵、鄭海藏、范肯堂、張嗇公，時往來江上，顧石公居盋山，好爲文酒之讌，江小樓、劉龍慧、毛元徵，年輩稍後，咸嗜聲詩相角掎。公約温雅有雋才，扢揚師友間，袷衣紈扇，曠若魏晉間人。鼎革後，耆舊雲散，公約餬口銜官，迭更府主，垂垂老矣。所居二條巷，近青溪，荒僻罕車轍，門署八字曰『聊蔽風雨，無限江山』。嗇公筆也。鄰巷即散原别墅。散原間自滬歸，拾月攜春，輒招公約哦小詩，而公約憫亂憂生、傷離悼逝之作，亦往往經散原點定。轉眴十餘稔，人事萬端，散原棄别墅去，流轉江海，公約方别買宅，倉皇避兵，跳身走滬瀆，所愛玩書册畫本，蕩然靡存。尋以貧病，卒於租界小屋中，行篋詩稿，非其全也。」

〔九〕《光宣以來詩壇旁記》「吴温叟」條：「清河吴温叟涑，與王義門、梁公約齊名，詩思至清。《題趙玫叔村居圖》云：半傍山村半水鄉，北窗白日夢羲皇。停居〔車〕載酒揚雄宅，落月張琴左氏莊。賓主能閒心共遠，寂喧相對意俱忘。春秋佳日休輕負，薄醉何嫌側帽狂。《和段蔗叟》四首云：叟也據槁梧，威鳳鳴天閶。涑也吟草間，淒切如寒螿。强我相酬和，汗流走且僵。微生甘衰白，夫子有耿光。奉手敬承教，願言示周行。贈言過寵借，驚悚迷所方。韓門有籍湜，蘇門爲秦黄。倘焉不遐棄，問字來負牆。其一。我與梁蒼立，二年不相見。因風寄一紙，千里恍覿面。爲言潘鬢凋，低首就曹掾。病餘酒户小，愁饒詩情倦。危時道德喪，亂世文章賤。我亦蓬蒿人，何詞相慰薦。知否段蔗翁，孤吟寄遥眷。忽吝懷友篇，火急付郵傳。其二。壯歲作書傭，薜莟大小李。大李風騷人，小李温雅士。我乃驂其間，周旋執鞭弭。聚散二三年，如一炊頃耳。大李勞校勘，小李走萬里。歲時遺我書，開緘一歡喜。陵谷忽陁陊，波雲競詭委。小李阻重瀛，大李泊海涘。一時段蔗翁，感舊懷二子。安得叙古懽，同醉淮陰市。其三。凶歲孑遺民，苦望來年豐。昊天靳朔雪，得不憂忡忡。隔窗似淅瀝，開門忽迷濛。眼眩觀銀海，手僵鞭玉龍。冬青婆娑緑，天竹的皪紅。那管樵蘇滛，何慮蹊徑封。教兒煖尊酒，呼童薊畦菘。獨酌酬造化，裁詩慰蔗翁。水旱勿預計，當無蝗與蟲。多欣復多慨，渚陸遍哀鳴〔鴻〕。其四。温叟詩世少傳者，惟壬子、癸丑間，北京《平報》偶一見之，當爲胡梓方處流布者。余曾録其最者入瑣記。今已不可得矣。」（《汪辟疆文集》）

按：此節亦出《忍古樓詩話》。「温叟詩世少傳」後，始爲汪語。又，據「偶一見」云云，知其未睹吴集也。《續修四庫全書總目提要·抑抑堂集》：「集凡十五卷，一至四爲文，五至九爲詩，十至十五爲札記，均段朝端所審定。（中略）文集中卷一《復周禮鄉官論》、《宋濮議明大禮論》，均閎通切實。卷二、卷三傳狀諸作，及卷四《高徵君軼事》、《記魯孔高三先生遺墨記》，均委曲詳盡，悱惻動人。詩宗派不落唐以下。後數卷多傷逝思舊之作。卷七《江寧感舊詩》絶句六十五首，中多軼聞，如云：有懷肯對故人宣，時事盱衡意惘然。造就人才成革命，談言微中識幾先。自注云：羅叔韞論政府造就兩種人才，曰厭世，曰革命，時方在光緒丁未也。此亦可備夢餘野史之采。札記六卷，大而朝章國故，小而考獻徵文，有聞必録，於君親師友之間，三致意焉。朝端謂其體裁當在《癸辛》、《水東》諸作之上，後人可作時政記觀，亦可作《養新録》讀也。」又，馮煦《吴温叟遺集序》：「温叟能爲古文辭，承稼軒先生過庭之訓，又習聞潘（德輿）、魯（一同）兩先生緒論，故其文折衷理道，精覈典則，不麗淫以騁才，不虚囂以使氣，而於國聞鄉故之是非利病足爲法戒者，甄叙尤詳。（中略）詩亦樸厚近陶、韋，一剗浮豔剽滑之習。」段朝端《抑抑堂集序》：「（温叟）文字率導源經史，高古峻潔，直闖名大家之室。予私許爲淮屬第一手。」李詳《吴君温叟墓志銘》：「稼軒先生習杜詩，能倍誦數百篇，温叟傳其學，故平生爲詩，五古最勝。其師法所在如是。」（俱見《抑抑堂集》卷首）梁菼《抑抑堂詩序》：「余與温叟交，垂三十年，好爲詩，而不耐苦吟，目之所觸，耳之所接，咸於詩發之。（中略）夫温叟非詩人，不得已而託於詩，此温叟之窮；作而不求工，此温叟之達；悲歡笑歎，悉寓於詩，而一一從性情中流出，此温叟之真。惟達與真，乃窮於人，此又吾兩人所同者也。」（《抑抑堂集》卷五）陳三立《過嶺詩録題記》：「温叟承家學，所爲詩古文辭，類能竭其才，擺落凡俗。五七言古效退之，時得其恣崛。此卷乃客嶺海時作，其惘惘不甘之氣，益格遒意遠，欲名一家。抱奇遽逝，志士同悲，然其光怪，終自足照耀人寰也。」（《抑抑堂集》卷九）《詩史閣詩話》：「吴温叟涑詩筆矜嚴，能傳家學。」

〔一〇〕唐許嵩《建康實録》卷二：「張温使蜀，蜀諸葛亮見而歎曰：『江東菰蘆中，生此奇才！』」

地醜星石將軍石勇　陳延韡　一作閔爾昌

乃生俊人，淮海維揚〔一〕。急就章，石敢當〔二〕。

何人示我一微塵〔三〕？淮海維揚幾俊人。見説情田春草長〔四〕，竹西歌吹已無倫〔五〕。何鬯威《一微塵集》録含光、葆之詩若干首，余極嘆服。

石堅丹赤敢私憐？采蕨西山又幾年〔六〕。終見麻鞋迎道左〔七〕，冰消江暖盼歸船。含光近詩所言如此。

余幼時聞諸歐陽笠儕丈，乃知陳含光、閔葆之詩律精嚴。後穆忞示以《一微塵集》，始歎賞焉〔八〕。葆之以簡澹掃繁縟〔九〕，含光以雄渾代纖巧〔一〇〕，可謂二妙。近年含光弟子張百成録示其在陷區所作。草生凝碧，藕泣春紅。夢故國之觚棱，摩千年之銅狄〔一一〕。斜日空園，但傷花落；殘春孤館，祇想歸航。殆韓冬郎、司空表聖之懷抱歟？

〔原附〕論近代詩家絶句　章士釗

伯先京口誇醇酒，豈識揚州閔葆之？萬變總輸吾道廣，此心惟有歲寒知。

伯先，趙聲字。首句本陳獨秀《存殁口號》。吾嘗作《趙伯先傳》，葆之編入《碑傳集補》。民國人物惟録存此文，在北京親爲余言。

胡馬窺江幾度來，廣陵於此鍊詩才。卅年牢落京華路，除卻逢原没草萊。

逢原指王无生。吾識葆之，由无生之介。

千帆謹案：二首屬閔葆之。

【箋證】

○陳延韡（一八七九—一九五七），字移孫，一字含光，江蘇揚州人。年十六，府試第一，舉秀才。授拔貢。旋薦内閣中書，不赴。民國八年（一九一九），入京，聘爲清史館協修。畢，復還里，以詩畫自娱。後抗戰軍興，江都淪陷，遂杜門堅卧。凡八年，卒不屈，節概凜然。三十七年（一九四八），隨子康往臺灣。終於臺。著作甚豐，有《含光詩》、《含光詩乙集》、《臺游詩草》、《含光儷體文稿》、《人外廬文集》、《讀史隨筆》等。見陳邦彦等《陳含光傳略》（《揚州文史資料》第七輯）、蔡文錦《揚州名儒陳含光》（《揚州文史資料》第一七輯）。

○閔爾昌（一八七二—一九四八），字葆之，號香翁、黄山，江蘇江都人。諸生。屢赴省闈，不第。客游南北，爲人司筆札。光緒三十年（一九〇四），至天津，助張孝謙編學報。明年，入袁世凱幕。民國初，任總統府秘書。三年（一九一四），改内史。五年（一九一六），復改秘書。歷黎、馮、徐、曹、段。十六年（一九二七），辭去，爲教授。早年爲學，尚詞章，中歲以後，專力清代掌故。輯有《碑傳集補》。又參修《清儒學案》。著有《雲海樓詩存》、《雷塘詞》、《復翁存稿》等。見自撰《自述》（《民國人物碑傳集》卷一）、沈兆奎《閔葆之傳》（《無夢庵遺稿》）、金毓黻《閔葆之傳》（《民國人物碑傳集》（川版））。

〔二〕杜甫《奉寄章十侍御》：「淮海維揚一俊人，金章紫綬照青春。」（《杜詩詳注》卷一三）參觀「方爾謙篇」注二。

〔三〕漢史游《急就章》：「師猛虎，石敢當。」唐顔師古注：「衛有石碏、石買、石惡，鄭有石癸、石楚、石制，皆爲石氏。周有石速，齊有石之，紛如其後，亦以命族。敢當，言所當無敵也。」（《功順堂叢書》本）元陶宗儀《南村輟耕録》卷十七「石敢當」條：「今人家正門適當巷陌橋道之衝，則立一小石將軍，或植一小石碑，鐫其上曰『石敢當』，以厭禳之。按西漢史游《急就章》云云，（同前引，略）據所説，則世之用此，亦欲以爲保障之意。」按：明徐𤊹《徐氏筆精》卷七「石敢當」條、王士禛《古夫于亭雜録》卷六「太山石敢當」條等，亦考此語，可參。又，此爲石勇贊，所謂「石將軍」也。《急就章》，亦名《急就篇》，參觀姚振宗《隋書經籍志考證》卷十、張元濟《涉園書跋集録·急就篇跋》。

〔三〕〔一微塵〕指《一微塵集》。參注八。「微塵」，佛家語。《大毗婆沙論》卷一三六：「應知極微，是最細色，不可斷截，破壞貫穿，不可取捨，乘履摶掣，非長非短，非方非圓，非正不正，非高非下，無有細分，不可分析，不可覩見，不可聽聞，不可嗅嘗，不可摩觸，故説極微，是最細色。此七極微，成一微塵。」參觀丁福保編《佛學大辭典》。

何震彝《一微塵集序》：「（余）每值友好之詩，愳其不自矜惜，易成散佚，輒事迻録。裒積有年，無復剬緝。己酉長夏，人事寂寥，盛暑鬱蒸，屏謝通謁，迺排比寫定，得二十人，都若干首，名曰《一微塵集》。浮屠家言，以微塵喻世界，雖纖狹之中，具種種樓閣人物聲音態度，不可思議，微妙莊嚴，得未曾有。諸子之詩，在今日校文學之程，亦等於微塵而已。」（《一微塵集》卷首）

〔四〕陳延韡《論詩絶句二十首》之一：「詩教千秋鬱未開，真源斷不用疑猜。分明一片情田裏，發出宫商萬變來。」（郭紹虞等編《萬首論詩絶句》第四册，亦見《青鶴雜誌》第五卷三期）秦韜玉《獨坐吟》：「又覺春愁似草生，何人種在情田裏。」（《全唐詩》卷六七〇）

按：「情田」云云，即本此。延韡論詩主情，與尊宋派大别，其《論詩絶句》中，反復道此。如云：「詩要純情本大難，緣情便可霸詞壇。古今流别分明在，始變風騷是建安。」又：「苦説詩中要有人，飴山持論果無倫。詩家自有真情興，近理誰知更亂真。」又：「眼前身外總情中，各各看來各不同。未解粗官隋李謬，竟將何罪廢雲風。」又：「徒向宗門細細探，七情顛倒苦沈酣。詩家自是魔非佛，一語爲君來發凡。」又：「祖宋宗唐鬬不禁，好詩原只是情深。老夫聽盡人天籟，一片鈞韶無古今。」參觀陳氏《自序》（《蘇北日報》一九四八年二月二十一日）、吴庠《陳含光論詩絶句商》（《青鶴雜誌》第五卷三期）、《魚千里齋隨筆》卷上「論詩之情與意」條。

〔五〕杜牧《題揚州禪智寺》：「誰知竹西路，歌吹是揚州。」（《樊川詩集注》卷三）

〔六〕《史記》卷六一《伯夷列傳》：「武王已平殷亂，天下宗周，而伯夷叔齊恥之，義不食周粟，隱於首陽山，采薇而食之。」索隱：「薇，蕨也。」

按：此指抗戰期間，延韡堅持氣節，不屈於敵事。《魚千里齋隨筆》卷上「紀陳含光先生」條云：「抗戰初起，江都淪没，先生遂陷敵中。高臥八年，杜門掃軌。其間敵僞迫脅百端，均以死自誓，卒不能屈。此外燕寧僞命，遼沈音書，甫遞即焚，從不啟視。或有造門致候，拒與晤言，惟與渝中潛通音問，俟間即發。外患既戡，乃以『堅臥八年，一旦昇平』八字，榜其門前。志節凜然，可謂無慙衾影。」

〔七〕文廷式《庚子七月至九月感作》：「無分麻鞵迎道左，收京還望李西平。」（《文道希先生遺詩》）

按：汪詩從此脱胎。文詩「麻鞵」句，用杜甫《述懷》：「麻鞋見天子，衣袖見兩肘。」（《杜詩詳

注》卷五）

〔八〕《一微塵集》，凡五卷，何震彝輯。刊於宣統元年（一九〇九）。歐陽立儕，即歐陽述；穆忞，即何震彝。別見他篇。按：《今傳是樓詩話》第六三條：「同年江陰何震彝穆忞，別字鬯威，（中略）君嘗輯閩縣王貢南毓菁、揚子陳栘孫延韡、甘泉閔葆之爾昌之詩，爲《一微塵集》。之數君者，皆以能詩名。」亦可參。

〔九〕《鞮芬室詩話》：「余生長揚州，與葆之髫齔相友善，兩家衡宇在望，往來頻數。及成立，各以文字相切劘。葆之工詞章，文采秀發，與仁和吴董卿齊名，故余有『跌宕詞場詡年少，吴吴山與閔黄山』之句。比來奔走南北，間歲猶一相見，見時各以近詩質證諷玩爲樂。葆之初學温、李，豔藻特出，繼規仿晚唐，劇似姚合、吴融、許渾，亦時闌入北宋區域。然簡絜清異，不墮俗障，自無可掩也。平生廉介自持，擇友尤慎，人或疑其傲兀，而不能測其沖夷淵穎之度。人咸以王惕甫、顧俠君媲之。」（《一微塵集》卷五）

按：「跌宕」句，用王士禛「當日朱顏兩年少，王揚州與宋黄州」（見《西陂類稿》卷一七）。據此，亦可知閔詩風格也。《詩史閣詩話》云：「江都閔黄山爾昌，人品峻潔，詩亦如其爲人。」又：「閔黄山秘書爾昌，詩格俊逸，着墨不多，方地山嘗以『漁洋愛好』擬之。」亦可參。《石遺室詩話續編》卷五：「不見閔葆之爾昌殆廿年，見亦恐不相識矣。得其《雲海樓詩存》，刻本精好，稱其風調之流美。《寄李瘦生》云：悠悠客思逐東流，流過揚州到潤州。天限一條衣帶水，人摇雙槳木蘭舟。尋君易失夢中路，念我應登江上樓。舊事如塵各無奈，風花滿眼使人愁。《贈瘦生》句云：天涯不見吴歌雪，謂董卿。酒面頻邀李過江。新穎，視樊榭之『劉夜坐』、『薛春游』，殆又過之。《挽易實甫》云：韻古堂曾擘彩箋，晚晴簃更接芳筵。長安米價愁飢鳳，湘水吟魂泣杜鵑。幼陷兵塵憚正叔，老呼蕩子李雲田。詞場自昔推樊易，祇恐天琴歎絶絃。雲門別字天琴。第三聯雅切無匹。樊山與實甫，晚年甚失歡，絶絃無其事矣。《九月十三日書事》云：大憂深恥集孤臣，絶脰糜軀矢一伸。眼底英雄那足數，道旁兵衛竟虚陳。朱旗日麗天方醉，黑水風寒草不春。千載子房應撫掌，報仇今又見韓人。末韻妙手假得。《豹岑爲彦復校印北山樓遺稿題後》云：遺書賸向茂陵求，消渴相如早倦游。紫姹紅嫣春晼晚，淒涼燕子有空樓。此言彦復愛妾彭嫣去也。《書湛然居士集後》云：乾隆初立貳臣傳，卻峙豐碑旌甕山。多事貴陽黄子壽，更同松雪肆譏姍。晉卿遼裔，元太祖定燕，謂晉卿『遼金世仇，朕爲汝雪之』。《陶樓文鈔》以晉卿爲金宗臣，與子昂並論，誤矣。余嘗謂論古須有特識，危太朴不必爲胡元忠臣，朱元璋斥之誤也；錢謙益降清，非入《貳臣傳》不可；元好問本非漢種，既事金不再事元，理之正也；耶律楚材又當別論矣。《贈内》云：華年秋入雙蓬鬢，歸思風摇一短檠。朱孔南山它日約，伐蕘採若足吾生。《昨夢》二首云：『昨夢揚州好，風花繫我思。書探曹憲巷，棊覆謝安祠。明月高天下，新聲屬柳枝。何時集吟侶，重和治春詩。』『昨夢揚州好，園林移我情。橋邊朝飲馬，花外晚聞鶯。玄墓春無際，滄浪水最清。吴船蝦菜美，畫槳待親迎。』承平之世，宦成歸隱者，非北揚州則南蘇州，寓公之淵藪也。人物園林之盛，從可想見。」按：《兼于閣詩話》卷二「閔費風流」條，亦録《九月十六夜月》、《寄憶李美叔》，云「《雲海樓詩》大抵皆類此淡冶」。當即本陳衍説。參觀《石遺室詩話》卷一八第一一條。

〔一〇〕《鞮芬室詩話》：「（移孫）最工詩，聲韻清異，風格遒上，而自然諧雅，不同細響剽光。惟頗自慎惜。余每迻寫，流播略多。揚州鹽筴利藪，俗競錐刀，里有才人，無能矜尚，倘使山尊、秋玉復生，則當北面事之矣。余曾見所寄近詩，尤能超特，蓋詣與年進也。」（《一微塵集》卷二）按：延韡詩宗唐，多緣情之作，與閔頗相近。故二人合傳。《陳含光傳略》：「含光五歲學作詩，十五歲後，造詣益精進。古歌風骨高騫，格調在魏晉諸賢間。偶亦效香山體，七律多肖義山。」其詩學取徑，可概見焉。

《詩史閣詩話》：「含光近體詩清遠閑放，超然塵壒之外。如《孤行》云：孤行惘惘覺春長，巷陌垂垂近晚涼。驟雨催雲開曉翠，斷霞映樹作秋黄。心空漸識人哀樂，時過方憐意老蒼。百計有生須自快，暮鴉何事已深藏。《聽歌者唱徵兵》云：棘門兒戲久相輕，轉對青蛾覺有情。手撥檀槽聲似雨，酒邊鐙下唱徵兵。《葬故室於先母塋次、既畢工、風雪、宿蘇莊丙舍》云：『鬱鬱千春竟，茫茫百念孤。人間桑到海，地下婦從姑。野雪鳴更急，窗風蠟淚枯。中年吾漸逼，温酒看黄壚。』『東極扶桑表，西窮弱水邊。何山埋我骨，他日待高天。佚蕩輕鄉里，低徊爲墓田。三更好風雪，匹馬夢山川。』《中秋對月》云：我欲停杯問月明，悲歡應只是虚盈。若當愁處光偏滿，何怪人間事不平。皓魄顧余如有語，紅塵久戀太癡生。乘風倘有歸來意，萬里今宵一樣情。以上數詩，均有事外遠致。」

〔二〕　語亦見《近代詩派與地域》（《汪辟疆文集》）。

光宣詩壇點將録箋證卷五

四寨水軍頭領八員

按四寨水軍頭領皆梁山泊中堅人物，今以光宣兩朝詞家屬之。

天壽星混江龍李俊　王鵬運

鐵騎突出刀槍鳴，惟見江心秋月白〔一〕。

人世間齷齪曾不芥蔕於懷〔二〕，此之謂獨往獨來〔三〕。又贊。

半塘父子，俱工倚聲〔四〕。半塘尤精音律，與古微倡和最多〔五〕。精誼之作，不減彊村〔六〕。

【箋證】

○王鵬運（一八四九—一九〇四），字幼霞，號半塘老人，晚號鶩翁，廣西臨桂人。同治九年（一八七〇）舉人。十三年（一八七四），授内閣中書，遷侍讀。光緒十九年（一八九三），授監察御史，升禮科掌印給事中。居諫垣，抗直敢言，疏數十上，俱關政要。甲午之戰，三争和議，尤著直聲。又嘗入强學會，奏請講實業、開京師大學堂等。二十二年（一八九六），爲頤和園事，上疏，幾獲嚴譴。庚子外兵入京，與朱祖謀、劉福姚等集宣武門，相約填詞。二十八年（一九〇二），南歸居揚州，主儀董學堂。卒於蘇州。著有《袖墨詞》、《蟲秋詞》、《味梨集》、《鶩翁集》、《蜩知集》、《校夢龕集》、《庚子秋詞》、《春蟄吟》、《南潛集》等九種，合爲《半塘詞稿》。晚年删定爲《半塘定稿》、《剩稿》。又校刻《四印齋所刻詞》。見況周頤《禮科掌印給事中王鵬運傳》（《碑傳集補》卷一〇）。

〔一〕句見白居易《琵琶引》（《白居易集箋校》卷一二）。按：宋江在潯陽江，被張横所劫，與李俊相遇，始化險爲夷。見《水滸傳》第三七回《没遮攔追趕及時雨、船火兒夜鬧潯陽江》。汪所指即此事。

〔二〕司馬相如《子虚賦》：「吞若雲夢者八九，於其胸中曾不蔕芥。」（《文選》卷七）

〔三〕《莊子·在宥》：「出入六合，游乎九州，獨往獨來，是謂獨有。獨有之人，是謂至貴。」按：王襟懷高曠，況周頤云有「晉人風格」，故云。蒯禮卿亦云然，且與鄭孝胥並舉，見李詳《蘇堪見惠海藏樓詩，副以一書，盛稱余癸卯舊作，賦此奉簡》詩注（《學制齋詩鈔》卷三）。又，《近三百年名家詞選》云：「鵬運内性淳篤，接物和易，能爲晉人清談、東方滑稽，往往一言雋永，令人三日思不能置。」亦可參。

況周頤《蕙風簃二筆》卷二：「王幼霞給諫鵬運，自號半塘老人。臨桂東鄉地名半塘尾，幼霞先塋所在也。清通温雅，初耆金石，後迺嫥一於詞。其四印齋山谷送張叔和詩：我捉〔提〕養生之四印。謂忍、默、平、直也。百戰百勝，不如一忍；萬言萬當，不如一默；無可揀擇眼界平；不擻秋豪心地直。所刻詞，旁搜博采，精寀絶倫，雖虞山毛氏弗逮也。王氏在桂林曰燕褒堂，舊有園在城西南隅，修廊百步，鏤花牆納湖光，牆已外即榕湖矣。半塘有鼻病（按：指劉攽之病。見李詳《藥裹慵談》卷五「王幼霞給諫」條），致增兹多口，然不足爲直聲才名玷也。」《眉廬叢話》：「王半唐鵬運清通温雅，饒有晉人風格。唯蚤歲放情，增口於群小；中年讜論，刺骨於要津。雖遭遇因而屯邅，亦才品資其磨鍊。官禮科掌印給事中。某年，届試俸期滿，百計籌維，得數百金，捐免歷俸，截取道員，旋奉旨以簡缺道員用。向來京曹截取道府，皆以繁缺用，以簡缺用者，不用之别名也，爲自有截取之例以來所僅見。半唐泊然安之。是歲樵米所需，轉因而奇絀。夫亦甚可笑矣。未幾，復嚴劾某樞相，不見容於朝列，襆被出都，潦倒以没。」按：後條，唐圭璋輯入《蕙風詞話續編》卷二。

〔四〕按：鵬運父名必達。王必達（一八二一—一八八二），字質夫，號霞軒。道光二十三年（一八四三）舉人。官至廣東惠潮嘉兵備道。性喜讀書，富藏弆。著有《養拙軒詩》。生平詳端木埰《甘肅安肅兵備道調補廣東惠潮嘉兵備道臨桂王公神道碑銘》（《續碑傳集》卷三八）。

〔五〕按：此説欠確。王詞重氣格，守律不及朱，亦不及況。王鵬運《與馮永年書》：「倚聲夙昧，律呂尤疏。特以野人擊壤，孺子濯纓，天機偶觸，長謡斯發。深慚紅友之持律，有愧碧山之門風。」（《蕙風詞話續編》卷一「半塘雜文」條引）自言明甚。又蔡嵩雲《柯亭詞論》「初學不必守四聲」條：「王半塘、鄭叔問、況蕙風、朱彊邨爲清末四大詞家，守律之嚴，王、鄭似不如朱、況。而朱、況之嚴於守律，前期之作，似不如其後期。」《詞林新語》（一）：「臨桂王右遐於蕙風爲前輩，同直薇垣，研討詞事。右遐每有所作，輒就蕙風訂拍。蕙風謹嚴，屢作爲之屢改，半塘或不耐，於稿尾大書：『奉旨不改了。』」（《詞學季刊》第一卷三號）並堪證佐。陳鋭《褎碧齋詞話》「評近人詞」條云：「王幼遐詞，如黄河之水，泥沙俱下，以氣勝者也。」既曰「泥沙俱下」，曰「以氣勝」，不以守律嚴稱，亦勿待論矣。

〔六〕《復堂詞話》「王鵬運詞」條：「《袖墨詞》千辟萬灌，幾無爐錘之跡，一時無兩。」《人間詞話删稿》「論近人詞」條：「近人詞，如復堂詞之深婉，彊村詞之隱秀，皆在半塘老人上。」又「半塘和馮詞」條：「《半塘丁稿》中，和馮正中《鵲踏枝》十闋，乃鶩翁詞之最精者。『望遠愁多休縱目』等闋，鬱伊徜恍，令人不能爲懷。定稿只存六闋，殊爲未允也。」

按：汪云「不減彊村」，亦以王不及，蓋曰「不減」者，便有高下之意也。又，晚清詞壇，王地位最尊，王殁，朱始爲領袖。甲寅本以朱居首，頗與詞史不符，故定稿遂改之。他家論説，有足參取者，録於後。

《復堂詞話》「薇省同聲集」條：「往者陽湖張仲遠，敘録嘉慶詞人爲《同聲集》，以繼《宛陵詞選》。深美閎約之旨未墜，而佻巧奮末者自熄。顧有以平鈍雷同相訾者。近歲中書諸君子，有《薇省同聲集》，作者四人，人各有格，而襟抱同棲於大雅。幼遐綮精，夔笙隱秀，將洽南北宋而一之，正恐前賢畏後生也。」《近詞叢話》「王幼霞詞渾化」條：「幼霞天性和易，而多憂戚，若別有不堪者。既任京秩久，而入諫垣，抗疏言事，直聲震内外，然卒以不得志去位。光緒甲辰，客死蘇州。其遇厄窮，其才未竟厥施，故鬱伊無聊之概，一於詞陶寫之。其詞導源碧山，復歷稼軒、夢窗，以還清真之渾化，與周止庵之説固契若針芥也。」（按「導源碧山」云云，用朱祖謀《半塘定稿序》語，參觀後按。）《小三吾亭詞話》卷一「王鵬運半塘詞」條：「粵西詞家，定甫以後，推王幼遐鵬運、況葵笙周儀。王官御史，所著曰《半塘詞》。況官中書舍人，所著曰《第一生修梅花館詞》。余戊戌入都，始與幼遐訂交。幼遐所刻《四印齋詞》，山谷詩云：我捉〔提〕養生之四印。謂忍、默、平、直也。校勘精審，汲古弗逮。其所爲詞，泠泠纍纍，若鳴雜佩。」《忍古樓詞話》「王半塘」條：「臨桂王佑遐給諫鵬運，亦號半塘，又號鶩翁，罷官後主講維揚。光緒甲辰，客游蘇州，殁於拙政園。歸安朱古微侍郎祖謀爲刊《半塘定稿》於廣州，今所傳者惟此，乃其自定本也。其詞分甲乙丙丁戊己庚辛八稿，定稿選自乙稿始。余家惟有丙稿《味梨集》，及庚稿《庚子秋詞》、《春蟄吟》單行本。其乙稿之《袖墨集》、《蟲秋集》，丁稿《鶩翁集》，戊稿《蜩知集》，己稿《校夢龕集》，辛稿《南潛集》，皆未之見。頃姚君景之録示《鷰山溪》詞，係癸卯三月赴南昌望廬山作，蓋《南潛集》中詞，《定稿》所未録也。詞云：『浪花飛雪，春到重湖晚。風壓舵樓烟，颺船脣、乍舒還捲。漁樵分席，相與本無争，閒狎取，野鷗群，知我忘機慣。　看山欹枕，未算游情倦。九疊錦屏張，尚依約、兒時心眼。雲中五老，休笑白頭人，除一角，晚峰青，何處尋真面。』此詞亦至清健，而定稿不録。其《味梨集》、《春蟄吟》，爲定稿所屏棄之詞，正自不少。足見去取雖出自作者，亦非無遺珠也。」按：《青鶴雜誌》第四卷二期《吷庵詞話》亦載此。

培軍按：半塘在光宣詞壇，實巍然爲宗師，因晚清一代詞風，爲其所手開也。蔡嵩雲《柯亭詞論》「清詞三期」條云：「清詞派别，可分三期。浙西派與陽羡派同時。浙西派倡自朱竹垞，曹升六、徐電發等繼之，崇尚姜、張，以雅正爲歸。陽羡派倡自陳迦陵，吴薗次、萬紅友等繼之，效法蘇、辛，惟才氣是尚，此第一期也。常州派倡自張臯文，董晉卿、周介存等繼之，振北宋名家之緒，以立意爲本，以叶律爲末，此第二期也。第三期詞派，創自王半塘，葉遐菴戲呼爲『桂派』，予亦姑以桂派名之。和之者有鄭叔問、况蕙風、朱彊村等，本張臯文『意内言外』之旨，參以淩次仲、戈順卿審音持律之説，而益發揮光大之。此派最晚出，以立意爲體，故詞格頗高；以守律爲用，故詞法頗嚴。今世詞學正宗，惟有此派。餘皆少所樹立，不能成派，其下者野狐禪耳。故王、朱、鄭、况諸家，詞之家數雖不同，而詞派則同。」《晚晴簃詩匯》卷一六四《詩話》云：「（半塘）詞爲同光來一大家，主持壇坫，時推祭酒。集校宋元人詞爲《四印齋叢刻》。後朱彊邨侍郎繼之，廣收罕見之本，至數十家，吴伯宛舍人復專影刊名槧精鈔，大開風氣，皆由半唐倡之也。」葉遐庵云：「幼遐先生於詞學獨探本原，兼窮藴奥，轉移風會，領袖時流，吾黨戲稱爲桂派先河，非過論也。彊村翁學詞，實受先生引導。文道希丈之詞，受先生攻錯處，亦正不少。」（《廣篋中詞》卷二）沃丘仲子云：「（鵬運）所爲詞，諧聲協律，而含意綿渺，縱筆無弗如意。光緒間，士夫漸喜治詞曲，咸推鵬運爲大宗。」（《近代名人小傳》）故擬爲水軍領袖。半塘詞之造詣，當時論者，多謂遜於朱，並不及況。説見注五。至其詞取徑，彊村所説最詳，《半塘定稿序》云：「君詞導源碧山，復歷稼軒、夢窗，以還清真之渾化。與周止庵説契若針芥。」此爲半塘詞之定評。後之論者，多不出此。如柯亭云：「碧山沉鬱處最難學，近代王半塘，即瓣香碧山者。」（《柯亭詞論》）遐庵云：「清季能爲東坡、片玉、碧山之詞者，吾於先生無閒焉。」（《廣篋中詞》卷二）均本其説。半塘自述學詞經歷，亦云：「私心竊比，乃在南宋諸賢，然畢力奔赴，終彳亍於絶潢斷潤間，於古人之所謂康莊亨衢者，不免有望洋向若之歎。」（《與馮永年書》）雖未明言碧山，然云蘄嚮南宋，碧山、稼軒、夢窗，自亦包括其中矣。凡此皆不爲方湖所取，或以定稿早失，程校本不足據耶。

天平星船火兒張横　朱祖謀

早爲折檻之朱雲〔一〕，晚作竹石俱碎之晞髪〔二〕。莊生云：「凡外重者内拙。」〔三〕古微襟期冲澹，尤工倚聲，所刊《彊村詞》，半塘老人謂爲六百年來，真得夢窗神髓者也〔四〕。晚際艱屯，憂時念亂，一託於詞，實能兼二窗、碧山、白石諸家之勝，非一家所可限矣〔五〕。所刊兩宋詞集，多人間未見之本〔六〕。

千帆謹案：《甲寅》本以朱比李俊，王比張横，故評語亦因先後有詳略。乙本反其次序而評語俄空。今不得已，姑移《甲寅》本舊評實之，其輕重遂若不相應者。此下評語，亦皆自《甲寅》本迻録，未必悉符先師晚年論旨。讀者審之。

【箋證】

○朱祖謀（一八五七—一九三一），原名孝臧，字古微，號漚尹、彊邨，浙江歸安人。光緒九年（一八八三）進士，改庶吉士，散館授編修。歷充國史館協修，會典館總纂、總校，戊子科江西副考官，戊戌科會試同考官。擢侍講，充日講起居注官，累遷侍讀庶子、侍講學士。庚子之亂，屢上章疏，抗言敢諫。二十七年（一九〇一），迭遷少詹事、内閣學士。擢禮部侍郎，兼署吏部侍郎。三十年（一九〇四），出爲廣東學政。後與總督齟齬，引疾去。宣統元年（一九〇九），特詔徵入，明年設弼德院，授顧問大臣，均不赴。辛亥後，不問世事，往來湖淞之間，以遺老終。少以詩名，四十後始爲詞。與王鵬運交契，同校《夢窗四稿》，深受其影響。又刻《彊邨叢書》，凡一百六十餘家，以繼王刻《四印齋詞》。自著有《彊邨語業》、《棄稿》、《集外詞》等。見夏孫桐《清故光禄大夫前禮部右侍郎朱公行狀》（《彊邨遺書》附）、陳三立《清故光禄大夫禮部右侍郎朱文直公墓誌銘》（《散原精舍文集》卷一七）。

〔一一〕《漢書》卷六七《朱雲傳》：「朱雲字游，魯人也。（中略）成帝時，丞相故安昌侯張禹以帝師位特進，甚尊重。雲上書求見，公卿在前。雲曰：『今朝廷大臣上不能匡主，下亡以益民，皆尸位素餐，孔子所謂「鄙夫不可與事君」、「苟患失之，亡所不至」者也。臣願賜尚方斬馬劍，斷佞臣一人，以厲其餘。』上問：『誰也？』對曰『安昌侯張禹』。上大怒，曰：『小臣居下訕上，廷辱師傅，罪死不赦！』御史將雲下，雲攀殿檻，檻折。」

按：汪用此，指祖謀廷諫事，并切其姓。陳三立《朱文直公墓誌銘》：「公居館職久，遭世變，私有深念，屢有章疏，皆識議明通，維大體。庚子，義和拳亂作，親貴及頑舊大臣祖之，導至京師，并嗾董福祥軍與應和。遂迭攻公使館，戕日本書記官、德意志公使。公痛縱『妖民』肇巨釁，置宗社於孤注一擲也，兩抗疏極諫，剖晰利害曲直與强弱衆寡之勢甚具，而後疏請護公使出國門

（按疏見夏氏《行狀》），語尤切至。一日，上召廷臣集議，仍決主戰，公班列差後，抗聲曰：『義和拳終不可用，董福祥終不可恃。』太后瞠目視，旁顧樞臣曰：『彼爲誰耶？』當是時，左右權倖主戰者争嫉公，竟得免危禍，幸也，然亦以此風節稱天下。」參觀李岳瑞《悔逸齋筆乘》「紀歸安朱侍郎直言事」條、陳灨一《睇嚮齋逞肊談·朱祖謀》、《新語林·政事》等。

〔二〕〔晞髮〕宋謝翺。翺號晞髮子。宋亡，文天祥被執，翺挾酒登子陵臺，設文木主，作楚歌招之。歌闋，竹石俱碎。見謝翺《晞髮集》卷一〇《登西臺慟哭記》。

〔三〕《莊子·達生》：「而有所矜，則重外也，凡外重者内拙。」宋林希逸《莊子口義》卷六：「有所顧惜，則所重在外，而内惑矣；惑則雖巧，有時而拙矣。」

按：此僅用其字面，非必莊子原意，或指其詞學宗尚，即況所云「拙重大」也（見《蕙風詞話》卷一）。「拙重大」之説，雖況氏所發明，然朱、況同調，帶及而借用，亦容有之。

〔四〕王鵬運《彊邨詞原序》：「自世之人知學夢窗、知尊夢窗，皆所謂但學蘭亭面者，六百年來真得髓者，非公更有誰耶。」（《彊邨詞賸》卷首）

按：此爲彊村定評，後來論詞諸家，多韙之。《小三吾亭詞話》卷二「朱祖謀彊村詞」條：「歸安朱古微侍郎祖謀，中歲始填詞，而風度矜莊，格調高簡。王幼遐云：『世人知學夢窗、知尊夢窗，皆所謂但學蘭亭之面，六百年來真得髓者，古微一人而已。』」周達《漚尹侍郎屬題彊邨校詞圖》

五首之二：「寧知七寶樓臺手，教外傳燈別有人。」自注：「夢窗最難學，六百年來得其嫡髓者，侍郎一人而已。」（《今覺盦詩》卷二）《新語林·文學》：「朱漚尹瀸泊寡營，逍遥物外。工倚聲，其詞熔鑄藻采，沉麗俊邁，造端微茫而恰得其分際，自成一家之言。半塘老人謂爲六百年來真得夢窗神髓者，其傾倒如此。」俱可證。

〔五〕按：諸家論朱詞，有與汪説相發者，録之備參。《柯亭詞論》「彊村詞融合蘇、吴之長」條：「彊村慢詞，融合東坡、夢窗之長，而運以精思果力。學東坡，取其雄而去其放；學夢窗，取其密而去其晦。遂面目一變，自成一種風格，真善學古人者。集中各詞，皆經千錘百鍊而出，正如韓文杜律，無一字無來歷。其詞多性情語，辛亥以後，尤多故國之思。然較大鶴稍含蓄，殆如其爲人。彊村小令亦極工，然鮮當行者。微覺用力太多，故未能如初寫黄庭，蓋過猶不及也。」《人間詞話删稿》「論近人詞」條：「近人詞，如復堂詞之深婉，彊村詞之隱秀，皆在半塘老人上。彊村學夢窗，而情味較夢窗反勝。蓋有臨川、廬陵之高華，而濟以白石之疏越者。學人之詞，斯爲極則。然古人自然神妙處，尚未見及。」《聲執》卷下「宋詞三百首」條：「唯彊村在清光宣之際，即致力東坡，晚年所造，且有神合。」《天風閣學詞日記》（一九四一年二月八日）：「見吷翁與其（按指吴庠）論夢窗詞書，謂古微翁爲夢窗，當時鄭大鶴嫌其過晦，文芸閣亦不以古微爲然。古微晚年，改爲東坡，不盡循夢窗，蓋得友朋商量之益。」

王鵬運《與朱祖謀書》：「昨況夔笙渡江見訪，出大集共讀之，以目空一世之況舍人，讀至《梅州送春》、《人境廬話舊》諸作，亦復降心低首，曰：『吾不能不畏之矣。』夔笙素不滿某某，嘗與吾兩人異趣，至公作，則直以獨步江東相推，非過譽也。若編集之例，則弟日來一再推求，有與公意見不同之處，請一陳之。公詞庚辛之際，是一大界限，自辛丑夏與公别後，詞境日趨於渾，氣息亦益静，而格調之高簡，風度之矜莊，不惟他人不能及，即視彊邨己亥以前詞，亦頗有天機人事之别。」又朱祖謀書後云：「予素不解倚聲，歲丙申，重至京師，半塘翁時舉詞社，强邀同作。翁喜獎借後進，於予則繩檢不少貸，微叩之，則曰：『君於兩宋涂徑，固未深涉，亦幸不睹明以後詞耳。』貽予《四印齋所刻詞》十許家，復約校《夢窗四稿》，時時語以源流正變之故。旁皇求索，爲之且三寒暑，則又曰：『可以視今人詞矣。』示以梁汾、珂雪、樊榭、稚圭、憶雲、鹿潭諸作。會庚子之變，依翁以居者彌歲，相對咄咄，倚兹事度日，意似稍稍有所領受，而翁則翩然投劾去。明年秋，遇翁於滬上，出示所爲詞九集，將都爲《半塘定稾》，且堅以互相訂正爲約。予强作解事，於翁之閎指高韻，無能舉似萬一。翁則敦促録副去，許任删削，復書至，未浹月，而翁已歸道山矣。自維劣下，靡所成就，即此趑趄小言，度不能復有進益，而人琴俱逝，賞音闃然，感歎疇昔，惟有腹痛。」（《彊邨詞賸》卷首，《彊邨叢書》本）按：朱學詞經歷，「書後」自道最詳，參觀《近詞叢話》「王幼霞詞渾化」條。

又，《廣篋中詞》卷二：「彊邨翁詞，集清季詞學之大成，公論翕然，無待揚榷。余意詞之境界，前此已開拓殆盡，今兹欲求於聲家特開領域，非别尋塗徑不可，故彊邨翁或且爲詞學一大結穴，開來啟後，應有繼起而負其責者，此今日論文學者所宜知也。至所作之兼備衆長，不俟再論。」《近詞叢話》「詞學名家之類聚」條：「光宣間之倚聲大家，則推臨桂王鵬運、況周頤、歸安朱祖謀、漢軍鄭文焯。」《褒碧齋詞話》「評近人詞」條：「朱古微詞，墨守一家之言，華實並茂，詞場之宿將也。」《人間詞話附録》「彊村詞」條：「彊村詞，余最賞其《浣溪沙》『獨鳥衝波去意閒』二闋，筆力峭拔，非他詞可能過之。」《小三吾亭詞話》卷二「朱祖謀彊村詞」條：「古微詞品不可及，人品尤不可及。庚子夏秋之間，黄巾黑山，群情洶洶，古微獨昌言其不可恃，幾陷不測。比年乞病卻歸吴門，與鄭叔問、劉光珊輩歲寒唱和，有終焉之志。朝廷知其誓墓之詞甚苦，亦不相强，視近時三事大夫之勇猛精進，夜行不休者，真可思量爛熟也已。古微所刊有《庚子秋詞》、《春蟄吟》，皆與幼遐諸人唱答之什。其《彊村詞》三卷，則近從吴中刻成見寄者也。」

〔六〕按：指其校刻《彊邨叢書》。

培軍按：彊村詞學夢窗，自以校《夢窗四稿》，遂不覺濡染者深。其自述此事甚明，見《彊邨詞題識》。龍榆生云：「夢窗詞集，爲（彊村）老人用力最勤者」，「圈點至數十過」（《彊村老人評詞》，《詞話叢編》第五册）。其概可知。自半塘稱爲「六百年來得夢窗神髓」，彊村之效夢窗，遂至無人不曉矣。《石遺室詩話》卷九云：「向只知朱古微祖謀工詞，直逼夢窗，近乃知其工詩。」《尊瓠室詩話》卷一云：「歸安朱古微侍郎祖謀，（中略）初爲詩尚鍛鍊，繼棄而爲詞，專尚夢窗，思精語卓，自成一家言。」此皆論其詩，而必及乎詞宗夢窗，亦以其世所共喻也。至其晚年詞，又嘗用功於東坡，注五所引諸家詞話，不乏拈出者，方湖卻未之及。又所謂「兼白石」云云，似本諸《人間詞話》：「兼碧山」云云，或以半塘頗宗《花外》，彊村又半塘詞友，轉相影響，亦情理中事也；至「草窗」云云，則似他家所未道，考晚清初不重公謹，方湖亦未嫥精倚聲（見《方湖日記幸存録》「宋詞選本」條），疑一時興到語，未足據爲定論也。

天損星浪裏白條張順　鄭文焯

換滄波身世，雲愁海思，算萍梗，知人苦〔一〕。

叔問雅善倚聲，知名當世，有《比竹餘音》詞集，彌近清真、白石。詩亦神韻縣邈，張祜之遺也〔二〕。

【箋證】

〇鄭文焯（一八五六—一九一八），字叔問，號小坡，晚號大鶴山人，奉天鐵嶺（今屬遼寧）人。滿洲正黄旗漢軍籍。自稱漢鄭玄裔，北海高密籍。父瑛棨，官河南巡撫。工詩書畫，世稱蘭坡先生。少從父宦游，濡染家學，擅考據詞章。光緒元年（一八七五），中順天鄉試，授内閣中書。戊戌政變，感憤棄官，游吴，喜其山水，遂家焉。嘗入江蘇巡撫幕。辛亥後，自居遺老。清史館聘爲修纂，北京大學聘爲教授，皆不就。粥畫行醫自給，孤貧以終。著有《瘦碧詞》、《冷紅詞》、《比竹餘音》、《苕雅餘集》，又有《詞源斠律》、《絶妙好詞校録》、《醫故》、《楊雄説故》等，合刊爲《大鶴山人全集》。另有《大鶴山人詩集》。見康有爲《清詞人鄭大鶴先生墓表》（《碑傳集補》卷五三）、金天羽《大鶴山人傳》（《天放樓文言》卷三）、孫雄《高密鄭叔問先生别傳》（《舊京文存》卷八）、戴正誠《大鶴山人年譜》。

〔一〕見鄭文焯《水龍吟·皋橋水樓曲宴、醉别瞻園、會余歲暮有九江之役、載雪過白門、願言不從、賦此感歎》（《樵風樂府》卷七）。全首云：「出門一笑横江，酒醒重問皋橋旅。殘釭壓夢，離杯銜淚，傷春歧路。三十年前，相逢同是，承平俊侶。换滄波身世，雲愁海思，算萍梗，知人苦。不信蘭成老去，賺狂名、蕭條詞賦。江山如此，文章何用，英雄無主。獨立蒼茫，樓船西下，清淮東注。欠胡牀爲弄，梅花笛裏，唤青溪步。」

按：謂鄭詞有寄託也。《鄭叔問先生别傳》：「辛亥國變後，君年五十有六，愴懷身世，自比淵明，孤憤滿腔，悉於詞發之。因以『苕雅』名其集。且作弁言，語極沉痛，足以傳君矣。」《柯亭詞論》「大鶴詞吐屬騷雅」條：「（大鶴）辛亥以後諸慢詞，長歌當哭，不知是聲是淚是血，殆所謂亡國之音哀以思歟。此則變徵之聲，不可以家數論者。」

〔三〕《平等閣詩話》卷二：「北海鄭叔問中翰文焯，一字小坡，雅善倚聲，知名當世。有《比竹餘音》詞集，彌近白石、清真。昨以《楊柳枝詞》見示，乃庚子之亂，感黍離、麥秀而作於都門者。兹録五首云：數行烟樹薊門春，離袂經年惹麴塵。莫爲西風摇落早，灞陵猶有未歸人。又：拂堤晴縷萬絲柔，衹掃芳塵不掃愁。羌笛數聲鄉淚盡，夕陽紅濕水西樓。又：曉含斜月晚含煙，翠縷如雲挂玉泉。香輦不迴秋又暮，棲烏頭白近霜天。又：平居誰分解傷春，争賭長楸走馬身。黯黯空城飛絮盡，哀笳吹起六街塵。又：雨洗風梳碧可憐，秋涼猶咽五更蟬。誰家殘月滄波苑，夜夜漁燈網碎鈿。辭意淒婉，神韻邈緜，上足以比肩張祜，近可以方軌漁洋。」

按：汪説即據此。云其詞近清真、白石，亦公論也。《鄭叔問先生别傳》：「（陳啟泰）嘗與張次珊侍御仲炘曰：叔問所爲詞，雄厚之氣，直逼清真，時流無與抗手。」《褱碧齋詞話》「評近人詞」條：「鄭叔問詞，剥膚存液，如經冬老樹，時一着花。其人品亦與白石爲近。」《柯亭詞論》「大鶴詞吐屬騷雅」條：「大鶴詞，吐屬騷雅，深入白石之室。令引近尤佳。學清真，升堂而已。」《冶麓山房藏書跋尾·比竹餘音詞原斠律跋》：「《比竹餘音》者，北海鄭叔問舍人文焯之詞也。格調沈雄，音節淒惋，庚子以後諸作，尤移人情。別有《詞原斠律》一書，知其瓣香白石，通律吕之學，非兒襲南宋者可比矣。」（《冶麓山房叢書》）陳鋭《水龍吟·大鶴山人樵風樂府》：「堯章歌曲，堯章身世，最傷懷抱。」（《廣篋中詞》卷二）又，《寒松閣談藝瑣録》卷五亦引其《楊柳枝詞》二十四首，是亦極賞之。別參後按。

培軍按：評大鶴詞，云其近周、姜，不自狄平子始，考其説，似發自易實甫。易氏《瘦碧詞序》云：「論其身世，微類玉田，其人與詞，則雅近清真、白石。」（《樵風樂府》卷首）鄭氏自道，亦有可參，《與張孟劬論詞書》云：「（余）爲詞實自丙戌歲始，入手即愛白石騷雅，勤學十年，乃悟清真之高妙。進求《花間》，據宋刻製令曲，往往似張舍人，其哀豔不數小晏風流也。若夫學文英之穠，患在無氣；學龍洲之放，又患在無筆，二者洵後學所厚誡，未可率儗也。復堂謂余『善學清真』，吾斯未信。」（葉恭綽輯《鄭大鶴先生論詞手簡》，《詞話叢編》第五册）復堂之説，見於《篋中詞續》卷三，略云：「《瘦碧詞》研討聲律，辟灌光氣，夢窗善學清真。」又云：「《瘦碧詞》持論甚高，擒藻綺密，由夢窗以跂清真，近時作手，頗難其匹。」（《復堂日記》卷八）所謂「近白石、清真」，鑿鑿有據。至云詩似張祜，亦出狄氏書，方湖沿之耳。然叔問自述，殊與此異，云初學李東川，取徑頗高，未嘗及於張祜、漁洋。後來識王湘綺，受其影響，風格始一變。亦見前引《論詞書》。李瑞清《跋鄭叔問手書詩册》云：「其五古清發駿逸，鮑、謝之流也。近體皆唐格。」（《清道人遺集》）或稍得其實。

天劍星立地太歲阮小二　馮煦

夢華中丞，詞極清麗〔一〕，詩亦淵永可味〔二〕。嘗見其手書七言絶句，風神秀逸，絶類新城〔三〕。

【箋證】

○馮煦（一八四四—一九二七），字夢華，號蒿盦，晚稱蒿叟、蒿隱公，江蘇金壇人。早孤。從成孺受經學。同治八年（一八六九），入金陵書局校書，識汪士鐸、戴望、張文虎等。光緒十二年（一八八六），成一甲三名進士，授編修。慈禧稱爲「老名士」。十四年（一八八八），典試湖南。返京，歷充會典館、國史館纂修。二十一年（一八九五），簡安徽鳳陽知府，兩攝鳳潁六泗道。二十七年（一九〇一），擢山西河東道。逾年，遷四川按察使。三十一年（一九〇五），再遷安徽布政使。明年，兼署提學使。又明年，補授安徽巡撫。甫一載而罷。宣統二年（一九一〇），起爲查賑大臣，有殊績。辛亥後，避地滬瀆，與諸遺老游。著有《蒿庵類稿》、《續稿》、《隨筆》、《蒙香室賦録》等。見《清史稿》卷四四九、蔣國榜《金壇馮蒿庵先生家傳》（《辛亥人物碑傳集》卷一三）、魏家驊《清授光禄大夫建威將軍賜進士及第兵部侍郎兼都察院右副都御史安徽巡撫兼理提督馮公行狀》（《碑傳集補》卷一五）。

〔二〕譚獻《復堂日記》卷四：「閲丹徒馮煦夢華《蒙香室詞》，趍向在清真、夢窗，門徑甚正，心思甚邃，得澀意。惟由澀筆，時有累句，能入而不能出。此病當救以虚渾。單調小令，上不侵詩，下不墮曲，高情遠韻，少許勝多，殘唐北宋後成罕格。夢華有意於此，深入容若、竹垞之室，此不易到。」《近代詩鈔・石遺室詩話》：「（夢華）詞佳者最多，風格在白石、玉田之間。」參觀《小三吾亭詞話》卷四「馮煦蒙香室詞」條。

〔三〕《近代詩派與地域》：「馮蒿庵與上元顧雲齊名，而又出全椒薛慰農門下，夙以詞名，而詩歌亦清麗緜遠，頗近新城。其運詞入詩，悽惋之音，讀之有悵惘不甘者，蓋與吳下詞人鄭文焯氏同其宗趣也。蒿庵曩守鳳陽，閩詩人陳書嘗過郡齋，譚藝甚洽。陳氏詩學誠齋，清新雅健，故與蒿庵沆瀣相得，然馮氏晚年，專事倚聲，詩不多作，惟時與沈子培、沈濤園酬答。但二沈爲同光派詩家，蒿庵雖有詩篇往來，仍不失江左面目也。」（《汪辟疆文集》）

按：汪説據陳衍。《近代詩鈔・石遺室詩話》：「夢華撫部久寓江寧，與上元顧石公雲齊名，爲全椒薛慰農、吾鄉林歐齋高足。丙戌以一甲第三人進士及第，年已四十餘。守鳳陽時，木庵伯兄客淮北，往來多止宿官齋，談藝甚洽。壯年詩多悽咽之音，蓋經喪亂後所作也。」《石遺室詩話》卷一三：「余初識蘇堪時，蘇堪僑寓金陵，余詢江左詩人，答書云：『此間金壇馮煦、上元顧雲，皆治詩甚苦。』二人者，時方肄業金陵鍾山、惜陰兩書院，爲薛慰農時雨、林歐齋壽圖二先生高弟。」「馮夢華壬午同年，未與識面，惟從何研孫維棟處，得其詩稿一小册，經喪亂後所作，多悽咽之音。其中副車，與木庵先兄同年。守鳳陽時，先兄客淮北，往來每止宿官齋，談藝甚洽。」

《單雲閣詩話》：「金壇馮夢華煦，有《蒿盦類稿》三十二卷，卷三至卷八，皆詩也。其詩深秀緜邈，令人意遠。如《同鳳笙蘋湘晚步隄上兼過野寺》云：鬱鬱郭門路，霜風寒不勝。荒祠晴有雪，疲馬静於僧。樓櫓增新戍，河流擁斷冰。蕭蕭蘆荻外，日落有漁燈。《寄衣谷》云：阻風中酒又年年，何處春殘不杜鵑。莫去勞勞亭上望，亂山一髮瘦於烟。《毘陵》云：蘦落湖樓舊酒瓢，荒陂冷驛柳蕭蕭。一江春雨催潮急，緑到毘陵第幾橋。《同蘋湘漱泉登北極閣》云：層雲白晝暗，虚閣氣蕭森。瘦馬棲殘碣，枯鷹下遠林。湖光千頃合，野色一城陰。十廟今墟莽，臨風感不禁。《將之建康與妹别泣寄仲兄吴中》云：冷雨萋萋夜入闌，荒雞荒夢太無端。百年易盡何堪别，十日相逢竟未歡。衰帽單車殘驛暗，孤篷短燭暮潮寒。只今兩地同羈旅，莫更歸雲獨自看。《送研孫歸湘中》云：陰陰霽色赴遥嵐，攜手荒城思不堪。爲語離人莫迴首，亂鴉殘照是江南。《登夔州南城寄次民先生》云：瞿塘峽口水澐澐，過盡千帆日又曛。漸近中年仍浪跡，無多同調奈離群。飢來腐鼠空相嚇，刈去香蘭亦自焚。回首天南瘴雲黑，子規啼處正思君。《題畫》云：平橋如臥虹，遠岫若橫黛。日落荷鉏歸，睥睨乾坤外。《東蘇龕三首》之一云：貞曜不偶俗，中唐扇靈襟。百苦隱長夜，有呻而無吟。去人向千載，與子同一岑。寒蜩警宵霧，敗葉辭秋林。身世各有感，緬古何愔愔。」（《校輯近代詩話九種》）

〔三〕《夢苕盦詩話》第二六條：「馮夢華煦倚聲當家，絶句清雋，亦逼漁洋。如：『淮南一夜瀟瀟雨，莫倚空簾弄曉寒。』『爲語離人莫回首，亂鴉殘照是江南。』『黄陵暮雨孤帆遠，楚竹湘煙一望愁。』『劍南雨過延新爽，始得疏林第一聲。』情韻殊佳，阮亭見之，定當歎賞不置。」

按：錢説當從汪，可參。諸家之評，多許其七絶風神，所見同也。《宜秋館詩話》：「（夢華）詩筆清微澹遠，得王孟之神。」《芳菲菲堂詩話》：「其絶句清逸中恒多韻致。」《平等閣詩話》卷二：「風神綽約，頗似玉谿。」《今傳是樓詩話》第一八〇條：「余尤喜其集中絶句諸作。」《當代名人小傳》卷下：「煦少溺於學，工爲詩、詞、駢體文，皆宛潔淒麗，幾闖唐人之室。詩有『淮南一夜瀟瀟雨，莫倚高樓弄曉寒』之句，可謂情藻兼盡。」馮煦評詩，亦推漁洋，《蒿庵隨筆》卷三云：「新城七言絶一體，奄有唐宋元明之長，而自出爐冶，集中上上乘也。」足見宗尚。

天罪星短命二郎阮小五　況周儀

獨木橋邊乍解船〔一〕，恰有三百青銅錢〔二〕。還傾杯〔三〕，阮郎歸〔四〕。

蕙風記醜學博，尤精倚聲〔五〕。流布詞集、筆記，傳誦一時〔六〕，亦可謂「拚命著書」者矣〔七〕。

【箋證】

○況周儀（一八五九—一九二六），字夔笙，號蕙風，廣西臨桂人。更名周頤。幼嗜學，十一歲成諸生。光緒五年（一八七九）舉人。官内閣中書。尋以會典館纂修叙勞，用知府分發浙江，加三品銜。先後聘入湖廣總督張之洞、兩江總督端方幕。嘗爲端方斠訂金石。又嘗執教於武進龍城書院、南京師範學堂。夙擅聲律，官京曹日，與王鵬運交，詞學遂大進。後識朱祖謀，又受其攻錯，填詞益精。辛亥後，自命遺老，居上海，鬻文爲活。著有《新鶯詞》、《玉梅詞》、《錦錢詞》、《蕙風詞》、《蔆景詞》、《二雲詞》、《餐櫻詞》、《菊夢詞》、《存悔詞》九種，合刊爲《弟一生修梅花館詞》。又有《蕙風詞話》、《眉廬叢話》、《餐櫻廡隨筆》、《阮盦筆記五種》等。見馮幵《清故通議大夫三品銜浙江補用知府況君墓誌銘》(《回風堂文集》卷四)。

〔一〕《水滸傳》第一五回《吴學究説三阮撞籌、公孫勝應七星聚義》:「只見獨木橋邊一個漢子,把着兩串銅錢,下來解船。阮小二道:『五郎來了。』」按:汪語即本此。「青銅錢」、「傾杯」、「阮郎歸」云云,均指此。

〔二〕句見杜甫《偪側行贈畢四曜》(《杜詩詳註》卷六)。

〔三〕杜甫《又觀打魚》:「東津觀魚已再來,主人罷鱠還傾杯。」(《杜詩詳註》卷一一)按:亦兼用詞牌名(「傾杯樂」),指況詞人,所謂文章狡獪也。

〔四〕按:「阮郎歸」,亦詞牌名。阮郎,即指小五。況又署「阮盦」(見《選巷叢談》卷一),故亦指況。仍雙關語也。又,況極賞晏幾道《阮郎歸》(見《蕙風詞話》卷二),汪或亦兼關此。

〔五〕況周頤《餐櫻詞序》:「余自壬申癸酉間,即學填詞,所作多性靈語,有今日萬不能道者,而尖豔之譏,在所不免。光緒己丑,薄游京師,與半唐共晨夕,半唐詞夙尚體格,於余詞多所規誡。又以所刻宋元人詞屬爲斠讐。余自是得窺詞學門徑。所謂重拙大,所謂自然從追琢中出,積心領神會之,而體格爲之一變。半唐亟獎藉之,而其他無責焉。夫聲律與體格並重也,余詞僅能平側無誤,或某調某句有一定之四聲,昔人名作皆然,則亦謹守弗失而已,未能一聲一字剖析無遺，如方千里之和清真也。如是者廿餘年。壬子以還，辟地滬上，與漚尹以詞相切礪，漚尹守律綦嚴，余亦恍然向者之失，齗齗不敢自放。《餐櫻》一集，除尋常三數孰調外，悉根據宋元舊譜，四聲相依，一字不易。其得力於漚尹，與得力於半唐同。」（《餐櫻詞》卷首）

按：況氏學詞經歷，此序所言最詳，三家淵源，亦並可徵。又，況詞豔，其亦有自述，如《玉棋後詞序》云：「《玉棋後詞》者，甲龍仲如玉棋詞人後游蘇州作也。是歲四月，自常州至揚州，晤半唐於東關街儀董學堂，半唐謂余是詞淫豔，不可刻也。夫豔何可責焉？淫，古意也。（中略）雖朕，半唐之言，甚恧我也。唯是甚不佀吾半唐之言，甯吾半唐而顧出此？余回常州，半唐旋之鎮江，而杭州、蘇州，略舉余詞佀某名士老於蘇州者。某益大訶之，其言寖不可聞。未幾而半唐遽離兩廣會館之戚。言反常則亦爲妖，半唐之言，非吾半唐之常也。某名士無恙至今，則道其常之故也。吾刻吾詞，亦道吾常云爾。」（《粵西詞見》附）《二雲詞序》云：「《蔆景詞》刻成於戊戌夏秋間，距今十六年，中間刻《玉梅後詞》十數闋，坿筆記別行，謂涉淫豔，爲傖父所訶。自是斷手，間有所作，輒復棄去，亦不足存也。歲在癸丑，避地海隅，索居多暇，稍復從事，頑而不豔，窮而不工。」（《二雲詞》卷首）並可參。

〔六〕《小三吾亭詞話》卷二「況周儀詞」條：「葵生嘗與幼遐暨端木子疇、許鶴巢合刻詞，曰《薇省同聲集》。其所刻《新鶯》、《玉梅》、《錦錢》、《蕙風》、《菱景》、《存悔》諸詞，婉約微至，多可傳之作。」

又，《平等閣詩話》卷二：「臨桂況夔笙舍人周儀，詞學極邃，不善治生，近年旅食白門，有周美成憔悴京洛之概。著有《第一生修梅華館詞》。余最愛其《減字浣谿紗》云：『風壓榆錢貼地飛，油雲東北走輕雷。銅街車馬未全稀。　芳樹總隨幽恨遠，亂鴉猶帶夕陽歸。城頭清角莫頻吹。』《江南好》云：『南湖好，畫舸近垂楊。不采花枝惟采葉，美人心事惜紅芳。花裏並鴛鴦。』二詞融景入情，其娟秀處在骨。夔笙《香海棠館詞話》有云：『真字是詞骨。作詞有三要，重、拙、大。政兩宋人不可及處。』『詞太做，嫌琢；太不做，嫌率。欲求恰如分際，但看夢窗何嘗琢，稼軒何嘗率。』又曰：『詞貴意多，一句之中，意亦忌複。』此真善言詞學之真際者矣。余謂前數語且可通於詩，亦詩家所宜奉爲模楷者。夔笙又嘗自謂其詞，宜於廣廈細氈之上，不宜於淒風苦雨之間。蓋境之困人，名士不免。」

〔七〕俞樾《春在堂隨筆》卷一：「湘鄉公喜諧謔，因余鋭意著述，戲之曰：『李少荃拼命做官，俞蔭甫拼命著書，吾皆不爲也。』余聞而自媿，亦以自喜。」

培軍按：蕙風詞，多作性靈語，故爲王静安所喜，推其在彊邨、半塘上（見《人間詞話·附録》），酸甜異嗜，亦仁智之説也。余所睹見，葉遐庵所論似較允，略云：「夔笙先生與幼遐翁崛起天南，各樹旗鼓。半塘氣勢宏闊，籠罩一切，蔚爲詞宗；蕙風則寄興淵微，沈思獨往，足稱巨匠。各有真價，固無庸爲之軒輊也。」(《廣篋中詞》卷二)是也。

天敗星活閻羅阮小七　文廷式　附子永譽、王德楷

胡無人，漢道昌。但歌《大風》雲飛揚〔一〕。純純常常，乃比於狂〔二〕。千帆謹案：文自號純常子。

道希《雲起軒詞》，横厲盤鬱，蘇辛之遺〔三〕。詩亦風骨遒上，音節抗墜，所謂變徵之音也〔四〕。

道希云：「國朝詩學凡數變，然發聲清越，寄興深微，且未逮元明，不論唐宋也。固由考據家變爲學究秀才，亦由沈歸愚以『正宗』二字行其陋説，袁子才又以『性靈』二字便其曲訣。風雅道衰，百有餘年。其間黄仲則、黎二樵尚近於詩，亦滔滔清淺。下此者，乃繁詞以貢媚，隸事以逞才。品概既卑，則文章日下。采風者，不能不三歎也。」見《聞塵偶記》。〔五〕

文公達永譽，同光間高廉道樹臣觀察星端之孫，光緒庚寅榜眼芸閣學士廷式之子也。夙承家學，舞象游庠。敏慧逸群，博聞强記。余識之於滬。君方弱冠，藻思綺發，揮翰若流。時出雋言，

亦駢亦散。以貧故，遨游粤、皖、吉林、奉天、燕京。返棹潯陽，復羈滬漢，幾三十年。療愁無術，赴召玉樓。以民國二十二年癸酉二月晦日中風，遽卒，年五十有二。遺二女，無子。友人陳詩掇葺其詩詞筆記曰《天倪室集》。〔六〕

〔原附〕論近代詩家絶句　章士釗

出入承明不計年，壯懷長欲勒燕然。饒他輕薄元才子，彈斷湘絃亦可憐。

張文襄絶句云：「可憐輕薄元才子，操縱英雄緑野堂。」或謂元才子指道希，亶其然歟？君舊有寓廬，在長沙南門外。

雲起軒中寸寸愁，山河破碎不堪休。未知那處傷心地，夜半驚風起髑髏。

君詞中有「一寸山河，一寸傷心地」之語，後經塗改。汪精衛曾就原語别譜《蝶戀花》一闋，有云：「荒塚老狐魂未死，髑髏夜半驚風起。」汪詞曰《小休集》。

千帆謹案：據文集，二語改爲「寸寸關河，寸寸銷魂地」，蓋用晦也。

芸閣於甲午戰役後，與先公遇於滬上，歎曰：「時事不可爲，還是詞章爲我輩安身立命之地。」又太息曰：「生人之禍患，實詞章之幸福。」又曾舉此以題歐陽笠儕丈《浩山集》。此真傷心人語也。方湖注。

千帆謹案：二首屬文芸閣。

【箋證】

〇文廷式（一八五六—一九〇四），字道希，號芸閣，江西萍鄉人。少入學海堂，從陳澧受經學。光緒十六年（一八九〇）進士，殿試一甲第二，授翰林院編修。歷國史館協修、會典館纂修。十九年（一八九三），充江南鄉試同考官。明年，擢侍講學士，兼日講起居注官。派赴稽查右翼宗學、教習庶吉士，署大理寺正卿。甲午戰起，疏劾李鴻章誤國，又以參與創辦强學會、强學書局，支持光緒帝親政，爲后黨所深忌。二十二年（一八九六），爲李鴻章黨所劾，革職歸里。二十五年（一八九九），避禍東渡赴日。歸後，寄情詩酒，抑鬱而終。著述弘富，有《雲起軒詞鈔》、《文道希先生遺詩》、《純常子枝語》等。見沈曾植《清翰林院侍讀學士文君芸閣墓表》（《廣清碑傳集》卷一七）、胡思敬《文廷式傳》（《碑傳集補》卷九）、汪曾武《萍鄉文道希學士事略》（《詞學季刊》第二卷一號，又《國藝月刊》第二卷四期）、錢仲聯《文廷式年譜》（《中華文史論叢》一九八二年第四輯）。

〇文永譽（一八八二—一九三三），字竇書，號公達。娶費念慈女。附蔭生。歷保知縣，分發江蘇試用。咨調奉天，保補缺，後以直隸州用。著有《天倪室集》。見《萍鄉文氏四修族譜》、陳詩《天倪室遺集序》（《天倪室遺集》卷首）、夏敬觀《疑年録六續》（《西南古籍研究》（一九八七年））。

〇王德楷（一八六六—一九二七），號木齋，江蘇上元人。光緒二十三年（一八九七）副貢生。嘗入湘撫幕。爲人負奇氣，好博覽，晚以詞名。著有《娱生軒詞》。見王瀣《娱生軒詞序》（《詞學季刊》第一卷三號)。

〔一〕李白《胡無人》(《李太白全集》卷三)。按:汪用此,乃贊文詞風格,并雙關「雲起軒」也。

〔二〕《平等閣詩話》卷二:「芸閣學士,别號『純常子』,用《莊子》『純純常常,乃比於狂』之語也。」陳詩《文道希先生詩集序》:「(道希)原號芸閣,晚號『純常子』。自著《純常子》一書,用《莊子》『純純常常,乃比於狂』之語,寓感傷也。」(《文道希先生遺詩》卷首)《近代名人小傳》:「清文人多宗儒家,其箋釋諸子,亦祇及訓詁音義,獨廷式攻《墨》《莊》,探其義旨,動得竅要,故其行狂越,蓋亦菲薄儒術之流也。字芸閣,取《莊子》語,自號『純常子』。」按:「純純常常」,語見《莊子·山木》。

〔三〕胡先驌《評文芸閣〈雲起軒詞鈔〉、王幼遐〈半塘定稾賸稾〉》:「(《雲起軒詞》)意氣飆發,筆力横恣,誠可上擬蘇辛,俯視龍洲。其令詞穠麗婉約,則又直入花間之室。蓋其風骨遒上,並世罕覯,故不從時賢之後,局促於南宋諸家範圍之内,誠所謂美矣善矣。」(《學衡》第二七期)汪兆銘《手批廣篋中詞》:「文芸閣能爲沈博絶麗之文,其詞脱胎蘇辛,而設色絢麗,無其率易之習,可謂於詞别樹一幟,蔚爲重鎮。」

按:汪説或參胡。他家足印證者,録於後。陳詩《尊瓠室詩話》卷一:「(芸閣)著有《雲起軒詞稿》，宗法蘇辛，摛辭華贍。」夏敬觀《宋人詞集跋尾》：「近人惟文道希學士，差能學蘇。」（《同聲月刊》第二卷一〇號）《忍古樓詞話》「葉遐庵」條：「芸閣詞宗蘇辛。玉甫嘗爲余言：『近代詞學辛者尚有之，能近蘇者，芸閣一人而已。』余謂：『學辛得其豪放者易，得其穠麗者罕。蘇則純乎士大夫之吐屬，豪而不縱，是清麗，非徒穠麗也。』」陳鋭《裒碧齋詞話》「評近人詞」條：「文道希詞，有稼軒、龍川之遺風，惟其斂才就範，故無流弊。」《夢苕盦詩話》第二五條：「萍鄉文芸閣廷式，以詞名一代，其詞氣王神流，得稼軒之髓。於晚清王半塘、鄭叔問、朱古微、況蕙風四家外，別樹一幟。」

《平等閣詩話》卷二：「文芸閣學士嘗自誦《水龍吟》一闋示人云：『落花飛絮茫茫，古來多少愁人意！游絲窓隙，驚飈樹底，暗移人世。一夢醒來，起看明鏡，二毛生矣。有葡萄美酒，芙蓉寶劍，都未稱，平生志。我是長安倦客，二十年、軟紅塵裏。無言獨對，青燈一點，神游天際。海水浮空，空中樓閣，萬重蒼翠。待驂鸞歸去，層霄回首，又西風起。』且述陳右銘中丞當時最賞此詞，謂非詞人之作。」《小三吾亭詞話》卷一「文廷式雲起軒詞」條：「萍鄉文氏，與余家三世，俱宦粤東。咸豐初，叔來觀察殉節嘉應，先曾王父伯蘭公亦殉乳源。兩家子弟，垂髫往還，其後復申之以姻婭。道希讀學廷式爲叔來觀察之孫，光緒庚寅廷試，以第二人及第。博聞彊記，似俞理初、章實齋一流人物。其畢生精力，盡在所著《純常子枝語》中。茂陵遺稿，無人過問，致足慨也。道希論本朝人詞，謂：『曹珂雪有俊爽之致；蔣鹿潭有沉深之思；成容若學《陽春》之作，而筆意稍輕；張皋文具子瞻之心，而才思未逮。』又言：『自朱竹垞以玉田爲宗，所選《詞綜》，意旨枯寂。後人繼之，尤爲冗漫。以二窗爲祖禰，視辛、劉若仇讐，家法若斯，庸非巨謬。』故其所作《雲起軒詞》渾脱瀏灕，有出塵之致，亦可謂出其餘事，足了千人者矣。」參觀同卷「文廷式念奴嬌」條、「文廷式南鄉子」條。

〔四〕《近代詩派與地域》：「文道希學士以文章氣節，負一時清望。長短句得蘇、辛之遺，詩則知者甚稀，實則力追浣花，有《諸將》、《詠古》之遺意，繪采檮聲，幾於具體。」亦見《近代詩人小傳稿》（《汪辟疆文集》）。

按：廷式詩，亦頗有知者，所見與汪異耳。陳三立《文學士遺詩序》：「君撰著宏富，詩詞特鱗爪耳，然君博極群書，詩乃清空華妙，不撏撦故實自曝，嘗推爲獨追杜司勳，波瀾莫二，即身世飄泊，亦頗肖似之，此可懸諸天壤俟論定者也。」（《散原精舍文集》卷一五）《平等閣詩話》卷二：「（芸閣）平生與沈乙盦先生最爲友善，嘗問乙翁曰：『余詩於古人奚似？』乙翁云：『君詩自具一種冲和之氣，殊肖王摩詰。此意外人那得知，則亦以爲似青邱也。』可謂名論。」狄所記，錢仲聯嘗襲之，見《夢苕盦詩話》第二五條。而廷式自評，則以爲近李白，《南軺日記》云：「輿中讀太白七古，其沈鬱極處，則神氣飛揚，知其筆意與余略相似也。」又《尊瓠室詩話》卷一云：「（道希）詩初以典麗勝，晚則喜效皮、陸，境爲之也。（中略）寄興述懷，允稱博奥。」亦可參。《平等閣詩話》卷一：「文芸閣學士嘗有絶句云：『雪山箐裏勤求藥，衹樹園中廣施金。獨有浄名無一語，天風吹座落花深。』真廣陵妙音也。又《山居雜詠》二首云：『蕭然歲晚不緇帷，輯綴閒言且作詩。野蘚漸乾知雨斷，枯樫無葉任風吹。』『蘿帶緣門薜荔衣，亮無熱客叩巖扉。相逢樵子彈棊局，青櫪林間賣藥歸。』亦有逸致。」又：「比過友人，見芸閣學士所書《詠雨》二絶云：『絲雨濛濛濕九州，碧闌干外迥生愁。人間若有瓊霄怨，不遣滄波入海流。』『群花無力鬥春寒，遲暮園林怯晚看。行過苔階重廻首，他時曾惜一分殘。』辭旨婉約，是以神韻勝者，令人低徊三復，不能已已。」《今傳是樓詩話》第四七七條：「文道希學士遺詩，多涉同光掌故，其《落花》、《詠史》、《宫詞》諸作，類有所指，特詞旨隱約，驟讀不能辨耳。」《詩史閣詩話》：「道希文學優美，（中略）『東風不解傷心事，一夕齊開白柰花』二語，尤爲世所傳誦。此詩即詠珍妃投井。與炯齋之『宫井不波風露冷，哀蟬落葉夜招魂』，可稱雙絶。」

〔五〕見《青鶴雜誌》第一卷八期。

按：「閩塵」，原誤作「聞塵」，此據改。又廷式論詩，多有卓識，不僅此節也。錢仲聯《文廷式年譜》云：「先生論詩宗趣，以雅正爲歸，不尚吊詭。於並時交游，若陳伯嚴諸人所爲，頗不苟同。以爲矜奇之作，可以震眩於一時，成名固易，迨有大力者出，則一苕帚掃去之矣。」

文廷式《南軺日記》：「詞章之學，國初極盛，有明人之神韻風采，而一去其輕佻粗獷之習。王、朱並稱，濟以博贍，餘子亦群趨雅正，實爲盛治之音。至沈歸愚諸人出，謬託正宗，全無詩意，變才人爲學究。其咎良有所歸，於時文網稍密，才智之士悉心經史，而不復留意篇章，故文體日歸平實，而詩中之比興亡矣。得名諸家，詞意皆淺，典麗可喜，而識度未聞。亂離以來，始復有講求才翰者，然氣蕭而詞雜，且多脈絡不清，巨刃摩天，之乎未知，將誰企也。」又云：「乾嘉間詩，亦間有比興者，在深思者察之，百中可得一二也。」（《青鶴雜誌》第二卷三期）《隨山館詩序》：「嘗讀鍾嶸《詩品》，於諸家之詩，必實其源自何人，論者或疑其附會，不知此古人分別流派之盛心也。然予猶惜其能辨文章之流別，而未能辨學術之流別。是以淵明之詩，儒家之言也，其意淡泊而有守；子建之詩，雜家之言也，其氣傷佚而無制；許詢近於道家；王儉近於禮家。如斯之流，未之分晰，遂使千載而下，篇章既佚，考索爲難。斯讀者可以深慨矣。」又：「夫風雅道微，輶軒不采，下情無以上達，而作詩者又不能原本學術，考察民隱，淆然爲無謂之辭，或僅僅雕鎪蟲魚，極命草木，而詩學幾爲天下裂。」（汪叔子編《文廷式集》卷二）

〔六〕見陳詩《天倪室遺集序》。

地進星出洞蛟童威　邵瑞彭　一作陳方恪

送君者自崖而返，而君亦自此遠矣〔一〕。

〔原附〕論近代詩家絶句　章士釗

享盡温柔受盡憐，閒情猶在舊蠻箋。依然一曲梁溪水，忍照琵琶過別船。

彦通有豔詩云：「不知一曲梁溪水，多少桃花照影來。」

詩人涕淚滿江湖，乞食何關九局圖。未信南朝阮司馬，敢將菊部詆陳吴。

吴謂東卿。時傳東卿曾拒僞聘。

辛未冬，余侍先君旅滬，寄寓霞飛路葆仁里彦通丈所。而「一二八」事變忽起，留滯月餘，因得親承音旨。憶丈作詩題《成都顧先生詩集》，結云：「寒江秋月白紛紛。」詔余曰：「據山谷原作，當云秋月印紛紛，然顧先生諱印愚，故改之。」其詩律之嚴如此。丈時窘甚，幸葉遐庵小有周濟，故先君贈詩云：「忍欲忍貧陳正字，閉門不復向時人。廚煙漸滅還高臥，賸見交情趙德麟。」德麟，謂遐庵也。雖或饔飧不繼，猶畜師子狗數頭，每食，則群犬環桌坐椅上待飼，如佳客然，亦一奇也。此五十年前事，聊復記之。千帆注。

千帆謹案：右二首屬陳彦通。

【箋證】

○邵瑞彭（一八八八—一九三八），字次公，浙江淳安人。早歲入浙江優級師範學堂，治今文經學，研齊詩、《淮南子》及古曆算學。後入南社。歷任北京大學、中國學院、河南大學諸校教授。民國初年，選爲衆議院議員。十二年（一九二三），反對曹錕賄選，著聲於世。晚寓居開封。著有《揚荷集》、《山禽餘響》等。見袁道沖《淳安邵次公先生事略》(《民國人物碑傳集》(川版))。

○陳方恪(一八九一—一九六六),字彥通,號鸞陂居士,江西義寧人。三立第四子。幼從王伯沆受學。十七歲至上海,入震旦學院,習西文。民國三年(一九一四),任中華書局雜誌部主任。次年辭去,往北京,任鹽務署編輯兼秘書。後歷任財政部、江西督軍處秘書、江西省立圖書館主任、景德鎮稅務局局長等職。二十年(一九三一),任上海正風文學院教授。解放後,任職南京圖書館,兼爲《江海學刊》編輯。卒於南京。嘗從朱祖謀、夏敬觀諸老游,入漚社,專力於詞。著有《殢香館詞草》、《鸞陂詞》、《適屨集》等,今人輯爲《陳方恪詩詞》。見潘益民《陳方恪先生編年輯事》、《陳方恪年譜》。

〔一〕《莊子·山木》:「送君者皆自崖而反,君自此遠矣。」按:此形容其詞境。宋祁《宋景文筆記》卷中云:「莊周曰:『送君者,皆自厓而反,君自兹遠。』每讀至此,令人蕭寥有遺世之意。」頗得莊子旨趣,可參。

《廣篋中詞》卷四:「次公詞,清渾高華,工於鎔翦,殘膏剩馥,正可沾溉千人。」《忍古樓詞話》:「淳安邵次公瑞彭,早年在春音社席上相晤,今二十年不見矣。著有《揚荷集》詞四卷,已行世。次公爲詞,宗尚清真,筆力雄健,藻彩豐贍。近自中州寄示所作五詞,則體格又稍變,運用典實,如出自然。博綜經籍之光,油然於詞見之。蓋託體高,乃無所不可耳。」參觀《光宣以來詩壇旁記》「陳彦通適屨集」、《兼于閣詩話》卷三「義寧兄弟」、《荷堂詩話》「補談義寧兄弟」條。

培軍按：彦通以詞名，詩亦多佳什，石遺頗詳説之。《石遺室詩話》卷二一云：「散原諸子，多能文辭。余贈師曾詩，所謂『詩是吾家事，因君父子吟』者也。師曾近作，真摯處幾欲突過乃父。其弱弟彦通，則巾角搔頭，與師曾鬑鬑有鬚者迥不相侔，素工長短句。近亦偶爲詩，《無題四首》之三云：『端是天人玉儼臨，酒懷蘭語蕩靈襟。閑詞獨服焦延壽，字字幽馨出易林。』『王母旌旗鎮上宫，黄河天瀉玉琤琮。中原靈氣今朝盡，輸與雙成住碧峰。』『平生風雨不言愁，一度尊前意卻休。仍是惠休多慧業，三生平白夢揚州。』《梁溪曲》四首之三云：『曲罷真能服善才，十年海上幾深杯。不知一曲梁溪水，多少桃花照影來。』『休言滅國仗鬟眉，女禍强於十萬師。早把東南金粉氣，移來北地奪胭脂。』『鐙痕紅似小紅樓，似水簾櫳似水秋。豈但柔情柔似水，吴音還似水般柔。』作此種詩，卻有名貴氣。」又《石遺室詩話續編》卷四云：「彦通本工詞，詩則酷肖其父。有《爲先母卜兆域、至臨安法華山中、夜宿蘭若》云：荒山獨夜自驚神，鼠落鵂騰簌屋塵。燈影撲床疑有魘，松濤如海欲沈身。免懷顧復承家日，换刼艱難拜墓人。明日出門愁雨腳，麻鞋趼足仰蒼旻。雜諸散原『崝廬』諸作，幾不能辨。」並可參觀。石遺選《近代詩鈔》，亦録《梁溪曲》三首，章詩、注所及者，蓋即據之。又，《近代詩人小傳稿》：「散原諸子皆能詩，而衡恪、方恪尤著。師曾詩清剛勁上，有邁往不屑之韻。彦通雋語瑰詞，情韻不匱，但沈厚不及師曾耳。」（亦見《近代詩派與地域》）並可參。

地退星翻江蜃童猛　喬曾劬 一作陳世宜

是身非身，得味外味〔一〕。射雕將軍〔二〕，協律都尉〔三〕。

【箋證】

〇喬曾劬（一八九二—一九四八），字大壯，又字壯殹，室名波外樓，四川華陽人。以字行。祖父樹枏，官至學部左丞。早從顧印愚游。後肄業京師大學堂，通法文，嘗迻譯法人説部。爲辜鴻銘所賞異。民國四年（一九一五），任職於教育部，與周樹人、許壽裳友善。二十四年（一九三五），聘爲中央大學教授。二十六年（一九三七），爲實業部秘書，隨部西遷重慶，兼中大詞學教授。抗戰後，返南京，仍執教於中大。三十六年（一九四七），因許壽裳之薦，往臺灣，任教臺大中文系。明年，壽裳被害，繼許爲系主任。旋返南京，悲觀憤世，投水死。著有《波外樓詩》、《波外樂章》、《喬大壯遺墨》、《印蜕》等。見喬無疆《先父喬大壯先生事略》（《喬大壯詩集》附）。

○陳世宜（一八八三—一九五九），字小樹，號倦鶴，江蘇南京人。更名匪石。早有「神童」之譽。肄業尊經書院。從張仲炘學詞。光緒三十一年（一九〇五），南京創辦新學，任教於幼幼學堂。明年，赴日本學法律，入同盟會。三十四年（一九〇八），返國，任法政學堂教員。又入南社。民國初，赴馬來西亞，爲《光華日報》記者。旋返，先後任職上海、北京各報，撰文論國事。兼中國公學、持志大學、中國大學等校教授。十二年（一九二三），任農商部秘書。十六年（一九二七），任江蘇建設廳秘書，及工商部、實業部參事、商標局局長等職。三十六年（一九四七），任中央大學詞學教授。解放後，爲上海市文物保管委員會編纂。著有《宋詞舉》、《聲執》、《倦鶴近體樂府》等。見鍾振振《陳匪石先生傳略》（《宋詞舉》附）。

〔二〕黄庭堅《寫真自贊五首》之五：「作夢中夢，見身外身。」（《黄文節公全集·正集》卷二二，《黄庭堅全集》第二册）阮閲《詩話總龜》卷八引《王直方詩話》：「司空表聖自論其詩，以爲得味外味。」按：此蘇軾語，亦見胡仔《苕溪漁隱叢話》前集卷六、洪邁《容齋隨筆》卷一〇「司空表聖詩」條、《東坡志林》卷一〇（《叢書集成》本）。

〔三〕《北齊書》卷一七《斛律金傳》：斛律光從世宗校獵，見雲表一大鳥，引弓射之，中其頸落地，乃大鵰也。人歎曰：「此射鵰手也。」遂號「落鵰都督」。按：汪贊即用此。後世稱詩家，亦云「射雕手」，始於唐姚合。見《極玄集自序》（《極玄集》卷首，《唐人選唐詩（十種）》本）。

〔三〕《史記》卷二四《樂書》：「今上即位，作十九章，令侍中李延年次序其聲，拜爲協律都尉。」按：喬、陳填詞，均嚴守聲律，故云。

夏敬觀《吷庵詞話》：「江甯陳倦鶴世宜，爲張次珊通參高第弟子，光宣間從朱彊尹侍郎吴門，居法政學校講席。境界敻絶，足證淵源。《綺寮怨》云：『縹渺神山何處，海光回望遥。聽廣樂、醉飲〔引〕流霞，清虚府、絳袂曾招。呼龍耕煙種玉，玻璃脆、鏡日更誰敲？怕爛柯、對弈無人，空中語、夢鹿重覆蕉。　漫信跨鸞上霄，紅朝翠暮，雲翹慣怨迴飇。貝闕珠巢，擬同賦、水仙謡。天孫聘錢償否，洗淚眼、愛河潮。樓頭弄簫，前宵尚解佩，臨漢皋。』《瀘濱雪中度歲、寄懷同社諸友》《泛清波摘遍》云：『燒痕野草，瞥影邊鴻，如矢歲華催换了。睡中山色，但有梅枝占春早。淞滬〔濱〕道，明燈閃閃，官柳蕭蕭。連騎俊游今漸少。繡幕休垂，放入寒光見懷抱。庾園悄，飛絮乍縈畫檐，解凍尚遲芳沼。翻恐回風，向人鬢絲吹老。獸香裊，花外信息愈疎，天涯夢程難到。幾處金盤燕蔟，醉吟昏曉。』」（《青鶴雜誌》第五卷一六期）按：《吷庵詞話》，又名《忍古樓詞話》，連載於《詞學季刊》，後收入《詞話叢編》。

又，《魚千里齋隨筆》卷上「紀喬大壯」條：「《波外樂章》，皆大壯所作長短句。余甚愛其《臨江仙》小令，以爲風神曼妙，時復誦之。其詞云：『少日山眉深淺，去年雲髻高低。夜來微雨濕春泥。五更鴛枕上，千里鳳城西。　引鏡斜紅舊褪，緘書澹墨新題。江南自好自淒迷。柳花隨處起，鵯鵊盡情啼。』其他大率皆廻腸盪氣之作，思致深警，在清真、白石間。」又「波外樂章題後」條：「華陽喬曾劬大壯所著詞，自署『波外樂章』，（中略）頃復披尋遺稿，見有題『趙味滄橅元押』，調寄《宴清都》，云：『帶土苔花繡。西臺客、故京塵夢誰覆。零縑敗簡，分明俊押，武都泥舊。桑陰再冪中原，問過海、仙鬟見否。自部落、飲馬長河，黄金鑄來新紐。　芳辰露滴研朱，寒增硯匣，烟避香獸。蠻牋字小，雙雙淚落，射鵰衫袖。甘泉衛霍何處，笑鳳觜、空銜紅綬。戰海王邨畔東風，髡餘萬柳。』『元押』爲一種元代押印。右詞從拓印抒思，以至虜騎騰踏中原，桑陰冪海，寥寥百許字中，生出無窮喟歎！於今日讀之，復覺情境宛然，低徊欲絶。語句特爲華妙，一結尤見精思。集中佳構甚多，此闋似最爲傑出。」參觀《兼于閣詩話》卷三「波外樓」條。

光宣詩壇點將録箋證卷六

四店打聽聲息邀接來賓頭領八員

按四店頭領，頗多汲引之勳。以言真實本領，固未易企馬步軍諸將也。今以光宣兩朝歷掌文衡諸賢屬之。

地數星東山酒店小尉遲孫新　翁同龢

評碑論畫〔一〕，書林清話〔二〕。

松禪藝事，别有可傳〔三〕，門下多宿學能詩者。即其自作，亦雅飭可誦〔四〕。愚嘗見其松常文獻畫像題詠，皆風骨遒上。餘事作詩人，非學裕識廣，辟易千人者，固未足語於此也〔五〕。

翁同龢，字叔平，號松禪，常熟人。咸豐丙辰狀元，官至户部尚書、協辦大學士，致仕，光緒三十年薨，年七十五，謚文恭。有《瓶廬詩稿》八卷、《詩鈔》四卷。

【箋證】

〇翁同龢（一八三〇—一九〇四），字叔平，號瓶笙，晚號松禪老人，江蘇常熟人。翁心存第三子。咸豐六年（一八五六），一甲一名進士。授修撰。八年（一八五八），典試陝甘，旋授陝西學政。同治元年（一八六二），典試山西。丁父憂，服滿，轉中允。累遷内閣學士。光緒元年（一八七五），署刑部右侍郎，爲光緒帝師傅。遷都察院都御史，刑部、工部、户部尚書，加太子太保銜，授軍機大臣。中法戰起，以主戰罷官。二十年（一八九四），再授軍機大臣。明年，以户部尚書協辦大學士。嘗與康有爲討論變法，又命人草新政詔書，爲帝黨之中堅。二十四年（一八九八），以侈口言戰、濫保非人罪，革職回籍。卒於家。著有《瓶廬詩稿》、《文鈔》、《松禪相國尺牘》、《翁文恭公日記》等。今人輯爲《翁同龢集》。見《清史稿》卷四三六、《重修常昭合志》卷二〇《人物志乙》、孫雄《清户部尚書協辦大學士翁文恭公别傳》（《舊京文存》卷一）、唐文治《記翁文恭公事》（《廣清碑傳集》卷一四）。

〔一〕《近代詩派與地域》：「常熟翁氏，以一身關乎時局，戊戌政變，受譴家居，《瓶廬》一集，絶無怨懟。其題詠書畫及鄉賢圖像，每於小序，備存故實，徵文考獻，足資取材，則其尤雅者也。」（《汪辟疆文集》）

按：此節亦取陳衍。《近代詩鈔·石遺室詩話》云：「瓶廬相國詩，清雋無俗韻，獲譴歸里，閉門思過，所作不但怨而不怒，即怨亦希，惟其音自悲耳。《絶筆》一首，其明證也。集中題書畫碑帖之作，十居六七，往往有小序及自注，考據精審，多存軼事。」又，錢仲聯《論近代詩四十家》云：「松禪老人詩，以有關書畫金石之作爲最工，時抒悲憤。如《臨吴漁山真跡》云云、《臨倪文正畫二絶句》云云，皆身在江湖、不忘魏闕者，不僅如陳衍所云『清雋無俗韻』而已。至其他題跋諸篇，考據精審，亦饒詩味，非翁方綱之以『抄書當作詩』者可比。張之洞同時（以達官能詩名），此境卻非《廣雅堂詩》所有。」可參觀。

〔二〕（書林清話）葉德輝所著書，本論版本學，此借指八法。翁以書名世。

〔三〕《近代詩人小傳稿》：「（同龢）工書，以董趙意而參以平原，氣魄足繼劉墉。亦善繪事。」（《汪辟疆文集》）按：此節，語本《近代名人小傳》。又，《夢苕盦詩話》第五三條：「張南皮詩與常熟字，各有千秋，二公瓣香同屬東坡。」王伯恭《蜷廬隨筆》「潘翁兩尚書」條：「翁文恭師昔嘗語余云：世人盛推吾書，實則吾於書法，茫無所知，去伯寅甚遠。伯寅嘗笑吾杜撰草法，誠中吾病。蓋四十後方有意學書，筆性既拙，又苦無多暇，是以終無成就。」並可參。

〔四〕《晚晴簃詩匯》卷一五五《詩話》：「文恭師久侍講幄，入贊樞廷，崇陵最所倚毗。晚遭多故，終老江湖。生平本末，具見於詩，淹雅端和，不失先民矩矱。七言古體，筆力放縱，淵穎堅凝，青邱雋上，殆兼擅其勝。尤以戊子至戊戌十年間，爲菁華所在。」《今傳是樓詩話》第五條：「清季達官能詩者,南皮張廣雅外,應推虞山相國。公晚號松禪老人,所著有《瓶廬詩稿》。戊戌被放後,歸隱墓廬,爲詩益工。顧其時黨論方酷,忌者猶衆,畏譏避謗,情見乎詞,亦可傷矣。」又,《平等閣詩話》卷一:「常熟翁叔平相國,(中略)生平工書法,爲世所寶。兹見其《題寄漚書巢圖》詩云:一漚一發一如來,處處圓明性地開。難得甘黄攣下澤,莫因寒拾鈍天台。尖風冷月無邊相,瘦竹孤花未易才。山鳥不知吟嘯事,看人開卷輒疑猜。澹逸得宋人家法。」按:「尖風」一聯,錢仲聯稱之,以爲「可括近賢詩境」,見《夢苕盦詩話》第五九條。此詩見《瓶廬詩稿》卷七,題爲《次韻劉石香寄懷》;亦見《晚晴簃詩匯》卷一五五。「一漚發」,語見《楞嚴經》卷六。

〔五〕《夢苕盦詩話》第五九條:「舅祖翁松禪,自戊戌放歸後,即閉門不出。初居西門外錦峰别墅,有依緑草堂、延爽山房諸勝。余十五、六歲時,讀書於此,今則其地已易何姓矣。公居此不久,嫌近城市,移居白鴿峰。時往相見者,余姑丈俞孝廉金門鍾鑾,亦即公之甥也。公有時入城,訪我祖母於隱仙街老屋,布衣芒履,曳杖步行,路人或識之者,則遥指曰:此翁相國也。人謂公薦舉南海,有『才勝臣十倍』之語,實不盡然。政變以前,金門姑丈在京師,公即誡以不可近南海,謂其心術不正。此事姑丈親爲予言之。外間所傳,不免捕風捉影。今公《日記》俱在,可覆按也。公於詩非專門,然清雋無俗韻,風格轉高於南皮。七絶最妙,多託興蕭寥之作,略詮於此。

《出宿一舍回首黯然》云：風帆一片傍山行，滚滚長江瀉不平。傳語蛟龍莫作怪，老天慣聽怒濤聲。感群小之相厄，鬱怒之聲，如在紙上。《疊前韻題陳章侯博古碑刻本》云：被髮行吟楚大夫，不堪羸病恕狂奴。篋中圖畫捐都盡，賣到長江萬里圖。《題戴文節畫扇》云：愈澀愈生筆愈靈，當年妙語我曾聆。可憐十月江南景，一角殘山分外青。《題蔣文肅畫花卉卷》云：矮紙曾題字數行，旁人怪我語蒼涼。湖山自是幽人福，漫與前賢並較量。戊戌二月得公畫卷，與此適同。余詩有『榮枯開落原無定，才了官書已白頭』之句。迨四月放歸，若爲之兆云。《臨吴漁山真跡》云：二百年來有後生，廟堂拜疏乞歸耕。尖風涼雨秋如此，誰識挑鐙作畫情？《臨倪文正畫》二絶句云：要典焚殘士路清，一篇黨論太分明。相公煞費推擠力，破帽騎驢了此生。』『逐客偏蒙詔語温，論兵籌餉已無門。蕭寥數筆雲林畫，中有憂時血淚痕。』明擔當和尚句云：『不待西風摇落盡，筆尖動處有秋聲。』似爲松禪詠。凄楚之音，不堪卒讀。荆公、玉局，共懷抱於千載之上爾。」

地陰星母大蟲顧大嫂　黄體芳

芳蘭竟體〔一〕，大類女子。孰知爲燒車之御史〔二〕？漱蘭先生有「燒車御史」之風，節概炳然〔三〕。晚主大梁書院〔四〕，喜以詩歌自娱。風骨頗高，兼尚情韻，世固未知也〔五一〕。

黄體芳，字漱蘭，瑞安人。同治癸亥進士，官至兵部右侍郎，降通政使。峭直剛正，同光朝爲京朝清議之魁。視學江蘇，建南菁書院，以經訓造士，得士最盛。光緒二十五年卒，年六十八。

【箋證】

〇黄體芳（一八三二—一八九九），字漱蘭，浙江瑞安人。少受業於孫衣言。同治二年（一八六三）進士，選庶吉士，授編修。累遷侍讀學士。屢上書論時政，言人所難言，直聲震中外。時與張佩綸、張之洞、寶廷號「翰林四諫」。光緒七年（一八八一），遷内閣學士，督江蘇學政，創南菁書院。明年，授兵部左侍郎。十一年（一八八五），還京，劾李鴻章治兵無效，請敕曾紀澤歸，忤旨，左遷通政使。兩署左副都御史。十七年（一八九一），乞休。晚迭主信陵、敬敷書院。著有《漱蘭詩葺》、《醉鄉瑣志》等。今人輯爲《黄體芳集》。見《清史稿》卷四四四、葉爾愷《黄體芳傳》（《漱蘭詩葺》附）、孫延釗《瑞安五黄先生繫年合譜》（《孫延釗集》）。

〔一〕語見《南史》卷二〇《謝覽傳》。按：此以黄配女將，故用《南史》語，戲切其名、字；亦拈連之法耳。

〔二〕〔燒車御史〕指清謝振定。謝官御史時，焚和珅妾弟車，遂有此號。見《清史稿》卷三二二《謝振定傳》。按：體芳亦官御史，並著直聲，故比之。

〔三〕《清史稿》卷四四四《黄體芳傳》：「時議禁燒鍋裕民食，户部覈駁，體芳謂燒鍋領帖，部獲歲銀三萬，因上董恂奸邪狀，坐鐫級。（中略）自是劾尚書賀壽慈飾奏，俄使崇厚誤國，洪鈞譯地圖舛謬，美使崔國英赴賽會失體，皆人所難言，直聲震中外。」參觀黄體芳《使臣專擅誤國請飭廷臣議罪疏》、《責重臣斡旋捍禦疏》、《和約議定後殺崇厚以挽狂瀾疏》、《在籍道員把持童試承審官過涉含糊請飭核議折》、《請開去李鴻章兼職折》（俱見《黄體芳集》卷一）。

〔四〕〔大梁書院〕指信陵書院。《瑞安五黄先生繫年合譜》：「（光緒二十一年）先生喬梓至汴梁，與許仙屏河帥相見，以詩唱和。於是漱蘭先生主信陵書院講席者數月。其去也，有追述河南耆獻留别書院諸生七律八首。」《藥裹慵談》卷六「黄漱蘭先生」條：「甲午，（先生）出爲信陵書院山長，復主江寧、安慶書院，皆未久辭去。」按：詩題爲《信陵書院作、追述耆獻、留别院中諸生、疊仙河帥韻》，見《漱蘭詩葺》。又，李云甲午（光緒二十年），較孫譜早一年，或爲誤憶。

〔五〕宋慈抱《漱蘭詩葺跋》：「先生於詩文不多作。（中略）詩僅二十三首，近體居多，雖寥寥短篇，可以見其志趣。」（《漱蘭詩葺》附）按：黄詩傳世極少。宋慈抱輯《漱蘭詩葺》一卷，初刊《甌風雜誌》，旋收入《惜硯樓叢刊》。後數年，邑人張揚復有蒐羅，更得二十八首，曰《漱蘭詩葺補》。

合二家之所輯，不過五十餘首。汪謂其晚喜以詩自娱，恐不確。

《蕉廊脞録》卷六「黄體芳詩」條：「如皋冒鶴亭廣生刊瑞安黄叔頌、仲弢昆仲之詩，曰《二黄先生集》；余獨憾吾師漱蘭先生詩無可蒐緝。先生不以詩名，而敦崇氣節，時流露篇什間。嘗見先生題丁氏《雙烈圖》七絶三章，亟録之，亦吉光之片羽也。詩云：『弘光殘局最傷神，椎布能將正氣伸。愧煞急裝諸婦女，苦隨馬上窄衫人。明南京之變，馬士英窄衫小帽躍馬出城，隨行婦女皆急裝。』『婦節臣忠等可哀，更從九死别奇侅。當時淺水西洋港，一躍何曾了念臺。蕺山先生扁舟辭墓，躍西洋港，水淺不死，絶勺水十三日，然後正命。』『哦詩握翦紹先芬，二百年來雙節聞。此幀君家猶木像，永維忠孝到仍雲。』又於袁忠節《水明樓集》得附刊先生詩四章，並録之。《感事》云：『邊將空吹月夜笳，使臣枉泛海天槎。世無士雅雞聲惡，廷少文貞豸角邪。榻畔他人鼾我室，域中今日算誰家。處堂别有怡然趣，燈火笙歌度歲華。』『青蠅倏我海東隅，敢道餘年强自娱。運值奇窮招鬼侮，病甘坐廢厭人扶。心真寒極腸猶熱，愁到濃時淚轉枯。生不嫌遲嫌死晚，眼看浄土豢狼貙。』《喜聞壺公奉召入都》云：『龠拯端須仗異材，時屯陽九鬱雲雷。推枰從古諳長算，乘傳親承敕外臺。度實贊予淮蔡定，光留作相洛師來。武昌柳亦知攀戀，一一陶公手自栽。』『弱噏强張局勢艱，機神無滯在心閑。國工始辨刀圭用，群筴方收履屐間。括地象圖形便在，通天犀帶内臣攽。披忱入對天章閣，一豁籌邊聖主顏。』」

地刑星西山酒店菜園子張青　張英麟 一作李稷勳

珊瑚鐵網〔一〕，風流延獎，以吾一日長〔二〕。

【箋證】

○張英麟（一八三八—一九二五），字振卿，一作振清，山東歷城人。同治四年（一八六五）進士，選庶吉士，授編修。歷典福建、雲南鄉試，累遷祭酒，充經筵講官。光緒十七年（一八九一），授奉天府丞，兼學政。奉省士民樸素，隨輶所至，力加獎勸，學風興起。晉内閣學士，簡順天學政，擢吏部侍郎。二十六年（一九〇〇），通州試竣回京，兩宫西狩，官吏遷避，獨守學政關防，以待交替。明年，召赴行在，應詔上疏，請力崇節儉。二十九年（一九〇三），充會試副總裁，借闈河南，試策論、經義，多取績學。會改官制，以侍郎遷副都統，旋晉都統。三十四年（一九〇八），授左都御史。宣統三年（一九一一），遜位詔下，乞罷歸。著有《濬輶詩存》、《南扶山房詩鈔》等。見《清史稿》卷四四一、章梫《都察院都御史張公墓誌銘》（《碑傳集三編》卷七）。

○李稷勳（一八五九—一九一八），字姚琴，一字伯棨，晚號甓盦，四川秀山人。光緒二十四年（一八九八）進士，改庶吉士，授編修。充會試同考官，精衡鑒，重實學，頗得知名士。累官郵傳部參議。總督川漢鐵路。博學善古文，受詩法於王闓運。著有《甓盦詩録》。見《清史稿》卷四八六、佚名《李姚琴先生事略》（《民國人物碑傳集》（川版））。

〔二〕李商隱《碧城三首》之三：「玉輪顧兔初生魄，鐵網珊瑚未有枝。」馮浩注：「《外國雜傳》：大秦西南漲海中珊瑚洲，洲底大磐石，珊瑚生其上，人以鐵網取之。《本草》：珊瑚生海底磐石上，一歲黄，三歲赤。海人先作鐵網沉水底，貫中而生，絞網出之。失時不取則腐。」（《玉谿生詩集箋注》卷三）按：此謂其能獎拔人才。

〔三〕張英麟《得鄉試題名、奉省中式十八名、賦此志喜》：「文史供漁獵，風流喜延獎。」「有能從我遊，以吾一日長。」（《道咸同光四朝詩史》甲集卷四）《論語·先進》：「子路、曾晳、冉有、公西華侍坐。子曰：以吾一日長乎爾，毋吾以也。」按：張屢任學政，喜獎掖，故云。《近代名人小傳》：「二張同以文學侍臣，屢奉命視學，皆端慎負清望。然英麟學稍儉，不足望亨嘉也。（中略）英麟官奉天府丞，兼奉吉江三省學政，接群士，教誡諄切，人多感之。」又，《緑天香雪簃詩話》卷四：「歷城張振清師，官總憲，年七十餘，白髮蒼髯，喜談詩，工諧謔。每樽酒座間，有客求詩，無不立答。詩境似白，因熟生巧，有水到渠成之妙。」是評其詩，亦可參。

葉恭綽《篋盦詩録序》：「蜀中李君堯琴，嘗受詩法於王壬父，而不囿於師説，媁意壹志，步趨唐賢。近代詩人，泰半尊宋抑唐。（中略）李唐一代之詩，衆美皆備，惡可抑耶？予少時頗持此議，妄欲繇中晚以上窺初盛，興之所至，彊效一二，輒爲友人所許，未敢自信也。中歲以還，人事滋劇，竟尟及此。堯琴乃獨持之益堅，好之益篤，爲之益勤。其材博而不閎其神，其格峻而不傷其韻度，其意致深婉，有風人之遺，未可求諸句下。其詩律之細，雖數年一變，至於屢變不已，然亦變而愈精，變而愈老，而於唐賢軌範，蓋自少汔暮年，莫之或易。竊以爲堯琴之詩，可謂善學壬父，善學唐賢者也。」（《篋盦詩録》卷首）吴士鑑《李堯琴遺詩序》：「曩與長沙張文達同直，盛稱秀山李君堯琴之賢，戊戌君登高第，始同館職。偶讀君所爲詩，綿麗閎懿，蓋學人之詩也。既而文達筦郵部，倚君爲助，擢參議川漢路政，定爲商辦，舉君總持之，駐於宜昌。君於是歸主其事，不相見者數年。甲寅余再入都，君亦繼至，戹届於寒山社中，積疢沈憂，輒有桑梓龍荒之感。君詩乃益富，哀絃迸發，不自覺其鬱勃而蒼涼也。」（《含嘉室文存》）

培軍按：張詩雖刻集，然究未名世，近人詩話罕及之，此特以其姓張，遂配爲菜園子耳。姚琴從湘綺受詩學，宗法唐人，而不拘於湘綺，湘綺頗稱之。具見《湘綺樓説詩》卷七。又《晚晴簃詩匯》卷一八二《詩話》云：「伯椉爲湘綺弟子，湘綺教人學詩，恒舉東川伯椉不盡守師説。七古喜學梅村，五律學浣花，七律多學玉谿，間有似明七子者。」亦可參。

地壯星母夜叉孫二娘　江標

姑蘇男子多美人，姑蘇女子如瓊英〔一〕。君不見，湯師〔卿〕謀〔二〕，卞玉京〔三〕。建霞美風儀〔四〕，號稱識時之彦，世皆知爲清末革新運動之人〔五〕。然詩工殊深，風致娟然〔六〕。有《靈鶼閣稿》，頗自秘惜，己亥毁於火〔七〕。

【箋證】

○江標（一八六〇—一八九九），字建霞，一作建緺，號師鄦，江蘇元和（今吴縣）人。少讀書外家，舅父華翼綸富藏弆，耳濡目染，遂博通群籍。光緒十五年（一八八九）進士。散館授編修。薛福成薦其有使才，未獲用。二十年（一八九四），任湖南學政，提倡新學，協巡撫陳寶箴推行新政。又與黄遵憲、譚嗣同等，創湖南學會，編《湘學報》。任滿，以四品京堂擢用。戊戌政變，爲言官劾罷。著有《黄堯圃年譜》、《沅湘通藝録》、《紅蕉詞》等。輯刊《靈鶼閣叢書》。見葉昌熾《江標建緺事實》、胡思敬《江標傳》（《碑傳集補》卷九）、趙炳麟《江京卿傳》（《柏巖文存》卷三）、唐才常《前四品京堂湖南學政江君傳》(《唐才常集》卷一)。

〔一〕句見樊增祥《彩雲曲》(《樊山續集》卷九)。按:江有好貌,故云。參注四。

〔二〕按:「師謀」當作「卿謀」。卿謀,明湯傳楹字。傳楹(一六二〇—一六四四),字子輔,更字卿謀,江蘇吴縣(今蘇州)人。諸生。貌清秀,才思敏妙。詩學李賀,亦能曲。著有《湘中草》。生平詳《吴縣志》卷六九、《明詩綜》卷七四。

〔三〕〔卞玉京〕名賽,字賽賽,號雲裝。明末秦淮妓。知書,工小楷,善畫蘭。後出家爲道士,號玉京道人。生平詳吴偉業《過錦樹林玉京道人墓并傳》(《梅村家藏藁》卷一〇)、余懷《板橋雜記》卷中(《續修四庫全書》本)、李濬之輯《清畫家詩史》癸下。

按:江有詩及卞,或以此,遂及之。《平等閣詩話》卷一:「從徐積餘處得其(建霞)遺詩數首。《題卞玉京楹帖》二絶句云:『想見衫舒釵重時,玉窗香繭界烏絲。獨愁一事梅村誤,不譽能書祗譽詩。』『舉舉師師姓氏迷,飛瓊仙跡近無稽。蠶眠小字珊瑚押,莫誤楊家妹子題。』又《題玉京畫》云:愛讀琴河感舊詩,楓林霜信歎來遲。秋風紅豆相思種,定爲蕭郎寫折枝。信筆揮灑,妙緒天成。覺余澹心《板橋雜記》之言,益可徵信。」又,胡思敬《戊戌履霜録》卷四《黨人列傳》云:「(標)嘗游東洋,嬖一女子,欲委身事之,不果。影其小像歸,題曰《東鄰巧笑圖》,徧徵名人詩畫。其豪宕不拘小節如此。」或隱指此事，亦未可知也。

〔四〕《近代名人小傳》：「標狀貌若好女子，風流自喜，而膴仕非所求。」

〔五〕按：詳見諸家傳狀。又參觀《古紅梅閣筆記》「江標」條。

《學山詩話》：「『一年不見靈鶼子，風調平生遂渺茫。地下精魂應聚泣，人間瘧鬼果倡狂。青蠅弔客言堪痛，蒼狗浮雲事可傷。高誼自慚論范式，素車誰叩汝南喪。』『沈冤未敢訴天閽，帝遣巫陽召楚魂。畫餅聲名真自累，蓋棺功罪竟誰論。明堂異日思前席，幽室何年照覆盆。料有據床人更痛，白頭揮淚視諸孫。』此仁和吴董卿用威挽江建霞京卿標詩也。建霞爲湖南學政，繼之者爲徐仁鑄，皆朝官中之能持清議者。其在湖南，主張維新。值湘撫陳寶箴力行新政，爲湘士之舊派者所不悦。及戊戌事變，同時被黜。」《今傳是樓詩話》第五七條：「元和江建霞京卿標，亦戊戌政變史中之人物。君於甲午奉命視湘學，毅然以開通風氣自任，湘中士習爲之一變。《靈鶼閣叢書》，即當時校印者也。湘人刊《翼教叢編》，於時賢多所詆諆，卻無一字及君，亦徵公論。君詩不多見，《題孫子瀟雙紅豆圖卷》二絶，録其一云云。殊清雋可喜。君與閩縣鄭海藏，同於戊戌以京卿被命。旋於是年八月被放，隱居滬上，以醇酒婦人自娱。不及一年，遂捐館舍。」

〔六〕按：江集燬於火，諸家詩話所録，多流麗之篇，亦所謂「詩工側豔」（《近代名人小傳》）者也。

《臥雪詩話》卷八：「近人七絶，多墮纖巧一派，然宛轉纏綿，亦多可喜。（中略）江建霞《題玉京畫》云：嘉道風流在眼前，一函羸得百詩篇。人間儘有雙紅豆，誰向東風祝妙年。」《新世説·文學》：「江建霞以文學負盛名，所作詩尤驚才絶豔，上掩玉溪、冬郎，次回《疑雨集》不足道也。詩文多不留稿。有人傳其《綺懷》詩數章，弱冠時讀書鴛湖所作，吉光片羽，彌足珍貴。」注：「《綺懷詩》九首，録其二云：『鏡鵲晨開理鬟雲，從知碧玉遜雙文。最憐心地明恩怨，孰問家聲舊贊勳。弱質臨風同柳曲，劫花經雪勝蘭焚。夢中灑盡鴛鴦淚，痛絶人間小鶚君。』『帳底偷翻子夜歌，鏡中難畫石家螺。偶開玉匣飛珠鳳，誰説紅牆即絳河。南内無人留覆鈕，北山有鳥怕張羅。那堪譜續金荃夜，慘緑年華鬢已皤。』情詞哀豔，似非少年所作。然論其晚境，抑鬱無聊，身世實足愴感，是詩彷預爲之讖也。」《兼于閣詩話》卷二「靈鶼閣」條：「元和江建霞標，風流倜儻，博雅通達，以名翰林官湖南，力倡新政，在當時汶汶没没中，鶴立雞群者也。刻有《靈鶼閣叢書》。詩不多，有作則韶秀悦人心目。（中略）《題藕香館遺詩》三首録一云：碧浪湖頭雪藕香，藕香香上碧霞裳。誰知中有詩魂弱，水珮風吹月自涼。字香詞美，讀之即知爲絶等聰明人也。」

〔七〕《平等閣詩話》卷一：「元和江建霞學使標，力排群議，講求時務，湘省風氣之開，君爲先河。然竟以是罷去。雅善詩畫篆刻，庋藏名人遺跡頗富。己亥歲，僑寓滬壖，一炬蕩然。迨予由泰州移居吴門時，君已抱病，猶得縱談竟日，未幾謝世。《靈鶼閣稿》亦不可復覓矣。」

地囚星南山酒店旱地忽律朱貴　張百熙　一作吴慶坻

朱竹君，程魚門〔一〕，具體而微〔二〕，張吾三軍〔三〕。

冶秋尚書門下多俊彦，汲引之功〔四〕，當不在旱地忽律下也。《通思軒集》多尚唐音〔五〕，要自雅飭。惜風骨未高，未免文繡鞶帨耳〔六〕。子修學使精地理之學〔七〕，詩筆亦健舉，卓然大家〔八〕。

冶秋管學時，六十生日，京師大學堂贈聯云：「長沙一星主壽，司徒五教在寬。」及其薨也，又挽以聯云：「有成德者，有達材者，有私淑艾者，先後屬公門，咸欲鑄金酬范蠡；可爲痛哭，可爲流涕，可爲長太息，艱難值時事，不堪賦鵩吊長沙。」〔九〕

【箋證】

○張百熙（一八四七—一九〇七），字埜秋，一作冶秋，湖南長沙人。同治十三年（一八七四）進士，散館授編修。督山東學政，典試四川。命直南書房，遷侍讀。光緒二十年（一八九四），中日戰起，上疏論時弊，切直敢言。累遷内閣學士。二十四年（一八九八），坐舉康有爲，革職留任。二十六年（一九〇〇），授禮部侍郎，擢左都御史。二十九年（一九〇三），與榮慶、張之洞同上《奏定學堂章程》，爲近代教育重要文獻。又繼許景澄爲管學大臣，奏請吴汝綸總教大學，於京師大學堂貢獻綦多。歷任禮部、户部、郵傳部尚書，政務、編纂官制諸大臣。卒，贈太子少保，謚文達。著有《退思軒詩集》、《文集》。見《清史稿》卷四四三、《清史列傳》卷六一《張百熙傳》、《國史本傳》（《退思軒詩集》卷首）。

〇吴慶坻（一八四八—一九二四），字子脩，一字敬彊，晚號補松老人，浙江錢塘（今杭州）人。祖振棫，官至總督，著有《養吉齋叢録》。幼從祖宦游，歷川陜鄂晉等地。舟車在途，猶抱卷苦讀。既至晉，善文，益志經世學。同治七年（一八六八）還杭。時俞樾主詁經精舍，游其門，與諸耆舊結詩社。光緒十二年（一八八六）成進士，授編修。充會典館幫總纂。十七年（一八九一），充順天鄉試同考官。二十三年（一八九七），簡四川學政。二十九年（一九〇三），典雲南試，簡湖南學政。明年以疾歸。三十二年（一九〇六），授湖南提學使，東渡日本考學制。創立優級師範學堂。在湘五載，兼署布政司、提法司。宣統三年（一九一一），乞休，移家居滬上。結超社、逸社，與馮煦、沈曾植等游，爲文字之聚。著有《蕉廊脞録》、《辛亥殉難記》、《補松廬文録》、《詩録》、《悔餘生詩》等。見姚詒慶《清故湖南提學使吴府君墓志銘》（《碑傳集補》卷二〇）。

〔一〕〔朱竹君〕朱筠（一七二九—一七八一），字竹君，號笥河，順天大興（今北京市）人。乾隆十九年（一七五四）進士。官至翰林院侍讀學士。生平喜獎拔士類，前後從其游者，凡數百人。著有《笥河詩文集》。傳見《清史稿》卷四八五。〔程魚門〕程晉芳（一七一八—一七八四），字魚門，號蕺園，安徽歙縣人。乾隆三十六年（一七七一）進士。官至翰林院編修。亦喜獎掖後進，有譽無否。著有《勉行齋詩文集》。傳見《清史稿》卷四八五。按：朱、程皆以汲引後進稱，張亦然，故比之。

〔二〕《孟子·公孫丑上》：「昔者竊聞之：子夏、子游、子張，皆有聖人之一體，冉牛、閔子、顏淵，則具體而微。」漢趙岐注：「具體者，四肢皆具。微，小也；比聖人之體微小耳。體以喻德也。」按：張喜獎後進，然較諸朱、程，名德有所不逮，故用此云。

〔三〕語見《左傳·桓公六年》。按：意謂張能汲引人才，所得皆俊彦，並足張大其門也。參注四。又按：《乾嘉詩壇點將録》：「神機軍師法梧門：前有李茶陵，後有王新城。具體而微，應運而興。在師中吉，張吾三軍。其機如此，不神之所以神。」汪仿之，并擷取其語。

〔四〕《光宣以來詩壇旁記》「張百熙」條：「長沙張冶秋百熙管學務時，局度恢張，喜宏獎，廣延納，極爲士論所崇，而以同官榮慶與之意見不合，不克大行其志。後改設學部，榮慶爲尚書，百熙遂解學權，蓋抑抑不歡也。光緒丙午六十生日，陳㪚宸所撰壽序有云：『抑我尤謂公爲朝庭柱石，出入鞅掌，昕夕急當世之務，其位可謂至貴，其事可謂至繁，其身可謂至勞，而推賢進士，順於接物。一介之士，或修刺入門，至者無虚日。雖衣褐衣，穿敝履，公習見不厭惡。門者或阻之，公每立命入見，温温與笑語，如故舊家人，相對每竟夕無倦容，甚有抵掌高談，拍案大言，評騭古今，縱論時事。揚人之善，則驟然立，忽然舞；疾人之惡，則戟而指，怒而呵，睥睨譏切，無所顧忌。彼亦見公推心置腹，直自忘其在大官貴人之側者。哂之者則曰：此狂生也。詆之者曰：此不羈之士。憐之者曰：身居卑賤，更事未深，故語言無檢束。而公獨優容之，禮遇逾衆人。當夫虚懷接下，吐納包涵，百川走渠，大風吹壑，如奔如馳，有容乃大，非古大臣，其孰能與於斯？』云云。頗能道出百熙殷勤接士之態。郭立山序謂：『京師首善之地，大學堂規制粗備，實始今户部尚書長沙張公。公於學之諸生，脱略權勢，懃懃接近之。人或有非哂者，公不之顧，以謂此性之所樂，《孟子》所謂教育天下英才者是也。而學生亦獨喜親公，夫豈有爲而然哉。』又謂：『立山嘗聞公言：「管學之初，其欲網羅天下名宿，研明教育諸法，造就非常之才，以應世變。而事會之來，有不盡如初願者。至今數年之間，不獨人才難得易失，俯仰生感，即手自拔識之諸生，所望以報國者，亦未及卒業而觀其成就何如。世之毁譽原不必計，而事體重大，其敢謂非我莫屬，而天下不復有人耶。」嗚呼！公之去學務，而流俗深以爲惜。孰知公之心，固以天下爲量，而時欿然不足者乎。』云云。蓋能道出其抑鬱之懷。翌年，百熙卒。冒廣生挽聯云：

『愛好似王阮亭，微聞遺疏陳情，動天上九重顔色；憐才若龔芝麓，爲數攬衣雪涕，有階前八百孤寒。』頗爲人傳誦。湘潭趙芷蓀啟霖聯云：『宏獎見公之大，汎愛或偶見公之疏，脱去町畦歸磊落；熱心爲世所欽，歉忱當亦爲世所諒，艱難時事有欷歔。』則有微詞焉。陳𪘲宸壽序，上所引者之下，爲『或曰公容人多矣，而人之容於公者，或湮没不能見長短。其能出而爲公用，相與撑危局、任艱鉅者，未之見也。公不負天下士，天下士實負公。』下文雖有『雖然』一轉，爲解釋之語，亦似微有不滿處，可與趙聯合看。百熙爲郵傳部尚書，與侍郎唐紹儀因用人事相争，致傳旨申飭。以賄不入，爲奄人醜詈，遂憤恚發病不起。紹儀挽聯云：『好我同車，太息藺廉成往事；斷金攻錯，誰知韓范本交親。』措詞頗善於斡旋。郭立山聯云：『是大臣中最有熱腸之人，轉恨追隨稀闊；其遺疏内所尤疚心諸語，堪令朝野傷悲。』蓋百熙遺疏有云：『所最疚心者，先後充管學大臣、學務大臣，圖興教育，成效未臻，調任郵傳部，始創失宜，上煩宸廑，自省愆咎，夙夜勞皇。』云云。實其隱痛所在也。」（《汪辟疆文集》）按：張遺疏見《張文達公榮哀録》卷一下。陳𪘲宸壽文，題爲《長沙尚書張公六十壽序》，見《東甌三先生集補編》。參觀《凌霄漢閣筆記》（《正風半月刊》第二二期）。

又按：百熙喜汲引，愛賢才，世所共推。《近代名人小傳》：「文達愛才若命，雖所得未必真龍，而當清之季，能降紆尊貴，延接士人，時皆謂長沙一人而已，蓋亦不可躋矣。」《晚晴簃詩匯》卷一六六《詩話》：「文達久值南齋，知遇極隆。甲午後痛心外患，故於變法、改革、興學諸大端，多所陳奏，汲引才智，惟恐不及，以是時論翕然歸之。辛丑後殫思教育，志未得行。其詩款款忠情，真有浣花每飯不忘君國之意。《題東坡居儋録》云：過書舉燭明何在，削牘真慚舊侍臣。因薦康有爲獲咎而作。而同時《題畫馬詩》云：駑駘減盡天閑色，神物何時一降真？又復不能忍俊。蓋其愛士性成，有不能自已者。黄仲弢贈以詩云：浩浩横流憂國夢，堂堂白日愛才心。論者謂足以賅其平生。」陳毅《長沙張文達公榮哀録序目》：「公風流宏獎，傾動一時，以高官負盛名，顧恂恂掖後進勿懈。有因而欺以方者，公若無覺，久乃化之。君子以是服公愛士之能誠。」（《長沙張文達公榮哀録》卷首）並可參。

〔五〕《石遺室詩話》卷一九：「偶與樊山談張野秋尚書百熙、吴子修學使慶坻兩人，皆使蜀喜爲詩，詩相似，存詩多寡亦相等。樊山謂子修較勝。今各舉兩三首，以訊言詩者。子修《秦亭山下作》云：宴坐向林薄，客懷殊悄然。千山寒作雪，一艇晚衝煙。稔歲驩村叟，幽棲緬昔賢。葦花楓葉外，詩思寄誰邊。《雨中度百牢關》云：百牢關上逼青層，七折危坡策蹇登。雨氣東來接嶓塚，江聲西走出嘉陵。畫分秦蜀知天險，細説山川有客能。少小曾經今老矣，恨無奇句狀崚嶒。野秋《衡陽舟次》云：城郭日初夕，關河秋欲霜。人隨湘水遠，天帶嶽雲涼。疏柳依荒渡，寒花隔故鄉。離心與飛雁，一夜過衡陽。《謁少陵先生草堂兼展陸放翁遺像》云：『成都舊茅屋，遺構識幽栖。亭閣地俱古，江山風始淒。百花一潭近，萬竹四松齊。四松、萬竹，公詩。不見杜陵叟，夕陽空鳥啼。』『配食劍南老，始聞嘉慶朝。可憐心激壯，猶見髮飄蕭。舊國東歸晚，中原北望遥。英靈定何在，杯酒一相招。』《贈程子大》句云：秋千明月張三影，冠劍丁年温八叉。皆有唐調。」

按：汪評當參此。其以百熙、慶坻同傳，亦與陳衍同，似非闇合也。又，沈曾植《退思軒詩集序》云：「文達公詩，從容夷雅，擬諸先唐作者，（按：《湘雅摭殘》卷八評其詩，亦云『堪擬諸先唐作者』，附和沈説也。）蓋張文貞公、權文公之儔，而賦景抒情，瓌麗而清遠，尤有與文貞相近者。」（《退思軒詩集》卷首）亦謂其近唐，並可參。

〔六〕《法言·寡見》：「今之學也，非獨爲之華藻也，又從而繡其鞶帨。」宋吴祕云：「鞶，大帶也；帨，佩巾也。所以備物而爲飾也。言古之學者，存其大體，所以易也；今之學者，有經傳章句，如華藻繡鞶帨，其文彌繁，所以難也。」《文心雕龍·序志》：「辭人愛奇，言貴浮詭，飾羽尚畫，文繡鞶帨，離本彌甚。」按：沈序云「瓌麗清遠」（見注六），褒揚之詞也，究其指，亦不相遠。

〔七〕按：汪説疑誤。慶坻子士鑑，精研輿地書，有名於時，然非家學也（見「吴士鑑篇」）。汪或緣此誤記。又，袁嘉穀《卧雪詩話》卷八云：「仁和吴子修前輩慶坻，説經考史講輿地，著書數十册。辛亥以後，杜門息影，自寫定六種。」所云亦不可信。姚詒慶《墓志銘》：「（公）又數稱平陽教諭吴承志學問之富，考據之精，同光間修《杭州府志》，公嘗自損束脩，引與共事。及亡，求其遺著，親董理之，編定其説經史輿地諸書，凡六種。」袁此節，當即鈔撮姚文，又復粗心致誤也。

〔八〕余肇康《悔餘生詩序》：「大氐君詩不名一家，而探討漢魏，復出入昌黎、眉山間，神味淵懿，自然訢合。考亭所謂詩以理情性，蓋深得之。」（《悔餘生詩》卷首）《樱窗雜記》卷三：「（子修）詩文淵懿典雅。」《藥裹慵談》「吴子修先生悔餘生詩」條：「先生詩莊嚴典重，音律諧暢，無詰屈生澀之病。」《晚晴簃詩匯》卷一七六《詩話》：「子修爲仲雲督部孫，世其詩學。自湘中乞歸，家居十餘年，翛然清尚，竺意鄉邦文獻，有前輩梁、胡諸老風。近以衰病遽逝，年七十七。晚歲詩曰《悔餘集》，多存感事懷人之作。」按：此與汪説稍異，可參較。

〔九〕見陳鋭《褒碧齋聯話》（《青鶴雜誌》第一卷三期）。

培軍按：張詩宗唐音，非方湖所喜，故有「文繡鞶帨」之譏。《湘綺樓日記》（光緒十七年九月二十四日）云：「聞冶秋得南齋，蓋作詩之力。」又《星廬筆記》云：「其詩效法東坡，才力似在文慎之上也。」（第七四頁）據此，其詩功當不淺，方湖所論，未必然也。吴則以學問稱，詩雖亦宗唐，而書卷外溢，自是方湖所重，故有「卓然大家」之褒。實則吴於宋派，極不謂然。馮蒿庵《悔餘生詩序》引其論詩語云：「所貴乎詩者，率吾之真，與其身世所遭，曲以導之，沈摯以宣之，蘄與古作者相符契。若今之治詩者，祧唐祖宋，務爲奇澀幽怪，上奪西江黄陳之席；或曼衍其辭，出入玄釋，若可解若不可解，以簧鼓聾俗。之二者，匪唯不能爲，亦不欲爲。」（《悔餘生詩》卷首）蓋非方湖樂聞者。又其《論詩一首疊前韻再示杏孫》云：「詩派從人嘲浙西，性靈才調各筌蹄。」（《補松廬詩録》卷二）浙西詩派，自指竹垞、樊榭等，宗尚略可窺矣。

地全星鬼臉兒杜興　吴士鑑 一作嚴修

其貌寢〔一〕，其器深。惟其知古，亦貴知今，乃不陷於陸沈〔二〕。絅齋、仲弢，皆學使能詩者也〔三〕。千帆謹案：黄仲弢見前。絅齋風骨高騫，喜用近代掌故及西史事實〔四〕，能雅能雋。範孫通方之彦，尤負時望〔五〕，詩亦淵懿〔六〕。在美時游山諸作，駿快似東坡，可誦也〔七〕。

【箋證】

○吴士鑑（一八六八—一九三三），字絅齋，號公詧，浙江錢塘（今杭州）人。曾祖振棫，官雲貴總督。父慶坻，官湖南提學使。别見他篇。光緒十八年（一八九二）進士。授編修。歷充武英殿協修、國史館協修、會典館協修、纂修。二十三年（一八九七），奉命在南書房行走。明年，充會試同考官。又明年，充武英殿總纂，簡江西學政。三十四年（一九〇八），補授翰林院侍讀。宣統二年（一九一〇），充資政院議員。民國初，侍親旅滬，與諸老結超社。三年（一九一四），任《清史稿》總纂。尋歸里，專心著述。早歲即博極群書，嗜金石碑版考訂，京師名士如黄紹箕、江標、王懿榮等，咸折節與交。嘗得商鐘九件，故名室曰「九鐘精舍」。著有《補晉書經籍志》、《晉書斠注》、《九鐘精舍金石跋尾》、《含嘉室詩文集》等。見《含嘉室自訂年譜》、吴秉瀓等《清故光禄大夫頭品頂戴翰林侍讀先考絅齋府君行狀》（上圖藏）、佚名《吴士鑑傳》（《民國人物碑傳集》（川版））。

〇嚴修（一八六〇—一九二九），字範孫，天津人。光緒九年（一八八三）進士。授編修。二十年（一八九四），簡貴州學政。戊戌政變，乞休歸里，聚徒講學。又陳諸當道，謂辦學堂，應自蒙學始；改書舍爲小學。始開風氣。袁世凱督直隸，深相引重。二十八年（一九〇二），派赴日本考察。歸國後，主直隸學務。三十一年（一九〇五），授三品京堂，署右侍郎，旋遷左侍郎。三十四年（一九〇八），引疾去。民國七年（一九一八），赴美考察高等教育。明年，與張伯苓創辦南開大學。自此伏處鄉郡，不復出。晚結城南詩社，致力古近體詩。著有《蟫香館使黔日記》、《古近體詩存》、《廣雅詩注》等。見《範孫自訂年譜》、高淩雯《嚴範孫先生年譜補》、《誥授光禄大夫學部左侍郎嚴公行狀》（《範孫自訂年譜》附）、盧弼《清故光禄大夫學部左侍郎嚴公墓碑》（《慎園文選》卷三）、邢藍田《嚴修傳》（《國史館館刊》第二卷一號)、王斗瞻《嚴範孫先生別傳》(《嚴修年譜》附)、陳寶泉《嚴先生事略》(《廣清碑傳集》卷一八)。

〔一〕按：杜興號「鬼臉兒」，「貌醜形粗」(語見《水滸傳》第四六回《病關索大鬧翠屏山、拼命三火燒祝家店》)，故云。「其器深」，語見《世説新語・德行》。又，據甲寅本，士鑑原配「醜郡馬」，亦貌寢，亦着眼於才而醜也。

鄭逸梅《藝林散葉》第三八八九條：「吴士鑑書法甚腴美，王蘧常曾見吴於錢塘，謂貌奇醜，五官無一端正者。」

〔二〕《論衡・謝短篇》：「夫知古不知今，謂之陸沈；然則儒生，所謂陸沈者也。」《莊子・則陽》：「方且與世違而心不屑與之俱，是陸沈者也。」晉郭象注：「人中隱者，譬無水而沈者。」按：此謂士鑑耽古學，而又能講西學，非拘虚守舊者比。《含嘉室自訂年譜》：「(光緒二十四年)朝廷鋭意變法，余亦深知舊法之當廢，惟在廷諸臣默守成見，新進之士不知利害，慮必有變。」

〔三〕仲弢，即黄紹箕，別見他篇。按：據甲寅本，士鑑配宣贊，黄紹箕配郝思文，俱關勝麾下。亦合贊之。定本位次改易，紹箕已作韓滔，與杜興相隔遠矣，而贊語仍舊，故似不屬。

〔四〕《近代詩派與地域》：「吴絅齋爲識時之俊，喜覽譯籍，間事篇章，運今入古，差有理致，要皆與康、黄笙磬同音者也。」（《汪辟疆文集》）按：吴亦學人詩，《石遺室詩話》卷二〇云：「絅齋作詩，長於考證。」舉其題詠《朔漠訪碑圖》詩，評云：「起數語，想見潘文勤、李文誠諸老考證北徼石刻椎輪下手之時。」

又按：「用西學故實」者，《含嘉室詩》有《詠袋鼠二十韻同樊樊山丈作》一首，可稱其例，然祇一見。詩云：「火地窮荒闢，西班牙人初覓得澳大利亞時，名之曰火地。奇珍袋獸稀。格盧脛或短，英人韋門道《百獸圖説》：有袋之獸，曰更格盧，生於澳大利亞，其形前腿短。以美人潘雅麗《動物學》之説，即袋鼠也。歐白體同肥。歐白生爲袋獸之一，生南美洲，形大如貓。牝牡原區類，牝者有袋，牡者無之。攀援善審機。時常攀樹搜尋食物。五能殊矯矯，鼫鼠五技：能飛、能緣、能游、能穴、能走。此許叔重之説。中國古書無言鼠有袋者。八月尚依依。初生僅寸許，裝於袋内，至七八月時，可以自行。似鹿圓顱聳，如猱信足飛。淩髯度温帶，垂頸勝寒衣。襁屬難離乳，囊探許貯餈。蹲趺知力巨，其足長而有力，恒蹲踞於尾。幽頞問名非。潘氏《動物學》：幽頞産於美國，小獸亦居母之袋。蒲米蘭堅韌，潘氏謂土人捕袋鼠，係用灣曲之木，名曰蒲米蘭。樅榕樹馥馡。美人白雷特《澳洲風土記》謂：澳洲植物園中，松樅竹榕錯置其間，頗形暢茂。畚懸疑腹碩，穴闢恨身頎。茂惹長河飲，澳洲大河，一謂之茂惹河。巴斯估舶歸。巴斯爲澳洲海腰。雪梨居遠近，澳洲首府曰雪梨。露草藹芳菲。韋氏謂袋獸之屬，分二種，一係食肉，一係食草。鮗辨斑斕采，鼲分黑白圍。無條除竹折，有螯莫嘘欷。緞鳥方成構，鑽蛇敢逞威。皆産於澳洲，見《風土記》。卵真豬箭育，字豈獺窠腓。西國有袋箭豬，乳哺而卵生，生卵則置諸袋。又鴨嘴獺，亦産澳洲，其腹下有袋，亦卵生，每窠生卵兩枚。均見潘氏《動物學》。赤道遥輸賚，金環匪降禨。殊形棲桂苑，詭態隱松碕。郭璞圖誰補，張華志漫譏。即今徵異物，山海陋西騩。」（《含嘉室詩存》（四卷本）卷三）

［五］《今傳是樓詩話》第五三八條：「北方興學，範老實爲開山之第一人。今之南開大學，三十四年前，固嚴氏私塾也。陳誦洛詩云：樹人信有百年心，家塾初開慮已深。八里台前黌舍在，春風桃李早成林。即詠此事。」又：「有清一代，黔中學使，以洪北江、何東洲二氏爲首稱，流風餘韻，沾溉無窮。迄於晚季，則天津嚴範孫先生，提倡實學，亦得士心。一時才彦，多出其門。」

［六］趙元禮《嚴範孫先生古近體詩存稿序》：「先生之詩不多作，亦不尚宗派，而天懷淡定，純任自然，温柔敦厚之旨，每流露於不覺，讀之如對古德，如聆古樂，使人矜平躁釋，蓋非尋常琱章琢句者之可幾也。」《藏齋詩話》卷上：「嚴君範孫志和音雅。」又卷下：「範孫先生不以詩名，而其詩實有温柔敦厚之意，非尋常批風抹月、修飾字句之比儔。」《今傳是樓詩話》第二四六條：「津門城南詩社，範老實主之，吟侶甚盛，頗多舊識，報載《城南十子歌》，直可作小傳讀也。『範孫巋然魯靈光，頭白先朝舊侍郎，温柔敦厚詩教昌。嚴範孫。』（中略）作者自署詩逋，殆粤人也。」按：汪所云「淵懿」，與此云「和雅」、「温柔敦厚」，意略相近，可參較。又，王守恂《嚴範孫先生古近體詩存稿序》：「即以詩論，從來不以詩自命，有時友朋酬酢，籍以相娱，抑或春夏良辰，形

諸吟賞，大都自抒胸臆，不假安排，誠如楊萬里所謂猝然談笑而道之，非若羈窮酸寒無聊不平之音也。守恂援楊萬里之言，評而論之曰：範孫之詩，非能工也，不能不工耳。吾黨其以我爲知言乎。」又：「一日，與範孫閒談，範孫笑而問曰：今人尚新體詩，曾見有工新體者，謂我詩頗與新體近，是何説也？守恂笑而答之：此無他。公之詩，情真、理真、事真，不牽强、不假借、不模糊、不塗飾，如道家常，質地光明，精神爽朗，能造此境，又何新舊之殊與古今之異？相與一笑而罷。」（《嚴範孫古今體詩存》卷首）並可參。

〔七〕《近代詩派與地域》：「範孫致力教育，詩非專長，游美諸篇，不失典雅。」（《汪辟疆文集》）按：當指其《入美雜詩》、《同子文重游那亞格拉觀巨瀑》等，俱見《嚴範孫古今體詩存》卷三。又，嚴之歐游詩，較游美多，且嘗刻集（《臥雪詩話》卷一：「（範孫）以近作《歐游謳》一卷見示，皆游歐洲時作。真摯渾成，所謂性情之詩。」）故疑此亦泛舉，指域外之作，非專指游美篇也。

地奴星北山酒店催命判官李立　瞿鴻禨

安置妥帖平不頗〔一〕。多乎多，曳落河〔二〕。

【箋證】

○瞿鴻機（一八五〇—一九一八），字子玖，號止庵，湖南善化人。祖父岱，精繪事，世稱魯青先生。父元霖，字春陔，爲名孝廉。鴻機幼端默，成童畢諸經，十七補府學生員。從何紹基、郭嵩燾游。同治十年（一八七一）進士。散館，授編修。光緒元年（一八七五），大考一等，擢侍講學士。久乃遷詹事，晉内閣學士。先後典福建、廣西鄉試，督河南、浙江、四川學政。二十五年（一八九九），遷禮部右侍郎，督江蘇學政。值庚子之亂，兩宫西狩，鴻機奔赴行在，道授左都御使，晉工部尚書。既至，命直軍機，兼充政務處大臣。上疏，請廢八股文，以策論試士，開經濟特科，悉允行。旋充國史館總裁。既改總理衙門爲外務部，班列六部上，調任尚書。三十二年（一九〇六），爲協辦大學士。惲毓鼎劾其攬權恣縱，被罷歸。辛亥冬，避地上海，與耆舊結吟社，推爲祭酒。卒謚文慎。著有《超覽樓詩稿》、《瞿文慎公文存》等。見《清史稿》四三七、瞿宣治等《先府君行述》（《瞿文慎公遺稿》附）、余肇康《清故誥授光禄大夫經筵講官軍機大臣協辦大學士外務部尚書瞿文慎公行狀》（《碑傳集補》卷二）、陳三立《誥授光禄大夫協辦大學士外務部尚書軍機大臣善化瞿文慎公墓誌銘》（《散原精舍文集》卷一〇）、劉宗向《瞿鴻機傳》（《辛亥人物碑傳集》卷一三）。

〔一〕句見韓愈《石鼓歌》。《集釋》：「祝充注：頗，不平也。《書》：惟逸惟頗。《楚詞》：循繩墨而不頗。」（《韓昌黎詩繫年集釋》卷七）晉陸機《文賦》：「或妥帖而易施。」李善注：「妥帖，易施貌。《公羊傳》曰：『帖，服也。』《廣雅》曰：『帖，静也。』王逸《楚辭序》曰：『義多乖異，事不妥帖。』」（《文選》卷一七）《文賦集釋》引清方廷珪云：「妥帖，恰當也。一改即當，故曰易施。」按即文從字順也。

按：此亦參陳衍説。《近代詩鈔·石遺室詩話》：「公詩條達妥帖完好者不勝録。」又，陳三立《書善化瞿文慎公手寫詩卷後》：「公詩典贍高華，由子瞻上窺杜陵，而不掩其度，即憤時傷亂，形諸篇什，神理有餘，蘊藉而鋒鋩内斂，非如三立獷野激急，同於傖父也。」（《散原精舍文集》卷一〇）《晚晴簃詩匯》卷一六五《詩話》：「文慎早歲掇科第，官侍從，屢持文柄，旋被東朝眷遇，入贊樞府，坐事論罷。晚居海上，與庸盦、蘇堪、乙庵諸君爲文酒之會。詩條達周密，猶有乾嘉前輩矩矱。」並可參。

〔三〕《新唐書》卷一三九《房琯傳》：「琯雅自負，以天下爲己任，然用兵本非所長，其佐李揖、劉秩等皆儒人，未嘗更軍旅。琯每詫曰：彼曳落河雖多，能當我劉秩乎？」亦見《舊唐書》卷一一一。又同書卷二一七下《回鶻傳》：「安禄山反，劫其兵用之，號『曳落河』者也。曳落河，猶言健兒云。」

按：瞿故儒者，於軍事屢有獻替，又爲軍機大臣，故用此，而亦不無微詞焉。《清史稿》卷四三七《瞿鴻禨傳》：「朝鮮戰事起，我師出平壤。鴻禨上四路進兵之策，請兼募沿海漁人蜑户編爲舟師，使敵備多力分，庶可制勝。及和議成，鴻禨方自蜀還，復奏言秦中地形險要，請豫建陪都。日本增兵遼東，鴻禨以敵情叵測，請敕劉坤一、王文韶簡練勁旅，不可專任淮軍。適坤一奏劾山西將賀星明侵餉，革職。鴻禨言：刑賞治天下之大柄，軍紀廢弛已久，宜嚴懲以儆其餘。」又：「葉志超、龔照嶼等敗軍辱國，罪當死。和約既定，勢不能與勾，宜籍其財産，或令鉅款捐贖，然後貸其一死。」

地劣星活閃婆王定六　俞樾

清言霏雪〔一〕，隨園之匹〔二〕。千帆謹案：師以曲園、隨園相提並論，詳見《光宣以來詩壇旁記》。〔三〕

俞樾，字蔭甫，號曲園，德清人。道光庚戌進士，官翰林院編修、河南學政。光緒三十二年卒，年八十六。有《春在堂詩集》。

【箋證】

〇俞樾（一八二一—一九〇七），字蔭甫，號曲園，浙江德清人。道光三十年（一八五〇）進士，改庶吉士。咸豐二年（一八五二），散館授編修。五年（一八五五），任國史館協修。同年，簡河南學政。七年（一八五七），御史曹登庸劾其試題割裂，罷職歸。居蘇州，主講蘇州紫陽、上海求志各書院，主杭州詁經精舍三十餘年，最久。以經學課士，造就甚衆，若戴望、黄以周、朱一新、吴慶坻、袁昶等，咸有聲於時。生平爲學，以高郵王氏父子爲宗，大要在正句讀、審字義、通假借，而《群經平議》、《諸子平議》、《古書疑義舉例》三書，確守家法，發明尤多。海内推爲經學大師。著有《曲園雜纂》、《俞樓雜纂》、《賓萌集》、《春在堂雜文》、《詩編》、《詞録》、《隨筆》、《右台仙館筆記》、《茶香室叢鈔》、《經説》等，合稱《春在堂全書》。見《清史稿》卷四八二、《清國史》第一二册《俞樾傳》、繆荃孫《誥授奉直大夫誥封資政大夫重宴鹿鳴翰林院編修俞先生行狀》（《藝風堂文續集》卷二）、章炳麟《俞先生傳》（《太炎文録初編》卷二）。

〔一〕《世説新語·文學》：「樂令善於清言，而不長於手筆。」《晉書》卷四九《胡毋輔之傳》：「（王）澄嘗與人書曰：『彦國吐佳言如鋸木屑，霏霏不絶。』」元方回《望廬山懷舊》：「羽客談霏雪，星郎氣吐虹。」（《桐江續集》卷三）又明劉績有《霏雪録》。

按：此指其清談，非評詩。《小奢摩館脞録》「京洛題襟集」條：「世外論文，清談霏雪，此樂胡可得哉。」（《汪辟疆文集》）可證。又，汪榮寶《題式之所藏曲園手寫詩》：「示我經師札，字字皆冰雪。」(《思玄堂詩集》)繆荃孫《俞先生行狀》:「先生《右台筆記》,以晉人之清談,寫宋人之名理。」亦可參。

〔二〕《近代詩鈔・石遺室詩話》:「曲園性情文字,甚似其鄉先輩隨園,所異者隨園好色,曲園好考據耳。」

按:汪説似參此。《近代詩人小傳稿》:「其詩文並不高,抒寫性靈之外,稍濟以學術,故不入隨園末派。」(《汪辟疆文集》)又,程校識語,未明其昉也。錢鍾書《談藝録》(補訂本):「曲園之於隨園行事,幾若相師。」「按曲園《日記》殘稿:『光緒壬辰三月十六日:有謂以鄙人比隨園,亦未敢退居其後。』汪康年《穰卿雜著》卷四《説名士》一文痛詆曲園,中謂:『尤可恥者,則一生步趨隨園,而書中多詆隨園,亦見其用心之回邪也』云云。胡思敬《退廬文集》卷一《劉幼雲提學關中贈言》:『舍道德而專求文章,不成則爲尤西堂、袁簡齋、俞曲園。』」(第三〇九頁)

〔三〕《光宣以來詩壇旁記》「俞樾與袁隨園」條:「袁簡齋枚,己未朝考題爲《賦得因風想玉珂》,有句云:『聲疑來禁院,人似隔天河』,刻畫想字甚佳。時總裁諸公以爲語涉不莊,將擯之。大司寇尹文端繼善争曰:『此人肯用心思,必年少有才者,尚未解應制體裁耳。此庶吉士所以需教習也。倘進呈時上有詰問,我當獨奏。』衆議始息。袁之與館選,文端之力也。已而,上命尹教習庶吉士。袁獻詩云:『琴爨已成焦尾斷,風高轉重落花紅。』此袁尹文字因緣也。俞蔭甫樾幼不習小楷書，而故事殿廷考試專重字體。道光三十年，俞捷春官，保和殿復試獲第一，人皆疑焉。後知爲曾湘鄉相國所賞所致。曾得俞卷，極賞其文，言於杜文正，必欲置第一。群公集觀，皆曰：『文則佳矣，然倉卒中安能辦此？殆録舊文耳。』曾曰：『不然，其詩亦相稱，豈詩亦舊詩乎？』議遂定。由是得入翰林。詩題爲《淡煙疏雨落花天》，俞詩有句云『花落春猶在』，曾奇賞之，曰：『此與「將飛更作回風舞，已落猶成半面妝」相似，他日所至未易量也。』後曾氏出將入相，功業之盛，一時無兩。而俞氏則自罷豫學使後，淪棄終身，窮老著述，雖名滿天下，然終以書生老矣。同治四年，俞在金陵寓書於曾公，述及前句，且曰：『由今思之，蓬山乍到，風引仍回，洵符花落之讖矣。然比來杜門撰述已及八十卷，雖名山壇坫萬不敢望，而窮愁筆墨，倘有一字流傳，或亦可言春在乎。此亦無聊之語，聊以解嘲，因顏所居曰春在堂。他日見吾師，當請爲書此三字也。』師生沆瀣均緣詩句作合。俞氏事正與簡齋相類，亦文壇嘉話也。俞氏亦曾以隨園事相媲。其集有《上曾滌生爵相書》云：『金陵晉謁，小住節堂，一豫一游，叨陪末座，窮園林之勝事，叙觴詠之幽情，致足樂也。憶袁隨園上尹文端啟事云：日落而軍門半掩，知鐙前尚有詩人；山游而僚屬争看，怪車後常攜隱者。樾以山野之眼，追隨冠蓋之間，頗有昔賢風趣。而吾師勳業高出文端之上，奚啻倍蓰，則樾之遭際亦遠越隨園矣。』云云，正引袁相況。又有《與肅毅伯李少荃同年前輩書》亦有云：『頃閲邸鈔，知承恩命攝篆兩江。因思金陵爲名勝之區，又得閣下主持其間，未識有一席之地可以位置散材否？近世以浙人而作白下寓公者，惟隨園老人，至今豔稱之。其人品、其學術均非樾所心折，然其數十年山林之福，實爲文人所罕有，而非尹文端爲制府，則亦安能有此耶。樾之薄福，固不敢希冀隨園，而閣下勳名，則高出文端萬萬矣。』云云，取譬尹、袁，意亦猶之。」（《汪辟疆文集》）

按：此節，出徐一士《隨園與曲園》（《子曰叢刊》第六輯），有所删節，非自撰文也。又，《近代詩派與地域》：「俞氏以浙人而僑寓吴門，以清職而退居山澤。閉户著書，而聲氣遠播，出門訪舊，而遐邇逢迎。拚命著書，及身流布，優游林下，上壽竟躋，擬諸隨園，幾於具體，斯足異耳。」（《汪辟疆文集》）並可參。

總探聲息頭領一員

天速星神行太保戴宗　康有爲　附潘之博

維新百日，出亡十年，周游二十一國。定君詩，視此鐫〔一〕。

高言李杜傷摹擬〔二〕，郤小蘇黄語近温〔三〕。能以神行更奇絶〔四〕，此詩應與世長存。千

帆謹案：此首屬康長素。

危城玉貌挹深譚〔五〕，晚得朱陳許共參〔六〕。誰識讀書堂下客〔七〕，流傳佳句遍江南〔八〕。千帆謹案：此首屬潘若海。朱謂彊村，陳謂述叔。若海故工詞。

今詩人尚意境者宗黄陳，主神韻者師大歷。鎚幽鑿險，則韓孟啟其宗風；範水模山，則謝柳標其高格。其純脱然入乎古人出乎古人者，則南海康有爲也。南海平生學術，不以詩鳴，徒以境遇之艱屯，足跡之廣歷，直有抉天心、探地肺之奇，不僅巨刃摩天也。「返虚入渾，積健爲雄」，惟南海足以當之〔九〕。鄦廬識〔一〇〕。

〔原附〕論近代詩家絶句　章士釗

黄河千里勢無回，雨挾泥沙萬斛來。篳路熊疆開國手，倩誰七寶造樓臺？

萬木森森憶草堂，迷藏捉得是公羊。公羊儻屬當時學，定踵劉歆讓太常。

千帆謹案：二首屬康長素。

【箋證】

○康有爲（一八五八—一九二七），字廣廈，號長素，又號更生，廣東南海人。少師事朱次琦。光緒十四年（一八八八），入都應順天鄉試，落第。作上清帝第一書。十七年（一八九一），講學長興。十九年

（一八九三）中舉。二十一年（一八九五），與梁啟超入京會試，適當《馬關條約》簽訂，遂聯合各省舉人，發起「公車上書」。中進士，授工部主事，不就。繼上清帝第三、第四書。又創强學會及《萬國公報》。明年，講學萬木草堂，撰《日本變政記》。二十四年（一八九八），進呈《日本變法考》，上第六及第七書。光緒帝召見問變法方略，遂命在總理衙門章京上行走，督辦《時務報》。政變作，遂出走，游日本、加拿大、印度。並組織保皇會。民國初，因母喪返國。六年（一九一七），清廢帝復辟，受封爲弼德院副院長。病卒於青島。著有《孔子改制考》、《新學僞經考》、《大同書》、《廣藝舟雙楫》、《康南海先生詩集》、《康南海文集》等，今人輯刊爲《康有爲全集》。見《康南海自編年譜》、康同璧《南海康先生年譜續編》、梁啟超《南海康先生傳》（《飲冰室文集》六）、夏敬觀《康廣廈傳》（《忍古樓文》第三册）、王樹枏《南海康君墓表》、劉海粟《南海康君墓志銘》（《廣清碑傳集》卷一八）、張伯楨《南海康先生傳》（《滄海叢書》）。

〇潘之博（一八六九—一九一六），原名又博，字若海，號弱盦，廣東南海人。幼穎異。少師事簡朝亮。後復從康有爲學，入萬木草堂。與梁啟超、麥孺博游。鄧實、黄節創辦《國粹學報》，之博助之實多。宣統間，往來津滬，與黨人通聲氣，所交皆一時豪俊。民國間，佐江蘇軍幕。時復辟帝制議起，乃假兵符趨黔桂，訂起兵抗袁之約。袁懸重金購捕，走香港，匿康有爲宅。嘔血死。著有《弱盦詩詞》，朱祖謀刻入《粵兩生集》。見康有爲《粵兩生集序》（《粵兩生集》卷首）、《光宣以來詩壇旁記》「潘若海」

條、陳漢才《康門弟子述略·潘之博》。

〔二〕《蟄存齋筆記》「康南海之圖章」條：「（南海）先生文筆夭矯不群，書法亦瀟灑出塵。來徐州時，予適在第七路統部司筆札，曾請其書楹聯一副，上印大章一印，刊句云：『維新百日，出亡十三年，游三十二國，行四十萬里路。』」按：據周君適《僞滿宮廷雜憶》第一八頁，印文又作：「維新百日，出亡十六年，三周大地，游遍四洲，經三十一國，行六十萬里」。王森然《康有爲先生評傳》亦及此印，字句同周，惟「十六年」作「十四年」，「六十萬里」作「四十萬里」（《近代名家評傳》）。又，據王樹枏《墓表》，作「十六年」、「三十一國」者近是。

〔三〕《近代詩派與地域》：「曩撰《光宣詩壇點將録》，以南海儗戴宗，而惜其未能絶去摹擬。丙寅夏間，南海至江西，詢及此事，并語人曰：『某平生經史學問，皆哥倫波覓新世界本領，汪君乃謂爲摹擬何耶？』或有代爲釋之者，已而又曰：『某經史學可謂前無古人，但作詩卻未能忘情杜甫。』蓋南海最熟杜詩，全集一千四百四十八首，殆能成誦。其《延香老屋詩》，面目雖力求新異，然神理結構，實近浣花翁，則未能脱化之説也。」（《汪辟疆文集》）參觀《點將録定本跋》。按：能誦杜詩全集，本梁啟超説。《飲冰室詩話》第二六條：「南海先生不以詩名，然其詩固有非尋常作家所能及者，蓋發於真性情，故詩外常有人也。先生最嗜杜詩，能誦全杜集，一字不遺，故其詩雖非刻意有所學，然一見殆與杜集亂楮葉。」又，《冷禪室詩話》「康有爲襲杜」條云：「予讀杜集，最喜其《石龕》詩，起手數句云：熊羆咆我東，虎豹號我西。我後鬼長嘯，我前狨又啼。起勢奇崌〔崛〕，一時無兩。後見第七期《不忍雜誌》，有南海先生手書《幽行迷途》一詩，不讓少陵擅美於前。詩云：鵋鶀鳴在樹，鱷魚游在溪。獅猊吼我東，熊羆咆我西。蝮蛇在前横，虎豹自後嘶。山鬼獨脚跳，豺狼列群啼。梁任公謂『南海先生詩一見殆與杜集亂楮葉』，非虚語也。」按此種學杜，乃活剥也，最爲下乘。然康之摩杜，於此例最顯，故録之。

〔三〕按：康自云「未嘗小蘇黄」，見汪辟疆《點將録定本跋》。

〔四〕按：「神行」二字，包藴數義：戴號「神行太保」，詩以切之，一也；康周游列國，亦可擬神行，拈連比擬，二也；康詩以氣盛稱，不拘拘繩尺間，詩文評所謂「神行」，三也。

又，康紀域外游詩，多爲人所稱，《晚晴簃詩匯》卷一八二《詩話》云：「（更生）戊戌後，周歷歐美各國，凡十餘年。其詩多言域外古蹟，恢詭可喜。」《石遺室詩話》卷九云：「自古詩人足跡所至，往往窮荒絶域，山川因而生色，更千百年成爲勝蹟，表著不衰。嘉州以岑，秦隴以杜，夜郎以李以王昌齡，柳州以柳，瓊、儋以蘇，然皆未至裨海、瀛海而遥也。中國與歐美諸洲交通以來，持英簜與敦槃者不絶於道，而能以詩鳴者，惟黄公度，其關於外邦名蹟之作頗爲夥頤。而南海康長素先生以逋臣流寓海外十餘年，多可傳之作。如《三月五日、在瑞士吕順游阿爾頻山、晚步、梨花壓山、芳草數里、越山渡澗、幽絶無人、徘徊花下、遠聞琴聲、湖波漪漣、夕霞照山、溯洄從之、疑古桃源也、雪星花獨阿爾頻山産之、游者珍之、皆插襟上而歸》云云，《君士但丁有遺殿、户牖尚存、屹然高十丈、其製摩色金盤甚麗、多其遺制、吾曾購得之》云云，《那鼇利在錫蘭山巔六千尺、開大原有湖、多花不暑、風景佳絶、當爲南洋諸島最勝處》云云。 諸詩別有結構，惟《湛然居士集》西游詩、長春真人《西游記》中詩、陳剛中《交州集》可相仿佛。」並可參。

〔五〕《戰國策·趙三》：「魯連見辛垣衍而無言。 辛垣衍曰：『吾視居此圍城之中者，皆有求於平原君者也。 今吾視先生之玉貌，非有求於平原君者，曷爲久居此圍城之中而不去也。』」按：潘弱冠從戎，習兵略，項城稱帝時，乃往游説桂督，約起兵抗袁（見康有爲《粤兩生集序》），汪自指此云。 陳三立《挽潘若海》：「帝秦孤憤天應鑒，走越奇蹤夢與攀。」（《散原精舍詩續集》卷下）亦用魯仲連事，所指同。

〔六〕《光宣以來詩壇旁記》「潘若海」條：「宣統間，嘗往來津滬，與黨人通聲氣，所交皆一時豪俊。時歸安朱祖謀、義寧陳三立，並以詩詞領袖壇坫。 若海皆與之往還，有詩詞見二家集中。」「民國四、五年，若海嘗佐江蘇軍幕，與散原往還更密。」「余有論近人詩絶句，其潘若海一首云：危城玉貌挹深談，晚得朱陳許共參。 誰識讀書堂下客，流傳佳句遍江南？ 余於乙卯至金陵，與若海晤於秦淮酒樓，坐上談舊京諸詩人近狀甚悉。 讀書堂，即簡竹居講學所也。 若海詩詞並工，

曾與麥孺博蜕盦詩詞合刊，名曰《粤兩生集》。」（《汪辟疆文集》）

按：程案云「陳謂述叔」，似誤。所謂「朱陳」，謂朱祖謀、陳三立，陳洵不與也。洵固以詞名，然據上引汪記，並無一語及之，僅云「歸安朱祖謀、義寧陳三立，若海皆與之往還」，又「與散原往還更密」，云云。潘詩詞並擅，汪所云「共參」，當不止填詞一事，亦必兼指詩法。又，《石遺室詩話》卷五云：「南海潘若海博喜填詞，專學夢窗，久與朱古微游，濡染然也。」亦可參。

〔七〕〔讀書堂〕簡朝亮講學所，潘初爲簡弟子。簡（一八五一—一九三三）字季紀，號竹居，廣東順德人。諸生。生平致力經學，著述繁富。有《讀書堂集》、《讀書堂答問》等。見任元熙《清徵士簡竹居先生事略》（《碑傳集三編》卷三四）、《中國近代學人像傳》。參注五引《光宣以來詩壇旁記》。

〔八〕《光宣詩壇點將録》（甲寅本）：「若海襟期散朗，韻味並勝，詩稱其詞。」按：汪所指，當是其綺語之作，所謂「雅近漁洋」者也。陳衍嫌其「多填詞家言」（見後引《石遺室詩話》），亦必是此種。《平等閣詩話》卷一：「滬城之南有龍華寺焉，春風寒食，踏青人連袂偕來，游憩於此。鬢影釵光，與十里桃花相掩映，亦春時一大觀也。南海潘若海秀才博，近有《游龍華寺看花》二絶云：楊柳絲絲拂曉烟，落花黯黯撲吟鞭。平蕪十里江南路，細馬䭾春記少年。又：塔鈴不語晝陰陰，大有游人布地金。細雨濛濛春夢濕，寺門一尺落花深。二詩情景畢肖，神韻雅近漁洋。」又，汪此句，本黄庭堅《浣溪沙》「人傳詩句滿江南」（《山谷詞》），或兼及黄稱賀鑄語（即「解道江南斷腸句，只今唯有賀方回」，見宋王灼《碧雞漫志》卷二、龔明之《中吴紀聞》卷三、魏慶之《詩人玉屑》卷二十引《冷齋夜話》等），兼及其詞。葉恭綽云：「若海爲詞孟晉，思深力沈，天假以年，足以大成，惜哉。」（《廣篋中詞》卷一）足徵其詞聲價。

康有爲《粤兩生集序》：「二子以憂國故，皆抱懷大志，鬱伊不少展，故其發之於詩詞，多憂傷憔悴、悲秋冶春之綺語，則未能天游也乎。然其雄深鬱律之氣，若春雲出而海潮湧，騰踔峻厲，光怪怒發不可遏，然抑之柔之，中乎桑林之舞，樂而不淫，哀而不傷，論世知人，固自得之。若拘者美其詩法出少陵、昌黎、東坡、半山，詞調出於美成、夢窗、稼軒、白石，抑末也。」

又，《單雲閣詩話》：「南海潘之博若海，有《弱盦詩》；順德麥孟華孺博，有《蜕盦詩》。二人者，皆康南海門人，南海合刻之曰《粤兩生集》（按此語誤，《粤兩生集》爲朱祖謀所刻，康序）。潘君叔璣，弱盦先生哲嗣，又南海之壻也。持一册見貽。讀之，覺雄深鬱律，沈博縣麗之氣，猶躍於紙上。兹采其尤警者，以實吾詩話。弱盦《簡吴二十處士》云：燈火初宜夜，塵埃共一城。酒悲來似突，流念積難盈。下筆論孤憤，端居學養生。蓬蒿深没徑，知汝漸逃名。《贈陳鶴柴》云：『急絃無緩調，羈羽多哀音。安貧古人節，茹苦志士心。流念積未已，浮塵滿千岑。一卷冰雪文，聊用慰遐襟。』『兹事幾人工，前修百輩盡。獨於千世下，寒灰撥微燼。媚古有猛心，趨時無軟韻。殘書讀且了，閉户視日影。』《喜聞湯荷庵重至滬上卻寄》云：當時别袂記分攜，水自東流日自西。病翼短籬飛不起，殘雲小篳夢都迷。言愁各有茫茫嘆，即事真成脈脈啼。回首碧山秋月冷，醉襟零亂向誰題。《梧州雜詩》四首云：『落日野荒荒，蒼梧在何許。一塔落船頭，青山剛斷處。』『終古鴛鴦水，雙流入故鄉。故鄉今夕夢，能否託鴛鴦。』『篷背萬珠跳，篷底一燈澀。手弄十三絃，淒淒復切切。』『野鶩不作家，江上貪眠食。生涯何所附，汎汎水中木。』又如《晚眺》起句：夕陽原耐看，況在積陰餘。矜煉之至。又《太夷招集江亭》起句：江亭如故人，二月春尚孩。孩字甚新。」（《校輯近代詩話九種》）《石遺室詩話》卷九：「向見若海詩，頗覺其多填詞家言。揼東因特出數首見示。《題彊邨老人歸鶴圖》云：彊村老人如老鶴，不向人間争飲啄。九霄唳罷獨歸來，夢醒空山雪花落。老人養鶴如養兒，俸薄不免時啼飢。胸中飽貯出塵想，不識貴人軒與墀。傳聞此鶴人所贈，毛骨奇逸不凡近。亦如老人古心性，玉立塵埃冰雪淨。老人當世稱詞仙，鶴亦起舞能應弦。荒庭僵石横蒼煙，與鶴相對應忘年。此鶴平生有故事，出處去就略可記。大鶴山人鶴阿師，爲寫斯圖傳畫史。鶴兮鶴兮得所歸，青田石老苔生衣。月明試向華表立，人世如今有是非。《贈伯嚴吏部》云：戎馬倉皇老此翁，天教身世杜陵同。廿年歌哭江湖上，八口流離道路中。夢斷中興成白首，酒醒宙合戰群龍。夕陽冷照離離黍，掩淚題詩續變風。皆極與青邱相近。」參觀卷五第一六條及《尊瓠室詩話補》、《兼于閣詩話》卷二「若海孺博」條。

〔九〕《近代詩派與地域》：「（南海）自託西漢經師之説，以公羊學奔走天下。豪俊之士，雲附景從，負其海涵地負之才，效巨刃摩天之製，反虚入渾，肆外閎中。惟波瀾大而句律疏，鋪叙多而性情遠，斯足議耳。」（《汪辟疆文集》）

康有爲《延香老屋詩自序》：「吾童好諷詩，而學在擝理，既不離人，性又好事，不能雕肝嘔肺，以爲詩人。然性好游，嗜山水，愛風竹，船唇馬背，野店驛亭，不暇爲學，則餘事爲詩，天人之感多矣。及戊戌遘禍，遁跡海外，五洲萬國，靡所不到，風俗名勝，託爲詠謌。莫拔抑塞磊落之懷，日行連犿奇偉之境。臨睨舊鄉，邅回故國，閲刧已夥，世變日非。靈均之行吟澤畔，騷此多哀；子卿之齧雪海上，平生已矣。河梁隴首，游子何之；落月屋梁，水波深闊。嗟我行邁，皆厲於詩，情在於斯，噫氣難已。奔亡無定，散佚彌多。門人梁啟超請收拾叢殘，發願手寫，搜篋與之，尚存千餘篇。亡人何求，又非有千秋之名心也。抑以寫身世、發幽懷，哀樂無端，詠歎淫佚，窮者達情，勞者謌事，《小雅》、《國風》之所不棄也。後之誦其詩，論其世者，其亦無罪耶。」（《庸言》第一卷一六號，亦見《康南海先生詩集》卷首）。别參《今傳是樓詩話》第六至八條。

〔一〇〕〔鄦廬〕王式通（一八六四—一九三一），字書衡，號志盦，又號鄦廬，山西汾陽人。光緒二十四年（一八九八）進士。官至大理院少卿。民國後，歷任司法次長、水利局副總裁等。嘗預修《清史稿》。又參輯《晚晴簃詩匯》、《清儒學案》。著有《志盦詩稿》、《文稿》、《弭兵古義》等。見孫宣敬《水利局副總裁王公家傳》（《志盦遺稿》附）、佚名《王式通傳》（《民國人物碑傳集》（川版））。

軍中走報機密步軍頭領四員

地樂星鐵叫子樂和　惲□□

衣冠而優孟者也[一]。湘綺樓甲寅日記：「三月十六日，梁卓如爲父祝壽，與楊生同至虎坊橋湖廣會館，坐待侗厚齋出臺，又見惲薇蓀串戲。子初散。」[二]

【箋證】

○惲毓鼎（一八六三—一九一八），字薇孫，號澄齋，河北大興人。光緒十五年（一八八九）進士。官至翰林院侍讀學士。平生爲學，喜講經世致用。庚子之亂，八國聯軍入京，偕董康等往晤兵官，力争主權，創設協巡公所，保衛商民。詔行新政，條陳用人理財之道，前後封章數十上。二十七年（一九〇一），翰林院設局編纂《各國政藝通考全書》，充總校兼總纂。辛亥後，杜門不出。善書，邃於醫學。著有《勵學語》、《澄齋奏議》、《澄齋日記》、《澄齋詩稿》等。見曹允源《誥授資政大夫贈頭品頂戴原任日講起居注官二品銜翰林院侍讀學士惲府君墓誌銘》（《辛亥人物碑傳集》卷一四）。

〔一〕按：此倒用「優孟衣冠」，指惲串戲言。「衣冠」，士夫也；「優孟」，伶人也。此語，是至輕其人。又或兼品其詩。所謂「優孟衣冠」，亦詩文評常喻也。

〔二〕《湘綺樓日記》（民國三年三月十六日）：「陰。徐花農、饒石頑來。其餘熟客不計。摸牌四圈。今日欲往午橋家作弔，逡巡未果。坐待至夕。與楊生同車至虎坊橋湖廣館。卓如爲父祝壽，坐客甚盛，機關上皆至矣。見楊杏城、周自齋、羅惇曧、袁三少耶、侗五耶至，即草草設飯，八人一席。餘皆照辦，不同時，亦新樣也。待侗厚齋出臺。又見惲薇生串戲。子初散。」又，惲毓鼎《澄齋日記》（民國三年三月十六日）：「晴。午前在鄉祠演禮。申刻至湖廣館，祝梁太翁壽。任公及羅癭公煩余演《審頭》。與夫人同車而返。發竇惠信。」又前一日：「寫聯一付，祝梁任公太翁蓮澗先生七十壽。」

培軍按：據此贊，知方湖極輕薇孫，然薇孫於詩，亦頗嘗用力，雖自謙「不能成家」，實則深自喜也。其《澄齋日記》中，自評詩語，屢見不一見。其詩取徑，亦從可知。故録以備觀覽焉。如（光緒三十年正月十日）云：「余數年來作詩，專宗江西派各家，爲格律之標準。先後買得《陳簡齋集》胡長孺箋注、韓駒父《陵陽集》、洪玉父《西渡集》，皆鈔本。又從法梧門所鈔《宋人詩集》中鈔出《吕紫薇集》。今又得《茶山集》。」又（三月十五日）：「『沉鬱深重』四字，評後山詩極允極確。余作詩雖無足道，然於此四字亦似得之，則五年來讀杜讀陳之效也。」又（七月二十五日）：「余學詩二十年，古體極愛之而不能作，七古尤甚，病在邊幅太狹，氣魄太小，遂避所短，不敢强爲。律詩自知五言勝於七言，則以少陵、後山、簡齋三家五律幾四百首，首首成誦，筆下頗有把握。可見學貴專精。」又（三十一年十一月十四日）：「余之學詩也，從張船山入手，己丑以前學李義山、王漁洋，專求神韻；戊戌以後，則學中晚唐，於《才調集》、《叩彈集》有深契，以求所謂温柔敦厚之旨，上合風人；至庚子以來，始專學少陵、山谷、後山、簡齋、茶山諸家，以嚴格律而堅骨力，於方選《瀛奎律髓》，反復殆數十過，好之幾忘寢饋。蓋發端宜宗中晚，而歸宿必宗江西，此中境地，自有一定科級也。」又（十二月六日）：「吾之學詩也，從大曆入，繼而展轉於義山、中晚、漁洋各家，無一定之鵠。己亥南旋，得《瀛奎律髓》而大好之，始知作詩之法，於少陵、聖俞、後山、簡齋尤所篤嗜。《律髓》所録四家五律不下三百首，皆能成誦，故近年五言工夫最深，所作亦較多較勝。」又（宣統元年正月二十八日）：「余近年作詩宗派，於《瀛奎律髓》求格律，於《中晚叩彈集》求韻味，精思力學，庶幾成家。」又（一九一三年五月四日）：「吾詩從玉溪入，進窺少陵，復旁及江西派，以堅骨而煉意。還駐足於温飛卿、司空表聖及吴、韓、羅、韋四家，蓋二十年功力所聚矣。」又（一九一五年四月二十五日）：「近數年宋詩風氣盛行，以余所知，陳弢庵、陳伯嚴、鄭蘇堪皆學黃陳，趙堯生學東坡，梁任公學山谷，皆詩家之卓卓者。余則專以中晚唐爲師，不再易其趨向。」

地賊星鼓上蚤時遷　林□□

一半兒乞相一半兒偷[一]。

【箋證】

○林傳甲（一八七七—一九二二），字奎雲，號奎騰，福建侯官（今福州市）人。幼孤。少肄業西湖書院。光緒二十八年（一九〇二）舉人。會試不第。後經嚴復薦，任京師大學堂教授，講文學史。三十一年（一九〇五），調補廣西知縣。旋調往黑龍江，任將軍衙門文案處幫辦，改學務處提調。三十三年（一九〇七），補直隸知州。明年，主編《黑龍江官報》。民國初，任提學使司總務科科長兼普通科科長，又兼教育行政會議長、通俗教育社社長等職。六年（一九一七），發起編纂《大中華地理志》，任總纂。病卒於吉林。著述繁富，有《中國文學史》、《滿蒙回藏地名釋義》、《龍城舊聞録》、《籌筆軒讀書日記》、《續海國圖志》、《林下詩存》、《龍江歌集》等。見《黑龍江志稿》卷五七《人物志》、韓傑《大中華吉林地理志序》(《大中華吉林地理志》卷首)、王桂雲《現代地學鉅子林傳甲》(《福建史志》一九九七年第四期)。

〔二〕按：此就林偷詩説。「乞相」，即「窮乞相」、「乞兒相」、「寒乞相」等之類，亦詩文評中常語也。

培軍按：此埋名人，爲林葵雲，説見「潘飛聲篇」注二。然林實不擅詩，并不以詩人名，而亦名登此録，其故當緣：石遺嘗齒及林詩，載入《詩話》，方湖受其影響，一也；京師大學堂，爲葵雲講學之所，而亦方湖負笈之地，聞風而緣起，二也；葵雲又編有《文學史講義》，於時傳誦，方湖即不識其人，其文字必夙知，三也。「被渠譜入旁觀録」，加以揶揄，不爲無由矣。曩偶見一説，云此篇乃射林庚白，實不然也。厥證有五：一、此録初刊，衆難年尚稚，僅廿餘歲，頭角未露，而録中多老蒼，體例不合。二、衆難亦嘗入大學堂，與方湖共筆研，其早歲，二人尤相交契(參觀汪《得林浚南京師書卻寄》、《學詩一首示浚南》、《浚南無詩、作此戲簡、再疊前韻》等，見《方湖詩鈔》；又林輯《今詩選》，亦録汪詩)，此所射若爲林，則乍善乍毀，毗於反覆矣，方湖縱刻苛，豈至於是？三、衆難彼時詩，亦不學杜甫(見《吞日集自序》、《麗白樓文賸》)，其云邁越老杜，乃在晚歲(見《角聲集自序》、《麗白樓詩話》下編)，「杜陵」云云，故無所媲合。四、即令其學杜，不至於撏撦，如鈍賊偷句，「俯拾杜陵」云云，便近捕風捉影。五、又考方湖此録，具草於民國八年己未，十四年乙丑刊於《甲寅》，而衆難於七年戊午，即遁居海上，潛心治西學，旁及詩文，迄十七年戊辰，始還都，其間并未出塞，「塞陰」云云，故無著落也。方湖撰此録，用心極不苟，嘗屢自負其巧，若如此妃儷，是亂點夗央矣，其所謂「令人絶倒軒渠」者，果何在也？

地狗星金毛犬段景住　沈□□

好一把賤骨頭〔一〕。沈早年游北里，語人曰：「吾寧仰而企之難，不願俯而就之易。」菊坡（後人）作京腔調之曰：「這叫做賤骨頭。」宣統己酉，沈在津觀王克琴演戲，賦詩云：「座中癡絶誰如我，一擲秋波便是恩。不信煩卿親檢點，裙邊袖底有離魂。」回京示丁闇公，丁作詩云：「杜牧三生載酒游，條條雪上爪痕留。江湖十載霜盈鬢，未換當年賤骨頭。」〔二〕

【箋證】

〇沈宗畸（一八六五—一九二六），原名宗疇，字孝畊，一字太侔，號南雅，廣東番禺人。光緒十五年（一八八九）舉人。嘗隨父宦游揚州，識冒廣生、何震彝等，時以詩相攻錯。二十八年（一九〇二），寓金陵，與夏仁虎、丁傳靖游。三十年（一九〇四），往游京師，以主事候禮部。又識袁祖光、金受熙等，亦相與論詩。三十四年（一九〇八），結著涒吟社，主編《國學粹編》。南社成立，入社。晚寓京師，困頓潦倒，鬻文爲生。著有《南雅樓詩斑》、《繁雪詞》、《朴學齋文鈔》、《便佳簃雜鈔》、《東華續録》等。輯有《今詞綜》、《晨風閣叢書》。見李澄宇《沈宗畸傳》（《未晚樓文續存》卷二）、鄭逸梅《南社叢談·南社社友事略》。

〔一〕此句，從「地狗」而起，又本沈語，亦雙關也。

〔二〕沈宗畸《便佳簃雜鈔》「沈太侔賤骨頭」條：「老友丁闇公傳靖，著有《江鄉漁話》，中有與余關涉者，摘録一則云：宣統己酉，太侔游津門，觀女伶王克琴演戲，賦詩云：座中癡絶誰如我，一擲秋波便是恩。不信煩卿親檢點，裙邊袖底有離魂。（按：此詩今見《南雅樓詩斑》卷下，題爲《觀劇雜詩》。）回京以示予，予作詩調之曰：杜牧三生載酒游，條條雪上爪痕留。江湖十載霜盈鬌，未换當年賤骨頭。原注：太侔早年游北里，語人曰：吾寧仰而企之難，不願俯而就之易。菊坡後人作京腔調之曰：這叫做賤骨頭。事載《宣南夢憶》。所謂《宣南夢憶》，乃余少作，闇公可謂强記矣。己酉至癸亥，不過十五年，一彈指頃，萬海千桑，克琴既歸張勳，未幾下堂去，去歲移家上海，仍操舊業。友人步林屋激賞之，以生花之筆，力爲鼓吹。克琴生涯，尚不甚惡。余則皤然一翁，憂傷憔悴，無復當年興致。一把賤骨頭，沈埋於愁城苦海中，他時收局，恐尚不逮克琴。涉筆至此，不知涕淚何從矣。」（《青鶴雜誌》第三卷九期）

《五百石洞天揮麈》卷七：「甘溪瘦腰生，番禺沈孝畊孝廉宗畸號，余亦先向《仝懷樓集》讀其詩，而蘭史爲通兩家之驛者。聞沈本佳公子，以累於情，不能自適，亦一可憐蟲矣。有《落花詩》七律十首，韻至四疊，纏綿掩抑，若不勝情。遍徵和作，至數十家，將以付梓。余不能和，僅擇其警句如左：『枝頭富貴渾如夢，水面文章不解嘲。』『着地似儂沈醉日，退房苦汝半開時。』『魂銷曲檻疏簾外，人在香塵色界中。』『未若化萍隨浪去，偶然依草得風流。』『魂歸倩女無消息，愁絶封姨有妒才。』『廿番風信春三月，一樹香魂夜五更。』『負他雨細鍾情甚，媚此風狂作態多。』『春去有聲啼杜宇，月來無影負闌干。』『薄薄羅衣扶病日，姍姍環珮步虚時。』『悔不思量偷折去，恐難解脱笑拈來。』『息機影逐游蜂少，得意香隨走馬多。』『情如可懺根荄淺，怨亦無言藴藉深。』『一現華鬘彈指易，半歸塵劫脱胎難。』『空餘媚態描宮額，猶有閒情妬舞腰。』『游子飄零亡魄日，美人遲暮委身時。』『吹噓早被東風誤，輕薄還隨逝水流。』『信知紫玉成煙易，再遣雲英出世難。』『替我形容牢落況，令人棖觸戒盈心。』『半生缺憾夢痕補，一疏通明詩筆干。』其原序云：蕊芬詞史，誤嫁東風，求死不得，予聞而哀之，爲賦落花。則此詩之意，固不在花也。據沈自著《宣南夢憶》，蕊芬以色事人，飄然無主，蓋一俗伎耳。而所以能得此於沈者，豈果蕊芬之爲耶。」又：

「沈孝畊自刻落花詩，卷中即以『沈落花』自號，并摹一蝴蝶影於端，曰：沈落花小照。」又：「孝畊嘗有句云：但願酒痕翻得到，不辭熨徧石榴裙。余謂可作《落花詩》自序。」參觀丘煒萲《揮麈拾遺》卷三、潘飛聲《在山泉詩話》卷一、王逸塘《今傳是樓詩話》第三七一條、徐珂《聞見日鈔》（《康居筆記彙函》）、袁祖光《緑天香雪簃詩話》卷一、五、八等。

地耗星白日鼠白勝　潘□□

粉墨登場一曲新〔一〕，塞陰俯拾杜陵人〔二〕。琴書一棹江南艇〔三〕，豔説英倫跡已陳〔四〕。

此四家，埋名而不隱姓。偶占四句，各繫一人。熟於光宣詩壇掌故者，自能知之，不必人人盡喻也。

千帆謹案：惲、沈二贊下附注，師原批於乙本眉端，寫定時未必入録，今姑存之。

【箋證】

○潘飛聲（一八五八—一九三四），字蘭史，别署劍士、老蘭，廣東番禺人。諸生。光緒十三年（一八八七)，隨洪鈞使德，聘教柏林大學，講授中國文學。十六年(一八九〇)返國。旋以貢生保知縣，又薦舉經濟特科，俱未赴。後旅居香港，凡十年所，主報館筆政。嘗入南社，與傅屯艮君劍、高天梅鈍劍、俞鍔劍華諸人，並稱「南社四劍」。又入淞社、希社、鷗社等。辛亥後，久寓滬上，與遺老往還。著有《説劍堂集》、《在山泉詩話》等。輯有《粤詞雅》、《粤東詞鈔》。見夏敬觀《番禺潘蘭史説劍堂集序》(《説劍堂集》卷首，又《忍古樓文》第二册)、鄭逸梅《南社叢談·南社社友事略》。

〔二〕按：此句屬惲毓鼎。惲喜串戲，傅粉墨而排場，屢見其《日記》中。如一九一三年四月五日演《洪洋洞盜骨》、十二日演《失街亭》、十九日演《托兆碰碑》、五月十一日演《黄金臺》、九月二十七日演《黄鶴樓》、十二月二十二日演《訪普》、二十九日演《雙獅圖》等。不壹而足。又參觀「惲毓鼎篇」注二。

〔三〕按：此句屬林傳甲。亦取諸陳衍説。《石遺室詩話》卷二十七：「林奎雲解元傳甲，今之教育家，長於算學、輿地學。久客卜奎，喜爲詩，屢寄示余，有《龍江秋興》八首，筆勢壯往。其一云：萬柳群松蔚北林，興安嶺表氣蕭森。龍江秋色來天地，燕塞浮雲變古今。風急九邊思猛士，月明幾處動鄉心。支離飄泊三千里，嘯傲猶爲梁父吟。似集杜非集杜，亦可謂『俯拾即是，不取諸鄰』矣。君有龍江近體詩三十八首，題胡氏地圖，妥帖翔實，可作蒙求歌訣讀。詩多未録，君已自有印本。」所謂「俯拾杜陵」，即本「似集杜非集杜」、「俯拾即是」諸語。而陳評，殊令人失笑。又同書卷十二云：「林葵雲解元傳甲自榆關至卜奎及所歷黑龍江省山川形勝，有七言律若干首。」即「塞陰」之所指也。

又按：所云林詩，名《龍江詩集》，今罕傳。其《龍江舊聞録》附「書目廣告」云：「奎垣詩不存稿，門人崔嵩爲之校録成書，凡龍江之古蹟名勝，節候風土，無不見諸吟詠。詩境博厚，則直擬杜陵。」與陳説可參。

〔三〕按：此句屬沈宗畸。沈有詩云：「何時買得松江艇，人與琴書一棹歸。」（見丘煒萲《揮塵拾遺》卷三引）即汪句所本。「松江」，故江南地也。

〔四〕按：此句屬潘飛聲。潘嘗游歐洲，執教於柏林，并交結歐女，歸而津津述之，其自撰及近人詩話中，屢載其事。「豔説」云云，即指此。又，不云「柏林」，而云「英倫」，當以平側故，遂易之。雖然，其所留連處，英倫必亦其一，故尚非語病。參觀《在山泉詩話》、《五百石洞天揮麈》卷一、《緑天香雪簃詩話》卷六、郭則澐《清詞玉屑》卷九、龐樹柏《抱香簃隨筆》（《春聲》第一集）等。《近代詩派與地域》：「番禺潘蘭史，夙負才名，清麗自喜；歐游以後，格始横奇，羅浮紀游之作，乃益恣肆，清新駘宕，逸趣横生；然利鈍並陳，雅鄭共奏，未爲高流矣。」《光宣以來詩壇旁記》「潘蘭史」條：「陳石遺曾稱蘭史羅浮紀游詩，附《羅浮游記》後者。以爲清響可聽。余嘗取其全稿讀之，狀山水空靈處，自亦有致。惟有意學青蓮，强爲奇警語，青蓮又何可輕學耶？」（《汪辟疆文集》）按：陳評潘詩，見《石遺室詩話》卷九第一二、一三條。又，梁啟超、狄葆賢等，亦稱其羅浮詩，見《在山泉詩話》卷四、《飲冰室詩話》第一六二條。又所云學李白，亦有人道及，《在山泉詩話》卷三：「臺灣王友竹，自署滄海遺民，撰《臺陽詩話》二卷，（中略）謂余詩雄邁奇氣，不減李謫仙。」王名松，説見《臺陽詩話》卷下（《臺灣文獻叢刊》本）。

培軍按：考方湖此録，入録諸人，多不出《近代詩鈔》，今檢《詩鈔》中潘姓人，凡有四，曰潘儀甫、潘若海、潘伯寅及蘭史也。而檢石遺《詩話》，又惟及後三人，儀甫不與焉。若海已入録；伯寅大老，詩無專集，年輩又較前；所亟宜入録者，厥惟蘭史。是此篇所射，爲蘭史之説一也。又據《近代詩派與地域》，其所論近代詩人，潘姓者僅蘭史，爲嶺南派一名家。則蘭史之不可廢，亦從可知。是其説二也。尤可爲説者，是方湖所撰《光宣以來詩壇旁記》中，亦赫然有「潘蘭史」一篇。《旁記》本輔録而作，今其人不見録，反載諸《旁記》，其意爲如何，足耐思量也。其説三。而晚清以還，姓潘而游域外，又復以詩人名世者，亦祇蘭史一人而已。其説四也。得此四説，斷其爲定讞，不中不遠矣。又匹潘於白，推其故，當以潘詩學太白（見注四引），方湖不以爲然，心鄙之，遂扣一「白」字，加以譴譏，蓋地耗星者，又所謂「北斗上白光」（吴用稱白勝語）也。此故如他篇，拈連雙闕之法，一逞狡獪，方湖慣技，殊無足異也。

守護中軍馬軍驍將二員

地佐星小温侯吕方　袁思亮

地佑星賽仁貴郭盛　陳祖壬

對影山，曾頭市，攬朱纓，牽豹尾〔一〕，少年將軍乃如此。合贊。

千帆謹案：師以伯揆世丈、君任表伯並列者，以其早歲皆出散原翁門下，又兼工詩古文辭故。

袁思亮，字伯揆，湘潭人。光緒癸卯舉人，民國官印鑄局長。

【箋證】

〇袁思亮（一八七九—一九四〇），字伯夔，號蘉庵，湖南湘潭人。父樹勳，官至山東巡撫、兩廣總督。光緒二十九年（一九〇三）舉人。禮部試不第，會朝廷罷科舉，援例爲道員候選。尋以斥資興學，賜冠服一品。農工商部立，奏調除郎中丞參上行走，監督農事試驗場。民國後，任印鑄局長。籌安會興，有言帝制者，拒之。棄官歸，奉母居滬，遂不復出。師事陳三立，相從二十餘年，稱高第弟子。著有《蕿庵文集》。見李國松《湘潭袁君墓誌銘》(《蕿庵文集》卷首)。

○陳祖壬(一八九二—一九六六),字君任,號病樹,江西新城人。初從馬其昶學古文,後爲陳三立弟子,與李國松、袁思亮號「陳門三傑」。性狂狷。著有《桐城馬先生年譜》。集未刊行。見陳巨來《安持人物瑣憶》(《萬象》第五卷七期)。

〔二〕〔對影山〕吕、郭初相鬬處。見《水滸傳》第三五回《石將軍村店寄書、小李廣梁山射雁》。〔曾頭市〕吕、郭共戰敵處。見第六十八回《宋公明夜打曾頭市、盧俊義活捉史文恭》。

《尊瓠室詩話》卷二:「湘潭袁伯夔部郎思亮,(中略)劬學,工詩詞,尤善桐城古文,爲陳散原先生入室弟子。貌豐腴,性和厚,愛文士若骨肉,無貴介習,士林稱之。己卯臘月初十日,以喘咳疾卒,年六十一。是春,賦《落花詩》八首,徧徵人和,余亦與焉。兹録其二,云:惺惺長自惜年芳,飛絮游絲並作場。不壞真空遺色相,難捐結習賸文章。殘英尚許迴風舞,委地猶令后土香。絶代妍華成掩抑,等閒贏得一春狂。又:摇落深知百不辭,翻從決絶費然疑。迴身背面腸堪斷,忍淚無言意更悲。如此才華終負汝,自成馨逸待貽誰。可憐堂坳餘春在,衹有詩人解作癡。余和作有『覺後群芳疑證佛,夢中殘錦已還人』之句,君大爲擊節。往事如昨,君遽委化,傷哉。」

又，《兼于閣詩話》卷二「陳病樹」條：「陳病樹先生祖壬，清狂自喜，少許可人，獨於李墨巢無間然，有《碩果亭作後山生日分韻得官字》云云，《墨巢丈以春花酬唱長句寄視督和》云云。二詩皆客座酬答之作，未爲其至者。頃琴趣持一破扇至，乃予作之山水畫，一面爲病樹書其所作《楊柳枝》八章，次香山居士韻，攬時序之遷流，悵芳菲之遲暮，其風情氣象，何減劉賓客、白樂天之當年也。亟録之：『江上垂楊紅阪路，春風滿意與相吹。儘多樂府新翻曲，芳信剛傳第一枝。』『靈和殿裏千年樹，依舊生稊緑幾條。詞客江湖迷望眼，錯疑春色相公橋。』『金衣恰恰柳青青，巧囀中含無限情。朱閣何人酣好夢，不容枝上著啼鶯。』『高掛簾鉤低拂旗，朝南暮北不同時。風狂日日禁腰折，雨過枝枝儘淚垂。』『錢塘柳色樂天詩，夢得新辭編館娃。一代雅音消歇盡，風流卻在薛能家。』『征夫從古絆虚名，肯念中閨幼婦情。折損邊城萬林柳，玉關羌笛不成聲。』『吴娃陌上迴青眼，楚國宫中門細腰。只是章臺風景異，一生惆悵舊長條。』『掌上腰肢月樣眉，亂頭青影颺千絲。顛狂莫倚春如海，憔悴煙痕是後期。』典雅馨逸，足爲其代表作品。病樹並善古文辭，時稱一手。中年時曾與李木公、袁伯揆同具衣冠拜於陳散原之門。晚貧甚，往來滬漢間，均不能久居。既落落寡合，恒至河南路榮寶齋閒坐，齋主人梁子衡頗善遇之。予與君閒話，亦多在是處，距今二十餘年，猶想見其掀髯抵掌時也。」

培軍按：據甲寅本，吕方配梁衆異，郭盛配黄秋岳，二人俱石遺弟子也。當時亦兼事散原。評云：「衆異詩，樹骨杜韓，取徑臨川，得介甫深婉不迫之趣。入關以後，詩筆健舉，風骨益高。使在黄門，當在陳洪之列，小温侯追隨宋公明，自是一員大將也。」又：「秋岳詩工甚深，天才學力，皆能相輔而出。有杜韓之骨幹，兼蘇黄之恢詭。其沈著隱秀之作，一時名輩，無以易之。近服膺散原，氣體益蒼秀矣。」定本易爲散原門人。據此，則初稿爲閩人，定本則江西派人，此其早晚之大較也。雖然，梁、黄終失節，淪爲民族罪人，而方湖定稿，又撰於抗戰之際，原其心，亦似無可議者。而其《評方回〈桐江續集〉》又云：「方氏守嚴州，倡死封疆之説，而首先迎降；陳氏則倡國府不用鄭孝胥遂有瀋陽事變之謬論，而其徒黄濬、梁鴻志則爲出賣民族之罪人。至方氏晚節不修細行爲周密所舉發者，陳氏亦頗類之。」聲色俱厲。黄梨洲論學嘗云：「如以弟子追疑其師，則田常作亂之宰予，殺妻求將之吴起，皆足爲孔、曾累矣。」（見《南雷文定》卷四《移使館論不宜立理學傳書》）方湖欲加之罪，遂抄瓜蔓。黄、梁亦嘗師散原，據方湖之説，弟子之過咎其師，則散原亦當受責。其然豈其然乎！美則拉入江西，惡則仍還諸閩，學人宗派之習，方湖終未能免也。

守護中軍步軍驍將二員

地猖星毛頭星孔明　羅惇曧　附何藻翔

地狂星燭〔獨〕火星孔亮　羅惇曼

辰君平白午君奇〔一〕，深明閣〔二〕，玉霜簃〔三〕。

二羅皆一時健者。癭公蒼秀，敷庵精嚴。癭公氣體駿快，得東坡之具體〔四〕；敷庵意境老澹，有後山之遺響〔五〕。跡其成就，其在散原，猶蘇門之有晁、張也〔六〕。

〔原附〕論近代詩家絶句　章士釗

形骸原不算支離，九尺毛蒼卻向誰？放倒優婁經論學，逢人争説玉霜簃。

優婁，梵語，漢翻木瓜癃，以胸前有癃如木瓜故。右丞詩：「優婁比邱經論學。」

窮栖瘴海兩癭公，花下聞歌處處同。饒是頸腮不須辨，一癭如醉一癭聾。

外舅北山先生亦號癭公，作《兩癭行》互答。蘇詩：「癭俗無由辨頸腮。」

千帆謹案：二首屬癭公。

【箋證】

○羅惇曧（一八七二—一九二四），字掞東，號癭庵，晚號癭公，廣東順德人。父家劭，官翰林院編修。早慧有聲，肄業廣雅書院。後從康有爲游，爲萬木草堂弟子。光緒二十九年（一九〇三）副貢。後屢試不中，報捐主事，調任郵傳部郎中。入民國，歷任總統府秘書、參議、顧問、國務秘書等職。又爲袁克定師。袁世凱稱帝，不受禄。晚耽情聲色，流連劇場，潦倒以終。著有《太平天國戰記》、《拳變餘聞》、《庚子國變記》、《鞠部叢談》、《癭庵詩集》、《赤雅吟》等。見《中國近代學人象傳》、《民國人物小傳》第一册《羅惇曧》、關國瑄《羅惇曧傳》（《大陸雜誌》第二七卷一二期）。

○羅惇㬊（一八七四—一九五四），字照巖，一字季孺，號敷庵，晚號羯蒙老人，廣東順德人。惇曧從弟。少亦師從康有爲。清末，任郵傳部郎中、禮制館編纂。入民國，歷任教育部、財政部、司法部參事，國民政府内務部秘書等職。晚患風痹，杜門著述。卒於北京。著述甚夥，有《三山簃詩存》、《三山簃詩學淺説》、《書學略見》、《羯蒙老人隨筆》、《晚晦堂帖見》等。見《民國人物小傳》第六册《羅惇㬊》、陳漢才《康門弟子述略·羅惇㬊》。

○何藻翔（一八六五—一九三〇），原名國炎，更名藻翔，字翽高，一字梅夏，晚號鄒崖逋者，廣東順德人。早從李文田游。光緒二十年（一八九四）進士。以主事簽分兵部武選司。二十二年（一八九六），考取總理衙門章京。二十七年（一九〇一），任職總理衙門外務部。三十二年（一九〇六），隨使藏、印。辛亥後，棄官南歸。民國二年（一九一三），任粵志局總纂。六年（一九一七），任粵醫學實習館長。九年（一九二〇），任學海堂學長。十一年（一九二二），總纂《順德縣志》。後赴香港執教。卒於香港。著有《藏語》、《鄒崖詩集》等。見吴天任《何翽高先生年譜》。

〔一〕曾國藩《訓九弟四首》之四：「辰君平正午君奇，屈指老沅真白眉。」自注：「澄侯以庚辰生，温甫以壬午生。」（《曾文正公詩集》卷三）按：二羅從兄弟，而俱有詩名，故云。澄侯即曾國潢，温甫即曾國華，皆國藩弟。

〔二〕按：此句就惇曼説。惇曼詩宗陳師道。陳有《宿深明閣》詩（《後山詩注補箋》卷五），懷黄庭堅而作也。元方回述其指云：「山谷修《神宗實録》，蓋皆直筆。紹聖初，蔡卞惡其書王安石事，摘謂失實，召至陳留問狀。寓佛寺，題曰『深明閣』。尋謫居黔州。紹聖三年，後山省龐丞相墓，至陳留，宿是閣，有此詩。」（《瀛奎律髓》卷四三）又方《喜程道大至約諸友》云：「欲遵飯顆山頭路，合問深明閣裏人。」（《桐江續集》卷一六）亦用此。又，惇曼詩云：「心香一瓣屬彭城。」（《會祭陳後山集法源寺》，見注五引）亦可參。

〔三〕〔玉霜簃〕程硯秋號。張次溪《燕歸來簃隨筆》「伶名小録」條：「程豔秋，字玉霜，號『玉霜簃主人』。三十歲後，乃易名硯秋。」又「瘿公死事」條：「瘿公落拓舊京，縱情歌舞以自遣，於梨園諸

子，獨奇程黼秋。」（張次溪輯《清代燕都梨園史料續編》，《民國叢書》本）

按：此句就惇龢説。惇龢最賞程。《寥音閣詩話》第七條：「瘻公晚年放情聲樂，顧曲之暇，喜與優伶游，尤激賞程黼秋，爲之游揚於文人學士間，黼秋因以成名。」周達《檢理亡友遺札付裝、得羅瘻公書數通、展讀愴然、即題其後》二首之二：「迴腸千萬意，付與玉霜簃。」（《今覺盦詩》卷二）夏敬觀《題羅掞東手書詩卷》：「渼碧歌名漸出藍，就中青子最回甘。論功自有先河在，手寫新詩報魏三。」自注：「此卷乃爲伶工王瑶卿所書。乾隆間，京師昆伶陳銀官首出一指，爲魏長生之徒，渼碧其字也。掞東最眷程玉霜，故以況之。」（《忍古樓詩》卷一一）參觀《人物品藻録初編》「羅瘻公與程黼秋」條。

〔四〕葉恭綽《瘻庵詩集序》：「君詩凡三變。光緒庚辛前，導源温、李，於晚唐爲近；逮入北京，與當代賢儁游，切磋洗伐，意藴深迴，復浸淫於宋之梅、蘇、王、陳間；鼎革以還，寄情放曠，意中亦若有不自得者，所爲詩乃轉造淡遠，具有蕭然之致，此其襟抱未知於古人何如。要之，其胸中必别有所想像之一境，一寓之於詩，其詩亦遂因之益進，蓋可斷言也。」黄節《瘻庵詩集序》：「其爲詩，蚤歲學玉谿子，繼乃由香山以入劍南，故其造境沖夷，則在中歲以後。今集所存，少作蓋無幾也。」（俱見《瘻庵詩集》卷首）

按：黄謂其學陸，汪謂其學蘇，持論不同，蓋汪就體性言，黄則據用功處也。黄説參陳衍。《石遺室詩話》卷二七：「近人爲詩，競喜學北宋，學劍南者少。余舊曾提唱香山、劍南，《論詩送覲俞》有云『樂天善閒適，柳子工嗟歎。奇兵雙井出，短劍渭南鍛』者也，顧應之者少。去年夏日，與掞東同游社稷壇，夜倚石橋，談放翁七言近體，工妙閎肆，可稱觀止，古詩亦有極工者，蓋薈萃衆長以爲長也。掞東極以爲然。并云近方肆力讀劍南全詩，欲鈔録千百首，隨意評點，自備翻閱。今年冬月，忽以《劍南詩選》十大册抵余，請爲之序。翻之，則胥鈔學掞東書法，作北魏體，終始一律，朱圈細整，如真珠，如珊瑚，書眉評語，則親筆小行草。」參觀《石遺室詩話》卷九第三至九條、《今傳是樓詩話》第一七一條、《忍古樓詩話》第一九條、《魚千里齋隨筆》卷上「曾剛父」條。

〔五〕《石遺室詩話》卷一九：「近來致力爲詩者，梓方、師曾、敷菴，大半瓣香黄、陳，而出入於宛陵、荆公。月率有新作數篇，遠來請商酌。敷菴尤苦吟，如《呈伯嚴丈》云：散原品節匡山峻，老主詩盟一世雄。天宇冥鴻避矰繳，蘧廬萬象入牢籠。欲同無己尊雙井，每過斜川問長公。曾酌西江微辨味，伐毛從與乞玄功。此首可謂雅切精微。」又卷二七：「敷庵近將其年來所作寄正於伯嚴，伯嚴評點還之，復以示余，使重加評語。敷庵專學後山、山谷。余於其詩屢有評騭矣。此卷伯嚴少密圈而多密點，余意欲改密點者皆爲密圈。如《會祭陳後山集法源寺》云：心香一瓣屬彭城，行集朝朝徹案横。每惜盡情寒到瞑，只今懷往事如生。人窮未必詩能累，官小何因晚始成？尚有餓夫謝文節，隔鄰吾欲薦蔬羹。二聯、四聯皆可密圈。」

按：汪評「精嚴」、「學後山」，與陳説略同，當取陳而概括之。

〔六〕〔晁張〕指宋晁補之、張耒。黄庭堅《子瞻詩句妙一世，乃云效庭堅體，蓋退之戲效孟郊樊宗師之比，以文滑稽耳，恐後生不解，故次韻道之》：「諸人方嗤點，渠非晁張雙。」（《山谷詩集注》卷五，《黄庭堅詩集注》）《冷齋夜話》卷七「謝無逸佳句」條：「謝逸字無逸，臨川人，勝士也。工詩能文，黄魯直讀其詩，曰：『晁、張流也。』」（《津逮秘書》本）

培軍按：瘦公嘗有感事詩八首，寄南海，南海批後云：「哀愴鬱沈，時復高壯，如聞鵑啼猿唳，海嘯灘激，《秋興》《諸將》，豈復遠人？尤難其隸事精切，如樊川而無其硬，似玉谿而無其縟，作者能事，殆詣其極矣。吾門才華，遂付與斯人。其尤善者，一唱三歎，極似老夫之作。上追遺山，近摩梅村，應無過此。」（《康南海批羅瘦公詩》，見《北洋畫報》第一五三三期）與方湖所賞者，頗自不同，故録以備參；從知詩人所擅，亦不僅一種風格也。

專管行刑劊子二員

地平星鐵臂膊蔡福　方爾謙

地損星一枝花蔡慶　方爾咸

知作而不知藏，倡狂妄行，乃蹈乎大方〔一〕。淮海維揚幾俊人〔二〕，小方哀怨大方清〔三〕。空餘禪智山光好，投老津沽賸此身〔四〕。

地山、澤山，詩名滿淮海。所作皆清剛遒上，獨秀時流〔五〕。維揚多俊人，閔葆之、梁公約、陳移孫及方氏昆仲，皆一時鸞鳳也〔六〕。

地山，世所稱爲大方者也，己丑解元。居津沽將三十年。嘗製二印，曰「寡人好色」、「男女多於飲食」，不諱也。地山博覽，尤長於史。又工偶語，咄嗟立成。揮金如土，皆由某巨公接濟之，到手立空。嘗詣張超觀先生。張不俟其啟齒，曰：「聞公買笑資盡，已儲金相待矣。」地山輒持去。嘗吟曰：「欲舉綈袍憐范叔，何當絲繡報平原。」以女妻袁克文長子。寒雲本地山弟子，復爲姻家。地山性滑稽，克文結客揮金，産漸傾，而僕侍衆多。

克文則常挈姬稅屋而居，不以爲苦。在滬在平皆然，於津則止故宅。地山嘗告之曰：「陶公句云：『衆鳥欣有托』，『孤雲獨無依』，可爲君誦之。」克文頷首，或有詢之者，曰：「烏是衆生，當以有託爲欣。惟雲之高，乃無可依耳。」聞者絶倒〔七〕。

【箋證】

○方爾謙（一八七二—一九三六），字地山，一字無隅，江蘇江都人。年十五，偕弟爾咸同補諸生，時稱「二方」。屢赴省闈，迄未中式。光緒三十一年（一九〇五），因閔爾昌薦，主《津報》筆政。袁世凱綦賞之，延入幕，教其諸子。又受北洋法政學堂等校聘，教授文史，造就甚衆。宣統中，新設鹽政督辦處，充總務廳坐辦，出爲長蘆監理官。民國後，任揚子淮鹽總棧棧長。又充鹽務署編纂、幣制局諮議、僑務局秘書等職。十六年（一九二七），弟殤返里，營喪葬具。明年，仍返京居，至於老死。早歲爲文，服膺汪中、阮元，詩不多作，以擅聯語名天下，號「聯聖大方」。喜聚書，名槧舊鈔，高價購求，不少吝。嘗獲宋本《輿地廣記》數帙，遂自號「一宋一廛」。著有《錢譜》、《聯語》等。見閔爾昌《方地山傳》（《民國人物碑傳集》卷九）。

○方爾咸（一八七三—一九二七），字澤山，江蘇江都人。爾謙弟。光緒十五年（一八八九），舉江南鄉試第一。會試不第。少爲文，即波瀾老成，見者疑爲老宿。以年少負才望，四方名流居京師者，爭與相識。睹時局日非，遂南旋。客游武昌數載，歸，以興學自任。嘗入資爲内閣中書，迄未入都。迨江寧學務公所設立，長其曹，秩視學部五品官。先兄卒。詩文集未刊。見陳懋森《方澤山傳》（《休盦集》卷下）。

〔二〕《莊子·山木》：「南越有邑焉，名爲建德之國，其民愚而樸，少私而寡欲，知作而不知藏，與而不求其報，不知義之所適，不知禮之所將，倡狂妄行，乃蹈乎大方。」按：大方狂狷，故用此語，兼切其號。

《藏齋詩話》卷下：「李小石先生贈地山詩：大方諧隱似東方，日逐淫娃作色荒。故紙堆中萬金去，濫錢眼裏一身藏。（中略）可見地山之爲人。李詩尤妙肖。年來與予爲文酒之會，月四五次，大言炎炎，興復不淺。屬對極速，有匪夷所思者，衆以『聯聖』目之，君亦居之不疑。嘗語予曰：『我狷人也。人乃目之爲狂！』予以爲知言。」又：「二十年前，予見日本租界一家春帖云：且食蛤蜊，安問狐狸。門旁四字『揚州方家』，詢之，知爲地山寓也。五年以來，常爲詩酒之聚，交誼日親。君境況殊窘，而興致不衰。近頃逝世，同人咸哀悼之。嘯麓挽之云：『躭色身非壯，甘貧氣漸頽。微聞臨簣歎，不見叩門來。多樂中年過，無家末路哀。彌天輕自擲，終惜此狂才。』『人謂劉公幹，吾知謝幼輿。文名慳貢舉，俠骨殉裙裾。玩世存孤狷，戕身坐百疏。曰歸如早決，猶足守田廬。』誦洛挽之云：骨頭支離突兀，雖窮愁從不牢騷，或誚狂生，我憐狷者；心地磊落光明，即綺障亦關慧業，自稱情種，人羡仙才。予不能爲聯語，亦挽之云：襟懷灑落，生事蕭條，玩世不恭，古之狂也；酒食酣嬉，文章游戲，乘化歸盡，大哉死乎。」又：「芷升監督云：地山前寓北京時，自書門聯云：捐四品官，無地皮可鏟；租三間屋，以天足自娱。狂態可想。」

〔二〕杜甫《奉寄章十侍御》：「淮海維揚一俊人，金章紫綬照青春。」（《杜詩詳註》卷一三）按：此用其語，兼指閔、梁、陳。又，陳三立《揚州方地山澤山兄弟於去冬過訪、瀕行、澤山索觀近稿、因贈》云：「維揚俊物好兄弟，共我狂言亦大奇。」（《散原精舍詩》卷上）亦用此典。汪當兼用陳。

〔三〕《方澤山傳》：「君臥病累年，念兄綦切，而地山留滯於北，每有作寄兄詩，皆淒婉欲絕。」按：參觀注五引《詩史閣詩話》。又，「大方清」，與後云「清剛」，可互參。

陸丹林《略談兩方詩》：「當大方寄寓春明時，二方曾有七律三章寄懷其兄，語重心長，感慨彌深。詩云：『竟日忘憂憂轉深，眼看萬象入銷沉。中年落拓邯鄲夢，大事蹉跎梁父吟。風雨聯床空有約，沙場射獵已無心。平安未肯輕相寄，留取從容抵萬金。』『書未開函意已通，酸辛百事料還同。獨居雪涕鬼相哭，兩鬢成霜天不公。怪事無多時咄咄，草書有暇亦悤悤。知君早被錢神棄，閒取黄金買破銅。』『十年江海各飢疲，猶是東坡不合宜。放浪屢遭朋友罵，悽涼惟有弟兄知。謝安絲竹原無賴，阮籍倡狂又一時。慚愧龐公呼作賊，相逢低首拙言辭。』聞大方接讀此詩，感從中來，淚盈於眶，莫能自已。蓋二方於大方之倡狂浪漫，婉言規勉，知兄莫若弟，宜大方之深受感動也。」（《逸經》第二五期）按：此三詩，題爲《寄地山兄》，刊《大中華雜誌》第一卷一期。

〔四〕唐張祜《縱游淮南》：「十里長街市井連，月明橋上看神仙。人生只合揚州死，禪智山光好墓田。」（《張承吉文集》）按：爾咸居揚州，「禪智山光」云云，謂其先兄卒也。又爾謙晚寓津沽，弟亡，寂寞潦倒，故云「賸此身」。

邱艾簡《記聯聖方地山》：「（地山）居沽上之明年，澤山病歿於揚州。先生得耗，哭甚哀，緣澤山於病中曾有長函致先生，且邀返揚一走，而先生當時適有事羈於津，未能即時歸里視澤山。迨澤山歿後，家人又紛以析産相求。先生對此尤感傷，大哭，挽澤山聯云：君無難爲弟，我真難爲兄，豈獨當時科舉；生未及同居，死不及同穴，可憐最後家書。」（《古今月刊》第七期）

〔五〕《近代詩派與地域》：「方澤山、地山昆季，淮海俊人，才藻秀出，瑶情琦思，鎔鑄篇章，擬諸定庵，差稱具體。澤山《題晚翠軒集》詩云：紙上猶看秋氣滿，夢中倘見鬼神來。是非身後何須説，還取詩篇惜霸才。正可移贈方氏兄弟也。」（《汪辟疆文集》）按：《平等閣詩話》卷一評李希聖云：「清剛遐曠，獨秀時流。」汪或用其語。

《詩史閣詩話》：「江都方地山爾謙暨其弟澤山爾咸，均以才名著江淮間。地山近有《和何鬯威》詩云：我生萬事等塵埃，每極顛危不自哀。屢欲上天捫日月，依然無地起樓臺。在南在北人俱老，經歲經年花又開。聞道未能還大笑，夜深獨坐畫鑪灰。澤山有《贈孝質》五律一首云：不飲胡爲醉，能詩已是窮。浮名驚鄴下，斷髮入吴中。並有興亡感，誰云哭笑同。平山堂下過，彈指送春風。又七律一首，亦送孝質之行，云：書從顔李抉藩籬，詩似臨川又一奇。厚在得天吾未到，窮幾無地汝何爲。山河逼仄終同盡，涕淚酸咸祇自知。善保千金向前路，人生春意不多時。澤山有《戊戌秋坐京師郡館》一首云：我昨驅車柴市頭，夕陽冉冉下城樓。九天皓月排雲出，一夕悲風滿路秋。地下鬼猶求對簿，道旁人已薄封侯。可憐九曲黄河水，誰辨清流與濁流。意促韻哀，如聽山陽之笛，真詩史也。」陸丹林《略談兩方詩》：「大方才氣過人，作詩不假思索，摇筆即成，且多借他人杯酒，澆自己塊壘。如贈畫人張季爰句云：八大山人能哭笑，一三知己爲摩挲。胸中奇氣難抒寫，便作清流又奈何！大方前年爲余書扇，寫《無題》一首，隸事屬詞，似抒寫個性，而其人生觀及生活，亦可於此詩覘之矣。詩云：先生休矣復何如，出或無車食有魚。近市一樓天地窄，時還讀我綫裝書。」(《逸經》第二五期)

〔六〕按：閔葆之名爾昌，梁公約名菼，陳移孫名延韡。均别詳他篇。

〔七〕佚名《大方》：「大方，方地山先生外號也。居津沽將三十年。自謂好色有特性，且富特長。一日不御女則不爽，平康久歷，惡疾獨免；此其特長也。特性則可意會而不可言傳矣。製二印曰『寡人有疾』，曰『男女多於飲食』。先生讀書多，史學尤具根底。往者項城督北洋，禮延其掌教法政學校。一日，正講授《左傳》，某生起立問曰：『目逆而送之』何解？先生莞爾曰：南人謂之『弔膀子』，北人謂之『飛眼兒』。且言且以目示意。四座哄堂大笑。」又：「先生工偶語，屬詞頃刻而就。以事詣張超觀先生。超觀不俟其啟齒，曰：『聞公買笑資盡，已儲金相待，可持去逞數夕之歡，何如？』先生不答，吟曰：『卻舉綈袍憐范叔，何當絲繡報平原。』持金揚揚出門去。先生以女妻寒雲長子，師生復爲淵〔媚〕家。寒雲揮金結客爲豪，産漸傾，而高門廣廈，僕侍衆多，所費鉅。寒雲則恒挈姬稅小屋而居，不以爲苦。在滬在平，無不如是。於津則止息故宅。先生嘗面告之曰：『淵明有句云：「衆鳥欣有托」，「孤雲獨無依」，可爲君誦之。』寒雲頷首。余適在座，復目視余曰：『子於意云何？』余曰：『恰到好處。所謂鳥者，非指袁門以内之男僕女傭丫頭之類耶。雲則寒雲也。』先生笑曰：『然。子真解人矣。鳥是衆生，當以有托爲欣；惟雲之高，乃無可依耳。』」（《青鶴雜誌》第一卷一四期）按：汪記即據此，略加删削，故文較簡也。

專管三軍内探事馬軍頭領二員

地微星矮腳虎王英　廉泉　一作張祥麟

乃知好士如好色，遇合未必皆傾城。陸游句。〔一〕吁嗟乎！廉東卿〔二〕。

【箋證】

○廉泉（一八六七——一九三〇），字惠卿，號南湖，又號岫雲，江蘇無錫人。光緒二十年（一八九四）舉人。官户部主事，晉郎中。光宣之際，睹朝政日非，投冠去，築帆影樓於淞西萬柳堂，自放湖山間。民國後，創辦競志女中，提倡女子教育。又設文明書局，用西法印書，皆能得風氣先。家藏古鼎彝書畫極富。爲人履行純素，濩落不事産業，别墅嘗先後易主，鼎彝書畫，亦易米盡。著有《潭柘紀游詩》、《南湖東游草》、《南湖夢還集》等。見錢海岳《廉南湖丈誄并序》（《民國人物碑傳集》十一）。

○張祥麟（一八五三——一九〇三），字子馥，一作子宓，四川漢州（今廣漢）人。早入尊經書院，師事王闓運。光緒十八年（一八九二）進士。二十一年（一八九五），散館，選陝西懷遠知縣，歷署長安、褒城知縣，調補大荔知縣。二十七年（一九〇一），陝山合闈，充山西同考官。卒於大荔任署。著作甚富，有

《經支》、《媿林漫録》、《受經堂文集》、《子宓詞鈔》、《前後蜀雜事詩》、《半篋秋詞》、《吴波鷗語》等。見廖平《清誥封朝議大夫張君曾恭人墓志銘》（《四益館文集》）、戴安常《張祥齡小傳》（《近代蜀四家詞》）。

〔一〕句見陸游《无咎兄郡齋燕集有詩、末章見及、敬次元韻》（《劍南詩稿校注》卷一）。「未必」作「不必」。

按：廉性風流，娶日姬，汪當指此。又王英亦好色，固是雙關語也。俞復《校南湖集訖漫賦二絶》：「不假經營慘澹思，天才性語兩兼之。旗亭漫賭新翻曲，想見三山立馬時。」自注：「君己未東游，船泊長崎，有寄姬人春野詩曰：三山立馬紅如海，是汝鄉關我舊游。時櫻花盛開。」又：「美人香草寄遐思，歌哭無端孰識之。別有傷懷不可説，流亡滿地此何時？」

〔二〕按：「東卿」當作「惠卿」。廉名泉字惠卿，名字相連，本無錫之惠山泉，若字東卿，無所相關矣。又，《甲寅》本、《青鶴》本，俱無贊，此整理者所定，疑爲形近之訛。

地慧星一丈青扈三娘　吴芝瑛　一作曾彦

江湖俠骨惟見君〔一〕，秋雨秋風愁殺人〔二〕。

南湖詩差有風韻，樹骨未高〔三〕。王英在山寨亦平平，取擬南湖，或從其類。小萬柳堂主人，在女界文學中，自是俊物。散文家法具存，詩尚唐音。平生風義，最篤故人。秋墳惓惓，亦晚近俠舉也〔四〕。

【箋證】

○吴芝瑛（一八六八—一九三三），字紫英，自署小萬柳堂，安徽桐城人。吴汝綸姪。十九歲適廉泉。隨夫居京師。光緒二十九年（一九〇三），秋瑾來京，與之比鄰，遂極相善，并助其東渡日本。旋移居上海。三十二年（一九〇六），爲庚子賠款事，倡募女子國民捐，并書《小萬柳堂帖》助捐。明年，秋瑾被難，與徐自華共葬之西泠橋畔，親書墓表。平生俠舉，多可稱者。著有《帆影樓紀事》、《吴芝瑛夫人遺著》。見嚴復《廉夫人吴芝瑛傳》（王栻編《嚴復集》第二册）、陳謐《吴芝瑛傳》（《國史館館刊》創刊號）。

○曾彦（一八五七—一八九〇），字季碩，四川華陽人。張祥齡妻。曾詠第五女。母左錫嘉，亦擅詩文，著有《冷吟仙館詩文稿》。同治初，父卒於安慶，遂歸蜀。光緒間，從王闓運學詩，闓運亟稱之，謂駸過其夫。並擅書畫。卒於蘇州。著有《桐鳳集》、《虔共室遺集》、《婦禮通考》等。見廖平《清誥封朝議大夫張君曾恭人墓誌銘》（《四益館文集》）、《清代閨閣詩人徵略》卷一〇、李濬之輯《清畫家詩史》癸下。

〔一〕龔自珍《己亥雜詩》之一二九：「陶潛詩喜説荆軻，想見停雲發浩歌。吟到恩仇心事湧，江湖俠骨恐無多。」（《龔自珍己亥雜詩注》）

〔二〕句見秋瑾《絶命詞》（《秋瑾集》）。

〔三〕《廉南湖丈誄序》：「公於學多所該通，自交祭酒盛昱等，始專力於詩。所作流風回雪，婣澹清深，在陶彭澤下、韋蘇州上，與柳柳州爲近。」又：「自去江左，積奉累萬金，舉鬻營官寺，而自乞貸以生。由是亦多病臥，偃蹇堙厄怫鬱，一寓於詩，讀之酸楚嗚咽，如聽霜猿，令人腸斷。」（《海岳文編》）按：「在陶彭澤下、韋蘇州上」，爲蘇軾評柳宗元語，見宋胡仔《苕溪漁隱叢話》前集卷一九、魏慶之《詩人玉屑》卷一五；此自是諛墓辭，不足據爲談藝也。又，姚鵷雛《春水相干室拾雋》「南湖手畢」條：「廉南湖先生風度簡穆，詩文清逸絶塵。」（《二雛餘墨》）亦可參。

〔四〕《小奢摩館脞録》「秋瑾」條：「山陰秋女士之死，天下冤之，桐城吴芝瑛女士經紀其喪，又爲傳略、遺事、祭文以表彰之。秋女平生出處大略，賴以暴白。」（《汪辟疆文集》）徐自華《鑒湖女俠秋君墓表》：「後七閲月，石門徐自華，哀其獄之冤，痛其遇之酷，悼其年之不永，憾其志之不終，爲約桐城吴女士芝瑛，卜地西泠橋畔葬焉。」（《徐自華詩文集》卷一）

《兼于閣詩話》卷二「秋詩」條：「桐城吴芝瑛女士與秋瑾友，秋瑾之死獄也，芝瑛爲葬於西湖岳王墳之東，天下義之。後墓平，歸葬於山陰原籍，皆有詩。《哀山陰》小序云：『時將赴山陰爲秋女士瑾營葬，浙人對於此獄，獨無清議，是可異已。』其詩曰：『爰書滴滴寃民血，能達君門死亦恩。今日蓋棺論未定，軒亭誰與賦招魂。』『天地蒼茫百感身，爲君收骨淚霑巾。秋風秋雨山陰道，太息難爲後死人。』《簡寄塵》小序云：『余與寄塵既葬鑑湖女俠於西泠岳王墳之東，戊申正月廿四日，寄塵集學界士女四百餘人於鳳林寺，爲女俠開追悼會，并謁墓致祭，行路感歎，有泣下者。余因病不能至，詩以哭之，即示寄塵并秋社同人。』『昔日同游地，今朝來哭君。百年誰不死，三尺此孤墳。時事那堪道，英靈自有群。行人痛冤獄，掩淚話殷勤。』『碧血千年事，悠悠那足論。此心天可白，一死我何言。玄酒空山奠，孤亭落日昏。舊交三兩在，誰與訴煩寃。』《梁谿秦岐農爲作西泠悲秋圖成，而鑑湖之墓已平，遺骸由秋兄歸葬山陰，感賦二絶句，以當一哭，即書圖尾》云：『風雪渡江去復還，故鄉歸骨爲兄難。挑鐙漫紀山陰獄，恐有冤魂泣筆端。』『杜鵑啼血土花新，海内爭傳法外仁。莫向西泠橋上望，更無風雨亦愁人。』又《戊申花朝西泠弔鑑湖四首》：『大罇放飲爾如何，回首江亭老淚多。今日西泠拚一慟，不堪重唱寶刀歌。』（自注：往年鑑湖東游時，余集京師諸姊妹於城南陶然亭餞之，以壯其行，鑑湖有《寶刀歌》，傳誦一時。）『忍憶麻衣話别時，天涯游子淚如絲。獨看落日下孤塚，别有傷心人未知。』（自注：丁未正月，鑑湖以母喪歸里，來吾小萬柳堂話别，不知其遂成永訣也。）『獨薦寒泉證舊盟，可堪生死論交情。罪名莫更王涯問，黨禍中原尚未平。』『不幸傳奇演碧血，居然埋骨有青山。南湖新築悲秋閣，風雨英靈倘一還。』」

光宣詩壇點將録箋證卷七

掌管監造諸事頭領一十六員

行文走檄調兵遣將一員

地文星聖手書生蕭讓　顧印愚　一作沈尹默、趙世駿

飛書草檄〔一〕，萬人之敵〔二〕。

義山婉麗又眉山，雙玉堪前酒意安〔三〕。遥想蜀山清碧處〔四〕，衹留殘夢落江潭。

千帆謹案：此首屬顧所持。

【箋證】

○顧印愚（一八五六—一九一三），字印伯，一字蔗孫，號所持，晚號塞向，四川成都人。早肄業尊經書院。與楊鋭齊名，並稱「楊顧」。譚宗浚督蜀學，刻《蜀秀集》，最稱之。光緒五年（一八七九）舉人。

以大挑官洪雅縣訓導。越二年，改知縣，需次湖北。始攝漢陽，尋除武昌。充光緒癸卯科湖北鄉試同考官。後署武昌府通判。辛亥後，奉母隱居，偃蹇多感，卒於北京。弟子程康輯其詩，刊爲《成都顧先生詩集》。見程康《成都顧先生詩集目録後序》、羅惇曧《追悼顧印伯即題其遺詩》自注（《癭庵詩集》）。

○沈尹默（一八八三—一九七一），初名君默，晚署秋明室主，浙江吴興（今湖州）人。早歲肄業嘉興師範。後隨兄士遠、兼士留學日本，畢業於東都大學。回國後，任教浙江高等學堂、浙江兩級師範等校。民國三年（一九一四），任教於北京大學。十八年（一九二九），任河北省教育廳長，次年改任北平大學校長。抗戰期間，任監察院監察委員。建國後，任中央文史館副館長。生平以書名，工各體。著有《二王法書管窺》、《書法論叢》、《秋明集》等。見戴自中《沈尹默傳略》（《中國現代社會科學家》第七輯）。

○趙世駿（？—一九二七），字聲伯，號山木庵主人，江西南豐人。陳寶琛弟子。光緒十一年（一八八五）拔貢。官内閣中書。擅書，法褚遂良，幾可亂真。又精碑帖賞鑒，有名當世。見（新）《南豐縣志·人物》、《清稗類鈔·鑒賞類》「趙聲伯精鑒碑帖」條、陳玉堂編《中國近現代人物名號大辭典》。

〔一〕《西京雜記》卷三「文章遲速」條：「揚子雲曰：『軍旅之際，戎馬之間，飛書馳檄，用枚皋；廊廟之下，朝廷之中，高文典册，用相如。』」《册府元龜》卷七三〇幕府部「譴斥」條：「（張）承業叱之曰：『公稱文士，即合飛書草檄，開濟霸圖。』」按：顧亦以能書名，集聯有捷才，故云。

《光宣以來詩壇旁記》「顧印伯」條：「華陽顧印伯印愚，以書名一時，余嘗在梅畹華處見其爲梅書易實甫《數斗血歌》便面，極工。後又見其與程穆菴手札多幀，蕭散多姿，可稱能品。王仲惠更以其家所印顧氏集聯一册見贈，尤爲雋永。其書在大令、登善、元章之間，信手揮灑，自然疏秀。聞其平日每晨起小飲後，即臨河南《雁塔聖教》數過，日以爲常，則其工力可知矣。余初蒞渝州，居青年會，時程穆菴、喬大壯皆先後來。穆菴爲印伯弟子，師誼至篤，曾爲顧刊遺集。大壯與印伯爲同鄉世誼，皆曾親炙有素者。聞大壯述其遺事云：印伯爲人，品貌英偉，而言詞囁嚅，早有斗方名士之誚。或以顧不寫大字故也。印伯爲王湘綺弟子。《湘綺樓詩集》有《華陽篇》一詩，即贈印伯者也。而顧卻不作王派詩，大壯偶詢及之，則云：『老子其猶龍乎。』顧與喬本世誼，大壯大父損菴先生，長於印伯，甚相契。印伯筮仕湖北，追隨南皮頗久。然曾至舊京三次，清光緒乙巳年至京，即住喬寓。戊戌年，住南城伏魔寺。最後民國元年，則與弟同住也。（中略）其家收藏漢、魏、六朝、三唐、兩宋人詩集極富。尤喜集唐宋人詩句爲聯語。有得，則書於自製便條上，最精美。華陽王菊飲所印集聯真跡皆是也。其未印者尚多。聞成都有川軍黄軍長家，庋藏盈篋。當乙巳年印伯在舊京時，喬損菴先生因有四孫，偶然憶東坡詩『朋來四男子，大壯泰臨復』二句，因謂印伯曰：大壯泰臨復，君能集蘇詩爲偶語乎？時損菴意此五字爲四卦名，屬對匪易。且長孫因蘇詩有此，而字大壯，亦難穩切。印伯曰：吾行篋無蘇詩。損菴曰：吾架上尚有所餘施注蘇詩。因舉以贈。印伯取出，實未寓目，但旋用坡詩《泛潁》句作對，即集成一聯云：歐陽趙陳余，傳呼草市來携客；大壯泰臨復，下有孫枝欲出林。天衣無縫，恰到好處。印伯隨謂大壯曰：君若嫌此聯尚短，吾尚可增數字，何如？因書云：歐陽趙陳余，嘯歌相樂，傳呼草市來携客；大壯泰臨復，丱妙侍側，下有孫枝欲出林。一氣貫注，且皆坡句，然觀者已嘆服矣。因此六句，不全在施注蘇詩内，而實有散見於王注及紀評《蘇文忠公詩集》内者。大壯又云：印伯平生最精飲饌，出游時，常命僕從挈竹絲食榼，量少而精。例如山雞丁、醬瓜、冬筍，炒爲一碟，但三物皆爲大小同式正方形。是爲冷食。每不喜啖牛羊葱蒜。餘如松花江白魚、天津銀魚、馬鞍橋鱔魚，及廣和居糟蒸鴨肝，必應有盡有。印伯食甚緩，每飡，輒再熱數次。喜飲黄酒，量頗寬。余見有人贈彼黑色絨帽一襲，彼御之至於臨終。余見印老景像，鮮有不御此帽者。彼嘗詠帽云：不妨老去遼東阜，那得歸從錦里烏。蓋游戲之作也。印伯向不以遺老自居，但僅曾集聯以贈名旦王瑶卿云：古董先生誰似我，落花時節又逢君。上句出《桃花扇》，下杜公句。其風趣可知矣。」（《汪辟疆文集》）

〔二〕《史記》卷七《項羽本紀》：「劍，一人敵，不足學，學萬人敵。」《三國志》卷三六《蜀書六・關張馬黃趙傳》：「關羽、張飛，皆稱萬人之敵，爲世虎臣。」

〔三〕梁鼎芬《贈所持》：「蜀中一士老蕭閒，流亂蟄然字莫刪。秀野妙才分宋派，亭林遺跡得秦關。詩人作吏收儒效，佳日逢君必醉還。雙玉庵名無不識，義山婉麗又眉山。」（《成都顧先生遺集》卷首）陳三立《顧印伯詩集序》：「君爲詩始宗玉溪、玉局，故名其居曰雙玉庵。」（《散原精舍詩集》卷一六）《單雲閣詩話》：「（印伯）其詩宗玉溪、玉局，自題所居曰雙玉龕。」（《校輯近代詩話九種》）

按：汪詩即據此。梁詩亦載黃公渚輯《梁節庵先生佚詩》（《青鶴雜誌》第二卷二〇期），字句稍不同。又，《光宣以來詩壇旁記》「顧印伯」條：「印伯於書法之外，亦工吟詠。詩格在玉谿、玉局之間。或有疑其專從晚唐人出者，非其實也。」（《汪辟疆文集》）云出晚唐者，爲梁鼎芬，見注四引。程康《成都顧先生詩集目録後序》云：「蜀派詩，至先生而一變，當時湘閩西江諸老，各有宗派，先生詩雖易，則以玉溪、玉局、後山、柯山爲尚，而實會其歸於少陵，風骨峻騫，卓然一代宗師。」亦可參。

〔四〕《光宣以來詩壇旁記》「顧印伯」條：「陳石遺云：印伯與楊叔嶠同爲張文襄入室弟子。余識之二十年，惟見其飲酒、作字、鬥詩鐘，未見其作詩。梁節菴以爲工晚唐體，今觀其門人程穆菴所輯手稾，皆宋人語也。故石遺題印伯詩册云：廿年珍祕篋中詞，身後幽光發太遲。終肖蜀山深刻處，梁髯偏説晚唐詩。論印伯詩，以此二十八字爲得其真際。」按：所引陳評，見《近代詩鈔・石遺室詩話》；所引陳詩，見《石遺室詩集》卷六，題爲《又囑題所持詩册》。

《石遺室詩話》卷一〇：「節菴稱印伯能爲晚唐詩。余識之廿年，初未之見，惟見印伯健啖，飲量甚洪，工行楷，善爲詩鐘耳。印伯與綿竹楊叔嶠鋭，廣雅督蜀學時，爲所識拔二童子。後追隨廣雅者數十年。叔嶠既被難，印伯有老母，遂由舉人爲縣令，謀禄養，需次湖北也。」卷二二：「余識印伯且二十年，同客武昌者十年，而罕見其所爲詩。《詩話》前編，僅録其《修禊作》一首。近得其弟子程穆庵所印《塞向老人遺詩》二十首，有《答洛生七弟汴梁見懷十首兼懷桂生豫生陳生并序》云：洛生七弟書來，言辛亥歲秋後與桂生八弟會於汴梁，賦詩見懷，以『那知風雨夜，復此對床眠』爲韻，依韻報之。云：『別難序遽更，書阻愁無那。江湖徹關塞，天地入兵火。一炬豈由人，百罹逝逢我。冥行安得塗，枝梧自右左。避兵古亦有，蹈地奚擇可。蹙蹙俛仰間，臨皋付危坐。』『昔別記何許，庭葉初辭枝。袖中故人書，遲爾還山期。酌酒雙玉龜，侑以閒山詩。念爾賢隱莊，水竹可娱嬉。洛生卜葬叔父母於信陽山中，地名賢隱，頗饒水竹。山中難久留，歲晚情悽其。一別成四愁，當前寧預知。』『披襟同庶人，楚客誇雄風。秋飈動七澤，激蕩蘭臺宮。鏘鏘金鐵鳴，燒壁蒸天紅。潭窟舞支祁，柱維觸共工。樓船不可濟，横鎖江流中。鵠磯萬雷霆，危堞支秋蓬。蕭蕭閉環堵，霜葉圍書叢。延喘旦復夕，饑凍餘禿翁。』『檐角措夜霜，硝丸墮如雨。

頗賴近社安，徹宵聽更鼓。武昌城中保安社，比户醵錢鳩丁，每夕柝聲繞舍不絶，鎗礮聲亦不絶，横飛迭落，幸未穿屋而下。聞柝，則知近街中尚無警，又一夕苟免也。十口合髦悼，老母八十一歲，幼孫芝苗七歲。食息且棟宇。脱衣易升斗，鹽薪亦悉數。稍儲旬日糧，餘事委聾瞽。枵中殘字在，捫腹餒自煮。』『嚴城數詗諜，魚雁無憑藉。百日斷消息，沈沈井中夜。畫江限衣帶，南北備無罅。遠念梁宋游，阻兵安税駕。孰謂舍弟來，相望僅一舍。信使梗連營，此情足哀詫。知狀歲已遷，回省淚餘瀉。桂生弟去年九月中從北軍幕府來，曾駐蕭家港者旬日，爾時江漢分塹，一紙莫傳，但聞之道路，略知老兄在圍城中，舉家未出走耳。今春書來，乃具道之。』『閉塞知成冬，天道罔不復。江春度梅柳，漸喜通書牘。生存幾親舊，慰問逮幽獨。頽齡人閲世，往跡岸爲谷。諸弟審所在，覶縷各寄躅。老去歌急難，看雲淚相續。得報歸陸渾，敢望守杜曲。何時會江陵，言就草堂宿。』『同谷饑拾橡，哀歌懷弟妹。詩稱吾家事，奔竄未忍廢。躭吟亦何苦，漫與寄憂愾。他鄉各異縣，時運迭更代。宦學本無殖，漂蕩復誰懟。稍覬閧争息，書册二嬴載。略綴菰中筆，學種東坡菜。四海吾子由，白髮晚相對。』『庸敬以吾長，肩隨聯雁行。於今五兄弟，各瘦何人强。豫也來自申，同我奉高堂。豫生九弟，與余同有老母，頃來游武漢間。陳也同兄居，陳生十弟，從洛生居汴中。桂也方北翔。桂生在京師。手附黄耳書，心知白眉良。玉山亦何有，璞稿餘荒凉。聊從漉葛巾，劣許穿藜牀。』『浣花歸無堂，陽羨居無田。歲歲籬下寄，矧兹燕幕懸。聞君説賢隱，丙舍依牛眠。山鄰頗愿樸，水木尤静娟。旁舍種粳秫，可冀營數椽。曩愛何信陽，出手明月篇。有斐追初唐，秀奪徐李邊。退居所結廬，想像帶林泉。誅茅庾就宋，或者宿昔緣。對老不任耕，課讀能勉旃。宗文遺樹栅，信行箭水聯。庶吟下潠穫，與子安餘年。』十首中多用少陵詩事，以情景同也。第七首未録。印伯奉九旬老母困圍城中，年餘方得拔出，視少陵之孤身逃匿長安大雲寺，本杜園梁氏説。半歲遂奔行在者，危苦且過之矣。第六首『蠲』韻，少陵有《遠懷舍弟穎觀等》詩也。『何時會江陵』句，用《舍弟觀赴藍田取妻子到江陵》事恰切。他如《辛亥嘉平得穆庵書賦答并寄十髮翁》句云：長路尚迂花石戍，全家擬向翠微峰。《奉答十髮翁兼酬穆庵寄和之作》句云：友于花鳥扶斑白，天性山林遠鼎鐘。皆工於用事。」

培軍按：方湖論顧詩，其簡要者，見於《近代詩派與地域》，云：「其弟子程康裒緝遺集，世乃知顧氏於書法之外，詩筆冠絶當時。其句律之精嚴，隸事之雅切，一時名輩，無以易之。顧氏胸次高簡，絶類晉人，嘗自署所居曰雙玉堪。雙玉者，玉溪、玉局也。平生宗尚，略可想見。陳三立云：『印伯詩約旨斂氣，洗汰常語，一歸於新雋密栗，綜貫故實，色采豐縟，中藏餘味孤韻，别成其體，退之所稱能自樹立不因循者也。』陳衍詩云：『廿年珍祕篋中詞，身後幽光發太遲。終肖蜀山深刻處，梁髯偏説晚唐詩。』蓋定論也。」可與各注相參。

定功賞罰軍政司一員

地正星鐵面孔目裴宣　胡思敬　一作趙炳麟

退廬骨鯁之士，晚清末造，早決危亡。平生大節，自有可傳[一]。詩則不甚措意，惟吐辭屬事，自是退廬之詩，他人不能有也[二]。

【箋證】

〇胡思敬（一八七〇——一九二二），字漱唐，號退廬，江西新昌（今宜豐）人。光緒二十年（一八九四）中進士。明年，補殿試，選庶吉士。二十四年（一八九八），散館，改吏部主事。宣統元年（一九〇九），補遼沈道監察御史，轉掌廣東道。劾兩江總督端方，著直聲。居三年，疏凡四五十上，皆不報。終乃自劾歸。辛亥後，以遺老自居。丁巳復辟，授「副都御史」，赴任道中，聞事敗而返。卒於南昌。官京師日，喜聚書，日至肆搜求，積書數屋。歸里，築問影樓藏之。刻《豫章叢書》，蒐輯散佚孤本，得一百十種。輯邑志爲《鹽乘》。自著有《退廬疏稿》、《驢背集》、《退廬文集》、《詩集》、《戊戌履霜録》、《國聞備乘》等，合刊爲《退廬全集》。見劉廷琛《胡公漱唐行狀》（《碑傳集補》卷一〇）、魏元曠《副憲胡公神道碑》（《退廬全集》卷首）、陳毅《胡退廬墓表》（《民國人物碑傳集》卷一三）、趙啟霖《胡漱唐侍御傳》（《趙瀞園集》）。

○趙炳麟（一八七七—一九二七），字竺垣，號清空居士，廣西全州人。光緒二十年（一八九四）進士。授編修。嘗參與「公車上書」，列名保國會，追隨康梁變法。又爲宋育仁弟子。歷官福建、江南、京畿道監察御史，擢四品京堂，督辦廣西省鐵路。屢上奏疏，論時弊，劾大臣，號「鐵面御史」。辛亥後，兩赴國會，爲衆議會會員。民國六年（一九一七），避亂山西，任山西實業廳長。後又任河東鹽運使。俱非其志。著有《柏巖文存》、《潛并廬詩存》、《柏巖感舊詩話》等，合刻爲《趙柏巖集》。見（新）《全州縣志·人物》、趙啟霖《清空居士墓碑》（《趙瀞園集》）。

〔一〕見劉廷琛《胡公漱唐行狀》。《今傳是樓詩話》第一〇〇條：「清季光宣之間，諫垣中謇謇有聲者，僉推莆陽江杏邨春霖、湘潭趙芷蓀啟霖、榮縣趙堯生熙、新昌胡漱唐思敬。芷蓀掛冠最早。漱唐則於辛亥春暮出京，并繪《匡廬觀瀑圖》以寄意，曾剛父題詩所謂『眼看臺妙去聯翩，百轉煩憂祇自煎。何處更尋千日酒，此行真泛九江船』者是也。」參觀《石遺室詩話續編》卷六第一一條、趙炳麟《柏巖感舊詩話》卷一。

〔二〕《胡公漱唐行狀》：「少頗以文章意氣自豪，詩學太白、長吉，文有賈長沙、蘇子瞻之風；壯歲折節讀書，於詩文不甚措意。」

按：汪語略參此。《石遺室詩話》卷一六：「胡瘦唐作詩不如堯生之多，而興來亦復不能自休。余最喜其《游西山絶句》二十首，惜無其稿矣。有《題吴吉士秋林讀書圖長句》一首，論咸同以來朝士學派，致慨於新學之敗壞舊學，頗跌宕可喜。」《今傳是樓詩話》第一〇一條：「《退廬詩集》凡四卷，余最喜其《魯溪訪潛園先生》一律云：春風二月雨絲斜，來訪南州孺子家。亂後逢君宜皂帽，山中飯客衹胡麻。營巢苦恨身如燕，避地還疑國在蝸。車到柴門徵不起，養生何處覓丹砂？風格遒上，殊非局促於江西社裏者。」並可參。又，胡、趙合傳，或亦以其故友好也。趙嘗有一長書（《自全州復胡漱唐吏部思敬書》，見《柏巖文存》卷二），與胡相討論，略徵二家交誼。

考算錢糧支出納入一員

地會星神算子蔣敬　胡朝梁

前詩龕〔一〕，後詩廬〔二〕，會張風雅勤追逋〔三〕。

嗚呼詩廬廬於詩〔四〕，人海藏身憶昔時。已拚憂患生之始，刻意冥搜死乃奇〔五〕。醉翁寧放出頭地〔六〕，散原非好爲人師〔七〕。惟君文行風士類，名在天留後世知。程康《題胡詩廬遺詩》。

詩廬精誼之作，不在衆異、秋岳之下。千帆謹案：《甲寅》本以梁、黄比吕方、郭盛，改定本易爲袁伯夔、陳君任。此乃原評。惟出筆太易，微傷直率〔八〕。生平以詩爲性命，並世名流，多所親炙〔九〕。寓廬四壁張時人詩卷，幾無隙地〔一〇〕。

〔原附〕論近代詩家絶句　章士釗

城東走俗非安居，卻勞詩人來索書。舊債卅年償不得，終令老醜愧詩廬。

丁巳、戊午間，吾居北京東城，詩廬索書楹聯甚切。吾時實不善書，苦無以應。

詩廬詩似孟東野，世絶雲龍難盡諳。嗟余學晚老仍廢，媿負知己寧二三。

千帆謹案：詩廬喜拗格，故先君及行嚴丈題詩亦效其體。

【箋證】

○胡朝梁（一八七九—一九二一），字梓方，號詩廬，江西鉛山縣人。少肄業江南水師學堂。後東游日本，考察海軍，既歸國，爲兵艦從官。以體弱，不適海居，乃棄去。任兩江師範學堂、上江公學教習，兼江寧提學使署閲卷官。又從陳三立游，專力於詩文，爲諸老輩所稱。民國初，官教育部，爲社會教育司主事。後任西北籌邊使署秘書。平生持躬慎約，爲詩文，喜苦吟，至廢寢食。晚乃戒詩學佛。著有《詩廬文鈔》、《詩廬詩鈔》。見蔣維喬《胡詩廬傳》（《民國人物碑傳集》卷一〇）、陳衡恪《詩廬詩鈔序》（《詩廬詩鈔》卷首）。

〔一〕〔詩龕〕清人法式善，嘗築一室，投古今人詩於其中，顔之曰「詩龕」。參觀昭槤《嘯亭雜録》卷九「詩龕」條、姚元之《竹葉亭雜記》卷五第七條、陳康祺《郎潛紀聞二筆》卷七「法時帆詩龕」條、張惠言《詩龕賦并序》（《茗柯文四編》）。

〔二〕《胡詩廬傳》：「（朝梁）工於詩，嘗自署所居曰『詩廬』。丹徒馬相伯、閩侯林畏廬、桐城姚叔節各爲之記，閩侯嚴幼陵又爲之説，因自號『詩廬』，而人亦以詩廬稱之，從其所好也。」參觀注一〇。

〔三〕宋邵雍《首尾吟》之七：「咀茹蘭薰宜有主，恢張風雅更爲誰。」（《伊川擊壤集》卷二〇，明成化刻本）蘇軾《臘日游孤山訪惠勤惠思二僧》：「作詩火急追亡逋，清景一失後難摹。」（《施注蘇詩》卷四）

〔四〕陳衍《詩廬記》：「余以爲詩廬有二説：一詩於廬，一廬於詩。子方其由後之説也。詩於廬者，其爲廬也常精，或位乎山林之間，擅乎亭館花木之勝，富盛乎賓友之讌集，書畫典籍之搜羅，然

後詩從作焉。廬於詩者不然，心入詩中，身遂不出詩外。」（《石遺室文續集》）

〔五〕蘇軾《石蒼舒醉墨堂》：「人生識字憂患始，姓名粗記可以休。」（《蘇軾詩集》卷三）

〔六〕歐陽修《與梅聖俞》（三〇）：「讀軾書，不覺汗出，快哉快哉！老夫當避路，放他出一頭地也。」（《歐陽修全集》卷一四九）按：歐此語，宋人説部多載之。參觀邵博《聞見後録》卷一四、吴曾《能改齋漫録》卷一一、陳善《捫虱新話》、王應麟《困學紀聞》卷一八。

〔七〕按：胡學詩於散原，見《上散原師書》（《詩廬文鈔》）。又，《忍古樓詩話》：「鉛山胡梓方朝梁，伯嚴吏部之詩弟子也。」《今傳是樓詩話》第三三〇條：「鉛山胡朝梁詩廬，初學海軍，精英文。旋折節讀書，師事散原。」陳衡恪《詩廬詩鈔序》：「梓方少習英國文字，肄業江南水師學堂。卒業，乃師吾父學詩古文，勤苦淬礪，所作日益精進。」鄭孝胥《題詩廬詩鈔》：「詩學困人畢世冤，高才不學亦難言。詩廬才學端相稱，未覺師資出散原。」（見《詩廬詩鈔》卷首，《海藏樓詩集》失收）並可參。

〔八〕按：據甲寅本，此位原擬梁、黄，參見「袁思亮篇」。云「出筆太易，微傷直率」，似不然，胡學山谷、後山，以苦吟稱，似非率易者。汪又云：「詩廬造詣較深，聲氣較廣，惜書卷不多，未能盡其變化耳。」（《近代詩派與地域》）斯中其病耳。諸家多所評泊。《詩廬詩鈔》卷首《題辭》，嚴復：「沖澹傲兀，自是西江法嗣，而性情真摯，在東野、後山間。」李瑞清：「蒼勁瘦硬，山谷嫡派。」林紓：「幽秀處近宛陵，近體之清空拔俗，簡齋不能過也。」鄭沅：「初讀殊不覺奇，久玩乃知有異，如食橄欖，回味彌甘；此涪翁、后山諸公佳境也。」陳衍：「作人及文字，惟俗難醫。古今名人，真能免俗者甚少，文字雖工，言外往往有不好氣味。大箸多不俗處，此在跡象之外，難與不知者言。山谷生平最惡俗，故詩如其人。若塗澤字句，裝作風雅，愈令人不可耐矣。詩廬然吾言乎。」（俱見《詩廬詩鈔》卷首）又《今傳是樓詩話》第三三〇條：「（詩廬）中年隱於末吏，篤志爲詩，形神俱槁，戛戛獨造，雅近後山。」《近百年詩壇點將録》：「（詩廬）學山谷七律，兀傲多拗調。五古學後山者，刻摯不易及也。」（《夢苕盦論集》）

《石遺室詩話》卷一五：「鉛山胡子方朝梁，陳伯嚴詩弟子，自號『詩廬』，詩以外無第二嗜好也。嘗爲人嬲使觀劇，自午至酉，萬聲闐咽中，攢眉搜腸，成五言古一篇，和其師散原《題聽水第二齋》韻者。入官署治文書外，日抱其新舊詩稿如束笋，詣所知數里外，商量不勌。其爲詩專學山谷，七言律中二聯，多兀傲不調平仄，然其筆端實無絲毫俗韻，殊可喜也。《夏日即事》云：人生快意是會合，盡日好風來東南。芳塘半畝水清淺，茅屋一間人兩三。看水看山殊未厭，栽桑栽竹粗已諳。青雲可致不須致，我願食貧如薺甘。嚴幾道云：『疏宕遒雋，神肖山谷。』梁節菴云：『蕭疏兀傲，收處不稱。』《對南山》云：自來骨肉關至性，行矣關山良獨難。橐筆還家尋一笑，傾囊市脯勸加餐。南山有雲欲招我，清夜聞雨能洗肝。明日鄰園乞新竹，呼僮斬取釣魚竿。

梁節菴云：『「洗肝」雋句，坡詩：江水洗我肝。』《江上寄懷友人繭公》云：驚人雄辯雜詼諧，偏是中年意興佳。得酒便思呼等輩，除詩略不置余懷。有時脈脈簾垂地，一任青青草滿階。美矣江山看不足，何年卜築在江淮。《丁叔疋農部輓詩》云：我於朝士一無可，如子清才百不多。落日樓頭成苦語，西風江上舊相過。誰知此別感今昔，何處詩魂足嘯歌？天豈能孤吾黨意，長吟獨往奈君何。《除夕發書四弟》云：一歲向燈盡，萬哀竟夕生。衰宗存弱弟，遺墨撫吾兄。閱世多深語，隔書有哭聲。故園人不寐，應共此時情。『「隔書」句，與蘇堪『書來意萬千，隔此紙一重』同工。」又：「《寫義寧師詩竟、輒書所觸以呈》云：大塊噫氣幻萬千，上飛下走日月旋。詩人能事通造化，驅使萬物歸新篇。吾師讀書善養氣，胸次浩蕩收百川。作詩不須故作勢，卻自凌厲横無前。《題温叟勺湖款春圖》云：吴子坐我室東隅，殷勤睎我款春圖。人間何處春可款，門外已報花無餘。東風吹絮作雪舞，鋪階入硯紛模糊。豈知春意忽然盡，恨不秉燭恣游娱。《人日立春餞别師曾彦通兄弟》云：負手欲何爲，高吟到人日。眼前春始歸，明日君又别。《贈陳師曾、時師曾自日本歸》云：陳家兄弟文章伯，佳句流傳江海間。已嘗讀之爲傾折，亦復强和忘愚頑。歸來道氣照人眼，可有奇方起我孱。風暖日長關底事，荒城月上抱書還。陳伯嚴云：『直造宋賢勝處。』《夏居漫興》云：雙塘之水明如鏡，一帶垂楊青可攀。得意醉而非醉候，游身材與不材間。有時嚄唶仰天語，消得尋常負手閒。幸是中年健腰腳，短衣匹馬好還山。陳伯嚴云：『格與前首同。』《述懷》云：年年作計隨人後，短髮長歌祇自疑。來日萬端付之酒，江南片月爲吾私。非關早歲思齊物，合有寒儒瘦到詩。我已窮於孟東野，高天厚地更何之？《次韻師曾見贈》云：幽居正好學逃世，窮巷何人來款關。物外謳歌消白日，尊前哀樂易芳顔。偶然臨水一垂釣，早晚開門飽看山。與子同生山水窟，即今飄泊未能還。以上各詩，佳處略從同，蓋山谷學杜，得其一體者。在杜如『愛汝玉山草堂静，高秋爽氣相鮮新。有時自發鐘磬響，落日時見漁樵人』、『錦官城西生事微，烏皮几在還思歸。昔去爲憂亂兵入，今來惟恐鄰人非』，不過百首之一二；在山谷則十首之三四，然猶僅三四也。君則十之七八矣。不俗在此，僅能不俗亦在此。余贈一古詩略規之，後贈余兩詩，則聲律甚調矣。」參觀同卷第一七條、卷一七第一〇條。

按：所云規胡詩，即《胡詩廬詩存題後》，作年在甲寅（一九一四），云：「君於五七言，氣體均不俗。問其不俗故，服膺在山谷。山谷之爲人，磊砢見節目。生長山水窟，歷皖湘黔蜀。世間清剛氣，貫湊入骨肉。發爲詩文字，可喜不可欲。知者謂堅凝，不知謂嚴酷。君生於其鄉，師又谷之續。今詩盡谷體，谷致杜之曲。别古體爲今，吾國之所獨。音業與古異，貌自爲唐局。李白、賀孟郊不律詩，二杜審言、甫沈陳屬。陳律何鏗然，五古古自復。要知杜與黄，萬卷胸積蓄。當其欲下筆，萬象森瞻矚。春蹂範奇偶，左右罔不足。七言始騷經，劉項節猶促。式微云兆端，帝力更高躅。柏梁不易韻，杜韓厮二瀆。然實騷之流，兩句韻一束。但媌其兮字，一韻自起伏。又

視古樂府，長短句盡劚。試將枚蘇李，用韻一細讀。顯與歌曲流，同流而異澳。因君偶放言，敢謂識歸宿。」（《石遺室詩集》卷六）

又，邵祖平《無盡藏齋詩話》：「鉛山胡梓方朝梁，學詩於義寧陳散原先生，治宋詩，浸淫於宛陵、後山之間。京師所居廬，四壁盡張海内名賢詩翰，號爲『詩廬』。著有《詩廬詩草》四卷。其第四次删定者，共存三百九十首。己未冬，予於彭澤汪辟疆處，得讀一二，頃更由友人處得盡讀之。其詩瘦硬雋深，精氣内斂，雖洪聲廣局集中少見，而單純有味，要爲可誦也。《雜詩》：有婦能持家，隔歲製兒衣。不辭刀尺寒，但求短長宜。宜長不宜短，兒短有長時。春朝節物盛，熙陽生光輝。大兒貌整整，弱女情依依。盤中雜羹餌，案上堆棗梨。棗梨與羹餌，恣兒飽啖之。慎莫污兒衣，母勞兒當知。深刻真摯，語足動人。《歲暮雜詩》：舉俗循漢臘，粗記甲子某。南街買果栗，北市沽魚酒。東家報禮先，西鄰投贈厚。纖悉豐嗇間，斟酌施與受。兹事政匪易，付託幸有婦。我但擁書坐，兀兀當窗牖。冷眼看僕嫗，奔湊恐失後。歡笑翻倍常，酒食恣飽取。苟活我正同，攘攘端爲口。寫送年禮贈諸狀如畫。《舊臘二十九日會祭陳後山先生於法源寺》：詩人清峭例寒餓，唐有窮者稱孟郊。後二百年得聖俞，以窮而工冠其曹。吾猶二子固窮者，猶勝後山之所遭。世傳閉門臥索句，呵令兒女紛藏逃。吾疑此翁託辭耳，實不忍覩兒啼號。抛除百事屏百慮，用能肝腎工鐫雕。篇篇無愧配杜黄，字字有託追風騷。一官五品除正字，狐白之裘胡爲至。分甘凍死不受憐，可以想見其高致。爲狂爲狷吾不知，要於其志能不欺。竟先除夜遘寒疾，乃不及祭其年詩。我愛翁詩惜翁遇，卻恨我窮不如之。妻言爾自不工詩，便窮百倍奚以爲。豈真欲使婦無褌，我已十日三日飢。詩人黃羅厲介節，欲起後山爲之師。謂挈嘉誠同展拜，生日不如卒日宜。邀余荒寺酹一卮，立去不告妻與兒。歸來作詩仍不進，乞靈無效空自嗤。清切有韻致。《秋日集何氏園亭》：霜寒木落雁横天，風物依然似去年。枯竹鳴廊似有訴，晚山當户自生妍。窮途作吏敢求飽，乘興題詩何必傳。顧我支離親更老，背人偷眼白雲邊。《贈别陳寅恪》：君家詩句高天下，汝更耽吟廢食餐。動足西游輕萬里，當筵古抱鬱千端。空文畢竟慙吾輩，微命猶堪託冗官。明日車窗試回首，亂山殘雪向人寒。《贈畏廬先生》：頭白昏昏子林子，論文兩眼獨無花。自稱下酒漢書熟，不欲成名小説家。吾道從來有興廢，詞人共遣在天涯。斜街寂寞揚雄宅，許我時停問字車。《夜自城外督課歸》：諸經半向兒時熟，斷句每於歸路成。風勁似弓張轂滿，雪殘如帶畫溝明。計年聞道吾真愧，作客看人意漸平。休沐明朝晴未定，好聽鳩燕亂春城。」（《學衡》第九期）

〔九〕按：胡爲人，喜親近名流，多方請益，集中有一詩，自述最詳。《簡吴十二温叟》：「與君别久矣，思君日懸懸。中間定吾文，往復勤郵傳。自從閣譯筆，余譯孤士影説部，君爲潤色之。音問遂闕然。陳子畫不就，許乞師曾作畫，而迄未就。愧我諾已先。折簡無以報，往往仍棄捐。我今作此詩，是用代手牋。吾狀復何似，當爲一一陳。夕哦廢夕飧，朝吟失朝眠。攪腸出俶佹，皺面驚老孱。親故戒勿爾，謂何太苦煎。我殊不知苦，如蟲鳴其天。猶恨詩不多，卒卒塵事牽。抗顔爲人師，抱書走踆踆。此更迫期會，孰謂閒曹閒。餘力還賣文，月可四五篇。晚季官爲家，罷則無歸焉。一官我如寄，舊業寧舍旃。移廬就清曠，取足容盤旋。壁上發光怪，名作何聯聯。夙守介然分，不伺公卿門。賢豪謬推挽，文酒頗留連。陳弢庵嚴幾道行輩高，雅意特拳拳。馬通伯林畏廬及二姚仲實、叔節，論文如導川。吾鄉老昀谷，説詩通於禪。劍丞效宛陵，用字生熟間。儒將數王一堂徐又錚，雄略藏温純。各爲百年計，輸貲育才賢。觚庵俞恪士用世才，倔强氣無前。閒來一捉鼻，綽約生秋妍。梁叟節庵今義士，削跡西山顛。時遺山中蔬，蔬食念我貧。黄哲維梁衆異齊名久，骨重神清寒。贛音山陰諸貞長，清辭吐珠圓。曾侯剛甫沮溺輩，長歌甘隱淪。羅癭好賓客，彌天四海身。晦聞躭悽語，似有鬱不宣。歲闌費招要，荒寺祭后山。遂令不知者，目爲好事人。同曹楊千里羅敷庵陳師曾、寅恪，各有平生歡。閉門偶得句，必付諸子觀。皆能攻吾短，一稿紛丹鉛。石翁陳石遺兼師友，風義尤所敦。薄植晚聞道，有得不自安。欣兹友直諒，而能哀愚頑。江南曩接席，匡掖端賴君。俯仰恍隔世，此情可追攀。日下叩吾門，憶在癸丑春。示余亂離作，語語含悲辛。累月不數見，見必文細論。人情反覆易，天與會合難。坐想東風裏，飄髯腹蟠蟠。江暖亂浮鴨，蘆茁初上豚。足疾平復未，臨眺幾屐穿。女大能蠶否，男可治田園？吾兒始就傅，粗知誦簡編。淹忽百無就，更安望子孫。梁公約李審言君至交，經年不相聞。散老逃海上，老益肆於文。有時還故居，居與梁子隣。過江倘見之，爲我致慇懃。相老馬相伯師道彌堅，白髮同其顏。病中叙壕戰，近日歐人多於壕内作戰。下筆言猶千。秋士臧礀秋仍晏起，宵闌纂述勤。惕庵王乾若日無事，出必策高軒。蹤跡説瑣瑣，二子劃然分。陳畫終求致，庶幾贖吾愆。浪自憂天墮，杞人不其偵。國家事正多，不復恣云云。惟眠食無恙，努力還加餐。歲乙卯二月，朝梁再拜言。」（《詩廬詩鈔》）

〔一〇〕姚永概《詩廬記》：「鉛山胡君朝梁，徽集並世名公處士緇流女子及日本詩人各寫所作，有行必載以自隨，入其室，几壁所陳，無非詩也，因名曰『詩廬』。（中略）君寄於詩，因求夫同寄者以自壯，固其宜矣。雖然，上棟下宇，以避寒暑，爲身謀也，而君則以廬其詩。有廬而錫以名者，蓋欲期永久也，君則賃屋而居，南北不能自擇，然則自君觀之，盡天下直寄而已矣。」（《慎宜軒文》卷七）

培軍按：梓方詩學江西，諸家所同然，然究爲學何人，無一定之説也。據前注八所引，石遺以爲學山谷，清道人持説略同，他家所見各異。鄭叔進云在山谷、後山間，較石遺添出後山，而王逸塘、錢萼孫又祗及後山。嚴幾道云學後山、東野，是則從宋入唐，越出江西派矣。林琴南云其師法宛陵，宛陵號學東野，林、嚴説相印可。邵培風以爲學後山、宛陵。此各家之説大較也。嘗試論之：胡詩力宗西江，不出其師範圍，當無大異議。至其詩之意境，瘦而近乎枯，意在師法山谷，而實近宛陵、後山。錢默存《容安館札記》第一一二則云：「《詩廬詩之得失，《石遺詩話》論之至碻。諸體於七律最刻意，以凌厲作勢，求瘦硬通神，然每未得細筋健骨，衹如菩薩苦行，肋現似屋椽，骨露似竹節，眼陷眶，腹觸脊（見《方廣大莊嚴經·苦行品第十七》），種種寒薄之相。數首以上，語意略同，且有在散原、海藏、節厂集中作賊之嫌。亦徵吟情雖篤，吟功儘苦，而詩思無多，詩學不富也。其一二合作，則峭折而能纏綿，頗近后山風味，劇耐諷詠。」其説詩解頤，語妙天下，即詩廬有知，恐亦當首肯也。

監造大小戰船一員

地滿星玉旛竿孟康　嚴復　一作饒智元

錦口珠，美無度[一]。

幾道劬學甚篤，詩工最深，惜爲文所掩[二]。樹骨浣花，取徑介甫，偶一命筆，思深味永[三]，不僅西學高居上座也[四]。石頑熟《南、北史》，所作風韻獨絶。平生尊唐黜宋，持之甚嚴[五]。著有《十國雜事詩》，爲時傳誦[六]。

【箋證】

○嚴復(一八五四—一九二一),字幾道,一字又陵,晚號瘉壄老人,福建侯官(今福州市)人。少肄業福州馬尾船廠附設船政學堂。光緒二年(一八七六),派往英國留學,入格林尼次海軍大學,習海軍戰術。五年(一八七九)歸,任馬江船政學堂教習。旋調北洋水師學堂,任總教習。屢應科舉考試,均不第。二十三年(一八九七),與夏曾佑等辦《國聞報》。明年,刊所譯《天演論》,繼譯《原富》、《群學肄言》、《群己權界論》、《穆勒名學》等。遂以譯西書名世。三十二年(一九〇六),任安慶高等學堂監督,又任學部審定名詞館總纂。宣統二年(一九一〇),任資政院議員。民國初,任京師大學堂總監督、總統府顧問等職。四年(一九一五),列名於「籌安會」。七年(一九一八),歸里,又後數年,病肺卒。著有《瘉壄堂詩集》、《嚴幾道詩文鈔》等。今人輯爲《嚴復集》。見《清史稿》卷四八六、陳寶琛《清故資政大夫海軍協都統嚴君墓誌銘》、王允晳《侯官嚴先生行狀》(《碑傳集補》卷末)、夏敬觀《嚴幼陵傳》(《忍古樓文》第三册)、吴闓生《嚴幾道傳》(《北江先生文集》卷九)、李猷《嚴復傳》(《廣清碑傳集》卷一七)、嚴璩《先府君年譜》、王蘧常《嚴幾道年譜》。

○饒智元(一八六二—一九一四),字石頑,一字珊叔,湖南長沙人。舉人。官中書舍人。後改捐陝西候補道。端方督兩江,奏派爲歐洲留學生監督。民國初,流寓京師,依女而居。三年(一九一四),上書政府,遭時疑忌,被禍。著有《十國雜事詩》、《明史宫詞》、《湘淥館詩稿》等。見陳詩《尊瓠室詩話》卷二、陳灨一《新語林·文學》小注、惲毓鼎《澄齋日記》第六四二頁、李肖聃《星廬筆記》第一九頁。

〔二〕鄭孝胥《幾道見和留髭詩易韻答之》：「窺君珠飾帽，絶歎美無度。」自注：「幾道帽檐常綴以珠。」（《海藏樓詩集》卷六）吕美蓀《葂麗園隨筆》「嚴幾道」條：「幾道喜以美玉飾冠，雖逾中歲，渥顔不衰，亦若其文章之美也。」「美無度」，見《詩·魏風·汾沮洳》。杭世駿《訂訛類編》卷一：「美無度，言儀容之美，不可以尺寸量。」按：此乃就孟康説，綰合「玉幡竿」也。《水滸傳》第四四回《錦豹子小徑逢戴宗、病關索長街遇石秀》：「鄧飛道：『我這兄弟，姓孟名康，祖貫是真定州人氏，善造大小船隻。（中略）因他長大白淨，人都見他一身好肉體，起他一個綽號，叫他做「玉幡竿」孟康。』」

〔三〕《飲冰室詩話》第五條：「嚴又陵哲學大家，人多知之，至其詩才之淵懿，或罕知者。余記其《戊戌八月感事》一首云：求治翻爲罪，明時誤愛才。伏尸名士賤，稱疾詔書哀。燕市天如晦，天南雨又來。臨河嗚犢歎，莫遣寸心灰。又《緑珠詞》一首云：情重身難主，凄涼石季倫。明珠三百琲，空换墜樓人。蓋哭林晚翠也。」又第二七條：「侯官嚴先生之科學，學界稍有識者，皆知推重，而其文學則爲哲理所掩，知者蓋寡。余前作《廣詩中八賢歌》，内一解云：哲學初祖天演嚴，遠販歐鉛攙亞槧。合與莎米爲鰈鶼，奪我曹席太不廉。蓋深佩之也。」

按：汪説略據此。爲林暾谷作詩，題作《哭林晚翠》，見《瘉壄堂詩集》卷上，亦見陳衍編《近代詩鈔》。《平等閣詩話》卷二亦載之，字句小異。又，《石遺室詩話》卷五：「幾道以馬江習流學子，既游學西國，精英文，復肆力探究四部之書。所譯《原富》、《天演論》、《名學》各種，文筆雅馴，殆罕其匹。」《當代名人小傳》卷上：「其詩文皆清妙，不落恒谿。」並可參。

〔三〕《石遺室詩話續編》卷六：「嚴幾道復舊字又陵，以精英文名當世，顧獨潛心國學，四部罔不探討，於子學尤深。於詩文往往閉門造車，陳弢菴、鄭海藏外，不多與人通縞紵，然苦吟冥搜，戛戛獨造，五七字不肯落凡近。其《哭林晚翠》、《見邸鈔》、《寄伯嚴》、《贈畏廬》、《寄吕太微》、《宛在堂禊集》諸作，余已選入《近代詩鈔》外，以《何嗣五赴歐觀戰歸、出其紀念册子索題、爲口號五絶句》，爲公理卓見，人道主義，於世界極有關繫者。」《陳石遺先生談藝録》：「（幾道）詩尚少傑作，用典亦偶有錯誤，此亦當咎編集者之不審也。」

〔四〕王國維《論近年之學術界》：「近七八年前，侯官嚴氏復所譯之赫胥黎《天演論》赫氏原書名《進化論與倫理學》，譯義不全出，一新世人之耳目，比之佛典，其殆攝摩騰之《四十二章經》乎。嗣是以後，達爾文、斯賓塞之名，騰於衆人之口；物競天擇之語，見於通俗之文。顧嚴氏所奉者，英吉利之功利論及進化論之哲學耳。其興味之所存，不存於純粹哲學，而存於哲學之各學科，如經濟、社會

等學，其所最好者也。故嚴氏之學風，非哲學的，而寧科學的也，此其所以不能感動吾國之思想界者也。」(《静庵文集》)

按：錢鍾書《談藝録》(補訂本)云：「嚴幾道號西學鉅子，(中略)本乏深湛之思，治西學亦求卑之無甚高論者，如斯賓塞、穆勒、赫胥黎輩；所譯之書，理不勝詞，斯乃識趣所囿也。」(第二四頁)持説略同王，而下語尤刻。又，《陳石遺先生談藝録》：「幾道學無師承，少壯時文字尚多俗筆。厥後研究子部，且得力於外國名家文法，盡變其往時滑易之病。所譯書之佳者，首推《原富》。雖經濟學不能膠柱鼓瑟，而《原富》之理永無可易。其次爲《天演論》。」《凌霄漢閣筆記》：「嚴復博士國文本有根柢，早歲負笈重瀛，思想穎異，著述精審。庚子後，時尚競言西學，資遣出洋漸多，而成才尚尠。復以先進，特賜進士，居京師，凡留學歸國諸試，恒任分校，稱宗匠焉。所譯《原富》、《群己權界論》、《天演論》、《群學肄言》諸書，詞雅而意新，取材於西哲，而以舊學融貫之，遂有旌旗變色之觀。學者嗜之，比於周秦諸子。」(《正風半月刊》第一二期)並可參。

〔五〕《平等閣詩話》卷二：「饒石頑舍人智元，善詩，尊唐黜宋，持之甚嚴。博綜遺聞，多所賡詠，著有《十國雜事詩》。余最愛其《詠吴越》一首云：保叔塔前江水春，輕車油壁雨如塵。至今湖上青青柳，欲絆東西渡水人。風神秀逸，是真能以少許勝人多許者。」按：汪説即據此。

《尊瓠室詩話》卷二：「長沙饒石頑舍人智元，一字珊叔，余故人也。文藻富麗，詩宗唐音。著有《十國雜事詩》、《明史宮詞》，皆傳於世。余於辛丑、壬寅間，遇之於滬上，君出示其《湘渌館詩稿》，余愛而録存數首。《一宿河懷黎五錦彝》云：落日下高林，漠漠寒烟晦。空山調素琴，相思碧雲外。《石門關》云：涼月夢中夢，秋雲山上山。雙珠何處寄，迷路石門關。《閲碧湖吟社詩卷》云：嘉宴堂前草樹漫，微風細雨寺鐘寒。扁舟今夜昭潭月，苦憶高人釋敬安。釋敬安，一字寄禪，其《碧湖秋宴》句云：細雨池塘晚，微風草樹秋。其爲孝廉時，嘗與曾重伯孝廉同詠《楚南古蹟聯句》。茲録《寶露壇》云：翠帝三裳謁九疑重，丹姬水珮阻重離。空聞寶露埋銀甕珊，不見祥風返桂旗。玉琯永辭王母國重，金莖遥啟漢官儀。簫韶峰下遺弓劍珊，松柏長鄰燧氏碑重。此詩可謂工力悉敵。君斷句如：『人烟團水驛，春雪犯山城。』『十二紅蘭雙燕語，黄昏微雨更無人。』均佳。」

〔六〕饒智元《十國雜事詩叙目》：「歐、薛二史，於十國事實，均從略。吴氏任臣《十國春秋》，搜括大備，然徵引不載所出，識者譏之。智元不揣弇陋，倣《南宋雜事詩》例，雜詠十國軼事，而自引諸書爲之注，編《十國雜事詩》十七卷，叙目二卷。自甲申訖丁亥，共得詩七百首，己丑冬，汰存五百首，注載群籍約七百種。」（《十國雜事詩》卷一八）

按：饒書有重名於時，詳卷一八所載序跋。又，宋伯魯《還讀齋雜述》卷一六：「長沙饒石頑智元所撰《明宮雜詠》、《十國雜事詩》十七卷，徵引繁博，組織工麗，極才人之能事。」亦可參。偶亦有議者。范當世《近代詩家評》：「凡作詩，第一須有我在，若詠古等作，縱無預襟抱，亦必處處有當時在，方不浪費筆墨。如此等《十國雜事詩》，既無我在，亦無當時在，不過選詞結調，小雅之所爲而已。初學研摩，藉可多識雅故，然切弗視爲不朽之盛業也。」（《范伯子先生全集》）

培軍按：據甲寅本，此位原擬石頑，幾道擬於石秀，此則易以幾道，退石頑爲「一作」。揆其故，當以幾道畢業船政學堂，與孟康任職更合也。至二家評語，仍其舊貫，亦徵方湖早晚見解，變更者無多也。寄廬老人云：以幾道擬石秀，較此更確切。（見《寄廬茶座》）乃專就詩造詣言。又，錢默存《談藝録》（補訂本）云：「嚴幾道號西學鉅子，而《瘉壄堂詩》詞律謹飭，安於故步；惟卷上《復太夷繼作論時文》一五古起語云：『吾聞過縊門，相戒勿言索。』喻新句貼。余嘗拈以質人，胥歎其運古入妙，必出子史，莫知其直譯西諺Il ne faut pas parler de corde dans la maison d'un pendu 也。點化鎔鑄，真風爐日炭之手，非『喀司德』、『巴立門』、『玫瑰戰』、『薔薇兵』之類，恨全集祗此一例。」獨具隻眼，語有稱量，人所不及矣。

專造一應兵符印信一員

地巧星玉臂匠金大堅　吴俊卿 附沈汝瑾　一作陳衡恪

風流儒雅亦吾師[一]，金石刻畫臣能爲[二]。

老缶詩筆健舉，題畫之作尤工[三]。復堂光緒十三年丁亥日記：「安吉吴昌碩，詩篇峻削，剥落凡語，有傳青主、吴野人之遺風。」[四]善篆刻，負有盛名[五]。

【箋證】

○吴俊卿（一八四四——一九二七），字昌碩，别號缶廬，浙江安吉人。晚以字行。少遭喪亂。中歲官吴中，積資勞，遷直隸州知州。甲午戰起，吴大澂出師榆關，奉調贊畫軍事。終不樂仕途，謝官去。光緒三十年（一九〇四），於杭州創西泠印社，遂以篆刻名世。晚復肆力於書畫。畫學徐渭、朱耷，擅花鳥瓜果；書摹《石鼓文》。所相與爲師友者，如楊峴、任頤、施補華、譚獻等，俱東南之彦。著有《缶廬詩》、《缶廬别存》、《削觚廬印存》等。見王賢《吴先生行述》（《碑傳集三編》卷四一）、諸宗元《缶廬先生小傳》（上圖藏）、陳三立《安吉吴先生墓誌銘》（《散原精舍文集》卷一五）、馮幵《安吉吴先生墓表》(《回風堂文集》卷四)。

○沈汝瑾(一八五八—一九一七),字公周,號石友,又號鈍居士,江蘇常熟人。少性鈍,讀《莊子》而悟,後遂淹貫群書。然終不遇,以諸生老。喜藏硯。生平足跡,未嘗出吳越。與吳昌碩交最篤,相知三十餘年。卒後,昌碩爲刻遺集,曰《鳴堅白齋詩存》。又有《月玲瓏館詞》。見自撰《鈍居士生壙志》、吳昌碩《鳴堅白齋詩存序》(俱《鳴堅白齋詩存》)、鄭逸梅《清末民初文壇軼事》「沈石友與吳昌碩」條。

○陳衡恪(一八七六—一九二三),字師曾,號槐堂,江西義寧人。以字行。三立長子。幼敏慧,七歲能擘窠書。光緒二十四年(一八九八),考入江南陸師學堂附設礦路學堂。二十八年(一九〇二),東渡日本留學,卒業於師範高等學校。宣統初歸,任江西教育司長。旋受聘於南通、長沙諸校。又任教育部圖書編纂,與魯迅交甚篤。民國七年(一九一八),任北京大學中國畫導師。生平工書擅畫,治篆刻,並世治藝事者,咸推服。著有《陳師曾遺詩》、《槐堂文稿》、《染倉室印存》、《中國繪畫史》等。見陳三立《長男衡恪狀》(《散原精舍文集》卷一三)、袁思亮《陳師曾墓誌銘》(《民國人物碑傳集》卷一〇)。

〔一〕句見杜甫《詠懷古跡五首》之二(《杜詩詳註》卷一七)。

〔二〕句見李商隱《韓碑》(《玉谿生詩集箋注》卷一)。按:吳慶坻《讀吳倉石俊卿缶廬詩因作長歌贈之》：「刻畫金石宜廊廟，骯髒風塵别鄉土。」亦用此。

〔三〕《寒松閣談藝瑣録》卷五：「缶廬題畫之作，《别存》録其《效八大山人畫》云：『八大真跡，世不多見，予於友人處，假得《玉簪花》一幀，用墨極蒼潤，筆如金剛杵，絶可愛。臨三四過，略有合處，作長歌紀之。越數日，有寄山人巨幅來售。一石，苔封雲皺，横立如釣磯，上棲數鳥，下兩游魚，神氣生動；草書一絶：「到此偏憐憔悴人，緣何花下兩三旬。定昆池在魚兒放，木芍藥開金馬春。」殆是國變後所作。山人本勝國石城府王孫，故詩意悽惋如是。神化奇横，不可橅效，較前畫尤勝也。索值甚奢，阮囊空空，不能得，并記於此，作過眼雲煙看。石城王孫雪个畫，下筆時嫌八極隘。硯翻石墨春雷飛，大石幽花恣奇怪。蒼茫自寫興亡恨，真跡流傳三百載。出藍敢謂勝前人，學步翻愁失故態。是時窗户春融融，墨汁一斛古缶中。古今畫理在一貫，精氣居然能感通。此花此石壽無窮，唐橅晉帖稱同功。香温茶熟自欣賞，梅梢雙鳥啼春風。』又一題云：『蘭生空谷，荆棘蒙之，麋鹿踐之，與衆草伍，及貯以古磁，養以綺石，沃以苦茗，居然國香矣。花之遇不遇如此，況人乎哉。朱欒實大如巨甌，清芬襲人，摘一頭同蘭供几上，真耐冷交也。人見此畫，有笑我寒乞相者，題詩自解。嫋嫋幽蘭花，團團朱欒實。種類雖不同，臭味自相得。山齋作清供，活潑勝頑石。如以昆侖奴，侍立美人側。如我賞名花，相對兩默默。偶然寫此景，斷甓磨古墨。旁觀嫌冷澹，掩袖笑咯咯。我畫難悦世，放筆心自責。高詠送窮文，加餐當努力。行畫紅牡丹，燕支好顔色。』」

又，《近代詩鈔·石遺室詩話》：「缶廬造句，力求奇崛，如其書畫篆刻，實如其人、如其貌。殆欲語羞雷同，學其鄉冬心、蘀石兩先生，而益以槎枒者。統觀全詩，生而不鉤棘，古而不灰土，奇而不怪魅，苦而不寒乞。直欲舉東洲、巢經、伏敔而各得其所長。異哉！書畫家詩，向少深造者，缶廬出，前無古人矣。句如：『離聲牆外禽，行色烟中櫓。』『人薄抱關吏，天憐識字夫。』『且題修竹去，一倚酒爐温。』『隨堤柳邊柳，邗水蕪中蕪。』『月白淺斟酒，水涼深閉門。』『詩好偶然得，如琴難再彈。』『乞米腰難折，攤書志不貧。』『病臂臨池活，游心繞樹貪。』『南宋一湖水，東風萬柳絲。』《種竹》云：戴天同俯仰，租地養扶疏。《滄浪亭》云：石欹亭子破，山鏟夕陽平。《烟霞洞》云：簾卷花争座，亭欹石攫人。七言如：『緑竹滿庭自醫俗，青蕪作飯誰索租。』『勸我學游還學詩，謂不知詩負游屐。』『篆癖冷抱石人子，買花狂散金錯刀。』皆戛戛獨造。」按：《當代名人小傳》卷下云：「（昌碩）所爲詩，自在流出，而音節振拔。」亦極賞之。

〔四〕見《復堂日記》卷七。

〔五〕沈宗畸《便佳簃雜鈔》：「吴倉石先生俊卿，别字缶廬，安吉諸生。以丞尉仕江蘇，擢縣令，權安東，故有『一月安東令』小印。楊藐翁居吴門時，敬其人，折節稱弟子焉。後與窸齋中丞善，因得縱觀所藏金石，日夕臨摹，自成一體。所作印無倚傍，自辟蹊徑，而朱文小鉢，尤其特長，惜不免有粗獷之氣耳。先生年逾古稀，精神矍鑠，有《刻印》詩一首，自道甘苦。詩云：「贗古之病不可藥，紛紛陳鄧追遺蹤。摩挲朝夕若有得，陳鄧外古仍無功。天下幾人學秦漢，但索形似成疲癃。我性疏闊類野鶴，不受束縛雕鐫中。少年學劍未嘗試，輒假寸鐵驅蛟龍。不知何者爲正變，自我作古空群雄。若者切玉若者銅，任爾異説譚齊東。興來湖海不可遏，冥搜萬丈游鴻濛。信刀所至意無必，游刃恢恢殊從容。三更風雨燈焰碧，牆陰蔓草啼鬼工。捐除喜怒去芥蒂，逸氣勃勃生襟胸。時作古篆寄遐想，雄渾秀整羞彌縫。山谷鑿開渾沌竅，有如雷斧揮豐隆。我聞成周用璽節，門官節契傳文公。今人但知摹古昔，古昔以上誰所宗。詩文書畫有真意，貴能深造求其通。刻印金石豈小道，誰得鄙薄嗤雕蟲。嗟我學術百無就，古人時效他山攻。蚍蜉豈敢撼大樹，要知道藝終無窮。刻成袖手紙窗白，皎皎明月生寒空。」（《青鶴雜誌》第二卷一九期）按：《刻印》詩，見《缶廬集》卷一。又，《寒松閣談藝瑣録》卷五亦引此詩，云：「倉石治印，獨往獨來，一空依傍，論者謂與吴讓之、趙撝叔如鼎三足。」亦可參。

專造一應旌旗袍襖一員

地遂星通臂猿侯健　史久榕

製芰荷以爲衣兮，集芙蓉以爲裳〔一〕。史竹坪，黄唐堂〔二〕。

竹坪曾集玉溪生詩七律八十首，七古一首，五律五十首，共刻之〔三〕，題曰《麝塵集》〔四〕。翁叔平、徐花農皆推爲天衣無縫、工緻絶倫者也〔五〕。近人工集句者，無此巨帙。唐堂而後，當推竹坪〔六〕。

【箋證】

〇史久榕，號竹坪，浙江山陰人。史悠咸姪。著有《麝塵集》。見史悠咸《麝塵集序》（《麝塵集》卷首）。

〔一〕句見《楚辭·離騒》。按：此雙關風格、體裁言之。體裁爲集句，故擬諸製衣；風格從玉谿，故近美人香草。史悠咸《麝塵集跋》云：「有如古錦斑駁，美人拆而繡之，海圖波濤，天吴紫鳳，顛倒曲折，熨帖而滅其針綫之跡。（中略）以視玉谿生，芬芳悱惻之懷，清峭感愴之旨，有若自己出者，而牽合比附之病，殆無一焉。斯亦何愧采芍之遺音，紉蘭之墜緒也。」（《麝塵集》附）亦就體裁、風格言，一稱針綫密，一稱詩旨美。汪當參之。

〔三〕〔黄唐堂〕黄之雋（一六六八—一七四八），字石牧，號唐堂，江蘇華亭（今上海松江）人。康熙六十年進士（一七二一）。官至左中允。詩以集句擅名。著有《唐堂集》、《唐堂樂府》、《香屑集》等。傳見《清史列傳》卷七一、《國朝耆獻類徵初編》卷一二五。

〔三〕徐琪《麝塵集跋》：「去秋史君竹坪以《麝塵集》索序，甫成，余即奉命典試山右。比歸，竹坪又於五十首之外，益爲八十章。余別君方兩月耳，而詩才之敏捷，妙緒之環生，有非人力所能到者，即起玉谿而爲之，恐亦當自謝不敏。蓋古人原唱，每於一首中，得一二警句，便成絶作，茲則采諸篇之警句，以爲一人之絶作，其精詣相去幾何，不問可知矣。余於此已歎觀止，乃今春則又有古詩一首之集，出人意表，真有前無古人、後無來者之概。余筆墨日荒，睹君作，欲追步之，而力不能到，惟焚香展誦，至十數次之多，而猶不忍釋。屬君友促付剞劂，不敢再留，因綴數語，以致景仰。或謂君既可由四十餘篇，增至八十，何不益爲百詠？余謂又不然。《葩經》止於三百十一，非成數也，古詩十九首亦然，意之所到，雖八十首不爲多；興之所止，虚二十焉，正以留有餘也。而竹坪之不自滿，假與年俱進之量，不又於此覘學養乎。吾師曲園先生作《小蓬萊謡》，止九十九首，君其得此旨者矣。」（《麝塵集》附）

〔四〕史久榕《麝塵集跋》：「束髮受書，即喜玉溪生詩，清詞麗句，口吟心寫，榮凋屢遷，結習未懺。客夏避喧別館，溽暑蒸人，刻肌刺骨，一再取讀，清風在抱，戲集偶句，得詩若干。客來適見，詫爲獨步，稍稍廣之，遂成斯集。取温飛卿『搗麝成塵香不滅』詩意，名之曰《麝塵集》。」（《麝塵集》附）

〔五〕〔徐花農〕徐琪（一八五二—一九一八），字玉可，號花農，浙江仁和人。俞樾弟子。光緒六年

（一八八〇）進士。官至内閣學士，署兵部右侍郎。著有《花農雜詩》、《花磚日影集》等。見朱汝珍輯《詞林輯略》卷九、李濬之輯《清畫家詩史》壬上、袁行雲《清人詩集叙録》卷七九、《清代人物生卒年表》。〔翁叔平〕即翁同龢。别見他篇。

按：汪説見徐、翁跋。「天衣無縫、工緻絶倫」云云，即襲翁語。徐琪《麝塵集序》：「昔黄石牧先生作《香屑集》，用成語如己出，爲國朝第一作家。乾隆時詔舉鴻博，先文穆公薦於朝，杭大宗先生極推之，載入《詞科掌録》。後百餘年能爲此者，蓋不多覯矣。近日戴逸夫吏部爲《采百集》，淵源《香屑》，亦爲時所重，然皆集衆賢之詩，非專取一家句也。蓋合諸家之作，搜羅已屬不易，至用一家之詩，至數十首之富，非融會貫通、身與俱化者，必不能道也。吾友史君竹坪，年少多才，丰神玉立，其態度固有似於玉谿，而用情則又甚焉。平生既酷嗜義山之詩，暇則隨時掇合，不覺得四十（四）首，名曰《麝塵集》。屬序於余。余謂情天之大，未可使留缺陷，子何不足之爲五十，以符蓍德之圓神乎。竹坪不及信宿，而六篇踵至，珠璣絡繹，雲霞燦爛，有若不假思索者。吁！可謂詩之仙矣。」（《麝塵集》卷首）翁同龢《麝塵集跋》：「集古之作，向推漁洋、唐堂，漁洋有梅花集古詩三百餘首，唐堂有集古千首。今讀竹坪此卷，天衣無縫，工緻絶倫。集古若此，已屬難得，況專取一家耶？洵足傳也。」（《麝塵集》附）

〔六〕李昌禄《麝塵集跋》：「昔石牧采諸家語爲《香屑集》，支對屬韻，窮極工巧，可謂奇矣。今讀此集，珠聯璧合，妙造自然，而又專取一家之詩以爲言，方之石牧《香屑》，不更奇之又奇乎。竹坪博學青年，天姿岸異，其自爲詩已臻古人勝境，他日出其集以問世，當更有進於此者。則此集也，特豹之一斑耳。」戚人銑《麝塵集跋》：「集句之難，難於博，尤難於精。石牧《香屑》之編，可謂博矣、精矣，雖然，彼猶合諸家以成之耳。竹坪此作，取材不出玉溪一集，而儷偶裁剪，渾成無跡，微特全卷中句無複出，即一篇之内，必取玉溪八首之一，而同題者不再用。其精如此。視石牧不尤難中之難耶。誠宜獨步一時矣。」（俱見《麝塵集》附）按：汪評亦據此。

專治一應馬匹獸醫一員

地獸星紫髯伯皇甫端　顧雲　一作段朝端

用思精密，而韻不能高〔一〕。粘皮語〔二〕，嚼空螯〔三〕。

子朋，金陵七子之一〔四〕，豪於飲〔五〕，與海藏相契〔六〕。其卒也，陳伯弢挽以聯云：「醉倒便埋，隨身早辦劉伶鍤；名垂何用，相覓難忘鄭老期。」〔七〕

【箋證】

○顧雲（一八四五—一九〇六），字子鵬，一作子朋，號石公，江蘇上元（今江寧）人。行五，人稱「江東顧五」。少遭寇亂，避地淮楚間，舞䂨盤馬，豪俠自喜。後折節讀書，攻古文詞，并致力於詩。歸里，補縣學生。假館盋山薛廬，以山水自娱，不以窮約屑意。晚游吉林，爲將軍長順修省志。獲保教職，選宜興訓導，署常州教授。生平喜交游，多識一時俊彦，與鄭孝胥尤相合。著有《盋山詩文録》、《盋山談藝録》等。見陳作霖《顧學博别傳》（《壽藻堂文集》卷上）。

○段朝端（一八四三—一九二五），字笏林，號蔗叟，江蘇淮安人。廩貢生。肄業鍾山書院。鄉試輒不第，家貧，遂應館。光緒五年（一八七九），報捐試用訓導。八年（一八八二），充淮安府志分纂。二十年（一八九四），署儀徵教諭。後歷署甘泉訓導、興化教諭、海州學正等職。三十年（一九〇四），就蒯禮卿家館，識一時通人。旋以病足歸。民國七年（一九一八），任江蘇通志局分纂。明年，任淮安縣志總纂。著述繁富，多未刊，有《淮人書目小傳》、《三洲畫史》、《漢書字詁》、《楚臺聞見録》、《南游雜記》、《椿花閣詩集》、《習隱簃雜文》等。見段朝端《蔗叟自編年譜》、李詳《椿花閣詩集序》（《椿花閣詩集》卷首）、陳慎侗《清末民初著名學者詩人段朝端》（《淮安文史資料》第八輯）。

〔一〕《光宣詩壇點將録》（甲寅本）：「石公詩筆健舉，醉中命筆，頗多偉觀。《盋山詩集》，不乏名作。」《近代詩派與地域》：「顧石公高隱盋山，吟詠自適，詩無俗韻，自能簡遠。」（《汪辟疆文集》）按：其初稿多稱美，定稿則貶語，早晚説不同。

《眉韻樓詩話》卷二「顧石公經報恩寺詩」條：「上元顧子朋廣文雲，與鄭太夷最相契，所著《盋山詩録》，清遠閒放，翛然塵埃之外。太夷爲作序以表之。」又：「石公詩以五古及七律爲最卓絶。五古如《經報恩寺感成四十韻》，痛心夷禍之興，由於大吏之力主和議，謂兵法置死地而後生，視夷苟若粤捻，未必猖獗至是。七律如《贈棲霞寺僧》及《哭友人》，一氣旋轉，少陵之遺。録此以見一斑。（中略）《懷明徵君》：虋洲屣脱舊松關，南渡何堪詔又頒。聊欲潛居逃亂世，敢將充隱玷名山。生平泉石躭蕭散，夢裏君王負往還。慚愧當年諸史氏，兩朝恩顧未從删。《贈棲霞寺僧》：髮毛刊盡骨崚嶒，躍馬龍沙信汝能。百戰餘生歸健卒，六時梵課坐枯僧。山中粥飯充腸未，塞上戈矛飲血曾。故帥雲臺圖像久，生平聽話佛前燈。《哭友人》：生平有淚不輕灑，爲汝風前泣數行。枉説安危能獨任，那知才命久相妨。佳人錦瑟淒中夜，别將牙旗擁朔方。齎去菀枯多少恨，僧寮冷掩九秋霜。」

〔二〕宋葛立方《韻語陽秋》卷三：「作詩貴雕琢，又畏有斧鑿痕；貴破的，又畏粘皮骨；此所以爲難。（中略）石曼卿梅詩云：認桃無緑葉，辯杏有青枝。恨其粘皮骨也。」參見宋阮閲《詩話總龜後集》卷一一第一〇條、魏慶之《詩人玉屑》卷五「不可露斧鑿粘皮骨」條等。

〔三〕蘇軾《讀孟郊詩二首》之一：「又似煮彭蝛，竟日嚼空螯。」（《集注分類東坡先生詩》卷二五，《四部叢刊》本）按：「嚼空螯」，《蘇軾詩集》卷一六「嚼」作「持」，《蘇軾詩集合注》同。

〔四〕按：即「石城七子」。其他六人，爲秦際唐、陳作霖、鄧嘉緝、蔣師轍、何延慶、朱紹頤。翁長森《石城七子詩鈔序》：「曾文正公戡亂石城，開館冶山，蒐羅天下才雋，論議其中。吾鄉人士相與談道講業，頡頏上下。於時東南壇席，偁爲極盛，而七子尤時輩所推挹云。」（翁長森輯《石城七子詩鈔》卷首）。

〔五〕《平等閣詩話》卷二：「上元顧子朋廣文雲，自號石公，嘗爲遼左金和圃將軍順幕客，不樂仕進，歸隱盋山。酣飲無節，生平未嘗至醉。每出行，攜酒一壺，小憩園林，輒引觴自酌。有趨而過者，則飛觥强酌之，士夫、傭保弗擇也。人往往畏而避去。世目爲酒狂。」陳三立《哭顧石公》：「海内號酒狂，尤以詩文顯。」（《散原精舍詩》卷下）

〔六〕《近代詩鈔・石遺室詩話》：「石公短而肥，古貌古心，豪飲，能散文，詩其次也。獨與蘇戡之瘦而長、不善飲甚相得。余嘗謂蘇戡詩爲石公作者皆工。今選石公詩，亦爲蘇戡作者較工。」《平等閣詩話》卷二：「（子朋）豐頤修髯，身裁中人，不修邊幅，衣冠敝壞。貧而好客，宴享必豐腆。性坦率，遇人有過失，指陳無所避。與鄭蘇龕廉訪最相友善。光緒丙午春卒，年五十許。鄭公自龍州歸來，已不及見，賦詩四章哭之。」《今傳是樓詩話》第一四三條：「顧子鵬雲，一號石公，江寧上元人。海藏詩所謂『江東顧五』者也。所居在盋山下，榜曰『深樹讀書堂』。海藏題詩最多。（中略）君與海藏論詩最契，有《贈蘇龕即題其小影》一絶云：讕詩幾輩囚孟郊，若法司議獨弗撓。平反野史亭畔獄，復古直許儕謝陶。皆紀海藏論詩語也。石遺嘗謂海藏詩爲石公作者皆工，兹就石公詩與海藏有連者録之，以見兩公交期，且以實石遺之言。《雨中喜蘇戡枉過、留宿山居、即事有作》云：憧憧陸海中，閒者惟二人。一處盋山麓，一棲淮水濱。笑言阻索居，風雨愁蕭晨。豈期駕倏命，仍此物外親。濃陰縟几席，佳釀清心神。延賞極非想，放論彌無垠。斯世非我世，蘇戡語。群倫當誰倫。尊前黄虞邈，潭上烟波新。永夕理嘯詠，奇懷斂輪囷。短檠移奚童，高枕鼾嘉賓。言念過從日，何必非隱淪。君爲薛慰農先生高足，選荆溪教諭不赴，所著有《盋山詩録》。」參觀同卷第一四四條、《石遺室詩話》卷一三第一三條。

按：鄭、顧交誼，亦見鄭孝胥《盋山詩録序》，略云：「余因言所善顧石公，居金陵盋山下，余羈寓四條巷日，相去可五六里，恒散步往來。或閒日一見，必歡悦如久别者。既而縱談，竭所聞見，今昔錯出，乃至道路傳説，里人雜事，風日之佳勝，魚鳥之動静，皆記憶之以爲談資。及其造語，又皆被以元理，衷以名教，務爲深雋可喜之説。暮鐘動罷去，則必送余至石城門下。其閒語默吟歗，起坐行立，無不可以入詩，亦恒爲詩以記之，而反不能盡，故吾謂石公真詩人也。」（《盋山詩録》卷首）又，陳三立《哭顧石公》：「君有平生友，鄭卿最繾綣。耳熱廣坐閒，稱君獎其短。」亦可參。

〔七〕見陳鋭《褎碧齋聯話》（《青鶴雜誌》第一卷四期）。按：杜甫《醉時歌贈廣文館學士鄭虔》云：

「日糴太倉五升米，時赴鄭老同襟期。得錢即相覓，沽酒不復疑。忘形到爾汝，痛飲真吾師。」(《杜詩詳註》卷三)「鄭老」即鄭虔。雲喜「痛飲」，又與鄭孝胥篤，故云。

專治内外科諸病醫士一員

地靈星神醫安道全　王乃徵 一作周景濤

不爲良相，則爲良醫〔一〕。白日當天心照之〔二〕。病山詩工甚深，曾見其《嵩山游草》，風骨韻味，具臻勝境〔三〕。改物以後，寓居滬上，以醫自隱，易名王潛，又號潛道人。醫固絶技也〔四〕。

【箋證】

〇王乃徵(一八六一—一九三四)，字聘三，號病山，四川中江人。光緒十六年(一八九〇)進士。入翰林，改庶吉士，散館授編修。充國史館協修、纂修官等，補總纂官。二十八年(一九〇二)，補福建道監察御史。歷署山西、浙江道，轉掌陝西道監察御史。三十年(一九〇四)，補授江西撫州府知府。三十三年(一九〇七)，充禮學館顧問官。後爲載灃所器，擢爲湖南岳常澧道。再擢江西按察使，未之官，三擢順天府府尹。出爲湖南布政使，調湖北。旋升湖廣總督。總督瑞澂抵任，與政見不合，移貴州布政使。民國後，家於海上，自稱「潛道人」，粥醫自活。著有《嵩洛吟草》、《病山遺稿》。見尹昌齡《王病山先生墓志銘》(《王乃徵詩文集》附)、《清代官員履歷檔案全編》第八册、費行簡《當代名人小傳》卷下、陳灨一《睇嚮齋逞肊談》「王乃徵」條、鄭逸梅《近代野乘》「王聘三因醫得偶」條。

〇周景濤(一八六五—一九一二)，字松孫，一字味諫，福建閩縣人。幼孤。光緒十八年(一八九二)進士。散館，授刑部主事。旋丁母憂。服闋，補如皋令，頗有治績。調任甘泉，未赴。會光緒帝病亟，以擅岐黄術，被召入京，署學部主事。性狷直，好使酒，人多畏之。工詩文，又復喜講宋學。見林紓《清奉直大夫學部主事閩縣周君墓誌銘》(《畏廬三集》)。

〔一〕《宋史》卷四〇六《崔與之傳》：「(與之)父世明，試有司連黜，每曰：『不爲宰相，則爲良醫。』」吴曾《能改齋漫録》卷十三「文正願爲良醫」條：「范文正公微時，嘗詣靈祠求禱，曰：『他時得位相乎？』不許。復禱之曰：『不然，願爲良醫。』」按：吴撰《漫録》時，與之尚未生，此當是崔家用范事也。又，「不爲良相」，參注二引《睇嚮齋逞肊談》。

〔二〕李白《臨江王節士歌》：「白日當天心，照之可以事明主。」(《李太白全集》卷四)。按：汪斷句誤，或有意如此讀，亦可通。又，此指乃徵品節言，詳後引。

《睇嚮齋逞肊談・王乃徵》：「共和建國之始，袁世凱以清室樞臣蜕化爲元首，一時貞元朝士屈節仕於新廷者，徐世昌以次，何可勝數。首陽薇蕨固不一見，而能存氣節足薄風俗，則王乃徵有可稱焉。乃徵字聘三，晚號病山，四川中江人。以進士入翰林，爲御史，直言極諫，風力聞天下。當斯時，朝貴之被其糾彈者，殆無不惶恐。蓋清末言官，大抵日事酬酢，酒酣耳熱，輒相與議論某也不法，某也失政，往往摭拾細故書諸疏，逞一時快意。被劾者皆廣通聲氣，莫可如何也。乃徵獨不然，事非徵實不舉，人非貪劣不劾，故人多憚之。」又：「乃徵既以敢言著，樞府中人尤惡之。奕劻嘗語人曰：『聘三遇事與我輩爲難，得當必使之外任，免多事。』已而簡江西撫州府知府，居官三年，不名一錢，以是歌頌載道。」又：「瑞澂既臨鄂，乃徵返藩司任。以澂驕肆，莫能相容。（載）灃微聞，擬使入居卿貳，某尼之，乃移黔。途遠缺瘠，初意乃徵或不欲，已接就道信，益知其人非擇肥而噬者也。倘清祚稍延，乃徵必且入相。」

〔三〕《近代詩派與地域》：「與堯生同時詩人，亦能甚肖蜀中山水者，尚有王病山乃徵。（中略）巡視嵩岳、伊闕，得游草一卷，篇篇可誦。蒼秀密栗，韻味旁流，惟深自祕惜，不輕示人，故流布不廣。然語蜀中詩人，逼肖蜀山蜀水之青碧者，香宋而外，當推病山。」（《汪辟疆文集》）

按：汪評參陳衍。汪云「詩工甚深」，即陳云「詩功不淺」，意無不同也。《石遺室詩話》卷四：「王聘三乃徵，（中略）由豫將赴黔，薄游嵩洛，寄余《嵩洛吟草》一卷，乃知其詩功不淺也。《游嵩山道中雜詩》云：『野性頻年官裏錮，游心一夜客中生。呼僮爲蠟登山屐，未到看山已眼明。』『小國當年稱鄭固，聯岡疊阜衛周遭。古人設險今人笑，半晷飛車過虎牢。』『斗大山城水國同，官衙如艇碧漪中。三更破夢藕花雨，六月生寒楊柳風。』『驅車十二轘轅道，馬爲飢嘶僕愠含。自入崎嶇還自慰，人間捷徑有終南。』『太室峰西少室旁，溪泉流韻草花香。蘼蕪薜荔停輿處，欲繼盧鴻作草堂。』『投宿少林荒寺裏，達摩面壁至今傳。亭亭石影二千載，當日功夫衹九年。』『天半蓮花少室峰，蒼崖路斷碧雲封。山靈不耐紅塵客，只有樵蹤與虎蹤。』《嵩陽觀漢柏》云：嵩洛精靈幾千載，翦柯拂榦吐嵯峨。人間斤斧虚劚削，天上風雷與蕩摩。未異散材辭匠石，稍留香葉映巖阿。少陵無事憂傾廈，萬古空山孰與多。《渡洛水》云：『立馬灘頭晚渡空，孤城西峙亂流東。八荒雲净暮天碧，身在河聲嶽色中。』『千年此地兵争局，久付悠悠洛水聲。今日八方無險易，欲擒鴻藻賦東京。』《伊闕佛龕》云：兩山東伊流，奇功自神禹。崎嶔百丈崖，闢作雙闕俯。後世務荒誕，斤鑿思踵武。玲瓏萬竅穴，邃密千堂廡。恒河沙數佛，一一靈光吐。就中傳三龕，傾想遍寰宇。是時夏氣清，孤嵐洗新雨。飛泉流百道，石罅排若弩。淪泉試吴桐，清韻日亭午。摩挲殘碣字，慷慨獨思古。元魏昔末造，貴賤憂俘虜。靈祐乞偶像，金錢糜山隖。謀國術不臧，癡愚計何補。我疑西方教，真諦非斯取。涓涓生昔哀，悠悠觸今憮。披襟向晚歸，涼風射輕縷。《百泉》詩云：南人説江南，春水如煙碧。北士詡百泉，江南無此敵。我來費平章，從容與捃摭。方塘不百畝，萬竅宣地脈。一鑑直窺底，奄有衆象積。樓臺四森列，樹影倒成壁。無風生漪瀾，不雨疑淅瀝。一寸二寸魚，游唼萬隊鬻。翠荇浴微波，掀舞虬髯磔。日落四山暮，澹澹没飛翮。稍聞石溜清，俯視星點白。少焉月東上，殊光射的皪。珠琲十萬斛，縠文幾千尺。炫晃驚鶻棲，空明蕩蟾魄。湧金與歕玉，泉上兩亭名。擬似容未覈。平生幽賞意，探勝恣游屐。匡廬及羅浮，以泉名藉藉。豈期殊異境，到此若創獲。美物在天地，信匪繩一格。超然悟真諦，聽爾勞揀擇。流連炎暑消，信宿心顏懌。作詩補唐賢，唐人前無百泉詩。待證後游客。《夏峰祠》云：公和清嘯後，復有夏峰尊。峨峨蘇門山，天使屬兩孫。松高修竹寒，白雲棲入軒。《清化觀竹塢》句云：緑陰覆屋家家徧，碧澗分泉處處通。《登太室絶頂》云：千盤翠磴臨無地，一綫黄流遠際天。」

又按：王有《落葉》詩，亦極爲時所稱，《平等閣詩話》卷二：「近於友人處，見其(乃徵)《落葉》七律四首，云：秋撼三山奈别何，流光激箭下庭柯。金仙掌畔荒荒影，玉女池邊瑟瑟波。此日韶華隨水逝，舊時庭院得春多。嬌姿一種芳菲色，不信冰霜意有頗。又：亭亭珠樹植名園，黄蝶西風又幾番。濃翠自迎朝旭彩，清鐘忽墮曉霜痕。一庭衰草争憐影，百尺寒枝不庇根。吹到師涓商調急，玉階淒怨向誰論。又：自拂驚塵判玉條，雪埋冰沍幾經朝。歌翻獨漉傷泥濁，曲寫哀蟬感翠凋。銅輦再過秋似夢，碧溝一曲怨難銷。白楊路斷鵑聲急，誰向荒郊慰寂寥。又：

依舊空庭碧蘚滋，淒清日色冷燕支。重來金谷飄煙地，又到銀瓶合凍時。南雁叫群千里斷，夜烏啼夢一秋悲。長空願止迴風舞，爲惜飄零最後枝。其言婉而摯，沈而姚，哀音激楚，有類變雅，蓋詠庚子事也。」《光宣以來詩壇旁記》「王乃徵」條，亦稱之，云：「余謂清末京朝，頗多哀楚緜邈之音，皆從玉溪、冬郎而出。如李亦元、曾蟄菴、丁叔雅皆工此體。病山則不時作。此亦因珍妃之死，感而爲此。事既哀怨，題亦淒惋，遂不覺偶入此派耳。實則病山其他諸詩，皆骨力堅蒼，而游山之什尤工，亦不全似此種也。」又《詩史閣詩話》云：「珍妃投井之事，聞者咸爲悲歎，或云當庚子拳禍滔天之時，德宗從孝欽后倉皇出宮。珍妃素爲德宗所眷，誓欲相從，總管李蓮英實推而墮諸井中也。內監之鷙毒無人理，廼至於此，洵可憤惋。王蘋珊前輩乃徵有《落葉詞》四首，情韻蒼涼，足當詩史。同時和者甚多，莫能及也。（中略）此四詩都下傳鈔殆徧，一時有『王落葉』之稱。」並可參。

〔四〕《光宣以來詩壇旁記》「王乃徵」條：「聘三官撫州時，政聲甚著。及宣統年間，官河南布政使，先公上書言吏治及蠲去州縣漏規積弊事，大爲稱賞。因檄徹查南陽等處州縣漏規及預算事，歸而並日記表册呈復之，益大服。余以曾和其《嵩岳游草》數詩，爲其所見，許爲年少有才。趨謁數次，論文談藝，不及其他。輓近大官中不失書生結習者，惟聘三先生也。國變後，僑申江，與朱古微、陳散原相倡和，而生事極苦。嘗一夕寓廬被竊，衣履盡去，幾至不能下床，時冬寒甚厲，無以爲生。鄭夜起、余堯衢各贈以内外羊裘，陳庸庵餽金，而其他友好亦各餽贈。今集中有《胠篋篇》一詩，即指此也。聘三有二子，長者早逝。次子阿瑄，年十八，頗文秀，極愛憐之，亦遘疾卒於滬。妾陶氏生一女，亦不育。未幾，陶亦死。聘三親送兩櫬至宜昌，葬於其前夫人墓側，蓋義地也。臨去有詩云：『將離繞匝三號去，尺土庇棺叢冢連。亂世異鄉爲此計，野烟荒草盡堪憐。有身奚塞無窮責，顧爾仍餘未了緣。待有老夫埋骨地，他時偎傍築雙阡。』誦其詩者，爲之酸鼻。聞其詩尚未有刻本，余曾鈔一卷，庋藏之。」又：「聘三，又字病山，名乃徵。晚年僑滬上，易名潛，又號潛道人，四川中江人，光緒庚寅進士。庚子後在御史臺，遇事敢言，頗負清望。光緒口口年，外簡江西撫州府知府，下車問民疾苦，修水利，懲猾吏，政聲流聞。未及五年，即由湖南岳常澧道，擢湖北布政使。（中略）旋值國變，僑居上海，易名潛，以鬻醫自食。康南海家有患疾者，恒召王醫治之。初頗有名，後亦仍貧困，不能自存。余肇康、陳夔龍每佽助之。曾有《致于侍郎借時辰表啟》云：『夜來司命見命，以昔嘗戲我俾登膴仕，終作窶人，今謀償我。凡我所臨病家，爲遣神巫先驅，袚除不祥。任我以平庸淺陋之術，治人困篤垂危之疾，信手拈藥，無不立奏奇功，沈痾若失。積數月所得酬金，當能自置一表，即以原物還公。』云云。其《鬻醫篇》末云『宣統乙卯春，門首懸一壺。夜來感異夢，起告東海于』者，即指此，然恢詭可見其胸次矣。」（《汪辟疆文集》）

培軍按：病山詩刻本，惟《嵩洛吟草》一卷，纔寥寥數十番。後《青鶴雜誌》刊其遺詩，曰《病山遺稿》，所得亦至不多。然其詩爲石遺所稱，世之知者故甚夥，不獨有方湖附和也。石遺尤喜其游山之作，舉以與樊樊山相比，云：「樊山有《蘇門集》一卷，（中略）諸作以視病山詩，王蒼秀而樊瀟灑，譬諸泉上兩亭，王歕玉而樊湧金矣。」（《石遺室詩話》卷四）「歕玉」、「湧金」，即出注三所引病山詩，石遺隨手拈來，所謂本地風光也。後來沈其光云：「樊山、病山，皆有詠百門泉詩，長篇鉅製，互争雄奇。」（《瓶粟齋詩話四編》卷下）襲石遺之說。錢萼孫《近代詩評》：「王病山乃徵如秦蜀山水，蒼秀難名。」（《學衡》第五二期）云「蒼秀」、「如山水」，亦指《吟草》言，亦不違於石遺也。《尊瓠室詩話》卷一云：「（乃徵）詩派中和醇正，類權德輿。」始是自家語耳。又，周詩風格，近於宛陵，海藏嘗及之，《贈周松孫》云：「子詩非世味，中有梅翁酸。」（《海藏樓詩集》卷七）梅翁，謂宛陵也。石遺亦云其「用功於宛陵」（《石遺室詩話》卷一二）。周《作詩久不進、書此自勉》云：「退之子美不可睎，宛陵介甫吾當師。」是嘗自道矣。

監督打造一應軍器鐵件一員

地孤星金錢豹子湯隆　張登壽　附梁焕奎

不爲嵇生鍛〔一〕，乃作東野囚〔二〕。誰其知者王壬秋〔三〕。

【箋證】

○張登壽（？—一九二三），字正易，號烏石山人，湖南湘潭人。家貧，少習鍛。受知王闓運，因執贄稱弟子。旋舉秀才。數赴鄉試不第。後專力治經，通《三禮》、《春秋》、《詩經》。撰《詩經比興表》、《禮經喪服表》，闓運甚稱之。光緒末，東渡日本，習法律。返湘，主講明德學堂。歷任湖南攸縣、山西沁縣縣令。民國七、八年，避亂長沙，與楊鈞交篤。後任譚延闓軍署秘書。著有《烏石山人詩稿》。見楊鈞《張登壽傳》（《草堂之靈》卷一）、楊世驥《記張登壽》（《新中華》第一卷五期）。

○梁焕奎（一八六八—一九二九），字星甫，一字璧垣，又作辟園，號青郊居士，湖南湘潭人。鄧輔綸弟子。梁漱溟從兄。光緒十九年（一八九三）舉人。二十二年（一八九六），任湖南礦務總局文案。二十六年（一九〇〇），創辦久通公司，又任留日學生監督。二十九年（一九〇三），應經濟特科試，旋候補江寧知縣，任金陵火藥局提調。後以目疾，往日本求醫，返國後，即奉母養痾，不復出。三十四年（一九〇八），辦華昌煉銻公司，任董事長。晚歲耽佛。著有《青郊六十自定稿》、《青郊詩存》、《澹廬詩集》等。見梁漱溟《梁焕奎事略》（《湖南文史資料選輯》第一八輯）。

〔一〕《晉書》卷四九《嵇康傳》：「初康居貧，嘗與向秀共鍛於大樹之下，以自贍給。」亦見《世説新語·簡傲》。梅堯臣《和壽州宋待制九題》之八《美蔭亭》：「固殊嵇生鍛，曷慕巖棲者。」（《梅堯臣集編年校注》卷十二)按：張業鍛而能詩，故云。

〔二〕金元好問《論詩三十首》之一八：「東野窮愁死不休，高天厚地一詩囚。」(《元遺山詩集箋註》卷一一)按：陳鼎嘗稱其詩似孟郊(見注三引)，故云。

《湘綺樓日記》(光緒十七年三月廿一日)：「孟郊詩前選太少，(中略)看來尚不及張正暘，蓋小派，愈開愈新也。」又(四月十七日)：「近歲有張生(正暘)專學孟郊詩。」

〔三〕楊鈞《張登壽傳》：「家本業鍛。先生習鍛時，即好讀書，以無師友，所談均淺陋。余之故居曰石塘，對面山趾，有小鐵店，店雇助鍛。店爲茅屋，有桃一株，白花盛開，忽興發得句云：天上清高月，知無好色心。夭桃今獻媚，流盼情何深。姜畬陳鼎聞而奇之，招之至，曰：子詩似孟郊，能苦學必大成。以孟詩與之。於是移寫誦讀，晨夕不輟。未一年，持詩一卷詣陳鼎。陳大驚曰：子詩成矣。無一字一句不似孟郊。余不足爲子師。王湘綺先生，今之大儒，曷往造焉。時王居昭潭書院。會大雪，戴笠著屐，單衣罄踔，步行三十里，至書院，求見王先生。閽者索名刺，以詩與之，曰：名刺在此。閽者不允達，乃大聲曰：王先生請我來，汝敢拒耶。閽者因其鐵屑蜚霰，點遍破衣，熟視者久之，然畏其聲色，遂以詩進。王先生開卷讀數首，曰：吾鄉果有此詩人耶！倒屣迎入。時正設宴，邑紳及縣官俱在。王延先生上座，官紳相視愕然。狐貂之客，畏其泥淖，莫敢與近。先生殷勤問道，旁若無人。數日之間，名動全邑。」按：汪贊即指此。又，錢基博《湖南近代學風》「王闓運篇」，亦載此事，即據楊傳删削。

專造一應大小號砲一員

地輔星轟天雷凌振　梁啟超　附麥孟華、狄平子

日對天地悲飛沈，傾四海水作潮音。邱菽園《八友歌》。〔一〕

新會向不能詩〔二〕，惟嘗與譚瀏陽、黄公度鼓吹詩界革命，著爲論説，頗足易一時觀聽〔三〕。返國以來，從趙堯生、陳石遺問詩法，乃窺唐宋門徑〔四〕。游臺一集，頗多可采〔五〕。惟才氣横厲，不屑拘拘繩尺間耳〔六〕。

〔原附〕論近代詩家絶句　章士釗

丁年冠劍夢中行，太傅祠前道姓名。去住似關天下計，賸誇蔡鍔是門生。

丁酉湖南時務學堂招考，見録者在賈太傅祠照相，察驗體格。吾適被疾，不中程。蔡鍔與吾並肩而立，雖細瘦而堅實，乃得高第。吾嘗戲語人云：吾之不入梁門，亦適然之事成之耳。

文章不足新民體，忠愛争傳去國歌。收取聲名四十載，怪他低首拜金和。

錢子泉編文學史，號君文曰新民體。先以長編示之，頗不悦。君致趙堯生書，以金亞匏爲清代第一詩人。

千帆謹案：二首屬梁卓如。

【箋證】

○梁啟超（一八七三—一九二九），字卓如，號任公，别署飲冰室主人，廣東新會人。十二歲，補博士弟子員。入學海堂肄業。光緒十五年（一八八九）舉人。十七年（一八九一），入萬木草堂，始治經世學。二十一年（一八九五），赴京會試，與有爲聯絡各省舉子，發起「公車上書」。八月，入强學會，任書記。明年至上海，與汪康年編《時務報》，宣傳變法維新。又明年，應湖南巡撫陳寶箴聘，主長沙時務學堂講席。二十四年（一八九八）入都，參與新政。戊戌政變，亡命日本，創辦《清議報》。次年，至夏威夷島，途中作《汗漫録》，倡「詩界革命」。二十八年（一九〇二），創辦《新民叢報》，鼓吹君主立憲。冬，創刊《新小説》，倡「小説界革命」。三十三年（一九〇七），與熊希齡等組政聞社，又與《民報》筆戰。民國初，由日本歸國，任司法總長、幣制局總裁。四年（一九一五），袁世凱復辟帝制，參與策動護國運動。六年（一九一七），任段祺瑞内閣財政總長。旋即辭去。明年赴歐游歷。從此脱離政界，專心教育學術，先後任教於南開、清華大學。十四年（一九二五），任清華大學國學研究院導師。病割腎卒。述作繁富，有《歐游心影録》、《清代學術概論》、《墨經校釋》、《中國歷史研究法》、《中國近三百年學術史》、《飲冰室文集》等，合刊爲《飲冰室合集》。見自撰《三十自述》（《飲冰室文集》一二)、宋慈抱《梁啟超傳》(《國史館館刊》第一卷四號)、劉盼遂《梁任公先生傳》(《劉盼遂文集》)、丁文江等《梁啟超年譜長編》。

○麥孟華(一八七四—一九一五),字孺博,號蜕庵,廣東順德人。羅惇曧從甥。十七歲,入萬木草堂,爲康有爲弟子。光緒十九年(一八九三)舉人。旋赴京,應禮部試,參與「公車上書」。二十三年(一八九七),與梁啟超、汪康年等,於上海創「不纏足會」。并爲《時務報》撰文,宣傳變法維新。後復加入保國會。戊戌政變,亡命於日本。二十五年(一八九九),梁啟超從日赴美,代主《清議報》筆政。明年,代大同學校校長。三十三年(一九〇七),與梁啟超等組政聞社,任常委。病卒於滬。著有《蜕庵集》。見梁啟超《祭麥孺博詩》(《大中華雜誌》第一卷二期)、湯志鈞《戊戌變法人物傳稿》卷三《麥孟華》、陳漢才《康門弟子述略·麥孟華》。

○狄葆賢(一八七二—一九三九),字楚青,號平子,又號平等閣主、六根清静人,江蘇溧陽人。幼生於江西。光緒舉人。追隨康、梁,主張變法維新。戊戌政變作,亡命日本,與唐才常相識。二十五年(一八九九),自日返國,出資購軍火,參與漢口起義。三十年(一九〇四),於上海創《時報》。後復創《小説時報》、《婦女時報》等,以啟民智。并創辦有正書局。三十四年(一九〇八),任江蘇諮議局議員。晚年耽佛法。卒於滬。詩文未結集,多散佚。著有《平等閣詩話》、《筆記》等。見(新)《溧陽縣志》二六《人物》、姜丹書《狄平子先生行略》(《溧陽縣志資料》第一輯)。

〔一〕句見丘煒萲《詩中八友歌》(《菽園詩集》卷一)。丘煒萲(一八七四—一九四〇),字菽園,福建海澄(今龍海)人。光緒十九年(一八九三)舉人。任俠,好冶游。後寓新加坡,創辦《天南新報》。著論説,主張維新變法。著有《五百石洞天揮麈》、《嘯虹詩鈔》、《菽園詩集》等。見張叔耐《丘菽園傳略》(《菽園詩集》卷首)、《清代人物生卒年表》。

按:梁編《新民叢報》中,有「詩界潮音集」專欄,所刊爲時人詩作;丘詩「作潮音」云云,指此。徐凌霄《凌霄漢閣筆記》:「譬之歌臺舞榭,《新民叢報》之『潮音』,恰似海洋派,參以西式新劇,十色五光,稍嫌囂競,而取精用弘,自是時代先驅之一幕。」「《新民叢報》之『潮音』,萬派朝宗之巨潮也,流動而闊大;《庸言報》之『海潮』,詩人之心潮也,静默而蕭閒。」(《正風半月刊》第一九期)參觀楊世驥《文苑談往》第一集《詩界潮音集》。

〔二〕《飲冰室詩話》第六六條:「余向不能爲詩,自戊戌東徂以來,始强學耳。然作之甚艱辛,往往爲近體律絶一二章,所費時日,與撰《新民叢報》數千言論説相等。故間有得一二句,頗自憙,而不能終篇者,輒復棄去。非志行薄弱,不能貫澈初終也,以爲吾之爲此,本以陶寫吾心,若强而苦之,則又何取,故不爲也。記去年正月廿六日在東海道汽車中遇三十初度,欲爲一長古不能成,僅成四語云:風雲入世多,日月擲人急。如何一少年,忽忽已三十。今年正月廿六日在太平洋汽船中,過三十一初度,欲爲四律,不能成,亦僅成四語云:十年十處度初度,頗感勞生未有涯。歲月苦隨公碌碌，人天容得某棲棲。片鱗碎甲，拾而存之，亦一紀念也。」

〔三〕《近代詩派與地域》：「其時梁卓如以南海高弟，雅負時望，以文學革新爲天下倡，戊戌變政，乃遁扶桑，日草雜報文字數千言，尊黄遵憲、夏曾佑、蔣智由爲詩壇革命三傑，丘菽園氏所謂『日對天地悲飛沈，傾四海水作潮音』也。」（《汪辟疆文集》）按：《近百年詩壇點將録》云：「任公戊戌後走東瀛，於《新民叢報》發表《飲冰室詩話》，昌言詩界革命，一時豪傑，奔趨其旗纛之下，影響所及，遠暨南溟。」（《夢苕盦論集》）亦可參。又參觀錢基博《現代中國文學史》下編「梁啟超」節。

〔四〕《近代詩派與地域》：「梁氏雖喜論詩，所作乃傷直率，未能副其所論。壬子返國，乃從趙熙、陳衍問詩法，始稍稍斂才就範，然尚不逮叔雅之温潤清剛也。」（《汪辟疆文集》）

按：此説據陳衍。《石遺室詩話》卷九：「學問之道，惟虚受益。又曰：有若無，實若虚。余側交海内數十年，能虚其心者，林暾谷、趙堯生、羅掞東、梁任公數人而已。任公有《庚戌秋冬間，因若海納交於趙堯生侍御，從問詩古文辭，書訊往復，所以進之者良厚，顧羈海外，迄未識面，輒爲長謡，以寄遐憶》，（中略）堯生問學道義，相知者無不愛敬，而任公推挹之意，實逾尋常，非虚心求益之誠，何以言之不足又長言之，長言不足又詠歎之如此？第三韻所謂『我以古人心，納交當世士』，信非欺人語也。然堯生爲諫官，視國事如己事，任公惓懷故國，氣類自極相感，所謂

『吾徒乘願來，爲此一大事』也。至於鄙人，老大頹廢，耳冷心灰，尚有文字禪，未能空諸言説耳。任公乃哀其生平所爲詩數百首，使縱尋斧，鄙人遂居之不疑，字斟而句酌之，蓋所以待暾谷、待堯生、待掞東者固如是也。」

〔五〕《石遺室詩話》卷九：「任公詩如其文，天骨開張，精力彌滿。《臺陽》一集，可推敲者十之一二，他集則百之一二而已。」卷七：「任公有游臺詩一卷，多悽惋語。七言如：『尊前相見難嘅笑，華表歸來有是非。』『曹社鬼謀殊未已，楚人天授欲何如。』『最是夕陽無限好，殘紅蒼莽接中原。』『君家可有千年鶴，細話堯年積雪時。』『我本哀時最蕭瑟，更逢庾信一沾巾。』五言如：『此日足可惜，來日更大難。人生幾清明，明旦成古歡。』『客館傳新火，家山界晚晴。』『事去勞精衛，年深失湛盧。』『薜蘿哀楚鬼，禾黍泣殷頑。』『零落中州集，蒼茫野史亭。』『一夢風吹海，無言月過庭。』全首如《木棉橋》云：春烟漠漠雨脩脩，劫後逢春愛寂寥。誰遣蜀魂嘅不了，淚痕紅上木棉橋。《雜詩》云：『千古傷心地，畏人成薄游。山河老舊影，花鳥入深愁。人境今何世，吾生淹此留。無家更安往，隨意弄扁舟。』『慘緑相思樹，殷紅躑躅花。能消幾風雨，取次送年華。北首天將壓，南來日又斜。銅仙行處斷，鉛淚滿天涯。』七言極似元裕之。『我本哀時』二語，真庾子山所謂『楚老相逢，泣將何及』者矣。」

〔六〕《瓶粟齋詩話餘瀋》：「任公如憤王喑嗚，千人辟易。」《星廬筆記》：「是時梁文猶尚雅飭，《去國行》一篇，七古長歌，甚有健氣，海内多傳誦之。」（第三七頁）《近百年詩壇點將録》：「其所自作，天骨開張，才情横溢。《朝鮮哀詞》五律二十四首、《贈臺灣逸民林默〔獻〕堂兼簡其從子幼春》、《南海先生倦游歐美，載渡日本，同居須磨浦之雙濤閣，述舊抒懷，敬呈一百韻》，皆不朽巨篇。康有爲手評，屢以少陵比之。」（《夢苕盦論集》）按：諸家之評，頗足與汪參。

《石遺室詩話》卷三：「詩有六義，興居一焉，興、觀、群、怨皆是也。後世謂之『詩情』。其鄰於樂者，曰『興趣』、曰『興會』，鄰於哀者曰『感觸』，故工詩者多不能忘情之人也。任公有《臘不盡二日遣懷》云：淚眼看雲又一年，倚樓何事不淒然？獨無兄弟將誰懟，長負君親只自憐。天遠一身成老大，酒醒滿目是山川。傷離念遠何時已，捧土區區塞逝川。《元日放晴、二日雨、三日陰霾》云：入春三日覺春深，隔日春如判古今。容我瞢騰行坐臥，從渠翻覆雨陰晴。擁爐永夕成微醉，袖手看雲得短吟。落盡檐花無一語，百年誰識此時心？《庚戌歲暮感懷》：『歲云暮矣夜冥冥，自照寒燈問影形。萬種恨埋無量刧，有情天老一周星。催人鬢雪摇摇白，撩夢家山歷歷青。今古兹晨同一概，祗應長醉不成醒。』『鼎湖雞犬不能仙，一慟龍髯歲再遷。禹域大同勞昨夢，堯臺深恨閟重泉。斧聲燭影由來事，馬角烏頭不計年。忍望海西長白路，崇陵草勁雪漫天。』『夢短雞鳴第一聲，明朝冠蓋盛春明。家家柏葉宜春酒，處處駝蹄七寶羹。聞道天門開詄蕩，儘容卿輩答昇平。官家閒事誰能管，萬一黄河意外清。』『故園歲暮足悲風，吹入千門萬户中。是處無衣搜杼柚，幾人鬻子算租庸。近聞誅斂空羅雀，儻肯哀鳴念澤鴻。金穴如山非國富，流民休亦怨天公。』『風雨吾廬舊嘯歌，故人天末意如何？急難風義今人少，傷世文章古恨多。力盡當年從爛石，淚還天上莫成河。由來力命相回薄，山鬼何從覓薜蘿？』『入骨酸風盡日吹，那堪念亂更傷離。九洲無地容伸腳，一盞和花且祭詩。運化細推知有味，癡頑未賣漫從時。勞人歌哭爲昏曉，明鏡明朝知我誰？』《奉懷南海先生星加坡兼請東渡》云：『共有千秋萬古情，爲誰歲歲客邊城。讒言苦妒齊三士，世務寧勞魯兩生。漢月依微連海氣，蠻花悱惻吐冬榮。相逢莫話中原事，恐負當年約耦耕。』『不道桃源許再來，舊時魚鳥費疑猜。風吹弱水蓬萊近，春逐先生杖履回。萬事忘懷惟酒可，十年有約及櫻開。先生以己亥二月去日本，有詩云：櫻花開罷我來遲，我正去時花滿枝。半歲看花住三島，盈盈春色最相思。何時一舸能相即，已剔沈槍掃緑苔。』以上十首，所謂遠託異國，昔人所悲，蘇子卿之《河梁》耶？蔡文姬之《笳拍》耶？沈初明《通天臺》之表耶？庾子山《哀江南》之賦耶？同時善作悲呻之語者，尚有太夷，如『殘秋去國人如醉』、『憂天已分身將壓，感逝還期骨易灰』、『往事夢空春去後，高樓天遠恨來時』、『北風吹客忽已晚，壯歲辭人殊不回』、『兀兀只成天共醉，茫茫始信世無才』，與君之『獨無兄弟將誰懟，長負君親只自憐』、『天遠一身成老大，酒醒滿目是山川』、『催人鬢雪搖搖白，撩夢家山歷歷青』、『官家閒事誰能管，萬一黄河意外清』、『勞人歌哭爲昏曉，明鏡明朝知我誰』，可以把臂共懷抱者。」

培軍按：任公中年學詩，風格喜豪壯，與其文一揆。方湖云「才氣横厲、不拘拘繩尺間」，石遺云「天骨開張、精力彌滿」，一爲褒美之辭，一有微諷之意，所指無乎不同。其師南海亦多嘉許，稱能得杜、韓法，《梁任公詩稿手蹟》中，有南海批語甚夥，如：「沈鬱雄蒼，合少陵《諸將》、《洞房》、《秦州》而冶之，義正詞嚴，上承《小雅》，豈愧詩史？」（《朝鮮哀詞》）「不獨杜陵詩史，身當危局，哀感頑豔。」「開闔頓挫，深得少陵法。」「根柢深厚，置少陵集中不能辨。」（《南海先生倦游歐美、渡日本、同居須磨浦之雙濤閣、述舊抒懷、敬呈一百韻》）稱其能學杜也。又：「淵懿朴茂，深入昌黎之室。」（《贈徐佛蘇即賀其迎婦》）「可作論學一則，比昌黎《符讀書城南》詩，僅勖勢利，過之遠矣。」（《題藝蘅館日記第一編》）「駿馬騫坡，催花擊鼓，俊爽無似，但太肖昌黎耳。」（《荷廣除夕牙痛作詩調之》）許其能似韓也。又：「以杜、韓之骨髓，寫《小雅》之哀怨，遂覺家父、凡伯今在人間。唯其有之，是其似之。」「此與《哀朝鮮詞》，皆純乎《小雅》。哀物悼世，沉鬱雄健。毫髮無遺憾，波瀾獨老成。」（《贈臺灣逸民林獻堂兼簡其從子幼春》）「六詩皆沉雄蒼老，亦復妙極自然。」（《歲暮感懷》）所謂「波瀾老成」，所謂「沉雄蒼老」，亦古人評杜、韓套語。南海於詩極自負，以爲最近老杜，此又以杜韓許弟子，實亦文人結習，未可以盡憑也。

起造修緝房舍一員

地察星青眼虎李雲　盛昱

存國雅〔一〕，振天聲〔二〕。《熙朝雅頌》〔三〕，《八旗文經》〔四〕。

嘉慶中，鐵保、法式善輯八旗詩集進呈〔五〕，賜名《熙朝雅頌集》。盛昱與楊鍾羲復編《八旗文經》五十六卷、《作者考》三卷〔六〕，張之洞爲之序。

【箋證】

○盛昱（一八五〇—一九〇〇），字伯熙，一作伯希、伯羲，號韻莳，滿洲鑲白旗人。肅武親王豪格七世孫。光緒三年進士（一八七七），散館授編修。累遷右庶子，充日講起居注官。數言事，敢劾大臣，士論推爲謇諤。與張之洞、張佩綸等並稱「清流」。十年（一八八四），遷國子監祭酒。十四年（一八八八），典試山東。明年引疾歸。家居後，肆力古籍考訂、書畫品鑒。平生尚風雅，所交多一時名士，又喜獎掖後進，楊鋭、張謇皆出其門。與王懿榮交最密，同以精鑒賞稱。長於掌故，與繆荃孫、沈曾植，號「談故三友」。著有《鬱華閣遺集》、《意園文略》、《雪屐訪碑録》等。見《清史稿》卷四四四、楊鍾羲

《意園事略》（《意園文略》卷首）、奭良《伯羲先生傳》（《野棠軒文集》卷二）。

〔一〕明顧起綸《國雅凡例》：「卜商序《詩》曰：言形於四方，謂之雅。雅者，正也。蓋政有大小，故有大雅焉，有小雅焉。大抵極藻麗之辭，得性情之正，斯雅在其中矣。揚雄亦云：詩人之賦典以則。沈約又云：啟心閑體，典正可採。然而則也、正也，非雅之謂歟。余也采方國之盛音，纂明代之正始，乃祖述二三子者，於是乎名之曰《國雅》。」（《國雅》卷首，《四庫存目補編》本）按：汪用此，蓋以盛書比顧也。

〔二〕班固《封燕然山銘》：「恢拓境宇，振大漢之天聲。」李善注：「《甘泉賦》曰：『天聲起兮勇士厲。』」（《文選》卷五六）按：《甘泉賦》，揚雄撰，見《漢書》卷八七上《揚雄傳》、《文選》卷七。

〔三〕〔熙朝雅頌集〕清鐵保輯，刊於嘉慶十年（一八〇五）。凡一百三十六卷，分三編：首集二十六卷，正集一百六卷，餘集二卷。又凡例、目録各一卷。首集録天潢詩，正集録八旗滿洲蒙古漢軍詩，餘集録八旗閨秀詩。均起自崇德，迄於乾隆。爲清八旗人詩最大總集。參觀《續修四庫全書總目提要·熙朝雅頌集》。

〔四〕〔八旗文經〕盛昱輯，刊於光緒二十七年（一九〇一）。凡六十卷，其中《作者考》三卷，叙録一卷。編次以文體分，所收賦五卷，論五卷，序十卷，題跋四卷，奏議六卷，表一卷，書四卷，記六卷，碑三卷，頌贊一卷，箴銘一卷，墓碑二卷，墓誌一卷，傳狀五卷，連珠、約辭各一卷，哀祭一卷。均上自清初，下逮晚近。爲清八旗人文最大總集。參觀《續修四庫全書總目提要·八旗文經》。按：盛輯此書經過，見於《意園事略》，略云：「（意園）謝病家居十年，念蟲沙猨鶴，萬劫蒼茫，皆由風移俗易，而無學以持之，八旗之士，至今而文教爲尤亟。乃發其藏書，旁加蒐訪，尋碑閲肆，裒集叢殘，表弟漢軍楊鍾羲實贊助之，京城表裏，兩人躑躅，得文六百五十首，作者一百九十七家，爲書五十五卷（按此云「五十五卷」，似誤，當爲「五十六卷」，與後「六十卷」始合），名曰《八旗文經》。合《作者考》三卷，叙録一卷，都爲六十卷。兹集以文爲主，凡當官論事之作，近於吏牘者，概置不録。仿《新安文獻志》，不題撰人。」

〔五〕鐵保（一七五二—一八二四），字治亭，號梅庵，滿洲長白人。乾隆三十七年（一七七二）進士。官至吏部尚書。著有《梅庵詩鈔》、《文鈔》等。生平詳《清史稿》卷三五三、汪廷珍《鐵梅庵先生墓志銘》（《實事求是齋遺稿》卷二）、《梅庵自編年譜》（《梅庵全集》附）。法式善（一七五三—一八一三），字開文，號時帆、梧門，烏爾濟氏，蒙古正黄旗人。乾隆四十五年（一七八〇）進士。官至侍讀學士。著有《存素堂詩文集》、《梧門詩話》、《清秘述聞》、《陶廬雜録》等。生平詳《清史稿》卷四八五、阮元《梧門先生年譜》（《存素堂詩續集録存》附）。

〔六〕鄭孝胥《楊子勤松窗輯書圖》：「雅頌賜名嘉慶年，八旗詩集已流傳。更看文苑搜奇作，始信經香配昔賢。祭酒傷心古懷抱，使君慧業舊因緣。松聲窗下添悲壯，想見初成作者篇。《八旗文經》附有《作者考》三卷。」自注：「嘉慶中，鐵保、法式善輯《八旗詩集》進呈，賜名《熙朝雅頌集》。盛祭酒昱與楊鍾羲復編輯《八旗文經》五十六卷，張之洞爲之序。」（《海藏樓詩集》卷六）按：汪語當用此。

〔七〕張之洞《八旗文經序》：「文莫文於姬周。考《尚書》、《毛詩》、《逸周書》、《春秋》内外傳所載，其文章之閎偉純雅者，大率皆王室同姓，及豐鎬舊族、兩京世官，何其盛也。兩漢之世，其宗親自河間以及向、楨輩，文學稱盛，而豐沛子弟無聞焉。唐之宗室，能文者極多，而其餘詞人之繫隴西成紀籍者，皆取郡望，不盡從龍之彦也。北宋《文鑑》，趙氏屬籍無一人，南宋《文範》所録，僅七人。《金文最》所載，的係猛安人所作者，不過二十餘篇。《元文類》所録，蒙古人之作，止三人十餘篇。錢竹汀《補元史藝文志》，蒙古并色目人有文集者，共止十人而已。明之宗人，通才頗多，而勳舊能文者蓋寡。聖清龍興東土，未入關以前，已爲四海人民之所歸往，北極羅刹，西至四衛拉特，東抵使鹿、使犬，南達幽、青、吴、越，鱗集雲從，若百谷之趨海。本《周禮》鄉遂爲六軍、六卿爲六軍將之遺法，凡臣民之可任使者，皆編之爲旗。統一區夏以後，其歸命向化者，功績優異者，又時有賜旗之舉。所謂八旗者，實已統四方之人才而有之，非如金元兩代，其所倚爲腹心干城者，止女真一部、蒙古一國已也。遼瀋肇基，即已制國書，開科目，列聖相承，文德大洽。於是内廷設蒙養齋、尚書房，又於國子監以外，立宗學、覺羅學、八旗官學、景山學、咸安宫學，虎韋成均，粲然大備。然而皇子入學課程，於經史文字之外，兼肄騎射火器，凡八旗應科目者，必考其騎射。每值宴接外藩，校獵塞上，則天潢親貴，八旗公卿詞臣，皆屬櫜鞬以從。此成周學制射御列爲六藝之古義，惟本朝八旗之學校爲能得之。蓋當締造草昧之世，誼當用武，而綏之以文；當累洽重熙之世，法當修文，而振之以武。實兼文王文治、武王武功，以化成天下，文質相宣，可謂彬彬矣。雍正間，奉敕纂《八旗志》，詳於事實，不及文辭。嘉慶間，棟鄂尚書鐵保選録《熙朝雅頌集》，八旗之詩爛然矣，而文尚闕如。宗室祭酒盛昱亮節多聞，習於掌故，今日之劉中壘、朱鬱儀也，乃發其藏書，旁加蒐訪，得文六百餘篇，作者一百九十七家，爲書五十六卷，名曰《八旗文經》。漢軍知府楊鍾羲亦淹雅能文，實贊助之，竝爲《作者考》三卷，序録一卷。兹集以文爲主，凡當官論事之作，近於吏牘者，具於史館所纂之《皇清奏議》，概置不録。詩有專集，亦不復采，與《昭明文選》、《唐文粹》、《宋文鑑》、《元文類》義例有别。寫本郵寄武昌，屬張之洞審定，乃付書局刊印，以廣其傳。讀此編，其間本以文學著者不論，有若蔡尚書毓榮、西林文端公鄂爾泰、舒穆魯文襄公舒赫德、章佳文成公阿桂、張文敏公百齡、章佳文毅公那彦成，皆建立武功，有大勳勞於國者，或祭於大烝，或列爵畫象，然其文章典則爾雅，可與文苑專家方軌齊驅而無愧。又如此編所録之大將軍年羹堯、都統勝保，雖不以功名終，然兩人亦戰功、文筆兼長，不可没也。此編所未及者，以之洞所知，近數十年來，如塔爾巴哈台參贊大臣署伊犂將軍錫綸字子猷，守孤城，抗强敵，爲數千里内蒙古喇嘛札薩克所歸附，威行西域；署貴州貴西道口口口巴圖魯于鍾岳字伯英，于襄勤之裔孫、鼇圖字滄來之曾孫、殉難普安知縣崇璟字野漁之子。轉戰黔西，屢破苗教各匪，蓋自韓果靖公後貴州文員善戰第一，賊幾平而戰没。此兩人皆勇略絶人，又能文章有奇氣，此則祖宗家法兼資文武、育才毗治之明表也。方今天子屢下明詔，興學練兵，以求自强，仿三代德行道藝合一之恉，命各省均設武備學堂，以講兵學，非讀書識字通文義者不得與，固將以經緯天地、混合車書、牖啟環瀛、同我聲教，薄海士民，皆將涵濡鼓舞，以固陋闒弱爲恥，以華而不實爲戒，舉漢、唐、宋、元、明以來詞章雕篆之習，湔洗而恢張之，人人皆有尊主庇民之志，文附衆、武威敵之才，以稱國家教育之至意。嘗讀《易·乾》之大象曰：自强不息。其贊曰：天下文明。是知自强之本，惟在文明。然則祭酒此編，豈特傳八旗之文，固可以爲四海九州之文式矣。光緒二十八年七月南皮張之洞叙。」（《張文襄公全集》卷二一三）

培軍按：伯熙向以博學稱。《越縵堂日記》云：「與伯希略論國朝掌故及滿州氏族，俱能留心，近來宗族子弟中不易覯者也。」又云：「此君留心掌故，宗室中之傑出，當不媿完顔璹、趙與旹也。」越縵臧否人物，多肆輕詆，此卻褒許有加，其難能可知矣。伯熙詩傳世極少，刊本《鬱華閣遺詩》三卷，爲楊子勤手寫上板。《石遺室詩話》卷七云：「清宗室詩人，竹坡先生外，盛伯羲祭酒昱，曾於可莊、弼臣坐上識之。後在武昌，梁節菴亟稱其詩。」又：「韻蒔詩，興趣不及偶齋，書卷時復過之。」袁樹五《臥雪詩話》卷一云：「伯熙《鬱華閣集》三卷，詞一卷，詩剛詞柔，卓卓可傳。」「奇思妙筆，得未曾有。」錢仲聯《近百年詩壇點將録》云：「《鬱華閣遺集》中詩，骯髒悱惻，入人肝脾。」《兼于閣詩話》卷二「北方巨擘」條云：「（伯熙）詩博古詄麗。」評價俱甚高。此不著一語，豈以其不足論，或持較《八旗文經》，詩遂不足重耶。抑其稿非手定，有所遺漏，固須待訂補者也。方湖於別處，嘗評伯希詩，云：「伯希詩興趣不及偶齋，然以胸羅雅故，身經世變之故，沈鬱堅蒼，反似勝之。曩在舊京，嘗見其手寫感事詩卷，精深華妙，展翫累日，蓋伯希以清剛勁上之才，抒憫時念亂之憤，寄興於寫物，抒抱以論人，雖蒿目艱虞，持論未衡於世議，然胸懷坦白，寓感每諒於後賢；軼世清才，鬱華爲最。」（見《近代詩派與地域》）略取石遺説，而加詳之。又，言及《八旗文經》，以與《熙朝雅頌》並論，語固有取於海藏，而亦他人之常談，而伯熙爲人之似法時帆，尤播諸人口。如《平等閣詩話》卷一：「盛伯希祭酒昱宗室名賢，簡貴清謐，崇尚風雅。尤喜獎成後進，一介不遺，頗似法梧門之爲人。」《藝苑叢話》卷三：「盛昱伯熙祭酒，愛才尚雅，時人比之法梧門。」（亦見《南亭四話》卷二）《在山泉詩話》卷二：「伯希性介情和，愛才尚雅，人比之法梧門，而非竹坡放誕疏狂所及也。」《冷禪室詩話》：「盛伯熙祭酒昱愛才尚雅，時人比之法時帆。」不知方湖何竟未及？

屠宰牛馬豬羊牲口一員

地羼星操刀鬼曹正　曹震　一作胡俊

觥觥時彦少所取，批郤導窾經肯綮〔一〕。提刀四顧心茫然〔二〕，絶技心折子曹子。蓄淚滴成詩，耽酒甘甚蔗。酒淚詩一爐，萬象非一罏。肺腑真能語，佳處寒燈借。即此一卷中，不在萬人下。當年牛首山，未死鬼應詫〔三〕。世無巢與由，斯人豈其亞？胡爲辟疆謔，但恐翔冬罵。美女殺親夫，忍俊君詩價〔四〕。程康《讀胡翔冬自怡齋詩》。

余年弱冠，負笈白下。時彭澤汪先生説詩中央大學，和州胡先生説詩金陵大學。余既受業於胡先生，又以世誼從汪先生問，因亦師事焉。余之專力於詩始此。二師詩派雖異，交誼顧篤。六一翁所謂資談笑、助諧謔者，往往於觴詠間遇之。胡先生嘗入牛首，一事吟詠，月夜大醉，墜於崖腹，幸爲樹枝所格，得不死，然猶傷其脅。汪先生調之曰：「此所謂『徘徊庭樹下，自挂東南枝』也。」又嘗云：「翔冬詩又漂亮又狠，可方美女殺親夫。」故先君詩中並及之。千帆注。

【箋證】

○曹震（？—一九一九），字東旉，江西義寧人。與汪辟疆交好。旅居金陵，嗜詩，陳三立亟稱之。見

《道咸同光四朝詩史》乙集卷六、邵祖平《無盡藏齋詩話》(《學衡》第一三期)。

○胡俊(一八八四—一九四〇),字翻京,號翔冬,江蘇南京人。籍安徽和縣。陳三立詩弟子。嘗留學日本,畢業早稻田大學。歸國後,歷任兩江師範、金陵大學教授,講授中國文學。著有《自怡齋詩》。見劉國鈞《悼胡翔冬先生》(《斯文》第一卷八期)、慶之《胡翔冬的〈戊寅端午〉詩稿》(《秦淮夜談》第一六輯)。

〔一〕《莊子·養生主》:「依乎天理,批大郤,導大窾,因其固然,技經肯綮之未嘗,而況大軱乎?」

〔二〕《莊子·養生主》:「提刀而立,爲之四顧,爲之躊躇滿志,善刀而藏之。」按:謂曹善品詩也。見後引《無盡藏齋詩話》。又,曹正主「屠宰牛馬」,是亦雙關語。

《無盡藏齋詩話》:「義甯曹東旉用晦,散原先生鄉人,爲詩頗事刻苦。(中略)其詩嚴浄精刻,學法黄、陳,而稍參東野。散原許其納才氣於韻味之中,爲學黄得力處。楊昀谷許其奥折。樊樊山、羅癭公均有褒語,而勸其不必入深晦幽仄一路。予於吾友劉樸庵處,得諗東旉所詣,而聞之王簡庵,亦盛稱其品詩之精。兹讀其詩,益惜天嗇其年,不獲廣以造詣,徐待其成也。(中略)東旉詩採入詩話者如下。《社稷壇》:舉茗如有恒,驅車上砥石。匪無戰慄心,就陰婆娑柏。冉冉七百載,蓋藏臨咫尺。於人固云奢,謂天亦已仄。丹牆照四圍,曾迎玉輦跡。往往屬閒人,袒衣明未襞。廟社遂如此，狐鼠慘不懌。步筵費周章，夷作花傭宅。故老起旁皇，油油思禾麥。强笑對秋草，有酒沽亦得。《答王三》：乖離感不淺，行李難具陳。無能舉昏墊，甯獨傷隱淪。剖魚見高興，興高美無倫。形影惑屯代，火陰迭主賓。同亮故訢然，折麻未苦頻。所患文字滅，吞吐轉車輪。周才匪我任，造適乃因循。游官視居常，軫外同一塵。潛虯亦幽媚，長謝尺蠖伸。魯酒亦勝引，詎愬使君醋。斟酌布蘭生，真藏埋照人。矜名事纏牽，役此百年身。朱顔照成醜，觀河吝驚春。徂物感解作，得氣長苦辛。升條失所豐，斧斤以時親。車足能辭折，爨下欠勞薪。於君味斯語，慕類若比鄰。笑啼俱未免，尺牘與申申。《寄持庵》：病後寄君書，卷心蕉未舒。病裏讀君詩，礙耳塵有之。故山猿鶴笑問我，名山著作空爾爲。青燈老屋吴坊渡，誓墓歸來未衰素。文章林下因緣重，丈夫生事鉏犁誤。鄭重先邱走原隰，不逢竹實逢橡實。干戈未定以家何，棄兒同我吞聲泣。秋深籬落見南山，地偏消息在郊寒。文豹身爲煙霧隱，何用窺斑更索瘢。我祖八十事苦卓，謂我與公自摧坐。詩境毋於驢背尋，詩思莫使閉門索。最憶東湖慣打艇，鼎中魚眼煎雙井。此味醰醰苦澀並，白石清泉誰略領。南中炊餅應須羨，明年江上笑相見。并兒懸印大如斗，楚傖負軛如電走。《贈梓方》：光怪四榮詩作壁，悠悠墨食定斯廬。牽蘿待月停基構，爭席分宵費掃除。檻外晴隨官事了，車前塵犯覺華無。微煩春力温生坐，想照秋毫屋漏書。」按：簡庵爲王易，其《讀東專遺詩》云：「尋詩哭子曾無語，隱几看流又一時。宿草三年君未遠，稱心七字我猶癡。狂名江海餘懸贅，炙輠紛綸絶解頤。護落平生寧出世，燈前撫卷唤誰知。」(《學衡》第一八期)可參。

又，《平等閣詩話》卷二：「義甯曹東敷震，旅居秣陵，素未相識。昨以《春興用侯朝宗韻》十六首郵寄見示，兹録其十二首，云：蒼莽江流不可澄，幾經深谷與高陵。化爲海水茫茫立，送到神山岸岸層。香象渡河虚有跡，空王出定亦無能。漫憑機織輪鮫淚，浪惜明珠總未應。又：萬馬齊喑冀北空，驪黄牝牡入群融。野花隱有經年意，春樹都能數日紅。已渡江纔悲白燕，既平水不祀黄熊葉韻。劉伶怕著千秋想，舊恨新愁一酒筩。又：投筆他年或可期，連天羽葆認葳蕤。男兒自有登臺癖，征婦難堪聽鏡時。雪窖嗚鞭塵夢遠，金門獻賦客來遲。昨宵起舞寒雞喔，手拭吴鉤託與誰。又：介邱一亘接崑崙，天遣黄河溺地渾。大陸已成驅海勢，千秋今見奠山痕。渭涇合後淪成性，枳橘移來仍舊根。化鶴化沙應有例，蹇驢苦自效騮奔。又：秋士何堪又感春，天涯傾膽向何人。一袍欲妒年年草，兩鬢繁生縷縷銀。琴已無絃空落雁，子曾非我況游鱗。朝餐不用摧車報，世上勞薪數日輪。又：彭澤先生種柳時，風流儒雅即吾師。夢中借箸消長夜，鏡裏簪花尚一枝。乾没窮愁旋浸潤，陸沈世界要支持。江南自古多春恨，太息獅兒與練兒。又：千年心事百年身，落拓何堪又一春。江驛至今傳彩筆，蔣陵永夜走青燐。過江子弟閒揮麈，勝國先生只畫巾。自有蘭成哀賦後，南中痛哭忒多人。又：愁思無端借酒消，春明北顧路迢遥。當年劍閣回離馬，此日昆明斂畫鷁。英武莫言天寶事，鶗鴂或渡洛陽橋。揚波海水今年静，好爲周公一獻謡。又：夢裏馳驅尚九州，難持小海向西流。流黄錦照初三月，太白天低尺五樓。風雨不禁萬隄柳，煙波坐老一扁舟。莫愁湖水沄沄緑，洗得人間幾段愁。又：蟾魄烏精一望虚，照儂肝膽近何如。不能出塞求天馬，縱使成仙也蠹魚。點綴周書甯雉獻，平分海水要犀梳。寶刀若少恩仇戀，知己茫茫或是渠。又：人云華國仗文章，賤子慚登大雅堂。借助江山歸馬史，消磨材略感劉郎。怕教百歲難留氏，如此三春不望鄉。孤負阮生青白眼，爲誰慟哭爲誰狂？又：憑弔歔欷過白門，可能重向杏花村？一杯酒勸長星醉，十丈塵騰野馬昏。孔嬪飛牋匀弱腕，蜀王催客動春魂。雨花臺下千官塚，白鶴何從問子孫。諸作意態雄傑，未可以繩尺拘也。」按：孫雄《道咸同光四朝詩史》乙集卷六，亦録此詩，字句全同，當據此。又云：「陳伯嚴前輩，與君同里，亟稱君詩筆之健舉。」並可參。又，前引邵説，云其「學法黄陳，稍參東野」，而據此詩以觀，亦不盡然也。

〔三〕胡俊《五月十一夜、醉墜牛首絶壁下、傷左脅、幾死、越四日、子欽携瓶酒來問疾、欣然作此詩》：「一國醉如泥，獨醒未可也。村沽共鳥還，約月松間坐。瓶罄怪事發，眼花飄婀娜。風起化爲淚，作潮山影簸。誰言地不壞，今者吾喪我。鐘動塔院曉，僧撥藥爐火。成就倒載歸，怕死便不雅。繩床鬼瞰之，思子神爲馬。牛頭青峨峨，白骨點么麽。亦有聖賢輩，不揀是飲者。洗盞相向笑，有口寧能鎖。愼勿驅蠅蚋，悠悠鍤誰荷。」（《自怡齋詩》）按：吴徵鑄《翔冬先生軼事》亦及此，其略云：「牛首山在金陵南郊，雙峰浮眉，萬松疊浪，有唐宋塔各一，及觀音洞、白乳泉諸勝。以地較僻，遊者不多。師嘗襆被往，居僧寺中，閉户不與人語，一事吟詠。松間月上，則攜瓶酒登高峰，踞坐懸崖，酣飲達旦。某夜以醉甚墮崖下，次晨，寺僧不見其歸，大驚，命人四出訪求，乃得之於古松頂，傷脅骨幾死矣。幸長老本習拳勇，有妙藥，飲之而蘇。傷愈，登崖醉嘯如故。」（《斯文》第一卷八期）

〔四〕見《斯文》第一卷八期，題作《讀自怡齋詩寄翔老并示辟畺》。後附跋云：「右家君客臘作詩一首，春間曾命寫呈先師，時師已緣宿疾，就醫渝鄉，住址不詳。頃聞返蓉未久，遽返道山，竟莫之致，傷已。兹謹鈔寄《斯文》，刊之先師紀念專册中，亦家君之意也。末韻云云，蓋汪方湖先生往在南京，以先師之詩，奇麗堅蒼，二難並具，因舉俗語爲戲，所謂『又漂亮又很』也。附識於此，以見前輩之風趣云。庚辰初冬，會昌敬跋，時客嘉州。」按：程詩即效胡體。胡五言最工，爽利明快，絶無冗語，時雜匪夷之思，或以「詩怪」稱之（汪有《秋夜讀翔冬〈自怡齋詩〉、即用其體》詩，亦及其「怪」，見《方湖詩鈔》）。胡亦屢自云「怪」，參觀盧前《冶城話舊》卷二「胡三怪」條），亦不爲無故也。胡先驌《讀自怡齋詩吊胡翔冬》云：「祭詩存十一，字字得鐫肝。宋意託唐格，盧奇兼孟寒。」（《胡先驌文存》上卷《懺盦詩》）「盧奇」實有，「孟寒」卻無，然據此，亦可云

「怪」矣。

《荷堂詩話》「胡翔冬」條：「和州胡翔冬俊，金陵大學教授，以其人怪、詩怪、字怪，有『胡三怪』之稱。所著詩，曰《自怡齋詩》，爲其門人高某所鐫校。其詩語意不尋常，如《讀抱朴子》云：葛洪成仙去，世傳内外篇。太華高千仞，髑髏蹙其顛。曰猴竊人君，鳥獸以次官。雞即是將軍，猿馬公卿班。老狸爲令長，虎戴吏人冠。其餘數十輩，食人魂坑填。惟牛不得意，自稱書生酸。我欲盡驅之，符蠹咒不傳。廢書告司命，得酒勝假年。《記夢》云：太陽穿我屋，白白若牽繩。而我手挽之，汗出天皆升。風雷吼東西，日月如鬼燈。妖星閃其下，欲摘力不勝。南方多赤鳥，争食爪嘴矜。北方氣候寒，老龜僵臥冰。胡子立中央，眥裂酒氣騰。扶醉訴上帝，額地臣戰兢。帝曰罪非余，自彼黎與烝。天地終不壞，爾其事聾瞢。兒啼魂魄返，空齋頭枕肱。直視天地萬物如芻狗，曾無毫末以攖其慮，無怪其詩怪也。君又有《雪夜讀楊萬里詩》：餘雪待伴屋山頭，夜拉北風吟不休。先生鐵衾凍欲死，凍死誰憐不如起。信手拈出誠齋詩，燈花挑落珊瑚枝。果然熟讀味愈妙，字字可煮饑可療。梅蕊熬粥不用糖，芼以蕈釘撲鼻香。花葉蔓菁白萊菔，瓷瓶乍開脆如玉。笋如女膚蕨兒拳，焊菜蔬經名不傳。寒緑香中杞與菊，喫苗喫花并喫實。南海車螯膚凝脂，江西黄雀肥又肥。荔枝顆顆盡美矣，更煮龍芽調冰水。詩人天罰餓日多，讀遍公詩看如何。惟有半宵之寒醫不得，呵手連繙生酒歌。讀此，知其欣賞誠齋之詩甚矣。然誠齋詩奇而不怪，君詩則怪，故雖好之，而所取路則異也。」參觀高文《讀自怡齋詩》（《斯文》第一卷八期）。

培軍按：「美女殺親夫，又漂亮又狠」云云，本於裴景福《河海崑崙録》卷一：「許仙屏中丞工書，深於柳誠懸。撫粤時，告予曰：『曾文正嘗言：「作書要似少婦謀殺親夫。」人多不解，公曰：「既美且狠。」可謂形容盡致。』予曰：『不獨書法，詩文亦然。古今大家美且狠者，唯杜與韓。昔長安名優十三旦演《蝴蝶夢》，桂雲演《雙釘記》、《殺皮》，均極美而狠之態。不見此等角色，安知文正措語之妙。』」非翔冬創語也。又高文《讀自怡齋詩》：「（翔冬）師詩外貌有三：一曰很。很者，『横空盤硬語，妥帖力排奡』是也。二曰美。美者，『芝英濯荒榛，孤翮起連焱』是也。」佘賢勳《翔師談詩述略》：「師嘗云：『詩須漂亮。』『漂亮』二字，乃師之常言。然漂亮非穿紅著緑之謂，漂亮亦只在意境中求之，如師《秋夜獨酌成詩》有句云：『月午芙蓉霽，燈花蟋蟀鳴。』則真是『幾多漂亮』（此亦爲師之常言）。師嘗云：『吾平生不能讀《紅樓夢》，惟《水滸傳》則百讀不厭，而尤愛魯智深。』此其意可知。師蓋以爲兒女呢喃之語，桃紅柳緑之姿，與一己之面目過相懸殊，乃避而不用。即有漂亮之作，亦多在壯麗中顯之。」又：「師又喜以『太老實』三字説詩，（中略）師所謂『老實』，或指浮泛，或指未深入，然俱在未能透一層上着眼。有時則以『很』，則以『出力』，則以『細』，作『老實』之反映（按原文如是，疑有误字）。」（俱《斯文》第一卷八期）翔冬詩之特點及主張，略具於是。翔冬擅説詩，其與東蓴合傳，以此。

排設筵宴一員

地俊星鐵扇子宋清　陳夔龍　附余肇康

東道煙霞主，西江詩酒筵〔一〕。

庸庵詩平澹乏意境，雖喜爲之，實不甚工〔二〕。晚寓滬濱，較前略勝，尚不逮善化相國也〔三〕。

瞿止庵與余堯衢爲姻親。余提刑江右，以教案降調，時論惜之。後起用爲外務部參議。時忌瞿，聯劾及余，復同落職。某君戲仿趙芷孫挽張百熙聯云：「參議見公之大，提刑或偶見公之政〔疏〕，二帝三王歸想象；降調爲世所欽，革職當亦爲世所諒，親家兒女各歔欷。」相與絶倒。「立法必本諸二帝三王，豈能盡謀野獲」，余氏謝恩摺中語也〔四〕。

余肇康，字堯衢，晚號倦知，長沙人。光緒丙戌進士，官江西按察使、法部左參議。民國十九年卒，年七十有七。有《敏齋詩存》，氣體視陳小石爲勝。

【箋證】

〇陳夔龍（一八五七—一九四八），字筱石，晚號庸庵，貴州貴陽人。幼孤家貧。光緒十二年（一八八六）進士。授兵部職方司主事，累遷武選司員外郎、職方司郎中，調總理各國事務衙門章京。爲榮禄、李鴻章所重。擢内閣侍讀學士，升順天府丞，兼署府尹。旋調任太僕寺卿。庚子之變，兩宫西狩，爲留京辦事大臣。後擢漕運總督。二十九年（一九〇三），移任河南巡撫。三十年（一九〇四），派充知貢舉。逾年，調江蘇巡撫。又調任兩湖總督。宣統元年（一九〇九）冬，擢任直隸總督、北洋大臣。辛亥後，退居滬上，詩酒自娱，逾三十年。著有《松壽堂詩鈔》、《花近樓詩存》、《把芬廬存稿》、《夢蕉亭雜記》等。見高振霄《清授光禄大夫太子少師故直隸總督北洋大臣陳公墓誌銘》（《辛亥人物碑傳集》卷一三）。

〇余肇康（一八五四—一九三〇），字堯衢，號敏齋，晚號倦知老人，湖南長沙人。光緒十二年（一八八六）進士。改主事分工部。用襄辦大婚典禮勞，晉二階，以知府分湖北補用。屢榷漢川、寶塔洲、漢口諸牙釐。充兩湖書院提調、鄉試内監。署荆州府，補漢陽，權知武昌。攝安襄鄖荆兵備道，調補武昌，仍知漢陽。除荆宜施兵備道。有治績。擢山東按察使，入對稱旨，旋改江西。因南昌法教士案罷歸。後張之洞薦任粵漢鐵路總理。旋有法部左參議之命，抵都，會瞿鴻機罷軍機，以姻家牽連免職。辛亥後，遁居上海，不復出。著有《敏齋詩存》、《敏齋隨筆》。見袁思亮《清授榮禄大夫二品頂戴法部左參議余公行狀》（《蘉庵文集》卷四）、陳三立《清故榮禄大夫法部參議余公墓誌銘》（《散原精舍文集》卷一六）。

〔一〕句見李白《出妓金陵子呈盧六四首》之三（《李太白全集》卷二五）。按：宋清職掌排筵，故云。

〔二〕《湘綺樓日記》（宣統元年十二月五日）：「陳小石送詩及别敬。小石謹嗇，乃於我大費，詩亦似樊雲門。」《湘綺樓説詩》卷八：「看陳小石近詩，其七律亦自使筆如古（舌），蓋所謂險韻能穩，難對能易者，與樊山同開和韻一派也。」按：此稱其詩，與汪説異。喜和韻，參觀《瓶粟齋詩話續編》卷二。又，《當代名人小傳》卷下：「夔龍少美風儀，面若傅粉，老而容光不衰，好填詞，不能工也。」可參。

〔三〕善化相國，指瞿鴻機。别見他篇。

〔四〕見陳鋭《裒碧齋聯話》（《青鶴雜誌》第一卷三期）。

培軍按：陳撰《余公墓誌銘》云：「（公）既久客不獲歸，履崩坼之運，繫心故國，幽憂隱痛，一發攄於歌詩，恣肆豪宕，雜出變怪，其勤爲之不厭，遺老惟金壇馮侍郎、貴陽陳尚書，爲能相與角逐焉。」（參觀《哭余倦知同年》：「歌泣抒寄千百篇，受材雄鷙脱拘攣。濤波洶涌霆雹旋，孰當旗鼓甘執鞭。」見《散原精舍詩别集》。）汪以陳、余合傳，或據此。余與瞿鴻禨有姻，關係亦密，又同籍湖南，揆諸常度，似當附於瞿也。袁撰《余公行狀》云：「喜爲詩，僑滬後詩益進，尤工五七言歌行，奇氣噴薄，不可一世。」故不免諛墓，卻非漫無邊際。又余雲焕《味蔬詩話》卷四、孫雄《詩史閣詩話》、王蘧常《國恥詩話》卷三，均稱其律體，並可參。

監造供應一切酒醋一員

地藏星笑面虎朱富　張宗揚〔楊〕

此脯掾也〔一〕。小人張，主人衍〔二〕。千帆謹案：宗揚，石遺之僕，詩見《石遺室詩話》卷五。〔三〕

【箋證】

○張宗楊（一八八四—？），字楞嚴，一作楞顔，福建閩侯人。陳衍僕，能書，擅烹飪。卒年不詳。著有《鄰岩書屋詩》。子京生亦能詩。見陳衍編《近代詩鈔》第二四册、《石遺室詩話》卷五（《庸言》第一卷一二號)、徐珂《可言》卷五(《天蘇閣叢刊》二集)。

〔二〕宋陶穀《清異録》卷上:「何敬洙帥武昌時,司倉彭湘傑習知膳味,就中脯臘尤殊,敬洙檄掌公廚,郡中號爲『脯掾』。」按:宗楊善烹飪(見後引),故云。

〔三〕徐珂《可言》卷五:「石遺先生《蕭閒堂記》,有『一僕甚似蕭穎士之杜亮』一語,謂張宗揚也。穎士奴名杜亮,見《茶餘客話》。(中略)(宗楊)給事先生家,濡染久之,遂能詩。書法仿蘇堪方伯。」按:《蕭閒堂記》見《石遺室文集》卷五。

按:此戲陳衍語。陳輯《近代詩鈔》,最後録張詩,汪甚鄙之。《近代詩鈔·石遺室詩話》:「宗楊隨余二十年,山水之游,無役不從。能爲胡釘鉸詩,海内詩老鄭海藏、梁節庵、夏劍丞諸公皆譽之,如揭曼碩之有鄒福也。余亦用竹垞《明詩綜》例,録其近雅者。」所謂「竹垞例」,即朱彝尊《明詩綜》卷九七「雜流」類,録僕從一人,云:「故録雜流自谷淮以下,而傔從之能詩者附焉。」

參觀「陳衍篇」附章士釗《論詩絶句》自注。

〔三〕《石遺室詩話》卷五:「余僕張宗楊,侯官紳帶鄉人。(中略)宗楊從余十餘年,年亦三十矣,喜弄文墨,無流俗嗜好,行草書神似蘇堪,見者莫辨。掞東、衆異、梅生最喜之。欲學詩於余,余無暇教之。(中略)釘鉸之作,遂亦裒然徑寸。然識字甚少,艱於進境。前歲除夕,亦和余『村』韻三首云：『詩人無不愛江村，我願江頭得小園。蓺菜蒔花成老圃，種松栽竹繞柴門。此時巖下梅應發，主人所居名楞巖。遥想闇香都斷魂。待到曉來潮水漲，鮮魚味孅佐芳尊。』『夜眠如在萬梅村，室中瓶梅甚夥。曉起尋詩城北園。主人女公子園林在城北。寄語主人休遠念，出游自鎖幾重門。鼕鼕臘鼓歲云暮，耿耿蘭釭摇夢魂。爆竹聲喧街柝静，昨宵獨酌酒盈尊。』『雪峰水碓響村村，草棘爲籬護菜園。記得童時返樵擔，山中日落早關門。田園不覺十年别，世事茫茫若夢魂。欲與主人同笠屐，到吾草舍醉匏尊。』三首起句俱好。又九日次韻和余天甯寺登高之作云：蕭瑟秋忽晚，景物俱變衰。客中何寂寥，畸人思東歸。重陽好天氣，晴暉風力微。迢遞望故鄉，鄉情總牽羈。居守不出游，閉門獨詠詩。喬木脱將盡，矮菊尚未開。昨夜微霜落，凄凄壓蒿萊。西山當此時，紅葉正美哉。故園弟與妹，尺書絶不來。天寒賴有酒，日日醉霞杯。愁我多疾病，鬢髮摧。昔人半銷磨，舊事徒傷懷。往年登高處，矗矗鄰霄臺。太息屢爲客，渡海還幾回。意自尋常，音節卻亮。」按：此節，姚錫鈞《春水相干室拾雋》（見《二雛餘墨》）「張宗揚詩」條襲之。參觀徐珂《清稗類鈔・文學類》「張宗揚詩有音節」條、鄭逸梅《近代野乘》「陳石遺之詩僕張宗揚」條。

又，《石遺室詩話續編》卷六：「張宗楊讀書至不多，而詩句時有清真可喜者。《螢火》云：密林腐草間，積雨生螢火。夜來小牕前，耿耿光照我。吾生愛幽闃，往往滅燈坐。隨風低復高，飛止無不可。游目便自佳，何必隋皇夥。《金斗橋河園落成三首》云：『河畔園成有上宮，看山南北更西東。憑欄彷彿環滁景，輸與歐陽作記工。』『園成漫署作河園，潮汐河流清復渾。此地人人都説僻，自憐能僻即桃源。』《春盡日花光閣餞春、閣主人出題、即事賦呈》云：未到曉鐘猶是春，成句。但看花落鳥啼頻。餞行酒合盈盈酹，送別詩宜略略陳。林表乍晴衆岩岫，臺前共倚幾吟人。花光閣主人、王道真女士、陳光衡及余四人。閣中一老真堪羨，每值芳辰定讌賓。《哀杉木詩有序》：峴園杉木一株，高九尺許，乃鎮弟所栽者。因去冬小孩戲傷其皮，水不得上升，今夏竟槁。因念鎮弟歸泉下亦已十年，悲而有作。云：初栽苦難活，既活足生意。一年生一盤，萬壑千山勢。漸漸喜成林，矗矗有雲氣。君本生山中，移根斯園置。城中誰栽君，物以罕而異。吾弟愛栽植，得此豈容易。黄君昔到此，曾愛而題字。黄秋岳詩人，昔歲游此題詩，曾及此木。小童偶群集，樹下亂游戲。誤觸傷其皮，百計難醫治。傷時即以布裹泥紮之。十年望青青，一旦變顦悴。感念栽植者，九原早長逝。人死杉亦枯，使我淚雙墜。君死年卅六，四月之廿四。距今已十年，恍如昨日事。《六月初八日過豹屏山下荷塘雜詩》三首云：『凌晨緩步過荷塘，水際清光作許香。數百白花開帶露，萬千青繖送風涼。』『草滿池塘樹繞陂，平疇過雨水漣漪。荔支熟到剛堪摘，稻穗纔黄欲刈時。』『村路香時瓜李黄，南風六月葛衣涼。蟬聲聒耳真堪厭，日午深林響更張。』《病中上花光閣主人》云：獨居斗室作畸人，病臥匡床已兩旬。沈李浮瓜無我分，白桃丹荔未經唇。

日來市上有奉化縣新到蜜桃，甚佳，因病未敢入口。愁多骨瘦非常苦，食少心清卻有神。請問花光耄耋者，可施妙術救斯身。《聽雨》云：襆被虛堂夢不成，滅鐙聽雨過三更。庭前深竹浮煙暗，不是珠聲亦玉聲。《寄梅生先生北平》云：志局停來一十霜，里門光景幾滄桑。野壙掘盡爲車路，吉祥山今已開造車路。嶺樹摧殘作戰場。聞西北嶺一帶，因戰事樹木砍伐殆盡。城市有兵猶守法，池臺無恙幸深藏。何當剪燭西牕話，但恨相思隔太行。《約石遺室主人同天放守堪河園道真達青觀禮諸詩人、於展重陽日豹屏山登高、晚飲峴園》云：如此秋光葉定黃，豹屏宜作展重陽。登高望遠胸中快，嘯侶呼儔腳底忙。寒菊參差欹曲徑，木蓮紅白拂低牆。一尊靜待詩人至，倘爲留題小草堂。《雨後花光閣看海棠、賦呈閣中主人》云：花光高閣前，海棠花佳絶。小樓貯花氣，滿閣生光烈。宵來足春雨，洗出豔且潔。早春間先開，開過清明節。昨日尚胭脂，今日成白雪。主人日飲酒，獨賞不忍折。主人愛花，不忍折以插瓶。主人獨憑欄，吟詠意歡悦。偶然喚我來，共醉非饕餮。偶然命題詩，愧我詩才拙。《登玉尺山》句云：高高下下迴環處，又一蘇州真假山。《寄叔堯福州》云：人在蘇州心福州，福州一念卻生愁。黄金散後無多子，烏石猶堪歸去休。敝廬在烏石山下。生子未諳身世苦，持家漸有米柴憂。潼關太華聞雄勝，有約同游趁早秋。時石遺老人有約。又句云：年來事業那堪問，誰説青蚨去又回。蓋宗楊近年營業大折閲，蓄積蕩然也。」

培軍按：宗楊之名，字當作「楊」，從「手」者誤。徐仲可《聞見日鈔》云：「予於《可言》卷五第八葉，記張宗楊之能詩，誤『楊』爲『揚』，近始知之。且知有《鄰岩書屋詩》也。」（《康居筆記彙函》）又考《可言》卷五云：「宗揚嘗爲余書便面，題爲《愈予詩人贈山水畫扇以詩報之》，詩云：懸崖削壁何磊砢，題詩見貽不鄙我。山中寂寂無一人，古木蒼蒼想合抱。潺湲高澗支短橋，一道飛泉出林杪。似曾身到畫圖中，少日家居記草草。今已倦游思臥游，安得嘉陵寫蜀道。予作詩謝之，宗揚亦有答什。」（《天蘇閣叢刊》二集）徐詩見《真如閣詩》（《天蘇閣叢刊》二集），題作《閩人張宗揚以所作詩爲予書便面作此酬之》；宗楊答什，見《聞見日鈔》。

監築梁山泊一應城垣一員

地理星九尾龜陶宗旺　水竹村人

田間釋耒東海徐，寄情水竹恣娛嬉〔一〕。揚榷風雅願在茲，詩城早築晚晴簃〔二〕。千帆謹案：水竹村人，徐世昌別號。師此録初稿成於民國八年己未，徐時任大總統。意有所避，故不稱其名。後亦不復改。〔三〕

【箋證】

○徐世昌（一八五五—一九三九），字卜五，號菊存、鞠人，晚號水竹村人，天津人。光緒十二年（一八八八六）進士。選庶吉士，授編修。與袁世凱善。丁、戊間，同入保國會。政變作，世凱驟貴，乃援之綰新建軍營務。遷國子監司業。商部成立，晉右丞，兼領北洋駐京營務處，加副都統銜。嗣晉兵部侍郎，爲練兵大臣，奉派出洋考察憲政。未及行，入值軍機處，擢巡警部尚書。三十二年（一九〇六），更官制，謝機務，專理民政。旋授欽差大臣、東三省總督，兼管三省將軍事務。後爲郵傳部尚書。奕劻、那桐交稱之，遂以協辦大學士，授軍機大臣。晉大學士。辛亥後，袁世凱任總統，乃辭官家居，返河南輝縣。民國三年（一九一四），起任國務卿。七年（一九一八），任第三届總統。十年（一九二一），法國巴黎大學贈文學、法學兩博士學位。次年退位。晚歲居天津，組織選詩社，編《晚晴簃詩匯》。著有《水竹村人集》、《退耕堂集》、《弢齋述學》、《歸雲樓題畫詩》等。見鄧之誠《徐世昌傳》（《民國人物碑傳集》（川版））、賀培新《水竹邨人年譜稿》。

〔二〕按：指其辭歸鄉居、刻《水竹村人集》。《水竹邨人年譜稿》卷下：「民國元年。三月十五日，訪臨時政府袁公，辭津浦鐵路事，得允。」「七月五日，至輝縣居新葺之宅，（中略）十數年來，屋舍無恙，人事已非，悁然久之。」「六日，至冀家廠督看莊房、竹園、田畝。時方種麥，莊外新改河道，水流甚暢，莊之東北，水閘得勢。看農家網魚。久淹京城，始得田園之樂，政名其地，爲『水竹邨』。」「民國六年。是歲作詩特多，皆刊入《水竹村人集》中。集凡十二卷，爲公六十一歲至六十四歲春季所作，戊午年刻成，柯學士劭忞有序。」

柯劭忞《水竹邨人集序》：「昔劭忞讀宋韓忠獻王《安陽集》，以爲忠獻功名之盛大，爲一代宗臣，而其詩工麗，不愧當時之作者，蓋名世大賢，出其學問之緒餘，亦非尋章摘句之士所能及也。然忠獻之詩，往往於留連景物之際，寓平生之襟抱，隱然以濟物安民自負也。竊以賢如忠獻，猶未免震於功名之盛大者，甚矣不矜伐之難也。自共和肇造，東海相公爲中外上下所推仰，出任天下之事，又以道不合而去，然六七年來，宗祏之阽危，時局之棼亂，仍倚公維持調護於危疑震撼之中，其宏濟艱難，十倍於忠獻無疑矣。及讀公之近作，則優游而閒肆，簡澹而清遠，抒寫性情，曠然無身世之累，一若布衣韋帶之士，自放於山砠水澨者之所爲，豈復以蓋世之功名絓於神明之地哉。劭忞讀公詩，然後知昔所疑於忠獻者，或有當於知言之萬一也。公別業在蘇門山下，爲太行之麓，百泉觱沸，稻畦相望，其南則孫夏峰先生之故居也。春秋佳日，公往莅之，日與田父野老蓺桑麻而占晴雨，熙熙然如庚桑子之居畏壘焉。蓋公之近作，發於山林之興者，十居七八，故能超然於畦町之外如此。然則仁知之樂，公實兼有之，至於吟詠之工，度越前人，猶其餘事矣。」按：此序撰於戊午三月，戊午爲民國七年，其年九月世昌任總統，故三月刻集時，柯氏猶稱爲「東海相公」，并以宋韓琦發端。

又，《藏齋詩話》卷下：「正月二十九日夜，大雪滿庭，燈窗人静，與豫生談静生軼事，以寄思念。

幾乎無日不談，不妒也。隨檢徐東海《辛丑春感》詩，有『英雄事業如塵隙，兒女衷情有淚痕』、『寒燈舊事悲流水，孤館殘春感落花』、『山川寥泬人何在，池館蕭疏春自深』、『蜂當蜜熟偏無力，蠶到絲成已化身』；第八首收句『可憐一掬傷春淚，灑向東風恨有餘』，蓋悼其姬人何氏歿於産難之所作也。讀之聲咽淚下，詩之感人如此，而予心氣之衰亦可知也。」又：「徐東海作詩極多，出版者已有《退耕堂集》、《水竹村人詩選》、《海西草堂詩集》、《歸雲樓詩集》，中有『草含無盡意，花有不言情』、『斷橋疏柳風無定，野岸平沙水不流』、『深秋露重如過雨，長夜月明不見星』、『造物回天易，英雄悔過難』、『鑄劍未成龍氣隱，養丹欲就月華新』。此數聯，柯鳳孫學士以爲歷劫不磨。」

〔二〕按：指其編選《晚晴簃詩匯》。事肇始於民國八年，畢功於民國十八年。《水竹邨人年譜稿》卷下：「民國八年。四月三日，植樹節，至北海種樹，又至西園約選詩社十數人宴集，即異日所刊行《晚晴簃詩匯》二百卷之發端也。自是公暇恒至晚晴簃，商酌選政。」「民國九年。九月二十六日，爲舊曆中秋節，是夕與晚晴簃諸君宴集看月。」「民國十年。十月九日，與晚晴簃諸人宴集。」「民國十二年。三月二十五日，王書衡式通自京來，商選詩各事。」「六月長夏，多看書作字，京中寄來選詩稿本，公親閱定。」「民國十三年。春，按日閱晚晴簃所選詩。」「是歲看書作字作畫，日有常課兼校閱選詩，手自批訂。」「民國十四年。是歲《晚晴簃詩匯》付刊。」「民國十六年。二月，晚晴簃詩選成，分綴詩話。」「民國十七年。是歲詩選將畢功。」「民國十八年。一月，校定《晚晴簃詩匯》樣本，酌定序文、凡例。」「入春，逐日閲晚晴簃補選詩，及《清儒學案》初稿。」《光宣以來詩壇旁記》「清詩匯」條：「徐菊人世昌，於近三十年中，頗有振興文教之志，既創四存學社，刊顔李遺書，又於其任總統時，創晚晴簃詩社，撰集《詩匯》；及退居津沽，則又編撰《清儒學案》。今其書皆早已陸續流布，惜傳布不廣，然在舊京，固俯拾即是也。《清儒學案》，凡二百八卷，一百册。《清詩匯》，凡二百卷，八十册。所收自明清間遺老，下逮民國初年已卒詩家，不下六千一百五十九家，可謂富矣。其撰選既出衆手，去取亦多可議。然在此擾攘世局中，能留意及此，書雖不甚精審，但能保留如許材料，以待後人要删，亦不可謂爲無益之事也。曩在金陵，見黄君坦孝平曾代撰《清詩匯序》一文。此文爲王書衡屬君坦所擬，即取《晚晴簃徵詩啟》點綴成文，捃撦掌故，於清代詩原，亦復詳審，姑録存之。至此文與本書所刊有無異同，今日無《詩匯》在手邊，無從對照，它日當再取而比勘也。」（《汪辟疆文集》）按：《清詩匯序》刊於《青鶴雜誌》（第二卷一六期），黄孝平坿記云：「按此篇志盦先生屬擬，即取其晚晴簃徵詩原啟，點綴成文，捃撦掌故，較詳清代詩原，姑録存之。」即汪語之所據也。

閔爾昌《記晚晴簃詩匯》：「天津徐公以民國七年任大總統，公竺於故舊，雅好藝文，其明年，遂有晚晴簃選詩社之舉。晚晴簃者，集靈囿西花園之一坐落也。被邀入社者，厥初爲恩施樊君雲門、膠縣柯君鳳孫、新城王君晉卿、醴泉宋君芝洞、閩侯郭君春榆、天門周君少樸、閩侯張君貞午、固始秦君右衡、漢壽易君實甫、汾陽王君書衡，尚有數君，以後不復至，不常至，不備舉。而嘉善曹君理齋，實司收掌交際等事。府祕書同人繼續入社者，爲紹興沈君吕生、長沙鄭君叔進、鎮江丁君闇公及爾昌，外此則吉林成君祝三、長沙章君曼仙、南海關君穎人也。蕭縣徐君又錚，嘗斥數千圓購贈總別集若干種，謙曰：『吾武人，不足言詩，第能爲諸先生供奔走耳。』徐公既出所藏書，又由府祕書廳行文各省，廣事徵求，然以清代詩人衆多，社中所有，皆群知而習見者，其珍異泠僻之本，固甚尠也。月凡數集，值星房虚昴四日午後，徐公曁同人咸至，雍容談論，半日而罷。每新年及舊厤中秋，則設宴款焉。顧諸老矜重，於選録殊不置意，雲門年輩高，則推其選《初學》、《有學》兩集，春榆、芝洞、書衡，尚樂於從事，餘則偶録一二家而已。兩三年來，寫成者不過百數十家。徐公既去位，遄回天津，社事中輟。十二年，理齋承公命商量續選，舊友仍約書衡與爾昌，别邀江陰夏君閏枝、杭縣吴君印丞、嘉興金君籛孫入社，假江安傅君沅叔藏園，仍月四五集。同人分事搜采，以爾昌於清人事蹟向嘗究心，屬爲審正邑里、時代、科分、官職，而因此與同人乃不能無違迕焉。斯集本名《清詩匯》，後以採録入民國諸人之作，乃去『清』字。如王闓運，固嘗爲民國國史館館長矣。它如王存、夏曾佑、姚鵬圖、周紹昌之等，或爲國務院秘書，或爲教育部司長，或爲内務部司長，或爲平政院評事，舊人新官，難僂指數。在諸君身屬漢人，舊土光復，還而爲民國效能，未嘗不心安理得，本無所用其隱諱，乃小傳中盡削其新職，僅留清代仕履，蓋有人以入仕民國，不爲官職，所謂『它人有心，予忖度之』，不惜以一己之私意，被諸人人，遂令龔鼎孳、曹溶輩，錯雜於顧絳、屈大均之間，淩亂無紀甚矣。《明詩綜》之義例，果若是乎。尤可異者，有人以生於同光者，皆爲清人。即如吾兒孫奭，既喪之後，書衡見詢：賢郎有詩否？曾寫數首付之。及《詩匯》出，而亡兒與焉。則民國北京大學一畢業生耳。此實爾昌夙昔持論不同，而中心滋媿者也。總之，斯選於清代名家，甄采既未完備，以我鄉里之見略舉之，如顧圖河、夏之蓉、馬榮祖、余元甲、江藩、梅植之等，寒齋或有其集，或於總集屢見其詩，並卓然名家，無慚風雅，初未覩《詩匯》總目，孰知其盡同秀才之康了乎。在斯集詎免挂漏之譏？鄙人尤難辭隱蔽之咎矣。想它省它縣，類此者當復不少。又不肯於總集中加意搜索，而於入民國諸人又不免汎濫及之。竊謂前者固當有所補，後者尤當有所删。補者，補其闕遺；删者，入民國作官之人，不妨割愛删汰，留待選民國詩者予以採録也。十三年，印丞物故，爾昌亦辭去，僅夏、王、金、曹四人完成其事。序爲書衡手筆，詩話同人固各有所作，太半亦書衡潤色，文章爾雅，方諸静志居，庶嗣其響焉。十七年刊印畢事，於是創修《清儒學案》。」（《晚晴簃詩匯》卷首）按：據賀氏《年譜》，事畢於十八年，而此云「十七年刊印畢」，或爲誤憶。

〔三〕按：據《水竹邨人年譜稿》，民國八年，徐時在總統任，其年四月，結晚晴簃選詩社。汪氏撰《點將録》，據《定本跋》云：「爲己未年在南昌時所草創。」己未，爲民國八年，時汪丁父憂，家居守制。見馬騄程《汪辟疆先生傳略》（《古典文獻研究（一九八九—一九九〇）》）。又，《光宣以來詩壇旁記》云：「其自爲詩則非甚工，不過略有氣勢耳。」不許其詩也。

專一把捧帥字旗一員

地健星險道神郁保四　孫雄

莫莫莫，錯錯錯〔一〕，詩史閣〔二〕。

〔原附〕論近代詩家絶句　章士釗

故是隨園一派孫，解從朴學討文源。淵如一例經生筆，又識詩中有我存。

君爲隨園弟子孫原湘之玄孫。君詩云：「詩中隱有我，詩外更有事。回甘道味濃，叩寂餘音嗣。」

藉甚東南兩北山，佯狂不到義熙年。故人卻有孫思邈，情似陶潛願愛閑。

師鄭懷余津門七古云：「虞嶺盧江兩北山，三十年前吾摯友。直言正氣説權奸，晚歲佯狂託醇酒。」沈鵬亦號北山。淵明《閑情賦》，字不作「閒」。

師鄭能爲洪稚存駢體文。其學詩，則以姬人某督課之，始爲古今體。光宣間，葺近人詩爲《道咸同光詩史》，周玉山捐資刻之，最無别擇。又爲《詩史閣圖》徵詩，余最愛夜起一詩云：「近代詩才讓達官，曾聞實甫論詞壇。潛夫只有傷時淚，也當君家史料看。」蓋以所采多貴官譏之，而師鄭不知也。方湖注。

【箋證】

〇孫雄（一八六六—一九三五），原名同康，字師鄭，晚號鑄翁，江蘇昭文（今屬常熟）人。高祖原湘，字子瀟，乾嘉間詩人，有《天真閣集》。幼承家學。長從俞樾、黄以周游，治經學，服膺漢許慎、鄭玄。光緒二十年（一八九四）進士。二十八年（一九〇二），授吏部主事。明年，任京師大學堂監督。三十四年（一九〇八），編《國學萃編》雜誌。民國後，自居遺老。一度任清史館協修。著述極富，有《荀子校釋》、《論語鄭注集釋》、《師鄭堂集》、《鄭齋漢學文編》、《詩史閣壬癸詩存》、《師鄭堂駢文》、《舊京詩文存》、《落葉集》、《讀經救國論》、《道咸同光四朝詩史》、《眉韻樓詩話》、《詩史閣詩話》等。見俞壽滄《常熟孫吏部傳》（《辛亥人物碑傳集》卷一四）。

〔一〕《舊唐書》卷一九〇下《司空圖傳》：「（圖）因爲《耐辱居士歌》，題於東北楹曰：『咄咄。休休休，莫莫莫。伎倆雖多性靈惡，賴是長教閑處着。』」《五燈會元》卷一九寶華顯章次：「現成公案早周遮，秖箇無心已穿鑿。直饒坐斷未生前，難透山僧錯錯錯。」按：陸游《釵頭鳳》詞（見《渭南詞》卷上，《景刊宋金元明本詞》），嘗綰合其語，汪或並用之，蓋譏其《四朝詩史》之輯也。

諸家論其書，故非一筆抹殺，然亦無甚美評也。

《石遺室詩話》卷八：「昭文孫師鄭吏部雄，號鄭齋，治經學、駢體文，而絶喜言詩。輯前清《道咸同光四朝詩史》十餘集，集百十人，無貴賤老幼與相識不相識，以詩至者，無不甄録。用鋼筆寫印，高可隱人，捆載贈所知。又分爲甲乙各集，鏤板行世。數請余爲叙。余謂：君作《詩話》，稱余嚴於論詩，今並蓄兼收若此，余何以措詞？君曰：吾『詩史』之名固不稱，第儲史料，以待後人之去取，當亦無惡於志。乃本君此意言之。」《近代名人小傳》：「雄初名同康，字師鄭，意謂學鄭玄，而初不通經術。（中略）又嘗纂《詩史》，乃藉以宣上德，并表揚達官貴人，故《詩史》成而雄之月俸以增。」《新世説・文學》：「孫師鄭輯近賢詩，約得二千餘家，爲《道咸同光四朝詩史一斑録》。其中雖瑕瑜互見，然旁搜博采，每人綴以小傳，實爲近代風雅之陽秋。」又：「（師鄭）工駢體文、詩，輯《四朝詩史一斑録》，爲《詩史閣圖》，遍徵題詠。」《近百年詩壇點將録》：「孫雄編《道咸同光四朝詩史》，保存清後期詩史資料。其書甄録未精，有價值之作不多。其自爲詩，多屬應酬標榜之類，但懷人感事諸組詩，亦有資掌故。」（《夢苕盦論集》）

〔二〕〔詩史閣〕孫書齋名。孫雄《詩史閣圖記》：「余於光緒庚子以後，客游津沽，經嚴範孫前輩之推挽，襄理北洋學務，旋拜監督北洋客籍學堂之命。督課餘閒，有《道咸同光四朝詩史》之輯。蓋誦詩可聞國政，述史可資鑒戒，今合詩與史爲一事，庶幾學古有獲，取則不遠，冀復承平雅頌之盛，并寓民勞板蕩之思而已。其時樞府將吏，方以鍊兵興學、革故鼎新相標榜，而核其實際，則驕奢淫佚，寵賂滋章，奸民游士，蘖芽其間，危機亂萌，潛伏暗長，然金甌猶未缺也。宣統元年己酉，南皮張文襄公創辦京師分科大學，奏派余爲文科大學監督。文襄自公退食，論學譚藝，篝燈忘倦，流覽《四朝詩史》原稿，商榷選事，訂正良多。惜是歲季秋，盡瘁溘逝，人亡國瘁，薄海同悲。親貴攬權，益無顧忌。軍諮府海陸軍所屬將校，隱懷異志，伺隙而動。余於辛亥六月中央教育會慨乎言之，同人駭以爲狂，當局懵不一省，曾不數月，大難發，清社屋矣。《四朝詩史》初以鋼筆版印行，未爲定本。宣統己酉，始刊於都門，甲集、乙集各二十卷，至辛亥仲冬成書。曾自題七律二首，有『金鑑千秋懷聖相，陸沈一月陷神州』之句。二首末韻用憂、吁二字，海內和者七十餘家，彙刊一册，名曰《憂吁集》，以爲紀念。辛亥以前，余不甚爲詩，即有所作，亦不存稿。壬子以後，感傷時事，輒寄之篇什，時局愈變而愈幻，則吾詩亦日出而不窮。戊辰七月，余以六十有三自壽詩寄範孫前輩，前輩依韻和之。其答函中有云：「時事千變萬化，似故爲詩史閣添錦囊材料者，變愈奇而詩亦愈工。」其實余詩何能工，不過述民困以籲天，悲兵禍之弗戢，竊附於『言者無罪、聞者足戒』之義，而詩之工拙非所計也。十八年來，已有五千餘首，亦云多矣。世人遂以杜陵『詩史』目之。余亦以詩史閣主人自居，不知者，或以爲好名而誇；其知者，但憫其行邁靡靡、中心如醉耳。詩史閣已有六圖，爲林畏廬、姜穎〔潁〕生、賀履之、路金坡、朱仲璋、胡佩衡諸君所繪。林、姜二君已作古人。姜圖極精，繪於巨幅之紙箋，裝潢成卷，題詠頗多。」（《舊京文存》卷二）按：《詩史閣詩話》：「余有《詩史閣圖》，近賢題詠，凡數十家。余尤愛潘蘭史飛聲七古一首、蔣觀雲智由五排一首。潘、蔣均詞壇老宿，且究心經世之學，不僅以詩鳴也。」亦可參。

培軍按：據甲寅、青鶴本，無贊語，惟綴一絶，即「方湖注」所引者。詩題爲《題孫師鄭吏部詩史閣圖卷》，見《海藏樓詩集》卷七。今移附章士釗《論詩絶句》後，玩其意旨，似與章詩不相關，疑是贊後之評，而爲整理者誤植也。又《夢苕盦詩話》云：「曩年爲《近代詩評》，評同邑孫師鄭曰：『鬻技鈴醫，自詡聖手。』雖嫌刻薄，卻是公論。師鄭見之大不懌，然不知余爲如何人。其後汪丈啟東刊《山涇草堂詩》，寄贈師鄭，上有余序文。師鄭乃移書汪丈曰：錢某既爲君作序，當必素識，究爲何如人？讀其文，知爲健者。然即不喜余詩，何至形諸筆墨乎。汪丈乃告以錢某係翁文恭之外甥孫，甥仙先生之孫，與君亦有間接之關係。蓋師鄭爲文恭之門人也。師鄭得書後爽然。爾時余頗悔之。頃見汪國垣《光宣詩壇點將録》，以師鄭爲『專一把捧帥字旗』地健星險道神郁保四，爲一百零八員之殿，與余所見略同。『把捧帥字旗』，妙不可言。師鄭自榜曰詩史閣，固以近代詩史第一人自詡者也。」甚許汪録評第之確。

額外頭領附録

教頭王進　鄭珍

【箋證】

○鄭珍（一八〇六—一八六四），字子尹，號柴翁、五尺道人，貴州遵義人。祖、父兩代爲醫。少從舅父黎恂學，盡發其藏書讀之，兼致力於詩文。道光五年（一八二五）拔貢，受知於程恩澤，遂從其治考據。明年，恩澤調湖南學政，從之於湘，識歐陽輅、鄧顯鶴等，以詩相切劘。八年（一八二八）旋里，與莫與儔游，益得與聞乾嘉師儒宗旨，於經獨深「三禮」。十七年（一八三七）舉於鄉。會試落第歸，主修《遵義府志》。二十四年（一八四四），大挑以教職用，權古州廳訓導，兼掌榕城書院。未逾年去職。三十年（一八五〇），以貧故，再權鎮遠訓導。咸豐四年（一八五四），任荔波教諭。次年，苗民犯荔波，知縣病，率兵拒戰，卒完其城。又次年告歸。十一年（一八六一），主講湘川書院。同治二年（一八六三），祁寯藻薦於朝，特以知縣徵起，以疾不出。卒於家。著有《儀禮私箋》、《周禮輪輿私箋》、

《説文逸字》、《説文新附考》、《深衣考》、《汗簡箋正》、《巢經巢經説》、《巢經巢詩文集》等，合刻爲《巢經巢全集》。見《清史稿》卷四八二、鄭知同《子尹府君行述》（《巢經巢全集》附）、黎庶昌《鄭徵君墓表》（《續碑傳集》卷七四）、凌惕安《鄭子尹年譜》。

培軍按：方湖擬巢經巢於王進，其用意，見於《近代詩派與地域》，略云：「閩贛派詩家，實以宋人爲借徑。姚惜抱氏於乾隆間勸人讀《山谷集》，又嘗手批山谷詩，方東樹《昭昧詹言》亦推重山谷。道咸之際，春海、春圃尤極稱之，所作由山谷以窺玉谿、昌黎，妥帖排奡，硬語盤空，江西派之詩，乃益爲人所注重。其與程、祁二氏同時而和之者，有何紹基，而僻處邊隅之鄭珍、莫友芝，亦宗山谷。鄭氏《巢經巢詩》，理厚思沈，工於變化，幾駕程、祁而上；故同光詩人之宗宋人者，輒奉鄭氏爲不祧之宗。」又云：「程、鄭二氏，學術淹雅，詩則植體韓、黄，典贍排奡，理厚思沈，同光派詩人之宗散原者，多從此入。」（按：梁任公《巢經巢詩鈔跋》云：「鄭子尹詩，時流所極崇尚，范伯子、陳散原皆其傳衣。」又由夔舉《定庵詩話》卷上云：「同光之交，鄭子尹、莫子偲倡於前，袁漸西、林晚翠暨散原、石遺、海藏諸公繼於後。」均足印可。）《水滸》開篇，即寫一王進，後衆好漢始次第出焉，是王進乃水泊之嚆矢也；而晚清詩壇，繼巢經巢而起，則有散原、伯子、海藏、乙菴等，後遂蔚爲一代風氣，是巢經巢乃同光之濫觴也。故二人恰可媲合。然方湖所論，亦本石遺老人（見

《石遺室詩話》卷三第四條。其論晚清詩源流嬗變，最言簡意賅，近人多奉爲圭臬。别參《近代詩鈔叙》、《近代詩鈔・石遺室詩話》等），而稍加以引申，非其創説也。至巢經巢詩之評價，諸家詩話多有之，而胡步曾《讀鄭子尹〈巢經巢詩集〉》一文，所述尤較詳，可以參觀，兹不贅云。

黄面佛黄文煜　釋敬安

寄禪詩在湘賢中爲别派，清微澹遠〔一〕，頗近右丞〔二〕。惟喜運用佛典，微墮理障〔三〕。八指頭陀未刊稿《夢洞庭》云：「昨夜夢洞庭，君山青入瓶。倒之煮團月，還以浴繁星。一鶴從受戒，群龍來聽經。何人忽吹笛，使我松間醒。」此詩，鶴柴極稱之〔四〕。

寄禪俗姓黄氏，湘潭人。天童住持。民國元年冬，爲中國佛教會事入都，不得請，憤恚圓寂，年六十三。有《八指頭陀集》。

【箋證】

○釋敬安（一八五一—一九一二），字寄禪，俗姓黄，名讀山，湖南湘潭人。幼孤貧，爲人牧牛。同治七年（一八六八）出家。光緒三年（一八七七），於阿育王寺燒二指，并剜臂肉燃燈供佛，遂自號「八指頭陀」。歷任衡陽羅漢、衡山大善、長沙上林諸寺住持。晚主天童寺。民國元年（一九一二），中華佛教會成立，群推爲會長。是年冬，因法華寺産事，入京請願發還，爲内務部官員所侮，憤懣而卒。二十始學詩，中歲識王闓運、鄧輔綸，名遂大著。喜詠白梅，號「白梅和尚」。著有《嚼梅吟》、《白梅詩》、《八指頭陀詩集》、《續集》等。見自撰《八指頭陀詩集述》（《八指頭陀詩集》附）、太虚《中興佛教寄禪安和尚傳》、蹇道人《寄禪禪師冷香塔銘》、馮毓孳《中華佛教總會會長天童寺方丈寄禪和尚行述》（俱《海潮音》第一三卷一二號）、喻謙《清四明天童寺沙門釋敬安傳》（《碑傳集補》卷五八）。

〔二〕《近代詩人小傳稿》：「其詩清空靈妙，音旨湛遠。」（《汪辟彊文集》）王闓運《八指頭陀詩集序》：「（寄禪詩）自然高澹，五律絶似賈島、姚合，比之寒山爲工。」葉德輝《八指頭陀詩集序》：「其詩宗法六朝，亦似中晚唐人之作，中年以後，所交多海内聞人，詩格駘宕，不主故常，駸駸乎有與鄧、王犄角之意。」

按：易宗夔《新世説·文學》云：「（寄禪）中歲以後，宗法六朝，步趨王、孟，高者直逼盛唐。」稍近葉説。又，《緑天香雪簃詩話》卷七：「（寄禪）詩撫唐賢，尤工五律。」亦可參。

〔三〕《宜秋館詩話》：「嶽麓寺僧敬安，號寄禪，有《八指頭陀詩鈔》，專工五律，力摹摩詰，幾於手揮目送。其佳句美不勝收，其餘各體，不能稱是。《秋日有感》云：島樹落黄葉，天涯尚未還。客情倦飛鳥，病骨瘦秋山。試照恒河水，已非疇昔顔。何時衡嶽下，歸掩白雲關。又《重陽後一日偕水月上人登慈谿驃騎山》云：重陽後一日，結伴此登臨。萬壑白雲滿，千山黄葉深。寒潮明遠浦，疎磬散空林。憑眺斜陽裏，茫茫愁古今。《重晤舅氏有感》云：十年離别苦，况是渭陽親。偶與骨肉會，難禁涕淚頻。蒼茫雲水意，衰鬢薜蘿身。共話斜陽裏，還疑夢未真。《登金山》云：高閣一憑眺，蒼茫太古情。天疑入海盡，潮欲挾山行。芳草金陵渡，斜陽鐵甕城。鄉關渺何處，向晚客愁生。《陳蕚秋還鄉賦贈》云：日暮千門静，天空一雁飛。那堪異鄉客，還送故人歸。建業孤帆遠，楚江秋雨微。禪心本無住，何事欲沾衣？」又：「寄禪五律摘句如：『凉風引秋意，夕磬定禪心。』『孤館逢佳節，寒燈憶故人。』『偶來黄葉寺，聽打夕陽鐘。』『嶺雲多在樹，溪雨欲沉樓。』『斷橋填積雪，絶壑墮疎鐘。』『帆隨去鳥没，山帶暝煙浮。』『江静寒潮白，秋高木葉黄。』『霜清聞木落，夜静見螢飛。』『凉月一渠水，殘雲數點山。』『水痕侵岸白，嶽色向人清。』皆能心摹力追，瓣香輞川，誠近代作手。」

〔三〕《近代詩派與地域》：「敬安以釋子工詩，理致清遠，妙造自然。早年作詩，自謂得之頓悟。又時時就商湘綺老人，湘綺亦多竄易，别出手眼，讀者罔覺爲湘綺筆墨耳。但晚年確能自立，名理紛披；一篇目之内，有一二聯絶工者，他不稱是。其《八指頭陀集》佳句，如『傳心一明月，埋骨萬梅花』、『袖底白生知海色，眉端青壓是天痕』等句，至今尚留傳人口也。釋子工詩，敬安爲

最。」（《汪辟疆文集》）

〔四〕陳詩《静照軒筆記》：「寄禪上人敬安，俗姓黄氏，湖南湘潭人，住持天童。有《夢洞庭》五律云：『昨夜汲洞庭，君山青入瓶。倒之煮團月，還以浴繁星。一鶴從受戒，群龍來聽經。何人忽吹笛，呼我松間醒。』超然象外，飄逸不群，可稱傑作。此詩乃壬子夏，余自隴返，重晤滬市，寄師書近作見示，蓋未刊稿也。是冬入都，陳言衛道，所志未遂，憤恚圓寂。」（《青鶴雜誌》第三卷二一期）。按：汪説即據此。又《尊瓠室詩話》卷二第一五條亦載此，文字同。又，此詩見《八指頭陀詩續集》卷七，「夢」原作「汲」。鶴柴，陳詩號，别詳他篇。

鐵棒欒廷玉　小孤山下人氏

何所見而來，何所聞而去〔一〕。城日司空〔二〕，雲山韶護〔三〕。千帆謹案：此師自贊。

〔原附〕論近代詩家絶句　章士釗

誰定雲臺蕩寇勳，凌煙顔色黯難分。多君别具英雄眼，韻事恢張舒鐵雲。

跌宕文場愛静便，研光小樣寫宫箋。輕輕一卷蠅頭字，卻費工夫四十年。

【箋證】

○汪國垣(一八八七—一九六六),字辟疆,號方湖、展庵,江西彭澤人。幼承家學。宣統元年(一九〇九),入京師大學堂,爲陳寶琛所知賞。民國初,至上海,謁陳三立,獎掖備至。又識邵力子、于右任、蘇曼殊等。四年(一九一五),丁父憂,守制家居。十一年(一九二二),就聘江西心遠大學,講授目録學、唐代文學。十四年(一九二五),至北京,章士釗見其《點將録》,爲刊之於《甲寅》。旋返南昌,任江西通志修纂。十六年(一九二七),至南京,任教國立中央大學。二十六年(一九三七),抗戰軍興,隨校入蜀,編《中國文學月刊》、《中國學報》。三十五年(一九四六),返南京,兼任國史館纂修,編《國史館館刊》。明年,兼爲監察院監察委員,江西選區國大代表。一九五〇年後,任南京大學中文系教授。著有《目録學研究》、《書目考》、《魏晉六朝目録考》等,輯有《唐人小説》。他詩文雜著,刊爲《汪辟疆文集》。見馬騄程《汪辟疆先生傳略》(《古典文獻研究(一九八九—一九九〇)》)。

〔一〕《世説新語·簡傲》:「鍾士季精有才理,先不識嵇康,鍾要於時賢儁之士,俱往尋康。康方大樹下鍛,向子期爲佐鼓排。康揚槌不輟,旁若無人,移時不交一言。鍾起去,康曰:何所聞而來?何所見而去?鍾曰:聞所聞而來,見所見而去。」亦見《晉書》卷四九《嵇康傳》。按:贊語顛倒「所見」、「所聞」,或偶然誤記,或有意而爲之,而語稍欠通。

〔二〕黄遵憲《己亥續懷人詩》之三：「一編選佛科名録，便是司空城旦書。」（《人境廬詩草箋注》卷九）《史記》卷一二一《儒林傳》：「竇太后好老子書，召轅固生問老子書。固曰：此是家人言耳。太后怒曰：安得司空城旦書乎？」集解：「徐廣曰：司空，主刑徒之官也。駰案：《漢書音義》曰：道家以儒法爲急，比之於律令。」按：此汪自贊其録，謂人或以其如律令之嚴乎。《近代詩派與地域》：「（《光宣詩壇點將録》）傳布伊始，南北人士極爲關注，（中略）一時讀者以書抵余，或盛詞獎借，或貢臆商榷，或議其挾鄉曲之私，或論其失平品之正，余皆一笑置之，不與辯難。蓋以詩之得失，寸心自知，衡量甲乙，悉秉公論，既無偏口之辭，復少譏彈之語，至比類達恉，不無軒輊，實欲存一代之文獻，備詩壇之掌故也。私門故吏，見其位次高者，自多獎飾之辭，其卑次者，即不免詆諆之語，一手不能盡掩天下目，此固不可以口舌争也。」章斗航《景印方湖類稿序》：「（方湖）師置行嚴外舅吴彦復於步軍將校之列，行嚴力争與散原等列，師以爲衡量甲乙，悉秉公論，務欲存一代之文獻，執意不可。雖曰游戲之作，然亦謹嚴如此。」（《方湖類稿》卷首）

〔三〕唐元結《欸乃曲五首》之三：「停橈静聽曲中意，好是雲山韶濩音。」（《元次山文集》卷四）《左傳·襄公二十九年》：「見舞韶濩者。」杜預注：「殷湯樂。」正義：「湯以寬治民，而除其邪，言其德能使天下得其所也。然則以其防濩下民，故稱濩也。（中略）韶亦紹也，言其能紹繼大禹也。」按：此亦自贊其録，謂其曲中之意，有淵雅之音也。《點將録定本跋》云：「又以録中所評諸人，寓貶於褒，且有肆爲譏彈之詞，而其中人又多健在，有不可不留爲後日見面地者。」并亦可參。又，「韶護」同「韶濩」。

培軍按：《點將録》刊出時，老輩多激賞之，《定本跋》中已詳述（亦見《近代詩派與地域》，《方湖類稿》）。徐凌霄更以爲較諸舒《録》，「後來居上」（見《兩期詩壇點將録合評》，《中國公論》第二卷四期）。而亦有不以爲然者。錢仲聯《夢苕盦詩話》云：「汪國垣《光宣詩壇點將録》，大致尚切合，惟其文詞了無生氣，爲詩話之變相。持較鐵雲山人《乾嘉點將録》，瞠乎後矣。楊旡恙勸余重作，近乃戲爲《近百年詩壇點將録》，可與汪作互參。」又《近百年詩壇點將録》云：「汪國垣先生《光宣詩壇點將録》，以『同光體』爲極峰之點將録也。鄙意不能苟同。」錢氏持論，每喜攻汪。其《沈曾植集校注序》中，有云：「曾有妄人，謂沈詩只有李翊灼才能爲之作注。」其所謂「妄人」者，正指汪氏。蓋汪氏《點將録》，有評沈曾植詩云：「散原嘗語予：子培詩多不解，只恨無人作鄭箋耳。予謂並世能勝此任者，只有李證剛，散原爲首肯者再。」錢注沈詩甚早，汪録較晚出，錢或以其有所指，遂不免詈語相向乎。《兼于閣詩話》卷三「汪辟疆」條云：「其所比擬，七八分能中人意。」持平之論，似可取。至汪詩，雖亦入《近代詩鈔》，而論者蓋尠。參觀《石遺室詩話》卷一五、《石遺室詩話續編》卷四、佚名《時人詩與女性美》（《青鶴雜誌》第一卷二〇期）、《蕉庵詩話》卷四等。

《光宣詩壇點將録》定本跋

舊譔《光宣詩壇點將録》一卷，爲己未年在南昌時所草創。又五年乙丑六月間過南京，柳翼謀詒徵、楊杏佛銓見之，亟推爲允當，且有萬不可移易者。當時杏佛擬刊諸《學衡》雜誌。余辭以當須改定，願以異日。是月至北京，適長沙章士釗辦《甲寅》週刊。一日，章氏遇余宣武門江西會館，見而攜去，謂不可不亟爲流傳，乃爲刊於《甲寅》。惟余雅不欲於此時流布，又以録中所評諸人，寓貶於褒，且有肆爲譏彈之詞，而其中人又多健在，有不可不留爲後日見面地者，故於校稿時，稍爲更易，實乖余本旨。不謂此書甫刊，舊京及津滬老輩名流，大爲激賞，且有資爲談助者。而陳散原、康南海、陳蒼虬、王病山、李拔可、周梅泉、袁伯揆諸公，輒舉此以爲笑樂。惟陳石遺以天罡自命，而余位以地煞星首座，大爲不樂。康南海但以「傷摹擬」三字致憾。夏劍丞自負其詩，而不得與於天罡之列，意亦未嫌〔慊〕。其他生存諸詩家，亦無若何擬議。至徐凌霄、一士昆仲，則謂此録實較乾嘉間舒鐵雲氏舊譔，縝密切附，更爲勝之，則阿好之詞也。有贛縣王某者，在滬主南海家，任西席。余於丙寅春間，遇之南昌。謂余此書初刊於《甲寅》，因分期連載，滬上諸名流過南海，多預猜某爲天罡，某爲地煞，某當某頭領，日走四馬路書坊，詢《甲寅》出版日期。比寄滬，争相購致，一時紙貴。及急爲翻閲，中者半，不中者半，偶見其比擬確切處，輒推允洽。袁伯揆嘗往來滬杭間，時陳散原居杭州，伯揆每過省視。見此書，尤大嘆服。每言：「汪先生今之許子將也。不然，平品何乃洽合如是，惜某未見其人也。」因詢諸散原。散原但云：「余年家子耳。」及癸酉秋間，散原由廬山來金陵，寓俞大維家。伯揆自滬來視散原。一日，余適在座，散原忽若有憶，徐曰：「子今來甚佳，有慕君近十年而不見者，今可見矣！」亟呼侍者請樓上客來，則袁伯揆也。握手道渴慕，且曰：「吾向不知《點將録》作者爲誰，今見之，歡慰平生。」余謝之，曰：「原稿多不妥，它日當別有定本也。」余又言：「君追散原先生，詩必高座。」伯揆曰：「散老但教余作文，不教余作詩，此事當散老負責。」但此乃伯揆謙辭，實則袁不僅文高，詩亦春容大雅，有大歷錢郎之遺，但不近散原體格耳。又康南海於丙寅夏間，應江西督軍蔡成勳之招，教育會同人讌之百花洲第一中學。席間，忽詢曰：「坐中誰爲汪辟疆先生者？」南海操粵音，人初不曉，又再三言之。余謇、王易應曰：汪先生已返廬山，南海有何事，某可代達。南海曰：「汪撰《光宣詩壇點將録》，甚佳，必傳無疑。但某平生學術，皆哥倫波覓新世界本領，中外無異辭，不知汪先生何謂之摹擬也？」余、王皆言：君恐祇見南海早年詩，未見晚年詩也。南海唯唯。已而席散，乃呼艇赴三道橋心遠大學。講演畢，李中襄、余謇等導南海參觀心遠圖書館。南海又問曰：「有《甲寅》週刊否？」館員乃取而呈南海，南海再翻此録。又曰：「獎飾之語不敢當，摹擬之評不肯受，且某亦未嘗小蘇黄也。」已而又曰：「某平生經史學問可謂前無古人，但下筆作詩卻總是忘不了杜甫。汪但就詩論詩，或有以窺其隱歟？」此爲余謇親告余者，亦此書一段故實也。按此録自《甲寅》週刊首次刊布後，又十年，上海陳灨一《青鶴》第三卷又再刊之。山西原某且爲此録作箋注。原氏并擬攜稿至金陵，謁余商榷體例，及未審行履著作者，擬細加箋釋，精校問世。適丁丑蘆溝橋戰起，余在廬山，與原氏相左。今未審其書曾否付殺青也。猶憶癸酉九月，散原老人從余索副本，余倉卒未能覓得，乃將陳生行素手鈔一册呈之。散原復閲一過，極感興趣。乃從首至終，逐人審定，并云：「吾所識同時詩人，應有盡有，評語亦有分際，視瓶水齋主人爲審諦，雖爲興到戲筆，實足以備一時詩壇掌故，如得好事者，如劉翰怡、楊子勤輩刊入叢書；或詳徵諸家逸聞逸篇附以箋記，如錢東澗《列朝詩集小傳》、朱竹垞《静志居》、王德甫《蒲褐山房詩話》之例，尤爲徵文考獻之資，不必待葉焕彬搜求乾嘉人遺集於百餘年後也。」余因請老人重加校正。老人又細勘一過，曰：「王夢湘不可漏。」程穆庵康贈余詩，所謂「寧償一士喪千金，漫謂遺珠負王叟」者，即指此也。今定本已補入。又以光宣兩朝，詩人獨盛，百八人之數，未足以盡之，故遺珠仍不免。更用瓶水齋舊録「一作某」例，俾多備家數。然必其人其學其詩，果足匹敵者，方用此例。否則負有時名而其詩不能自具面目者，則就其子弟門人故吏關係，用附見例著之。如陳兆奎楊莊附王闓運、壽富附寶廷、黄楙謙附陳寶琛之類是也。又瓶水齋舊例，間附贊語，或論人，或論詩，或論其比附之旨，隨筆所至，不主故常，極見風趣。今定本仿而補之。又此録刊本，其重要家數，或繫以論詩絶句，然爲數不多，今定本多補之。章士釗在渝時，從余索繕本去，又就其師友及所知者，各爲絶句若干首。惟旨在論人，不在論詩。其原詩附以小注，尤多詩人故實。正與余詩相發，遂亦附入。此三例皆視刊本爲備，知人論世，或有取焉。至今本張之洞、楊增犖在天罡，俞明震在地煞，左紹佐附見周樹模，張佩綸爲醜郡馬，柯劭忞爲井木犴，林紓爲鐵笛仙，周達爲周通，曹震爲曹正，曾廣鈞爲浪子燕青，蔣智由爲拚命三郎石秀，張登壽爲湯隆，張宗楊爲朱富，其他諸家位置亦多有移易或芟增者，皆新定，故與《甲寅》本不同。惟近三十年來，時賢及日人新著，輒多引用，傳之方來，必有以地位評品互異而起是非争執者。要之，言近代詩派者，必不可廢也。涼州馬生騄程，頗有感於散原老人言，擬就定本諸家，各繫小傳。其中主要家數，如湘綺、石遺、蒼虬諸公，則摭録其生平説詩粹語，以見宗旨。凡本録詩論引而未申者，併爲長箋以詳之，并及其遺聞、逸事、名章、俊句，俾得覘其概略。再請余嚴選諸家詩若干篇，爲《點將録詩選》六卷殿焉。近時私家别集易刻亦易亡，而録中名氏或至有不審其人者。至平品是非尤難判斷；篇什存佚，亦難訪求。然則馬生此舉，在今日似不可緩也。張彦遠云：「不爲無益之事，安能悦有涯之生？」殆謂是乎！甲申十一月記於重慶西里覃家小灣，方湖。

附録一：光宣詩壇點將録（甲寅本）

曩與義甯曹東敷同客南昌，又同廨簡菴、思齋昆仲家，昕夕論詩，極友朋之樂。東敷詩學黄、陳，頗爲當世名流所推許，與愚一見即定交。蓋愚蚤年言詩，夙服膺元祐諸賢，與所論不謀而脗合也。東敷言：「並世詩人，突過乾嘉。昔瓶水齋主人曾有《乾嘉詩壇點將録》之作，子於並世諸賢，多所親炙，盍續爲之，亦藝林一掌故也。」余即具草，比儗洽合，至萬不可移易處，東敷、簡菴、思齋皆拊掌大笑。竭一晝夜之力，而當世諸詩人，泰半網羅此册矣。今東敷、思齋已歸道山，原稿迄未寫定，比來都門，適章子孤桐續刊《甲寅》，徵稿於愚，乃重爲釐定，補其漏略，正其謬妄，布之海内，惜未能起吾友一共讀耳。乙丑八月辟彊記。

詩壇舊頭領一員

托塔天王晁蓋　王闓運

陶堂老去彌之死，晚主詩盟一世雄。得有斯人力復古，公然高咏啟宗風。

詩壇都頭領二員

天魁星及時雨宋江　陳三立

撑腸萬卷饑猶饜，脱手千詩老更醇。雙井風流誰得似，西江一脈此傳薪。

天罡星玉麒麟盧俊義　鄭孝胥

肯向都官拜路塵，花間著語老猶能。脱然出手皆生氣，聖處如詩見道真。

義甯句法高天下，簡澹神清鄭海藏。宇内文章公等在，扶輿元氣此堂堂。

掌管詩壇機密軍師二員

天機星智多星吴用　陳寶琛

閩海詞壇鄭與嚴，老陳風骨更翩翩。詩人到底能忠愛，晚歲哀詞哭九天。陳可毅。

天閒星入雲龍公孫勝　清道人李瑞清

來往金陵又幾時，久聞人説李梅癡。過江名士知多少，争誦臨川古體詩。陳可毅。

一同參贊詩壇軍務頭領一員

地魁星神機軍師朱武　陳　衍

一鐙説法懸孤月，五夜招魂向四圍。記取年時香宋句，老無他路欲何歸。

掌管錢糧頭領二員

天貴星小旋風柴進　寶　廷

親貴中能詩者，前有紅蘭主人，近則推偶齋侍郎也。偶齋門人，多當代豪俊，鄭蘇龕、陳石遺、林琴南、康步崖、吴彦復尤有名。柴進在山寨中亦平平。其能爲人所推許者，亦以廣收亡命，濟人緩急也。

天富星撲天雕李應　李慈銘

餘事爲詩竟不群，别才非學總難論。清詞合配金風長，月轉觚棱夢未温。

越縵詩，在小長蘆、春融堂之間，雅潔謹飭，且書卷極多，尤熟史事。孫同康謂與兩當並雄，推爲正宗，譽過其實矣。

馬軍五虎將五員

天勇星大刀關勝　袁昶

太常忠義世所許，詩歌乃摩黄陳壘。渺緜聲響獨所探，光瑩奥緩相依倚。

天雄星豹子頭林冲　林旭

東市朝衣更莫論，棄繻才氣誤高軒。當前苦語誰能會，欬唾人天萬劫存。

天猛星霹靂火秦明　范當世

盤空硬語真能健，緒論能窺萬物根。玩月詩篇成絶唱，蘇黄至竟有淵源。

陳散原見無錯《中秋玩月》詩，嘆爲蘇黄以來，六百年無此奇矣。

天威星雙鞭呼延灼　周樹模

六轡不驚揮翰手，也能恣肆也能閑。泊園詩骨知誰似，上溯遺山與半山。

達官能詩，當首推泊園老人。於奔放恣肆之中，有冲遠閒澹之韻。長篇險韻，盡成偉觀，王梅溪評昌黎詩所謂「韻到窘束尤瑰奇」者也。

天立星雙鎗將董平　樊增祥

天琴老人詩，整密工麗，能取遠韻。詩篇極富，合長慶、婁東爲一手。晚年尤恣肆，多奇豔，亦猶風流雙鎗將，有名於山東河北間也。

馬軍大驃騎兼先鋒使八員

天英星小李廣花榮　陳曾壽

仁先爲太初裔孫，詩屢易其體，近更出入昌黎、東坡、半山、遺山之間，能拔戟自成一隊，散原、恪士、寐叟皆亟稱之。

天佑星金鎗手徐甯　曾習經

蟄菴詩工力最深，能由后山而上溯玉溪、少陵。

天暗星青面獸楊志　沈瑜慶

愛蒼詩熟於史事，結束精嚴，正陽一集，尤多名作。

天空星急先鋒索超　左紹佐

竹勿與泊園倡和極多，詩在昌黎、東坡之間。

天捷星没羽箭張清　趙　熙

堯生詩蒼秀密栗，成之極易。其遺詞用意，見者莫不以爲苦吟而得，實皆脱口而出者也。石遺、昀谷，咸極推服。張清一日連打十五將，日不移影，堯生有此神速。

天渦〔滿〕星美髯公朱仝　梁鼎芬

梁髯詩極幽秀，讀之令人忘世慮。書札亦如之。

天微星九紋龍史進　俞明震

恪士詩在柳州、簡齋之間，紀行詩尤多可誦。嘗言：「詩人非有宏抱遠識，必無佳構。」頗爲至論。詩見道語極多，王伯沆乃頗訾之，立論固不必强同也。

天究星没遮攔穆弘　沈曾植

寐叟詩學宛陵、山谷，間出入韓、蘇，遺詞屬事，多取内典，用意深微處，最耐細讀，今詩人之最精悍、最横騺者，無出其右也。

馬軍小彪將兼遠探出哨頭領一十六員

地煞星鎮三山黄信　黄　節

晦聞刻意學后山，語多悽婉。嘗刻小印，文曰「後山而後」。

地勇星病尉遲孫立　華　焯

灡石詩樹骨韓、杜，取徑黄、陳，冲澹似泉明，雋永似都官，言江西詩人者，皆推陳散原，而不知灡石詩工之深也。百年後，當有次之於散原之亞者。

地傑星醜郡馬宣贊　吴士鑑

地雄星井木犴郝思文　黄紹箕

絅齋、仲弢，皆學使能詩者也。絅齋風骨高騫，喜用近代掌故及西史事實，能雅能寯。仲弢游黄州三游洞詩數章最工。皆能守唐宋諸賢矩矱者也。

地威星百勝將韓滔　夏敬觀

地英星天目將彭玘　諸宗元

吷菴詩學梅都官，遣詞樹骨，幾於具體。平生論詩，最服膺東野、宛陵，守一先生之言，而不爲所囿。此吷菴之過人者也。真長早年隨宦江西，厲滬時，始與吷菴倡和，味雋而永，與吷菴有「二妙」之目。

地奇星聖水將軍單廷珪　梁　菼

地猛星神火將軍魏定國　陳　鋭

公約久寓金陵，與散原多倡和，詩峭刻而能秀逸。伯弢爲湘綺弟子，爲詩初學漢魏、《選》體，近亦脱然自立，思深旨遠，雖時嫌生硬，尚不失爲楚人之詩也。

地闢星摩雲金翅歐鵬　陳懋鼎

徵宇爲弢厂猶子，詩學后山，偶作，無不從詩榻中苦吟而得。用意造語，最能窺見后山深處。作雖不多，然篇篇皆可誦也。

地闔星火眼狻猊鄧飛　李宣龔

拔可詩雋逸處似簡齋，高秀處似嘉州，孤往處似后山。

地强星錦毛虎燕順　張元奇

薑齋以疆吏而能詩，《遼東》一集，已具骨幹。入都返閩後，風骨益高。近刻《知稼軒詩》，不乏名作，閩派中一作手也。

地明星鐵笛仙馬麟　秦樹聲

乖菴文極晦澀，而詩特婉約。

地周星跳澗虎陳達　陳衡恪

師曾初多《選》體，繼能稱心而談，不爲唐宋所囿，思深味雋。悼亡諸作尤工。

地隱星白花蛇楊春　楊鍾羲

子勤詩氣體清雋，措意婉約。

地暗星錦豹子楊林　楊增犖

昀谷詩高秀處似放翁，閒適處似右丞，其風骨峻峭之作，又時近文與可、米元章。在京師時，詩名甚盛，近耽禪悦，尤多名理。

地空星小霸王周通　姚永概

叔節散文得惜抱法乳，詩亦甚工，游山諸作，多可傳誦。

步軍頭領十員

天孤星花和尚魯智深　金和

亞匏詩以五七古擅長，鴻篇鉅製，極奔放恣肆之觀，力量最大，幾無與抗手。亞匏在咸同時有名，至光緒年間方卒。時代較早，然不可漏也。

天傷星行者武松　黄遵憲

李詳《題黄公度人境廬詩艸》云：「廿載無人繼硬黄，貴筑黄琴塢有「硬黄」之偁，袁忠節昶復舉以贈漱蘭先師，公度亦可謂硬黄矣。如君合署此堂堂。鳳鸞接翼罹虞網，螻螘先驅待景皇。詩草墨含醇酖味，英靈名破海天荒。試看生氣如廉藺，孰與吴兒論辨亡？」

公度有改革詩體之志，其成就雖未能副其所期，然一時鉅手矣。

天異星赤髮鬼劉唐　蔣智由

蔣觀雲詩宗李翰林，頗有逸氣。《居東》一集，不乏名作也。

天退星插翅虎雷横　丘逢甲

仙根在嶺南，詩最負盛名，中原人士多不能舉其名。工力最深，出入於太白、子美、東坡、遺山之間，能自出機軸，固一時健者也。仙根字仲閼，廣東蕉嶺人，寄籍福建臺灣。

天殺星黑旋風李逵　易順鼎

石甫早年有天才之目，平生所爲詩，累變其體。至《四魂集》，則推倒一時豪傑矣。造語無平直，而對仗極工，使事極合，至鬥險韻、鑄偉詞，一時幾無與抗手。

天巧星浪子燕青　夏曾佑

别士詩喜用哲理入詩，名篇頗多。梁卓如嘗舉與公度、觀雲，並推爲新詩界三傑，其實三人皆取法古人，並未能脱然自立。黄氣體較大，波瀾較宏，蔣、夏皆喜摭用新理西事入詩，風格固規橅前人也。

天牢星病關索楊雄　楊　度

哲子詩工亦深，惟氣體稍嫌平滯。

天彗星拚命三郎石秀　嚴　復

幾道劬學甚篤，詩工最深，惜爲文所掩。樹骨浣花，取徑介甫，偶一命筆，思深味永，不僅西學高居上座也。

天暴星兩頭蛇解珍　曾廣鈞

環天室詩多沈博絶麗之作，比擬之工，使事之博，虞山而後，此其嗣音。近詩人多祖宋祧唐，惟湘人如湘綺、重伯、陳梅根、饒石頑、李亦元、寄禪諸公，多尚唐音。

天哭星雙尾蝎解寶　程頌萬

鹿川田父，詞翰繽紛，楚豔之侈也。《楚望閣集》與《鹿川田父詩集》，名作極多，出入唐宋，情韻兼美，間學中晚，氣體要自不弱，可與環天室伯仲矣。長兄伯翰亦能詩，華實並茂，惜其亡久矣。伯翰名頌藩，號葉龕。

步軍將校一十七員

地默星混世魔王樊瑞　章炳麟

太炎經學爲晚近大師，詩原出漢魏樂府，古豔盎然，世不多見。余曩在申江，曾見友人録其五言古若干首，頗有閲世高談、自闢户牖之概，惜未寫福，今尚悵悵耳。

地暴星喪門神鮑旭　譚嗣同

瀏陽三十以前詩，多法少陵；三十以後，迺有自開宗派之志。惟奇思古豔，終近定菴。且喜摭西事入詩，頗有詩界彗星之目。

地飛星八臂哪吒項充　黄　侃

地走星飛天大聖李衮　劉光漢

季剛、申叔，皆與太炎關係較深，申叔社友，季剛則太炎高足也。申叔詩法子美，間學漢魏，氣體頗大，略嫌膚廓。季剛則專學《選》體，華實並茂，雖近摹儗，要不失爲學人之詩也。

地伏星金眼彪施恩　吴保初

北山品節極高，詩亦悲壯，遣詞命意，時近臨川，其迴腸盪氣之作，亦不亞海藏樓也。

地幽星病大蟲薛永　丁惠康

叔雅襟期高亮，詩亦如之。少與曾剛庵齊名，吐屬藴籍，與曾詩取徑略同，但氣體差弱耳。叔雅交游遍海内，死時挽詩極多，皆足以傳叔雅也。

地鎮星小遮攔穆春　鄧　方

秋門驚才絶豔，綺歲有聲，《小雅樓詩》，感時撫事，不亞婁東，使假以年，成就固不僅只此也。

地僻星打虎將李忠　李希聖

亦元詩學玉溪，得其神髓，《雁影齋集》初刊成，自詟以爲少陵不能過。有謂其詩似義山者，心輒不怡，其自負如此。

地異星白面郎君鄭天壽　吴用威

屐齋詩風神摇曳，不減張緒當年，新城以後，此爲嗣音。至其風骨高騫，情韻兼美，並世諸賢，亦當頫首。

地魔星雲裏金剛宋萬　張　謇

嗇菴詩氣體清剛，微傷直率。

地妖星摸著天杜遷　周家禄

彦昇詩，寄託深微，情韻不匱。

地短星出林龍鄒淵　周星詟

地角星獨角龍鄒閏　冒廣生

冒鶴亭爲周畇叔甥，詩境春容大雅，情韻並茂，所謂「何無忌酷似其舅」也。周有《漚堂剩稿》，冒有《小三吾亭集》。鶴亭近詩尤勝。

地捷星花項虎龔旺　李葆恂

地速星中箭虎丁得孫　林紓

文石、畏廬，藝術文章，別有可傳處，詩其餘事也。文石見解極高，所作亦時親古豔。畏廬壬子以前爲詩極少，有作則近梅村，壬子以後，漸近蒼秀。惟結體鬆緩，殊欠精嚴，陳石遺所以有排比鋪張之論也。

地惡星没面目焦挺　朱銘盤

曼君澤古甚深，不苟作，不矜材，自是學人之詩。有《桂之華軒詩文集》。

地醜星石將軍石勇　劉光第

裴村比部詩多奇氣，鎚幽鑿嶮，開徑獨行，五古意境尤高。戊戌六君子中，晚翠軒外，當以比部詩爲最工。讀《介白堂集》，恍若游名山大川矣。

守護中軍馬軍驍將二員

地佐星小温侯吕方　梁鴻志

衆異詩植骨杜韓，取徑臨川，頗得介甫深婉不迫之趣。入關以後，詩筆健舉，風骨益高。使在黄門，當在陳洪之列。小温侯追隨宋公明，自是一員大將也。

地佑星賽仁貴郭盛　黄　濬

秋岳詩工甚深，天才學力，皆能相輔而出，有杜韓之骨幹，兼蘇黄之詼詭，其沈著隱秀之作，一時名輩，無以易之。近服膺散原，氣體益蒼秀矣。

守護中軍步軍驍將二員

地猖星毛頭星孔明　羅惇曧

地狂星獨火星孔亮　羅惇㬊

二羅皆一時健者。癭公蒼秀，敷庵精嚴；癭公氣體駿快，得東坡之具體；敷庵意境老澹，有后山之遺響。跡其成就，其在散原，亦猶蘇門之有晁、張也。

四寨水軍頭領八員

按四寨水軍頭領，皆中堅人物，今以光宣兩朝詞家屬之。

天壽星混江龍李俊　朱祖謀

古微襟期冲澹，尤工倚聲，所刊《彊村詞》，半塘老人謂爲「六百年來，真得夢牕神髓者也」。晚際艱屯，憂時念亂，一託於詞，實能兼二窻、碧山、白石諸家之勝，非一家所可限矣。所刊兩宋詞集，多人間未見之本。

天平星船火兒張横　王鵬運

半塘父子，俱工倚聲，半塘尤精音律。與古微唱和最多，精諠之作，不減彊村。

天損星浪裏白條張順　鄭文焯

叔問雅善倚聲，知名當世，有《比竹餘音》詞集，彌近清真、白石。詩亦神韻邈緜，張祜之遺也。

天劍星立地太歲阮小二　馮　煦

夢華中丞，詞極清麗，詩亦淵永可味。嘗見其手書七言絶句，風神秀逸，絶類新城。

天罪星短命二郎阮小五　文廷式

道希《雲起軒詞》，横厲盤鬱，蘇、辛之遺。詩亦風骨遒上，音節抗墜，所謂變徵之音也。

天敗星活閻羅阮小七　況周儀

蕙風記醜學博，尤精倚聲，流布詞集、筆記，傳誦一時，可謂「拚命著書」者矣。

地進星出洞蛟童威　王允晳

地退星翻江蜃童猛　潘　博

碧棲詩詞，皆清麗秀逸，風致娟然。若海襟期散朗，韻味並勝，詩稱其詞。

四店打聽聲息邀接來賓頭領八員

按四店頭領，頗多汲引之助，以言真實本領，固未易企及馬步軍諸將也。孫、張、杜、李，自是健者，餘子碌碌，吾無取焉。今以光宣兩朝歷掌文衡諸賢屬之。

地數星東山酒店小尉遲孫新　翁同龢

松禪蓺事，別有可傳，門下多宿學能詩者。即其自作，亦雅飭可誦。愚嘗見其松常文獻畫像題詠，皆風骨遒上。餘事作詩人，非學裕識廣，辟易千人者，固未足語於此也。

地陰星母大虫顧大嫂　黄體芳

漱蘭先生有「燒車御史」之風，節概炳然。晚主大梁書院，喜以詩歌自娱，風骨頗高，兼尚情韻，世固未知也。

地刑星西山酒店菜園子張青　張之洞

廣雅平日自譽其詩，以謂高出時賢，面貌學杜韓，比辭屬事，要歸雅切，尚不失爲廟堂黼黻、春容大雅之音。其自負在是，其失亦在是也。

地北星母夜叉孫二娘　江　標

建霞美風儀，號稱識時之彦，世皆知爲清末革新運動之人。然詩工殊深，風致娟然。有《靈鶼閣稿》，頗自祕惜，己亥燬於火。

地囚星南山酒店旱地忽律朱貴　張百熙

冶秋尚書，門下多俊彦，汲引之功，當不在旱地忽律下也。《退思軒集》多尚唐音，要自雅飭，惜風骨未高，不免文繡鞶帨耳。

地全星鬼臉兒杜興　柯劭忞

鳳笙師不朽之業，當在《元史》。其詩亦風骨高騫，意味老澹，一時鉅手也。

地奴星北山酒店催命判官李立　吴慶坻

子修學使精地理之學，詩筆亦健舉，卓然大家。

地劣星活閻婆王定六　嚴　修

範孫通方之彦，尤負時望，詩亦淵懿可誦。在美時游山諸作，駿快似東坡，可誦也。

總探聲息頭領一員

天速星神行太保戴宗　康有爲

高言李杜傷摹儗，卻小蘇黄語近温。能以神行更奇絶，此詩應與世長存。

今詩人尚意境者宗黄陳，主神韻者師大歷。鎚幽鑿嶮，則韓孟啟其宗風；範水模山，則謝柳標其高格。其純脱然入乎古人、出乎古人者，則南海康有爲也。南海平生學術，不以詩鳴，徒以境遇之艱屯，足跡之廣歷，偶事歌詠，直有抉天心、探地肺之奇，不僅巨刃摩天也。「返虚入渾，積健爲雄」，惟南海足以當之。鄦廬識。

專管行刑劊子二員

地平星鐵臂膊蔡福　方爾謙

地損星一枝花蔡慶　方爾咸

地山、澤山，詩名滿淮海，所作皆清剛逕上，獨秀時流。維揚多俊人，閔葆之、梁公約、陳移孫及方氏昆仲，皆一時鸞鳳也。

軍中走報機密步軍頭領四員

地樂星鐵叫子樂和　惲□

地賊星鼓上蚤時遷　林□

地狗星金毛犬段景住　沈□

地耗星白日鼠白勝　潘□

專管三軍内探事馬軍頭領二員

地微星矮腳虎王英　廉泉

地慧星一丈青扈三娘　吴芝瑛

南湖詩差有風韻，樹骨未高。王英在山寨亦平平，取儗南湖，或從其類。小萬柳堂主人，在女界文學中，自是俊物。散文家法具存，詩尚唐音。平生風義，最篤故人，秋墳惓惓，亦輓近俠舉也。

掌管監造諸事頭領十六員

行文走檄調兵遣將一員

地文星聖手書生蕭讓　顧印愚

塞向翁詩宗晚唐，風韻絶佳，生平精小楷，嘗爲梅浣華書哭菴《數斗血歌》，細行密字，精氣卻拂拂從十指出也。

定功賠罰軍政司一員

地正星鐵面孔目裴宣　胡思敬

退廬骨鯁之士，晚清末造，早決危亡，平生大節學術，自有可傳。詩則不甚措意，惟吐辭屬事，自是退廬之詩，他人不能有也。

考算錢糧支出納入一員

地會星神算子蔣敬　胡朝梁

詩廬詩精誼之作，不在秋岳、衆異之下，惟出筆太易，微傷直率。生平以詩爲性命，並世名流，多所親炙。廓廬四壁，張時人詩卷，幾無隙地。

監造大小戰艦一員

地滿星玉旛竿孟康　饒智元

石頑熟《南、北史》，所作風韻獨絶，平生尊唐黜宋，持之甚嚴。著有《十國雜事詩》，爲時傳誦。

專造一應兵符印信一員

地朽星玉臂匠金大堅　吴俊卿

老缶詩筆健舉，題畫之作尤工。善篆刻，負有盛名。

專造一應旌旗袍襖一員

地遂星通臂猿侯健　史久榕

史竹坪曾集玉溪生詩七律八十首，七古一首，五律五十首，共刻之，題曰《麝塵集》。翁叔平、徐花農，皆推爲天衣無縫、工緻絶倫者也。近人工集句者，無此巨帙。唐堂而後，當推竹坪。

專治一應馬匹獸醫一員

地獸星紫髯伯皇甫端　顧　雲

石公詩筆健舉，醉中命筆，頗多偉觀。《盋山詩集》，不乏名作。

專治内外諸科病醫士一員

地靈星神醫安道全　王乃徵

病山詩工甚深，曾見其《嵩山游草》，風骨韻味，具臻勝境。改物以後，廡居滬上，以醫自隱，易名王潛，又號潛道人。醫固絶技也。

監督打造一應軍器鐵件一員

地孤星金錢豹子（湯隆）　李詳

別才非學，不信儀卿，短書小册，拉雜並陳。

專造一應大小號砲一員

地輔星轟天雷凌振　梁啟超

日對天地悲飛沈，傾四海水作潮音。邱菽園《八友歌》。

新會向不能詩，惟嘗與譚瀏陽、黄公度鼓吹詩體革命，著爲論説，頗足易一時觀聽。返國以來，從趙堯生、陳石遺問詩法，乃窺唐宋門户。《游臺》一集，頗多可採。惟才氣横厲，不屑拘拘繩尺間耳。

起造修葺房舍一員

地察星青眼虎李雲　劉世珩

葱石喜聚異書，鏤板行世，多精槧名刊，學裕才高，迥出流輩。詩學源出東坡，與復初齋爲近。覃溪雅好金石，喜述石墨源流，引證賅博，與葱石異代同風，故肸蠁相通也。

屠宰牛馬豬羊牲口一員

地竆星操刀鬼曹正　陳詩

觥觥時彦少所取，批郤導窾經肯綮。提刀四顧心茫然，絶技心折子陳子。

子言詩宗唐音，精嚴自喜，不隨風氣轉移，此其過人處也。所著《尊瓠室詩話》、《江介雋談録》，立論不苟。

排設筵宴一員

地俊星鐵扇子宋清　陳夔龍

庸菴詩平澹乏意境，雖喜爲之，實不甚工。晚寓滬濱，較前略勝，尚不逮善化相國也。

監造供應一切酒筵一員

地藏星笑面虎朱富　敬　安

寄禪詩在湘賢中爲别派，清微澹遠，頗近右丞。惟喜運用佛典，微墮理障。

監造梁山泊一應城垣一員

地理星九尾龜陶宗旺　水竹村人

田間釋耒東瀨徐，寄情水竹恣娛嬉。揚榷風雅願在兹，詩成早築晚晴簃。

專一把捧帥字旗一員

地健星險道神郁保四　孫　雄

近代詩才讓達官，曾聞實甫論詞壇。潛夫只有傷時淚，也當君家史料看。鄭孝胥題詩史閣詩。

附録二：參考文獻

哀怨集一卷，宋育仁撰，宣統二年（一九一〇）鉛印本

安般簃集一〇卷，袁昶撰，光緒十六年（一八九〇）漸西村舍彙刊本

安般簃集詩續一〇卷春闈雜詠一卷，袁昶撰，光緒十八年（一八九二）小漚巢刻本

八十一寒詞一卷，何震彝撰，宣統元年（一九〇九）鉛印本

八指頭陀詩集一〇卷續集八卷雜文一卷，釋敬安撰，一九一九年北京法源寺刊本

八指頭陀詩文集，釋敬安撰、梅季編，嶽麓書社一九八四年版

把芬廬存稿四卷，陳夔龍撰，一九四二年鉛印本

白華絳柎閣詩集一〇卷，李慈銘撰，一九三九年上海中華書局鉛印本

白香亭詩三卷，鄧輔綸撰，光緒十九年（一八九三）東河督署刻本

柏巖感舊詩話三卷，趙炳麟撰，民國詩話叢編本

半塘定稿二卷剩稿一卷，王鵬運撰，一九四七年金陵鉛印本

抱冰堂弟子記一卷，張之洞撰，一九二八年刻張文襄公全集本

抱潤軒文集二二卷，馬其昶撰，一九二三年京師刻本

裒碧齋詞話二卷，陳鋭撰，詞話叢編本

裒碧齋集八卷，陳鋭撰，一九三〇年鉛印本

裒碧齋詩話一卷，陳鋭撰，民國詩話叢編本

碑傳集一六〇卷，錢儀吉輯，光緒十九年（一八九三）江蘇書局刻本

碑傳集補六〇卷末一卷，閔爾昌輯，近代中國史料叢刊本

碑傳集三編五〇卷，汪兆鏞輯，清代傳記叢刊本

北山樓集，吴保初撰、孫文光點校，黄山書社一九九〇年版

北山樓集三卷續集一卷，吴保初撰，一九三七年鉛印本

賓萌集，俞樾撰，同治九年（一八七〇）刊本

賓萌外集四卷，俞樾撰，同治十年（一八七一）刊本

病起樓詩一卷，諸宗元撰，一九三〇年鉛印本

波外樂章四卷，喬曾劬撰，一九四〇年影印稿本

波外樓詩二卷續詩稿一卷，喬曾劬撰，一九四九年臺北藝文社館影印本

盋山詩録二卷，顧雲撰，光緒十五年（一八八九）刻本

盋山談藝録不分卷，顧雲撰，宣統二年（一九一〇）兩江法政學堂排印本
盋山文录八卷，顧雲撰，光緒十五年（一八八九）刻本
檗隖詩存一二卷末一卷詞存一二卷别集五卷，王以慜撰，光緒十七年（一八九一）刻本
檗隖詩存廬嶽集三卷，王以慜撰，王氏家刻本
檗隖詩存續集八卷，王以慜撰，宣統二年（一九一〇）刻本
補松廬詩録六卷，吴慶坻撰，宣統三年（一九一一）鉛印本
滄蕩閣詩集不分卷，江庸撰，一九五七年石印本
滄趣樓詩集一〇卷詞一卷，陳寶琛撰，一九三六年刻本
滄趣樓詩文集，陳寶琛撰，劉永翔等校點，上海古籍出版社二〇〇六年版
滄趣樓文存二卷，一九五九年福建圖書館油印本
蒼虬閣詩鈔二卷，陳曾壽撰，陳三立評，一九二一年影印本
蒼虬閣詩存三卷，陳曾壽撰，一九二一年蔣氏真賞樓刊本
蒼虬閣詩集一〇卷，陳曾壽撰，一九四一年鉛印本、近代中國史料叢刊續編本
蒼虬閣詩續集二卷，陳曾壽撰，一九四九年沈兆奎鉛印本
藏園居士七十自述，傅增湘撰，一九四一年石印本

藏園老人遺稿三卷，傅增湘撰，一九六二年油印本
藏齋詩話二卷，趙元禮撰，民國詩話叢編本
草堂之靈一六卷，楊鈞撰，一九二八年長沙成化書局鉛印本
長沙張文達公榮哀録四卷，陳毅編，光緒三十四年（一九〇八）鉛印本
長汀縣志，長汀縣地方志編纂委員會編，生活·讀書·新知三聯書店一九九三年版
常德縣志，常德縣志編纂辦公室編，中國文史出版社一九九二年版
常慊慊齋文集二卷，朱之榛撰，一九二〇年東湖草堂刻本
超覽樓詩稿六卷，瞿鴻禨撰，一九三五年排印長沙瞿氏叢刊本
巢經巢詩鈔箋注，鄭珍撰，白敦仁箋注，巴蜀書社一九九六年版
巢經巢文集六卷詩集九卷詩後集四卷遺詩一卷附録一卷逸詩一卷，鄭珍撰，四部備要本
辰子説林，張慧劍撰，上海書店出版社一九九七年版
陳方恪年譜，潘益民、潘蕤撰，江西人民出版社二〇〇七年版
陳方恪先生編年輯事，潘益民撰，中國工人出版社二〇〇五年版
陳方恪詩詞集，潘益民輯，江西人民出版社二〇〇七年版
陳匪石先生遺稿九卷，陳世宜撰，一九六〇年陳氏油印本

陳巘宸集，陳巘宸撰、陳德溥編，中華書局一九九五年版

陳師曾遺詩二卷補遺一卷，陳衡恪撰，一九三〇年寫印本

陳石遺集，陳衍撰、陳步編，福建人民出版社二〇〇一年版

陳石遺先生談藝録一卷，陳衍説、黄曾樾記，民國詩話叢編本

陳衍詩論合集，陳衍撰、錢仲聯編，福建人民出版社一九九九年版

成都顧先生詩集一〇卷補遺一卷，顧印愚撰，一九三二年鉛印本

程伯翰先生遺集一〇卷卷首一卷卷末一卷，程頌藩撰，一九二八年鹿川閣鉛印本

程户部集四卷，程頌藩撰，民國排印本

澄齋詩鈔四卷，惲毓鼎撰，一九六三年惲寶惠油印本

楚望閣詩集六卷，程頌萬撰，光緒二十一年（一八九五）刻本

杶廬所聞録，瞿銖菴撰，近代中國史料叢刊本

春冰室野乘三卷，李岳瑞撰，宣統三年（一九一一）上海廣智書局鉛印本

春覺齋著述記，朱羲胄述編，民國叢書本

春在堂詩編一九卷，俞樾撰，同治七年（一八六八）刻本

春在堂隨筆一〇卷，俞樾撰，續修四庫全書本

春在堂襍文，俞樾撰，春在堂全書本

椿花閣詩集八卷，段朝端撰，一九一九年鉛印本

純常子枝語四〇卷，文廷式撰，一九四三年刊本

大鶴山房全書一〇種，鄭文焯撰，光緒三十年（一九〇四）蘇州周松雲刊本

大鶴山人詩集二卷，鄭文焯撰，一九二三年蘇州振新書社刊本

大受堂札記五卷，徐珂撰，心園叢刊本

大至閣詩一卷，諸宗元撰，一九三四年鉛印本

當代名人小傳二卷，沃邱仲子撰，中國書店一九八八年影印本

道咸同光四朝詩史一二卷，孫雄撰，續修四庫全書本

道咸同光四朝詩史一斑録一卷，孫雄撰，光緒三十四年（一九〇八）油印本

韡芬室詞甲稿，何震彝撰，光緒三十二年（一九〇六）刻本

韡芬室近詩，何震彝撰，宣統元年（一九〇九）鉛印本

弟一生修梅花館詞六卷附録一卷詞話一卷，況周頤撰，光緒刻本

睇嚮齋談往，陳灨一撰，上海書店一九九八年版

雕蟲詩話五卷，劉衍文撰，民國詩話叢編本

丁叔雅遺集一卷，丁惠康撰，一九一三年排印古今文藝叢書本

定庵詩話二卷續編二卷，由雲龍撰，民國詩話叢編本

東至縣志，安徽省東至縣地方志編纂委員會編，安徽人民出版社一九九一年版

端虛堂詩草不分卷，梁菼撰，鈔本

盾墨拾餘一四卷，易順鼎撰，光緒二十二年（一八九六）慕皋廬刻本

遯堪文集二卷，張爾田撰，一九四八年鉛印本

遯堪文集附録一卷，張爾田撰，一九五〇年油印本

二雛餘墨，姚鵷雛、朱鴛雛撰，一九一八年崇文書局鉛印本

二家詠古詩一卷，張之洞、樊增祥撰，光緒二十七年（一九〇一）東溪草堂刊本

二知軒文存三四卷，方濬頤撰，光緒四年（一八七八）刻本

帆影樓紀事一卷，吴芝瑛撰，一九一七年寫印本

樊樊山詩集，樊增祥撰、涂小馬校點，上海古籍出版社二〇〇四年版

樊山集七言豔詩鈔一二卷，樊增祥撰，一九二三年廣益書局鉛印本

樊山全集二四卷續二八卷，樊增祥撰，光緒二十至二十八年（一八九四—一九〇二）淮南縣署刻本

樊山詩詞文稿，樊增祥撰，一九二六年廣益書局鉛印本

范伯子詩文集，范當世撰、馬亞中等校點，上海古籍出版社二〇〇三年版

范伯子文集十二卷詩集十九卷附蘊素軒詩稿五卷，范當世撰，一九三三年浙江徐氏校刊本

范伯子先生全集，范當世撰，近代中國史料叢刊續編本

方湖詩鈔不分卷，汪辟疆撰，汪辟疆文集本

方湖類稿，汪辟疆撰，近代中國史料叢刊續編本

芳菲菲堂詩話二卷，畢希卓撰，宣統元年（一九〇九）鉛印本

鳳臺山館詩鈔四卷，陳詩撰，一九三三年鉛印本

鳳臺山館詩續鈔二卷補遺一卷，陳詩撰，一九三六年鉛印本

缶廬詩四卷別存三卷，吴俊卿撰，光緒十九年（一八九三）刊本

缶廬先生小傳，諸宗元撰，刻本（上圖藏）

復初文録一卷，魏繇撰，一九三二年建德周氏影印邵陽魏先生遺書本

復堂詞話一卷，譚獻撰，詞話叢編本

復堂日記八卷，譚獻撰，光緒十三年（一八八七）刻本

復堂日記補録二卷續録一卷，譚獻撰，一九三一年排印念劬廬叢刻本

高旭集，高旭撰、郭長海等編，社會科學文獻出版社二〇〇三年版

庚子國變記，李希聖撰，光緒二十八年（一九〇二）刊本
耕雲别墅詩話，鄔啟祚撰，宣統元年（一九〇九）刻本
觚庵詩存四卷，俞明震撰，一九二〇年上海聚珍仿宋印書局排印本
古紅梅閣筆記，張一麐撰，上海書店出版社一九九八年版
固始秦宥横先生事略，佚名撰，國圖藏本
乖庵文録二卷，秦樹聲撰，光緒三十四年（一九〇八）自寫刻本
觀山文稿一〇卷，章乃羹撰，一九三五年浙江章氏排印本
光宣詩壇點將録斠注，高拜石撰、周駿富補，清代傳記叢刊本
廣東藏書紀事詩不分卷，徐紹棨撰，近代中國史料叢刊續編本
廣清碑傳集，錢仲聯編，蘇州大學出版社一九九九年版
廣雅碎金四卷附録一卷，張之洞撰，光緒二十三年（一八九七）桐廬袁氏水明樓刊本
廣雅堂詩集四卷，張之洞撰，順德龍氏刻本
圭庵詩録一卷，吴觀禮撰，光緒五年（一八七九）寫印本
歸來軒遺稿四卷，丘履平撰，一九二六年鉛印本
癸丑詩存二卷，易順鼎撰，一九一三年排印哭庵叢書本

桂伯華先生遺詩一卷，桂念祖撰，民國鉛印本

桂之華軒遺集詩四卷補遺一卷文九卷補遺一卷，朱銘盤撰，一九三四年鉛印本

國恥詩話三卷，王蘧常撰，新紀元出版社一九三七年版

國故論衡三卷，章炳麟撰，一九一九年浙江圖書館刻章氏叢書本

海藏樓詩集，鄭孝胥撰、黄珅等校點，上海古籍出版社二〇〇三年版

海藏樓詩集一三卷附名流詩話，鄭孝胥撰，一九一四年武昌刻本

海日樓札叢（外一種），沈曾植撰、錢仲聯輯，中華書局一九六二年版

海上嘉月樓詩稿不分卷，唐晏撰，一九二一年豐順張氏鉛印本

海棠仙館詩集二三卷詩餘一卷焚餘草一二，宋伯魯撰，一九二四年醴泉宋氏刻本

海天詩話一卷，胡懷琛撰，民國詩話叢編本

海岳文編一卷，錢海岳撰，一九三二年鉛印本

海雲樓文集一卷，陳曾則撰，一九二五年鉛印本

亥既集，郭曾炘撰，一九一九年京華印書局排印本

含嘉室詩存四卷，吴士鑑撰，一九一二年鉛印本

含嘉室詩集八卷，吴士鑑撰，一九一三年仿宋排印本

含嘉室文存，吴士鑑撰，鈔本

含嘉室自訂年譜，吴士鑑撰，一九二〇年鉛印本

寒松閣談藝瑣録六卷，張鳴珂撰，一九三一年中華書局石印本

杭州所著書三種附鄉人社會談，王守恂撰，民國鉛印本

蒿庵類稿三二卷續稿三卷，馮煦撰，一九一三年刻本

蒿庵隨筆四卷，馮煦撰，一九三九年鉛印本

蒿庵雜俎，馮煦撰，一九二三年刊本

浩山詩鈔五卷補録五卷，歐陽述撰，光緒刻本

浩山詩集一二卷，歐陽述撰，一九一六年彭澤歐陽氏小畫舫齋刻本

何翽高先生年譜，吴天任撰，近代中國史料叢刊本

荷堂詩話，陳聲聰撰，福州美術出版社一九九六年版

鶴柴詩存三卷，陳詩撰，一九二四年尊瓠室刻本

横溪草堂詩鈔二二卷，張良暹撰，一九二七年鉛印本

洪憲紀事詩三種，劉成禺等撰，上海古籍出版社一九八三年版

紅蕉詞一卷，江標撰，滿樓叢書本

紅螺山館詩鈔二卷，李葆恂撰，一九一六年鉛印本
紅螺山館遺詩一卷，李葆恂撰，義州李氏叢刻本
侯官陳石遺先生年譜八卷，陳聲暨編、王真續編、葉長青補訂，北圖珍本年譜叢刊本
侯官陳石遺先生全書總序一卷，唐文治撰，一九三五年鉛印本
胡先驌文存（上卷），胡先驌撰、張大爲等編，江西高校出版社一九九五年版
瓠廬詩存九卷，郭曾炘撰，一九二七年刊本
花隨人聖盦摭憶，黄濬撰，上海書店出版社一九九八年版
槐聚詩存，錢鍾書撰，生活·讀書·新知三聯書店一九九五年版
槐廬詩鈔不分卷，陳懋鼎撰一九四九年陳儲鉛印本
還讀齋雜述一六卷，宋伯魯撰，一九二三年鉛印本
環天室詩集五卷後集一卷，曾廣鈞撰，宣統元年（一九〇九）刻本
環天室詩外集，曾廣鈞撰，宣統元年（一九〇九）環天室刻本
環天室續刊詩集不分卷，曾廣鈞撰，環天室刻本
黄季剛詩文鈔，黄侃撰，湖北人民出版社一九八五年版
黄節詩集，黄節撰、馬以君編，中國人民大學出版社一九八九年版

黄侃年譜，司馬朝軍、王文暉撰，湖北人民出版社二〇〇五年版
黄侃日記，黄侃撰，江蘇教育出版社二〇〇一年版
黄體芳集，黄體芳撰、俞天舒編，上海社會科學出版社二〇〇四年版
黄遵憲師友記，蔣英豪撰，上海書店二〇〇二年版
揮麈拾遺六卷，丘煒萲撰，光緒二十七年（一九〇一）星洲觀天演齋排印本
回風堂詩文集前録二卷詩七卷文五卷，馮幵撰，一九四一年鉛印本
悔餘生詩五卷，吴慶坻撰，一九二六年排印本
蕙風詞話五卷，況周頤撰，一九二四年武進趙尊嶽刻本
蕙風叢書一一種，況周頤撰，一九二四年至一五年臨桂況氏刊本
寄廬茶座，劉衍文撰，漢語大詞典出版社二〇〇四年版
稼溪文存二卷，黄維翰撰，一九二七年刻本
兼于閣詩話，陳聲聰撰，上海古籍出版社一九八五年版
蒹葭里館詩二卷，吴用威撰，一九一九年排印本
蒹葭里館詩四卷，吴用威撰，一九一九年排印本
蒹葭樓詩二卷，黄節撰，一九二三年排印本

蒹葭樓自定詩稿原本,黄節撰,廣東人民出版社一九九八年版

箋經室遺集二〇卷,曹元忠撰,一九四一年吴縣王氏學禮齋鉛印本

剪淞留影集,吴芝瑛撰,一九一八年刊本

漸西村人初集一三卷,袁昶撰,光緒二十年(一八九四)刻本

澗于集詩四卷文二卷,張佩綸撰,續修四庫全書本

澗于日記,張佩綸撰,民國豐潤張氏澗于草堂石印本

江鄉漁話一卷,丁傳靖撰,宣統三年(一九一一)排印晨風閣叢書本

江陰縣續志,陳思修、繆荃孫纂,中國地方志集成本

江庸詩選,江庸撰,中央文獻出版社二〇〇一年版

蔣觀雲先生遺詩一卷,蔣智由撰,一九三三年石印本

蕉庵詩話四卷續一卷詩話後編八卷,魏元曠撰,民國詩話叢編本

蕉廊脞録,吴慶坻撰,張文其等點校,中華書局一九九〇年版

校輯近代詩話九種,王培軍輯,未刊稿本

孑樓詩詞話不分卷,林庚白撰,民國詩話叢編本

節庵先生遺詩六卷,梁鼎芬撰,一九二三年沔陽盧氏慎始基齋刊本

節庵先生遺詩續編一卷，梁鼎芬撰、葉恭綽輯，一九四四年鉛印本

節庵先生遺稿，梁鼎芬撰、楊敬安輯，一九六二年香港印本

介白堂詩集二卷，劉光第撰，一九一七年排印戊戌六君子遺集本

今傳是樓詩話不分卷，王逸塘撰，一九三三年大公報社鉛印本、民國詩話叢編本

今覺庵詩四卷，周達撰，一九四〇年至德周氏鉛印本

今覺庵詩續，周達撰，至德周氏鉛印本

金薤琳琅齋文存，汪榮寶撰，近代中國史料叢刊本

堇廬遺稿四卷，王賓基撰，宣統二年（一九一〇）鉛印本

近詞叢話一卷，徐珂撰，詞話叢編本

近代詞人軼事，張爾田輯，詞話叢編本

近代名家評傳（初集、二集），王森然撰，生活·讀書·新知三聯書店一九九八年版

近代名人小傳，沃邱仲子撰，中國書店一九八八年影印本

近代詩鈔，陳衍輯，一九二三年商務印書館鉛印本

近代詩鈔，錢仲聯輯，江蘇古籍出版社一九九三年版

近代蜀四家詞，戴安常選編，四川人民出版社一九八七年版

近代野乘，鄭逸梅撰，一九四八年新中書局鉛印本

近三百年名家詞選，龍榆生編選，上海古籍出版社一九七九年版

静庵文集一卷，王國維撰，續修四庫全書本

舊京文存八卷詩存八卷，孫雄撰，一九三一年北平松花齋鉛印本

居東集二卷，蔣智由撰，宣統二年（一九一〇）鉛印本

據梧集一卷，陳詩撰，一九四〇年鉛印本

瞿文慎公詩選遺墨四卷，瞿鴻機撰，一九一七年超覽樓石印手稿本

瞿文慎公文存，瞿鴻機撰，一九二六年石印本

瞿文慎公遺稿不分卷，瞿鴻機撰，鈔本

卷盦賸稿三卷，葉景葵撰，一九六二年鉛印本

覺廬詩稿七卷，何振岱撰，一九三八年福州刻本

康居筆記彙函一二種，徐珂撰，一九三三年鉛印本

康門弟子述略，陳漢才撰，廣東高等教育出版社一九九一年版

康南海文集八卷，康有爲撰，一九一五年上海群學社石印本

康南海先生詩集一五卷，康有爲撰，近代中國史料叢刊續編本

康有爲全集，康有爲撰，上海古籍出版社一九八七年版
康有爲自編年譜（外二種），康有爲撰、樓宇烈整理，中華書局一九九二年版
柯亭詞論一卷，蔡嵩雲撰，詞話叢編本
可園詩鈔七卷，三多撰，光緒末石印本
可園詩話八卷，陳作霖撰，一九一九年鉛印本
可園外集，三多撰，光緒十六年（一八九〇）石印本
可園文鈔不分卷，三多撰，鈔本
空石居詩存，向楚撰、黄稚荃輯，四川大學出版社一九八八年版
空軒詩話不分卷，吴宓撰，民國詩話叢編本
款紅廔詞一卷，梁鼎芬撰，一九三二年刻本
廓軒竹枝詞附窮塞微吟，志鋭撰，宣統二年（一九一〇）石印本
來雲閣詩稿六卷，金和撰，光緒二十一年（一八九五）丹陽束氏刻本
樓居偶録一卷，郭曾炘撰，侯官郭氏家集本
冷廬文藪，王重民撰，上海古籍出版社一九九二年版
冷禪室詩話一卷，海納川撰，民國詩話叢編本

李剛己先生遺集五卷附録一卷，李剛己撰，一九一七年京師刊本
李審言文集，李詳撰、李稚甫編，江蘇古籍出版社一九八九年版
立德堂詩話一卷，鄔以謙撰，宣統二年（一九一〇）家刻本
溧陽縣志，溧陽縣志編纂委員會編，江蘇人民出版社一九九二年版
麗白樓詩話二卷，林庚白撰，民國詩話叢編本
麗白樓自選詩不分卷，林庚白撰，近代中國史料叢刊續編本
寥音閣詩話不分卷，俞大綱撰，俞大綱全集本
蓼園詩鈔五卷，柯劭忞撰，一九二四年上海中華書局鉛印本
蓼園詩鈔五卷續鈔二卷，柯劭忞撰，一九二三年刻本
劉光第集，劉光第撰，中華書局一九八六年版
劉師培年譜，萬仕國撰，廣陵書社二〇〇三年版
林畏廬先生年譜二卷，朱羲胄撰，民國叢書三編本
梁啟超年譜長編，丁文江、趙豐田撰，上海人民出版社一九八三年版
梁任公詩稿手蹟，梁啟超撰、康有爲評，一九五七年古典文學出版社影印本
凌霄一士隨筆，徐凌霄、徐一士撰，近代中國史料叢刊續編本

聆風簃詩八卷詞一卷，黄秋岳撰，一九四一年侯官黄氏刻本

嶺雲海日樓詩鈔，丘逢甲撰、丘應樞等輯校，安徽人民出版社一九八四年版

嶺雲海日樓詩鈔一三卷，丘逢甲撰，續修四庫全書本

盧前筆記雜鈔，盧前撰，中華書局二〇〇六年版

廬江縣志，廬江縣地方志編纂委員會編，社會科學文獻出版社一九九三年版

廬山志一二卷，吴宗慈撰，一九三三年鉛印本

廬山詩録四卷，易順鼎撰，光緒十九年（一八九三）刻本

鹿川田父集五卷，程頌萬撰，一九一四年長沙石印本

鹿川近稿一卷附録一卷，程頌萬撰，一九二一年長沙鹿川閣石印本

鹿川詩集一六卷，程頌萬撰，一九二六年刻本

鹿川文集一二卷，程頌萬撰，一九二九年刻甯鄉程氏全書本

龍榆生先生年譜，張暉撰，學林出版社二〇〇一年版

驢背集四卷，胡思敬撰，一九一三年南昌問影樓刻本

緑天香雪簃詩話八卷，袁祖光撰，國學萃編本

馬一浮集（第三册），馬一浮撰、馬鏡泉等校點，浙江古籍、教育出版社一九九六年版

馬一浮先生遺稿三編，丁敬涵編，臺北廣文書局二〇〇二年版
漫齋詩稿五卷，康詠撰，宣統二年（一九一〇）鉛印本
縵庵遺稿一卷，黄紹第撰，一九一五年刻二黄先生集本
蕿庵文集四卷，袁思亮撰，近代中國史料叢刊續編本
冒鶴亭先生年譜，冒懷蘇撰，學林出版社一九九八年版
眉廬叢話、餐櫻廡隨筆，況周頤撰，近代中國史料叢刊續編本
眉韻樓詩話八卷，孫雄撰，光緒三十四年（一九〇八）益森公司鉛印本
眉韻樓詩話續編四卷，孫雄撰，宣統二年（一九一〇）北洋官報局鉛印本
寐叟題跋四卷，沈曾植撰，一九二二年商務印書館影印本
夢苕盦論集，錢仲聯撰，中華書局一九九三年版
夢苕盦詩話不分卷，錢仲聯撰，民國詩話叢編本
葂麗園隨筆不分卷，吕美蓀撰，一九四一年自刊本
妙峰唱和詩一卷，曾習經、楊增犖撰，一九三三年鉛印本
民國人物碑傳集，卞孝萱等編，團結出版社一九九五年版
民國人物碑傳集，鍾碧容等編，四川人民出版社一九九七年版

民權素詩話一四種，蔣抱玄輯，民國詩話叢編本
閩侯縣志，閩侯縣地方志編纂委員會編，方志出版社二〇〇一年版
閩縣陳公寶琛年譜，張允僑撰，一九九七年美國家印本
明宫雜詠二〇卷，饒智元撰，光緒十七年（一八九一）竹素齋刻本
鳴堅白齋詩存一二卷補遺一卷，沈汝謹撰，一九二一年吴昌碩刻本
磨劍室詩詞，柳亞子撰，上海人民出版社一九八五年版
木庵居士詩四卷補遺一卷，陳書撰，光緒三十二年（一九〇六）刻石遺室叢書本
南扶山房詩鈔二卷，張英麟撰，一九二五年濟南新華印字館石印本
南雅樓詩斑二卷附繁霜詞一卷，沈宗畸撰，一九一六年國民印書館鉛印本
南社叢談，鄭逸梅撰，上海人民出版社一九八一年版
南亭四話九卷，李寶嘉撰，上海書店一九八五年版
南海先生詩集一五卷，康有爲撰、崔斯哲編，一九三七年商務印書館排印本
南海先生詩集四卷，康有爲撰，光緒三十四年（一九〇八）梁啟超寫刊本
南海先生遺稿，康有爲撰、沈曾植批，民國上海有正書局影印本
南海康先生傳，張伯楨撰，滄海叢書本

南通張季直先生傳記，張孝若撰，一九三〇年中華書局鉛印本

南湖集四卷補遺一卷，廉泉撰、孫道毅編，一九二四年中華書局排印本

南湖夢還集一卷續集一卷，廉泉撰，一九二八年排印本

南游雜詩一卷，江庸撰，一九二七年石印本

南樓隨筆不分卷，王鴻猷撰，一九三五年新文化書社鉛印本

南豐縣志，南豐縣地方志編纂委員會編，中共中央黨校出版社一九九四年版

能登集一卷，趙熙輯，一九四〇年石印本

偶齋詩草，寶廷撰、聶世美校點，上海古籍出版社二〇〇六年版

偶齋詩草内集八卷外集八卷内次集一〇卷外次集一〇卷，寶廷撰，光緒十九年（一八九三）刻本

槃薖文甲集三卷乙集二卷别録一卷，湯紀尚撰，光緒二十三年（一八九七）刻本

蹺盦詩録四卷，李稷勳撰，一九二六年刻本

平等閣筆記四卷，狄葆賢撰，一九二二年鉛印本

平等閣詩話二卷，狄葆賢撰，一九一七年有正書局鉛印本

瓶廬叢稿一〇卷，翁同龢撰，一九三五年商務印書館影印本

瓶廬詩補遺一卷校異一卷詞一卷，翁同龢撰，一九二一年上海聚珍仿宋書局排印本

瓶廬詩稿八卷，翁同龢撰，一九一九年邵松年刻本

瓶粟齋詩話瀋餘一卷，沈其光撰，一九六〇年油印本

瓶粟齋詩話五編二四卷餘瀋一卷，沈其光撰，民國詩話叢編本

乾嘉詩壇點將録一卷，舒位撰，雙槑景闇叢書本

虔共室遺集，曾彦撰，光緒十七年（一八九一）受經堂刻本

錢塘夏曾佑穗卿先生紀念文集，夏曾佑撰，夏麗蓮整理，臺灣文景書局一九九八年版

錢鍾書手稿集，錢鍾書撰，商務印書館二〇〇三年版

彊村詞四卷，朱祖謀撰，光緒三十一年（一九〇五）刊本

彊村語業二卷，朱祖謀撰，一九二四年托鵑樓刊本

喬大壯詩集，喬曾劬撰，四川人民出版社一九九〇年版

樵風樂府九卷，鄭文焯撰，一九一三年仁和吴氏雙照樓刊本

琴志樓編年詩集一九卷，易順鼎撰，一九二〇年刊琴志樓叢書本

琴志樓詩集，易順鼎撰、王飆校點，上海古籍出版社二〇〇四年版

青郊六十自定稿四卷，梁焕奎撰，一九二七年鉛印本

青郊詩存六卷，梁焕奎撰，一九一四年刻本

清稗類鈔第八册，徐珂編撰，中華書局一九八六年版

清末民初文壇軼事，鄭逸梅撰，中華書局二〇〇五年版

清代官員履歷檔案全編，秦國經主編，華東師範大學出版社一九九七年版

清代閨閣詩人徵略一〇卷，施淑儀輯，上海書店一九八七年影印本

清代七百名人傳，蔡冠洛撰，中國書店一九八四年影印本

清代學術概論，梁啟超撰，民國叢書本

清代人物生卒年表，江慶柏編著，人民文學出版社二〇〇五年版

清代軼聞，裘毓麐輯，上海書店一九八九年版

清道人遺集二卷佚稿一卷攟遺一卷附録一卷，李瑞清撰，一九三九年臨川李氏排印本

清譚一〇卷，胡懷琛撰，一九一六年上海廣益書局鉛印本

清宫詞不分卷，吴士鑑撰，一九一二年序鉛印本

清國史(嘉業堂鈔本)，中華書局一九九三年版

清畫家詩史二〇卷，李濬之輯，清代傳記叢刊本

清寂堂集，林思進撰、劉君惠等編，巴蜀書社一九八九年版

清寂堂詩録五卷，林思進撰，一九三二年刻本

清寂文乙編，林思進撰，一九三四年霜甘閣刻本
清朝進士題名録，江慶柏編撰，中華書局二〇〇七年版
清詩話考，蔣寅撰，中華書局二〇〇五年版
清詩紀事（第一五至二二册），錢仲聯編，江蘇古籍出版社一九八九年版
清詩紀事初編，鄧之誠撰，上海古籍出版社一九八四年版
清史列傳，王鍾翰點校，中華書局一九八七年版
清史稿，趙爾巽等撰，中華書局一九七七年版
清人别集總目，李靈年等編，安徽教育出版社二〇〇〇年版
清人詩集叙録，袁行雲撰，文化藝術出版社一九九四年版
清人詩文集總目提要，柯愈春撰，北京古籍出版社二〇〇一年版
清詞玉屑一二卷，郭則澐撰，天津古籍書店一九八二年影印本
丘逢甲集，廣東丘逢甲委員會編，岳麓書社二〇〇二年版
丘逢甲文集，丘逢甲撰、丘晨波等編，花城出版社一九九四年版
秋明集詩三卷詞一卷，沈尹默撰，一九二九年北京書局鉛印本
秋蟪吟館詩鈔六卷，金和撰，一九一六年金還仿宋刊本

秋瑾集，秋瑾撰，上海古籍出版社一九七九年版

秋園文鈔二卷，姚梓芳撰，姚氏學苑叢刊本

劬堂學記，柳曾符等編，上海書店出版社二〇〇二年版

全州縣志，全州縣志編纂委員會編，廣西人民出版社一九九八年版

荃察余齋詩續存不分卷，鄧鎔撰，一九二七年商務印書館排印本

荃察余齋詩存再續附文續存，鄧鎔撰，一九三二年鉛印本

荃察余齋詩存四卷駢體文存一卷，鄧鎔撰，一九二三年鉛印本

蜷廬隨筆不分卷，王伯恭撰，近代中國史料叢刊本

人間詞話二卷，王國維撰，詞話叢編本

人境廬詩草一一卷，黄遵憲撰，一九三一年商務印書館鉛印本

人境廬詩草箋注，黄遵憲撰、錢仲聯箋注，上海古籍出版社一九八一年版

人物品藻録初編，鄭逸梅撰，上海日新出版社一九四六年版

仁安詩稿二一卷，王守恂撰，一九二一年天津金氏刻王仁安集本

仁安文稿四卷文乙稿一卷，王守恂撰，一九二一年天津金氏刻王仁安集本

忍古樓詞話不分卷，夏敬觀撰，詞話叢編本

忍古樓詩話不分卷，夏敬觀撰，民國詩話叢編本
忍古樓詩集一五卷，夏敬觀撰，一九三七年上海中華書局排印本
忍古樓文六册，夏敬觀撰，稿本（上圖藏）
日本雜事詩二卷，黄遵憲撰，光緒二十四年（一八九八）富文堂重刊本
容與堂本水滸傳，施耐庵、羅貫中撰，上海古籍出版社一九八八年版
茹經堂文集六卷二編九卷三編八卷四編八卷，唐文治撰，一九二六至三二年茹經堂刊本
茹經堂新著，唐文治撰，民國鉛印本
阮盦筆記五種，況周頤撰，光緒三十三年（一九〇七）白門刊本
阮南詩再存一卷，王守恂撰，民國刊本
阮南自述，王守恂撰，杭州雜著三種本
瑞安市志，瑞安市地方志編纂委員會編，中華書局二〇〇三年版
弱庵詩二卷，潘博撰，一九二一年朱祖謀輯刻粵兩生集本
三百年來詩壇人物評點小傳彙録，楊揚輯校，中州古籍出版社一九八六年版
三原縣志，三原縣志編纂委員會，陝西人民出版社二〇〇〇年版
散原精舍詩集二卷續集三卷，陳三立撰，一九二二年商務印書館排印本

散原精舍詩文集，陳三立撰，李開軍校點，上海古籍出版社二〇〇三年版

散原精舍詩文集補編，潘益民、李開軍輯，江西人民出版社二〇〇七年版

散原精舍文集一七卷，陳三立撰，一九四八年上海中華書局鉛印本

商城縣志，商城縣志編纂委員會編，中州古籍出版社一九九三年版

嗇翁自訂年譜二卷，張謇撰，晚清名儒年譜本

涉江先生文鈔不分卷，唐晏撰，一九二一年排印本

麝塵集不分卷，史久榕撰，光緒十六年（一八九〇）剪秋簃刻本

沈觀齋詩二卷，周樹模撰，宣統二年（一九一〇）龍江節署石印本

沈觀齋詩六卷，周樹模撰，一九三三年據稿本影印本

沈寐叟年譜，王蘧常撰，民國叢書三編本

沈曾植集校注，沈曾植撰、錢仲聯校注，中華書局二〇〇一年版

沈曾植年譜長編，許全勝撰，中華書局二〇〇七年版

審安齋遺稿五卷，陳濤撰，一九二一年中華書局排印本

慎所立齋詩集一〇卷文集四卷，江瀚撰，一九二四年排印長汀江先生著書本

慎宜軒詩集八卷，姚永概撰，一九一九年安慶鉛印本

慎宜軒文集八卷，姚永概撰，一九一六年安慶鉛印本
慎園文選，盧弼撰，一九五八年油印本
聖遺詩集五卷，楊鍾羲撰，一九三五年鉛印墨巢叢刻本
詩廬詩鈔一卷文鈔一卷附録一卷，胡朝梁撰，一九二三年鉛印本
詩史閣詩話不分卷，孫雄撰，民國詩話叢編本
十朝詩乘二四卷，郭則澐撰，民國詩話叢編本
十國雜事詩一七卷叙目二卷，饒智元撰，光緒十七年（一八九一）竹素齋刻本
石城七子詩鈔，翁長森輯，光緒十六年（一八九一）刻本
石遺室詩話三二卷續編六卷，陳衍撰，民國詩話叢編本
石遺室詩集六卷補遺一卷，陳衍撰，續修四庫全書本
石遺室文集一二卷，陳衍撰，續修四庫全書本
石屋餘瀋，馬叙倫撰，民國叢書本
石語，陳衍説、錢鍾書記，中國社會科學出版社一九九六年版
世載堂雜憶，劉成禺撰、錢實甫點校，中華書局一九六〇年版
受庵詩草不分卷，嚴咸撰，光緒十三年（一八八七）刻本

受庵文鈔二卷詩鈔一卷，嚴咸撰，光緒十三年（一八八七）刻本

壽愷堂集三〇卷補編一卷，周家禄撰，一九二二年排印本

壽藻堂文集二卷，陳作霖撰，一九一八年鉛印本

叔子詩稿，冒孝魯撰，安徽文藝出版社一九九七年版

菽園詩集初編七卷二編一卷三編一卷，丘煒萲撰，近代中國史料叢刊續編本

蜀游草一卷，江庸撰，一九四四年重慶大東書局鉛印本

潄蘭詩葺一卷補遺一卷，黄體芳撰，一九三四年排印惜硯樓叢刊本

雙桐一桂軒續稿一卷，陳曾則撰，一九五〇年鉛印本

水竹邨人年譜稿二卷，賀培新編，北圖珍本年譜叢刊本

水竹村人集一二卷，徐世昌撰，一九一八年天津徐氏刻本

説劍堂集三卷詞集一卷，潘飛聲撰，一九三四年上海百宋鑄字印刷局鉛印本

碩果亭詩二卷，李宣龔撰，一九二九年排印本

碩果亭詩續三卷，李宣龔撰，一九四〇年排印墨巢叢書本

碩果亭詩續四卷文賸一卷，李宣龔撰，一九五〇年商務印書館排印本

思玄堂詩集不分卷，汪榮寶撰，一九三七年鉛印本

四魂集四卷，易順鼎撰，光緒二十一年（一八九五）刻哭庵叢書本
四益館文集一卷，廖平撰，一九二一年存古書局刻六譯館叢書本
松壽堂詩鈔一〇卷，陳夔龍撰，宣統三年（一九一一）京師刊本
嵩洛吟草，王乃徵撰，宣統三年（一九一一）排印本
宋詞舉（外三種），陳匪石撰，鍾振振校點，江蘇古籍出版社二〇〇二年版
宋恕集，宋恕撰，胡珠生編，中華書局一九九三年版
蘇堪公最後遺稿，鄭孝胥撰，一九三八年影印本
粟香室文稿一卷，金武祥撰，光緒二十六年（一九〇〇）木活字本
孫延釗集，孫延釗撰，周立人等編，上海社會科學院出版社二〇〇六年版
太炎文録初編文録二卷别録三卷補編，章炳麟撰，民國叢書本
太炎文録續編七卷，章炳麟撰，民國叢書本
太炎先生自訂年譜一卷，章炳麟撰，北圖珍本年譜叢刊本
談藝録（補訂本），錢鍾書撰，中華書局一九八四年版
譚瀏陽全集，譚嗣同撰，陳乃乾輯，近代中國史料叢刊本
譚嗣同全集（增訂本），譚嗣同撰，蔡尚思等編，中華書局一九八一年版

譚嗣同年譜，楊廷福撰，人民出版社一九五七年版

唐人小説，汪辟疆校録，上海古籍出版社一九八八年版

濤園詩集，沈瑜慶撰，一九二〇年鉛印本

陶廬箋牘四卷，王樹枏撰，一九一九年刻本

陶廬詩續集一〇卷，王樹枏撰，一九一七年陶廬叢刻本

陶廬文集一九卷，王樹枏撰，一九一五年陶廬叢刻本

陶堂志微録五卷，高心夔撰，光緒六年（一八八〇）江西刻本

天放樓詩集，金天翮撰，一九二二年鉛印本

天放樓文言一一卷附録一卷續文言五卷，金天翮撰，一九二七年至三二年蘇州鉛印本

天風閣學詞日記，夏承燾撰，夏承燾集本

天馬山房文存二卷，馬叙倫撰，天馬山房叢書本

天倪室遺集，文永譽撰，一九三四年排印本

鐵笛亭瑣記不分卷，林紓撰，一九一六年鉛印本

庭聞憶略三卷，寶廷撰，光緒刻富陽夏氏叢刻本

同光風雲録，邵鏡人撰，近代中國史料叢刊續編本

桐城文學淵源考一三卷，劉聲木撰，一九二九年排印直介堂叢刻本
桐鳳集二卷，曾彦撰，光緒十五年（一八八九）蘇州書局刻本
桐鄉勞先生遺稿八卷，勞乃宣撰，一九二七年桐鄉盧氏刊本
退廬詩集四卷，胡思敬撰，一九二四年南昌退廬刻本
退廬文集七卷詩集四卷驢背集四卷，胡思敬撰，近代中國史料叢刊本
退思軒詩集六卷補遺一卷，張百熙撰，宣統三年（一九一一）武昌刻本
蜕庵詩一卷，麥孟華撰，一九二一年朱祖謀輯刻粤兩生集本
蜕私軒集三卷續集三卷，姚永樸撰，一九三二年安慶鉛印本
暾廬類稿不分卷，李世由撰，江蘇國學圖書館傳鈔本
晚翠軒集四卷附崦樓遺稿，林旭撰，一九三六年鉛印本
晚清四十家詩鈔三卷，吴闓生評選，一九二四年文學社刊本
晚晴簃詩匯，徐世昌輯，上海三聯書店一九八九年影印本
皖雅初集四卷，陳詩編，一九二九年鉛印本
皖志列傳稿九卷，金天翮撰，一九三六年蘇州利蘇印書社鉛印
萬首論詩絶句（第四册），郭紹虞、錢仲聯、王遽常編，人民文學出版社一九九一年版

汪辟疆文集，汪辟疆撰，上海古籍出版社一九八八年版

汪旭初先生遺集，汪東撰、沈雲龍編，近代中國史料叢刊續編本

王鵬運研究資料彙編，張正吾等編，灕江出版社一九九六年版

王仁安續集一二卷，王守恂撰，一九二七年天津金氏刻本

王仁安四集四卷，王守恂撰，一九三七年天津金氏刻本

王仁安三集六卷，王守恂撰，一九三三年天津金氏刻本

王守恂訃告，王貽潛撰，鉛印本（國圖藏）

王懿榮集，吕偉達編，齊魯書社一九九九年版

王文敏公遺集八卷，王懿榮撰，一九二三年刻求恕齋叢書本

忘山廬日記，孫寶瑄撰，上海古籍出版社一九八三年版

未晚樓文續存四卷，李澄宇撰，未晚樓全書本

畏廬論文，林紓撰，一九二五年商務印書館鉛印本

畏廬詩存二卷，林紓撰，一九二三年商務印書館鉛印本

畏廬文集一卷續集一卷三集一卷，林紓撰，一九一七年至一九二三年商務印書館鉛印本

味蔬詩話四卷，余雲煥撰，光緒三十四年（一九〇八）思南府署刻本

文道希先生遺詩一卷，文廷式撰，一九二九年葉恭綽鉛印本
文斤山民集六卷，魏繇撰，一九三二年影印邵陽魏先生遺書本
文莫室詩集八卷，王樹枏撰，陶廬叢刻本
文廷式集，汪叔子編，中華書局一九九三年版
文苑談往（第一集），楊世驥撰，一九四六年中華書局鉛印本
文芸閣先生全集，文廷式撰，近代中國史料叢刊本
問琴閣集四卷，宋育仁撰，民國刻本
問琴閣詩指一卷，宋育仁撰，一九三一年成都協美印刷公司排印本
問琴閣文二卷詩録二卷詞一卷三唐詞品三卷，宋育仁撰，民國考雋堂刻本
問琴閣文録二卷，宋育仁撰，光緒考雋堂刻本
蝸牛舍詩本集三卷別集二卷，范罕撰，一九三六年南通翰墨林排印本
蝸牛舍説詩新語一卷，范罕撰，民國詩話叢編本
我春室文集二卷詩集一卷詞集一卷附尺牘，何振岱撰，民國油印本
臥雪詩話八卷，袁嘉穀撰，民國詩話叢編本
吳門消夏記三卷，江瀚撰，光緒二十一年（一八九五）刻本

吴宓詩話，吴宓撰、吴學昭整理，商務印書館二〇〇五年版

吴先生行述，王賢撰，鉛印本

吴游集一卷，林思進撰，一九三五年成都沈氏梧龕刻本

吴芝瑛夫人榮哀録一卷，惠毓明輯，一九三六年無錫雙飛閣鉛印本

吴芝瑛夫人詩文集，吴芝瑛撰，一九二九年排印本

無夢盦遺稿三卷，沈兆奎撰，一九六三年張氏默園鉛印本

無益有益齋讀畫詩二卷，李葆恂撰，一九一六年李放刻義州李氏叢刻本

無益有益齋論畫詩二卷，李葆恂撰，宣統元年（一九〇九）刻懷豳雜俎本

五百石洞天揮麈一二卷，丘煒萲撰，光緒二十五年（一八九九）閩漳邱氏鉛印本

戊戌變法人物傳稿（增訂本），湯志鈞撰，中華書局一九八二年版

戊戌履霜録四卷，胡思敬撰，一九一三年刻退廬全書本

西湖紀游詩一卷，陳曾壽輯，一九一六年石印本

西江詩派韓饒二集，沈曾植輯，宣統二年（一九一〇）姚埭沈氏據宋本重刊本

俠龕隨筆二卷，陳中嶽撰，一九二六年鉛印本

夏別士先生詩稿，夏曾佑撰，國家圖書館一九八二年静電複製本

夏別士先生遺詩不分卷，夏曾佑撰，鈔本
夏敬觀年譜，陳誼撰，黄山書社二〇〇七年版
夏曾佑穗卿詩集，夏曾佑撰、夏麗蓮整理，臺灣文景書局一九九七年版
先府君年譜一卷，嚴璩編述，北圖珍本年譜叢刊本
先府君行狀，宋維彝等撰，國圖藏本
鮮庵遺稿一卷，黄紹箕撰，一九一五年刻二黄先生集本
鮮庵遺文一卷，黄紹箕撰，一九三四年排印惜硯樓叢刊本
現代中國文學史，錢基博撰，嶽麓書社一九八六年版、上海書店出版社二〇〇四年版
香宋詩前集五卷，趙熙撰，一九五四年鉛印本
湘綺府君年譜，王代功撰，北圖珍本年譜叢刊本
湘綺樓日記不分卷，王闓運撰，一九二七年商務印書館鉛印本
湘綺樓詩集一四卷，王闓運撰，光緒三十三年（一九〇七）湘潭王氏長沙刻本
湘綺樓詩文集，王闓運撰、馬積高編，嶽麓書社一九九六年版
湘綺樓詩五種五卷，王闓運撰，一九三三年刻本
湘綺樓文集八卷詩集一四卷，王闓運撰，光緒十九年（一八九三）刻本

湘潭楊莊詩文詞録一卷，楊莊撰，一九三八年鉛印本

湘雅摭殘一八卷，張翰儀輯，嶽麓書社一九八八年版

小三吾亭詞話五卷，冒廣生撰，詞話叢編本

小三吾亭文甲集一卷詩八卷詞三卷附一卷，冒廣生撰，如臯冒氏叢書本

小自立齋文一卷，徐珂撰，天蘇閣叢刊本

嘯虹詩鈔四卷續鈔三卷，丘煒萲撰，一九一七年鉛印本

寫經齋初稿四卷續稿二卷，葉大莊撰，光緒二十一年（一八九五）刻寫經齋全集本

寫經齋文稿二卷，葉大莊撰，一九一八年鉛印本

心太平室集一〇卷補遺一卷附録一卷，張一麐撰，一九四六年鉛印本

辛亥人物碑傳集，卞孝萱等編，團結出版社一九九一年版

新訂清人詩學書目，張寅彭撰，上海古籍出版社二〇〇三年版

新世説八卷，易宗夔撰，上海古籍書店一九八二年版

新語林，陳灨一撰，上海書店出版社一九九七年版

星廬筆記，李肖聃撰、絳希校點，嶽麓書社一九八三年版

休盦集二卷，陳懋森撰，一九一四年鉛印本

徐澄宇論著第一集，徐英撰、陳家慶編，上海華通書局一九三三年版

徐自華詩文集，徐自華撰、郭延禮編校，中華書局一九九〇年版

續碑傳集八六卷，繆荃孫輯，宣統二年（一九一〇）江楚編譯局刻本

續修四庫全書總目提要（稿本），中國科學院圖書館整理，齊魯書社一九九六年版

學山詩話不分卷，夏敬觀撰，民國詩話叢編本

學製齋駢文二卷，李詳撰，一九一五年江甯蔣氏排印本

雪橋詩話一二卷續集八卷三集一二卷餘集八卷，楊鍾羲撰，求恕齋叢書本

雪虛聲堂詩鈔三卷，楊深秀撰，一九一七年排印戊戌六君子遺集本

嚴範孫先生古體詩存稿三卷，嚴修撰，一九三三年紹興陳氏排印本

嚴復集，嚴復撰、王栻編，中華書局一九八六年版

嚴復年譜，孫應祥撰，福建人民出版社二〇〇三年版

嚴復年譜新編，羅耀九等撰，鷺江出版社二〇〇四年版

嚴幾道年譜，王蘧常撰，民國叢書三編本

嚴修年譜，嚴修撰、高凌雯補、嚴仁曾增編，齊魯書社一九九〇年版

雁影齋讀書記一卷，李希聖撰，蟫隱廬叢書本

雁影齋詩存一卷，李希聖撰，光緒三十一年（一九〇五）刻本

揚荷集四卷，邵瑞彭撰，一九三〇年雙玉蟫館刻本

楊度集，楊度撰、劉晴波編，湖南人民出版社一九八六年版

楊仁山居士遺著一二種，楊文會撰，一九一九年金陵刻經處刻本

楊昀谷先生遺詩八卷補録一卷，楊增犖撰，一九三五年鉛印本

冶麓山房藏書跋尾不分卷，陳作霖撰，冶麓山房叢書本

野棠軒文集，奭良撰，近代中國史料叢刊本

夜雪集一卷，王闓運撰，光緒九年（一八八三）成都石室刊本

葉景葵雜著，葉景葵撰、顧廷龍編，上海古籍出版社一九八六年版

葉遐庵先生年譜一卷，遐庵年譜彙稿編印會編，一九四六年鉛印本

一山文存一二卷，章梫撰，一九一八年嘉業堂刻本

一士類稿一士談薈，徐一士撰，書目文獻出版社一九八四年版

一微塵集不分卷，何震彝輯，宣統元年（一九〇九）鞮芬室鉛印本

宜秋館詩話一卷，李之鼎撰，鉛印本

疑庵詩，許承堯撰、汪聰等校點，黄山書社一九九〇年版

疑庵詩四卷，許承堯撰，一九二六年排印本
抑抑堂集一五卷，吴涑撰，一九二三年淮陰吴氏刊本
意園文略二卷，盛昱撰，宣統二年（一九一〇）刻本
藝風堂文續集八卷，繆荃孫撰，一九一三年刻本
藝林散葉，鄭逸梅撰，中華書局二〇〇五年版
藝苑叢話一六卷，陳琰撰，宣統三年（一九一一）上海六藝書局石印本
飲冰室合集，梁啟超撰，中華書局一九八九年影印本
飲冰室詩話，梁啟超撰、舒蕪校點，人民文學出版社一九五九年版
隱庵詩集三卷，陳兆奎撰，光緒二十年（一八九四）刻本
隱庵文集一卷，陳兆奎撰，一九四九年鉛印本
瘦庵詩集一卷外集一卷，羅惇曧撰，一九二八年葉恭綽刻本
庸庵居士四種，陳夔龍撰，中國書店一九八五年影印本
泳經堂叢書二卷，魏繇撰，一九三二年影印邵陽魏先生遺書本
于湖題襟集一〇卷，袁昶輯，光緒二十一年（一八九五）漸西村舍彙刊本
于湖小集六卷附漚簃擬墨一卷，袁昶撰，光緒二十年（一九八四）水明樓刊本

魚千里齋隨筆，李漁叔撰，近代中國史料叢刊續編本
窳櫎詩質一卷，周星詒撰，如皋冒氏叢書本
餘墨偶談八卷續集八卷，孫橒撰，一九一七年上海振民編輯社鉛印本
御詩樓續稿一卷，陳曾則撰，一九四四年鉛印本
瘉壄堂詩集二卷，嚴復撰，一九二六年鉛印本
鬱華閣遺集四卷，盛昱撰，光緒三十四年（一九〇八）留垞寫刻本
元俞文鈔一卷，杜俞撰，光緒十四年（一八八八）成都刻本
沅湘通藝録八卷二集二卷，江標撰，光緒二十三年（一八九七）長沙刊本
爰居閣詩一〇卷，梁鴻志撰，一九三九年長樂梁氏自刻本
爰居閣詩續一卷，梁鴻志撰，一九四一年排印本
袁忠節公遺詩三卷，袁昶撰，宣統元年（一九〇九）湛然精舍鉛印本
緣督廬日記，葉昌熾撰，江蘇古籍出版社二〇〇二年影印本
越縵堂日記附越縵堂日記補，李慈銘撰，一九三六年商務印書館影印本
越縵堂詩初集一〇卷續集一〇卷，李慈銘撰，一九三五年商務印書館鉛印本
越縵堂詩話三卷，李慈銘撰、蔣瑞藻輯，一九二六年鉛印本

越縵堂文集一二卷，李慈銘撰，一九三〇年北平圖書館鉛印本
粵東詩話四卷，屈向邦撰，一九六四年香港龍門書店鉛印本
雲海樓詩存五卷附雷塘詞一卷，閔爾昌撰，一九二四年排印本
雲起軒詞鈔一卷，文廷式撰，光緒三十三年（一九〇七）南陵徐氏刻本
雲起軒詩録一卷，文廷式撰，光緒三十四年（一九〇八）鉛印本
惲毓鼎澄齋日記，惲毓鼎撰、史曉風整理，浙江古籍出版社二〇〇四年版
再愧軒詩草一卷，郭曾炘撰，一九三四年刻侯官郭氏家集本
在山泉詩話四卷，潘飛聲撰，一九一三年排印古今文藝叢書本
曾國藩詩文集，曾國藩撰、王澧華校點，上海古籍出版社二〇〇六年版
曾文正公詩集三卷，曾國藩撰，四部叢刊本
張季子九録，張謇撰、張祖詒編，一九三五年上海中華書局鉛印本
張季子詩録一〇卷，張謇撰，一九一四年南通翰墨林書局鉛印本
張家口至烏里雅蘇台竹枝詞一卷，志鋭撰，宣統二年（一九一〇）南陵徐氏刻本
張謇全集，張謇撰，江蘇古籍出版社一九九四年版
張尚書六十賜壽圖一卷附録三卷，張百熙撰、李伯至編，光緒三十三年（一九〇七）鉛印本

張文達公遺集四卷，張百熙撰，光緒二十六年（一九〇〇）京師同文館刻本
張文襄公古文二卷，張之洞撰，一九二八年刻張文襄公全集本
張文襄公年譜一〇卷，許同莘撰，一九三九年舍利函齋鉛印本
張文襄公年譜六卷，胡鈞重編，一九三九年沔陽胡氏鉛印本
張文襄公詩集四卷，張之洞撰，宣統二年（一九一〇）校補排印本
章太炎全集（第四、五册），章炳麟撰，上海人民出版社一九八五版
趙柏巖集，趙炳麟撰，一九三六年太原潛并草堂鉛印本
趙瀞園集，趙啟霖撰，施明等整理，湖南出版社一九九二年版
趙熙集，趙熙撰，王仲鏞等編，巴蜀書社一九九六年版
蟄庵詩存一卷，曾習經撰，一九二七年葉恭綽影印寫本
蟄存齋筆記，蔡雲萬撰，上海書店出版社一九九七年版
鄭叔問先生年譜，戴正誠撰，北圖珍本年譜叢刊本
鄭子尹年譜八卷，凌惕安撰，一九四一年商務印書館鉛印本
鄭齋類稿不分卷，孫雄撰，光緒鉛印本
知稼軒詩六卷，張元奇撰，一九一三年福州印書局排印本

知稼軒詩稿蘭臺集一卷洞庭集一卷遼東集一卷，張元奇撰，光緒排印本
知稼軒詩續刻五卷，張元奇撰，一九一八年排印本
志盦遺稿一〇卷，王式通撰，一九三八年鉛印本
稚愔詩鈔不分卷，葉在琦撰，宣統元年（一九〇九）福州中西印務局鉛印本
中國近代學人象傳，大陸雜誌社編，近代中國史料叢刊三編本
中州先哲傳三七卷，李時燦等輯，一九三五年經川圖書館刻本
衷聖齋文集一卷詩集二卷，劉光第撰，一九一四年成都昌福公司刻劉楊合刊本
子苾詞鈔一卷，張祥麟撰，一九一七年成都存古書局刻本
自怡齋詩不分卷，胡俊撰，民國鉛印本
樱窗雜記四卷，汪兆鏞撰，一九四三年鉛印本
宗室伯茀太史絶筆稿一卷附題一卷，壽富撰，光緒二十六年（一九〇〇）石印本
鄒崖遺稿五卷附録一卷，何藻翔撰，一九八五年張丹意蘭畫舍排印本
醉鄉瑣志，黄體芳撰，一九二七年鉛印本
尊瓠室詩一卷，陳詩撰，光緒三十四年（一九〇八）鉛印本
尊瓠室詩二卷，陳詩撰，一九一二年鉛印本

尊瓠室詩話三卷補一卷，陳詩撰，民國詩話叢編本

左庵詞話二卷，李佳撰，詞話叢編本

左庵集八卷外集二〇卷詩録四卷，劉師培撰，一九三六年刊劉申叔先生遺書本

後記

余撰是箋，自乙酉迄丁亥，凡歷三寒暑，所繙帑之書，幾近千種，近代報紙雜誌不計也。而余十載以來，乞食海上，又增兹多口，五角六張，檢書故不易，獺祭生涯，頗厭苦之。久而其稿殺青，心境改易，誦簡齋《夏日集葆真池上》詩，淵乎有味矣。是箋之作，初爲博士論文，選題撰寫，多蒙本師鄭明先生指授。劉永翔師於傳統詩學，每面命耳提，微言緒論，如精鑿醍醐。其他諸師，若黄珅先生、嚴佐之先生、王鐵先生，亦時賜啟誨焉。迨學位答辯，又承復旦大學王水照先生、上海古籍出版社趙昌平先生、華東師範大學蕭華榮先生、趙山林先生之教。嗣入復旦歷史系博士後站，復以此稿，質諸周振鶴師，亦大受開益。劉丈衍文、張寅彭先生、吴建國先生，皆發其西藏，解我之惑。建國先生於失字破體，殊多讎正。寅彭先生於紹介出版，尤與有力。借閱文獻，則得復旦大學圖書館吴格先生、華東師範大學圖書館吴平先生、楊同甫先生暨上海圖書館吴建偉、黄嬿婉伉儷之助。復旦大學陳尚君先生、四川師範大學哈磊博士、華東師範大學鍾錦博士、同濟大學李欣博士，均曾代複印資料。浙江師範大學宣炳善博士、温州大學韓雷博士，至契學侣也，俱助我匪尠。中華書局顧青先生、俞國林先生，慨允出版，並有疋説。謄録清稿，雪鈔露寫，實賴莊際虹女士，義例之定，亦嘗與相商焉。并書以誌嘉惠。至訂補疏罅，請俟它日；匡舉不逮，寔望通人。戊子仲春培軍自記。

中華書局

初版責編 俞國林